Soinujolearen semea

Bernardo Atxaga

アコーディオン弾きの息子

ベルナルド・アチャガ

金子奈美 訳

アコーディオン弾きの息子

SOINUJOLEAREN SEMEA

(El hijo del acordeonista)

by

Bernardo Atxaga

Japanese language translation rights arranged with
José Irazu Garmendia (Bernardo Atxaga)
c/o Ute Körner Literary Agent, S.L.U., Aragó
through Tuttle-Mori Agency, Inc., Tokyo

Illustration by Takeo Chikatsu
Design by Shinchosha Book Design Division

目次

言葉の死と生

こうして死にゆく
古い言葉たち
雪のように
空中でしばしためらってから
地面に落ちる
嘆き声も漏らさず
むしろ、黙りこくって

いまはどこにあるのだろう
あの百通りもの蝶の呼び名は？
ビアリッツの海岸で
ナボコフはそのひとつを
収集した　ミレシコレテア

それはいま、貝殻の破片のように
砂の下に埋もれている

そしてあの唇
ほら見て、ミレシコレテアが
薔薇の上を飛んでいるよ
と口々に言った
かつての子供たち
私たちの両親の、そのまた両親の唇は
永遠の眠りについている

君は言う
ギリシャの石畳の道を
小雨の中、歩き回っていたら
神殿の案内人たちが
ミッキーマウスのイラストの入った
黄色いレインコートを着ているのを見た、と
いにしえの神々もまた、永遠の眠りについている

おまけに、新しい言葉は
いい加減な素材でできている、と君は続ける
そしてプラスチック、ポリウレタン、
合成ゴムの名を口にし、
いずれすべてはごみ箱行きだ、と言う
そんなふうに考えを巡らせる君は
とても悲しそうに見える

でも、見てごらん
家の前で大声を上げ
遊んでいるあの子供たちを
何と言っているか、耳を澄ませてごらん
馬はガラタレへ行った
ガラタレって何だい？　と僕は尋ねる
新しい言葉、と子供たちは答える

ほら、言葉が生まれるのは
ひと気のない工業地帯や
宣伝部門のオフィスでばかりとはかぎらない

ときには笑いのなかから生まれ
綿毛のように
天へ向かって進み、
上へと雪のように降りゆく
そのさまを見てごらん

本書の翻訳について

1. 本作品にはさまざまな言語とその地域変種（方言）が現われるが、読みやすさを過度に損ねない範囲で、できるだけ原語の欧文表記を残し、日本語訳とおおよその発音を示すルビを添えた。バスク語の場合は他の言語と区別がつくよう、欧文をイタリック表記とした。

2. 本書に登場するバスクの地名は、ほとんどの場合、バスク語話者がバスク語で書いているか話している文脈で現われるため、原則としてバスク語名で表記し、初出時に、国際的に知られているスペイン語、フランス語ないし英語の名称を添えた。

3. 割注および傍注は訳者による。

訳者

始まり

オババの学校で、新任の先生が名簿を手に、着席した生徒たちのあいだを順繰りに回っていた。彼女は僕のところに来ると、「あなたの名前は?」と尋ねた。「ホセです」と僕は答えた。「でもみんなにはヨシェバと呼ばれています」「よろしい」先生は僕の隣に座っていた少年のほうを向いた。彼がまだ質問を受けていない最後の生徒だった。「あなたは? 何という名前?」「ダビです。でもみんなにはアコーディオン弾きの息子と呼ばれています」と彼は僕の返事を真似て答えた。生徒たち、八歳か九歳の子供たちは笑い出した。「お父さんはアコーディオン弾きなの?」と先生が訊いた。ダビは頷いた。「わたし、音楽が大好きなの。お父さんにはいつか学校に来て演奏してもらいましょう」それは朗報だと言わんばかりに、先生はうれしそうだった。「ダビもすごく上手いんですよ」と僕は口を挟んだ。「本当?」先生は驚いた顔をした。ダビが僕の脇腹を肘で小突いた。「はい、本当です」僕はかまわず続けた。「それに、アコーディオンだってすぐそこに置いてあるんです、入り口の扉の脇に。学校が終わったらお父さんのところに練習に行くんです」ダビが僕の口を塞ごうとしたので、やっとのことでそう言い終えた。「授業の初日を音楽で締めくくれたら素敵ね！」と先生は声を大きくして言った。「ダビ、一曲弾いてもらえないかしら？」

その頼みに応じなければならないのが苦痛でたまらないというかのように、ダビはうなだれてアコーディオンを取りに行った。先生は教卓の上に椅子を置いた。「これでみんなよく見えるわね！」

一分後、ダビはアコーディオンを抱えてその椅子に座っていた。僕たちは拍手した。「何を弾いてくれるの？」と先生が訊いた。「《パダン・パダン》」と僕はダビの返事を先取りして言った。ダビがその曲を上手に弾くのは知っていた。その年のコンクールの課題曲だったので、父親に繰り返し練習させられていたのだ。ダビは不機嫌そうな顔を作ろうとしたが、それでも笑みがこぼれた。学校で、それも女の子たちの前でチャンピオンになるのはいい気分だったのだ。「では皆さん」と先生は司会者のような口調になって言った。「わたしたちの最初の授業日はこうして音楽で締めくくることにしましょう。あなたたちは真面目でいい子のようだから、これからみんなで楽しく、たくさんのことを学んでいけると思います」そしてダビに合図すると、《パダン・パダン》の旋律が教室を満たしていった。黒板の横で、カレンダーは一九五七年九月を示していた。


それから四十二年後の一九九九年九月、ダビは既に故人となり、僕はカリフォルニア州スリーリバーズ、ストーナム牧場の墓地で、未亡人のメアリー・アンとともに彼の墓の前に立っていた。僕たちの目の前で、男が英語、スペイン語、バスク語の三言語で墓碑銘を彫っていた。《この牧場で過ごした日々ほど楽園に近づいたことはなかった》それは、ダビが自分の葬儀のために書いた弔辞の冒頭で、全文は次のとおりだった。《この牧場で過ごした日々ほど楽園に近づいたことのなかった故人にとって、天国でそれ以上に素晴らしい日々が待ち受けているなど信じがたいことであった。

妻のメアリー・アン、そして娘のリズとサラに別れを告げねばならぬ悲しみに、彼の心は張り裂けんばかりだった。しかし、旅立ちの時を恐れながら、かすかな希望がなかったわけではない。彼は神にこう祈った。僕を天国に連れていき、伯父のファン、母のカルメンと、生まれ故郷オババの旧友たちの傍らに眠らせてください、と》

“Can we help you?”——「何か手伝いましょうか？」——とメアリー・アンが墓碑銘を彫っていた男に、僕たちのあいだで使っていたスペイン語から英語に切り替えて話しかけた。男は、少し待ってくれ、と手で合図した。

その小さな墓地にはもう二つ、とても簡素な墓があった。ダビの伯父——《ファン・イマス、オババ、一九一六年—ストーナム牧場、一九九二年。二つの人生を必要としたが、一つしか持たなかった》——と、牧場の最初の持ち主——《ヘンリー・ジョンソン、一八九〇—一九六五年》——のものだ。さらに片隅には、おもちゃのようにちっぽけな墓が三つ並んでいた。牧場の敷地内を一緒に散歩したときにダビから聞いた話によれば、彼の娘たちの飼っていた三匹のハムスター、トミーとジミーとロニーの墓だった。

「最初はハムスターだったの」とメアリー・アンは説明した。「ダビの思いつきよ、この柔らかな土の下なら安らかに眠れるだろうって話したら、子供たちはすごく安心したのね。でも、それからすぐにジューサーが壊れたとき、リズが、たしか六歳の頃だったけど、それも土に埋めなくちゃいけないと言い張ったの。次は、バーベキューの網の上に落として焦げてしまったプラスチックのアヒル。その次は、壊れて音の出なくなったオルゴール。それでようやく、子供たち、とくに下の子のサラが、わざとおもちゃを壊しているんだってことに気がついたの。ダビが言葉の遊びを思いついたのはそのときのことよ。彼、あなたに話したかしら?」僕は首を横に振った。「しばらくのあいだ、あなたたちの言葉を埋葬していたの」「僕たちの言葉?」「あなたたちの言語のこと。彼、何も言わなかったのね」僕はまた首を振った。「二人で散歩しながらありとあらゆる話をしたんだと思っていたわ」と言ってメアリー・アンは微笑んだ。「もっぱら若い頃の話をしていたんだ。でも、君たちのラブストーリーも聞いたよ」

僕は一か月ほど前からストーナムに滞在していて、その間にダビと交わした会話は、テープに録っていたなら何本分にもなっていたことだろう。しかし、録音はなく、あるのはただ僕の記憶に残った言葉だけだった。

メアリー・アンは牧場の低地のほうに目を向けた。敷地を横切るカウィア川の岸辺で、何頭かの馬が、花崗岩のあいだで草を食(は)んでいた。「サンフランシスコで出会ったの。二人とも観光をしていたときに」と彼女は腕を組んで言った。水色のデニム生地に白い花模様が刺繍されたシャツを着て、日除けに麦わら帽子を被っていた。その姿はまだ若々しかった。「知っているよ、メアリー・アン。写真も見せてもらった」「そうだった、忘れていたわ」僕たちはそこで口をつぐんだ。

《この牧場で過ごした日々ほど楽園に近づいたことはなかった》墓石を彫っていた男が、墓碑銘の書かれた紙を持って近づいてきた。“What a strange language! But it’s beautiful!” と僕に向かって大声で言った。奇妙な言語だが、美しい、と。彼は、僕たちが三言語で書き写しておいた文章の、バスク語の箇所を指差していた。そして、七番目の単語を何かほかの言葉で言い換えられないか、と僕に訊いた。「牧場(ランチョ)(*rantxo*)のことですか?」男は耳を指差し、“It sounds bad”(イット・サウンズ・バッド)——「響きが悪い」——と言った。僕はメアリー・アンの顔を見た。「もし何か思いつくなら、変えてもいいわ」と彼女は言った。「ダビは気にしなかったはずよ。あなたはオババの言葉をよく知っているといつも話していたから」僕は記憶の中に言葉を探した。「どうだろう、たぶんこれかな……」紙に *abeletxe* と書いてみせた。男がまた英語で何か言ったが、僕にはよく聞き取れなかった。「長すぎるそうよ」とメアリー・アンが通訳してくれた。「*abeletxe* は *rantxo* よりも二文字多いし、墓石にはこの文章を三言語で彫るのにぎりぎりのスペースしかないんですって」「*rantxo* のままにしたほうがよさそうだな」と僕は言った。「じゃあそれで決まりね」とメアリー・アンも同意した。男は肩をすくめると、仕事に戻っていった。

墓地の脇には一本の道が通っていて、それは川岸にある厩舎から丘の上に向かって伸び、牧場内に点在する家々を繋いでいた。まず、メキシコ人の飼育係たちが住む家々があった。次に、僕がストーナムに来てから使わせてもらっている、かつてダビの伯父フアンが暮らした家。そして最後に、丘の頂上に庭に囲まれて建っているのが、ダビが十七年ほど前にバスクからアメリカへ移住したとき、伯父から譲り受けた家だった。

メアリー・アンは墓地の外の道に出た。「夕食の時間だわ。ロサリオを一人にしたくないの。二人の子供にテレビを消させるのにいつも大わらわだから」ロサリオの夫エフラインは牧場の監督を務めていて、その二人はメアリー・アンにとって欠かせない存在だった。僕も行こうとしたが、メアリー・アンはまだそこにいてほしいと言った。「埋葬された言葉を見ていったら？　大半はロニーのお墓の裏に、マッチ箱に入れて埋めてあるわ」「いいのかな」僕は躊躇した。「ダビはあなたが見ても気にしなかったはずよ」「どうだろう。そのことは僕に伏せていたわけだから」「きっと恥ずかしかったんだわ。あなたに笑われるんじゃないかとか、そんなことを思ったのかも。本当のところどうだったのか、いまとなってはわからないけど。彼がその遊びを考え出したのは、リズとサラにあなたたちの言語を少しでも覚えてほしかったからよ」「じゃあ覗いてみることにするよ。図々しいようだけど」「大丈夫。ダビはいつもあなたのことを、海の向こうにいるたった一人の友達だと言っていたわ」「僕たちはすごく仲がよかったんだ。兄弟みたいに」「五十歳で死んでしまうなんて」「そうだね。ひどいことだ」「ええ、本当に」墓碑銘を彫っていた男が顔を上げ、「お帰りですか?」と大声で訊いた。「僕はまだだ」そう言って僕はふたたび墓地に入った。

小枝を使ってロニーの墓の裏を掘り返してみると、一つ目のマッチ箱が出てきた。そっと土から取り出し、手のひらに載せた。箱は湿って汚れていて、本物の棺のようだった。だが、中にごく小さく巻かれて入っていた紙は真っ白のままだった。僕はそこに、ダビが黒インクで書いた言葉を見つけた。"*Mitxirrika*"(ミチリカ)。僕たちが子供の頃、蝶を指すのに使った言葉だった。もう一つのマッチ箱を開けた。中の紙切れには"*Elurra mara-mara ari du*"(エルラ・マラ゠マラ・アリ・ドゥ)とあった。雪がしんしんと降るさまを表わすのにオババで使われていた言い回しだった。

リズとサラはもう夕食を済ませ、僕たちはポーチに座っていた。そこからの景色は美しかった。スリーリバーズの家々が巨大な樹々に守られるようにして点在し、セコイア公園からの幹線道路がカウィア川沿いを走っていた。谷の平野部には辺り一面、ぶどうやレモンの果樹園が広がっていた。その向こうで、太陽がカウィア湖畔の丘陵に沈みつつあった。

まるで風が大気を透き通らせたかのように、いつになくすべてがくっきりと見えた。だがその日は、風が吹いたのではなかった。ダビのせいだった。僕は親友のことを考えていた。彼があの丘陵、平野、家々を見ることはもはやない。牧場でさえずる鳥たちの歌声を聴くこともない。天気のいい一日の終わりに、ポーチの木の板のぬくもりを手に感じることもない。一瞬、自分がダビになったところを想像し、彼がまだ生きていて、死んだのは僕だったらと思うと、喪失の恐ろしさに僕は圧倒された。スリーリバーズ周辺に突如として巨大な地割れが生じたとしても、それほどの恐怖は感じなかっただろう。僕はあの有名な詩句が言わんとしていたことをその根底から理解した。《人生こそがもっとも素晴らしきもの、それを失うのはすべてを失うこと》

口笛が聞こえた。カウボーイハットを被ったメキシコ人飼育係の若者が、カウィア川のほとりで水を飲んでいた馬の群れを移動させようとしていた。しかし、すぐにまた辺りを沈黙が覆った。鳥たちも静まりかえっていた。下の幹線道路では、セコイア国立公園を訪れた人々の車のライトが光り、ところどころに赤い線を描き出していた。一日は終わりに近づき、谷は静寂に包まれていた。僕の親友は永遠の眠りについていた。その傍らで、フアン伯父さんもまた眠っていた。ヘンリー・ジョンソンも彼に寄り添っていた。

メアリー・アンがたばこに火をつけた。“Mom, don't smoke!”――「ママ、吸っちゃだめ（ドント・スモーク）！」――と、長女のリズが窓から顔を出して言った。「これが最後。大丈夫よ、約束は守るから」とメアリー・アンは答えた。“What's the word for 'butterfly' in Basque?”――「バスク語で蝶は何と言う（ワッツ・ザ・ワード・フォー・バタフライ・イン・バスク）？」――と僕は子供に大声で訊いてみた。“*Mitxirrika!*”――「ミチリカ！」――と次女のサラがリズの背後から叫んだ。“Hush up, silly!”――「騒がないで（ハッシュ・アップ）、ばかね（シリー）！」――とリズが英語でぴしゃりと言った。メアリー・アンは溜め息をついた。「上の子は父親が死んでひどくショックを受けているの。下の子はまだよくわかっていないわ」馬のいななきが聞こえた。そしてまた、カウボーイハットを被った若者が口笛を吹いた。

メアリー・アンは床に置いてあった灰皿でたばこの火を消すと、ポーチの棚に何かを探し始めた。「彼、あなたにこれを見せた？」彼女の手にはきれいに製本された、A4サイズで二〇〇ページぐらいの本があった。「それは？」「彼の書いた回想録。ブッククラブの仲間が作ってくれたの」彼女は曖昧な笑みを浮かべて続けた。「しかも三部限定よ。一冊は娘たちに、もう一冊はオババの図書館に、最後の一冊は出版を手助けしてくれたブッククラブの仲間たちのために」僕は驚きを隠すことができなかった。ましてや、それは初耳だった。「ダビは冗談で、三部だって多すぎる、身の程知らずな気がするって言っていたわ。ウェルギリウスに倣って、友人たちに原本を燃やしてくれるよう頼むべきだったって」

本の表紙は濃紺色で、文字は金色だった。上のほうに僕の親友の名前が David Imaz（ダビ・イマス）と母方の苗字で印字され、中央にはバスク語の題名があった。*Soinujolearen semea*——『アコーディオン弾きの息子』——。本の背は黒い布地張りで、そこには何も書かれていなかった。メアリー・アンは金文字を指差した。「もちろんこういうのは彼の趣味じゃないわ。これを見ると頭を抱えて、またウェルギリウスを持ち出して、こんなのは身の程知らずだって嘆いたの」

「何といっていいやら。驚いたよ」と僕は中のページに目を走らせながら言った。バスク語で書かれていた。「あなたに見せてあげてって何度も頼んだのよ」と彼女は言った。「結局、ダビは幼馴染みのあなたに、この本をオババの図書館に持っていってもらおうと考えていたわけだから。彼は、ああ、そうする、でももっとあとで、ヨシェバが帰りの飛行機に乗る日に、と言っていたの。あなたに本の感想を求めていると思われたくなかったのね」メアリー・アンは少し間をおいてからこう続けた。「もしかしたらバスク語で書いたのもそのせい、わたしすら関わらせないためだったのかもしれない」彼女は悲しげな笑みを浮かべた。夫が書き残した本を読むことができないという悲しみ。僕は立ち上がり、ポーチを右往左往した。言うべき言葉がなかなか見つからなかった。「その本をオババの図書館に持っていくよ」と僕はようやく彼女に言った。「でもその前に、読んでどう感じたか、君に手紙で知らせる」

川岸で馬の世話をしている飼育係は三人になっていた。彼らは上機嫌のようで、カウボーイハットで頭を叩き合い、笑い声を上げていた。やがて、馬たちを厩舎へ連れていった。家の中で誰かがテレビをつけた。

「本を書きたいという気持ちはずいぶん前からあったと思うの」とメアリー・アンは言った。「少なくともアメリカに来たときから。初めてデートしたときもその話をしていたわ。でも、書き始めたのはずっとあとのことなの。ハンボルト郡にバスクの羊飼いたちのcarvings（カーヴィング）を見に行ったあとよ。もちろん何のことかは知っているわね。英語ではアスペンという木の表面にナイフで彫った彫刻のこと」僕は頷いた。バスクのテレビ局で放送された「アメリカノアク」、つまりアメリカへ移民したバスク人たちについてのドキュメンタリー番組を見たことがあったのだ。「最初、ダビはすごくうれしそうに木を一本一本見て回って、感極まったみたいに、いま僕たちが見ているのは、きっと人間の根源的な欲求の表われなんだって力説していたの。人は誰しも自分の痕跡を、《私はここにいた》という証しを残す必要があるんだって。でも突然、彼の表情が曇ったの。二人のボクサーの姿が刻まれた木を見つけたときよ。ボクサーの一人はバスク人だったけど、名前が思い出せないわ」彼女は考え込んだあと、「少し待っていて」と言って立ち上がった。「この数日、彼の書斎の整理をしていて、その木の写真を見つけたの。すぐに持ってくるわ」

日が暮れかけていたが、空はまだいくらか明るかった。薄いピンク色の小さな雲がいくつか浮かんでいて、耳栓にする綿玉のようだった。牧場の低地のほうでは、木々と花崗岩の見分けがつかなくなり始めていた。馬たちも飼育係も姿を消し、川のほとりには何の気配もなかった。聞こえてくるのは、家の中のテレビの音だけで、アナウンサーがストックトン近郊で起きた火事——a terrible fire——について伝えていた。

メアリー・アンがポーチの明かりをつけ、木の一部をクローズアップで撮った写真を僕に手渡した。幹の表面に、拳を振り上げた二人の男の姿がたどたどしい線で刻まれていた。その下には、木の成長とともに輪郭が歪んでしまっていたものの、日付と名前がはっきりと読み取れた。《リノ、一九三一年七月四日　パウリーノ・ウスクドゥン対マックス・ベア》「ダビが怒ったのも無理はない」と僕は言った。「ウスクドゥン〈バスク出身の実在の人物〉は生涯、スペインのファシストたちの太鼓持ちだった。ゲルニカに火を放ったのは当のバスク人たちだと主張したこともあったんだ」「ダビも同じことを言ったわ。その彫刻を見てひどく怒ってしまって、そのあと牧場に戻ってくると古い写真を見せてくれたの、オババの運動場の落成式の日のものよ。そのボクサーが写真の中央にいて、二十人近い人たちに囲まれていた。ダビのお父さんもいたわ。この人たちは誰？　と訊いたら、人殺しとその仲間たちだ、と言うの。次の日、わたしがカレッジから戻ると、彼は書斎で、オババから持ってきた書類をすべて机の上に広げていた。僕も自分のカーヴィングをつくることにした、と言ったわ。それがこの本のことだったの」

僕はオババの運動場の落成式の写真を見せてほしいと頼むべきか迷ったが、黙って本を手に取った。ポーチの電球の明かりの下では、表紙の金文字が余計に目立って見えた。**ダビ・イマス『アコーディオン弾きの息子』**「それはいつのことなんだい？　つまり、ハンボルト郡に行ったのと、ダビが本を書き始めたのは」と僕は尋ねた。「結婚してすぐ。リズがお腹にいたから、十五年くらい前のことよ」

ページを繰ってみると、かなり字が詰まっていて、文字はとても小さかった。「ということは、一気に書き上げたわけではないんだね」と僕は言った。「途中で、別のものをいくつか英語で発表しようとしたこともあったの。たとえば、ほら、あなたがこのあいだ聞いた短篇。あれは『トゥーレアリ郡の作家たち（Writers from Tulare County）』というアンソロジーに収録されたわ」

このあいだ。ダビの「オババで最初のアメリカ帰りの男」という短篇小説の朗読会を彼の友人たちが牧場で催し、その作品についてダビ自身が語るのを聞いてから、まだ二週間も経っていなかった。そして、もはや彼はいない。死神は持って回ったことはせず、一撃を振り下ろす。ある家にやってきて、「これまでだ」と宣告すると、次の家、次の町へと移っていく。死とはそういうものだった。

「彼はほかにも短篇を二つ、オババの友達について書いたの。英語に翻訳するのを手伝ったわ。一つは『テレサ』という題で、もう一つは……」メアリー・アンは二作目のタイトルを思い出せなかった。「ルビス？」彼女は首を横に振った。「マルティン？」それも違う。「アドリアン？」「そう、『アドリアン』だったわ」「彼は僕たちの仲間だった」と僕は言った。「オババの小学校に一緒に通っていたんだ。大学に進学してからも、専攻は違ったけどずっと友達だった」メアリー・アンは溜め息をついた。「カレッジの同僚の仲介で、バイセイリアの雑誌に掲載してもらえるところだったのよ。同僚はサンフランシスコの出版社に掛け合ってみるとまで言ってくれたんだけど、ダビがあまり興味を示さなかったの。もちろん短篇は、あなたたちの古い言語ではなく、英語で、わたしが手直ししたものが出版されることになる。そうなると自分の作品だとはあまり思えなかったのね」

「アンソロジーに載ったのは例外だったというわけか」「そうなの」

あなたたちの古い言語で《エン・ラ・ビエハ・レングア・デ・ウステデス》（En la vieja lengua de ustedes）。ストーナムに来てから初めて、僕はメアリー・アンの言葉に何か苦々しさのようなものを感じ取った。彼女はメキシコ風のアクセントこそあったものの、流暢なスペイン語を話したから、一度ならずダビにこう言ったろうことは想像がついた。「英語で書くのが大変なら、どうしてスペイン語ではだめなの？ 結局のところ、スペイン語だってあなたの言語でしょう。スペイン語で書いてごらんなさいよ、わたしが英語に訳すのを手伝うから」だが、ダビは幾度も決断を先延ばしにしたことだろう。きっとメアリー・アンが憤慨してしまうまで。

ロサリオがポーチに顔を出した。「わたしは家に帰りますね、メアリー・アン。エフラインはサンドイッチも作れないのは知っているでしょう。わたしが作ってやらないと夕食もとらないんですから」「そうね、ロサリオ。わたしたちすっかり話し込んでしまって」そうスペイン語でやり取りしたあとでメアリー・アンは立ち上がり、僕も彼女に続いた。「じゃあこれをオババの図書館に持っていくよ」と僕は本を見せて言った。「向こうなら少なくとも誰かが読めるわね。わたしとは違って」「ああ、まだ古い言語にしがみついている人たちがいるからね」僕は自分の部屋に戻り、荷造りを始めた。本は肌身離さず持ち歩けるよう、手荷物の鞄に入れた。

翌朝、バイセイリアの空港で、メアリー・アンはまたその話を持ち出した。「昨日はきっと、よくいる少数言語を目の敵にする人を相手にしている気分になったでしょうね。でも、わたしはそうじゃないの。ダビとフアン伯父さんは、二人のあいだではバスク語で話すことが多かったけど、わたしはストーナムであの響きを聞くのが大好きだったのよ」搭乗を呼びかけるアナウンスが始まっていたので、話している余裕はあまりなかった。「もしかすると、君が言ったとおりだったのかもしれない」と僕は言った。「ダビは別の言語で書いたほうがよかったのかもしれない。結局、バスクに戻るつもりはなかったわけだから」メアリー・アンは僕の言葉にかまわず続けた。「わたし、ダビとフアン伯父さんが話しているのを聞くのがどんなに好きか、彼によく言ったものよ。あるとき、rとkがずいぶん多いのね、と言ったら、彼は、そうだよ、君は気づいていなかったかもしれないけど、僕と伯父さんはアメリカの広大な大地にいる二匹の孤独なコオロギで、あれは羽を動かすときの音なんだ、と言ったわ。『君が見ていないと、羽を広げてあのkとrの音を出し始めるのさ』って。それが彼のユーモアだった」

ダビとのあいだに交わした多くの手紙が僕の脳裏に蘇った。言語の問題にどれだけの行を費やしたことか。「僕らにとっては難しい決断なんだ」と僕はメアリー・アンに説明した。「考えてもごらん、君の言語を話す人は五億人以上もいる。僕らの場合はといえば、百万人にも届かない。事情が違うんだ。君が自分の言語を捨てたとしても何も起こらないだろう。でも、僕らが同じことをしたら、言語を衰退させ、消滅に向かってさらにもうひと押ししてしまうことになる。少なくとも、僕らを含めてそう思う人たちがいる。そういう感覚がすっかり染みついているんだ」メアリー・アンは首を振った。「ともかく、もはやどうしようもないわね。本を読んで、わたしの興味を引きそうなことがあったら手紙で知らせてちょうだい。いまもまだ彼のしたことがよく理解できないの」「僕が思うに、ダビはここで幸せな人生を送ったけど、向こうではそうじゃなかった。ストーナムでの人生を守っておきたかったのかもしれない。いいワインが悪いワインと混ざらないように」彼女には言わなかったが、その言い回しはダビ自身がよく使っていたものだった。「飛行機に乗り遅れるわ」とメアリー・アンが言った。「このひと月、一緒にいてくれてどうもありがとう」僕は礼には及ばないと答えた。「僕もつらかったけど、素晴らしい体験でもあった。ダビから多くのことを学んだよ。彼の勇気が僕にもあったらいいんだが」別れの挨拶のキスを交わすと、僕は搭乗口に向かった。

飛行機が離陸すると、ストーナムの上空にあのピンク色の雲が見えた。空の上からだともっと大きく平らで、空飛ぶ円盤のようだった。そのほかはどこも青空だった。僕は手荷物の鞄から本を取り出した。最初に献辞として、リズとサラ、伯父のファン、母のカルメン、そしてオババで僕たちの友達だった亡きルビスに捧げられた文章があった。僕は本を閉じ、また鞄にしまった。ロサンゼルスからロンドンまでの長旅のあいだに読むことにしよう、と思った。雲よりも高い、天上の領域で。

それから十日ほどして、僕はメアリー・アンに手紙を書き、ダビの本をオババの図書館に持っていき、そこにきちんと所蔵してもらったことを伝えた。そして、自分用にコピーを取ったことも書いた。僕が直接体験した出来事が書かれていたばかりでなく、僕自身もそこに登場していたので、思い切って四冊目を作らせてもらった、と。

手紙には、ダビの振る舞いについての僕の意見も書いた。バスク語で書くという彼の決断の背後には、バイセイリアの空港で僕が話した少数言語の擁護ということにとどまらない、切実な理由があったのではないか、と。簡潔に言えば、彼は自分の第一の人生と第二の人生が混ざり合うことを拒絶していた。おそらくダビは、彼の第二の人生の主要な証人である妻が、アメリカに移住する前の人生について詳しく知ることを望まなかったのだろう。だからこそ、アメリカに行く前の人生に関する情報をkとrだらけの知られざる言語の背後に隠すという、あの解決策を選んだ。「君には読めないかもしれないが、オババの人たちには読める。もしかするとリズとサラにも。あの子たちがいつか、ストーナムに埋葬されたミチリカだけでなくもっと多くの言葉を学んで、バスク語の語彙を増やしていったなら」

メアリー・アンはスリーリバーズ郵便局の絵葉書で返事をよこした。手紙をありがとう、そしてダビの遺志を叶えてくれたことに感謝する、とあった。そして、ある質問に「一行で」答えてほしいと書いていた。僕がダビの本を、本としてどう思ったか。「とても面白くて、中身が濃い」と僕は答えた。メアリー・アンの二通目の絵葉書がすぐに届き、真実に別の光を当ててくれた。「わかったわ。イワシの瓶詰めみたいに、出来事がぎっしり詰め込まれているのね」的確な表現だった。ダビは空白を恐れるかのように、すべてを語り尽くそうとしていた。しかし、その努力にもかかわらず、僕自身も体験し、特別なものに思われたいくつかの出来事は、ほかの事柄に押し潰され、かき消されてしまっていた。

それから一年後、世紀の終わりまであと数週間というとき、僕はアメリカから戻って以来ずっと温めていた計画についてメアリー・アンに知らせた。僕は『アコーディオン弾きの息子』にもとづいた本を書きたかった。別の言い方をするなら、ダビが書き残した記憶を書き直し、拡大したかった。新しい家を建てるときのように、もとの家を意に介さず取り壊してしまうのではなく、既にこの世を去った羊飼いのカーヴィングを木の幹に発見し、そのいくつかの線をさらに際立たせたいと感じた友人の精神でもって。初めのうちは、新たに刻まれた跡と古い跡との違いが目につくだろう。だが、時がたちまちにすべてを一つにすることだろう。木の肌の色も輪郭も一体化し、あとに残るのは《ここに二人の友達が、二人の兄弟がいた》と伝えようとするただ一つの彫刻だ。僕はメアリー・アンの意見を、そしてつまるところは、彼女の承諾を求めていた。

いつものように、彼女の返事は早かった。あなたの計画を知ってうれしい、そのために役立つかもしれない書類や写真を送ったと書かれていた。さらに、それは彼女自身の関心からすることなのだ、と念を押していた。「もしあなたが本を書き、そのあとでわたしにも理解できる言語に訳されたなら、どの箇所がサンフランシスコで知り合う前のダビの人生なのか特定するのは、わたしにとって難しいことではないでしょうから。あなたの修正や加筆はうまく繋ぎ合わされて、他人には識別できないかもしれません。でもわたしは、彼と人生の十五年以上を分かち合ってきたのだから、二人の筆致を見分けることができるはずです」追伸で、メアリー・アンは『僕の兄弟の本』という新たな題名を提案し、リズとサラのことを忘れないでほしいと書いていた。「あなたが数か月前に言っていたように、あの子たちはその本の読者になるかもしれないのだし、あの子たちに不要な苦しみは一切味わってほしくないのです」

僕はふたたびストーナムに手紙を書き、娘たちのことは安心するようにと伝えた。一ページごとに彼女たちのことを考えるだろう、僕の本がいつの日か、彼女たちの人生の、彼女たちがこの世でより心穏やかに生きていく助けとなることを望む、と。当然ながら、僕の願いがすべてそれほど気高いものだったわけではない。僕も自分の関心に突き動かされていた。自分自身の痕跡を残すことをあきらめず、ダビの作品のたんなる編集者にとどまるというもう一つの選択肢を退けたのだから。「僕のやり方を理解せず、木の皮をはぎ取ってしまったと、ダビの彫刻を奪ってしまったと非難する人もいるだろう」とメアリー・アンに説明した。「僕は作家として終わっていて、もう自分で本を書くことができないから、他人の作品を利用したのだと言われることだろう。でも、それは真実じゃない。実際には、時が経ち、出来事が遠ざかるにつれて、登場人物たちは互いに似通い始め、一つになるんだ。僕の考えでは、ダビと僕の場合にはそうなる。そしてきっとある程度は、オババでの僕たちの仲間の場合にも。僕がダビの彫刻に加える線は卑劣なものにはなりえない」

それからさらに三年の時が流れ、その本は現実のものとなった。題名は結局、メアリー・アンが提案してくれたものではなく、もとのままだ。だがそれを別にすれば、彼女と僕の願いは叶えられている。この本の中にリズとサラを傷つけうるものは何もないし、僕らの時代と僕らの父親の時代にオババで起こった出来事も欠けていない。この本には、オババのアコーディオン弾きの息子が書き残した言葉が含まれている。彼自身の言葉と、僕の言葉、そして僕らと友情を結んだ多くの人々の言葉が。

名前

リズ、サラ

僕たちの長女リズが二歳半、次女のサラがまだ一歳足らずの頃だった。リズは僕と一緒に家にいた。サラはバイセイリアの病院で、メアリー・アンに付き添われていた。そこで既に二十時間、ときおり酸素のチューブに繋がれながら、気管支拡張薬の吸入を続けていた。気管支が粘膜でふさがれ、呼吸困難になってしまったのだが、まだ七、八キロしかない幼い身体には、その粘液を外に押し出すだけの力がなかった。おまけにひどい咳が止まらず、彼女が咳き込むたび、小さな胸は揺さぶられ、壊れたアコーディオンのような音を立てた。

僕はいつもの午後と同じようにリズを散歩に誘った。いつになく陽気に、あるいはそんな気分でいるふりを装って。メアリー・アンと僕は、彼女が昨晩家で起こった騒ぎに気づかなかったと、妹の病状は知らずにいると思っていたので、ならばそのまま何も知らせず、普段どおりに過ごさせてやりたいと考えた。「リズはどうしている？　わたしたちのこと訊かなかった？」とメアリー・アンが病院から電話をかけてきて尋ねた。僕は、いいや、と答えた。落ち着いているし、昼食もしっかり食べた、と。

リズは風景や広大な展望には興味がない。山脈や谷を眺めるより、地面に身を屈めて、そこに見つけた小石や小枝、その他いろんな些細なものを、メキシコ人の馬の飼育係が捨てたたばこの吸い殻までじっくりと観察するほうが好きなのだ。その観察の途中で、蟻か何かの虫が現われてくればなおいい。あの日もそんな調子で、ところどころ立ち止まりながら歩いたので、ブランコのある川沿いの野原まで着くのに三十分もかかった。そのあと、リズがそこで遊ぶのに飽きてしまうと、生まれたばかりの仔馬たちが母馬と一緒にいる囲いを覗きに行き、それから今度はロサリオとエフラインの家へ、そこの庭に「住んでいる」という石の小人を訪ねに行った。リズはその小人のところへ欠かさず「おしゃべりをしに」寄るのだ。二、三分話しかけ、キスをして、また道に出てくる。その日、僕が「友達はどうしていた?」と尋ねると、娘は「元気だよ」と答えた。「それで、何て言っていたんだい?」「サラはすぐによくなるって」

娘の思いがけない返事に、僕は胸を衝かれた。幼い子供の声で発せられたそれは、言葉を超越した美しさを湛えていて、僕はリズをきつく抱きしめずにはいられなかった。「もちろん、サラはよくなるよ」と彼女の耳元にささやいた。頭の中で、まるでたくさんの魂がそれぞれの言語で、あるいはただ一つの魂がたくさんの言語で語りかけてくるかのように、さまざまな考えが錯綜し、僕はついにある誓いを立てた。リズとサラに、六十頭の馬がいる牧場以上の何かを残してやろう、ふたたび筆をとり、アメリカに来てこのかたずっと頭の中にあった回想録を完成させることにしよう、と。もちろん、時間の流れに抵抗し、それがすべてを消し去るのを押しとどめるためにではなく――消し去られたほうがいい過去もときにはある――、娘たちが大人になったとき、父親がどんな人間であったか知る機会をもてるように。

ファン

亡くなる数か月前から、ファン伯父さんは急に体調を崩した。その変化があまりに大きかったので、リズとサラはしきりに彼の様子について尋ねた。「ファンはどうしちゃったの？　もうお話もしてくれないよ」メアリー・アンは娘たちに本当のことを話した。心臓が弱っているので、少し動いただけでも疲労困憊してしまうのだ、と。「だから、ファンの家に遊びに行くのはよして、そっとしておいてあげてね」リズとサラは母親の頼みを真面目に聞いた。「ファンが病気なのはわかってたよ。ナキカが教えてくれたの」僕が寝かしつけに行ったとき、リズが言った。ナキカというのは彼女のお気に入りの人形の名前だ。「おやおや、ファンはゴルフに行かない、おやおや、これは悪い兆候だよって言ったの。馬たちが駆け回るのを見に出ることもない、おやおやおやおやってナキカが言ってたんだよ」

たしかにそうだった。体調が目に見えて悪化する前から、ファン伯父さんは二つの趣味——最初にゴルフ、そしてすぐに馬の飼育——をやめていた。そして、それまでになかったことだが、僕たちの家を頻繁に訪れるようになった。見たところは、夕食後に話の種を提供しては、その後の会話に注意深く耳を傾けているいつもの彼だった。しかし、すぐに疲れてしまい、一人で席を移してテレビを観ているか、エフラインを呼んで自分の家まで車で送ってもらわなければならなかった。その状態が何か月か続いた。

六月に入ると、少し変化があった。伯父は毎日のように、夕方になるとエフラインを連れて家に来るようになり、メアリー・アンにコーヒーを一杯頼んでからポーチに出ると、遅い時間になるまでずっとそこに座り、馬たちを見ながら——「昔はひと目見ただけでどの馬か見分けがついたもんだ」——あるいは谷のほうを眺めながら、かなり奇妙なことを口にするようになった。「向こうから土埃を立ててやってくるカウボーイたちは、インディアンに違いない。私のコーヒーの匂いを嗅ぎつけて、一杯ご馳走してもらいたがっているんだ。まったく、コーヒーに目がない連中だよ」日が経つにつれて、彼の声は次第にか細くなり、メアリー・アン曰く「たばこの巻き紙みたいに」脆く、弱々しくなっていった。六月の終わり頃、亡くなる数日前に、伯父は僕にアコーディオンを持ってきてくれないかと頼んだ。聴きたい曲があるのだと。「どの曲?」と僕は尋ねた。「このあいだのあれだよ、コーヒーの」伯父はつい最近のことのように言ったが、僕はもう何年も楽器に触れていなかったので、最初はいつのことかわからなかった。「どの歌のことを言っているの?」すると、彼は喉を絞るようにしてスペイン語で歌った。"Yo te daré, te daré, niña hermosa, te daré una cosa, una cosa que yo sólo sé: ¡café!"——《僕が君にあげよう、君にあげよう、かわいい娘、君に或るものをあげよう、僕だけが知っているものを。コーヒー!》——。

僕はようやく思い出した。ストーナム牧場に来たばかりの頃、エフラインとロサリオの結婚式でその曲を弾いたこと、そしてその昼食後の席で、ファン伯父さんがかつてネバダの砂漠でインディアンと遭遇した体験について話してくれたことを。「レッドスキンの集団が背後から迫ってくるのに気づいたときはもちろんぞっとしたが、日が暮れてひと気のない平原で焚き火にあたっていたら、繋いでいた馬がいななき始めて、突然奴らが目の前に現れた。そのときはもう心臓が縮み上がったよ。だが、連中が欲しがっていたのは私の命じゃなく、コーヒーだったんだ。鍋を火にかけてコーヒーを沸かし始めたら大喜びしたよ」その話に続けて、フアンはあの歌――《僕が君にあげよう……》――を、最期の日々とは比べ物にならないほど力強い声で歌ったのだった。僕はアコーディオンを持ってくると、結婚式での演奏を可能なかぎり再現しようとした。伯父はとても満足したようだった。

亡くなる前日、伯父はポーチで黙りこくっていて、コーヒーも欲しがらなかった。「アコーディオンを取ってこようか？」と僕は訊いた。彼は無関心そうに肩をすくめてみせたが、その仕草は否定のように、もう音楽を聴く気もおきないのだと言っているように見えた。彼は谷のぶどうやレモンの果樹園の向こうを見つめていた。ちょうどカウィア湖を囲む丘の背後に沈みかけていた太陽の、さらに遠くに目を凝らしているようだった。

「なんて無邪気で、愚かだったんだろう！」彼はふと吐息まじりにつぶやいた。そして、「メアリー・アン、君はスペイン内戦について聞いたことがあるかね？」と言った。僕は悲しい気持ちで伯父を見つめた。メアリー・アンの父が国際旅団の一員としてあの戦争で――during the Spanish Civil War――体験した出来事については、もう幾度となく話したことがあったのだ。「ほら、生まれたばかりの仔馬たちの話を聞かせてくれないと。伯父さんが様子を見てきたとエフラインに聞いたよ」と僕は話を逸らそうとして言った。戦争の話は始めてほしくなかった。しかし、伯父さんは僕の言葉に耳を貸さなかった。「ファシストたちがオババに侵攻してきたとき、仲間たちはみんな山に逃げてアギーレ大統領の率いるバスク軍に加わろうとしたんだが、私は党の指示に従って村に残った。それであんな悲しい光景を目にする羽目になったんだ。デグレラという大尉がやってきて、役場の前で演説をした。そこではほんの数時間前に村の七人の男が銃殺されたばかりで、そのなかには私の親友だった、あの善良なウンベルトもいた。大尉は、自分のように命を捨てる覚悟のできている兵士が必要だと、スペインとカトリック教会は兵士たちの赤い血を必要としていると言った。"Necesito vuestra roja sangre. No os prometo la vida, os prometo la gloria"——『お前たちの赤い血が必要だ。命は約束しない、栄光を約束しよう』——とな。すると、誰もが狂ったような剣幕で押し合いへし合い、我先に入隊しようとした。スペインのファシストたちのために死ぬのが待ちきれないとでも言わんばかりに」

伯父はそこで、何か障害物にぶつかったかのように話すのをやめた。僕たちの周囲で、ストーナム牧場の生き物たちは沈黙を守っていた。カウィア川のせせらぎもポーチまで聴こえてきそうだった。少し経ってから、フアン伯父さんは手振りを交えつつ話を続けた。「"*Etor hadi gurekin, Juan*"——『俺たちと一緒に来いよ、フアン』——とそこにいた若者の一人が嬉々として言った。『この脚じゃ行けないのがわからないのか。松葉杖をついて前線に行くのは無理だ』と私は言った。脚を骨折したふりをしていたんだ。私と同じく信条を伏せていたある医者に、半月板損傷だという診断書をもらってあった。そこにいたみんなはただちに、祭りにでも行くみたいに前線に発っていった。何人だったのか、たぶん百人はいただろう。一年も経たないうちにその半分が死んでいた」

エフラインがランドローバーで伯父を迎えに来た。"*Las niñas están ya dormiditas*"——「娘さんたちはもうぐっすり眠っています（エスタン・ジャ・ドルミディータス）」――と彼はスペイン語で挨拶代わりに言った。伯父がそんな状態だったので、リズとサラは夜のあいだ彼らの家で、ロサリオに面倒を見てもらっていたのだ。「旦那、調子はどうですか？　もうよくなりました？」とエフラインは伯父に尋ねた。「世の中には無邪気な人間がたくさんいるもんだな」と伯父は言った。エフラインはそれを聞いて、テキサス州のある囚人のことを言っているのだと勘違いした。その週に死刑が執行されることになっていたので、テレビで彼のことが盛んに報道されていたのだ。「犯罪者も大勢いますよ、旦那」エフラインは伯父が立ち上がるのに手を貸しながら答えた。

「きっともうすぐ死んでしまうんだ、そんな気がしないか？」僕は寝室に引き上げてからメアリー・アンに訊いた。彼女は頷いた。「でも、今日の夕方の話がフアンの最後の思い出になってほしくないわ」僕も同感だった。嬉々として戦場へ向かっていった若者たちの話――木の表面に刻まれた最後の不吉なカーヴィング――はフアンらしくなかった。伯父はいつも明るい人だったのだ。

　その翌日、六月二十四日に僕たちの願いは叶えられた。まるで心優しい精霊か、神その人が聞き届けてくれたかのように。亡くなる数時間前、伯父は少し元気を取り戻し、僕たちは彼がポーチに腰を下ろしてすぐ、笑顔で上機嫌なのに気づいた。伯父はシャンパンが飲みたいと言った。「あら、フアン、いったいどうしたの？」とメアリー・アンは大げさに驚いてみせた。「アメリカ人たちは大事な日付を忘れているようだな。知らなかったとは言わせないが、今日はサンフアン〔聖ヨハネのこと〕、私の守護聖人の日だよ。バスクでは特別な日だ」「そうだった、僕も忘れていたよ。すっかりアメリカナイズされてしまったみたいだ」「おめでとう！」とメアリー・アンが祝福した。それから、シャンパンが冷えるのを待っているあいだ、僕たちはポーチに座り、メキシコ人飼育係たちが馬を調教する様子を見ていた。それは趣のある光景だった。川の向こう岸の野原に、カウボーイハットを被った男が十人ほど、それぞれ馬を一頭ずつ連れて散らばっていた。彼らは縄だけを使って、馬たちにさまざまな動作、とくに特別な歩調を教えていた。

「いま、馬は何頭いる?」と伯父が訊いた。「僕の帳簿では、仔馬も入れて全部で五十四頭」「いいぞ! 私がストーナム牧場を買ったときの目標はそれだったんだ。ほかのバスク人たちみたいに羊ではなく、乗馬用の馬をたくさん飼育する。二千頭の羊を連れて山を歩き回るなんて、とても人生とは言えんよ。馬を育てて一頭一万ドルで売るほうがずっといいに決まっている!」僕たちは冷凍庫からシャンパンを取り出し、三つのグラスに注いだ。その日の夕暮れはもうすっかり夏らしかった。僕は谷のほうを眺めた。ぶどう園は薄暗くなり、空は薔薇色に染まっていた。太陽が丘の向こうに隠れたところだった。

「タホ湖に別荘を持っていたあのハリウッドの女優、名前は何と言ったかな? あれは美しかった。まさしくセックス・シンボルだ」とシャンパンをひと口味わってからフアン伯父さんが言った。それは彼のお気に入りのエピソードで、僕たちはもう何度も聞かされていたので、誰の話かはすぐにわかった。伯父の質問に答えたのは、ちょうどそのときリズとサラのパジャマを探しに来たエフラインだった。「覚えていらっしゃらないんですか! ラケル・ウェルチですよ!」フアンは一瞬ためらった。「私が言っているのは、あのサンソンと呼ばれていた羊飼いが夢中になっていた女優のことなんだが」「ラケル・ウェルチです」とエフラインは繰り返した。フアンは笑って頷いた。そう、たしかに彼女だった。

フアン伯父さんはそのエピソードを語り始めた。サンソンは、バスクのある村からアメリカ合衆国に渡ってきて、あるベテランの羊飼いの助手になった。その羊飼いは、出身地のビスカイア県の町の名前を取ってゲルニカと呼ばれていた。サンソンが新天地に来てまもない頃、二人がタホ湖の近くで羊の群れを放牧していると、人を乗せていない一頭の馬が暴走して彼らのほうに向かってくるのが見えた。サンソンがどうにか馬を捕まえ、誰かが探しに来るのを待っていると、あとから走ってやってきたのがなんと、当時名声の絶頂にあったハリウッド女優ラケル・ウェルチだった。しかもなんと、黒いビキニ姿だった。彼女はサンソンに向かって“Thank you very much, darling”と、つまり馬を制してくれて助かった、どうもありがとう、と礼を言った。すると、サンソンは彫像のようにその場で固まってしまった。

　ファン伯父さんはここまで話すと笑い出し、いつものように、羊飼いのゲルニカがタホ湖から帰ってきて語ったことをそのまま、彼のバスク語のビスカイア訛りまで上手に真似て再現した。「サンソンが目をパチパチさせたままうんともすんとも言わねえもんだから、わしはラケル・ウェルチに近づいてって、わしだってあのきれいな髪や胸を見て動転してたんだけども、とにかく思いつくままにこう言ったのよ、“Sorry, he is epileptic, epileptic”――『すみません、そいつはてんかん、てんかんなんです』――って。そしたらラケル・ウェルチは“Oh!”と言って、小さい童にいい子、いい子ってするみてえに奴の頰を撫でてやって、それから馬を連れて帰ってったんだ。俺はサンソンの腕を摑んで、『おい、羊たちの様子を見に行かねえと』って声を掛けたんだが、奴は惚けた目でこっちを見て、何て言ったと思う？ “*Ardixek? Ardizain geunden ala? Ez ziren txarrixek ala?*”――『羊？ 俺たち、羊の世話をしてたのか？ 豚じゃなかっただか？』――だと！」ファン伯父さんは大笑いした。「羊と豚を間違えるなんて！」

僕たちは彼のグラスにシャンパンを注ぎ足し、伯父さんはもう半時間ほど僕たちのところに留まった。

「昔、スペインを旅行したときに、お城の廃墟を見たのを憶えている？」翌朝、朝食をとりながらメアリー・アンが言った。「荒涼とした、ひどく寂しいところだったわ。石の一つひとつが一トンもありそうなほど重々しく見えて、時間さえも止まってしまったようだった。でも突然、一羽のコウノトリが廃墟のてっぺんに現われて、その上をちょこちょこと歩き始めたの。すると、その鳥のほんの小さな動きがすべての石に伝わって、死んだ石造りの建物が息を吹き返したように見えたわ。昨日、あのときと同じことが起こった気がしたの。ラケル・ウェルチと羊飼いの話をしていたファン伯父さんはまるで生き返ったみたいだった」「君が言おうとしているのは、あれが彼のしてくれた最後の話になるだろうということだね」彼女は頷いた。

メアリー・アンはいい予言者になれたことだろう。彼女のその哀悼の言葉は、まさにファン伯父さんの死とともに発せられたのだから。ポーチからエフラインが「早く来てください！　旦那が！　家の電気はみんなついているのに、返事がないんです！」と叫んだとき、僕たちはまだ朝食を終えていなかった。伯父がまだ生きているかもしれないという希望は一切持たずに、僕たちは彼の家まで降りていった。

葬儀の日、僕はストーナム牧場に集まってくれた友人や近隣の住民に、城の廃墟とコウノトリの話をした。そしてアコーディオンを手に取り、ファン伯父さんを偲びながら、聖ヨハネの賛美歌を弾いた。

メアリー・アン

1

サンフランシスコは小雨模様だった。スウェーデン人かアイスランド人と思しき若い女性が、透明なレインコートを着て、街角で写真を撮ろうとしていた。彼女が手にしていたのはポラロイドカメラ。場所はヘイトアシュベリー、アシュベリー通りとフレデリク通りの交差点。その若い女性がメアリー・アンだった。

　彼女は通りがかりの僕にカメラを差し出して言った。"¿Puede usted, por favor, tomarnos una fotografía?"――「すみません、写真を撮っていただけませんか？」――。正確なスペイン語だったが、強いアメリカ訛りがあったので、僕はアイスランド人かスウェーデン人ではないかという考えを直ちに退けた。「僕がスペイン語を話すとどうしてわかったんですか？」「わたし、観光客にしては目が鋭いんです」彼女は笑って答えた。髪だけでなく、眉やまつげも金髪だった。深い青色の瞳は、アイスランド人やスウェーデン人というより、北岬（North Cape）〔ノルウェー北部マーゲル島北端の岬。ヨーロッパ最北端として知られる〕の人々を思わせた。

　彼女は、傘の下に半ば隠れていたもう一人の女性に、もっと近づくようにと言った。その人は小柄で、四、五十歳以上には見えなかったが、それにしてはやつれた様子をしていた。僕は二人をポラロイドカメラのファインダーに収めた。並んで立つと、彼女たちの姿はまるで陰と陽、悲しみと明るさを象徴しているかのようだった。

　メアリー・アンは、連れの女性の背中を温めようとするようにさすった。透明なレインコートの下には、膝丈のジーンズのスカートと刺繍入りの白いブラウスを着ていた。長靴も白だった。

「あなたはアルゼンチン人?」写真を撮ったあと、彼女がそう訊いた。“Basque”――「バスク人」――と僕は答えた。その言葉を何かと結びつけるのに、彼女は数秒を要した。“Shepherds!”――「羊飼い（シェパーズ）いね!」――とようやく、メアリー・アンは当たりくじを引いた人のように誇らしげに言った。「そこの公園に羊の群れを放してあるんです」と僕はブエナビスタ公園のほうを指差した。「もし見てみたければ、僕についてくるといい」冗談らしい軽い口調を装ったが、内心は不安でたまらなかった。というのも既にそのとき、ウェルギリウスによれば予知を知らせるというあの《賢明な声》が僕に呼びかけ、彼女のそばに留まりなさい、彼女を見失ってはならない、と告げていたからだ。

「そうね」とメアリー・アンが言った。「羊の群れと写真を撮るのも悪くないんじゃない、ヘレン? それに、このバスクの羊飼いさんが撮ってくれた写真だと、わたしたちひどい映り方だわ」そしてまた連れの女性の背中をさすった。彼女は友達を元気づけようとしてそんなに明るく振る舞っているのだ、という気がした。「ヘレン、どう思う?」と彼女はまた訊いた。「あなたの好きにして、メアリー・アン」と女性は答えた。その名前、そのとき初めて耳にした名前がどれほど美しく思えたことか。メアリー・アン。「ともかく、わたしはカストロ地区のカフェに行くことにする。

公園では済ませにくい用事があるの」メアリー・アンと僕は頷いた。

丘を下っていくあいだ、僕たちは自己紹介をした。二人はニューハンプシャーのカレッジで教えていると言った。ヘレンはラテンアメリカ文学、メアリー・アンは文芸翻訳の教師だった。サンフランシスコにはほんの数日の予定で来ていた。「だから、こんなひどい天気に見舞われてすごく腹を立てているの」とメアリー・アンは僕に近寄り、傘を差しながら言った。雨はやみそうになかった。「大丈夫、明日からはよくなるよ」と僕は言った。「本当?」「そういうことでバスクの羊飼いは絶対に間違えないんだ」「でもどうしてわかるの? 風向きで?」「風向きを観察するのも大事だ。でももっと重要なのは、ラジオのニュースを聞いて、テレビの天気予報図をしっかり見ることだよ」彼女は笑った。彼女のレインコートは新品の匂いがした。

「二人とも大学の先生で、ニューハンプシャーから来ている。なのに君は明るくて、彼女は悲しげだ」カストロ地区のカフェで席につき、ヘレンが化粧室に行ってしまうと、僕はメアリー・アンに尋ねた。彼女は真面目な顔になった。「ヘレンのお父さんは入院していて、かなり容態が悪いの。わたしたち、それでサンフランシスコにいるのよ」僕は不安に襲われた。彼女と近づきになろうと焦るあまり、下手なことを言ってしまったのではないか。これでは、彼女は僕に失望して、コーヒーを飲み終えるやいなや、住所も電話番号も残さずに去ってしまうだろう。その失敗を埋め合わせようとして——繊細な人間を自認する者は、よい印象を与えたいと思うと大きなテーマに話を持っていきがちなものだ——僕は死について話し始めた。

彼女に何を話したかは思い出せない。そのとき口にしたことが、果たして僕の脳まで届いていたかも怪しい。憶えているのはただ、自分が必死だったこと、アシュベリー通りとフレデリク通りの交差点で芽生えた親愛の情が失われてしまうのではという恐怖が募り、どんな表情の変化も見逃すまいと、彼女のノール岬の瞳から目を離さずにいたことだ。そうして不安な気持ちのまま時間が過ぎていき、僕は気づけば、ディラン・トマスのあの有名な詩――《父よ、あの快い夜へおとなしく入っていかないでください》――について話していた、というか拙いながらその詩を朗読していた。そのとき、ノール岬の方角にきらめくものが見えた。「ヘレンのお父さんに聞かせてあげたら喜ぶかもしれないわ」と彼女は言った。「その詩集はどこでも買えると思うよ、あちこちの書店で見かけたから。ディラン・トマスはヨーロッパよりもここでのほうが有名みたいだ」メアリー・アンの同意を求めて僕は慎重に言葉を選んだが、それでもふたたび彼女の注意を引きつけることができて少し安堵した。「ともかく、ヘレンの意見を聞いてみましょう。でもわたしはいいアイデアだと思うわ」と彼女は言った。

「ヘレン、あなたはどう思う?」と席に戻ってきた友達にメアリー・アンは尋ねた。ヘレンは話を聞くと溜め息をついて、彼女の父親の問題は、病院の医者たちによれば「生きる意欲を失って」しまっていることなのだと僕に説明した。「ひょっとしたら、何か効果があるかもしれないわね。娘の言うことは聞かなくても、ディラン・トマスの詩になら耳を傾けてくれるかも。結局、父もウェールズ人なわけだし」

ヘレンは毎日ほとんどの時間を病院で過ごしたが、メアリー・アンと僕は、ロンバード通りにあった彼女のホテルで九時頃に待ち合わせるようになった。そこで朝食をとりながらガイドブックを調べ、その日にどこを回るかを決めると、たいていは徒歩で出かけた。

僕たちは暗黙のうちに了解を交わしていた。実のところ、なぜ彼女が一緒に出かけることを承知してくれたのか、僕にはわからなかった。馴染みのない場所を一人で観光するのは誰にとっても気分のいいものではないから、彼女も特別な感情なしに、たんに話し相手ができたことを喜んだのかもしれなかった。ある日、ギラデリ・スクエアでホットチョコレートを飲もうとしたら、店員が僕たちを「奥様」「旦那様」と夫婦のように扱ったことがあった。メアリー・アンが楽しそうに笑ったので、僕は、彼女がそうして一緒に出かけてくれるのにはもっと深い理由があるのかもしれない、と期待を抱いた。夕方七時頃になると僕たちは別れた。彼女はヘレンを迎えに行き、僕はチャイナタウンへ行くか、そのままマリーナ地区で夕食を済ませてからまっすぐホテルへ戻った。

ファン伯父さんが僕のために選んでくれたホテルは、とても景色に恵まれた場所にあった。部屋の窓はサンフランシスコ湾に面していて、日暮れ時になると、右手にはアルカトラズ島、左手にはゴールデン・ゲートブリッジの夜景が見えた。その輝き、とくにアルカトラズ島のより柔らかな光を見つめながら、僕は一日の出来事を振り返り、細部の一つひとつを点検し、メアリー・アンの言葉を反芻しては、アシュベリー通りとフレデリク通りの交差点で出会ったあの女性はどんな感情を抱いているのだろう、と自問した。それから、幾度となく笑いの種にされ、馬鹿にされてきたこともした。ホテルの便箋に彼女の名前を書き連ねたのだ。ときにはフルネームで、メアリー・アン・リンダー。あるいはたんに、メアリー・アン。詩も書こうとしてみたが、上手くいかなかった。書き散らしたなかで唯一救いがあったのは、彼女の瞳と唇の呼び名だった。“North Cape Eyes, Thule Lips”――《ノール岬の瞳、トゥーレの唇》――。ただ、そこにも問題がないわけではなかった。極北の地トゥーレの名が連想させるのは深い青色で、世界のほぼすべての愛の詩で唇と結びつけられている赤ではなかったからだ。

僕たちはサンフランシスコ市内を歩き回りながら、たくさん写真を撮った。最初のうちは、「僕は君の公式カメラマンだ」と言って、シティ・ライツ書店、ミッション・ドロレス教会といった観光名所を背景に、ごくありきたりのスナップ写真を撮っていた。けれどもすぐに、至近距離から、あるいは彼女の不意を突いて、もっと私的な写真を撮るようになった。「悪いけど、僕はパパラッチだから、何とかして生計を立てなきゃいけないんだ」

ある日の午後、カフェのテラスでコーヒーを飲んでいたら——天気は本当に二日目から好転した——ポラロイドカメラがテーブルから落ちてしまった。「壊れたかしら」メアリー・アンはカメラを拾い上げると、僕に向けてそれを構えた。「少なくとも音はちゃんとするわね」写真が出てきて、僕たちは画像が現われるのを待った。「落ちた衝撃で調子がよくなったみたい。ほら、あなたとてもよく映っているじゃない」本当に、実物以上によく撮れていた。「君と取引をしたい。僕のこの写真の代わりに、君の写真をどれかくれないか」と僕は言った。ノール岬とトゥーレのあいだで賑やかな動きがあった。「その写真はいらないわ。ごめんなさい、わたしもパパラッチだから、何とかして生計を立てなくちゃいけなくて」彼女は持ち歩いていた籠のバッグを開けると、写真の束を取り出した。どれも僕が映っていた。「ほら、もうこんなに持っているの。だから、取引はなしよ」「それはないよ。僕の手元に君の写真は残ってない。どれも撮ったらすぐ渡しているじゃないか」ノール岬とトゥーレのあいだで、今度は嘲るような動きがあった。「人それぞれのやり方があるの」と彼女は言った。「それなら、僕が望みを叶えるにはどうすればいい？　君みたいに、本物の泥棒パパラッチに成り下がるしかないのか？」「おあいにくさま。これからカメラはずっとわたしのバッグの中に入っていることになるから」「じゃあ、僕はどうしたら君の写真を手に入れられるんだい？」彼女の返事はたったのひと言だった。「手柄を立てるのね」

そのとき、僕は残された時間を意識した。ストーナム牧場に来て一年が経つのを機に少し休暇を取ることにしたとき、フアン伯父さんからは、サンフランシスコで十日過ごしていい、ただしスリーリバーズの町でCommunity Recognition（地域親睦会）と呼ばれる行事があるので、それまでには必ず帰ってくるようにと言われていた。伯父はその集まりで僕を地域の人たちに紹介し、「メキシコ人の飼育係たちとポーカーばかりして時間を潰さないで済むよう」友達付き合いをさせたいと考えていたのだ。もう伯父に許された日数の半分以上が過ぎ、ストーナムに帰る日は間近に迫っていた。メアリー・アンもニューハンプシャーに戻らなければならなかった。そして、その二つの場所のあいだには五千キロの距離があった。

「数字が気になり出すのはよくない兆候だ」といつだったか、ヨシェバが自分の書きかけの詩について話してくれたとき、僕に言ったことがあった。「人は何か大事なものを失ってしまうとわかったとき、頭の中で計算を始めて、あと何日で別れがやってくる、と考えるもんだ。劣勢に置かれたときも同じで、その状況があとどれくらいで終わるか計算する。いずれにしてもよくない兆候だ」

一九八三年春のサンフランシスコで、休暇の六日目を終えてホテルに戻った僕の頭の中を、数字がかつてない勢いで駆けめぐり始めた。事実として、休暇はあと残り四日で、ニューハンプシャーはストーナムから五千キロも離れていた。その一方、僕は人生で三度目の恋に落ちようとしていて、これまでの傾向からすれば――どの関係も上手くいったとは言えなかった――成功する可能性はかなり低く、せいぜい見積もって二十パーセントといったところだった。ほかの不利な条件も考慮に入れればそれ以下かもしれなかった。僕たちは、生まれた場所も遠く隔たっていて——彼女はアーカンソー州ホットスプリングス、僕はバスクのオババ——チェーザレ・パヴェーゼのある小説の冒頭に出てくる、乱暴だがおそらく一理あるに違いないあの格言——《馬と女は土地のものでなければならない》——を忘れるわけにはいかなかった。さらに彼女は、僕が外見から推測したように、スウェーデンからカナダ、そしてカナダからアメリカ合衆国へと移住した一族の出だった。「実際的だった祖父が省略した」という本当の名字はリンドグレンといった。彼女は本当に遠い存在だった。そんな考えや計算が、目の前の景色、暗闇に沈んだサンフランシスコ湾とアルカトラズ島の淡い光と混ざり合っていった。

　僕は窓から離れ、テレビをつけた。何か別のことで気を紛らわせて、自分の思考の車輪にブレーキをかける必要があった。そうしなければ、メリーゴーラウンドのように、同じ光景が、同じ人たちの顔が、いつまでも目の前をぐるぐると回り続けることになりそうだった。僕は自分のことがよくわかっていた。恋愛関係を落ち着いて分析するのは僕の得意とすることではなかった。

　テレビの画面に、ひと気のない川のほとりを歩く男の姿が現われた。彼が歌い始めた。“Mary, queen of Arkansas...”——《メアリー、アーカンソーの女王……》——。映し出される景色、歌詞、メロディー、すべてに哀愁が漂っていた。「メアリー・アン、アーカンソーの女王」と僕は呟いた。かつてビルボ（スペイン語名ビルバオ）で経済学を学んでいたときの同級生が言っていたことを思い出し、笑いがこみ上げてきた。「恥ずかしいんだけど、恋に落ちるたび、僕のことがヒットチャートの全曲で歌われている気がするんだ」僕もこの状況のありきたりで滑稽な側面を受け入れなくては、と思った。

テレビを消し、暗闇の中でベッドに横になった。頭の中で車輪は回り続けていたが、そこに次々と現われるのはもはや数字ではなく名前、ヒットチャートの曲の歌詞を真似るなら、「僕の人生を横切っていった女たち」の名前だった。テレサ、ビルヒニア、メアリー・アン。最初の名前はすぐに消え、ビルヒニア——オババの女王——とメアリー・アン——アーカンソーの女王——だけが車輪の上を回り続けた。二人は容姿が似ている、と思った。どちらも身体つきはたくましく、すっきりとした顔立ちをしていた。違いは、ビルヒニアの目と髪は暗い色で、メアリー・アンのそれは明るい色であることだった。そうして二人の相違について考えているうち、僕は眠りに落ちていった。

休暇の七日目、メアリー・アンが、一緒に病院にヘレンを迎えに行って、そのあと三人で夕食に出かけるのはどうかしら、と言った。「ヘレンはすごく落ち込んでいるから、あなたに会ったらきっと元気になるんじゃないかしら。人を元気づけるのは、わたしよりあなたのほうが上手だと思うの」それは彼女と出会ってから初めて言われた褒め言葉だったので、その後の数時間、レストランに入るまでのあいだずっと、僕はヘレンを元気づけるという任務をどう果たすべきか考えていた。しかしまたしても、頭に浮かぶのは大きなテーマ、特にいまはふさわしくない死についての考えばかりだった。メアリー・アンの願いを叶えるにはかなりの努力が要りそうだった。

僕たちは病院から散歩がてら、ミッション地区のイタリアン・レストランに行った。店に入ってすぐ、僕はアコーディオンの音に気づいた。赤いチョッキを着た男が、隅のほうでタランテラを演奏していたのだ。僕の頭の中で——あたかも万華鏡のように、輝きこそ欠いていたものの——回り続けていた車輪が、途端に切り替わった。ヘレンを元気づけるため、というよりもメアリー・アンの信用を勝ち取るために考えておいた論理、アイデア、引用の数々がたちまち消え失せた。「僕の父もアコーディオン弾きなんだ」と言った。僕たちはタランテラを演奏する男からすぐ近くの席についたところだった。二人は少し驚いたように僕を見た。「それはいいわね！」とヘレンが言った。

「そうでもないんだ。実を言うと、父とはあまりいい関係じゃなかったから」

　父について話し始めて、僕はそれまでになく個人的な打ち明け話をした。「子供の頃、リストを作る習慣があったんだ。母はそれを《心のリスト》と呼んでいた。僕にとって大切な人たちの名前を、いちばん上にはほかの誰より愛する人、次はとても愛しているけれどそれには劣る人、というふうに順番に並べたものだった。父がそのリストから姿を消すまで長くはかからなかった」メアリー・アンはヘレンのほうを見た。「言ったでしょう、彼はまったく普通の人（ヒーズ・ア・パーフェクトリー・ノーマル・ガイ）だって（he's a perfectly **normal guy**）」彼女は「まったく」という語を強調して言った。ヘレンは微笑んだ。

《心のリスト》のことを打ち明けてしまったので、僕は二つめの告白をした。アメリカに来る前の、生まれ故郷での人生について本を書きたいのだ、と。それは事実だったが、メアリー・アンの気を引こうとして言ったことでもあった。彼女の写真、彼女の関心、彼女の愛を得るために、できるだけ大きな「手柄」を立てる必要があった。本を書くという計画が、彼女のような人の興味をそそらないはずはなかった。

　メアリー・アンはヘレンのほうを向いて言った。「この人は信用できないわ。本当のことを言っているのかどうか。彼、作家に見えると思う？」僕は慌てて彼女の言葉を遮った。「僕は作家じゃない、前にも言っただろう。伯父の牧場で経営マネージャーをしているんだ……」だがそこで口をつぐんだ。別の考えが浮かんだのだ。「説明がまずかったよ。僕は経営マネージャーでも作家でもない。本当は、父と同じでアコーディオン弾きなんだ」

あるカリブのヒット曲の歌詞のように、“Te impresioné distinto”――《僕は違うアプローチで君の気を引いた》――。「本当?」メアリー・アンがノール岬の瞳を大きく見開いて尋ねた。「さっき言っていたことと違うじゃない!」とヘレンが抗議した。「彼を信用しないなら、どうしてそんな質問するのよ?」病院へ迎えに行ったときよりもずっと元気になっていた。

メアリー・アンは立ち上がった。「前言を撤回したいならまだ間に合うわよ」彼女は赤いチョッキの男のほうへ歩いていった。「僕を疑うべきじゃないな」と僕は言った。一分後、僕はルイジ――男は僕と握手しながらそう名乗った――の椅子に座り、アコーディオンを膝の上に載せていた。かなり年季が入っていたが、よく手入れされたゲリーニだった。「僕も同じメーカーのを持っていたよ」と彼に言った。オババで演奏していたレパートリーを思い出してみて、最終的に《パダン・パダン》という曲を選んだ。

僕が弾き終えるやいなや、メアリー・アンとヘレン、そしてレストランで夕食をとっていたほかの客たちもが一斉に拍手し、ルイジはまた僕の手を力強く握りしめた。しかし、僕は後悔していた。自分自身を恨み、心の中で責め立てた。ストーナムに着いてから立てた、アコーディオンはもう二度と弾かないという誓いをなぜ破ってしまったのか。そしてなぜよりによって、もうひとつの誓いを破り、《パダン・パダン》を弾いてしまったのか。突然、僕はイタリアン・レストランからも、サンフランシスコからもアメリカからも遠く離れて、ふたたびオババにいる自分自身を見た。そして友人たち、とりわけルビスの、もう二度と会うことが叶わない僕のいちばんの親友の姿を見た。

メアリー・アンはすぐ僕の異変に気づいた。「心配そうな顔ね。でも大丈夫よ、あなたが思うほど悪くなかったわ」とふざけた口調で言った。「別の曲を選ぶべきだった」と僕は言った。「どうして？」と彼女は訊いた。ウェイターが料理を運んできたので、僕はそのあいだに返事を考えた。そこでルビスの話を始め、「あの曲、《パダン・パダン》は、もうこの世にいない僕の友達のお気に入りだったんだ」とは言いたくなかった。「本の中で全部説明するよ」と僕も冗談めかした口調で答えた。

　僕はヘレンと向き合った。「お父さんはきっと満足だろうね。娘がサンフランシスコまで来て、こうして付き添ってくれるなんて。長い年月を経て、彼はまだあなたに愛されている。それだけのことを、ほかにどれだけの人が望めるだろう？　百人に五人？　十人？」メアリー・アンはグラスを鼻の高さに持ち上げたまま、僕の話を聞いていた。

「そうであってほしいと思うけど、あまり確信は持てないの」とヘレンが言った。話を続ける前に、ナプキンで口元を拭った。「いま考えると嘘みたいだけど、幼い頃、父とわたしはほとんど一心同体だった。あるとき、母と一緒に鉄道駅まで父を迎えに行ったの。でも時間を間違えていて遅く着いたので、もうホームには誰もいなかった。空っぽのホームを見たら恐ろしくなって、もうお父さんには二度と会えないんだ、と思ったわ。すると突然、父が現われてわたしの名を呼び始めた。走っていって父の腕の中に飛び込んだら、自分が溶けてなくなってしまうような気がしたわ。人生で最高の瞬間だった」ヘレンはナプキンを握りしめた。「でもそれから、わたしたちのあいだの距離は広がってしまった」と彼女は続けた。「わたしたちはいつだって、自分の愛する人から離れていってしまうものなのね。なぜかはわからないけど、そうなってしまう。これも人生の教訓のひとつだわ」僕は黙り込んだ。そこに議論の余地はなかった。

僕たちのホテルは同じ地区にあったので、帰りは三人でタクシーに同乗した。ヘレンが助手席に座りたがったので――「あなたたちは明日の計画を立てないといけないんでしょう」――メアリー・アンと僕は後部座席に乗り込んだ。「ここにはいつまでいるの？」サンフランシスコ湾まで続く下り道を走り出してからメアリー・アンが僕に尋ねた。彼女の頭の中でも数字が駆けめぐっているのだと知って、僕はうれしくなった。「明後日には発つ予定だ」「じゃあわたしと同じね。ヘレンはもう少しここに残るけれど、わたしは授業を始めないといけないから」車はロンバード通りに入った。彼女たちのホテルはその突き当たりにあった。

「どうしようか、明日は一緒に出かける？」と僕は訊いた。休暇は終わりに近づき、日常の気配が決断を困難にしていた。僕たちの状況――「一緒にサンフランシスコを観光しよう」――をこれ以上引き伸ばすのは不可能だった。「わたしはやめておくわ。お土産を買わないといけないから」とメアリー・アンは言った。彼女の心がもうニューハンプシャーにあるのは明らかだった。お土産はきっと向こうにいる誰か、彼女のボーイフレンドのためなのだろう。

ヒットチャートの曲は正しかった。恋した女性に拒絶されると、心は粉々に砕けてしまう。「ともかく、もし気持ちが変わったらホテルに電話して。そうしたら一緒に夕食を食べに行こう」と僕は言った。そう言えた自分に驚いた。喉の奥を、骨か何かの破片が落ちていったような気がした。

タクシーは停車し、ヘレンが支払いを済ませようとしていた。メアリー・アンと僕は歩道に降りた。「わかったね。もし夕食に出かけたくなったら電話してくれ。夕食前に散歩をしたくなったらそのときでもいい」彼女は僕と目を合わせようとしなかった。「バスクの羊飼いはお土産を買わなくていいの？」「まさか。僕らの評判は伊達じゃないんだ。荒涼とした山や不毛の砂漠をたった一人きりで歩き回る、孤独な人間なんだよ」「大学のキャンパスだって荒涼としていることもあるのよ」と彼女はバッグの中を探りながら言った。「もしかするともう会わないかもしれないから、あなたのものを返すわ」彼女はポラロイドカメラで撮った写真の束を僕に手渡した。「本物のパパラッチじゃなかったというわけか」と僕は言った。彼女の写真はくれないのかと訊きたかったが、ヘレンが来たので言い出せなかった。それは——まさにヒットチャートの曲によくあるように——悲しい別れだった。

僕の部屋の電話が最初に鳴ったのは、午後五時だった。「休暇はどうかね？」と言う声を僕は受話器を通して聞いた。それが誰か気づくのに時間がかかった。ストーナムから、ファン伯父さんの電話だった。僕は順調だと答えた。牧場を離れて九年経ったわけではなく、まだ九日なのだ、と思った。だが、その数字を本来の尺度で理解するのは骨が折れた。「伯父さんたちはどうしている？」と僕は尋ねた。*"Gu ondo, eta zaldiak hobeto"*——「我々は元気、馬たちはもっと元気だ」——とファン伯父さんは答えた。彼のいつもの言い回しだった。「なぜ電話したかわかるか？」ファン伯父さんは長電話が好きではなかった。「もうすぐ休暇は終わりだって思い出させるためだろう」「伯父さんをそんなに了見の狭い人間と思わんでもらいたいものだな。なぜ帰ってきてほしいかはわかっとるだろう。働かせたいからじゃない、親睦会の日のディナーがあるからだ。いい娘を見つけていよいよ結婚ということになるかな」伯父は上機嫌だった。

彼はゲルニカという友人について話し始めた。「誰のことかはわかるな？ サンソンという奴と働いていて、ラケル・ウェルチと遭遇したあの羊飼いだ。その話は憶えとるだろう？」「最後に話してくれたのはクリスマスイブだったよ」「それで今朝思い出したんだが、あいつはサンフランシスコの近くでレストランを始めたんだよ。橋の反対側の、サウサリートで。そこに夕食でも食べに行って、私からよろしくと伝えてもらえないか」「都合がつけば行くよ。店の名前は？」「何だと思う？」「《ゲルニカ》？」「当たりだ」「もし行けたら、伯父さんの代わりに挨拶しておくよ」「よし。帰りの道中は気をつけるんだぞ」伯父は電話を切った。

外は、メアリー・アンと出会った日と同じように雨模様だった。あの透明なレインコートを着て、ヘイズ・バレー地区かユニオン・スクエアを歩き、お土産を探している彼女の姿を想像した。ショーウィンドウをじっくりと見て回り、ニューハンプシャーのボーイフレンドのことを思い浮かべては、あのシャツは彼のサイズだろうか、サンフランシスコ交響楽団の新しいCDは彼の気に入るだろうか、などと考えているところを。

ホテルのベッド脇の時計は五時十三分を示していた。たばこを手に窓の前に座り、時間をやり過ごそうとした。まだ一時間ほど余裕がある、と思った。六時までに電話がなければ、きっともう彼女から電話が来ることはないだろう。

外はますます暗くなり、アルカトラズ島にはもう明かりがともっていた。湾を横切る何隻かの船が、柔らかな灰色の海面にまっすぐな航跡を描き、その線が白く浮かび上がってはすぐに消えていった。僕の記憶の海でも、そのとき窓から見ていた航跡よりさらにうっすらとした跡を残しながら、あるイメージが横切っていった。あの『パピヨン』を演じたスティーヴ・マックイーンが、バスクのある街で、アリ・マッグローと手を繋ぎながら、雨に濡れるのもかまわずに歩いていた。彼らとすれ違ったとき、僕の横にいたヨシェバが、「あんなふうに幸せになりたいもんだ」と言った。あの日アリ・マッグローが着ていたレインコートがどんなだったか、僕は思い出そうとした。メアリー・アンのとは違って、透明ではなく、白かクリーム色だった。

僕はホテルのフロントに電話をかけ、伯父に勧められたレストランの予約を頼んだ。古いスペルに従ってG-u-e-r-n-i-c-aと名前の綴りを伝えたが、もしかするとuが入らず、cの代わりにkを用いる別の表記になっているかもしれないと付け加えた。「ご予約は何名様ですか？」とフロント係は尋ねた。なかなか有能そうだった。「二名で、八時に頼む」「かしこまりました。すぐに確認のお電話を差し上げます」

記憶の海面に、また別の思い出が浮かび上がってきた。ある列車の個室で一緒になった、座席に収まりきらないほど太った男が、僕にこう語ったことがあった。以前、女の子をディナーに誘ったが、彼女はレストランに姿を現わさなかった。そこで彼はやけっぱちになって、彼女の分と自分の分、二人分のコース料理を注文し、すべて平らげた。「そうして百五十キロまでまっしぐらというわけさ。だから、私が太っているのはいわば失恋のせいなんだ」その思い出は、水に投げ込まれた硬貨のように、記憶の底に沈んでいった。

窓の前にまた腰掛けるやいなや、電話が鳴った。「バスクの羊飼いたちはどうしている？　羊の群れはもう雨に濡れないところに移動させた？」メアリー・アンの声が、電話線を通じてはっきりと響いた。窓の向こう、遠方では、一隻のフェリーが海と霧のあいだを進んでいた。「バスクの羊飼いは少しぐらいの雨には動じないんだ」と僕は言った。「だから、サンフランシスコの芝生はまだどこも羊だらけだよ」

湾に沿って散歩を楽しんでいた人々が小走りになった。雨脚が強くなっていた。「いまのバスクの羊飼いが昔と同じくらい賢かったなら、嵐になるって予測できたでしょうね。さっきから空では稲妻が光っているし、風もどんどん強くなっているわ」彼女が裸足になり、ベッドに横になって休んでいるところを想像した。「今日はどうだった?」と僕は尋ねた。「この休暇中はほかにもっと楽しい日もあったわ。バスクの羊飼いはそんなに悪い連れじゃないってわかったの」「ネバダとアイダホにいる仲間たちに伝えておくよ。それを聞いたら喜ぶだろう」

海と霧のあいだに見えていたフェリーは、かなりの速度で岸に近づいていた。「サウサリートに行くのはどうだい?」「喜んで」「どうやって行こうか? ホテルの駐車場に車を置いてあるけど、タクシーでも行ける」「バスクの羊飼いの車には一度も乗ったことがないの。乗せてもらえるのならぜひ」「僕も同時通訳は一度もやったことがないんだ、少なくとも翻訳の授業を持っている人の前では。でも思い切って試してみよう。僕の車で行きたいと君が言うなら、それは日常の領域に移る心の準備ができているということだ。これから先、僕らはもう観光客じゃない」「大胆な翻訳ね。かなり解釈に飛躍があったと思うけど」彼女は笑った。「何時に待ち合わせる?」と僕は訊いた。「三十七分で準備するわ」ベッドサイドの時計を見ると、ちょうどあと三十七分で六時だった。「じゃあ六時に君のホテルの入り口で」「傘は持っている?」僕はいいやと答えた。「それならヘレンのを借りるわ。彼女は今晩病院に泊り込みだから」「ということは、お父さんはよくならないんだね」「よくなるどころではないわ」「これから行くレストランの名前は《ゲルニカ》というんだ」と僕は言った。暗い話題は避けたかった。「聞き覚えのある名前ね」と彼女が言った。彼女のユーモアがますます好きになった。

フェリーは湾内のどこかに姿を消した。街路や遊歩道にはひと気がなかった。電話が三度目に鳴った。「ご予約が取れました。サウサリートのレストラン《ゲルニカ》に八時です」とフロント係が言った。「きっと古い表記だっただろう」「おっしゃるとおりです。ピカソの絵と同じですね」かなり有能な人物であることは間違いなかった。

2

いま僕の目の前に、サウサリートでメアリー・アンと一緒に撮った写真がある。二人で映した初めての写真だ。僕はややフォーマルな服装で、スリーリバーズやバイセイリアに仕事で出かけるときによく着ていた濃い色のスーツに、白いポロシャツを合わせている。顔はほとんど無表情だが、両手をポケットに入れているので――「本物の羊飼いみたいに」とメアリー・アンなら言うだろう――リラックスした様子に見える。彼女は、身体にフィットした明るい水色のワンピースの上に、麻のジャケットを羽織っている。足元は白いハイヒール。腕を組み、後ろに立った僕に少しもたれかかっている。二人の顔は至近距離にある。

レストランで、僕たちは窓際のテーブルに通された。そこからは、湾を渡る船や、そのさらに向こうで空に向かって伸び、真珠のように艶やかに光る都市の夜景が見えた。だが、僕は景色に興味はなかった。九日間を一緒に過ごして、もうメアリー・アンの顔を躊躇なく見据えることができる気がした。そしてずっと彼女を見ていた。僕は写真では捉えられない細部を目で愛でた。彼女の青い瞳――ノール岬――、イヤリング――シンプルな二粒の真珠――、そして特に唇を。なぜなら彼女の唇は、僕が詩を作ろうとして《トゥーレの唇》と書いたとき思い描いたように、青く塗られていたからだ。「大学の先生って人が思う以上に夢見がちなものなのよ」想像と現実の一致は吉兆のように思えた。《あの青い唇で僕に口づけしてくれるだろう》と僕は心の中で思った。《きっと今夜こそ》

夕食は穏やかに進んだ。僕たちは既にある境界を越え、終わりかけていると感じたそれまでの時間が、まるで誰かが砂時計を逆さにしたかのように、いまふたたび動き出していた。けれども、会話を楽しむのは骨が折れた。僕はメアリー・アンの前でできるかぎり明るく振る舞いたかった。それに、せっかくそのレストランにいるのだから、ラケル・ウェルチのビキニ姿を見て頭が真っ白になってしまったあのバスクの羊飼いの愉快なエピソードを話して聞かせたかった。しかし、その話題に触れようとするたび、力が入らなくなり、言葉が出てこなかった。サウサリートの路地でヘレンのお父さんの容態について聞いたあとでは――「医者から、最悪の場合に備えておくようにと言われたそうよ」――「大きなテーマ」を避けて通るのは難しかった。結局、そうしたテーマがレストランの名前と交錯したとき、スペイン内戦の話になった。「わたしの実家の居間にも《ゲルニカ》があるわ」とメアリー・アンが、壁に掛かっていたピカソの有名な絵の複製を指して言った。「父が木彫りで作ったの。いまは医者を引退して、娘の働いているカレッジを見るためにすらアーカンソーから出ようともしないけど、二十五歳のとき国際旅団に加わってスペインへ行ったの」

僕は自分の父親のことを訊かれるのが、Spanish Civil War で何をしていたのかと質問されるのが怖くて、話題を逸らした。「僕のオババの友達も木彫りをしていたよ。アドリアンというんだ。いまは父親の製材所を継いで、もうやっていないと思うけど、とてもきれいな彫刻を作っていた。芸術家だ」「うちの父が芸術家だったとはとても言えないわね。ピカソの絵のレプリカは第二次世界大戦中に作ったの、兵舎で時間を持て余していたから」僕たちはもうしばらく戦争について話した。スペイン内戦と第二次世界大戦のあとは、第一次世界大戦――「ロバート・グレーヴスの回想録は読んだことある？　彼が言うには、歴史上もっとも残酷な戦争だったそうよ」――からベトナム戦争、そしてまたスペイン内戦へと話題は移った。幸い、彼女は僕に直接的な質問はしなかった。父がファシスト側についたことは告白せずに済んだ。

　僕たちはデザートを注文した。メアリー・アンは、僕が会話の中で使ったグダリ（*gudari*）という語の正確な意味を尋ねた。僕は、まさにスペイン内戦で知られるようになった言葉なのだと説明し、文献学的な情報も少し付け加えた。“So it means Basque soldier”――「つまり、バスク軍兵士（ソー・イット・ミーンズ・バスク・ソルジャー）ということね」――と彼女は言った。「レナード・コーエンがグダリについて書いた詩がある」と僕が言うと、彼女は驚いた。「ファシストたちがグダリを銃殺する写真を見て、そこから着想を得たんだ。もし読みたければ送るよ。ストーナムにあるから」「ぜひ読んでみたいわ」

　彼女の返事で、それまでの重苦しい雰囲気がようやく和らいだ。僕たちは大きなテーマ、戦争について話すのをやめ、気のおけない調子で、この先文通する可能性について話し合い始めた。「本気で僕の手紙を受け取りたいって言うのかい？」「ええ」彼女の瞳――ノール岬――が僕の目をまっすぐに見つめ返した。「じゃあ住所を教えてくれないと」「あなたもよ」「それならデザートが来る前に済ませたほうがよさそうだな」ちょうどウェイターがデザートのショーケースの前に立ち、木苺のタルトとチョコレートムースを皿に盛り付けようとしているところだった。

僕はストーナム牧場の経営マネージャーという肩書きで作った名刺を持っていたが、その場にはふさわしくないように思えたので、スーツのポケットに何かほかの紙が入っていないか探し始めた。すると、「ここに書いて」とメアリー・アンが、レストランの宣伝用の絵葉書を半分に折って引き裂きながら言った。折り目に沿ってきれいに裂けなかったので、大きさが不揃いになった。彼女は僕に大きいほうを渡した。「もしまた会う約束をしたら、それぞれ自分の切れ端を持ち寄るの。裂け目が一致したらわたしたちだってわかるわ」彼女はそれで満足そうだったが、僕は確信が持てなかった。「また会うまでそんなに時間が経つかな？　お互いに気づかないほど？」「ともかく、絵葉書があれば確実よ」彼女は前屈みになって自分の住所を書いていた。彼女の髪もノール岬だった。まっすぐで、とても明るい金髪だった。

「すみません」と僕は住所を交換し終えるのを待っていてくれたウェイターに謝った。「木苺のタルトの方は？」彼は微笑みながら訊いた。僕はメアリー・アンのほうを指した。「チョコレートムースはお客様ですね」彼は皿を僕の前に置きながら言った。彼の外見とアクセントから、バスク人ではないかと思い、尋ねてみた。「そうお訊きになる方が多いんですが、ギリシャ人なんです」そして、オーナーはたしかにバスク人だが、あいにく不在だと教えてくれた。毎年春になると「故郷の野原に花が咲くのを見に」家族が田舎に所有する家に帰るのだという。メアリー・アンはタルトに載っていた木苺を一つつまんで口に運んでから、僕たち二人を見て言った。「花も悪くないけど、わたしはやっぱり果物が好きだわ。とくに木苺ね」

支払いが済んだあと、ウェイターは僕たちにギリシャのリキュールを勧めてくれた。メアリー・

アンの冗談を受けて、彼の故郷の別の「果実」を僕たちが気に入るかどうか知りたいのだという。
「すごく強くて、すごく美味しい」と僕は一口啜ってみて感想を言った。彼は僕のグラスをまた満たしてから立ち去り、僕たちはまた二人きりになった。「あなたも吸う?」とメアリー・アンがたばこを差し出しながら訊いた。僕たちは無言でたばこに火をつけた。外はすっかり暗くなっていた。遠くで、橋の明かりが泡立つ波頭を照らし出していた。さらに遠くでは、赤いライトをつけた何隻かの船がまだ湾内を行き来していた。

メアリー・アンはひっきりなしにたばこを吸い、普段より落ち着かない様子だった。僕も不安になり始めていた。時間は流れていた。バスクの農家から運ばれてきたように見える壁掛け時計は十一時二十分を指していて、その振り子の動きは、砂時計よりも暴力的なほど断固とした調子で、時間の経過を告げているように思えた。僕たちの別れの瞬間は刻々と近づいていた。

レストランの壁には、こちらはたしかにバスクから持ってきたものらしい、ゲルニカの木の写真が載ったカレンダーも掛かっていた。それが伝えるメッセージは、時計が与える不安を和らげてくれた。時間は刻々と過ぎ、今日一日は終わりを告げるだろうが、それでもまた新たな日々がやってくる。四月、五月、六月がやってきて、そして夏と秋が、新年がやってくる。時間はある。必要なのは、メアリー・アンとの繋がりを保つことだけだ。ニューハンプシャーはストーナムから五千キロ以上離れているが、手紙はほんの二、三日でその距離を越えていくのだから。

メアリー・アンは灰皿でたばこの火を消した。フィルターにうっすらと青い跡が残っていた。
「それであなたは? 故郷の野原に花が咲くのを見たくならないの?」彼女は両手を組んで顎の下に持っていったが、そこに顎を載せることはしなかった。彼女の首筋はたくましかった。そして背中も。百年前、スウェーデンにいたリンドグレン家の人々はきっと農民だったのだろう。

僕はその質問に直接答えなかった。新しいたばこに火をつけると、また大きなテーマに脱線しながら、生まれ故郷を捨てて新たな土地へ移住する人たちについて話し始めた。故郷での生活に疲れ、嫌気が差した人は、遠くのどこかを夢見ては、それまでのあらゆる苦労や不幸を帳消しにしてくれる新たな始まりを思い描くようになる。そしてしばしば、子供じみた発想で単純な二項対立にあてはめて、新たな土地——たとえばアメリカ——での生活を想像するものだ。「ここの人たちは性悪だが、向こうの人たちは誠実だろう。ここでの暮らしは惨めだが、向こうでは尊厳ある豊かな生活が待っているかもしれない。ここでは愛に恵まれなかったが、向こうではきっと幸せになれるはずだ」そんな空想から、楽園の最初のイメージが生まれる。ところが、移住してから何年か経ち、今度は遠くにあるのが故郷になったとき、いま僕たちの目の前にある時計の振り子のように、逆転の動きが起こる。すると、楽園のように思えてくるのは生まれ故郷のほうなのだ。

そう説明するあいだに僕はたばこを吸い終わっていた。「じゃあ今度は僕が質問しよう」とメアリー・アンに言った。「僕はどうしてこんな話をしているんだろう?」彼女は、学生が授業で発言するときのように人差し指を立てた。「本当のことを言いたくないから?　そうなの?」「いや、そうじゃない。話の筋を見失っただけだ。たぶん酔っ払ったんだろう。このギリシャのリキュールはかなり強いよ」「わたしも少し酔いが回ったみたい」と彼女は笑った。「二つの楽園」をめぐる僕の話は退屈ではなかったようだった。むしろ、彼女はほっとしたのかもしれなかった。僕たちにレストラン《ゲルニカ》まで足を運ばせた肝心のテーマについて話を切り出すのは、彼女にとっても難しいのに違いなかった。異国へ移り住むことについて話すのは簡単だった。彼女はニューハンプシャーへ、僕はストーナムへ帰ってしまう前にいくつか具体的な事柄を確認し合うのは、それよりずっと難しいことだった。

なかなか口に出せない質問の重圧が、ホテルまでの帰り道を重苦しいものにした。もうほとんど車がいなくなった橋を渡っていく僕たちの目の前で、雨に霞んだ都市の夜景はいつになく悲しげに見え、車の中が暖かで親密な空間に感じられた。僕は何か言わなければと思った。一般的なことではなく、僕たちの具体的な感情と、その感情の結果としての実際的な事柄について。将来的にすべき、あるいはすべきでないことについて。だが、その日常の領域へと足を踏み出すのは不可能に思えた。一般的なテーマから離れた途端に現われてくる語彙そのもの――「具体的な」、「実際的な」――が疎ましかった。

湾の反対側に着き、車は公園の中を走っていたが、僕の頭の中の考えはますますもつれていくばかりだった。彼女のホテルに着くまであと少しだった。「アコーディオン弾きは車の中でどんな音楽を聴いているのか、ちょっと見せてもらいましょうか」とメアリー・アンが言った。その口調にもやや緊張が滲んでいた。

カーステレオに入っていたカセットテープは、数時間前、ホテルの駐車場で選んだものだった。ベン・ウェブスターの古い録音で、バイセイリアのレコード屋の店員が“So you can dream about your girl”――「あなたの好きな女の子が夢に出てくるように」――と勧めてくれたものだ。収録されていた曲はどれも素晴らしかったので、僕はそれを聴くたび、オババのダンスパーティーでアコーディオンを弾いていた頃にそうしたジャズのレコードを知らず、《カザチョック》のような陳腐な曲ばかり演奏していたのを残念に思った。

車のハンドル脇の丸時計の針は回り続けていた。カーステレオの中のカセットテープも回り続けていた。ロンバード通りに入ったところで、ベン・ウェブスターの最初の曲が終わった。「とても素敵な曲ね。タイトルは？」僕は知らないと嘘をついた。"The touch of your lips"――《君の唇の感触》――だとはとても口にできなかった。

僕は彼女のホテルの入り口より二十メートルほど手前に車を停めた。通りにはひと気がなく、ときおり車道の水溜まりの上を通過していくタクシーのほかに動きはなかった。雨が急に激しくなり、車の屋根に当たる雨粒の音が音楽に重なった。僕はエンジンを止め、ライトを消した。

カセットテープの二曲目以降はスローナンバーが続いていて、会話を後押ししてくれた。「レストランでした質問にまだ答えてくれていないわ。この先どうするの？　アメリカに残るつもり？」とメアリー・アンが尋ねた。彼女は座席に少し斜めになって座り、膝の上に畳んで置いた麻のジャケットに両手を載せていた。「それが本当に気になるのかい？」「本当に気にならなかったら二回も訊かないわ」急にたばこが吸いたくなったが、たばこの箱には手を伸ばさなかった。シフトレバーの脇、彼女の膝から十センチ足らずのところにあったからだ。「ここでの暮らしには満足している。ストーナム牧場はすごく美しいところなんだ。スリーリバーズ、バイセイリア、あの辺りはどこも美しい」それは本当だった。もちろん、完全な真実というわけではなかった。だが、「バスクでは悲惨な思いをしたんだ。あそこで生き続けることはできなかった」とは言えなかった。それを打ち明けるタイミングではなかった。

「お母さんはご健在？」とメアリー・アンが唐突に訊いた。「いいや」その質問に僕は居心地が悪くなり、吸わないと決めたばかりなのを忘れて、たばこの箱を手に取った。彼女も、僕が勧めたたばこに火をつけた。「この窓はどうしたら開くの？　開けないと車の中が煙だらけになるわ」彼女はまっすぐ座り直しながら言った。「僕が開けるよ」窓のレバーを回すとき、僕の腕が彼女のお腹に触れた。ほんの一瞬だったが、その柔らかさを感じるには充分だった。

「イタリアン・レストランでヘレンと一緒に食事したときに話してくれたことを思い出したの」彼女は僕の気分を害したと思ったらしく、言い訳めいた口調で言った。「憶えている？　わたしがアコーディオンを弾かせる直前、あなたは家族の話をしていたでしょう。愛する人の名前を書いたリストのこと、それに、お父さんと不仲だったことも。あなたがどうだったかはわからないけど、家族から遠ざかるために別の土地に移るというのはよくあることだから」

カーステレオの中でカセットテープが回り続け、丸時計の針も回り続けていた。十二時半、もう遅い時間だった。メアリー・アンの飛行機は朝早く出発するはずだった。だが、彼女は急ぐ気配もなく話し続けていた。「でも、よく考えると馬鹿げてるわね。ある決断をした理由がたった一つだけとはかぎらないもの。ただ、この数日、どういうわけか家族の話をよくしたでしょう。もちろん、ヘレンのお父さんのことがあったからだけど」彼女はまた座席に斜めに腰掛けていた。ときおり、開いた窓の隙間からたばこの灰を外に落とした。

「君の言うとおり、理由はいつも一つだけじゃない」と僕は言った。「だから本を書きたいんだ。物事をはっきりさせるために。人生に変化が起こったとき、人は儀式を必要とするものだろう。誰かが死んでしまったときも、葬儀が終わるまでは心が落ち着かないものだ。海で行方不明になった人のことを考えてごらん。家族の苦しみは、遺体がどこかの浜辺に打ち上げられるまで続く。でもそこで、埋葬することができてようやく心穏やかになれる。僕がしたいのも、それに似たことなんだ。自分の記憶の不穏な海に漂う残骸を集めて、一冊の本の中に永遠に納めてしまいたい。遺灰を壺に入れるみたいに。そうすれば僕も心穏やかになれると思う」

ライトを点滅させたパトカーが猛スピードで通り過ぎた。考えると奇妙だったが、僕はアメリカで、サンフランシスコで、唇を青く塗った女性と一緒にいるのだった。メアリー・アン。アーカンソー州ホットスプリングスの、メアリー・アン・リンダー。スウェーデンからやってきたリンドグレン家の子孫。ニューハンプシャーのカレッジの教師。縁遠いはずなのに、近しく感じてしまう女性。「彼女のバッグの中にあるレストラン《ゲルニカ》の絵葉書の切れ端は、僕の上着のポケットにあるのとぴったり一致するんだ」と僕は思った。この状況でそれ以上のシンボルは必要ない、ほかのあらゆることは頭の中から追い出さなくては、と自分に言い聞かせた。

「かなり大げさな言い方をしたけど、僕が考えているのはそういうことなんだ。問題は、本を書き始められずにいることだ。もしかすると、君がイタリアン・レストランで言ったように、本物の作家じゃないからなのかもしれない……」僕は話を中断し、彼女が僕の言葉を遮ろうとして伸ばした手を取った。「その可能性もある」と彼女の反応にかまわず続けた。「でもきっと、僕が隔絶された環境にいるせいもあるんだろう。ストーナムには仲間がいないんだ。フアン伯父さんとはいろんなことについて話し合えるけど、その話はできない。それに、正直言って——to be honest——僕の本なんかに誰が興味を持つ？　ヨシェバという親友がいるんだけど、彼には三万人の読者がいる。でも僕はそうじゃない」そこで口をつぐんだが、メアリー・アンの手はまだ僕の手の中にあった。

「わたしがあなたの最初の読者になるわ」と彼女が言った。

カセットテープのA面が終わり、聞こえるのはもはや雨音だけだった。メアリー・アンは吸いさしを窓の隙間から捨てた。そして僕の手を両手で包んだ。

「とても明るくて、素敵な日々だったわ」と彼女は言った。「僕にとってもそうだった。でも、これからどうなる?」と僕は尋ねた。彼女は座席の中で身体の向きを変えた。彼女の膝はドアのほうを向き、頭は僕の顔のすぐそばにあった。「いまは何も決められない」彼女の声は雨音よりも小さく、ほとんど聞き取れないほどだった。だが、両手はしっかりと僕の手を握りしめていた。「僕の理解が正しければ、僕にできるのは手柄を立てることだけなんだね」彼女は僕の肩に頭をもたせかけた。ドアの脇で、彼女の膝頭は二つの頂のように見えた。東岬(East Cape)? 西岬(West Cape)? だが、それらは白く滑らかで、岬の険しい岸壁や海岸線を想起させるところはなかった。彼女は返事をしなかった。眠ってしまったかのように黙り込んでいた。彼女の考えを読むことはできなかった。

時計を見ると、あと十分で一時になろうとしていた。彼女は身体を起こし、僕の手を離すと、車のドアを開けた。そして、目を覚まそうとするかのように頭を左右に振ってから、「わたしの両親はどうやって知り合ったと思う?」と訊いた。「父が国際旅団に入ってスペインへ行ったとき、母が彼のサポーターに選ばれて、文通していたの。たった七通の手紙で母さんのハートを射止めたんだぞって父が言っていたわ」そして降りしきる雨を見つめた。彼女の真珠の耳飾りがロンバード通りの明かりにきらめいた。「わたし、なんだか緊張しているみたい。馬鹿なことばかり言って」彼女はどうやって別れを告げるべきかわからずにいた。

そのとき僕は、その夜の会話でもっとも具体的で実際的なひと言を口にした。「僕たち、恋に落ちたんじゃないかな」僕の言葉は客観的に響いた。“Maybe”——「そうかもしれない」——と彼女は言った。「でも、こんな場合の例に漏れず、いろんな問題が立ちはだかっている。とくにニューハンプシャーの側に。それでも、お互いに努力を、手柄を重ねていけば、いずれ問題は解決するんじゃないかな」「どうするつもり？」と彼女は尋ねた。「君のお父さんと同じさ。うんと長い手紙を書くよ」と僕は言った。“Not bad”——「悪くないわ」——と彼女は言った。

僕たちはホテルの入り口の柱廊の下で立ち止まった。僕は傘を閉じ、彼女に渡した。「わたしはどんな手柄を立てたらいいのかしら？」と彼女は訊いた。僕はあと少しのところで、君は僕にとって詩人の《黄金の枝》なのだから、手柄など必要でないのだ、と言いそうになった。だが黙っていた。「わたしの翻訳を送りたいけど、きっと迷惑になるだけね」「まさか、喜んで読むよ」と僕は言った。「でも、できれば君の写真もほしい。あんなにたくさん撮ったのに、ストーナムに持ち帰れるのは今日サウサリートで映した一枚だけなんて少なすぎる」「取引成立よ」彼女はフロントに向かいながら言った。

「伝言をお預かりしています」とフロント係が言った。メアリー・アンは部屋の鍵と一緒に受け取ったメモに目を走らせると、溜め息をついた。「ヘレンも明日、わたしと一緒に帰るそうよ。お父さんは持ちこたえられなかった」「僕からもお悔やみを」別れのキスをしてから、僕は通りに出た。

サンフランシスコからスリーリバーズへの道中、僕は絶えずメアリー・アンのことを考え続けていた。僕のことを「バスクの羊飼い」と呼び、その些細な冗談で、出会ってから一緒に過ごした時間を楽しませてくれたことを思い起こした。そして、まるでゲームのように写真を撮り合いながら観光名所巡りをしたことも。ストーナムの丘陵が目の前に姿を現わしたとき、僕の頭の中にあった考えはただ一つだった。彼女への最初の手紙には何を書こうか?

ルビスとほかの友人たち

昔、オババの辺りで火災保険のセールスマンをしている男がいた。ある夏、友達といつも遊び場にしていたアラスカ・ホテルで、僕は初めてその男を見た。まだ誰もいない広間で、講演の準備をしているところだった。年齢は七十歳ぐらい、白いシャツに黒いスーツを着ていた。

彼は革のブリーフケースから数枚の紙と、一メートル以上はありそうな長い紐を取り出した。その紐には、数珠(ロザリオ)のようにところどころ小さなオブジェが通してあり、なかでも蝶の形をしたものが目を引いた。ボール紙、プラスチック、金属、木など、いろんな素材でできた十匹以上の蝶。僕たちは奇妙に思い、興味をそそられた。

「その縄は何に使うの？」とテレサが訊いた。彼女と兄のマルティンはそのホテルで生まれ育ったので、そこに集まって遊ぶとき、ほかの子供たちよりも大胆に振る舞っていた。「縄じゃない、紐だよ。学校で縄と紐の違いを教わらなかったのかね？」男は疲れたようにゆっくりと話した。彼の目は青く、とても色が薄かった。その目にも疲労の色が浮かんでいた。

「縄でも紐でもいいけど、わたしが知りたいのは何に使うかってことなんです」とテレサが答えた。

当時は十一歳か十二歳だっただろう。とても好奇心の強い娘で、学校でも質問ばかりしていた。「みんな、そこにお座り」と男は最前列に並んだ椅子を指して言い、広間にいた僕たち五人――テレサ、マルティンと僕だけでなく、ルビスとヨシェバもいた――はそれに従った。同じ学校に通っていたもう一人の友達、アドリアンはその頃、背中の手術のためにバルセロナの病院に入院していた。彼の病気の名前――側彎症（エスコリオシス）（escoliosis）――は僕たちのあいだで流行語になっていた。

男は紐の片方の端をつまんで持ち上げた。「これが見えるかね？　何だと思う？」彼は最初についていたオブジェを二本の指で持って見せながら訊いた。「どう見ても炭のかけらだよ」とルビスが、あまりに簡単なその答えを口に出すのをためらいながら言った。ルビスは僕たちより少し年上で、放課後は、僕の母とフアン伯父さんの生家であるイルアインで馬の世話をして働いていた。彼は僕に付き合ってホテルに来ていた。僕はそこでみんなと遊んだあと、イルアインに行って彼に乗馬を教えてもらうことになっていたのだ。

「そのとおり、炭のかけらだ」と男は頷いた。「ではこれは何かな？」彼は二つ目のオブジェを見せながら訊いた。「それも炭のかけらだろ」とマルティンが答えた。「いや、違う。これは焼け焦げた屋根の梁の燃えかすだ」マルティンはもっとよく見ようとして、男の手から紐を奪い取った。

「みっともない首飾りだなあ！」と彼は顔をしかめて大声で言った。テレサが怒って言った。「首飾りじゃないってことぐらいわかるでしょ！　なんでそんな言い方するのよ？」

「これが何か説明してあげよう」と男はマルティンから紐を取り返して言った。「物事をよく思い出すための道具だ」「道具ってとんかちみたいな？　そうは見えないよ」マルティンが話の腰を折ろうとしたが、男はかまわず続けた。「もうすぐ私はこの村の人たちの前で話し始め、指でこの紐をたぐると、最初に炭のかけらに触れるだろう。すると私は思う。《炭は善きものだ、炭から生まれる火も善きものだ。料理をし、家を暖めるのに役立つ。その火がなければ、世界は進歩しなかっただろう》そしてその考えを聴衆の皆さんにお話しするんだ」マルティンがまた口を挟んだ。「炭の火でお尻を火傷することもあるよ。僕らの学校の先生みたいに。ストーブの上に尻餅をついてさ……」「嘘つくなよ、マルティン！ 違うだろ！」とヨシェバが遮った。ヨシェバはとても真面目な生徒で、その女の先生が大好きだったのだ。

男はマルティンの言ったことが聞こえなかったかのように話を続けた。「炭のかけらの次に、私はこの黒焦げになった木の燃えかすに触れる。すると、火がどれだけの害をもたらしうるかが頭に浮かぶ。これは、実際に火事で全焼したある家の一部なんだ。家の持ち主は暮らしに困って、ほかの土地へ移住しなければならなくなった。なぜだかわかるかね？」「なぜ？」とルビスが目を大きく見開いて訊き返した。彼は家が全焼したという話にすっかりショックを受けていた。「いい保険に入っていなかったから、それが理由だ」男はかすかに微笑んだ。にっこりと笑うだけの力も残っていないかのようだった。

紐のもう少し先には二枚のコインがついていて、一枚は大きく、もう一枚はとても小さかった。「保険に入るにはお金がたくさんいるの？」と僕は尋ねた。「いいぞ、坊や。コインの意味がよくわかった。では、このたくさんの蝶は何を意味していると思うかね？」と男は言うと、紐を僕の目の前に垂らした。「保険のいろんな種類？」と僕は思い切って答えた。彼の書類の中に、蝶のイラストが入った保険会社のパンフレットがあるのが見えたのだ。「そう、大正解だ」男は僕の肩に手を置いて言った。僕の返事に心動かされたかのように、彼の目は潤んで輝いていた。「本当のことを言えよ、ダビ、適当に言って当たっただけだろ！」とマルティンが僕を挑発した。それに返事をする間はなかった。広間の扉が突然開き、講演を聴きに来た人たちが中に入ってきたからだ。保険セールスマンは立ち上がった。背後に組んだ手にはあの紐、彼の記憶の道具を隠し持っていた。

僕たちは扉の周りで講演が始まるのを待っていた。会場はすぐ満員になり、聴衆全員が席について静かになったところで、保険セールスマンは最初の言葉を発した。「お集りの皆さん、火とはそもそも素晴らしいものです。火がなければ、この世界は存在していなかったでしょう……」

その午後は最後に思いがけぬ展開が待ち受けていた。保険セールスマンと言葉を交わしてから一、二時間後、ホテルの展望台で友達と遊んでいたら、彼にそばに来るよう呼ばれたのだ。男は駐車場に停まっていたタクシーへ向かうところだった。「これは君が持っていなさい、いつの日かきっと役に立つだろう」と彼はあの紐、「物事をよく思い出すための道具」を僕に差し出しながら言った。「どうもありがとう」と僕は驚いて言ったが、そのプレゼントを受け取るのをためらった。「今日が最後の仕事だったんだ。だからもう必要ないのだよ」と男は説明した。「どうしてですか？」と僕は訊いた。「物忘れがひどくなったんだ。その紐を持っていても危なっかしくてね」もっと言いたいことがありそうに思えたので、僕は話の続きを待った。「私はいくつだと思うかい？　七十四歳だ」タクシーの運転手が僕たちに近づいた。「どちらまで？」と運転手は男が車に乗るのを助けながら尋ねた。「家まで」と彼は答えた。

タクシーはオババの中心部へと続く細い道路を下っていった。僕は頭が混乱し、何をどう考えていいのかわからなかった。保険セールスマンが僕に何かを見いだし、ほかの子と区別してご褒美(ほうび)をくれようとしたのだということは、子供なりに理解できた。けれども、その贈り物をどう使ったらいいか見当がつかず、不安な気持ちになった。
「君にくれてよかったよ」とルビスがイルアインへ向かう途中で言った。「僕にくれたとして、何に使えばいい？　馬たちにいつ餌をやったりブラシをかけたりするか思い出すため？　でも君は、もしかしたらいつか保険会社に勤めて、それを役立てられるかもしれないじゃないか」僕は笑った。そんなルビスの理屈は僕をいつも楽しませてくれた。

ここで、本によく現われるきっぱりとした調子で、こう書くこともできただろう。《それからというもの、僕はあの保険セールスマンの「物事をよく思い出すための道具」をいつも手元に置いておき、アメリカに来るときも真っ先にスーツケースに入れたのはそれだった》と。しかし、人生の法則が具体化したほかの多くの例に違わず、現実はそれよりはるかにつまらないものだった。僕は紐のことを長いあいだ忘れていて、あとになって探したとき、イルアインの家には影も形もなかった。やがて、僕はまたそのことを忘れてしまい、それきりになっていたが、ここアメリカで本を書き出せずに苦労しているときにようやく思い出したのだった。あの保険セールスマンが教えてくれた方法を試してみるべきかもしれない、と思った。ちょうど僕も、物事を思い出し、草稿に書かれた言葉にふさわしい場所を見つけるための導きを必要としていたから。「いつの日かきっと役に立つだろう」と彼は言った。その予言が実現しようとしていた。

内部の献辞

メアリー・アン、君に宛てた何通もの手紙の下書きが僕の本の萌芽となり、その第一部に姿を変えるだろうと、いったい誰に予言できただろう？　そして、君のおかげで僕が執筆のスランプを乗り越え、いにしえの詩人たちが書き残した言葉――《都市なくして地方あらず。建国者なくして法あらず。ムーサなくして詩（うた）あらず》――がまたしても実現するだろうと。僕の生まれ故郷オババと、そこに残してきた友人たち、とりわけルビスのことを、この遠く離れたストーナム牧場で思い出すことになるだろうと、そしてその距離が、逆説的にも、死と生を分かつさらに恐ろしい距離を消し去ってしまうだろうと、誰が僕に告げることができただろう？

炭のかけら

1

僕が子供時代と青春を過ごした第一の故郷は、オババというところだった。そこを長く離れることは滅多になかったものの、十二歳のとき、両親にミアリツェ〈フランス語名ビアリッツ〉の学校へ送り出された夏や、同じ年の冬、家族でマドリードへ旅行したときは、黒海に追放された古代ローマの流刑囚たち以上に不幸に感じ、いつになったらオババに帰れるのだろうと考えずに過ごした夜はなかった。

思い出すのはあの頃――あるいはそれから少し経った頃――、僕の通っていたラサール会の学校で、新しく赴任したばかりのカウンセラーのオフィスへ行くよう学監に命じられたことだ。勉強しなかったからとか、規則を守らなかったからではなく、僕がほかの生徒たちとあまり付き合おうとしなかったからだった。学監は僕の人間嫌い《ミサントロピア》（misantropía）が問題だと言ったのだが、それは当時の僕にとって新しい言葉だった。カウンセラーは四十分間の面談のあと、僕の社交性のなさは、農村世界への愛着が原因だと結論づけた。彼の診断書によれば、僕の頭の中では古い価値観と現代的な価値観が混在しているので、農村とは異なる環境で友達を作るよう努めなければならないとのことだった。

そうした言葉遣いは僕の両親にとっても馴染みのないものだったが、内容はそうではなかった。二人は以前からそれに気づき、心配していたのだ。「またどこかの農家に行っていたのか、ダビ」カウンセラーの診断書が届いてから数週間後、僕の服に藁がたくさんついているのを見た父が言った。「理解できん。十三歳にもなって、まだ自分の属する世界がどこかわかっていないとは」父が言わんとしていたのは、僕は良家の出であるということだった。彼、アンヘルはプロのアコーディオン弾きで、かつオババの村ばかりでなく県政にも影響力をもつ政治家だった。一方、母は仕立ての腕前で知られ、オババの外にも多くの顧客を抱えていて、彼女の裁縫工房は、僕たち一家が暮らすレクオナ荘〔「レクオナ」はバスク語で「よい場所」の意〕の約五十平米を占めていた。しかし、当時の僕にとって、その社会的地位がもたらす恩恵はどうでもいいことで、父に叱られるたびにそう言って反論した。すると、彼は僕に腹を立て、外出禁止にするだとか寄宿学校に入れてやると言って脅し、母があいだに入って仲裁しなければならなかった。「やめてちょうだい、アンヘル。兄が言っていたでしょう。馬を川まで連れていくことは誰だってできるけれど、無理矢理水を飲ませることは二十人かかってもできないのよ」

僕はまさにその馬だった。両親は、もっと近い学校がほかにもあったのに、往復で二時間以上かかる県都――バスク語でドノスティア、スペイン語でサンセバスティアンという美しい名を持つ――のラサール校に僕を通わせ、アラスカ・ホテルのマルティンとテレサや、〈オババ木材〉という製材所のオーナーの息子アドリアンを家へ招くなど、努力を重ねていた。しかし、僕はその川の水を飲むこと、つまり同じ社会階層に属する友達とも付き合うことを拒みはしなかったものの、カウンセラーが分析したように、別の世界、農村世界のほうを好んだ。牧畜のことは何一つ知らなかった。子牛のためにミルクを入れた哺乳瓶を準備するやり方も、雌馬の出産を助けてやる方法も知らなかった。けれども、僕はそうした素朴な労働にどこか懐かしさのようなものを感じていた。まるで、かつて前世では、ウェルギリウスが讃えたあの《あまりに幸福な農夫たち》であったかのように。

僕が最愛の人たちの名前を並べて作っていたリスト——《心のリスト》——も、まさにそのことを反映していた。たとえば十四歳のとき、秘密の日記に書いたリストには、ファン伯父さんの馬の世話をしていたルビスの名前が筆頭に上がっていた。二番目は、彼の弟で、オババ木材に雇われて、森で働く木樵たちに昼食を運ぶ仕事をしていたパンチョことホセ・フランシスコだった。ルビスとパンチョの次は、生家の屋号を取ってウバンベと呼ばれていた木樵だった。彼はまだ十八歳にもならないのに、身長百九十センチ、体重約百キロの巨体を誇り、オババ木材でもいちばんの斧使いとして知られていた。つまり、僕の《心のリスト》の上位を占めていたのは三人の農民たちだった。ほかの友達——マルティン、テレサ、アドリアン、ヨシェバ——の名前はその下に続いていた。

北米のバスク系羊飼いたちの雑誌を読んでいて、聖職者によって書かれたある記事を見つけた。それによれば、これまでに社会が経験してきた変化は徐々に起こったのでなく、少なくともオババのような周縁的な場所では、キリストの誕生からテレビの出現までの二千年間に起こった変化は、その後五十年間に生じた変化に比べれば小さなものだった。彼が幼年期を過ごした小さな村で、子供たちがポンペイ遺跡のフレスコ画に描かれたのとまったく同じ遊びをしていたのは、まさにそのためなのだという。

僕にはその聖職者の言葉が誇張には思えなかった。一九六〇年、一九七〇年でさえ、オババの農民たちははるか昔の時代の空気を漂わせていて、厳密な意味で、別の祖国に属する人々のように見えた。彼らはL・P・ハートリーのあの文章、《過去とは異国である。そこでは人々の話し方がまるで違う》〔実際のハートリーの原文では、「過去は異国である。そこでは人々の生き方がまるで違う」〕を体現していた。ルビス、パンチョ、ウバンベ、そしてオババのほかの多くの人たちはまさにそのとおりだった。彼らは袋いっぱいに詰められたりんごを見ては、「これはエスプル（*espuru*）」、「これはドメンチャ（*domentxa*）」、「これはゲセタ（*gezeta*）」というふうに、それぞれの品種を見分けることができた。あちこちを飛び回る蝶を見ては、「これはミチリカ（*mitxirrika*）」、「これはチョレタ（*txoleta*）」、「これはイングマ（*inguma*）」などとすぐに言い当てることができた。それらはみな、オババに住んでいても「現代的な価値観」に染まってしまった人たちにとっては意味をなさない名前だった。そしてある程度は、僕にとってもそうだった。

しかし、彼らの古い語彙は、口に出された言葉だけでなく、彼らが沈黙する事柄にも表われていた。いまの世界ではありふれたものになっている多くの言葉は、彼らの口から決して発せられなかった。彼らはたんにそうした言葉を知らなかったのだ。たとえばいま、僕がバイセイリアのモールやレコード店に買い物に行けば、鬱、パラノイア、ノイローゼ、強迫観念といった言葉が絶えず耳に入ってくる。誰もがそうした言葉を口にし、会話が私的な話題になれば真っ先に使っている。けれども、僕はルビスやパンチョ、ウバンベがそんな言葉遣いをするのを聞いたことがなかった。彼らはたった二つのシンプルな文章でその問題を片付けていた。「満足している」か「あまり満足でない」かのどちらかなのだ。細かなニュアンスのまとわりついた、内的な感情の説明など不要であるかのように。彼らはそうした言語を知らなかった。別の祖国に属する、古い世界の、心の内を描き綴る日記が流行する以前の時代の人々だった。僕は、自分自身は正反対であったにもかかわらず――ラサール校に通い始めてから、《日々は過ぎゆく》と題した秘密の日記をつけていた――彼らのそんな慎み深さを好ましく思っていた。

ある日――夏で、うだるような暑さだった――ルビスとパンチョの兄弟が、見せたいものがあるので一緒に来てほしいと言った。二人のあとについて一時間近く山を登っていくと、大きな岩のあるところに着いた。「その上に登るの？」と僕はパンチョに訊いた。彼は高いところが好きで、木や岩の上にいるのをよく見かけたからだ。「ダビ、上じゃないよ。下を見てごらん」とルビスが言った。彼は、僕が知っていたほかの農民たちとは違い、いつも言葉遣いが丁寧で、真面目で落ち着いた口調はまるで大人のようだった。ときどき、彼はパンチョの父親のように見えた。本当の父親を早くに亡くし、家長としての責任を引き受けなければならなかったので、年齢に似合わず大人びているのだ、とオババでは言われていた。

パンチョは地面に仰向けになると、岩の下に身体を滑り込ませた。外からまだ見えるのは彼の頭だけだった。彼の顔は大きく、バランスを欠いていた。目は細くて小さすぎ、口と顎は大きすぎた。「いまは僕が見えてるだろ、ダビ。でもすぐに見えなくなるから！」と叫ぶと、彼はたちまち岩の下に姿を消してしまった。

「パンチョみたいにやってごらん。手を貸すよ」とルビスが言った。「僕でも通れる？」「この下の穴は見かけ以上に大きいんだ。ちょっと待っていて、僕が先に入ろう」彼はパンチョと同じ動きをしたかと思うと、もう地面から僕を見上げていた。「洞窟になっているんだ。すごく涼しいよ」と微笑んで言った。彼はパンチョに似ていなかった。頭の形は整っていて、こぢんまりとした鼻や口に不釣り合いなのは目だけだった。とても大きく、穏やかな目だった。もし栗色でなく、メアリー・アンのように青かったなら、顔全体がその印象に支配されていたことだろう。

僕もついに洞窟に入った。空気はひんやりとして、水の湧き出るような音が聞こえた。目が少しずつ暗闇に慣れていった。下の地面から十メートルほどの高さにある洞穴の上部は丸天井の形をしていて、外の光を通す天窓までついていた。そして、水の音がした隅のほうには泉があり、その湧き水が溜まってできた池（ウルマエラ）（*urmaela*）――ルビスの語彙ではプツア（*putzua*）――にパンチョが首まで浸かっていた。

ルビスは服を脱いでしまうと、弟のいるほうに降りていった。二人は水の中で笑い声を上げながら、身体を押し合い始めた。洞窟の空間は陰気な谺（こだま）を返してくることなく、彼らの歓声は明るく響き渡り、僕もそれに促されるようにして裸になって池に入った。「ダビ、見てごらん」とルビスが言った。彼は水面を平手で打ちつけた。水しぶきが天窓からの光に照らされ、ガラス玉のようにきらめいた。「わあ、すごい！」と僕は歓声を上げた。

僕はその兄弟にかつてなく近づけた気がした。これからは、アドリアンやマルティンとではなく彼らと一緒に過ごそう、と心に決めた。それに、学校にも戻りたくなかった。夏休みが終わったら、ルビスと一緒にファン伯父さんの馬の世話をしよう。それか製材所で雇ってもらい、パンチョやウバンベやほかの木樵たちと森で働くことにしよう。

だが、そんな考えが実現不可能なことは思いついた瞬間からわかっていた。十月になれば、また自転車と列車と徒歩で、ラサール校への道のりを辿らなければならないだろう。マルティンと、アドリアンと、ヨシェバと、ドノスティアに通っているみんなと。僕の生活はこれまでどおり続いていくことだろう。おまけに父からは、放課後はアコーディオン教室に行き、週末――農民の友達と会うことのできる唯一の時間――はアラスカ・ホテルのダンスパーティーで一緒に演奏するように、と既に言い渡されていた。まだ十四歳では、自分のことをすべて自分で決めることはできなかった。僕は泣きたい気持ちになり、水面を勢いよく叩いた。きらめく水しぶきが洞窟の壁にまで届いた。

一九六四年、十五歳になってまた《心のリスト》を作ったとき、ルビス、パンチョ、ウバンベが占める位置は変わっていなかった。ただ、その頃には既に、あることが気になり始めていた。彼らは本当に、僕のことを受け入れてくれているのだろうか？　ルビスがファン伯父さんのもとで働いていて、パンチョやウバンベも暇さえあれば伯父の所有する馬たち――乗馬用の馬だったので、オババにかつていたどんな馬よりも美しかった――を見に来ていたから、彼らが親しくしてくれるのは、馬のオーナーの甥という僕の立場のせいなのかもしれなかった。僕には、彼らが仲間とみなしてくれている、たとえば製材所のオーナーの息子であるアドリアンに対するのとは違う態度で接してくれているという気がしたが、確信はなかった。幸運なことに、ちょうどその頃、その年の聖枝祭がやってきて、僕のそうした疑念を吹き飛ばしてくれた。

イエス・キリストのエルサレム入城を記念するその祭りは、オババでは毎年春に行われていた。その辺りでは椰子の木が自生していないので、多くの人は花の咲いた月桂樹の枝を持って教会に行き、盛儀ミサに出席して司祭に聖別してもらうと、嵐やその他の災いに対するお守りとして家に持ち帰った。それは美しい儀式だった。人々はよそゆきの服を身につけ、司祭も赤い光沢のある上祭服で正装していた。聖歌隊とオルガンが、明るく照らされた教会の内部を歌と音楽で満たした。

そうした荘厳さをよそに、オババの若い農民たちは、祝祭に彼らなりの、あまりキリスト教的とはいえない様相を添えていた。彼らはまず、誰がいちばん大きくて花のたくさんついた枝を持ってくるかを競い合った。そしてミサが終わると、その競争は乱闘となり、十人か十五人ほどの若者が、月桂樹の枝を槍か剣のように使って、勝者の座を争った。

いつもであれば、その闘いは教会から百メートルほど離れた、あまり人目につかないところで行なわれた。しかしその一九六四年、農家の若者たちは性急にも、ミサから出てくるやいなや、教会の正面柱廊で対決を開始した。僕はウバンベを目で探した。彼は五メートルほどもある月桂樹の枝を両手で持ち、意地の悪い笑みを浮かべながら、オピンと呼ばれていた製材所の仲間の一人を見据えていた。オピンの枝はウバンベのものほど長くはなかったが、もっと太かった。そのうえ、手で握る辺りを少し削って持ちやすくしてあった。

対戦相手たちは二手に分かれて向かい合っていた。一方には、ウバンベとパンチョを含む、イルアインとその周辺の集落の若者たち、もう一方には、オピンを筆頭に、教会の周りの農家の息子たちがいた。ミサから出てきてまだ柱廊に留まっていた百人ほどの人たちは、何が起こっているのかわからぬままその様子を見物していた。「今年はよく準備してきたみたいだな、オピン。その枝、持ち手までついてるじゃねえか。どうしたんだ？　恐いのか？」とウバンベが敵を挑発した。何人かの女の子が笑い出した――ウバンベは体格がいいだけでなく、なかなかの美男子だった――。「俺がお前を恐がるだと？　いい気になりやがって！」とオピンは叫びながら月桂樹の枝を振り上げた。それが空を切るのと同時に、闘いの幕が切って落とされた。

柱廊の床は次第に葉っぱと花で覆われていき、月桂樹の甘い香りが広がった。やがて枝が裸になり、枝同士が直接ぶつかり合うようになるにつれ、穏やかに見えていた殴打は激しくなっていった。誰もが沈黙し、固唾(かたず)を呑んで見守った。闘う若者たちの息遣いさえもが聞こえた。

オピンの振り下ろした一撃が、ウバンベの手を傷つけた。「こいつ、やりやがったな！」憤ったウバンベが月桂樹の枝を床に投げ捨て、オピンに向かって拳を突き上げた。「悪かったよ」とオピンは両腕を広げて謝った。ウバンベは痛めた手を反対側の脇の下に挟み込み、隅に退却した。そして突然、僕のほうを向いてこう言った。「ダビ！　お前もイルアインの人間だろ！　俺の代わりに出るんだ！」

イルアインの集落は、オババの村の中心から三キロほど離れたところにあり、僕の母もファン伯父さんもそこの、しかも集落と同じ名で呼ばれる家の生まれだった。それに、ファン伯父さんは毎年夏になると、ルビスが世話している馬たちの様子を見にアメリカから帰ってきたので、集落の人々とも生家とも強い絆を保っていた。けれども、イルアインは僕の集落、僕の家ではなかった。僕はレクオナ荘の人間だった。にもかかわらず、ウバンベは僕に代役を頼んだのだ。僕は自分が選ばれたことに誇らしい気持ちになった。

だが、僕は少し躊躇した。父は村の有力者で、聖枝祭の儀式はいつも村議会が取り仕切っていたから、近くにいるはずだと思い出したのだ。僕が教会の正面でその乱闘に加わっているところを見たなら、激怒するに違いなかった。父は、アコーディオン弾きは注意深くなければならない、ボールの当たりが少し悪かっただけでキャリアが台無しになることもあるのだと言って、僕がスポーツをすることも許さなかった。村じゅうの人たちの前で僕を叱責しかねなかった。

ルビスが近づいてきて、ウバンベに言った。「ダビを困らせるんじゃない。僕らみたいな無骨な田舎者とは違うんだから」「無骨な」と言うのに彼が使ったシャラストラホ（*salastrajo*）という形容詞は、昔の人々の語彙を集めた辞書にも載っていないものだった。「お前はどう思う？」とウバンベは、僕の隣にいた女の子に尋ねた。アラスカ・ホテルのテレサ、マルティンの妹だった。

テレサはもうその頃には、パステルカラーの紙に謎めかしたメッセージを書いた手紙を僕に送ってくるようになっていた。《昨日、あなたはホテルの庭の石のベンチに座って何を読んでいたのかしら？》《わたしぐらいの年頃の女の子は、部屋に一人でいるときに何を考えるものなのかしら？》ウバンベたちはテレサの話題になると、彼ららしい言い回しを使って"*pantasi aundiko neska*"——「空想たくましい女の子（パンタシ・アウンディコ・ネスカ）」——だと言っていたが、まさにそのとおりだった。彼女の服装にも、そのパンタシ、つまり空想（ファンタジー）がよく表われていた。その日着ていたのも白いパンツスーツで、一九六四年当時のオババでは実に奇抜な格好だった。おまけに、ほかの人たちと違って、彼女が持っていた枝は月桂樹でなく黄色い本物の椰子で、それをさらに赤いリボンで飾っていた。

「行くのよ、ダビ」とテレサはその椰子の枝を僕の頭上に掲げて言った。「闘いに勝ったらこのトロフィーをあげるわ」僕は彼女に向かってお辞儀をし——ルビスとウバンベが笑い出した——、イルアインの陣営に加わった。

オピンの攻撃はとても激しく、僕は月桂樹の枝を握りしめているのもやっとだった。僕の体格は、背丈こそ彼より大きかったものの、森でトラックに木材を積み込んでいたわけでも、斧で木を切っていたわけでもなかったので、筋肉のつき方では彼やウバンベと比べものにならなかった。枝を五、六回振り回すと、もう手首に痛みを感じ、不安に襲われた。「この馬鹿者め！　手首を痛めてこの先どうやって演奏するつもりだ?」と父に叱られるところを想像した。しかし、僕は月桂樹の枝を床に投げ捨てる屈辱を味わわずに済んだ。僕が降伏する前に闘いは終わってしまったのだ。ふと気づくと、オピンは動きを止め、恥じ入ったようにうなだれ、辺り一面に散らばった葉っぱや花を見つめていた。

オババの主任司祭、ドン・イポリトが教会の中央扉の階段から僕たちを見下ろしていた。「祝福を受けた枝で何をしていたのだ?」司祭は大声を出したわけではなかったが、それでも僕たちはみんな、彼の声をはっきりと聞いた。当時、ドン・イポリトはオババの名士の一人で、僕の父アンヘルやほかの政治家たちに劣らず影響力のある人物だった。「午後になったら教会に来るように。この場違いな騒ぎに加わった者は残らず、全員だ」彼の言葉は柱廊に響き渡った。僕たちは揃って黙り込み、ウバンベすら恥じ入っているようだった。「いますぐ教会に入らせるべきですよ、司祭様。昼ご飯抜きで」とそこにいた誰かが言った。それは大きな罰だった。聖枝祭にはどこの家でもご馳走が用意されたからだ。「断食させるにはまだ若すぎる」とドン・イポリトは答えた。彼は思慮深く、行き過ぎた真似は好まなかった。

「主に許していただけるよう祈るのだ」午後になって、ドン・イポリトはそう言うと、僕たちだけを教会の中に残して出ていった。僕も含めた十人余りは、祭壇に向かって跪(ひざまず)いていた。祭壇の背後の飾り壁の、きらきらと輝く塗料が塗られた柱のあいだで、聖ヨハネ、聖ペテロ、聖セバスティアンその他の聖人たちが優しく僕たちを見下ろしていた。ガラスのケースに収められた聖母マリアも、僕たちの正面で微笑みを浮かべていた。祭壇の中央にある聖石の上には、光沢のある葉と花をいっぱいにつけた月桂樹の枝が飾られていた。あまり厳粛な雰囲気ではなかったためか、時間が経つにつれ、僕の仲間たちは冗談を言い合い始めた。どんなくだらないことにも笑い声が上がった。

「俺はもう充分祈ったぜ」三十分も経たないうちに、ウバンベはそう言ってベンチに座りこんだ。ほかの全員がすぐそれに倣った。「ダビ、本当のことを言えよ」とウバンベは僕の肩に手を回して言った。「司祭が来なかったら、枝を持ったままあとどれくらい耐えられたか?」「そんなには」と僕は正直に言った。「そうだよな。オピンは生やさしい相手じゃない。どうしても勝てないとなると、手を攻撃してきやがる。ロー・ブロー(golpe bajo)〈ボクシング用語で、腰より下を攻撃する反則行為〉だ」彼は僕たちに腫れ上がった手を見せた。「ここにいるロー(bajo)な奴はルビスだけだ」とオピンが口を挟んだ。ルビスは柱廊での闘いには加わらなかったものの、弟のパンチョに付き添って僕たちと一緒に教会にいた。彼はあの大きく穏やかな瞳でオピンを見つめたが、何も言わなかった。

ロー・ブロー。ちょうどその頃、ニューヨークのマディソン・スクエア・ガーデン〈実際にはマイアミビーチのコンベンション・ホール〉でカシアス・クレイ対ソニー・リストンのボクシングの試合があったばかりで、その遠くの出来事がもたらした興奮はまだ収まっていなかった。誰もが、とりわけ農民たちは、「まだハイになったままだった」——とサンフランシスコの薬物中毒者(フリーク)なら言ったかもしれない——。ウバンベとオピンのいつもの古い語彙のなかに、試合のスペイン語放送で知った新しい言葉が登場していた。ロー・ブロー(golpe bajo)、クリンチ(clinch)、左フック(gancho de izquierda)、ストレート(directo)、カシアス・クレイ、ソニー・リストン。

「カシアス・クレイ! このところ耳にするのはその名前ばかりですよ、カルメン」とドン・イポリトは、試合の数日後にあった聖歌隊の練習で母にそう言ったらしかった。「いったい何者なのですか？　新たな救世主？」幸いにも、司祭はその聖枝祭の日の午後六時に教会に入ってこなかったので、ウバンベ――カシアス・クレイ――とオピン――ソニー・リストン――が祭壇の前でボクシングの真似ごとをしているところは目撃しなかった。その二人は、テレビで試合を見なかった仲間たちのために、実演を交えながら詳しく説明しようとしたのだった。

教会の大窓は、次第に白みがかった色から暗い色へと変化していった。それとともに、祭壇にともされた太い蠟燭の炎が存在感を増していった。「ダビ、これは弾けるかい？」とルビスの声がした。彼は説教壇に通じる階段の下の、リードオルガンの脇に立っていた。

ウバンベが、イルアインの小道か山奥にいるときのように大声を出して言った。「まさか！　アコーディオンでも危なっかしい奴が、そんなでかいの弾けるわけないだろ！」ボクシングについてひとしきり話したあとで饒舌になった彼は、僕を挑発しようとしていた。「あいにくだけど、こんなでかいのは何度も弾いたことがあるよ」と僕は答えた。実際、学校の礼拝堂でよく演奏していたのだ。

当時、アントニオ・マチンというキューバのミュージシャンが歌って有名になり、スペイン全土で流行していた《黒い天使たち(アンヘリートス・ネグロス)》（Angelitos negros）という歌があった。僕は教会で弾くのにぴったりだと思い、かなり簡単な曲でもあったので、オルガンの前に座るとそれを弾き始めた。

すると、思いがけないことが起きた。教会の中が不意にしんと静まりかえったのだ。その深い沈黙の中で、《黒い天使たち》のメロディーが響き渡った。顔を上げると、ドン・イポリトが目の前で腕を組み、じっと僕を見つめていた。ウバンベ、パンチョ、オピンやほかの農家の若者たちはみな跪いて頭をうなだれ、懸命に祈っていた。

僕は鍵盤から手を離して立ち上がった。「いや、ダビ、そのまま続けて。美しい曲だ」と司祭は優しく言った。彼はコミーリャス（スペイン北部カンタブリア州の町）にあるイエズス会系の大学で音楽を学んだ人だった。僕は彼の言葉に従って弾き続けた。

演奏を終えると、ドン・イポリトはにこやかな顔でこう言った。「お母さんから話は聞いていたが、こんなに上手だとは思わなかった。日曜朝のミサに来てもらえないだろうか？　いま聴かせてもらった曲は、聖体拝領のときにうってつけだろう」

司祭は背が高く、白く縮れた髪をしていた。彼は聖歌隊席のほうを振り返った。「パイプオルガンも弾けるかね？」僕は弾けないと答えた。彼は溜め息をついた。「弾けたとしてもこのオルガンでは無理だろう。一世紀も働いたあとに壊れてしまったのだ」「そりゃあそいつだって疲れますさ」罰を受けたほかの仲間たちがまだ跪いているのをよそに、いつの間にか僕たちの横に来ていたウバンベが口を挟んだ。ドン・イポリトはまるで子供に対してするように、彼の頬を軽く叩いた。「お金が貯まったら修理することにしよう。そうしたらダビに弾き方を教えなくては。いいオルガン奏者になれるかもしれない」彼は教養のある話し方をしたが、このときは「貯蓄する」という意味のアウレラトゥ（*aurreratu*）の代わりに、まるでオババの農民たちのように、口語的なショブラトゥ（*sobratu*）という動詞を使った。「だがまだ返事をもらっていないね、ダビ。教会にリードオルガンを弾きに来てくれるかね？」僕は頷いた。

2

中に泉のある洞窟、聖枝祭の日にオババの教会で起こった出来事についてはもう触れた。だが、僕が《幸福な農夫たち》と過ごせる機会は多くなかった。学校のカウンセラーの助言を真に受けた両親は、僕をほかの友達と遊ばせようと躍起になるばかりだった。ある日には、「身体の不自由な人は助けてあげなければ」とアドリアンに自転車の乗り方を教えるために製材所へ行かされ、また別の日には、アコーディオンを演奏する子供たちの集まりに、あるいはジュヌヴィエーヴ——マルティンとテレサの母親——がホテルに先生を呼んで開いていたフランス語教室に行かされた。しかし、僕はそれでも、どうしたらルビスやパンチョ、ウバンベたちともっと一緒にいられるだろう、と考えてばかりいた。

バチジェラート〈当時のスペインの教育制度における十歳から十六歳までの中等教育の名称。一年〜四年の前期と五年〜六年の後期に分かれ、それぞれ日本の中学校と高校におおよそ相当する〉の五年目の試験が近づいてきた頃、僕は母に相談を持ちかけた。「イルアインの家のほうが静かで、勉強に集中できると思うんだ」と僕は言った。母は眼鏡を少し下げ、フレーム越しに僕を見た。「お昼ご飯はどこで食べるの？」彼女は裁縫工房の窓際に座り、全面に刺繡があしらわれたウェディングドレスを手にしていた。「アデラと話してみるよ」と僕は言った。アデラは羊飼いの妻で、ルビスやパンチョ、ウバンベと同じくイルアインの集落に住んでいた。ファン伯父さんがアメリカから帰ってきているときも、食事の支度をしてくれるのは彼女だった。「イルアインに行って勉強してもいい?」と僕は訊いた。母はまだ迷っていた。「物理は本当に猛勉強しなくちゃいけないんだ。今年のはすごく難しいから」と僕は食い下がった。

勉強は母にとって神聖な言葉だった。母は、自分が仕立て屋として成功し、オババのような小さな村に住みながら都市部にも多くの顧客を持つことができたのは、婦人服製造(コルテ・イ・コンフェクシオン)(Corte y confección)の技能資格を取得したおかげだと考えていて、家のアトリエの壁には《知識は場所をとらない》という格言が刺繍された絹のハンカチを、「裁縫を習いに来る女の子たちの目に入るように」と飾っていたほどだった。それに、自分と兄のファンが生まれた場所に僕が行きたがるのは、彼女にとって特別うれしいことだった。母は許可をくれた。

最初のうちは、午後にときどき行くだけだった。やがて、一日じゅうイルアインで過ごすようになった。六月末になり、ファン伯父さんが帰ってくると、三、四日続けて泊まるようになった。そして、試験が終わっても、僕はイルアインに行くのをやめなかった。夏のあいだ、僕は幾度となくイルアインへの道を辿った。

アンヘル——彼のことは「父」とではなく名前で呼びたい——は怒った。「お前はいつも農家にいて、アコーディオンは椅子の上に置きっぱなしじゃないか」彼はイルアインの家を「農家(バシェリア)」(*baserria*)と呼んだが、実のところ、そこでは馬を飼育しているだけだった。母は意見を変えなかった。「わたしの考えはわかっているでしょう、アンヘル。アコーディオンもいいけれど、世の中で生きていくのにいちばん必要なものというわけじゃないわ。今年、この子がどれだけいい成績を取ったか見たでしょう。それに、ムッシュー・ネストルだってこのあいだ電話で、フランス語もとてもよくやっているとおっしゃっていたわ」ムッシュー・ネストルというのは、ホテルで開かれていたフランス語教室の先生だった。レクオナ荘にいようがイルアインにいようが、ムッシュー・ネストルの授業には必ず出る、というのが母が僕に課した唯一の条件だった。

アンヘルは黙った。彼は自分の時間をまったく自由に、アコーディオンの演奏や、とりわけ政治活動に費やしていた。だがその代わり、家の中のことや僕の教育にはまったく関わっていなかった。何か問題があって誰かに相談しなければならないとき、母は教会にドン・イポリトを訪ねていくか、カリフォルニアにいるフアン伯父さんに電話した。より正確に言えば、司祭に相談に行くこともときどきあったが、フアン伯父さんとはつねに話し合っていた。二人は普通の兄妹よりもずっと深い絆で結ばれていた。アンヘルはよくそのことを冗談にした。「カルメン、お前たちの仲がいいのは、フアンがカリフォルニアに住んでいて、夏しか顔を合わせないからだろう」母はそう言われるたびにきっぱりと否定して、こう答えた。「フアンは九歳、わたしは七歳のときに両親を亡くして、イルアインみたいに辺鄙（へんぴ）なところで二人きりだったんですよ。二人で助け合ったおかげでなんとかやってこられた。あれ以来、兄とは一心同体なんです」

イルアインみたいに辺鄙なところ。それは牧歌的な小さな緑の谷で、ウェルギリウスが謳った《幸福な農夫たち》のためにつくられたようなところだった。そこまで行くには、オババを通る幹線道路をドノスティア方面に二キロほど行き、その辺りの地図にすら載っていない小道に入ってから、山のほうへ向かわなければならなかった。栗林を抜けると、すぐに集落が姿を現わした。とうもろこし畑、りんごの果樹園、牧草地に囲まれて、農家が小川の両岸に立ち並んでいた。その周りにはさらに、小さな山々と森があり、斜面の至るところには、今度は栗でなくセイヨウシデの木々が生えていた。集落と同じ名で呼ばれる母とファン伯父さんの生家は、家の並びのいちばん最後にあった。橋を渡り、その戸口に行き着いたところで小道は終わっていた。

自転車に跨り、あの家へ向かうたび、僕はある境界を越え、L・P・ハートリーが語っていた未知の場所、過去が強く息づく領域に入っていくような感覚に襲われた。そう思わせるのは、そこに暮らしていた友達、ルビスやパンチョ、ウバンベばかりではなかった。ほかの農家の人たちも、彼らはみな、古い世界の人々だった。僕に食事を用意してくれた羊飼いの妻アデラの家の台所では、狼がよく話題にのぼった。集落に入って最初にある家、ベコ・エロタ〔「下の水車小屋」の意〕ではとうもろこしを碾いて粉にしていて、穏やかな午後にはその音が鳴り響いていた。ファン伯父さんの馬を見に来る人たちの多くはバスク語以外の言語を知らず、ルビスがいると思って来て予想外に僕と鉢合わせると、“ver caballo, ver caballo”――「馬みる（ベル・カバジョ）、馬みる（ベル・カバジョ）」――と片言のスペイン語で言いながら自分の目を指して、馬が見たいのだと伝えようとした。外見から、僕が彼らと同じ土地の者でなく、都市部から来た人間だと思ったのだった。

その夏、僕は夢の中で生きていた。それはうたかたの夢で、《象牙の門》から僕たちの頭に入ってきて、現実を直視することを妨げるという、ウェルギリウスが謳ったあの夢にも似ていた。その頃――一九六三、四年――、既に古い世界は消え去ろうとしていたし、イルアインに暮らす人々ですら記憶を、彼らのあの古い語彙を失いつつあった。異なる種類のりんご――エスプル、ゲセタ、ドメンチャ――、あるいは蝶――イングマ、チョレタ、ミチリカ――を指すさまざまな名前。そうした言葉はまるで雪のように舞い落ち、時間の新たな地表に触れるやいなや溶けていった。失われていくのは、名前そのものでなければ、それらの言葉が持つさまざまな意味、何世紀にもわたって凝縮されてきたニュアンスだった。そしてときには、言葉や意味だけでなく、言語そのものだった。

僕は目覚めるのを拒むかのように振る舞った。外で新しい世界の音が、しばしば文字どおり鳴り響いているのを感じないわけではなかった。家の正面では運動場が建設中で、工事に使われるクレーンやトラックは、ひっきりなしにそのメッセージを伝えていた。けれども僕は、そうした動きのすべてがどんな結果をもたらしうるのか、考えてみようとしなかった。夢の中に、クレーンやトラックの車輪が言葉を雪のように押しつぶし、泥の中に埋めてしまう生々しいイメージが侵入してきたなら、その闘いには勝ち目がないこと、《幸福な農夫たち》の世界にほとんど希望は残されていないことを、否応なく思い知らされたかもしれない。しかし、目覚めをもたらしたはずのそのイメージは届くことなく、僕は夢の中に、心地よい洞窟の中に留まり続けた。

僕の農村世界にたいする愛着は強まるばかりだった。暇さえあればイルアインへ行き、ルビスが馬の世話をするのを手伝ったり、ウバンベ、オピン、パンチョばかりでなく、製材所で働くほかの木樵たちの多くが集まるオババの広場の食堂に顔を出したりした。日曜になると、教会でオルガンを弾きながら、聖体拝領にやってくる人たちのなかでも、農家の娘たちばかりを目で追った。時代遅れの服装で、ありきたりの髪型でもかまわなかった。僕が心惹かれるのは彼女たちで、ムッシュー・ネストルの授業で一緒になる女の子たちではなかった。テレサ、スサナ、ビクトリアといったオババの裕福な家の娘たちを僕の両親（と学校のカウンセラー）は気に入っていたが、僕自身にとって彼女たちはたんなる同級生で、それ以上の存在ではなかった。

テレサはそんな僕の傾向にすぐ気づき、このときも空想（パンタシ）をたくましくした。彼女がパステルカラーの紙に書いて送ってくるメッセージは内容が変わり、ますます頻繁に届くようになった。《教会の扉のところで待っているわ》《聖体拝領にはミニスカートを穿いて行くわ》《オルガンの前を通るとき、あなたを見つめるわ》だが、彼女は誤解していた。テレサは、僕の態度の裏には具体的な相手がいると踏んで、僕が聖体拝領に来る農家の娘たちの誰かと恋に落ちているものと思っていた。そうではなかった。その頃はまだ、僕に魔法をかけるセレーネー（ギリシャ神話の月の女神）は現われていなかった。僕を夢見心地にさせていたのは、中に泉のある美しい洞窟だった。それは古い世界、ルビスとパンチョ、ウバンベの祖国（くに）だった。

テレサはもっと長い手紙を送ってきた。《いつもイルアインにいるのね、ダビ。ホテルにいるのはムッシュー・ネストルの授業のあいだだけ。アドリアンとマルティンが、あなたはまたカウンセラーのところへ行かされるだろう、まだ人間嫌いが治っていないからって言っているわ。気づいていないかもしれないけど、あなた、友達に冷たすぎるわよ》

彼女は僕を目覚めさせようとしていた。学校のカウンセラーや、僕の両親と同じように。そして、僕はついに目を覚ました。夢から、《幸福な農夫たち》の世界から外に出て、自分の時間に身を置いた。しかし、僕をそうさせたのは、運動場の工事のトラックやクレーンの騒音でもなければ、アコーディオンで演奏していた曲のメロディーでも、当時普及しつつあったテレビから流れる馴染みのない音でもなかった。僕を目覚めさせたのは、別の過去、まだ遠くない過去から届いた、両親が経験した戦争に由来する苦しみの声だった。

リズ、サラ。十四、五歳の頃の僕は、親たちが経験した戦争について——about the Spanish Civil War——何も知らなかった。ゲルニカのすぐ近くに暮らしていて——飛行機ならオババからあそこまで十分で着いてしまうだろう——、一九六四年、カシアス・クレイ対ソニー・リストンの試合が行われたときには、内戦終結からまだ二十五年しか経っていなかったというのに。おまけに、僕の周囲にいたオババの住民の多くは、武器を取って闘った人たちだった。でも、僕は何も知らなかった。もしその頃、ドルニエ、ハインケルといったナチの飛行機がゲルニカで千五百人以上の市民を殺害したと誰かに聞かされたなら、僕はUFOでも目撃したみたいに唖然としたことだろう。

気づくのは困難だった。それについて公に話す人は誰もいなかったし、《平和の二十五年間（ベインティシンコ・アニョス・デ・パス）》(Veinticinco años de Paz)を誇っていた当時の体制のプロパガンダを別にすれば、警察や軍は、内戦の消えかけた火を掻き立てようとする者たちを厳しく取り締まっていた。しかし、その困難にもかかわらず、まだ遠くない過去のメッセージの伝達者たちは活動を続け、みずからの存在を主張しようとしていた。そして、ついに僕のところにもやってきた。

そんな「平和の年」だった一九六四年七月のある日、テレサの兄のマルティンと僕は、背中の湾曲を治すためにバルセロナの病院で二度目の手術を受けて帰ってきたばかりだったアドリアンのお見舞いに行った。そのとき、テレビでは偶然、第二次世界大戦を舞台にした映画をやっていて、僕たちが居間でそれを観ているところに、製材所でオーナー——アドリアンの父親——に代わって経営を手がけるヨシェバの父親が入ってきた。「こんな映画を放送する連中の気が知れない」と彼は言った。「僕は好きだよ」とマルティンは生意気にも言い返した。「いつも負けるのはナチだけどな」とアドリアンがからかった。僕たちは笑った。するとヨシェバの父親は怒鳴り出した。「なんてことだ！　戦争は笑い事じゃないんだぞ。お前たちだってここで起こったことを体験していたら、笑って済ませるなんてできなかったはずだ」彼は怒りで顔を紅潮させて居間から出ていった。

それからまもなく、フランス語教室に通っていたほかの三人の生徒、ヨシェバ、スサナ、ビクトリアが、やはりアドリアンの見舞いにやってきた。「こんな映画、観ていられないわ。戦争なんて大嫌い」とビクトリアがソファに腰掛けながら言った。アドリアンは意地悪そうに口を歪めて言った。「ビクトリアもドイツ人が負けるのが気に食わないんだ。そりゃ当然だよな」ビクトリアは、オババのある工場に雇われていたドイツ人技師の娘だった。「わたしだって戦争は大嫌いよ。ドイツ人じゃないけど」とスサナが口を挟んだ。彼女はオババの医者の娘で、もの静かな子だった。そして美しかった。アラスカ・ホテルのダンスパーティーでいちばん踊りに誘われるのは彼女だった。「なんでそんなこと言うのかわかるぞ、スサニータ」とマルティンが言った。「君の父さんが戦争に負けたからだろ。勝ってたらちょっとは好きになってたはずさ」マルティンはアドリアンのふざけた口調を真似ようとしたが、彼の言い方のほうがぎこちなかった。「わたしの名前はスサニータじゃなくて、スサナよ」と彼女はソファから立ち上がって言った。「それにもう一度言うけど、戦争は大嫌い。この小さな村でも、無実の人たちが九人も銃殺されたのよ」マルティンはアドリアンに目配せした。「やっぱり血は争えないもんだな。そう思わないか？」「お前もあの父親の血を引いてるのがよくわかるよ」とヨシェバが言い返した。彼も立ち上がり、ビクトリアもそれに続いた。「俺が？　なんでさ？　教えてくれよ、ホセ」マルティンはそこでひと呼吸置いた。「ヨシェバと呼ばないで悪いが、スサニータがスサナなのと同じで、ヨシェバだって……」「お前の父親は何て呼ばれてる？」とヨシェバが遮った。「何て呼ばれてるかだって？　知ってるくせに」マルティンも立ち上がった。彼の父親にはベルリーノというあだ名がついていて、それは若い頃ベルリンにいたことがあり、帰ってくるとそこがいかに素晴らしいところかという話ばかりしていたからだ、ということは僕も知っていた。そして、彼の本当の名前であるマルセリーノと響きが似ているからということも。だが、ヨシェバが言わんとしていたのはもっと違うことだった。

アドリアンはテレビを消した。「落ち着いて映画も観られないなら、サッカーの記事でも読もうぜ」と彼はスポーツ雑誌を広げながら大声で言った。「バルセロナがユベントスに完勝するに決まってる。三対〇だ」治療のためバルセロナに通い始めてから、アドリアンはその街のチームのファンになっていた。「ベランダに出て一服しないか？」とヨシェバが女の子たちに言い、三人は居間から出ていった。僕もそのあとを追った。口論のなかでスサナが言ったことは僕にとって驚きだった。オババで銃殺された九人のことは初耳だった。もっと詳しく知りたかった。

ベランダから見ると、製材所はさながらオババの一つの地区だった。アドリアンとヨシェバの家のほかに、十棟ほどの倉庫や小屋が中央に集まっていて、その周囲には製材や丸太の山が、川と幹線道路の両側に積み上げられていた。村の中心部の向こうに見える山の斜面に白い点が見えた。それがアラスカ・ホテルだった。「マルティンの奴には我慢できない。いったいどうしたら、ジュヌヴィエーヴみたいな人の息子があああなるんだ？」とヨシェバが言った。マルティンとテレサの母親であるジュヌヴィエーヴはフランス生まれで、しかもロシア系だったので、オババでは一目置かれる存在だった。「わたし、あのホテルにはもう行かない」とスサナは言った。「どうしてあそこでフランス語教室をやらないといけないの？　ジュヌヴィエーヴがそうしたいから？」彼女はまだ怒りが収まらず、険しい目をしていた。「この製材所でもできるんじゃないか」とヨシェバが言った。

「特にいまは、アドリアンがまだ手術したばかりだし、ここでやるのがいちばんだ。僕からムッシュー・ネストルに話してもいい」「名案だわ」とスサナが言った。「それでジュヌヴィエーヴが反対したら、わたしたちで別のグループを作りましょうよ」

彼らは黙り込んだが、話が決まって少しほっとしたようだった。「どうしてマルティンが言ったことにそんなに腹を立てたの？」と僕はスサナに尋ねた。彼女は、僕がそのベランダで何をしているのだろうと訝しむように、僕をじっと見つめた。「うちの父は、内戦でものすごく大変な思いをしたの。たった一人の弟がゲルニカの爆撃でナチに殺されて。彼も医者だったわ」そして、息を深く吸い込んでから続けた。「でも、マルティンが悪いわけじゃないのかもしれない。彼のお父さんが内戦中何をしたかはみんな知っているわ」僕は思わず、山の斜面の、ホテルのあるほうに目をやった。みんな知っている。僕は何も知らなかった。「テレサが可哀想」とビクトリアがおずおずと言った。そのとき、もし誰かにドイツ系なのかと訊かれたら、彼女はきっと否定したことだろう。「テレサとも話してみるよ。彼女だってマルティンとはあまり上手くいってないんだ」とヨシェバが言った。

外は風が吹いていた。川辺でハンノキの木立が左右に揺れていた。空には真っ白で分厚い雲が立ちこめ、太陽の光を遮っていた。みんな知っている。だが、僕は知らなかった。知らなければならなかった。

ルビス、パンチョ、ウバンベやほかの《幸福な農夫たち》からのメッセージは、日々の雑音にかき消され、僕のところにはかすかにしか伝わってこなかった。しかし、まだ遠くない過去のメッセージは、僕がオババで銃殺された九人のことを知った瞬間から、みずからの存在を強く主張し始めた。まるで耳元で犬が吠えるように――こんな比喩を使って、その伝達者が気を悪くしなければの話だが――。スサナに続き、二番目にやってきた過去のメッセージの伝達者は、ファン伯父さんだった。

3

製材所での会話からまだ十日も経っていない、七月の第三週目だった。僕はいつものように、アラスカ・ホテルでフランス語の授業を受けてから――製材所で別のグループをつくるという計画は結局実現せず、スサナは授業に来なくなってしまった――、イルアインへ向かった。イルアインの家に着くと、上の階から物音がした。ファン伯父さんが家具を動かしているようだった。奇妙なことに、それは僕が使っていた部屋で、伯父の部屋ではなかった。彼は台所脇の部屋を寝室にしていた。

「何してるの？　部屋の模様替え？」と僕は訊いた。洋服箪笥(だんす)の位置が変わっていた。「夏の恒例の行事さ」と伯父は少しためらってから言った。「この隠れ家(ゴルデレク)（*gordeleku*）に変わりがないか、確かめておきたくてな」
部屋の床板の一部が外され、壁に立てかけてあった。「これが何かわかるか？」伯父はナイトテーブルの上にあった懐中電灯を手に取り、床の開口部を指して言った。「秘密の小部屋？」彼は頷いた。「百年以上前につくられたらしい。カルリスタ戦争（十九世紀、スペインの王位継承をめぐってバスクでは二度にわたって勃発した内戦）の時代に」僕は目を丸くした。自分が寝ていた部屋に、まさかそんなものがあったとは思いもよらなかった。「あの蓋を見てごらん」とファン伯父さんは外した床板を指差した。「中に入ってあれをもとおりに嵌めれば、この世から消えていなくなったも同然だ！」

伯父は懐中電灯をつけ、隠し部屋の中を照らした。「よく見るんだ。お前ももうこういう物事を知り始めていい頃だからな」小さな階段があった。そしてその下に、布のような何か。「その下にあるのは何？」「何かって？　帽子に決まってるだろう！」と伯父が言った。「取ってきてくれないか、お前のほうが身軽だから」僕は階段に足をかけ、中へ降りていった。

隠れ家はとても狭かった。身体を少し傾けただけで、壁に肩がぶつかってしまうほどだった。「これじゃまるで墓穴だよ！」と僕は声を上げた。ファン伯父さんは笑った。「静かにしないと閉じ込めるぞ」「蓋の上に箪笥を置いていたなら、外に出るにはどうしていたの？」「外に信頼できる仲間がいなければ、どうしようもないさ」と伯父は答えた。僕は帽子を拾い、上へ戻ろうとした。「でも、その仲間に何かあったり、見捨てられたりしたら？」伯父は鼻で笑った。「そこに永久に閉じ込められるに決まっとるだろう！」

帽子はグレーのフェルト製で、J・B・ホットソンというメーカー名が裏地に読み取れた。小さなラベルには店の名前が記されていた。《ダリル・バレット・ストア、ウィニペグ、カナダ》僕は唖然とした。イルアインでそうした名前を目にするのはとても奇妙なことだった。そこは、ルビス、パンチョ、ウバンベやほかの農民や羊飼いたちのいる場所、ミチリカやドメンチャといった古い言葉の土地だった。ホットソン？　ウィニペグ？

伯父は部屋の窓際に立ち、外を見ていた。「ダビ、お前はもう何歳になる？」「十五歳」と僕は答えた。「伯父さんはな、十五歳のときには馬を連れて、この辺りの山を一日じゅう歩き回っていた。お前の母さんは、真夜中まで服を縫っていた。昼間は学校に行って、授業が終わると走って家に帰ってきて、それから針仕事だ。身寄りを亡くしてから、二人きりでそうやって生きていたんだ」彼は僕の手から帽子を取ると、少し振って埃を落とした。「オババから最初にアメリカに行ったのは私じゃない。この帽子の持ち主だ。ドン・ペドロと呼ばれていた。内戦中、命を狙われて逃げ回り、とてもひどい目に遭った。でも私がここに匿ったから、見つけられずに済んだのさ」

伯父が手に持った帽子をくるくると回したり、つばを上げ下げしたり、つぶしてはまたもとに戻したりするのを見ているうちに、それは伯父の手の中で、馴染みのある、身近なものへと変化していった。きっとカリフォルニアにある彼の牧場ではいつもそんな帽子を被っているのだろう、と僕は思った。「カルメンに聞いた話だと、アラスカ・ホテルによく行っているそうだな。どうしてだ？　友達がいるからか？」

僕はその質問に身構えた。アドリアンの家のベランダでスサナが言ったことが頭に浮かんだ。「ジュヌヴィエーヴがあそこでフランス語教室を開いてもらうことにしたから、それで通ってるんだ」と僕は言った。「ダンスパーティーにもアコーディオンを弾きに行っているんだろう？」「父さんに頼まれることがあるから」伯父が何か大事なことを言おうとしていると察し、僕は言葉を選んで話した。「じゃあ、赤目（ベギゴリヤ）（*Begigorriya*）とはどうだ？　あいつと付き合いはあるのか？」
テレサとマルティンの父親は、たしか慢性結膜炎で、いつも目を赤く腫らしていた。僕がまだ小さかった頃、彼の目を初めて見た日――いつも濃い緑の眼鏡をかけて隠していたから、滅多にあることではなかった――、家に帰ると、母が台所の流しで魚を洗っていた。「マルティンとテレサのお父さんもそんな目をしてるよ」と僕が言うと、母が人差し指を唇に当てた。「ダビ、そういうことを言ってはいけません」

「ベルリーノのことだ」と伯父は言い直した。「あいつとはよく話すのか？」「全然」それは本当だった。ダンスパーティーでもフランス語の授業でも、僕は何かあればジュヌヴィエーヴのところに相談に行っていた。「気味が悪くて」と彼の赤い眼を思い浮かべながら言い足したが、「気味が悪い」よりも「ぞっとする」と言ったほうが正確だった。「私もだ」と伯父は隠し部屋の入り口の縁に近づきながらそっけなく言った。そして少し身体を屈めると、中に帽子を落とした。それから床板を嵌め直した。「箪笥も上に載せる？」と僕は訊いた。「いや、その隅でいい。それに、もし隠れる必要があったら、このほうがすぐに入れるだろう」母は、伯父がときどき「むっつりして（コペタ・ハリタ）」（*kopeta jarrita*）取りつく島もなくなると言っていた。そのときの彼がまさにそうだった。

　イルアインの家の正面には石のベンチが置いてあり、僕たちはそこに腰掛けた。とても天気のいい日で、小川で遊んでいる羊飼いの妻アデラの三人の子供たちの笑い声が、まるで風景の一部のようにその明るさをさらに際立たせていた。イルアインは美しく、穏やかで、愉快な場所に見えた。

「この美しさを味わうのが難しくなることがあるよ」と伯父が言った。「内戦中のことを思い出してしまう。あの頃は本当につらかった」彼は僕のほうを向いた。「だがアンヘルは？　お前に何も話していないのか？」僕は首を横に振った。「僕に話すのはアコーディオンのことばかりだよ。ほかは何も」伯父はヨシェバの父親と同じ口調で、戦争一般について話し始めた。戦争、とくに内戦がいかに悲惨なものか。殺し合いが起きるが、それもみな自分の利益のため、人から盗みを働くためなのだ、と。

道の向こうからルビスが現われ、馬たちのいる囲いに向かっていった。彼を見るなり、羊飼いの家のアデラの三人の子供たちは走って追いかけていった。「ルビスは馬の世話をとてもよくしてくれている。彼にはすっかり満足しているよ」と伯父が僕の友達に手を振りながら言った。そして、「どうだ、素晴らしくないか？」と馬たちを見ながら僕に尋ねた。

伯父がそこで飼育していた馬は全部で五頭だったが、その五頭が揃ってルビスを出迎えに、道の脇に立てられた柵まで走っていくところだった。二頭は白、もう二頭は栗毛で、あとの一頭は黒だった。乗馬は習ったかと伯父に訊かれて、僕は、オババの小学校に通っていた頃はルビスに教えてもらって練習したが、アンヘルがアコーディオン弾きには不要だと言ったので、悔しかったがやめなければならなかった、と説明した。「それなら、ルビスにまた教えてほしいと言ったらどうだ？」「僕、もう大きすぎるんじゃないかな？　八十キロ以上あるんだ」「たしかにジョッキーには見えないが」と伯父は言った。「馬のことを何だと思っているんだ？　お前より大きな人間でも楽々運ぶんだぞ。上のあの隠し部屋にいたアメリカ帰りの男だって大巨漢だった。彼はフランスとの国境まで馬に乗っていったんだ」

僕たちはまたその話題に戻っていた。「彼を追っていたのはベルリーノなの？」と僕は尋ねた。

伯父はベンチから立ち上がった。「あのホテルはお前もよく知っているだろう」と彼はホテルのある山のほうに目をやりながら言った。「もちろん、豪奢で美しい建物だ。あれはアメリカ帰りの男の、ドン・ペドロのものだったんだ。彼はアラスカで銀山を掘り当てて、ひと財産築き上げた。そのあとここへ戻ってきて、あのホテルを建てたのさ。ベルリーノと軍人たちに奪われるまで、オーナーは彼だったんだ。ベルリーノはとんだ盗人、犯罪者だよ」

伯父が馬たちのいる囲いに向かって歩き出したので、僕もあとに続いた。だが、彼は橋のたもとで立ち止まり、ルビスかアデラの子供たちに聞かれるのを恐れるように、僕の耳元にささやいた。

「奴はいまだって盗みを重ねているんじゃないのか？　あの新しい運動場にいったいどれだけの金がかかる？　あいつの懐にいくら入るのか、わかったもんじゃない」「伯父さん、本気で言ってるの？」と僕は不安になって訊いた。彼はずっとベルリーノの話をしていた。だが、ベルリーノとアンヘルは内戦中から切っても切れぬ仲だった。それに、アンヘルはオババの有力者として、村のすべての公共事業に関わっていた。「本気じゃないわけがないだろう！」伯父は大声になって言った。

「あの工事では入札が行なわれなかった。ある会社が直接受注したんだ。そんなことがどこで起こる？　ファシストたちの内輪の談合に決まっとる！　カリフォルニアでそんないかさまは通用しない！」伯父は突然、先を急ぐかのようにまた歩き出し、馬を一頭ずつ名前で呼んだ。「ブレイキー！　ファラオン！　シスパ！　アバ！　ミスパ！」彼のお気に入りは、白馬のなかでもいちばん大きなファラオンだった。ファラオンは、僕たちが近づいてくるのを見てすぐ柵の上に頭を出した。

伯父は口に角砂糖を入れてやった。

「ルビス、ダビに馬の乗り方を教えてもらえないかね」と伯父がルビスのほうを向いて訊いた。すると、*“E'akutsiko 'iot nik!”*（エアクチコ・イオト・ニク）——「僕が教えてやらあ！」——とアデラの長男、セバスティアンが割り込んできた。セバスティアンはくりくりとした巻き毛の少年で、彼がチーズや卵を届けに来ると、母は「ムリーリョ（十七世紀スペインの画家）が描いた天使」のようだと言って頬を緩めた。だが、まだ十歳にして、口を開けば悪態をつき、人のたばこをこっそり盗んだうえに、誰に対しても生意気な口をきいた。レクオナ荘に顔を見せるときのおとなしい少年ではまるでなかった。「お前、乗れるのか？」とフアン伯父さんはからかった。“*Ik baino obeto, aguria!*”――「じじいよりは上手いさ！」――とセバスティアンは応じた。ルビスは眉をひそめた。フアン伯父さんと子供の年齢は四十歳以上離れていたから、その話し方はあきらかに礼儀を欠いていた。だが伯父は気にせず、「羊になら乗れるだろうが、馬は無理だろうよ」と僕たちに目配せしながら言った。セバスティアンはいつものように悪態をつき、勢いよく柵を越えると、ファラオンに跨がった。「動くな！」とフアン伯父さんは馬に命じた。

　セバスティアンの奮闘にもかかわらず、馬は一歩も動かなかった。彼の双子の弟たちは同時に笑い出した。“*O'i mozdadia, Se'astian*”――「こりゃおかしいや、セバスティアン」――と一人が言い、「こりゃおかしいや、セバスティアン」ともう一人が繰り返した。ルビスが厳しい口調でセバスティアンに降りるよう言った。「どういうつもりだ、セバスティアン、みんなを振り回す気か？　すぐに馬から降りるんだ」セバスティアンは素早い動きで僕たちのいる側に戻ると、「賭けをしたっていいんだぜ。でもいかさまはなしだ」と伯父に向かって言い放った。双子がまた笑った。

「ダビ、家の人たちは君が馬に乗るのを許してくれるのかい？」とルビスが僕に尋ねた。伯父がそれに答えた。「アコーディオンのことを気にしているのかね？　それについては安心していい。妹が言うには、ダビは本のほうがずっと好きだそうだ。それでいい。アコーディオンもいいが、読書のほうがためになるからな」「喜んで教わるよ」と僕はルビスに言った。「いつも、君が乗っているのを見るたびに羨ましいと思っていたんだ」五頭の馬は、もっと角砂糖をもらいたくて僕たちをじっと見ていた。「わかった。じゃあすぐにでも始めようか？」とルビスが言った。彼は伯父のほうを向いた。「あなたはいま乗りますか？」伯父は首を振った。「それならファラオンを連れていこう。少し歩かせたほうがいいからね」ファラオンには鞍がついていなかったが、ルビスはまるで本物のジョッキーのようにその背にさっと跨った。「ダビ、少し待っていてくれる？　離れ（パビロイア）から鞍を持ってくるよ」

離れ（*pabiloia*）とは、ファアン伯父さんが「アメリカ式に」木造で建てた厩舎のことだった。家よりも少し森に近い高台にあり、外から見ると小さな教会のようだった。中はとても機能的だった。広い通路を挟んで、左右両側にそれぞれ三頭分の仕切りが設けられていた。

「ダビはアバで練習するのがいいだろう」と伯父が言った。「そうですね。落ち着いた性格だから」とルビスが答えた。「ファアン、僕は？　乗せてくんないのかよ？」セバスティアンが下から伯父を見上げていた。「じゃあお前もついていきなさい。でなきゃこっちも邪魔されっぱなしだ」「じゃあシスパにする！」シスパは、アバとは反対にいちばん神経質な性格で、不意に跳び上がったりすることがあった。「ファアン、僕たちは？　乗せてくんないの？」と今度は双子の片割れが訊いた。「駄目だ！」とファアン伯父さんは大声で言った。「そんならお砂糖ちょうだい」ともう一人が慌てて頼んだ。アデラが家の戸口から子供たちを呼んでいた。伯父が角砂糖を一つずつ与えると、双子は急いで家に駆けていった。セバスティアンは自分も砂糖をもらうべきか迷ったが、結局は鞍を取りに、ルビスについて離れに向かった。

伯父が僕の肩を摑んだ。また真面目な顔に戻っていた。「いいか、ダビ。隠し部屋のことは誰にも言うんじゃないぞ。誰にもだ」僕は秘密にすると約束した。「でも、またあれが必要になることはないと思うよ。もう戦争は起こりっこない」すると、伯父は微笑んで言った。「そう思うのか？　戦争がいつ起こるか、あらかじめわかるとでも？　三六年に（*treintaseisian*）誰もが、最初の銃声がいつ聞こえるかと耳を澄ませていたとでも？」

4

僕の母、カルメンはよく言っていた。「人には、こうして顔についている目のそばに、さらに別の目があるのではないかと思うの。夜になると不安を掻き立てるようなイメージを見せてくる目が。だから夜が怖いのよ。その《第二の目》で見えるものに耐えられなくて」きっと僕は母に似たのだろう。フアン伯父さんと戦争について話してから、僕にも同じことが起こったからだ。急に、僕も夜が怖くなった。《第二の目》で暗い場所が見えるようになり、眠れなくなった。そこは、ルビスとパンチョが教えてくれたあの素敵な場所とは似ても似つかない、すべてが影に覆われた、穢らわしい洞窟だった。そこには、イルアインのあの隠し部屋に潜伏していたアメリカ帰りの男がいた。スサナが話していた、銃殺刑にかけられた九人がいた。テレサとマルティンの父であるベルリーノと、僕の父アンヘルがいた。そのうちの何人かは泣いていて、ほかの何人かは笑っているようだった。
ストーナムに来て最初の数年間、僕はファン伯父さんとよく議論したが、あの日伯父さんに聞いたことは当時の僕にとってあまりに衝撃が大きかったと言って、伯父を非難したことが一度ならずあった。その話を聞いた僕は、アンヘルが内戦中の迫害や処刑に関与していたのではないかと疑うようになったが、父親とどれだけ不仲であったとしても、そんなことを受け入れる心の準備のできている子供などいないはずだ、と。しかしいまは、伯父のしたことは正しかったと思う。アンヘルに対して芽生えたあの疑念なしに、僕は闘おうとはしなかっただろう。そして闘うことなしに、勇敢にはなれなかっただろう。勇敢でなければ、前に進むことはできなかっただろう。

ストーナムの家のポーチに伯父と座っていたとき、メアリー・アンが彼にこう言ったことがあった。「ダビは大人にならなければならなかった、それはもちろんそうでしょう。でも、二十歳になるまで待つことはできなかったの？」伯父はこう答えた。「十五歳じゃまだ幼すぎると言うのかね？　私は八歳で働き始めたよ」メアリー・アンは反論した。「でも、あなたはダビの成長を気にかけていたわけじゃないでしょう。その話をしたとき、あなたには政治的な動機があった。ダビを別の陣営に勧誘しようとしたんだわ」伯父は言った。「私にも信条はあるが、そこまで政治的な人間だったことは一度もない。どうすればよかったのかね？　子供をベルリーノ、アンヘルやほかのファシストたちの手に委ねておくべきだったとでも？」子供。伯父の口から無意識に出た言葉だった。それは僕にとって、彼がまだ遠くない過去の戦争について話すとき、実の父親のように僕のためを思ってくれていたことの何よりの証だった。

あの年の夏は猛暑の日が続いた。ルビスと僕はイルアイン周辺の山へ行き、涼しい森の中で乗馬の練習をするようになった。最初のうち、僕が馬に跨っていることもおぼつかないうちは、裾野のほうの、広くてカーブの少ない道を選んだ。だが、少しずつ慣れてくるにつれ、もっと細く険しい道にも入っていけるようになった。「今日は森のいちばん高いところまで行こう」とルビスが十日ほど経った頃に言った。そして実際に行ったのだ。ときに道を逸れ、斜面を突っ切って進みながら。それ以来、僕たちは完全に自由に動き回れるようになり、さらに遠くの、未知の場所にも分け入っていった。

毎朝、僕はアバに、ルビスはファラオンかミスパの背に跨って山に出かけた。森ではときに、製材所に運ぶ木を切り出しているウバンベやパンチョ、あるいはオピンを見つけることもあった。彼らに会うのがどんなにうれしかったか！　まもなく僕たちは、彼らが休憩をとる午前十一時頃に、マンダスカ（バスク語で「ロバの飼葉桶」の意）と呼ばれていた場所に立ち寄り、そこにあった泉の周りにみんなで集まって、一緒に軽食をとるようになった。その時間になると、セバスティアンがもう先に着いていて、僕たちのことを待っていた。いつものパンとチーズのほかに、りんご酒の瓶を運び、水につけて冷やしておくのが彼の役目だった。

泉からりんご酒の瓶を出し、パンとチーズを取り分けると、僕たちは食事を始めた。ルビス、ウバンベ、オピンと僕はゆっくりと時間をかけて食べた。パンチョとセバスティアンは、鳥のさえずりが聞こえると居ても立ってもいられず、大急ぎで食べ終えた。そして駆け出していくと、シダの茂みに隠れてセイヨウシデの枝を一本一本観察し、たいていは――こういうことに関してパンチョは驚くほど器用だった――両手で巣を持って僕たちのところに戻ってきた。いまも目を閉じると、あの巣がありありと脳裏に浮かぶ。苔でできたヒワの巣、きれいな円形をしたシジュウカラの巣、大きくて不格好なカササギの巣。ときどき——セバスティアンですら——りんご酒を飲み過ぎてしまうこともあり、そうすると僕たちはどんな馬鹿げたことにも笑い転げた。

「ところで、君には少し驚いているんだ、ダビ」そんなある日、イルアインに戻って馬から鞍を外しているときにルビスが言った。「君は僕たちといてとても満足そうに見える。そんなことは思いもしなかったんだ」「どうしてだい、ルビス」「何て言ったらいいんだろう。君のほかの友達は、好きなときに映画に行ったり、クラーマーのプールに泳ぎに行ったりしているじゃないか。悪い人生じゃない。僕だってそうしたいくらいだ」クラーマーというのは、ビクトリアの父親が経営するドイツ系の会社の名前だった。「パンチョと君が教えてくれたあの洞窟のほうが気に入ったんだ。あそこの池で水浴びするのは、ほかのどんな場所よりも気持ちよかったから」と僕は言った。そのとき、ルビスは悪い知らせを告げた。「もうあそこでは水浴びできないよ」「どうして？」「水が洞窟まで届かなくなってしまったんだ。池は干上がってしまった。知らなかったのかい？　オババに新しい住宅地が作られて、あそこより上流から村へ水が引かれるようになったんだ」ある生き物の死を知らされたかのように、僕はひどく悲しい気持ちになった。

馬たちのいる離れは平穏そのものだった。アバは飼葉桶から草を食べ、ミスパは尻尾で蠅を追い払っていた。かすかなざわめき、呼吸の音、それ以外に沈黙を破るものはほとんどなかった。「ぶしつけな質問かもしれないけど、ダビ」とルビスが微笑みを浮かべて言った。「君は隠れようとしているんじゃないか？」

僕はその質問の意味を誤解した。ルビスには僕の頭の中がお見通しだったのだ、と思った。僕がその瞬間考えていたことや、昼間彼と一緒にいるあいだ思いを巡らせていたことではなく、ファアン伯父さんが隠し部屋を見せてくれてから毎晩襲われる考え、父に対する疑念が僕の顔に表われ出て、まるで入れ墨のように、次第に大きくくっきりと刻み込まれつつあるのではないか、と。「君の言うとおりだ」と僕は答えた。「レクオナ荘にはいたくないから、ここに来ているんだ」

いつもはあれほど穏やかなルビスの目が、激しく動揺した。まるで探し物があるかのように、離れの中のあちこちを見回した。「ごめんよ、ダビ。冗談のつもりだったんだ。君を追い回しているあの娘、テレサのせいじゃないかって。彼女がいつもの手紙やら何やらで君を放っておかないから、ここに避難することにしたのかと思ったんだ」彼はすっかり落ち着きをなくし、僕の突然の告白にうろたえていた。「それはともかく、さっき言ったのは本当だよ」と僕は言った。「父のことがいろいろと疑わしく思えてきて、いまは会いたくないんだ」

しかし、現実はそれよりはるかにつらかった。その疑いのせいで、アンヘルの仕草、言葉、視線といったあらゆるものが、それまでとは違う意味を帯びてきたからだ。彼はもはや僕の父、オババのアコーディオン弾きではなく、ベルリーノの親友、ファシスト、さらには人殺しでもあるかもしれなかった。レクオナ荘の食卓で彼と向かい合って座るのは耐えられなかった。だが、こうしたことはルビスには黙っていた。彼があまりに気まずそうで、それについてはもう何も聞きたくなさそうだったからだ。

ルビスが個人的な打ち明け話を好まないことは僕にもわかっていた。それは、彼が農村という、人々の振る舞いがまったく異なる——もっと慎み深い——祖国に属していたからというだけでなく、彼自身の性格のせいでもあった。ルビスは当時十八歳ぐらいだったが、二十八歳か三十八歳の人にふさわしいぐらい真面目な性格だった。いつも丁寧な言葉遣いをするのも、表面的なものではなく、彼の人となりをよく表わしていた。だが、それでも彼の反応は過剰に思えた。「アンヘルと何か問題でもあるの?」と僕は尋ねた。「まさか」とルビスは少し落ち着いて答えた。彼も何か知っているのだろうか、と僕は自問した。スサナやファン伯父さんのように、彼も目覚めていて、アンヘルやベルリーノについて知っていることがあるのだろうか、と。だが、ルビスは僕に質問する隙を与えなかった。彼は離れの反対側に移動し、ファラオンの飼葉桶に飼料を入れ始めた。その件についてもう話すことはない、という合図だった。

夏が過ぎゆくにつれ、馬に乗って出かけたり、マンダスカでみんなと集まったりするのは、僕にとってますます欠かせないことになっていった。そしてついに、僕はレクオナ荘と行き来するのをやめ、イルアインに留まることに決めた。母には嘘をついた。《スペイン平和の二十五年間》を祝して短篇小説コンクールが開かれることになり、それに応募したいので、書くのに集中するために一人になる必要があるのだ、と。

「フランス語の授業はやめるつもりなの?」と母が訊いた。僕はきっぱりと頷いた。もしムッシュー・ネストルがアラスカ・ホテルではなくほかの場所で、たとえばスサナやヨシェバが望んでいたように製材所で授業をやってくれていたなら、僕も気にしなかっただろう。でも、あのホテルでは嫌だった。アラスカ・ホテルも、もはや僕にとって特別な場所だった。夜になると《第二の目》で見える洞窟の最大の闇、「ベギゴリヤ」ことベルリーノのいる場所だった。「授業に出る必要なんてないよ、母さん。フランス語は得意だから。書くことにもっと時間を使いたいんだ」母は顔をしかめた。僕の計画が気に入らないようだった。「ウルツァにも行かない」と僕は付け加えた。ウルツァ（バスク語で「水（ur）が豊富にあるところ」の意）というのは、製材所のある場所よりも少し下流で川の幅が広がり、水の淀んだところで、僕たちはよくそこで泳いでいた。母にそこまで言ったのは、僕が真剣なのを信じてもらうためだった。応募する短篇をきちんと書くためには、オババの夏の最大の楽しみも放棄する覚悟なのだ、と。「好きなようにしなさい」と母は言った。だが表情は曇ったままだった。

　次の日曜日、教会へオルガンを弾きに行くと、司祭のドン・イポリトが挨拶もそこそこに、いきなり告解について僕に話し始めた。告解ほど健全で効用のあるものはない、だからこそ神学者たちはそのような儀式を設けたのだ、と言い、さらに、自分の内に棲まう悪魔たちに気をつけなさい、「ティベリアのあの哀れな男（新約聖書時代の古代エルサレムの領主、ヘロデ・アンティパスのことか。ティベリアの都市を建設して都としたほか、洗礼者ヨハネを処刑したことで知られる）のように」それが大群となるまで増え続けるのを許してはならない、と説いた。「何か問題があるなら、私に話すのだ。そのほうが君のためになる」

　僕たちは聖具室にいて、ドン・イポリトはミサのために着替えながら話をし、僕はベンチに座って聞いていた。「君ぐらいの年齢の子は、同年代の仲間たちと一緒にいるべきだ。世間から隔絶されているのは好ましくない」と彼は、僕が黙ったままなのを見て続けた。「母から聞いたんですか？」と僕は尋ねた。二人は教会の聖歌隊の練習でよく顔を合わせていて、互いに信頼し合っていた。「カルメンは心配しているとも」と彼は頷きながら答えた。「なぜウルツァに行かないのかね？去年までは、夏になるとずっとあそこで過ごしていたそうだし、泳ぐのは大好きなんだろう？」「それほどじゃありません、ドン・イポリト。この夏は書くことに集中したいんです」「だが、君の友達はみんなウルツァに行く。それに、君だって休息をとらねばならんだろう。我らが主も七日目には休息されたのだ」「イルアインでは一人きりじゃありません」と僕は言い張った。ドン・イポリトは既に白く美しい上祭服をまとい、祭壇に供える聖杯の準備をしているところだった。「ルビスはいい友達だ、それは間違いない」と彼はまた頷きながら言った。「それでは、君の魂は苦しんでいないのだな。告解する必要は感じないのかね」「はい」と僕は答えた。司祭は聖杯を持って祭壇に出て行った。

そうして機会は失われた。あのとき、賢明なドン・イポリトに本当のことを打ち明けていたなら――《内戦中に起きた悲惨な出来事について知って、ある疑いを抱くようになったんです。自分は人殺しの息子なのか、と毎晩考えずにはいられないんです》――、もしそう告白していたなら、彼は僕の魂を治癒へと導いてくれたかもしれない。ドン・イポリトはイエズス会士だったから、賢明なばかりでなく、実際的な人でもあったはずだ。十五歳の子供を安心させる理屈を見つけることなど、彼にとってはたやすかっただろう――《君のお父さんのような人は内戦中に何千人といたし、もっと罪深い人もそれと同じくらいいたのだ》――。そうしたら、あの疑念が僕の内に留まり続けることはなかっただろう。何か異質な物体が内臓のますます奥へ、しつこく食い込んでくるように。

だが、僕はそうした直接的な行動に出ることなく、自分に起こっていたことについては口をつぐんだまま、イルアインへ逃避した。イルアインでは容易に気を紛らわすことができた。いつも何かしらやることがあった。馬たちのいる離れでの仕事を手伝ったり、ルビスと森に行ったり、パンチョと小川で鱒を捕まえたり、その兄弟とウバンベと一緒に羊飼いの妻アデラの家に行ったりした。そして夜になり、《第二の目》で物事を見始める危険が高まると、ベッドに入り、夜中の二時か三時まで本を読んだ。文字に文字が続き、行には行が、章には章が、本には本が続いた。そうして読むことに没頭するうち、僕はいつの間にか眠りに落ちていた。

本。その頃読んだ本のなかで、伯父の部屋で見つけた一冊が、僕にとってかけがえのないものとなった。リサルディ（本名ホセ・マリア・アギーレ、スペイン内戦前、一九三〇年代前半に勃興したバスク語文芸復興運動において活躍した）というバスク語詩人の『心の奥に、眼差しの中に』（*Biotz-begietan*）という本だ。いま、ストーナム牧場で、目の前にリズとサラの児童書が百冊以上も並んでいるのを見ていると信じがたいことだが、一九六四年、十五歳にして、僕はその詩集のページに、自分の母語が印刷されているのを初めて目にしたのだった。

『心の奥に、眼差しの中に』は凝った文語体のバスク語で書かれていて、僕にはとても難解だった。だが同時に、ほかのどの本よりも謎めいて、魅力的に思えた。“*Kilker olerkari arloteak neurtitz ozenak ditun boteak...*”のような一節を読むと、七つの単語のうち三つ（*olerkari, neurtitz, ozenak*）が僕にとっては未知の単語で、この詩行はいったい何を意味しているのだろうと考え込まなければならなかった。* 僕は語源を辿って理解しようと試みた。たとえば、ネウルティッ（*neurtitz*）という単語は、ネウルトゥ（*neurtu*）（「測る」、あるいは「（詩の）韻律を整える」の意）とイッ（*hitz*）（「言葉」の意）からできているのではないか、それなら韻文詩かそれに類似したものを表わしているのだろう、というふうに。一ページごと、本全体を、僕はそんなふうに、自分の母語で書かれているにもかかわらず、まるでラテン語を解読するようにして読んだ。最初はまったく馴染みのなかった言葉を少しずつ自分のものにしていくのは、地中に長いこと埋められていた硬貨が、水と酢をつけてこすり続けるとふたたび輝き出すときのよ

＊詩の原文は、一語ずつ訳すと「コオロギ－詩人－貧しい身なりの／詩－朗々とした－持つ－容器」、すなわち「つましい詩人たるコオロギは／その身体の内に朗々とした詩を湛えている」の意。

うで、心揺さぶられる体験でもあった。そして、リサルディを読むのが難しかったおかげで、僕はほかの何もかもを忘れることができた。あの忌まわしい影、「大群となって襲いかかってくるかもしれぬ悪魔たち」が頭から消え失せ、ひと息つくことができたからだ。

ある朝、僕がイルアインの家の台所でその本を読んでいると、ファン伯父さんが村の医者、つまりスサナの父親と一緒にやってきた。伯父は、彼がときどき訪ねてくるのは「血圧を測るため」だと言っていたが、僕の見たところでは、二人で話し込んだり、どこかに出かけたりするためでもあった。医者は六十歳ぐらいの口数の少ない人で、いつもタータンチェックの上着を着て黒いネクタイを締めていた。名前はドン・マヌエルといったが、農民たちは「痩せっぽちの先生」（*mediku iharra*）と呼んでいた。

彼は僕が持っていた本を見ると、両手のひらを何度か合わせながら伯父の部屋に入っていった。最初、僕はそれが何の仕草かわからなかった。部屋のドアが閉まって一人になってから気がついた。「痩せっぽちの先生」は僕に静かな拍手を送っていたのだ。

その日の夜、伯父が僕の部屋に上がってきて、ミアリツェから帰ってきたところだと言った。手にはハードカバーの本を一冊持っていた。「これをお前に。バスク語を読めるようになりたいならきっと役に立つだろう」表紙には、Dictionnaire Basque-Français. Pierre Lhande S.J. ―― ピエール・ランド・S・J著『バスク語―フランス語辞典』――とあった。「スペイン語とバスク語の辞書のほうが使いやすいだろうが、お前も知ってのとおり、国境のこちら側を牛耳っている軍人たちが許可を出さないからな」と伯父は言った。僕は礼を言い、フランス語はわかるから大丈夫だと答えた。

「だが、気をつけるんだぞ。リサルディを読んでいるなんて言い触らしては駄目だ。もっと些細なことで密告された人が大勢いる」「心配しないで、伯父さん。それに、もし何かあったら、そこの隠し部屋に本と懐中電灯を持って入るよ」「そんなことを冗談で言うもんじゃない」伯父は人差し指を立てて僕に注意した。用心するに越したことはない、と。

5

馬たちのいる離れの窓から外を見ていると、アンヘルの灰色のメルセデスが、栗林を抜けて集落に入ってくるのが見えた。車は水車小屋の前を通り過ぎ、ウバンベの家の辺りまで来た。「ダビ、知っていたか？　あの車はベギゴリヤのものだったんだ」とフアン伯父さんが僕の横に来て言った。「どの車のことですか？」とルビスが訊いた。彼は離れの反対側で、シスパの脚の傷の手当てをしていた。「僕の父さんのメルセデスは、前はベルリーノのものだったんだって」と僕は説明した。「ああ、そういうことか」とルビスは窓の外をちらりと見て言った。「ベギゴリヤのものになる前は、ホテルのいまのオーナーのものだった」と伯父はさらに付け足した。

車は土埃を舞い上げながら、スピードを出して走っていた。ルビスとパンチョの家、羊飼いの家を通り越し、イルアインの正面に着くまであと百メートルほどだった。「フアン、今日はよくわからない話し方をしますね。ホテルのオーナーはベルリーノじゃないんですか？」とルビスが言った。彼は屈みこんだまま、馬の傷ついた脚に軟膏を塗っていた。「本当のオーナーはマドリードに住んでいる。デグレラ大佐という奴だ。ベルリーノと仲間たちはそう呼んでいる」ルビスは仕事にますます集中した。あまり話したくないようだった。

伯父が僕のほうを向いて言った。「ルビスは、私がセバスティアンに馬を貸してやったから怒っているんだ」ルビスは首を振った。「あの子を一人で行かせたから怒っているんですよ。どうなったか見てください。いちばん足場の悪いところを乗り回して。骨折しなかったのが不幸中の幸いだ」「デグレラ大佐というのは何者なの?」と僕は伯父に尋ねた。それはぜひ知っておきたかった。「家に来たことがないか?」「僕の知っているかぎりでは」「内戦中、オババに侵攻してきた反乱軍を率いていたんだ。ベルリーノは奴の右腕になった。いや、右腕というより、犬と言うべきか!」伯父は思わず口をついて出た冗談に自分で笑い、もっと質問してごらん、と僕を試すように、目を細めてこちらを見つめた。

小川に架かった橋はメルセデスが通るにはぎりぎりの幅だったが、アンヘルはスピードを緩めることなく渡った。「お前の父さんと一緒に来た人は見覚えがないな」と伯父が言った。「ムッシュー・ネストルだよ、フランス語の先生」と僕は答えたが、突然父たちがやってきたことに動揺していたせいか、「ムッシュー・ネストル」と発音するとき、意図せず嫌味な口調になってしまったので、「すごく物知りでいい人だよ」と誤解を避けるために慌てて付け足した。フアン伯父さんは離れの扉に向かって歩き出した。「外に出よう、あの人たちは厩舎に入るにはお上品すぎるようだからな」「ムッシュー・ネストルに会ってみたくない?」と僕はルビスに訊いた。「また今度」とルビスは彼らしくないそっけなさで答えた。数日前に抱いた印象が蘇った。彼はアンヘルとのあいだに何かあって、そのせいで挨拶に出ていきたくないのかもしれなかった。

アンヘルはイルアインではまったく場違いに見える黒いスーツを着ていて、フアン伯父さんはまたその上品さを口にした。「私が上品だって？　このスーツを着ているからか？　義兄さんは知らないかもしれないが、これが仕事着なものでね」とアンヘルは答え、フランス語の先生を紹介した。「こちらはムッシュー・ネストルだ」「私も上品な人間というわけではありません。貧乏人ですよ」とムッシュー・ネストルは伯父のほうへ一歩進み出て、握手の手を差し出しながら言った。バスク語で話していても、彼のｒの発音はフランス語のようだった。

「貧しいのに上品とは、いったいどういうわけで？」と伯父は握手しながら尋ねた。ムッシュー・ネストルは芝居がかった仕草で、教室でするように人差し指を立ててみせた。「ペトロニウスが書き残したところによれば、気品は貧乏人の最後の希望です。もし預金残高に応じた身なりをしていたら、誰も私を雇おうとは思わないでしょう」先生は大柄で、金髪の巻き毛をしていた。彼もいつも「仕事着」姿だった。クリーム色のスーツ、白いシャツ、えんじ色のシルクのネクタイに、シャツと同じく白い靴。その日もやはり、いつもと同じ服装をしていた。

「おお、生きていたか！」とアンヘルが、突然僕の存在に気づいたかのように言った。笑っていたが、母がときどき指摘していたように、それは怒鳴り出さないよう自制している証だった。「いつまでここにいるつもりなんだ？　クリスマスまでか？」「さあ、どうかな」と僕は答えた。伯父とムッシュー・ネストルの前でそんな会話をするのは恥ずかしかった。「このところ、誰もかもがお前のことを訊く」とアンヘルがまた話し始めた。「まずはお前の母さん。それにマルティン。それで今日は先生をお連れしたんだ。先生にもお前のことを訊かれたからな。そうですよね、ムッシュー・ネストル？」

先生は頷いた。伯父は家の扉を押し開けた。「息子のことはそっとしておいて、新しい住宅地と運動場の工事の進み具合を教えてくれないか」と彼はアンヘルに言った。「もうだいぶ儲かったのかね？」アンヘルは微笑んだ。「いつも言っているでしょう、我々は義兄さんとは違う。村のために働いているのであって、金儲けのためじゃない」一見、二人のあいだに敵意はなさそうだった。伯父はムッシュー・ネストルに向かって言った。「私たちと一緒に中に入りませんか」先生は首を横に振り、自分は外にいるほうがいいと答えた。「でも、何か飲み物は召し上がるでしょう？」「ではビールを。ですが、グラスに注いでいただけますか。野蛮な飲み方はしたくないもので」

「ムッシュー・ネストルなんておぞましい呼び名をこの世から消し去るにはいったいどうしたらいいのだろうね」二人きりになってから、先生が家の前のベンチに腰を下ろしながら言った。彼はまるで授業中のようにフランス語で話し、「おぞましい」（*izugarri*）と言うのに使った言葉はエプヴァンタブル（épouvantable）だった。「だが、悪いのは私なんだ」と彼は話を続けた。「ホテルに初めて行った日、テレサとジュヌヴィエーヴが挨拶に出てきて、ムッシュー・ネストルですか？と尋ねたんだ。私は、そうです、と言った。『ネストルです、何もつかないネストルです』と言うべきところを。それで、この村ではその名で知られることになってしまった。広場の食堂へ行っても、ウェイターたちにムッシュー・ネストルと呼ばれる。しかもモシエと発音するんだ、モシエ・ネストルと。本当にどうにかしなければならない」僕は笑ったが、彼の表情は曇ったままだった。「どうして嫌なんです？」「だって、まるでハムスターの名前じゃないか。ムッシュー・ネストルだぞ。ハムスターにはぴったりの名前だ」彼はそう言うと、ポケットから白いハンカチを出し、額の汗を拭った。

アンヘルがビールの瓶を持って出てきた。だが、「ああ、グラスを忘れた！」と大声で言い、また台所に消えた。「君のお父さんに言ったんだ。ビールは、オババの人たちがするみたいにラッパ飲みするものじゃないと。そうしたら、炭酸をそのまま飲み込むことになってしまう」先生は今度はスペイン語で話し、「ラッパ飲み（ムトゥレティク）（*muturretik*）」と言うのにア・ゴジェテ（a gollete）という僕の聞いたことのない表現を使った。「瓶とグラスをお持ちしましたよ、ムッシュー・ネストル」とアンヘルが戻ってきて言った。そして、「息子はあなたに何か話しましたかね？　なぜすべきことをしようとしないのか」と僕には目もくれずに尋ねた。「ここでの暮らしにはとても満足しているようですよ」とムッシュー・ネストルは気を利かせて言った。「怠け者ならそうでしょう。だが、息子に怠け者になられては困ります」彼は背を向けると、また家の中に入っていった。

「でも、僕たちは先生のこと、ムッシュー・ネストルなんて呼びませんよ。テレサはそう言うけど、ほかのみんなは」と僕は言った。先生はビールをぐいと一口飲むと、「そうかい？」と尋ねた。僕は頷いた。「僕たちはレディン（Redin）って呼んでいるんです」先生は眉間に皺を寄せたが、すぐに表情が明るくなった。「レディン？　イギリスのあの町みたいに？」彼はもちろんReadingという綴りを思い浮かべていた。「だが、どうして？　見当もつかないよ」「憶えていませんか？　授業の初めの頃、フランス語と英語の発音について説明しましたよね、英語のほうが難しいって。そのとき、先生がレディングに行ったときのことを話してくれたんです。『レディン』と言っても誰にも通じなくて、ようやくわかってくれた人には大声で『オー、ゥルゥエディン！』とか何とか言われたって。そこからあだ名がついたんです。馬鹿みたいな話ですけど」「だが、ムッシュー・ネストルよりはましだよ。はるかにましだ！」先生はそう言うと、グラスに残っていたビールを息もつかずに飲み干した。そして景色を眺めた。「なんて美しいところだろう！　そこの草の上に寝転がりたい気持ちになる」彼は上着のポケットからたばこの箱を取り出した。フィルターなしの安たばこだった。「ときどき動物になりたくなることがあるよ、まさにいまみたいに。あそこの馬たちはなんて幸せそうなんだろう！」彼は素早くたばこに火をつけた。人差し指と中指がニコチンですっかり黄ばんでいた。

ブレイキー、アバ、ミスパの三頭は柵で囲われた牧草地の片側に集まっていて、ファラオンはちょうど真ん中で草を食んでいた。あと何日かしてシスパの傷が治り、ルビスが群れに戻したら、そのバランスは揺らぐことになるだろう。シスパはファラオンから群れの主導権を奪おうとしていた。

僕はムッシュー・ネストル、レディンが気の毒になった。ある噂によれば、彼はまだラサール会修道士だった頃、「本に囲まれてばかりいた」ために頭がおかしくなり、ドノスティアの鉄道駅に行っては最初にやってきた列車に飛び乗るようになった。修道院の同僚たちはその後、彼をバルセロナやマドリード、パリで見つけたという。オババでその逸話はよく知られていた。修道士をやめなければならなかったのも気がふれたせいで、それで家庭教師を始めたのだと言われていた。アラスカ・ホテルの生徒たちもそのことは知っていた。アドリアンとマルティンはときどき、彼を「列車（トレネス）」（Trenes）と呼んで馬鹿にした。

「わたしはさぞかしひどい教師なんだろうね」ムッシュー・ネストル——あるいは、彼にとってこの呼び名のほうが好ましいなら、レディン——はそう言った。「まず、スサナが授業に来なくなった。次が君だった。それに、アドリアンも療養中だからと言ってごくたまにしか来ない。大惨事だよ」

僕は、彼のクリーム色のスーツがだいぶ着古されているのに気がついた。シャツも同じで、袖口には継ぎがあてられているようだった。貧しさについて彼が言っていたことは冗談ではなかったのだ。アラスカ・ホテルの生徒たちを失うのは、彼にとってまさに大惨事に違いなかった。

「先生のせいじゃありません」と僕は言った。「スサナが行かなくなったのは、マルティンが原因なんです。二人は仲が悪いから。スサナとヨシェバは、製材所で別のグループを作って勉強したいんだと思います」「それはいい考えだ。別の授業を持つのは私にも好都合だよ。眼鏡を買わないといけなくてね。ここではあまりに高いので驚いているんだ。イギリスではもっと安く手に入るんだが」先生は頭の中で計算しようとするかのように少し考え込んだ。「それで、君はなぜ来ないんだい？」とそのあとで僕に尋ねた。僕はまた同じ嘘をついた。「書くことに集中したいんです」

「物書きになるにはお金が必要だ」と彼はファラオンやほかの馬たちを見ながら言った。「ヘミングウェイのことを考えてごらん。彼は貧乏だったとあちこちで読んだことがある。パリで暮らしているあいだ、食べるものがなくて公園で鳩を捕まえていたと。まさか！」レディンは両手を振って、その逸話の信憑性を打ち消す仕草をした。"Légendes!"――「伝説（レジャンド）だよ！」――と彼は言ったが、絶えず異なる言語を混ぜて話す彼の習慣からすると、もしかして英語でレジェンズ（Legends）と言ったのかもしれない。「本当ですか？」と僕は訊いた。「そうだとも。ヘミングウェイとは親しかったと何度も言っただろう？」

彼の授業に出ていた生徒のあいだには異論があった。何人かは、レディンとヘミングウェイが親しかったなんてきっと作り話だ、と考えていた。マルティンとアドリアンはもちろん、ヨシェバもそうだった。ヨシェバは、二人はイルニャ（スペイン語名パンプローナ）のサンフェルミン祭かどこかで顔を合わせたことがあったのかもしれない、ヘミングウェイはスペインで有名人だから、レディンはすっかり感激してしまったのだろう、と言っていた。僕もその話が信じきれずにいた。"Hemingway en los toros"――《ヘミングウェイ、闘牛にて(エン・ロス・トロス)》――というキャプションのついた写真が、毎年夏になると決まって新聞に載っていた。それほどの著名人がレディンと一緒にいるところを想像するのは難しかった。

「ドルを持った男が貧乏だなんてことがありえるかい？」レディンはベンチから立ち上がり、誰かと議論しているかのように語気を強めた。「彼がスペインに通い出した頃、一ドルで二十人分の昼食代が払えたんだぞ、二十人分の！」そして議論を締めくくる前に、アンヘルのメルセデスを指差した。「君も彼と同じだよ。運よくお金には恵まれている。君なら作家になれるだろう」

アンヘルとフアン伯父さんが、また議論を戦わせながら家から出てきた。アンヘルがレディンに説明した。「広場に戦死者を追悼する記念碑を作って、運動場の落成式でお披露目しようという案があるんですが、フアンはそれが気に入らないらしい」伯父は僕に目配せした。彼はアンヘルより冷静だった。「金の無駄遣いだ。記念碑なんて誰の役に立つ？　子供たちに公園を作ってやるほうがずっといいだろうに」「子供たちに公園？」アンヘルはその言葉を待ち構えていたかのように反応した。「もう作ることになっているのを知らないのか？　というより、もう作っているところだ」「どこに？」「どこかって？　運動場の中さ！　ウルツァに面したところに！」「好きなようにするがいいさ、アンヘル。だが、記念碑は金の浪費だな」と伯父は言い、レディンのほうを向いた。「ところで、あなたはどう思われますか？　作るべきか否か？」

レディンは遠い目をして、森のほうを見た。彼は、たとえ悪ふざけであっても議論することを好まなかった。「私は記念碑に関してはまったく古代ローマ人的でしてね。好きですよ」とようやく口を開いて言った。「聞いたか？」とアンヘルはフアン伯父さんに言った。「先生も同意してらっしゃる」「古代ローマ人に同意です」とレディンは言ったが、その声はか細く、僕にしか聞こえなかった。

アンヘルが車のトランクからアコーディオンを出した。「そろそろ何か始める頃だろう、違うか？　もう何週間も練習していないじゃないか！」フアン伯父さんはまた僕に目配せした。「こりゃ上等だ。今日からイルアインでは踊り放題だな」アンヘルは玄関の脇にアコーディオンのケースを置いた。「義兄さんが踊るとしたら、ほかでもなく金のためだろう」と彼は伯父に言った。僕は堪忍袋の尾が切れた。「ほかに話題はないの？　もううんざりだよ」アンヘルは聞こえないふりをした。“Por el dinero baila el can, y por pan si se lo dan”――「犬が踊るも金次第(ポル・エル・ディネーロ・バイラ・エル・カン)、もらえるものならパン次第(イ・ポル・パン・シ・セ・ロ・ダン)」――と突然、レディンがきれいなスペイン語で諳(そら)んじた。アンヘルは笑って拍手した。「お見事！」伯父も笑い、離れに向かって歩き出した。「馬の様子を見に行くよ。アデラのあの馬鹿息子が骨折させかけたのでね。お前も見るかい？」アンヘルは誘いを断った。「ムッシュー・ネストルを送っていかなければ」彼は車に乗り込んだ。レディンもそれに続いた。「息子の乗馬姿を一度見るべきだな。本当に上達したよ」と伯父は言った。「何かしら進歩したならうれしいことだ」とアンヘルはエンジンをかけながら答えた。そして僕に言った。「祭りまではここにいていい。そのあとは家に帰れ」

車の反対側のウィンドウから、レディンが手招きしていた。「頼まれ事を忘れるところだったよ。テレサがここに訪ねてきたいそうだ。それで、君はかまわないだろうかと訊いていた」「もちろんかまいませんよ」と僕は即座に答えた。テレサが僕に会いに来るのに許可を求めるなんて、思いもよらないことだった。

彼らはまた、道の土埃を巻き上げながら去っていった。僕は伯父とルビスと合流するために離れに向かった。

テレサは一人でゆっくり歩いてやってくると、イルアインの家の前の石のベンチに座り、僕とルビスが台所の壁を塗り終えるのを待っていた。それから、僕たちが表に出ると、一人ずつ花束をくれた。「女の子が左官の仲間に入れてもらうにはどうしたらいいのかしら?」と彼女が尋ねた。ルビスは笑った。「壁のペンキ塗りをしている女の子なんて見たこともないよ。それに君はすごくお上品じゃないか。今日だってそんなに素敵な服を着て」何日か浮かない顔をしていたあとで、ルビスはようやく上機嫌になっていた。シスパの怪我は順調に回復しつつあった。テレサは彼の頬にキスした。「上品と言ってくれてどうもありがとう」ルビスはまた笑った。「これからはいつもこうして白いペンキだらけでいることにするよ。そしたらもっとキスしてもらえるかな」テレサは黄色いスカートとジャケットのスーツを着て、白いバッグを肩に掛けていた。十五歳というよりも二十歳の女の子にふさわしそうな、いつもの彼女のスタイルだった。

「みんなはどうしている?」と僕は訊いた。「みんなって誰のことよ?」「誰も何もないだろう、僕たちの仲間だよ。ウルツァには泳ぎに行ったの?」テレサは僕をじっと見つめた。彼女は化粧をしていて、黄味がかったオリーブ色の目を黒いアイラインで強調していた。「ウルツァにはたくさん人がいたわ。でもわたしが思うに、みんなそこにいる必要のない人ばかりで、いるべき唯一の人はいなかった」ルビスがベンチの上でもぞもぞと身体を動かした。女の子がそれほどはっきりともの を言うのに驚いたようだった。僕もそうだった。

「ここに来るつもりはなかったの」とテレサは口調を変えて言った。「女の子は男の子を追いかけ回すものじゃないってことは誰でも知っているもの。でも問題は、男の子が何も気づかないとき、女の子はどうすればいいのかってことよ」ルビスは今度こそその場を離れようとした。僕は彼の腕を掴み、またベンチに座らせた。テレサは嘲るように僕を見た。そしてルビスに、「気づいた？ダビはわたしと二人きりになるのが怖いのよ」と言った。「そうじゃない」と僕は反論した。彼女は僕から視線を逸らそうとせず、僕はいたたまれない気持ちになった。

テレサはベンチから立ち上がった。「ともかく、これで用事はおしまい。実を言うと、ここまできたのは手紙を渡すのが目的だったの。ポストに入れる代わりに、少し散歩して自分で持っていこうと思ったわけ」彼女はバッグから手紙を出すと、僕に手渡した。それから、急に慌てたように早足で橋を渡り、家に帰っていった。

僕たちはしばらく石のベンチに座ったまま、彼女の姿が小川の縁に沿って遠ざかっていくのを見ていた。ときおり屈みこみ、花を摘んでいるようだった。「大胆な娘だね。お兄さんのマルティンもそうだけど、彼女の大胆さはちょっと違う。ああいう人は好きだよ」とルビスが言った。それが聞こえたかのように、テレサは道端から手を振ってみせた。「マルティンが嫌いなわけじゃないんだ」ルビスは続けた。「でもテレサには気品がある。兄が父親似なら、彼女は母親似だね」十五分後、テレサのスーツは栗林の中の黄色い点になっていた。

テレサの手紙は——ストーナムにある書類の中には見つからなかったから、これは記憶で書いている——フランス語教室で僕たちが使っていたアンソロジーに収録されていた詩の引用で始まっていた。“Les oiseaux pour mourir se cachent”——《鳥はみずからの死が近づくと身を隠す》それから、その詩行のトーンのまま、僕がホテルに行かないこと、「愛すべきムッシュー・ネストル」のことも考えずに、相変わらず「農民の暮らし」に固執していることを嘆いていた。そして、おおよそこんなことが書かれていた。《気づいているかわからないけれど、あなたが来なくなったことで、あの気のいい先生はマルティンみたいな生徒の餌食になっているのよ。いま、マルティンは先生の評判を落とすようなことを言い触らしているわ。ムッシュー・ネストルの授業は全然勉強にならない、フランス語で話していたはずが英語になったりラテン語になったりするのに自分でも気づいていないんだからって。それに、なぜマルティンがそんなことをするかわかる？　ほかのフランス語の先生のことを聞きつけたからよ。予想はつくと思うけど、その人は二十五歳のセクシーダイナマイト（explosive）なの》

手紙は書き出しと同様に悲しげなトーンで終わっていて、彼女がそれを書くに至った本当の動機らしきものは追伸に書かれていた。《いまになってわかったわ。あなたはフランス語教室をやめた。スサナも来なくなった。あなたたちがそんなに通じ合っていたなんて知らなかったわ》

彼女の疑いには根拠がなかった。その頃、僕が誰かと「通じ合っていた」とすれば、教会に来ていた農家の娘の一人とだった。彼女はビルヒニアという名で、ルビスと同い年、僕より二、三歳年上だった。祭壇の前で聖体拝領を受けたあと、彼女はいつも、僕がオルガンを弾いている通路から自分の席に戻り、その途中で僕に甘い視線を投げかけた。毎週日曜、一度も欠かすことなく。僕はその視線を待ち受けていて、たいていはそのとき弾いていた曲を通じて、ある音を必要以上に引き伸ばしてみたり、装飾を付け加えてみたりして、彼女に合図を送った。だが、まだそれ以上のことは何もなかった。テレサの疑いは、ルビスの言い方を借りれば"*pantasi utsa*"(パンタシ・ウチャ)——まったくの空想——にすぎなかった。

6

九月十五日、オババの祭りの前日になると、六人の男が教会の塔に上り、その巨大な鐘を鳴らして祭りの始まりを知らせるのが慣わしだった。鐘の音は半時間ほど鳴り響き、やがて男たちがその場を離れると、次第に軽やかさを失って弱々しく、不規則になっていった。それからまもなく、鐘の音が完全に静まるのを待たずに、誰かが打ち上げ花火を三発続けて空に放った。それが祭りの開始を告げる合図だった。

伯父はその鐘の大きな音が苦手だった。鐘の音そのものというより、それとともに犬たちが吠えたり唸ったりし始めるのが我慢ならないのだった。頭が痛くなるし、おまけにあのいかれた犬どもは恐ろしい、ある年など、イルアインの囲いの中に入って馬たちを噛んだのだ、というのが伯父の言い分だった。しかし、実のところ、問題は彼自身にあった。彼の心の奥に(ビオツ)、眼差しの中に(ベギエタン)。伯父は祭りそのものが好きでなく、九月十六日までオババに留まっているのも、彼の妹である僕の母のためだった。母にとって、その大事な日に、レクオナ荘で家族全員が集まって昼食をとるのはとても重要なことだったからだ。伯父はいつも、それまでに帰りの旅支度を済ませておき、昼食が終わるとすぐ、母がメルセデスを運転して彼をドノスティアの空港まで送っていった。二十四時間後、伯父はもうカリフォルニアに戻っていた。一九六四年のあの夏もそうだった。

祭りが終わり、フアン伯父さんがいなくなってしまうと、秋の訪れとともに、僕の周りであらゆるものが哀しげな雰囲気を帯びていった。家の前の小川の流れは勢いをなくし、ルビスは憂鬱になり、馬たちはあまりいななき声を上げなくなったように思えた。鳥たちも、おそらく死期を悟ってどこかに隠れてしまったようだった。

僕は散歩をするのが日課になった。集落を出て、イルアインの小川がオババを流れる川と合流するところまで歩き、近くの森でその年最初に実った栗の艶やかな実を拾った。それから上流に向かってさらに歩き、ウルツァに着くとその岸辺に腰を下ろした。

猛暑の日々の賑やかさが過ぎ去ってしまうと、ウルツァは二重に静かで寂しげに見えた。まるで、そこで夏を楽しんだ人々の喧騒が空白を、水の中に虚ろな穴を残していったかのようだった。ときおり「牧神が息を吹きかけたように」川縁のハンノキの木立が揺れてざわめき出し、その年最初の寒さを肌に感じた。すると、僕は両親の家に向かって歩き出し——アンヘルは僕がそれ以上イルアインに留まることを許さなかった——、道中、その先の日々について考えた。選択肢はなかった。毎日、自転車と列車と徒歩で、学校に通わなければならないだろう。アドリアン、マルティン、テレサ、ヨシェバ、ススナ、ビクトリア、オババから通う生徒たち全員と。そして夜になると家へ、徒歩と列車と自転車で、今度は一人きりで帰らなくてはならないだろう。僕は放課後、アコーディオン教室でいちばん遅い時間のレッスンを受けていたので、ほかのみんなよりも帰る時間が遅かったからだ。

学校に戻る日が近づくにつれ、僕の《第二の目》は、ファン伯父さんがいなくなったことで力を取り戻したかのように、もはや日が暮れるのも待たずにいつでも、あの暗い洞窟とそこを満たす影をそれまでになくはっきりと映し出すようになった。そこには、あの相変わらず恐ろしいマルティンとテレサの父、「ベギゴリヤ」ことベルリーノがいた。イルアインの家の隠し部屋に匿われていたアメリカ帰りの男が、スサナの話していた銃殺刑にかけられた人たちがいた。そして、つねに欠けることのないあの最後の影、僕の父、アンヘルがいた。ときどき、《第一の目》で見えるものが《第二の目》で見えるものと重なることがあり、僕の頭の中ですべてが混ざり合った。ウルツァの水面の奥の暗がりと、二十五年前の内戦の出来事とが。ハンノキの葉が立てる音と、アンヘルに対する疑念とが。

新学期が始まる前日、僕はイルアインの家へ行き、ルビスに、森で働いている友達に会いにマンダスカへ行かないかと提案した。ルビスが同意してくれたので、いつものように、彼はミスパに、僕はアバに乗って出かけていった。けれども、それはいい考えではなかった。マンダスカに着くと、僕たちはみんなが酔っ払っているのに気づいた。ウバンベ、オピン、パンチョ、それにまだ幼いセバスティアンさえも。

「祭りは終わったのに、この間抜けたちはそれにも気づいていないみたいだ」とルビスは馬に跨ったまま言った。ウバンベが怒鳴り出した。「俺たちは狩りをしてるんだ、ルビス！　お前の弟が何を捕まえたか見てみろ！」彼はシャツのボタンを外していて、シャツの胸にはワインの大きな染みがついていた。

　パンチョが僕たちのところに来た。小さな野ねずみを尻尾のところでつまんでいた。「パンチョ、それを僕によこすんだ」とルビスが言った。「動くな！」とオピンが叫びながら、兄弟のあいだに割って入った。彼は製材所の木樵たちが使う柄の長い斧を持っていて、それを宙に振りかざした。斧のきらめく刃が、ルビスの頭のすぐそばで揺れていた。「パンチョ、そいつをその丸太の上に載せてみろ！　首をちょん切ってやる！」オピンはほかの誰よりも酔っ払っていて、ふらつかずには歩けないようだった。「それを兄さんに渡すんだ」ルビスはオピンの斧を無視してパンチョに向かって繰り返した。「ルビスはねずみを放してやりたいんだよ」とセバスティアンが口を挟んだ。「動物が好きだから。それに、ルビスがどのランクか知ってるだろ。フライ級さ〈ボクシング用語で、「フライ」は蝿の意味〉」その意味不明な発言に四人は大笑いした。「俺によこせ、泳げるかどうか試すんだ！」とウバンベが言い、パンチョからねずみを奪い取った。そのとき、かすかなうめき声がした。森の空気を切り裂く、赤くか細い筋。「どうしたんだ？　静かにしろ！」とウバンベは叫び、ねずみを揺さぶると、足早に泉へ向かった。小動物はまた呻き声を上げた。

　ルビスはミスパの手綱を引き、帰り道の方角を向かせた。そして立ち去る前に、弟のほうを振り向いて言った。「もう三日も家に帰ってきていないじゃないか。母さんがすごく怒ってるぞ」パンチョは逆上してわめき出した。「あのばばあの言うことが何だってんだよ！」大きな顎をして、目を見開いた彼の形相は怖いくらいだった。「酔いが覚めたら話そう」とルビスは馬を進めながら言った。
「ねずみを捕まえろ！　捕まえろ！」とウバンベが叫び、悪態をつき始めた。「オピン、なんで逃がしやがった？　すっかり惚けちまって、何の役にも立たねえんだから！」セバスティアンが走って僕たちを追いかけてきた。「ルビス！　僕がここにいたってアデラには言わないで」ルビスは振り向かずに答えた。「今度、シスパに乗りに来てみろ。僕が乗せてやると思うか？　前に怪我させたことはもう許すけど、今日のことは許さない。あの間抜けたちといったい何をやっているんだ！」

怒っているときでさえ、ルビスは抑制のきいた話し方を崩すことがなかった。いつもより口調がきつくなっただけだった。「僕がフライ級って言ったのが気に食わないんだろ。でも悪気はなかったんだよ」とセバスティアンが泣きそうになりながら言った。血管を流れるアルコールが最後のパンチをお見舞いしたかのように、急に具合が悪くなったように見えた。顔色が青ざめ、髪はすっかり乱れていた。「ここに乗るんだ、一緒に帰ろう。そのほうがみんなにとっていい」セバスティアンは馬の背に登ろうとしたものの、後ろを向いたかと思うと嘔吐し始めた。

帰り道、僕たちはひと言も口をきかなかった。集落に着くと、ルビスは羊飼いの家にセバスティアンを連れて行き、僕はイルアインに戻った。リサルディの本を手に取り、「霜の後の太陽（イソツ・オンドコ・イグスキ）」(*Izotz-ondoko iguzki*) という詩を読むのに意識を集中しようとした。

詩を読み終えようという頃、車のエンジン音が聞こえた。きっとアンヘルだ、僕がまたイルアインにいることに業を煮やして来たのだろう、と思った。しかし、窓から様子を窺うと、メルセデスのほかにもう一台の車がやってくるのが見えた。二台目は紅色のプジョーだった。その車には見覚えがあった。アラスカ・ホテルの駐車場で、いつも決まった場所に停められていた。ベルリーノの車だった。二台とも、家の前まで来て停まった。

アンヘルが台所に入ってきた。「なぜ表に出てこない？　すぐ行ってデグレラ大佐にご挨拶するんだ！」僕は食卓から立ち上がらなかった。アンヘルがなぜそんなに騒ぎ立てているのか、誰のことを言っているのかわからなかった。あるいはより正確に言うなら、デグレラ大佐の名前は何度か聞いたことがあったのに、誰だったか思い出せなかった。「早く！」とアンヘルが急かした。

僕は玄関先に出た。ベルリーノともう一人、年配の男が、家に背を向けて谷を眺めていた。“Este es mi hijo, coronel. Viene a este apartado rincón para ensayar con el acordeón”――「これが私の息子です、大佐。この人里離れたところにアコーディオンの練習に来ておりまして」――とアンヘルがスペイン語で僕のことを紹介した。上品な話し方をしようと努めていたが、オババで生まれ育った人間のアクセントは隠せなかった。おまけに、意図せず間の抜けた脚韻――リンコン、アコルデオン――を踏んでしまっていた。

デグレラ大佐は六十歳を超えているようだった。痩せて骨ばった身体つきで、全身灰色ずくめ、シルクのシャツとネクタイというとても優雅な装いだった。薔薇色の眼鏡のフレームだけが目立って見えた。全体として、軍人らしく短髪ではあったものの、貴族のような雰囲気を醸し出していた。“¿Cómo está usted?”――「ご機嫌よう」――と厳粛な面持ちで僕に話しかけ、手を差し出した。彼の握手は力強く、短かった。

プジョーから二十五歳ぐらいの女が降りてきた。ベージュのハイネックセーターに、えんじ色のぴったりとしたパンツとベストを合わせていた。丸顔の美人だった。僕はデグレラ大佐以上に、彼女に対してとても奇妙な印象をもった。

「馬たちはどこにいるの？」と彼女は挨拶もせずに訊き、それで、彼らはいったい何をしにイルアインへ来たのかという僕の疑問は解けた。「その後ろの牧草地にいるはずだ」とアンヘルが言った。「いや、離れにいる」と僕は訂正した。デグレラ大佐が僕のほうを向いた。「馬たちを外に出してもらえたらありがたいのだが。娘が喜ぶだろう。人間よりも動物が好きなのだ」彼の言葉をそのまま転写すれば、彼に付き添ってそこにいた僕たちに対する親愛の情を表わそうとした、礼儀正しい発言に思えるかもしれない。だがそうではなかった。彼はぼそぼそと、無愛想に話した。それでもアンヘルとベルリーノは笑った。「ピラール、馬を見てきなさい」と大佐は続けて言った。「そのあいだに我々三人で済ませておきたい話がある」彼の視線は娘ではなく、景色に向けられていた。「彼女に付き添ってくれたまえ」と彼は僕に言った。そして家の中に入っていき、アンヘルとベルリーノがあとに続いた。

僕たちは離れに向かった。ルビスが心配そうな顔で外に出てきた。「彼が馬の世話係です。僕より詳しく説明してくれるでしょう」と僕は彼女に言った。「どうぞこちらへ」とルビスが言った。“*Bakarrik utzi behar al nauzu oilo honekin?*”――「僕をこの雌鶏と二人きりにするつもりかい？（バカリク・ウツィ・ベアル・アル・ナウス・オイリョ・オネキン）」――と彼は僕に顔を近づけて訊いた。僕に腹を立てる寸前だった。「ここにはいられない」と僕は答えた。アンヘルとほかの二人を見張らなければと心に決めていた。“¿De qué habláis?”――「何の話（デ・ケ・アブライス）？」――と女が訊いた。“De gallinas”――「雌鶏の話です（デ・ガジーナス）」――とルビスがスペイン語で答えた。「雌鶏はあとにして。いまは馬を見せてちょうだい」と彼女は言った。

僕はこっそり、家の裏口からファン伯父さんの部屋に入った。部屋の壁には台所に通じた小窓があり、そこには修道院にあるような、壁の向こう側の人と物を受け渡しするための木の回転台が嵌め込まれていた。僕はその脇で聞き耳を立てた。

三人の会話はありきたりなものだった。話題は、オババで進行中の公共事業だった。デグレラ大佐は、新しい住宅地と運動場は同時に完成させるのが好都合だろうと話し、ベルリーノもアンヘルもそれに熱っぽく同意した。「住宅地の工事は順調です。運動場のほうは遅れ気味ですが」とアンヘルは説明した。「でもご安心ください。一年後にはすべて完成していますよ。もっと早いかもしれない」

それからデグレラ大佐が何か言ったが、よく聞き取れなかった。「記念碑も、もちろんですとも」とベルリーノが答えて言った。「まさにおっしゃるとおりです。いまあるものはみすぼらしい。死者の名前の多くは判読すらできません。私の二人の兄の名前だって消えかけています。そうだ、アンヘル、大佐のおっしゃるとおり、あれの維持にはもっと気を配っておくべきだった」「そうしたことでへまをするわけにはいかんのだ、アンヘル」と大佐は釘を刺した。「へまはしませんとも」アンヘルが応じた。「細部まですべて決定済みです。黒大理石に金文字。ほかの事業と併せて完成式典を行ないます」ベルリーノの声が勢いづいた。「式典にパウリーノ・ウスクドゥンを招待するのはどうでしょう?」パウリーノ・ウスクドゥンはオババの近くで生まれ、プリモ・カルネラやマックス・ベア、ジョー・ルイスなどと並んで世界的に有名なボクサーだった。「それは名案だ、マルセリーノ」とデグレラ大佐は重々しく言った。

僕は聞き耳を立てるのをやめた。小窓に張りつき、泥棒みたいに彼らを見張って、自分はそこでいったい何をやっているのだろう、と思えてきたのだ。なぜ出て行って彼らに言ってやらないのか。《ここからうせろ、お前たち、僕の母さんとファン伯父さんの家の台所に座って何してるんだ！　ベルリーノ、ベギゴリヤ、お前はいったい何の権利があってこの土地を穢すんだ！　前にもアンヘルと一緒にこの家に来たことがあったんだろう、ホテルの本当のオーナーを探して。その頭上に、いまも彼の帽子が残っているんだ、お前が奪うことのできなかったあの帽子が……》

次々と浮かんでくる考えに僕は恐ろしくなり、小窓から離れてベッドの縁に腰を下ろさなければならなかった。《第二の目》で見えていた洞窟に光が差し込みつつあった。そこに、新たな影、おそらくもっとも重要な影があった。デグレラという名のあの軍人。アンヘルは、ベルリーノと同じく彼の手下だったのだ。

台所の扉が勢いよく閉まる音が聞こえた。「あの馬を買いたいわ！　お父様、素晴らしいのよ。見たこともないくらい美しいの！」とデグレラ大佐の娘が言った。「大丈夫、お気に召したのならあなたのものですよ」とベルリーノが言った。「何とかしましょう、もちろん」とアンヘルも応じた。「名前も素敵なのよ。ファラオンというの！」と女は興奮して言った。「これはどうしようもない。娘はこうなると何を言っても無駄なのだ。我々も馬を見に行かねばなるまい」とデグレラ大佐が言った。彼の溜め息が聞こえた気がしたのは僕の想像だったかもしれない。「だが、ピラール、先に行っていなさい。もう五分必要だ。まだ最後の議題が残っている」「滅多にお目にかかれないような馬なのよ」と娘は言った。アンヘルの声がまた聞こえた。「ご心配なく、何とかしますから。義兄が特別価格で売ってくれるはずです」

僕は息もできなかった。アンヘルの振る舞いは耐えがたかった。自分のものでもない馬を売る約束をするなんて！　何の権利があって、ファン伯父さんの代わりにそんなことを言うんだ？　僕は部屋から出て、離れへ急いだ。

ルビスは片隅で、鞍の上に腰掛けていた。表情は暗かった。「あの雌鶏が何を欲しがっているかわかるかい？　ファラオンを連れていく気なんだ！」僕はいましがた聞いたところだと答えた。「おまけに、すぐにでも連れていきたいそうだ。でも言ったんだ。ファンが承知するまで、馬は一頭もここから出せないって」「どうかな、ルビス。ベルリーノとアンヘルがもう約束したよ」彼は立ち上がった。「どっちも何様なんだ！　これは全部ファンのものじゃないか！　こんなこと言ってごめんよ、ダビ」彼は激怒していた。「わかるよ、ルビス。でも僕たちに何ができる？　もうすぐここに彼らが来る」「連れていけるものか！」彼はすぐさま、ファラオンに鞍をつけた。「どこへ行くの？」と訊いたが、僕にはわかっていた。森へ連れていくのだ。「ちょっと待って、ルビス。僕も行く」僕たちは無言でアバにも鞍をつけた。「大丈夫だよ！」とルビスが馬たちに大声で言った。僕たちの慌ただしい動きに落ち着きをなくし、息を荒くして足踏みをしていたのだ。

僕たちは森に入った。セイヨウシデの木々のあいだを進んでいくと、鳥たちが怯えて飛び立った。死んではいなかったのだ。鳥たちはまだ生きていて、僕たちの頭上を軽やかに、いろんな方角へ向かって飛んでいた。僕はその自由に嫉妬した。僕はそのまま休むことなく進み続け、世間から隔絶されたどこか遠いところを目指すことはできなかった。翌朝からは新学期だった。暗くなる前に、レクオナ荘へ戻らなければならなかった。

7

僕は学校へ行くのに毎朝七時五分きっかり、まだ夜が明けないうちに自転車で家を出発した。最初の数キロはまだ寝ぼけ眼で、ペダルを四十回漕ぐと、両親の家と工事中の運動場が背後に遠ざかった。さらに四十回漕ぐと、新しい住宅地がつくられている地区を通り抜けた。それからすぐ、アラスカ・ホテルへ上っていく道との十字路で、テレサとマルティンと合流し、そこからは三人で自転車を漕いだ。そうして鉄道駅に着くとだいたい八時十五分前、オババから通学するほかの生徒たち、つまりアドリアン、ヨシェバ、スサナ、ビクトリアが来るのとほぼ同じ時刻だった。だがこの四人は、アドリアンが激しい運動のできる身体ではなかったので、タクシーで来ていた。

マルティンとテレサはそのことに不満で、ベルリーノとジュヌヴィエーヴが車で通わせてくれないと不平を言っていた。でも、僕は自転車で行くほうがよかった。ペダルとともに車輪が回り、ライトの発電機が回る。その回転から生まれるかすかな音が心地よかった。とくに真冬、雨やあられが降って合羽を着て行かなければならないとき、その道のりはさらに心地よく感じられ、その静かで親密な時間は考え事をするのにもってこいだった。ラサール校に通い始めた最初の年から、僕は道中もっぱら、先生が授業で説明したことを頭の中で復習することに集中していたので、肉体的な骨折りには気づきもしなかった。自転車のほうが僕を運んでいってくれるかのようだった。

自転車の車輪と同様、列車の車輪も回った。ただし、もっと騒々しく音を立てて。ドノスティアに通っていた僕たち生徒は最後尾の車両に集まり、片側に女子が、もう片側に男子が座って、がやがやとおしゃべりしながら移動した。いつもは、遅延さえなければ、ラサール校の生徒たち——オババから行っていたのはアドリアン、マルティンと僕の三人で、さらに別の村々からも十人ほどが通っていた——は三十分で目的の駅に、そこの時計が八時二十五分を指す頃に着いた。ほかの生徒たち、つまりヨシェバ、スサナ、ビクトリア、テレサは、列車に乗ったまま街の中心部まで行った。

僕たちの降りる駅から学校までは、いつも計算ばかりしているカルメロという同級生によれば「ぴったり八百七十歩」あり、僕たちはその道のりを急いで歩いた。巨大な兵舎の塀に沿ってまず百四十歩、貧しい地区を通り抜けて約六百歩、そして最後に、学校の建っている丘の上を目指し、道中でいちばんきつい百三十歩を踏破した。到着すると、僕たちは息を切らして建物の二階に上がった。その長い廊下には教室の扉が、カルメロの言い回しを借りれば「兵隊みたいに」並んでいた。時刻はもう八時四十分になっていて、学監の、僕たちがイポあるいはイポポタモ〔スペイン語で「カバ」の意〕と呼んでいた修道士が、いつも同じ叱責で僕たちが教室に入るのを遮った。「君たちはいつも遅刻だ。アギリアーノはとっくの昔に自分の席についているぞ」

アギリアーノはオババの近くの小村から来ていた生徒で、学校の陸上部に入っていた。彼も列車通学だったが、トレーニングになるからと言って、駅に着くとすぐ走って学校に向かった。「でも僕らは陸上選手じゃなく普通の生徒なんで」とマルティンが答えたことがあったが、そこには二重の意味が込められていた。学校で、アギリアーノは頭がおかしいというので有名だったからだ。そのときばかりは学監も笑みを漏らした。

一九六四年から六五年にかけて、僕はバチジェラートの六年生（バチジェラートについては本章2節を参照。六年生は最終学年にあたる）だったが、それ以前のどの学年よりはるかに大変な思いをし、自転車での道のりを楽しむことすらできなかった。イルアインで夏を過ごしたあとで、ラサール校の廊下や教室は陰鬱に見えた。級友たちはそれまでになく遠い存在に思えた。生徒同士の喧嘩――僕を含めて小さな村々から来ている生徒たちは、都市部の生徒たちと激しい敵対関係にあった――は馬鹿馬鹿しく、くだらなかった。そのうえ、《第二の目》で見る洞窟を、僕は忘れることができずにいた。

一週間が過ぎると、また次の一週間が同じように単調にやってきた。月曜日は数学のテストがあった――ラサール校の語彙では「組成（コンポシシオン）」(composición)と呼ばれていた――。火曜日は物理と化学、水曜日は哲学、木曜日は文学と美術史のテストだった。金曜日になるとその週の成績表が配られ、生徒たちは教室の壇上に成績順に並ばされた。いちばん成績のよかった人が前、いちばん悪かった人が後ろだった。土曜日はいつもより遅く登校し、礼拝堂で行われるミサに参列することになっていて、僕はそこでオルガンを弾いた。日曜日は、オババの教会でまたオルガンを弾いたあと、アドリアン、マルティン、ヨシェバと映画館に行くか、天気がよければオババに残り、イルアインの集落をひと回りしてルビスとしばし過ごした。それが僕の生活だった。一週間のサイクルで、自転車や列車の車輪よりもゆっくりと回っていた。それは本当に重い車輪、いやむしろ水車小屋の碾（ひ）き臼（うす）だった。あらゆる時間の断片が、小麦の粒のようにその中に捕らえられ、すり潰されていった。

その緩慢な回転の中で、何も変化は起こらなかった。少なくとも僕の内側では。僕はスサナと話し、僕たちのまだ遠くない過去の話をもっと聞かせてと頼みたかった。それと同じ頼みを手紙に書き、ファン伯父さんに送ることも考えた。けれども、そうした思いは具体化することなく、僕の《第二の目》の視界にはまだあの暗い洞窟が、いつものように、いつもの影たちとともにあった。やがて、碾き臼が小麦の粒をたくさん碾いてしまうと、僕はある期待を抱くようになった。この新しい状況にもそのうち慣れ、アンヘルと彼の仲間たちのことはきっと忘れてしまうだろう、と。

学校の状況は、小さな村々から列車で通っていた生徒たちにとって少しずつよくなっていった。都市部の生徒たちとのかねてからの敵対関係で、僕たちは優位に立ったのだ。学監のイポが成績表を配布するときに生徒たち全員の前で言ったように、僕たちの成績は彼らをすべての教科で上回っていた。アドリアン、カルメロ、僕、それに寄宿生（*interno*）だったほかの何人かのモロスコ（*morrosko*）——都市部の生徒たちは僕らのことを「頑強な青年」を意味するバスク語でそう呼んだ——は優等生で、成績表が配られるときはいつも列の前のほうにいた。そのうえアドリアンは、身体的な障害があったのでモロスコには決してなりえず、体育の授業も免除されていたのだが、クリスマスの時期になって自作の木の彫刻を持参したときから、学校で誰もが認める芸術家になった。キリスト降誕の場面を模した、幼子イエスとその父母、家畜たちのいる小屋を、すべて自分で彫り上げたのだ。礼拝堂の責任者だったドン・ラモン司祭は、僕らの前にいるのはベルゲテ（スペインのルネサンス期の彫刻家）の再来だと言い、美術史を教えていた修道士は、彼の彫刻を褒め称える文章を校内誌に書いた。そして、アドリアンに次いで芸術家とみなされたのが、いつもミサでオルガンを弾き、その年のクリスマスのお祝いでアコーディオンを演奏した僕だった。さらに、まったく異なる理由からではあったが、小さな村々から来ていた生徒たちの優位を揺るぎないものにしたのがマルティンだった。学校全体で、彼の存在感は増すばかりだった。

マルティンはかなり成績が悪かったし、とくに秀でたところもなかったが、校庭での喧嘩で、あるいは先生たちの前で見せる大胆な態度のせいで、ほかの生徒たちは彼のことを少し恐れていた。おまけに、校内で流通していた密輸品のたばこや酒は、すべて彼を介して取引されていた。

ときどき、マルティンは列車から降りると、その辺りのバーで「用事」があるから先に行ってくれ、と僕たちに言うことがあった。その後、彼は学校のある丘で僕たちに追いつき、アドリアンと僕の二人だけに、鞄の中に本の代わりに入っているものを見せてくれた。たいていはコニャックのマーテルの小瓶が二十本以上、それにアメリカ製のフィリップ・モリスのたばこが十箱ぐらい整然と詰められていた。そうして運んできたものを配るやり方もちゃんと計画済みだった。学校の入り口でいつものように学監のイポと出くわす前に、調理場で働いていた少年を待たせておき、彼にすべて渡していたのだ。「君の鞄はどこにある?」とあるとき学監が訊いた。「家に忘れました」とマルティンは落ち着きはらって嘘をついた。

マルティンが「用事」を済ませに行ったある日——それは五月で、年度も終わりに近づき、碾臼が最後に重々しくもう一回転しようとする頃だった——、いつもの時間になっても来ないので、アドリアンと僕は彼を待たずに学校に入った。そして学監に、マルティンは列車に乗り遅れたと説明した。「嘘に決まっている」と彼は言った。アドリアンと僕はきっと何か訊かれるだろうと思い、立ち止まったままでいたが、学監はそれ以上追及することなく、口笛を吹きながら廊下の向こうに去っていった。春の暖かな気候が彼にも影響したかのように上機嫌だった。

マルティンは体育の時間のあとで教室に現われた。僕たちは美術史の授業を受けているところで、そのとき教えていた、アドリアンの彫刻を褒め称える文章を書いたあの修道士は、ベラスケスの絵画《糸を紡ぐ女たち》の構造を、スライドを使って説明しているところだった。僕はふと、マルティンの周囲が何やら騒がしく、その辺りに座った生徒たちが誰もスクリーンを見ていないことに気づいた。

マルティンと目が合った。彼は陽気に笑っていた。僕は微笑み返しながら、いったい何が起こっているのか、と身振りで尋ねた。するとマルティンは、僕のところまで雑誌を回してよこした。それを開いて僕はぎょっとした。ウバンベやオピンなら"*zakurrak bezala*"――「犬みたいに（サクラク・ベサラ）」――と言いそうな体勢で、男が女に覆いかぶさっていた。女は赤い絨毯に届きそうなほど巨大な胸をしていた。

学監のイポが教室の入り口に姿を現わしたとき、僕はまだ呆然としていた。「起立！」と美術史の先生が命じ、すぐさま全員が立ち上がった。イポは、着席してよろしい、と言った。スライドを使っているあいだは消されていた天井の蛍光灯が突然つけられ、僕はポルノ雑誌のどぎつい色の表紙が自分の手元でぎらぎらと光るのを見た。慌てて両手を膝の上に下ろし、雑誌を机の中に押し込んだ。「ダビ、何を隠している？」とイポが僕に近づきながら尋ねた。彼は僕のことを「ダビ」と、学校の慣習に従って苗字ではなく、名前で呼んだ。その信頼の表われに、僕はさらに恥ずかしい気持ちになった。

当時、僕は十六歳で、身長は百八十センチ近く、体重は九十キロもあった。それにもかかわらず、イポの殴打は僕を教室の後ろの壁まで突き飛ばした。彼の力が強かったばかりでなく、不意を突かれたのだ。彼は最初、雑誌を投げ捨てようとベランダに向かおうとするかに見えた。ところが、急に振り向いて僕の顔の左側を殴りつけ、その拳は僕の目に当たった。

僕が立ち上がると、目の前でイポが蒼白になっていた。何か言いたそうだったが、言葉を失くしていた。右手の拳は振り上げられたままで、脇に下ろされた左手は雑誌を、まるで汚い雑巾のように、親指と人差し指で端からつまんでいた。

その雑誌を持っていたのがクラスの誰であったとしても、彼は逆上しただろう。だが、穢らわしい不良――それがようやく彼の口から出てきた言葉だった――がほかならぬ僕であったこと、小さな村の清く純朴な環境で生まれ育った無垢な少年の一人、礼拝堂でオルガンを弾いていた生徒だったのは、彼には許しがたいことだった。

「すぐに礼拝堂へ行き、そこで待っていろ。校長先生と話さなければ。彼が同意するなら、君がこの学校に戻ることは二度とないだろう」僕は自分の無実を訴え、反論したかった。だが、殴られてぼうっとした頭ではまともに考えることもできなかった。左目が痛かった。

礼拝堂に足を踏み入れると、僕はオババの教会を思い出した。あそこでも、聖枝祭での乱闘が理由で、ルビスやほかの《幸福な農夫たち》と一緒に閉じ込められたことを。ただ、あのときの罰はたいしたことがなく、僕は日曜のミサでオルガンを弾くことになっただけだった。しかし、ポルノ雑誌の件は、そう簡単には済まされそうもなかった。それもすべてマルティンのせいだった。急に――目の痛みが苛立たしかった――彼に対する憎しみがこみ上げてきた。マルティンの振る舞いは卑劣だった。自分は口をつぐんだまま白状せず、僕だけに罪を負わせたのだ。

その最初の感情が収まると、僕は少し落ち着いて考え直した。教室で、イポが激昂していたときに、マルティンが口を出そうとしなかったのは無理もないことだった。でも、いずれ誤解を解いてくれるはずだ。もう既に、まさにこの瞬間、彼のあの上下の唇がくっついてしまったかのようないつもの話し方で、学監と校長に説明を試みてくれているかもしれなかった。《たしかにあのとき、そのエロ雑誌はダビが持ってました。でも、その十秒前には僕が、二十秒前には別の誰かが持ってたんです。どいつが持ってきたかは知らないけど、少なくともダビってことは絶対にありえない。だから、あいつを厳しく罰するべきじゃありません》それにもしかしたら、校長からも芸術家として一目置かれているアドリアンも、彼と一緒に行ってくれているかもしれなかった。

目の痛みは収まらなかったが、僕はそれ以外のことについては楽観視していた。いまにも僕の二人の友達がイポと一緒にやってきてくるのではないかという気がし、イポが「もうすべて解決した」と言いながら礼拝堂に入ってくるところを想像した。ところが、その代わりに扉の向こうから聞こえてきたのはアンヘルの声だった。ひどく興奮しているようだった。「どこにいる！」と彼は扉を開けると同時に叫んだ。僕は急いで父に駆け寄った。まだ彼のことは愛していた。もうしばらく前に僕の《心のリスト》から名前は消してしまっていたし、心の内では彼に対する疑念が——オババの司祭が話していた悪魔の大群としてではなく、新約聖書の寓話に出てくる芥子の種のように——ゆっくりと静かに、とどまることなく膨らみ続けていた。でも、まだそのときは愛情のほうが優っていた。僕は彼に、本当は何が起きたのか説明したかった。腫れ上がって痛む目を、いましがた受けたばかりの不当な仕打ちの証拠を見せたかった。

アンヘルは近づいてくるなり、僕を平手打ちした。それほど強く打たれたわけではなかったが、イポのときと同じように顔の左側に当たって痛かった。「この穢らわしい恥知らずめ！」と彼は怒りに任せて叫びながら、僕の胸を強く突いた。

校長がアンヘルの肩を叩き、人差し指を唇に当てて静粛を求めた。彼は学監とは違い、小柄で、物腰の柔らかな人だった。「おわかりいただけるかと思いますが、この子を私どものところに置いておくわけにはいきません。ほかの生徒たちの両親が納得しないでしょう」とアンヘルに言った。「腐ったりんごを袋の中に入れておきたい人なんていませんとも」とアンヘルは強く同意した。校長の機嫌を取りたかったのかもしれない。それか、ファラオンの件でデグレラ大佐の前で恥をかかされたことを思い出し、僕が苦境に陥ったのを見てほくそ笑んでいたのかもしれない。「ともかく、今年度は及第ということにしておきます。そうすれば認定試験(レバリダ)（reválida）は受けられますから」と校長は続けた。「もう年度も終わりに近づいていますし、少なくともこれまでダビは優等生でした」

それはきわめて寛大な措置だった。当時、ラサールのような私立学校の生徒は、中等教育を終えて大学進学予備課程に進むのに、外部の審査による特別なテストを受けなければならず、それが「認定試験」と呼ばれるものだった。それを受験できなければ、学業を続ける道が閉ざされたも同然だった。

「校長先生の寛大な計らいに感謝するのだ」とイポが言った。まだ完全には我に返っていないようだった。「もし決断するのが私だったら、六年生をもう一年やらせるところだ！　哲学は落第必至だったろう。より正確に言えば倫理だが」校長は顔を上げてイポを見た。二人の身長差は三十センチはあった。「犯した過ちと処罰がバランスを欠くのはよくありません。退学処分で充分です。それに言っておかねばなりませんが、このような決断を下さなければならないのを私は非常に残念に思います。オルガンを上手に弾く勤勉な生徒を失ってしまうのですから」彼は本当に悲しんでいるようだった。「どうもありがとうございます」とアンヘルが言った。「どうもありがとうございます」と僕も心からの感謝を込めて言った。校長は高潔な人に思えた。

目があまりに痛くて、僕はじっとしていられなかった。「この子をすぐに調理場にやって、その目に氷を当ててもらうべきだったのでは？」と校長がイポに言った。僕は調理場で働いている少年、マルティンの協力者のことを思い出した。「あの雑誌を見て頭が真っ白になってしまったのです」とイポは言い訳をした。

8

目が治るまでの十日間、僕はずっとイルアインにいた。アンヘルのそばにいたくなかったというだけでなく、一人きりになりたかったのだ。だが、一人きりになるのも容易ではなかった。雨降りの日が続いて集落の道はぬかるんでいたのに、わざわざやってきて家の扉を叩く人が絶えなかった。まず、母の裁縫工房の見習いの女の子たちが数人で来た。彼女たちは靴をびしょ濡れにして、「散歩に」来たのだと説明してから、好奇心を隠そうともせず、僕の顔の青痣（あざ）をじっと見つめた。僕は驚かなかった。あるいは、いま思い出しても驚かない、と言うべきかもしれない。

リズ、サラ。あれは一九六五年のことで、僕が暮らしていたのはオババ、フランスからすぐ近くにありながら、まったくかけ離れた場所だった。あの女の子たちの多くは、男の子とダンスすることさえ許されていなかった。「ポルノ」という言葉の意味を知っていたかどうかも怪しい。きっとあの娘たちは僕の目の青痣に、彼女たちの両親が聖人の手の傷痕に見たのと同じものを見ていたのだろう。つまり、人生には隠された側面があり、夜になるとときどき見るあの心乱される夢は、それほど異常なものではないのだという証拠を。「ああいう卑猥な雑誌を見てみたい?」と僕はその女の子たちを家の中に招き入れながら訊いた。彼女たちはそれが冗談だと理解するのに十秒ほどかかり、そのあいだ塩の像のように固まって立ち尽くしていた。

それが最初にやってきた娘たちだった。その後、ほかにも何組もの女の子たちが雨の中、「ちょっと散歩に」やってきた。「君はそんなに悪者ってわけでもないんだろうね、ダビ。女の子たちが君を見る目つき、まるで天使でも見ているみたいだよ」と、三番目か四番目のグループがイルアインを去っていくときにルビスが言った。もちろん、男の子たちもやってきた。ウバンベ、オピン、ヨシェバ。みんなが僕のことで冗談を言い、笑い合った。

雨のあとには太陽が、太陽のあとには曇り空が、曇り空のあとにはまた雨が続いた。その日々の車輪の中で、僕も回転を続けていた。朝は早起きし、認定試験の準備をした。昼になると、アデラの家にご飯を食べに行った。その後、ベッドに横になり、ときどき居眠りしながらもう少し勉強したあとは、ルビスのところに行き、彼の仕事を手伝った。

ときどき、車輪が逆向きに、過去に向かって回っているように感じることがあった。本から視線を上げると、窓の向こう側では馬たちがゆったりと草を食んでいて、集落の家々の煙突からは煙が立ちのぼり、森の木々はもう青々と茂り始めていた。一年前と変わらず、いつものように。しかし、そのあいだに僕の目は少しずつ治っていき、鏡を見ると、日毎に見た目もましになっていくのがわかった。車輪は着実に回り続けていて、後戻りはなかった。

ある日の夕方、ルビスと馬たちの離れにいると、車のエンジン音がした。「ホテルのランドローバーじゃないかな」とルビスが少し耳を澄ませてから言った。《幸福な農夫》ではあったが、彼は車の音を聞き分けるのが驚くほど得意だった。「きっとマルティンだね。免許は持っていないけど、免許のある人たちよりずっと運転が上手い」「あいつには腹を立てていて、ルビス。顔も見たくないない」と僕は打ち明けた。ルビスは飼料袋を両手で胸に抱えていて、そのまま馬のいる仕切りにく行くべきか、僕の説明を待つべきか躊躇した。「退学処分になった日に、僕を裏切ったんだ」ルビスは飼料袋を地面に下ろした。「知ってるよ、ダビ。パンチョに聞いたんだ、ウバンベがマルティンを問い詰めたって。君が顔を殴られたとき、いったい何を考えていたんだ、自分がその場に居合わせたら、修道士の歯を全部引っこ抜いてやったところだって言ってやったそうだよ」ルビスは微笑んだ。「ウバンベがどんな奴か知ってるだろう。喧嘩ですべて解決しようとするんだから」

ランドローバーはスピードを上げて走っていて、もう羊飼いの家の辺りを過ぎ、家のすぐ近くまで来ていた。僕は離れの扉を開けた。「何て言っておけばいい?」と僕が立ち去ろうとするのを見てルビスが訊いた。「わからない」「じゃあ本当のことを言うよ。君は午後ずっとここにいた、それほど遠くには行っていないはずだって」僕は頷き、家の裏口に走っていった。二階の部屋に上がり、伯父が教えてくれた隠し部屋に入った。

ランドローバーのクラクションが家の前で執拗に鳴ったが、その音はあたかも部屋の中から、ベッドと洋服簞笥のあいだから響いてくるようだった。少しのあいだ沈黙が続き、その数分後、階段を上ってくる二人の足音が聞こえた。僕は隠し部屋の片隅で身を縮め、J・B・ホットソンの帽子を手に取った。フェルトの柔らかな手触りが、穴の中に生き埋めにされているような感覚を和らげ、心を落ち着かせてくれた。

　階段から聞こえていた足音が僕の真上で止まった。「ここにもいないね。寝ているのかと思ったけど、勘違いだったみたいだ」とルビスが言うのが聞こえた。僕は目に鋭い痛みを感じ、学監に殴られたときの痛みが蘇った。「便所に座って例のエロ雑誌でも見てるんだろ」とマルティンが言った。部屋の中を歩き回る彼の靴の踵（かかと）の音がはっきりと聞こえた。「ダビ！　便所で何してるんだ⁉」と彼は叫んだ。「いや、マルティン、この家の中にはいない」とルビスが言った。

　マルティンは僕を呼び続けていたが、やがて諦めた。階段を下りていく音がし、すぐにランドローバーのクラクションが鳴った。ルビスへの別れの挨拶だった。僕は隠し部屋から出て、窓に近づいた。ランドローバーは集落を通り抜け、栗林に向かっていくところだった。

　離れに戻ると、アバの仕切りの中にパンチョが座っていた。その横で、ルビスが馬にブラシをかけていた。「マルティンがランドローバーで、この馬鹿な弟を連れてきてくれたよ」とルビスが僕に説明した。パンチョは一人でげらげらと笑いこけていた。「君を探していたけど、急いでいたみたいでもう行ってしまった」パンチョの笑い声が大きくなり、アバの耳がピンと立った。「すごいおっぱい（エラペ）(*errape*)だなあ、ダビ！」と彼がようやく言った。オババでは雌牛の乳房のことをエラペと言ったが、その言葉はぞんざいに女性の胸を指すのにも使われていた。ルビスは、どうしようもない、と言うように首を振った。「ほら、ダビ。この子も例の雑誌を見たんだ」

　僕は話を逸らした。「アデラのところで一緒に夕飯を食べない？　僕がおごるよ」隠し部屋に閉じ込もっていたあとで、おしゃべりがしたい気分だった。「もっとああいうおっぱいが見たいよ」と言ってパンチョがまたげらげらと笑いこけた。「僕はいい考えだと思うよ、ダビ」とルビスは言った。「でも念のため言っておくけど、寝る前にこいつの戯れ言（ざれごと）をうんざりするほど聞くことになるよ」「かまわないよ。マルティンと付き合っていたからもう慣れっこだ」と僕は答えた。

離れから出るとき、パンチョはアバの下腹を平手で叩いた。「どうしてそんな馬鹿な真似をするんだ！」とルビスが叱りつけ、弟を外に押し出した。

アデラの家の台所はとても大きく、鉄製のコンロの隣で、昔ながらの竈（かまど）がまだ現役で使われていた。さらに、白いオイルクロスが掛けられた木の長いテーブルが三つ、ベンチとともに並んでいた。その全体的な雰囲気は、人々が馬か徒歩で移動していた時代の古い旅籠屋のようだった。ファン伯父さんが贈った冷蔵庫だけが、そうではないことを示していた。

アデラは、まるで長いこと会っていなかったかのように大喜びで僕たちを迎えた。「もちろんだとも！　すぐに目玉焼きをじゃがいもとハムと一緒に出してあげるね」と言い、入り口の脇のテーブルを指差して座るよう促した。そして、桶に入れて冷やしてあったりんご酒の瓶を一本出すと、ルビスに渡してコルクを開けるよう言った。「あんたの伯父さんが持ってきた冷蔵庫は、肉やいろんな食べ物を入れておくのにとってもいいんだけど」と彼女はコップを三つ出しながら僕に言った。「りんご酒は水で冷やさないと。それぱっかりはそういうもんだよ」アデラの口から「冷蔵庫（フリゴア）（*frigoa*）」のような言葉を聞くのは奇妙な感じがした。彼女は大柄で、白黒のスカーフで髪をまとめていた。彼女もまた、人々が馬か徒歩で移動していた時代の女性のようだった。「僕はワインがいい」とパンチョが言った。ルビスがアデラに向かって首を振った。「りんご酒にしておくんだ、パンチョ。でないとすぐに酔っ払うから」「放っといてくれよ！」とパンチョは叫ぶと、床に置いてあった木の箱からワインの瓶を取った。

セバスティアンが台所の入り口に顔を出し、僕に向かって言った。「ダビの母さんが、明日の朝来るって言ってた」アデラが怒り出した。「今頃になってそれを伝えるとはどういうことだい？どうしてもっと早くイルアインに行かなかったんだ！」「マルティンが来たときに行ったんだよ、でもダビはいなかったんだ」とセバスティアンはおとなしく答えた。「それで双子は？どこをほっつき歩いてるんだい？もう暗くなってきたじゃないか！」アデラは同じ調子で怒鳴った。「さっきは小川で鱒を捕まえてたよ」そのとき、セバスティアンは本当に、生まれてこのかた石を投げたこともないような、ムリーリョの描いた天使のように見えた。「じゃあ探しに行ってすぐ家に帰るよう言っとくれ。でなきゃわたしが行って棒でひっぱたくよ！」セバスティアンは外に駆け出していった。

アデラが僕のほうを向くと、笑顔になって言った。「ダビ、あんたは気にしないね。このところイルアインにもいろんな人が訪ねてきてばっかりだろう」僕も微笑み返した。学校で僕の身に起こったことは彼女も知っているに違いなかったが、それについてどう思っているのかは想像がつかなかった。「もちろん、カルメンが来るのは当然だけどね。ここの人なんだから。明日、帰る前に絶対うちでチーズを味見していってと伝えておくれ。忘れずにだよ、ダビ」「大丈夫、忘れないよ」と僕は約束した。

母は道の水たまりや凹凸を避けながらゆっくりと運転し、駐車するときもそろそろと、一センチずつ車を動かした。裁縫を習いに来ている三人の女の子が一緒に来ていた。「わたしが来るのは知っていた？」と母は僕に挨拶のキスをしながら訊いた。僕は頷いた。彼女はあたかも歩いてやってきてひと休みしようとするかのように石のベンチに座ると、ほんの一瞬、目の前の森を見つめた。そして「すべていつもどおりね」と言った。「羊飼いの家のアデラもいつものとおりだよ」と僕は言った。「帰る前に絶対立ち寄ってと伝えるよう頼まれたんだ」「ではあとで少し寄らせてもらうことにするわ」予想に反して、母は上機嫌のようだった。

ルビスが離れの前に姿を見せ、母と一緒に来た女の子たちが彼に向かって大声で、このあいだは見ずに帰ってしまった「あしながの馬たち」を見せてもらえないか、と言い出した。「僕の目の痣ばかり気にしていたからだろう」と僕は言った。「でもたいしたことはなかったんだよ。ほら、もう跡形もない」彼女たちはくすくす笑った。「まずカーテンを掛けましょう」と母が言った。そして僕のほうを振り向いた。「ファンに新しいカーテンを作ると約束したの。掛け替えないと、ここもまるで廃屋みたいですもの」僕たちは全員、古いカーテンがそんなにみすぼらしくなっていたのかと確かめようとするように上の階を見上げた。

「何かうれしいことでもあったの、それとも僕の気のせい？」と母に尋ねた。「ええ、とてもうれしいのよ」女の子たちが家の中に入っていき、僕たち二人だけになると、母はそう認めた。「僕が退学処分になったから？」「むしろそうなってよかったのかもしれないわ」と母は話を続けた。「来年度は朝早くから幹線道路を通って自転車で通学しなくてもよくなるでしょう。事故に遭うんじゃないかといつも心配だったんですよ。それか、自転車を漕いで汗をかいたまま列車を待っていて、肺炎になってしまうんじゃないかと」母は本当に喜んでいた。僕はまだわけがわからなかった。ポルノ雑誌の件ではさぞかし傷ついたに違いなかったからだ。たばこも吸えば車の運転もする母は、オババの多くの女性と比べればかなりモダンで世俗的ではあったが、信仰の篤い人でもあり、カトリック以外の道徳観は認めていなかった。

「昨日、製材所でアドリアンのご両親と話したの」と母は続けた。青いカシミアのセーターを着て、真珠のネックレスをしていた。彼女の兄はその同じ場所で、チェックのシャツを着て過ごしていた。ルビスは濃紺の木綿のシャツとズボンだった。僕はといえば、手持ちのいちばん着古した服を身につけていた。母は自分の生家の前にいたものの、とてもそこで生まれた人には見えなかった。「アドリアンは認定試験が終わったらまた手術を受けるそうなの。今度はかなり大がかりな手術になるので、お医者さんが、術後はあまり動いてはいけないから、毎日列車で通学するのは望ましくないと言っているんですって」「全然知らなかった」アドリアンは自分の病気のことを決して口にしなかった。それが彼のルールの一つだった。それでいつも、新情報はこうして、裁縫工房にいれば「何でもわかる」のだという母を通じて伝わってきた。「それでアドリアンのご両親は、来年度は先生を二人家に呼ぶことにしたの。一人は文系の先生で、もう一人は理系の先生。その授業に通うのはほかに誰だと思う?」「僕?」「そうよ、ダビ。でもあなただけじゃないの」母は片手の指を一本一本伸ばしながら数えた（日本で指を折りながら数えるのとは逆）。「製材所の経営者の息子のヨシェバ、クラーマーの技師の娘のビクトリア、それに医者の娘のスサナ。みんな毎日長い時間をかけて通学するのにうんざりしているようね。村で勉強するほうがいいそうですよ」

「つまり、五人になるんだね」と僕は言った。その知らせを聞いて僕もうれしくなった。「ときどきは六人になるわ。パウリーナのことは知っているわね？」母と一緒に来た女の子の一人だった。僕は裁縫工房よりも、教会で見かけるので彼女を知っていた。彼女も聖体拝領を受けて自分の席に戻るとき、テレサやビルヒニアと同じようにオルガンの前を通っていたのだ。「カーテンを掛けにいった、あの太り気味の女の子」と僕は言った。「太り気味というほどじゃありませんよ」と母は反論した。彼女はいつも裁縫工房に来る女の子たちの肩を持った。「前はそうだったけれど、いまは背が伸びてきれいになったわ。それにとても腕が立つんですよ。それでどういうことかというと、アドリアンのお父さんが製図の授業もしてもらいたがっていてね。パウリーナも行かせてほしいとお願いしたの。プロの仕立屋になるのに製図を勉強するのはとても役に立つから」

自分の名前が出たのに応えるようにして、パウリーナが窓から顔を出した。「カルメン、カーテンはぴったりでしたよ」「見に行きましょう」母はそう言って僕の腕を取った。僕たちは家の中に入った。

母はしゃべりどおしだった。製材所ですることになった授業のことしか頭になく、自分の生家の壁や部屋には無関心なようだった。アドリアンが木の彫刻を作るのに使っている小屋を教室にするのだ、と彼女は説明した。机や黒板はもう注文済みで、冬に向けてストーブは新しいものを入れる。先生たちに関しては、文系の科目はほぼ確実に、フランス語を教えてくれていたムッシュー・ネストル、そして理系の科目は、大学で教えていたことのあるセサルという若い先生が担当してくれることになるだろう。だからしっかり勉強してほしい、認定試験に合格すれば、大学進学予備課程はオババから出ることなく快適に済ませることができるのだから、と。

「カーテンはどうですか？」とパウリーナが、上の部屋から僕たちが降りてくると尋ねた。「上出来よ」と母は答えた。だが実際のところ、カーテンのことはほとんど気に留めていなかった。

裁縫工房の女の子たち三人が「あしながの馬たち」を見に行くというので、僕たちは揃って離れに向かおうとしたが、母はやはり引き返し、また家の前のベンチに腰掛けた。そして、「ドン・イポリトからあなたに伝言があるわ」と僕に言った。「このあいだの日曜日、あなたがオルガンを弾きに来なかったのでとても悲しんでいらっしゃいますよ。心配せずに来るようにとおっしゃったわ。事件のことは承知していると」「司祭から何を聞いたの？」と僕は母の隣に座りながら尋ねた。「マルティンはとても悪い仲間と付き合っているそうね」と彼女は声をひそめて答えた。「例の雑誌のことであなたたち二人が距離を置くようになったのなら、学校での事件は前向きに受け止めるとおっしゃっていたわ。あなたが罰を受けることになったのは不幸だったけれど」「じゃあ僕は無実なんだね」「そうですよ、司祭がはっきり説明してくださったわ」母は学校の説明に大きなショックを受けたあとで、司祭の話を聞いてどれほど安堵したことだろう。あまりにほっとしたので、気分が高揚しているのだ。「ドン・イポリトはどうやって知ったの？」「あなたの学校でミサをしている司祭と話して、本当のことをすべて説明してもらったんですって。彼もオルガンを弾く人がいなくなってしまって悲しんでいるそうよ」「学校の司祭はドン・ラモンというんだ」「ドン・ラモン、そうだったわね。彼がすべて話してくれたそうですよ」「家族の誰かが信頼してくれるのはありがたいよ」と僕は言った。だが、母は僕の言葉を聞き流し、ルビスと三人の女の子たちが離れから戻ってくるまで、新しい学習計画の詳細について話し続けていた。

パウリーナが僕のところにやってきた。「テレサがあなたによろしくと言っていたわ。これを渡してほしいと頼まれたの」と言い、僕に封筒を手渡した。僕はそれを受け取るとポケットにしまった。「あら！　忘れるところだったわ！」と母が声を上げた。「ビルヒニアもあなたによろしくと言っていましたよ」その知らせに僕は胸が熱くなった。オルガンの前を通るとき、僕に視線を送ってくれるあの農家の娘だった。「どこで会ったの？　教会で？」「裁縫を習い始めたの。来年あの船乗りと結婚するので、花嫁修業をしておきたいんですって」いましがた感じたばかりの喜びが僕の内で砕け散った。「船乗りか」と僕は言った。突然、ビルヒニアがいつも一人でいるかほかの女の子たちと一緒で、男の子たちといるところは一度も見かけたことがない理由がわかった。船乗りは長期間海に出ているのだ。「鱈釣り漁船に乗ってニューファンドランド島辺りにいるそうですよ。いちばん大変なのは、何か月も漁に出ていてなかなか家に帰ってこないことね」と母は僕の考えを読んだように言った。

　パウリーナが僕をじっと見ているのに気づいた。「来年度は一緒に勉強することになるんだね」と僕は彼女に話しかけた。「できるだけ努力するわ」と彼女は頬を赤らめて言った。母が僕にキスした。「じゃあ行くわね、ダビ」そして自分の生徒たちのほうに向き直った。「あなたたちは歩いて先に行っててちょうだい。あとから車で追いついて拾ってあげますから。わたしはアデラに挨拶してこないと」そして車に乗り込み、道の向きに方向を転換した。「しっかり勉強するのよ、ダビ。認定試験に合格しないといけないんですから」その頃、パウリーナとほかの女の子たちはもう橋を渡り、僕に向かって手を振っていた。

　僕は家の前のベンチに座り、テレサの手紙を読み始めた。今回は鳥の絵が描かれた葉書で、一羽のヒワが怯えた目でこちらを見つめていた——いまも見つめている、というのも僕はその葉書を取っておき、アメリカにも持ってきたからだ。テレサはこう書いていた。《日曜日、教会のオルガンは沈黙していた。聖体拝領に行ったわたしともう一人の女の子は何かが欠けていると感じ、あなたがどこかに姿を現わすのではないかと、教会の隅々を目で探した。もう一人——わかるわね、田舎娘（la paysanne）よ——には拠り所になる人がいる。わたしにはいない》

「また手紙をもらったんだね、ダビ」とルビスは僕が離れに戻ると言った。「テレサだ」と僕は答えた。僕の意に反して、その声はとても暗く響いた。「何か悪いことでもあったのかい？」とルビスが訊いた。いや、疲れているだけだ、と僕は答えた。拠り所になる人がいる。その言葉が頭から離れなかった。

認定試験のための勉強をしていたある夕方、僕は新しい《心のリスト》を作り始めた。マルティンは除外しなければならない、と思った。ウバンベとパンチョも、とくにマンダスカで最後に会ったときの振る舞いからすれば。あの野ねずみの鳴き声は忘れることができなかった。それに、学校の事件のあとで一度も僕を訪ねてこようとしなかったアドリアンの位置も怪しかった。実際に付き合いがあるわけではないビルヒニアも入れるわけにはいかなかった。そうなると、リストにしっかりと場所を確保し続けることができたのは、ルビスただ一人だった。

9

いま僕の手元には、大学進学予備課程の勉強のために製材所に集まった生徒たちの最初の集合写真がある。裏の覚え書きによれば、一九六五年十月二十七日に撮られたものだ。左側に立って腕を組んでいるのは、ビクトリア、ヨシェバ、スサナ。中央に座っているのは先生たち、つまりレディン——ムッシュー・ネストル——とセサルだ。そして右側に、同じく座っているアドリアンと、その背後に立った僕。パウリーナもいてしかるべきだったが、彼女は僕たちと一緒に映りたがらなかった。自分は本当の生徒でなく、裁縫工房の見習いにすぎないから、と。当時、パウリーナはとても控えめだった。僕たちと一緒にいると気後れするようだった。

写真に収まった全員が微笑んでいて、レディンはほかの誰よりも大きな笑みを浮かべている。彼は、家庭教師の仕事から解放され、しかも歴史と哲学——彼のいちばん好きな科目——を教えることができて「人生最良の時期」を過ごしている、と一度ならず僕たちに打ち明けたことがあったが、写真の彼の笑みにはその喜びが率直に表われている。それとは対照的に、セサルは、顔の筋肉をほとんど動かさずにかすかに微笑んでいるだけで、黒縁の眼鏡の分厚いレンズの奥からじっとカメラを見つめている。だが、彼もレディンと一緒で、そこでの仕事を気に入っていた。製材所の木材に囲まれていると、「アメリカ極西部（ファー・ウエスト）の要塞の中で」敵から守られているような気がする、というのだった。「僕にとっていちばん怖いのはインディアンではなく、白人だがね」政治的な抗議活動に関わったために大学を追われたセサルのそんな発言には、彼の現実の心配事が透けて見えた。警察のブラックリストに載ってしまっている以上、いつ何時逮捕されてもおかしくないと怯えていたのだ。この写真には、レディンの喜びと同様、彼のその懸念も見て取れる。

　僕たち生徒の明るい表情も、たんなるポーズではなかった。生まれて初めて、学校の窮屈な規律から自由になったのだ。イソップの寓話の犬のように、首には鎖の跡が残り、動きもまだぎこちなかったかもしれないが、それは僕たちにとってとてつもない変化だった。セサルは積分の計算や炭素分子の構造を説明しながらたばこを吸っていたし、レディンはアドリアンの母親が魔法瓶に入れて持ってきてくれるコーヒーを——たいていは自分の携帯用酒瓶からコニャックを数滴垂らして——座って飲みながら、僕たちに絶えず質問を投げかけ、対話を盛り上げようとした。アドリアンは彼なりの言い方でみんなの気持ちをこう代弁した。「曲がった背骨をもっと早く治しに行くんだったよ。そしたらあのペンギンたちからもっと早く解放されたのに」ペンギンとはラサール会修道士たちのことで、黒い司祭服に白い胸当てをしていたので、生徒たちからそう呼ばれていた。イポのような人たちに従わなくてよくなり、僕たちは幸せな気持ちだった。

　やがて——何かをあとに残してきたときにつねに起こることだ、たとえそれが地獄であったとしても——僕たちは学校生活に懐かしさすら感じるようになった。とくに女の子たち、なかでもスサナは、「最終学年で楽しかったときのこと」を口にし始め、日曜になると「キリスト教徒の共生（コンビベンシアス・クリスティアーナス）」(convivencias cristianas) と呼ばれていた生徒たちの集まりで知り合った男の子たちに会いに、ドノスティアに通うようになった。だが、その傾向が強まることはなく、僕たちが変化を後悔することは決してなかった。

その年度、僕たちは何度も写真を撮った。いま手元にあるのは、最初の写真の約六か月後に撮られたもので、これが僕にとっていちばん興味深い、あるいはより正確に言えば、自分の人生について語り続けるためにもっとも必要な写真だ。一九六六年五月三日、アドリアンが製材所よりも二キロほど川の上流に新しく作ったアトリエをお披露目した日のものだ。一枚目の写真に写っていた人たちのほかに、ルビス、ウバンベ、オピン、パンチョもいる。ルビスがいたのは僕が招待したからで、ウバンベとオピンとパンチョがいたのは、建物――僕たちが授業に使っていたのと同じような木造の小屋――をつくったのが彼らだったからだ。写真の片隅ではバーベキューの網から煙が上がり、その背後には、僕たちが「サムソンの水浴び場」〔サムソンは旧約聖書に登場する怪力の男〕と呼んでいた川の淀みが見える。森から流れ出した川は、そこで大きな岩にぶつかり、その下に楕円形をした淀みをつくっていて、僕たちはその小さいが底の深い窪みを、泳ぎよりも水浴びに使っていた。

アトリエのお披露目会の昼食が終わると、ルビス、パンチョ、ウバンベ、オピンは山を抜けて家へ向かい――「僕ら農民は学生さんたちよりもっと働かないといけないから」とルビスは言った――、残された僕たちは、広場の食堂で何か飲もうと村に向かった。みんな陽気に、歩くことがいかに大変かについてレディンが話すのを聞いて大笑いしながら。「文明化された場所でしか酒は飲むものじゃないね。手を上げればタクシーが停まってくれるところでないと駄目だ」と我らが教師は百メートルごとに繰り返し、「アルコールと知の関係」や「師を輿(こし)に乗せて運ぶという古代ローマの素晴らしい習慣」について熱弁をふるった。

いちばん大きな笑い声を上げていたのは、やはり少し酔っ払っていたビクトリアとアドリアンだった。セサルはいつもにも増して真面目な表情で同僚の話を聞いていた。「君たち理系の人間はもっと酒を飲むべきだ」とレディンはもう製材所の辺りに来たところで彼を非難した。川と幹線道路のあいだの敷地には、木材が城のように積み上げられ、丸太の山が連なっていた。「僕だって君と同じくらいたくさん飲んだよ。でも、酔うと悲しくなる性格(たち)なんだ」とセサルは答えた。

噂によれば──僕たちにそれを教えてくれたのはビクトリアだった──セサルは大学で一緒に学んだ女性と結婚したが、政治に深入りして教職を追われた際に妻に捨てられ、そのせいでいつも表情が険しく、ひっきりなしにたばこを吸わずにはいられないらしかった。だが、僕はビクトリアの話をあまり信じていなかった。セサル自身が授業でよく言っていたように、彼女は数学と「文学」をごちゃ混ぜにする傾向があったからだ。

製材所には出入り口が二つあり、一つはアドリアンとヨシェバの家に通じていて、もう一つはトラックが木材を運搬するのに使われていた。その二つ目の通路のコンクリートの地面には、四角い黒枠に囲まれたMaderas de Obaba──オババ木材(マデラス・デ・オババ)──の巨大なロゴがあった。僕は、その四角形の中で、マルティンが文字の上を右往左往しているのを見つけた。

僕は不安になった。ポルノ雑誌の事件のあと、彼とはひと言も話していなかった。そのうえ、彼のその落ち着きない行動は以前から知っていたが、何か大変なことが起こったせいに違いなかった。僕たちが近づいていくと、マルティンは四角形の中央に立ち止まった。まるで喧嘩を仕掛けようとするかのように、拳を固く握りしめていた。「おやおや、俺たちのボクサーがリングにしっかり陣取ってるじゃないか」とアドリアンが言った。その冗談はずばり状況を言い当てていたので、僕以外のほぼ全員が笑った。

　笑い声がやむと、それとともにすべてが沈黙したかのようだった。日曜だったので、幹線道路には車が一台も走っていなかった。犬の吠え声もしなかった。製材所の機械は止まっていた。そこで働く人たちは家で休息を取っていた。「どうしてサムソンの水浴び場に来なかったんだ？　ホテルに伝言を残しただろ」とアドリアンがマルティンに近づきながら言った。マルティンはそれを避けるように四角形の端に後ずさりし、そこから僕たちを見つめた。「テレサの具合がすごく悪いんだ。学校から電話がかかってきた。死んじまうかもしれない」そして、ようやく両手の拳を開いたかと思うと頬に押しつけた。「どうしたんだ？」とヨシェバが驚いて訊いた。ビクトリアが両手で顔を覆った。

　パンチョが森へ食べ物を運ぶのに使っていたモーロというロバが見えた。モーロは幹線道路の向こう側の敷地にいて、自分も何が起きたのか知りたいというように頭を持ち上げていた。だが、マルティンは何も言わなかった。四角い枠の中で、まるでそこに閉じ込められたように、端から端へと行きつ戻りつしていた。

「まさかポリオに罹ったんじゃないでしょうね？」とスサナが叫んだ。「ドノスティアで流行しているって父に聞いたわ」彼女と僕たちは、四角形の一辺と平行に列をなして立っていた。「お前の父親は何でも知ってるんだな」とマルティンは冷たく答えた。「でも、それならなんでワクチンを打っといてくれなかった？　フランスでは子供と若者全員に打ってるって母さんのいとこが言ってたぞ」つまり、テレサはポリオ、ポリオミエリティス（poliomielitis）に罹ったのだ。「お前の父親のせいだ！　ひどい医者だぜ、まったく！」とマルティンがスサナのほうに向かっていきながら怒鳴った。また拳を固く握りしめていた。

　そのとき、スサナはマルティンからいちばん近いところにいて、その横にほかの全員——アドリアン、パウリーナ、ヨシェバ、ビクトリア、レディン、僕、そしてセサル——が並んでいた。「落ち着くんだ」と列のいちばん端から、セサルがよく響く声で言った。みんなが彼のほうを見た。「医者がワクチンを投与するには、まずワクチンがないといけない。だが、スペインではそうはいかないんだ。フランスにはある、だがここにはない。この国は遅れているからね」マルティンはすぐに反応することができなかった。枠の中に留まったまま、考える時間を稼ごうとするかのように、彼はセサルに向かってゆっくり歩いていった。そしてようやく口を開くと、「お前、共産主義者なんだろ？」と訊いた。「馬鹿なことを言わないでくれ」とセサルは答えた。「この村じゃ誰だって知ってるさ」とマルティンは言い張った。「いまそんなことを言い出すのはよせよ！」とヨシェバが言い、四角形の中に一歩足を踏み入れた。アドリアン、パウリーナ、ビクトリアがそれに続き、四人はマルティンを取り囲んだ。ヨシェバが怒鳴った。「なんでテレサが死にそうだなんて言ったんだ？」「聞いてなかったのかよ？」マルティンも怒鳴っていた。「学校から電話がかかってきたんだ」「でも、何て言っていたの？」とパウリーナが尋ねた。「四十度以上も熱があって、錯乱しているって」錯乱（デリラツェン）している（*deliratzen*）。マルティンは二度その言葉を繰り返した。あの日、それは僕らにとってまったく聞き慣れない、衝撃的な言葉だった。「死ぬわけないわ！」とビクトリアが叫び、わっと泣き出した。

　普段はトラックとのこぎりの音しかしない場所で、その泣き声は奇妙に響いた。「彼女は死なない、落ち着くんだ」とセサルがきっぱりと言った。「僕の妻みたいに、身体のどこかに麻痺が残ることはあるかもしれない。だが死にはしないよ」

僕の妻みたいに。それは決定的な告白だった。「奥さんもポリオに罹ったのか？」とマルティンが訊いた。「いまは少し足を引きずっている。片足がもう一方の足よりも細いんだ。だが、それだけだよ」とセサルは頷きながら説明した。「びっこになるのがたいしたことじゃないって言うのか？　普通、それなら死んだほうがましだと思うぜ！　馬鹿なこと言うなよ！」マルティンはいつもの不愉快な話し方をやめようとしなかった。セサルは吸っていたたばこを地面に落とした。そしてまだ煙を吐き出しながら、枠から数メートルのところで立ち止まった。

　四角形の中央で、マルティンは地面に座り込んだ。弱々しく、疲労困憊して見えた。「俺の家に行こう。そのほうが落ち着いて話せる」とアドリアンが提案した。マルティンは首を横に振った。

「ミエ・リ・ティス（mie-li-tis）」と突然、レディンが音節を区切りながら発音した。「しかし、この語幹のミエル（miel）〔スペイン語で「蜂蜜」の意〕の語源はラテン語のメル・メリス（mel-mellis）ではなく、蜂蜜とは何の関係もない。ギリシャ語のミュエロス（myelos）から来ているんだ。ミュエロスとは髄――メドゥラ（médula）、ムイニャ（*muina*）――のことだ」彼の髪は乱れていて、まるで夢遊病者のような話し方だった。

「そのたばこは何だい？」とマルティンがセサルに、地面に落ちたたばこを見ながら尋ねた。突然、妹のことを忘れたかのようだった。「彼が吸っているのはジャンだ。理系の人間はみんな黒たばこを吸う。私の同僚もだ」とレディンが説明した。「文系の人間は黄たばこを吸う傾向がある。私は最近はダンヒルだ。吸いたければ一本どうぞ」マルティンはそれを無視した。そして立ち上がり、セサルに歩み寄った。「そのジャンっていう銘柄は吸ったことないな。一本くれよ」

セサルはジャンの箱をマルティンに渡した。黒と赤のきれいなパッケージで、地にはチェス盤のような幾何学模様があしらわれていた。「共産主義者ってどいつもこいつも同じような格好してるよな。みんな痩せっぽちで、でかい不細工な眼鏡をかけてやがる。おい、アカ、そうだろ？」とマルティンはセサルの頬を手のひらで叩きながら言った。

僕はもう我慢できなかった。マルティンに飛びかかっていき、四角形の枠から押し出すと、「いい加減にしろ！」と拳を突き上げながら叫んだ。彼を殴りつけ、顎の骨を折ってやりたかった。「落ち着くんだ、ダビ」とセサルが僕を後ろから摑み、マルティンから引き離そうとしながら言った。それでも僕は彼を殴ってやりたかった。

マルティンは両腕を広げてみせた。「ここでどうやって殴ろうってんだ？ リングの外にいるのが見えないのかよ？」そう言って彼はオババ木材のロゴを囲む枠線を指差した。ヨシェバが僕たち二人のあいだに割って入った。「喧嘩は不要だ。敬意ってものがないじゃないか！ テレサが死にかけてるっていうのに、お前たちは取っ組み合いなんかして！」僕は降参し、セサルとヨシェバが僕をマルティンから引き離した。もはや怒りは感じず、ただ泣きたい気分だった。スサナが僕の耳元でささやいた。「彼と喧嘩するだけ無駄よ、ダビ。でも、わたしも殴ってやりたかったわ」

アドリアンが、自宅のある製材所の別の出入り口のほうへ歩き出した。「今日はテレビでサッカーの試合がある。アーセナル対バルセロナだ。観たい人は一緒に来るといい」「セサル、行こうか？」とレディンが言った。セサルは頷いた。「悪くないな。ダビも一緒に試合を観においで」「ああ、みんな行こうぜ」とヨシェバも言った。

マルティンが僕の肩に手を置いて言った。「雑誌のこと、まだ許してくれないのか？」僕は顔をそむけ、モーロがいた草地のほうを見た。「そうか、やっぱりそうなんだな」とマルティンが結論づけた。「でも俺は、その辺はテレサに似てるんだ。何でも許してやる。突き飛ばされたことだって」ヨシェバが僕たちに近づいて訊いた。「マルティン、テレサのところにはいつ行くんだ？」「いますぐ」「じゃあ、僕たちからもよろしく伝えてくれよ。できるだけ早く見舞いに行くって」マルティンが僕のほうを向いた。「ダビ、お前も見舞いに行ってくれるか？」「もちろん」と僕は答えた。マルティンはヨシェバに向かって言った。「それを知ったら喜ぶぜ。そういうもんだよな、ヨシェバ。テレサにとってお前は友達だけど、ダビは意中の人だからな（es su amor）」

ほかのみんなはもうアドリアンの家の前の小階段にいて、僕はそちらに向かって歩き出した。マルティンが僕の腕を摑んだ。「ダビ、どうして逃げようとする？　俺と一緒に病院に来て、テレサを喜ばせてやったらどうなんだ？　そこにバイクが見えるだろ。一か月前に免許を取ったんだ」幹線道路の脇にランブレッタが停められていた。ホテルの従業員のものだったが、マルティンがそれを乗り回しているのを見かけるのは珍しいことではなかった。「今日行っても無駄足だろう。家族でないと病室に入れてもらえないよ」とヨシェバが言った。マルティンは腹立たしそうに彼を見た。そして、セサルがくれたたばこを地面に投げ捨て、「ヨシェバ、そんなことはわかってる。ただダビを試したかったのさ」と捨て台詞を吐くと、ランブレッタを取りにいった。

10

五月半ばになり、テレサが退院してオババに戻ってくるとまもなく、僕はヨシェバを通じて彼女の手紙を受け取った。封筒に入っていたのは、梱包材のようなボール紙の切れ端で、“Ô triste, triste était mon âme”――《おお、悲しかった、悲しかった、わたしの魂は》――と水色のボールペンで書かれていた。「見舞いに行くべきだよ、ダビ」とヨシェバが言った。僕は近いうちに行くと答えた。

「みんな行ったんだぞ。病気が大嫌いなあのアドリアンだって。行ってないのはお前だけだ」

　僕は約束を守らなかった。代わりに手紙を書き、例のポルノ雑誌の件でまだマルティンに腹を立てているので、彼とホテルのカフェテリアや廊下で鉢合わせしたくない、それでなかなか見舞いに行けずにいるが、そのうちきっと行く、と伝えた。もちろん、それは口実にすぎなかった。ホテルに足が向かない理由はマルティンではなかった。彼の父、ベルリーノでもなかった。原因はビルヒニア、「田舎娘」だった。母が話していたように、彼女はレクオナ荘に裁縫を習いに来るようになり、その時刻がちょうど、ジュヌヴィエーヴがテレサのための面会時間として設定した午後六時だったのだ。ビルヒニアとほんの一瞬顔を合わせるか、テレサと二時間も話をするかのどちらかで迷うたび、僕はいつもビルヒニアのほうに心が傾いた。時間の碾き臼は、その感情を押し潰すことはできなかった。逆に、麦の粒――愛の種子――は大きくなるばかりだった。

ビルヒニア——「田舎娘」——は製材所の近く、川の反対側に住んでいた。午後六時前になると、彼女は家の前の橋を渡り、建設中の運動場の中を通って、レクオナ荘へ向かった。彼女が姿を見せると、工事の作業員たちは手を止めて挨拶し、たばこを勧めた。彼女はそれには目もくれずに道を進んだ。

僕はその姿を自分の部屋の窓から観察していた。そこが僕の観測所だった。彼女がトラックやコンテナ、クレーンのあいだを、泥や鉄材に覆われた地面にほとんど触れていないかのような蝶の軽やかさで、障害物を避けながら通り抜けてくるのを見ると心が弾んだ。それから少しすると、僕は到着した彼女を家の中に通しながら、「やあ、元気?」「ようこそ」「この雨の中、よく来たね」などと話しかけた。彼女は独特の仕方で、目だけで微笑んでみせた。そして「元気よ、あなたは?」「今日は少し遅くなったわ」「ひどい天気ね、もう髪がめちゃくちゃ」などと答えた。風で髪が乱れた日の彼女は、いつもにも増して美しく見えた。

ビルヒニアは、僕が家でも、教会でオルガンを弾いているときと同じように彼女を待ち受けているのに気づいていて、少しでも近づきになろうとする僕の内気な試みを受け入れてくれているように思えた。母が言っていたように、彼女は船乗りと結婚しようとしているのだ、と理解するのは骨が折れた。

ある日、彼女が僕とのやりとりに充ててくれるわずかな隙間が広がってきた気がして、勇気を出して名前で呼んでみた。「ビルヒニア、元気かい?」「ええ、ダビ」と彼女はごく自然に答えた。素晴らしい瞬間だった。いにしえの偉大な詩人の言葉を借りるなら、“presi tanta dolcezza”——《歓びのあまり……》——、ビルヒニアに挨拶されて心に感じた甘美な喜びがあまりに大きかったので、僕は恍惚として、彼女への思いに耽るため、部屋に戻って一人きりにならねばならなかった。

さらにそれより素晴らしかったのが、二人で初めて一緒に散歩したときのことだ。僕たちはレクオナ荘の階段で鉢合わせした。彼女は帰宅するところ、僕はアドリアンの新しいアトリエを訪ねにサムソンの水浴び場に向かうところだった。六月初めの温かな午後で、南風が吹いていた。「時間があるから、もしよかったら家まで送っていくよ」と僕は言った。突然の思いつきだった。あらかじめ計画していたなら、きっと言い出す勇気はなかっただろう。「時間の余裕があるなら、ぐるっとひと回りして行くのはどう?」とビルヒニアは提案した。彼女が言おうとしたのは、幹線道路を通って新しい住宅地が建設されている地区まで行き、そこから川沿いの道を辿って彼女の家まで歩くのはどうかということだった。ラサール校で同級生だったカルメロの言い方を真似れば、彼女は、僕が期待した五百歩程度どころか、それより数倍長い約三千歩の散歩に誘ってくれたのだった。

ビルヒニアとの距離が縮まるにつれ、僕の欲望は大きくなるばかりだった。午後六時に、彼女が蝶のようにクレーンやコンテナのあいだを通り抜けてくるのを見るだけでは足りなかった。彼女との散歩を三千歩で終わらせたくなかった。四六時中見つめていたかった。一緒に並んで三万歩、三十万歩、四十万歩でも歩きたかった。だが、僕の望みは叶わなかった。彼女のほうが少し年上だったこと——当時、十九歳だったはずだ——、そしてとりわけ不在の船乗りに、僕は怖気づいていた。その男を僕は一度も見かけなかったし、ビルヒニアは婚約者について何も話さなかった。母がときたま話題にするくらいだった。僕はその空白を想像で埋め、長所ばかりの人を思い浮かべた。ハンサムで個性的な、海が最良の男たちに与える恩寵に恵まれた人を。

そんな自分を責めることもあった。ビルヒニアには崇拝者がたくさんいるはずで、僕はその大勢の一人にすぎないのに、何て馬鹿げたことをしているのか、と。たとえほんの少しのあいだでも、夕方テレサの見舞いにいくために、彼女から離れる努力をしなければ。自分は馬鹿なだけでなく、自己中心的で残酷な、ひどい友達だという気がした。しかし、午後六時が近づくと、僕は相も変わらず、レクオナ荘の車庫に自転車を取りに行き、アラスカ・ホテルに向かう代わりに、自分の部屋の窓に駆け寄るのだった。

六月の第一週になってようやく、僕はテレサの見舞いに行った。前日の夜、彼女に電話をかけた。「今朝は展望台を三周したの。どう思う？」と彼女は話し始めるなり言った。それまでの僕の振舞いについてはひと言もなかった。「すごいじゃないか」と僕は答えた。「でしょ。展望台の端から端までどれだけ距離があるか知ってるわよね。三十分で三周したんだから」

展望台というのは、ホテルの正面にある約二千平方メートルの平地のことだった。ダンスパーティーのある日、アンヘルは演奏しながらそこをぐるりと一周したが、せいぜい三、四分しかかからなかった。アコーディオンを抱え、人混みを掻き分けながらでその時間だ。ところが、テレサは同じ距離を三周するのに三十分かかったと言った。かなり足を引きずっているか、よほど衰弱しているに違いなかった。

「テレサ、明日は庭に下りて散歩しよう」と僕は約束した。「昔みたいに」と彼女は即座に答えた。ホテルの庭園は展望台の下の、階段状になった山の斜面のもう一段低いところにあり、僕たちの子供の頃の遊び場だった。「森へ行くのもいいわね」と彼女は言った。ホテルは四方を森に囲まれていた。「どこで待ち合わせる？　庭？」と僕は訊いた。「展望台のほうがいいわ」「じゃあそこで」

「ダビ、カフェテリアがどこにあるか憶えている？　駐車場から展望台に出たら、向かって右側よ」彼女の口から出た最初の非難めいた言葉だった。「頼むよ、テレサ。そんなに長いこと行かなかったわけじゃない」と僕は言った。「もうテラス席が出してあるの」と彼女は続けた。「日除けも新しくなったのよ。白と黄色の縞模様なの」「じゃあ新しい日除けの下で会おう」彼女は電話を切った。

翌日、白と黄色の日除けの下には何人かの外国人、その年最初の避暑客たちが座っていた。だが、テレサはいなかった。ジュヌヴィエーヴがすぐに僕を見つけて出迎えてくれた。「上の部屋にいますよ。あなたを待っているんだと思うわ」いつもはとてもよそよそしく、無愛想なほどだったのに、その朝の彼女はまるで別人だった。あたかもマトリョーシカのごとく、以前の彼女の中から出てきた別の人であるかのように、より控えめで優しく、身体も小さくなったように見えた。「マルティンには会った？」とジュヌヴィエーヴは一緒にホテルに入ってから、僕が階段を登っていこうとするときに訊いた。僕は首を振った。マルティンがドノスティアのナイトクラブに入り浸っていて、ふた回りも年上の人たちと付き合っているという話は聞いていた。でも僕は黙っていた。「来てくれてどうもありがとう」とジュヌヴィエーヴは言い、それから厨房のほうに去っていった。

テレサは階段の踊り場で待っていた。白いノースリーブのワンピースを着て、頭には髪を押さえるように太い黒のリボンを巻いていた。片方の手首にも同じ黒いリボンが巻かれていた。彼女は挨拶もせず、まるで僕たちが顔を合わせるのが日常の一部であるかのごとく、数分前に始めた会話を続けるようにして話し始めた。「母がマルティンのことをすごく心配しているの。家に帰ってこない夜もあるのよ。学校の友達と試験勉強をしてるんですって」彼女は「試験勉強」という言葉に軽蔑のニュアンスを込めた。「何て下手な嘘なの、そう思わない？　でもマルティンってそうなんだから、ずっと変わりっこないわ」僕も踊り場に立った。「テレサ、調子はどう？」と頬に挨拶のキスをしながら訊いた。彼女はその質問に喜んだように微笑んだが、返事はせずに話し続けた。「ジュヌヴィエーヴは息子のこととなると盲目なの。本当に理解に苦しむわ。オババのどこかの家のお母さんみたいに振る舞うんだから」「フランス人で、おまけにロシアの血筋なのに！」と僕は軽口を叩いた。彼女がいつ自分のことを話し始めるかと僕は身構えていた。

　僕たちは三階まで階段で上がった。テレサは手すりにつかまり、一段ずつ障害を乗り越えるように上った。「昨日なんか驚きのあまり立ち尽くしていたわ」と彼女が言った。「誰が？」と訊いてから、僕はきっと医者のことだろうと思い、やっと病気の話をしてくれるのだ、医者が彼女の回復ぶりについて言ったことを聞かせてくれるだろうと期待した。「ジュヌヴィエーヴよ」と彼女は言った。「マルティンがいつもみたいに試験勉強をすると言って外泊した次の日、彼の服を洗濯に持っていこうとしたの、オババのどこの家のお母さんでもするみたいに。そのとき、服の匂いにぎょっとしたそうよ」テレサは息を整えるために立ち止まった。“Le parfum n'était pas très chic, vous me comprenez?”（ル・パルファム・ネテ・パ・トレ・シック、ヴ・ム・コンプルネ）――「あまりお上品とは言えない香水だったの、わかる？」――と彼女はフランス語で言った。

　三階の廊下に着いたとき、彼女は僕の腕を摑んだ。右足を少し引きずっていた。「どこへ行くんだい？」と僕は彼女の部屋の前を通り過ぎたので尋ねた。テレサは二、三年前からホテルのいちばん番号の大きな部屋、二十七号室を使っていた。「屋上？」と僕はまた訊いた。廊下の突き当たりまで来たところで、僕たちの前には半ば隠された小さな階段があったからだ。彼女はそこを上り始めた。「この上に屋根裏部屋があるってこと、わたしも知らなかったの。でも、家から出られないでいるあいだにあちこち探検していたら、すごく面白いものを見つけたのよ」彼女はまた呼吸が荒くなり、壁に寄りかかって少し休まなければならなかった。「先に進む心の準備はできている？」とそのあと僕のほうを振り向いて訊いた。彼女のオリーブ色の目がまっすぐ僕を見つめた。

ホテルの最上階、「屋根裏」はとても天井が低く、身を屈めて細い通路を進まなければならなかった。通路の両側に、南京錠で閉じられた小さな扉が並んでいた。テレサはポケットから小さな鍵を出し、2と番号の振られた扉を開けた。「ダビ、入って。靴を脱いでからよ」と彼女が言った。中に入ると、足の下に毛布の柔らかさを感じた。

テレサが電気をつけた。裸電球に照らされて、僕は五、六平米しかない空間にいるのに気づいた。毛布が床のほとんどを覆っていた。片隅に銃が立てかけられ、その下に兵士のヘルメットが一つと双眼鏡がいくつかあるのが見えた。そして部屋じゅうに、紙の詰まったいくつもの段ボール箱や、その他いろんなもの――椅子が一脚、スーツケース一つ、椅子の上に革袋が一つ――が置かれていた。

テレサは片腕を床について注意深く座ろうとした。しかし、その前にバランスを崩して尻餅をつき、両脚が太ももまで露わになった。僕が思っていたよりもまっすぐで、かたちの整った、たくましい脚に見えた。ただ、足首だけが不揃いだった。右のほうがいくらか細いようだった。

その狭い空間で、彼女の身体は、階段で見たときよりもくっきりとした輪郭をもって僕の目に迫ってきた。僕は彼女のくるぶしを、膝を、腕を、手首と髪に巻かれた黒いリボンを、オリーブ色の目を、唇を、軽く開かれた口を見た。彼女の唇が動き、口が閉じては開きを繰り返した。「あなたはわたしにすごく意地悪だった。だから、どうしても復讐する必要があるの」と彼女は言った。そして、髪につけていた黒いリボンを外し、それをじっと見つめた。突然、僕たちは別の場所にいた。遊びはもう終わりだった。

　真夏の七月か八月だったなら、ホテルは混雑していて、客の大声、車のエンジンやクラクションの音が聞こえてきたかもしれない。だがその日、小さな屋根裏部屋は、沈黙が凝縮した骨壺のようだった。「どうやって復讐するんだい？　この銃で？」僕は手を伸ばし、武器を手に取った。ずっしりと重かった。「わたしには支えられないわ」とテレサが言った。彼女は頭に巻いていた黒いリボンを毛布の上に置き、椅子の上から革袋を取った。「でも、ここにもっと軽い武器もあるのよ」彼女が取り出したのは小さなピストルだった。銀製のとても美しい銃だった。ルビスなら、それは突飛《カプリチョショア》な行動（*kaprixosoa*）だと、そしてテレサは空想たくましい女の子《パンタシ・アウンディコ・ネスカ》（*pantasi aundiko neska*）だといつものように言ったことだろう。銀のピストルと手首の黒いリボンは、かなり芝居がかった雰囲気を醸し出していた。

「そんなに意地悪だった？」と僕は尋ねた。ピストルの先は僕にではなく、天井に向けられていた。「すごく。でも子供と同じで、わざとじゃないのよね。どうしてあなたは田舎娘たち《レ・ペイザンヌ》（les paysannes）が好きなのかしら？　誰にもわからない。どうしてわたしは、あなたみたいなのっぽで顔の大きな男の子が好きなのかしら？　それも誰にもわからない」「じゃあ僕に罪はないってことか」「そうね」彼女はそれ以上考えたくないというように早口で答えると、僕にピストルを手渡した。「とてもきれいだ」と僕は言った。「それもみんな、内戦中からここにあったの。双眼鏡だけはもっとあとの時代のものだと思う。とてもいい品よ。ドイツ製なの」「それに、部屋のどこも埃一つない。このピストルだって新品みたいにピカピカだ」「グレゴリオが手入れしているの。実を言うと、ここを教えてくれたのも彼なのよ。わたしに恋していて、それでここに連れてきてくれたってわけ。でも彼も運がないわね。わたし、相手にしていないから」グレゴリオは、彼の一族についていたあだ名からバレア（*Barea*）、つまり「ナメクジ」と呼ばれていた男で、ホテルのカフェテリアでウェイターをしていた。僕にはとても冷たく、通りで顔を合わせても気づかないふりをしていた。

僕はピストルを床に置き、兵士のヘルメットを手に取った。それもきれいに手入れされ、輝きを放っていた。「グレゴリオにこれを見せてもらったあとで、父のところに話しに行ったの。もちろんグレゴリオの名前は出さずにね、首になったら困るでしょ。ともかく、それで父のところに行って、このピストルが欲しいと言ったの」彼女は床に膝をつき、銃を革袋の中に戻した。「父は怒ったけど、結局、十八歳の誕生日にくれると約束してくれたわ」僕は居心地が悪くなってきた。それらの武器はまだ遠くない過去を思い起こさせた。僕はベルリーノの家にいて、その人殺しの道具はどれも彼のものだった。

「その段ボール箱に入っているのは何だい？　手紙？」と僕は訊いた。「そう、うちの家族の手紙よ。父が自分の兄たちに宛てて書いたものと、彼らから受け取ったもの」彼女は説明を続ける前に少し沈黙した。「父が書いた手紙もここにあるって、つまりどういうことかわかる？」「送り返されてきたってこと？」と僕は馬鹿みたいに答えた。「父の兄たちはどちらも前線で命を落として、二人の私物はわたしたちのところにあるってことよ」彼女はダンボール箱を指差した。「こっちへ持ってきて」僕が箱を運ぶと、彼女は中からしわくちゃになった青い封筒を取り出した。「アントニオ伯父さんの手紙よ。ハラマ前線（スペイン中央部を流れるハラマ川は、内戦の激戦地の一つ）から、一九三七年三月二十一日付けで送られたもの」「春が始まった日だ」と僕はまたしても馬鹿みたいに言った。

テレサは封筒から一枚の便箋を取り出した。「そうね。伯父さんは春が始まったその日に、父に手紙を書いたんだわ」と彼女は言った。そして黒いリボンを頭に巻き直し、髪が目元に落ちてこないようにしてから、手紙を声に出して読み始めた。彼女の伯父の書いた字——それを僕はいま、ストーナムの書斎の机の上に広げて見ている——はとても小さく、テレサは読み上げるあいだずっと目を細めていた。手紙にはバスク語でこう書かれていた。


マルツェリーノへ。お前の手紙は聖ヨセフの日に受け取った。僕はいまのところ、神のご加護でとても元気にしている。

ああ、お前は最近僕のことを忘れてしまったのか、それともこの戦争にすっかり怯えているのかと考えていた。

オババであった戦闘はここのと比べ物にならない。ここではみんな悲惨な目に遭っている。ここではアカどもから塹壕を奪うにはナイフで襲わなきゃならない。きっとお前も誰かに訊けばわかるだろうが、いま僕たちのいるこの山はオリバルという。ここであのアカどもは戦車でも何でも持っている。どんな戦車かお前に想像がつくかどうか。このあいだ、奴らが戦車で前進しようとして攻撃を仕掛けてきた。僕たちは四台奪い、一台はまだ使える状態で、残りの三台はガソリン瓶や手榴弾で燃やしたが、あのロシア製の戦車は巨大で、大砲が一つに機関銃が二つついていて、一台につき四人乗り込める。かなり急な山の斜面も登れるし、弾もよく飛ぶ。

ここには同郷のグレゴリヨと一緒にアフリカで従軍していた兵隊が何人かいて、その一人にグレゴリヨ・バリア(*Gregorijo Barria*)はどうしていると訊いたら、ほかに何もできないから炊事係をしていて、スペイン語がわからないからたいてい任務を逃れているそうだ。我らが友、アンヘルはどうしている? あいつのアコーディオンを聞いたらきっとみんな喜ぶから、デグレラ大尉と話してちょっとでもいいからここを訪ねて来るようあいつに伝えてくれ。
お前の兄、アントニオより。

テレサは手紙を箱に戻し、別の黒く縁取られた白い封筒を手に取った。「炊事係にしか役に立たなかったそのグレゴリヨというのは、わたしに恋している彼の父親らしいわ」「それに、最後に書いてあったアコーディオン弾きのアンヘルというのは僕の父親だ」「今度はこの短い手紙を読むわ」と彼女は言い、急に笑い出した。「見てよこの色、白黒じゃない。今朝身支度をしたとき、これは想像してなかったわ。でもほら、いい組み合わせでしょう」彼女は手首の黒いリボンを見せながら、その小さな封筒を胸に当ててみせた。「テレサ、どうかしてるよ」と僕は言った。「そうかもしれないわ、ダビ」彼女は封筒から、タイプ打ちされた札のような細長い紙を取り出した。そして「これはスペイン語で書いてあるの」と断ってから読み始めた。

親愛なるマルセリーノ・ガビロンドとご家族の皆様
神とスペインを守る戦いにおいて、君がもう一人の兄上まで喪失するというご不幸に見舞われたことを知りました。前はヘスス・マリアでした。そして今度は、三月二十五日、聖イレネオの日（正確には、三月二十五日はカトリックで受胎告知の日とされ、聖イレネオの日は六月二十八日）に、アントニオが亡くなったとのこと。慰めの言葉が見つかりません……。

「テレサ、もういい、やめてくれ！」と僕は遮った。「そうね、もう充分だわ」と彼女は読むのをやめ、その手紙も箱に戻した。それからビニール袋を出してきて、そこからダンヒルのたばこの箱を取り出した。「ムッシュー・ネストルもいまはその銘柄を吸っているよ」と僕は言った。「伯父はあの手紙を書いた四日後に死んだの、三月二十五日に」テレサはしつこく話し続けた。「彼には短すぎる春だったのね」彼女はたばこに火をつけた。「庭に行かない？」と僕は言った。「あそこのほうがベンチもあるし、たばこを吸うにも気持ちいいよ」彼女は僕の言葉を無視し、ビニール袋から小皿を出すと、灰皿代わりに使い始めた。

「その出来事については何度も考えたわ」とテレサはまた話し始めたが、今度はまるで独り言のようだった。「便箋に文字を書いている伯父の手を想像するの。それから、動かなくなったその手を。三月二十五日に、もう鉛筆すら持てなくなったんだわ」「テレサ、頼むから、ここから出よう」僕の頭の周りで、彼女の言葉が次第に絡み合い、怒りを増幅させながら、まるで蠅のように飛び回っているような気がした。「出られないわよ、ダビ。たばこを吸ってるのを母に見つかったら怒られるもの。マルティンにはたばこを吸おうがお酒を飲もうが何も言わないくせに、わたしには許さないんだから。煩わしいったらないわ！（Elle m'importune!）」彼女は扉を押し開け、風を通そうとした。

すると、ホテルの駐車場から車のエンジン音が聞こえてきた。もうそろそろ昼時のはずだと思った。

たが、時計を見る勇気はなかった。テレサが僕を見張っていた。ふと彼女の目がきらめき、涙がこぼれた。「あなたの言うとおり、たばこを吸うにはほかの場所がいいわね。もうこんなに煙だらけ」と言い、小皿でたばこの火を消した。

彼女は手紙の入っていた箱の中をまたひっかき回すと、一冊のノートを取り出した。そして「これを見て」と僕に渡した。学校で使われるようなノートで、オレンジ色の表紙にゴリラのイラストが描かれていた。表紙の下のほうには、枠線に囲まれて"Cuaderno para uso de…"――《このノートの持ち主は……》――とスペイン語で印字され、その下に Ángel（アンヘル）と名前が書かれていた。「この字に見覚えある?」と彼女は僕に尋ねた。「父さんの字みたいだ」「わたしもそう思うの」僕はもっと注意深く観察してみた。「いまの字とまったく同じではないはずよ。これは二十五年近く前のものだから」と彼女が言った。「二十五年前?」「もう少し前かもしれないわ」テレサはあるページを開いてみせた。そこには名前のリストが書かれていた。「これはどう思う?」ノートは湿気を帯びていて、ページをめくっても音を立てなかった。

大急ぎで書き殴ったような悪筆だったので、いくつかの名前は判読するのに骨が折れた。一行目には *Humberto*（ウンベルト）と書かれていた。その下には、読み取るのに時間がかかったが、*Goena zarra*（ゴエナ、父）と *Goena gaztia*（ゴエナ、息子）とあった。四行目は *Eusebio*（エウセビオ）のようだった。五行目は *Otero*（オテロ）。六行目には、大文字で *PORTABURU*（ポルタブル）。次の行には *maisuak*（教師たち）とあった。そして最後に、乱暴な字で *amerikanoa*（アメリカ帰りの男）と書かれ、下線が引かれていた。

「オババで銃殺された人たちのリストよ。うちの父とあなたのお父さんがつくったんじゃないかと思うの」とテレサが言った。彼女の目にまた涙が滲んでいた。「これでわたしのことを憎むでしょうね」唇が震えていた。彼女は泣いていた。「学校で倒れたとき、わたしの唯一の希望はあなたが駆けつけてくれるはずってことだった。来ないとわかってからも、自分に嘘をつき続けた……」彼女はこらえきれず、突っ伏してしまった。「テレサ、そんなふうに泣かないで」と僕は彼女の手を取りながら言った。咄嗟に出た行動だった。だが、僕の頭の中にあったのは彼女ではなく、ノートに書かれたリストのほうだった。

11

製材所での授業が終わると、僕たちは全員で村の広場に行き、マロニエの木蔭に座って、食堂で買ってきたビールやレモネードを飲むのが習慣だった。そんなある日のことだった。「なぜかわからないが、ダビは心配事があるようだね。顔を見ればわかる」とセサルが言った。スサナと僕は、彼と一緒に石のベンチに腰掛けていた。ほかのみんな――レディン、アドリアン、ヨシェバ、ビクトリア――は広場の反対側にいて、そこに作られつつあった戦没者追悼碑を見ているところだった。「認定試験まであと三週間しかないから」と僕は答えた。けれども、頭の中にあったのは、テレサに見せられたゴリラのノートだった。ほかのことは何も考えられなかった。「ビクトリアが心配するならわかるわ。でもあなたが心配するなんておかしいわよ」とスサナが言った。

「ダビは心配性なんだ。我らが芸術家と同じだな」とセサルが言った。彼はいつものジャンを吸っていて、たばこで記念碑を指してみせた。「彼は結局、頂点を切り取ったピラミッドの形にすることにしたみたいだ。最初は円柱にして、周囲全体に名前を彫るつもりだったようだが、そのあとでピラミッド型になって、いまは見てのとおり、上のほうが切断されている」セサルはたばこの煙を深く吸い込んだ。

僕たち三人はしばらくその切断されたピラミッドを見つめていた。「内戦で亡くなった人たち全員の名前が彫られるならいいけど」とスサナが言った。「片方の陣営の死者だけなのよ、うんざりするわ」彼女はオレンジ色のサマードレスを着て、白いシンプルなエスパドリーユを履いていた。外見からは、そんな考え事とは縁遠い、おしゃれにしか関心のない女の子のように見えた。だが、マルティンの言い草を借りれば、彼女は「戦争に負けた人間」の娘であり、そのことが彼女に影響を与えているのは明らかだった。「スサナの言うとおりだ」と僕は言った。「少なくとも、オババで射殺された人たちの名前はそこにあるべきだよ」そう口にした途端、あのノートに書かれたリストが、まるで目の前にあるかのようにありありと思い浮かんだ。ウンベルト、ゴエナ親子、エウセビオ、オテロ、ポルタブル、教師たち、アメリカ帰りの男。

記念碑には、二人の「戦没者」の名前だけが、黒大理石に金色の文字で刻まれていた。ホセ・イトゥリノと、ベルリーノの兄であるヘスス・マリア・ガビロンド。テレサが僕の前で読み上げた手紙を書いたもう一人の兄の名前はまだなかった。

「ダビ、オババで射殺された人たちについて何を知っている?」とセサルが僕に尋ねた。「ほとんど何も。でもできればもっと知りたい」と僕は答えた。スサナが笑い出した。「変わってきたのね。

前はアコーディオンのことしか頭になかったのに」彼女は木から落ちた栗のいがを枝のところから摑んで持っていて、それで僕の頭をふざけて叩いた。セサルも冗談めいた口調で言った。「このところそんなに心配そうなのは、きっとそのせいなんだな。目を開いて外の世界を見るようになったのか」

レディンがやってきて、村役場の下にある食堂へ行かないかと言った。広場の食堂よりも静かなので、彼とセサルはたいていそこで昼食をとっていた。「ベルモットが飲みたい気分だ」とレディンは言った。「ひどくまずい飲み物だと言われている。チンザノのオーナーですら大嫌いらしい。でも急にあの味が恋しくなってね」セサルは眼鏡越しに彼を見つめた。「僕も好きじゃないが、チンザノのオーナーも同じ意見とは思わなかった。ハビエル、それは確かなのか？」セサルは彼を本当の名前で、ハビエルと呼んでいた。「ヘミングウェイに聞いたんだ。チンザノのオーナーが開いたパーティーに招待されて行ったとき、彼は主催者に敬意を表してベルモットを頼んだ。すると本人がやってきて、『どうしてそんなまずいものを飲んでいるのかね？』と言って、別室に彼を連れていくと、ウィスキーを勧めてくれたそうだ」レディンは笑い、僕たちも一緒になって笑った。「それでは役場のほうに行くとしよう」とセサルがベンチから立ち上がりながら言った。「文系の人たちの言い方に倣うなら、急にあの食堂のサラダが恋しくなったよ」僕たちは記念碑のそばにいた仲間たちに、一緒に行こうと合図した。

役場の正面の柱廊には、白い大理石でできた長方形の大きなプレートがあり、黒い文字で三十人近くの名前が彫られていた。最初に挙がっている名前はそこでも、ホセ・イトゥリノとヘスス・マリア・ガビロンドだった。アントニオ・ガビロンドは十二番目だった。「ほら、名前が半分消えているだろう。だから新しい記念碑を作っているんだ」とセサルが言った。アントニオ・ガビロンド（Antonio Gabirondo）の名前は五文字欠けていて、《ニオ・アビロンド》（nio abirondo）になっていた。「文字を直すだけでよかったのに。そのほうが費用だって安く済んだはずだ」とヨシェバが言うと、アドリアンはボクシングの試合の勝者に対してするように彼の手を持ち上げた。「オババ木材の経営者の息子がこう申しております！」「ファシストにだって心がないわけじゃない」とセサルが言った。「自分たちの仲間が忘れ去られてほしくないんだ。それに、広場のあの記念碑は、実際に何が起きたかをはるかによく表わしている。切断されたピラミッド、刎ねられた首、奪われた命……。あの芸術家は仕事をわきまえているよ」僕たちはみんな、セサルが皮肉に笑うのを期待したが、彼は真面目な表情のままだった。

食堂から出てきた二人の男が、僕たちのほうをじっと見た。レディンがセサルに身体を寄せて言った。「もっと小さな声で話してくれ。でないと何が起こるかわからない」「僕たちの話を聞いて立ち止まったんじゃない」とアドリアンが口を挟んだ。「スサナのオレンジ色のワンピースに感心したんだ。この日陰にいるとまるで太陽みたいだよ」「君をミス・オババと呼ぶことにしよう、スサナ」とレディンが加勢した。丸一年間ともに勉強した僕たちは、既にかなりの信頼関係で結ばれていた。

僕の脳裏にまた、オババで射殺された人たちの名前が浮かんだ。ウンベルト、ゴエナ親子、エウセビオ、オテロ、ポルタブル、教師たち、アメリカ帰りの男。いくら忘れようと努力し、ゴリラのノートを古い書類の詰まった引き出しに隠したり、勉強に打ち込んだりしてみても、彼らの名前は僕の考え事のすぐ背後から、姿を現わす機会をつねに窺っていた。そのリストには、僕の《心のリスト》とはまったく違った重みがあった。テレサに見せられてからというもの、それは新しい記念碑の黒い大理石に彫られた別の名前と同じくらい深く、くっきりと僕の記憶に刻み込まれていた。

村役場の下の食堂の裏手には屋根つきのテラスがあり、運動場が建設されている敷地に面していた。僕たちはテーブルを二つ繋げてそこに座った。真っ先に口を開いたのはレディンだった。「誰か、この疲れ切った教師にベルモットを持ってきてくれないかね。オリーブも添えてもらえるとてもありがたい」スサナと僕が同時に立ち上がった。「ウェイターが二人、君に奉仕してくれるようだよ、ハビエル。古代ローマの行政官だってそこまでは望めないだろう」とセサルがからかった。「オリーブ、ベルモット、ビールが四つ、あとはお前たちが頼みたいもの」とアドリアンが席についていた全員に尋ねてから注文をまとめた。「じゃあ僕もビールにする」「わたしは何もいらないわ」とスサナは言った。

バーカウンターに客はなく、食堂の女主人と僕たちの三人だけだった。「スサナ、訊きたいことがあるんだけど」と僕は注文を終えてから切り出した。彼女は僕をじっと見つめた。その目はとても明るい、青と緑の中間のような色をしていた。「憶えてる？ 前に、この村で射殺された人たちのことを話していただろう。その人たちの名前がわからないかな？ 内戦のときのことを題材に短篇小説を書いているんだけど、できれば実名を使いたいんだ」僕は努めて何気ない口調で話した。「グラスは必要？」と食堂の女主人が、カウンターにビール瓶を五本置きながら訊いた。「三つだけお願いします」と僕たちは言った。アドリアンとビクトリアはいつも瓶から直接、レディンの表現を借りるなら「ラッパ飲み」していた。「それならきっと父がよく知っているはずよ」とスサナが僕の質問に答えて言った。

セサルが急に僕たちの横に現われた。「君のお父さん、オババの名医が何を知っているんだって？」スサナが説明しているあいだ、僕は無関心を装い、食堂の女主人に会計を済ませた。「つまり、君は大学進学を賭けたテストの直前に短篇小説を書いているのか。それは説教が必要だな」僕が二人のところに戻ると、セサルがそう言った。両手にビールを一本ずつ持っていた。「まだ始めたばかりなんです。それに、そんなに時間を取られているわけではないし」と僕は答え、カウンターに残っていた三本のビールを手に取った。「グラスとベルモットはもうテーブルにあるわ。あと足りないものは？」とスサナがみんなの座っているテラスから戻ってきて訊いた。「オリーブ」とセサルと僕は同時に言った。「僕が短篇小説を書くとしたら、彼女を主人公にするだろうな」セサルはスサナに聞こえるよう大きな声で言い足した。スサナはオリーブの小皿を受け取りながら頭を振り、「先生って頭のおかしな人が多いのね、ダビ」と僕に言うと、またテラスに向かった。食堂の床の上を、彼女の白いエスパドリーユが素早く動いていった。

「今日の昼食は一人なんだ」とみんなのところに戻る前、セサルが僕に言った。「ハビエルはホテルへ行って、あそこのフランスのご婦人と昼食をとることになっている」「ジュヌヴィエーヴと？」「名前は知らないが、ときどきどうしてもフランス語で話したくてたまらなくなるそうだ。ハビエルのほうは君も知ってのとおり、いつでもいい食事にありつきたくてたまらないときている」彼は分厚い眼鏡のレンズの奥から僕をじっと見た。

　僕はセサルに何か噛み合わないものを感じた。話し方は快活なのに、目は上機嫌そうには見えなかった。もしかすると、それが彼の《第一の目》ではなく、《第二の目》だからなのかもしれない、と思った。「一緒に昼ご飯を食べないか？」と彼は言った。「僕のおごりだ。レディンがホテルで食べるようなご馳走とは違うだろうが、もっと真っ当な食事だ。肉のローストとサラダだよ」彼の言葉のほとんどは《第一の舌》で語られた普通の内容だった。しかし、「もっと真っ当な」という言い方にはどこか違う、もっと苦々しいニュアンスが感じられた。まるでその瞬間だけ《第二の舌》が顔を出したかのようだった。

レディンがオリーブの小皿を持ってやってきた。「秘密の相談があるなら、どこか個室にでも行ったらいい。そうでないのなら、私たちと一緒に座りたまえ」「母に電話して、先生と一緒にお昼を食べることにします」と僕はセサルに言った。「それはよかった」と彼は言うと、レディンの隣に座った。

ジャンのたばこの箱がテーブルの中央にあった。僕たち二人は、運ばれてきたばかりでまだ湯気の立つコーヒーを前にしていた。「どうしてこの銘柄を吸い始めたかわかるかい?」とセサルがたばこを一本取って火をつけながら、それまで話題にしていた勉強のことは脇に置いて話し始めた。「パッケージの色が赤と黒だからだ。君は知っているかわからないが、アナーキズムの色だよ。でも怖がらなくていい、アナーキストだなんて思わないでくれ」僕は黙って話を聞いていた。「十四歳頃の話だ。考えてもみてくれ、それからずっと吸っているんだ」彼は話し続けた。「父の影響だよ。父はたしかにアナーキストで、君やヨシェバのように詩を書いていた」

僕はコーヒーをスプーンでかき混ぜながら、彼を注意深く観察した。眼鏡、痩せぎすの顔、唇にくわえたたばこ。一見したところはいつもの彼、僕たちに理系の科目を教えてくれている先生だった。だが、その見かけの裏にいま、《第二の目》で物事を見、《第二の舌》で僕に話しかける、第二のセサルが垣間見えていた。

　そのとき、彼が突然言った。「僕の父はここ、オババで射殺されたんだ」彼はカップの中のコーヒーに視線を落とし、もう飲む気が失せたかのようにそれをじっと見つめた。僕は動揺した。「お父さんの名前は？」彼は僕の質問に驚いたようだったが、すぐさまこう答えた。「ベルナルディーノだ」

　その瞬間、自分の体重が消え失せ、座っていた椅子から二十センチ空中に浮き上がったように感じた。笑い出したい気持ちすらこみ上げてきた。ウンベルト、ゴエナ親子、エウセビオ、オテロ、ポルタブル、教師たち、アメリカ帰りの男。ゴリラのノートにベルナルディーノという名前はなかった。「内戦が勃発したとき、父はオババで教師をしていたんだ」とそのときセサルが言った。直前の感覚とは逆に、身体が急に百キロも体重を増したかのように、椅子にずっしりと沈み込む気がした。ノートに書かれたリストの七行目には《教師たち》と書かれていた。そのうちの一人がベルナルディーノ、僕の目の前にいる人の父親だったのだ。「じゃあ、先生はオババに住んでいたんですね」と僕は言ったが、声がうまく出なかった。「ほんの少しだけだ。内戦が始まってすぐ、サラゴサの伯母の家に連れていかれた。そのとき僕はまだ三歳だった」

　僕は泣きたい気持ちだった。テレサの言ったことは嘘かもしれないという、それまで漠然と抱いていた疑いはもはや消え去った。ゴリラのノートにあったリストの名前は、オババで射殺された人たちだったのだ。そうとしか考えられなかった。

　セサルはコーヒーに口をつけ、テラスの向こうに広がっている景色、建設中の運動場に目をやった。僕たちの目の前には、けばけばしい黄色のクレーンが三台停まっていた。その向こうに、ウルツァの周囲にすらりと生えたハンノキが、栗林の手前で列をつくっていた。「父の友人の一人は、君の伯父さんのおかげで命拾いしたんだ。アラスカ・ホテルのオーナーで、アメリカ帰りの男と呼ばれていた人だ。だが父は、君の家族のあの家は何と言ったかな……」彼は片手を上げ、ウルツァの辺りのハンノキよりもっと上のほうを指差した。「イルアイン」と僕は言った。「そう、イルアインだった。父はあそこまで辿り着くことができなかった。その前に殺されたんだ」「栗林で？」と僕は尋ねた。「正確なところはわからない」セサルは新しいたばこに火をつけた。「フアンは君の伯父さんだろう？」と彼は静かに言った。「はい、そうです」と僕は答えた。「もうすぐ夏休みに帰ってきます。カリフォルニアの牧場は暑すぎるそうで」「そのうち訪ねていかなければならないな。スサナのお父さんからもう彼のことは何度も聞いたよ」少しずつ、まだごくおおまかにではあったが、セサルやスサナの父、フアン伯父さんが属している《第二の領域》の地図が、僕にとっても明らかになりつつあった。

　セサルはアンヘルについてどれだけのことを知っているだろう、と僕は自問した。「また心配そうな顔をしているね」と彼が言った。昼食の代金をテーブルの上に出しているところだった。そのとき、僕は以前のドン・イポリトのときと同じように、彼にこう言うこともできただろう。「あるノートを偶然手に入れたんですが、そこにはオババで射殺された人たち全員の名前のリストが書かれているんです。先生のお父さんの名前は見当たらなくて、リストにベルナルディーノという名前はないんですが、七行目に《教師たち》と書かれています。僕が気になっているのは、先生のお父さんやほかの人たちの殺害にアンヘルがどれだけ関わっていたのかということなんです。だってそのノートの表紙には《アンヘル》と手書きで書いてあるんですよ。自分は血で汚れた男の息子なのかもしれないと考えるだけで、気がおかしくなってしまいそうなんです」だが、そう口にする勇気はなかった。「大丈夫です」と僕は答えた。「ものを書くのはいい気分転換になるだろう。それにアコーディオンを弾くのも」と彼が言った。《アコーディオンは駄目だ》と僕は思った。

セサルはカップに残ったコーヒーを飲み干した。「ビクトリアの家に寄らないといけないんだ。彼女も不安がっているからね」と言って立ち上がった。「化学の成績がかなりぎりぎりなんだ。試験までに何とかなるものかどうか」彼はいつもの教師のセサルに戻っていた。《第一の目》で僕を見、《第一の口》で話していた。

12

いま僕の目の前には、アラスカ・ホテルの屋根裏部屋でテレサがくれたあのノートが、書斎の机の上に積んだ写真や手帳の山に立てかけてある。オレンジ色の表紙に描かれたゴリラは僕をじっと見据えていて、椅子に腰掛けたまま身体を左右に傾けてみても、その視線は執拗に追いかけてくる。だが、僕はもはやそれに動揺しない。もう二十年以上も前、食堂でセサルと話し、彼の打ち明け話を聞いたあの日とは違う。いまは、ここストーナムで、ゴリラの目を穏やかに見つめ返すことができる。そのノートに残された日々は残り少ないとわかっているからだ——もうすぐプラスチックのごみ袋に捨てられ、スリーリバーズかバイセイリアのごみ集積場にトラックで運ばれていくことだろう。これを書きながら微笑まずにはいられない。ノートのページがピザの切れ端やソースとぐちゃぐちゃに混ざり、巨大な機械の歯に微塵にされ、燃やされて灰になるところを想像し、大きな喜びを噛みしめる。Finis coronat opus（フィーニス・コローナト・オプス）――終わりよければすべてよし――。執筆、告白は最後には報われる。

このノートから解放されるまでの長い道のりは困難だったが、必要なものだった。最初は、自分のもとから遠ざけさえすればあのゴリラの視線を忘れることができると思い、幾度もそう試みた。ノートをイルアインの隠し部屋の中に放置して、善が悪の力を打ち消してくれること、つまり、人の命を救ったファン伯父さんの勇敢な行ないの象徴であるあのホットソンの帽子が、アンヘルの犯したであろう罪を埋め合わせてくれることを願いもした。しかし、それも状況を悪化させるばかりだった。ノートが視界から消えてしまうと、今度はそのことばかり考えずにいられなくなり、頭がおかしくなってしまいそうだった。それで仕方なく、僕は急いでノートを取りに行き、手近なところ――部屋のナイトテーブルの引き出しかアコーディオンのケースの中――に入れておいたが、やがてまた、食べ残した屑肉をどこに隠したらいいかわからない犬のように、もはや自分の近くには置いておけないと感じるのだった。そしてそのあいだずっと、リストのことが片時も頭から離れなかった。ウンベルト、ゴエナ親子、エウセビオ、オテロ、ポルタブル、教師たち、アメリカ帰りの男。

それらの名前のうち、四つは僕に何らかのイメージを想起させた。ウンベルトは、黒いスーツを着て、ネクタイは締めず、白いシャツのボタンを上まで留めた人。その顔は――きっと全体的な雰囲気のせいで――、幼い頃に出会った「物事をよく思い出すための道具」をくれたあの保険セールスマンを思い起こさせた。エウセビオは、とても背が高く痩せた人のような気がしたが、僕がイルアインで会ったことのある同じ名前の農民がそうだったからという以外、そう思う理由は特になかった。《教師たち》のうち、二人についてはごくぼんやりとしたイメージしか浮かばなかったが、三人目のベルナルディーノは、息子のセサルのように、痩せぎすで眼鏡をかけた人を想像した。最後の《アメリカ帰りの男》は、フアン伯父さんが以前話してくれたように、でっぷりと太り、ホットソンの帽子を被った人。

夜な夜な《第二の目》であの暗い洞窟を覗き込むと、その四人の姿はもはやたんなる影ではなく、アンヘルやベルリーノと同じくらい、実体を備えた存在として浮かび上がってきた。彼らに何が起きたのか、僕は次第にはっきりと理解するようになった。まだ遠くない過去は、もはやメッセージの伝達者を必要としていなかった。射殺された人たちのそうしたイメージ、そしてノートの表紙のゴリラの視線だけで充分だった。その視線はこう言っていた。《ダビ、このことについてどう思うんだ？　自分の父親は人殺しだと思うか？》ゴリラは急いでいなかった。同じ質問を百年でも繰り返すつもりでいるようだった。

認定試験までの日々、僕は勉強、とりわけ数学の練習問題を解くことに没頭した。以前リサルディの本で経験したのと同じように、難しいことに注意を集中させていると気が紛れ、ゴリラの視線を忘れていることができた。だから、試験の結果がオババに届き、セサルが興奮して知らせてくれたとき――「数学が優だ、ダビ！」――本心ではあったものの奇妙な返事が僕の口をついて出た。

「この成績の半分は先生のおかげ、もう半分はベルナルディーノ、ウンベルトとほかの銃殺された人たち全員のおかげです」セサルは何も言わず、僕の背中を軽く叩いた。このときばかりはその話題に触れたくなかったのだろう。彼は僕たちの成績に大喜びで――ビクトリアでさえすべての科目で合格点を取った――成功に酔いしれたかったのだ。

　僕も成功に酔いしれたものの、試験結果がもたらしてくれた喜びはすぐに消え去り、七月半ば頃には、オババの《幸福な農民たち》が元気をなくして人付き合いを避けるようになった人について話すとき使っていた言い回し、"*Bere burrari ekinda dago*"――「あの人は自分と闘っている」――が僕にもあてはまるようになっていた。僕は自分自身と葛藤し、外の何もかもが自分から遠い出来事のように感じられた。イルアインの石のベンチにルビスと座っていようが、ビルヒニアが運動場の中をクレーンやトラックのあいだをすり抜けて歩いてくるのを見ていようが同じことだった。そうした現実は、もはや僕に何も訴えかけてこず、僕の脳裏に何の痕跡も残さなかった。僕はただ《第二の目》で見、《第二の頭》で考えて記憶し、《第二の心》で感じていた。

　イルアインにも行かなくなった。フアン伯父さんがいたからだ。何か恐ろしいことを知らされるのではないかと思い、顔を合わせるのが怖かった。J・B・ホットソンの帽子のときのように、伯父がまだ遠くない過去からまた何か掘り起こすのではないか、その重荷に自分は耐えきれないのではないかという気がした。それで、僕はほとんどレクオナ荘の自室から出ることなく、ベッドに横になって『推理短篇小説傑作百選』という分厚い本を読むか、アンヘルが家に持ってきたばかりのテレビを見ていた。

　幸い、アンヘル本人はほとんど家にいなかった。「自分の代わりにこのテレビを置いていったんじゃないかと思うことがあるわ。工事やら政治やらで留守にしてばかりですもの」と母がある晩、僕と一緒に映画を見ていたときに言った。「ずっとそうだったらいい」と僕は言った。母は頭を振った。「そんな態度を取るものじゃありませんよ。お父さんがアコーディオンのことであなたに厳しいのはわかるけれど、あなたのことを思ってそうしているの。自分と同じくらい音楽が好きだと思っているのよ」僕は黙り込んだ。「近頃あまり元気がないようね」と母は続けた。「この夏もウルツァに行っていないでしょう。泳ぎ方を忘れてしまいますよ」「それが何だっていうのさ」と僕は言った。「ダビ、そんな話し方はしてほしくないわ」母は日増しにその話題に固執するようになった。僕がいつも家に籠ってばかりなのを心配し、外に出て気晴らしをするべきだと言い張った。

七月の終わりのある午後、僕はサムソンの水浴び場に行くことにした。母には泳いでくると言ったが、本当の目的はアドリアンと話すことだった。彼のように、自分から口にすることは決してなくとも、背中の奇形のせいであれほど苦しまなければならなかった人なら、相談相手としてうってつけかもしれなかった。彼なら、ほかの誰より僕の打ち明け話に耳を傾けてくれるかもしれない。僕はそう思い、自転車に乗って出かけていった。

だが、僕は目的地まですぐには辿り着かなかった。途中、製材所の前を通り過ぎるとき、ビルヒニアを見かけたのだ。そのときも、彼女は蝶の軽やかさで、テレサの病気がわかった日のマルティンのように入り口にあるオババ木材のロゴの四角い枠の中で立ちすくむことなく、地面にほとんど触れていないかのような足取りでそこを通り過ぎていった。「あら、ダビじゃない！」僕が自転車のブレーキをかけると彼女は大声を上げた。笑顔で表情が華やいだ。「久しぶりね！」たしかにそうだった。ゴリラのノートを入手してからというもの、彼女がレクオナ荘の玄関をノックするのを待ち受けることはなくなっていた。

僕は道端にあった丸太に自転車を立てかけた。「本当に久しぶりね!」と彼女は繰り返した。「三、四週間ぶりかな」と僕は言った。「わたしに腹を立てているのかと思ったわ」僕は首を振った。製材所では、就業時間外に働いている誰かの機械の音だけが響き渡っていた。彼女に近づくと、薔薇の香水の匂いがした。「ダビ、元気だった?」彼女はそう尋ねると、思いがけず僕の腕に手を置き、頬にキスをした。

そのキスが呪いを解いた。僕の《第一の目》が開かれた。一瞬にして、遠くに感じていた物事の存在がありありと、間近に迫ってきた。突然、僕は自転車のベルのきらきらとした輝きに、丸太の樹皮にところどころ生えた苔の緑に気づいた。そして突然、本物の白い蝶——ミチリカ、イングマ、チョレタ——が飛んできてその苔の上にとまり、ロバのモーロが草地から僕たちのほうへやってきた。空では、飛行機が背後に航跡を残しながら飛んでいった。ちょうど夕陽が沈みかけていた。

「すごくきれいだ」と僕は彼女の容姿を褒めた。前よりも髪が短くなり、両耳が見えていた。耳たぶを指でつまみたくなるような、小さくて丸い耳だった。僕の褒め言葉に彼女は微笑んだ。「きっと服装を変えたせいね。あなたのお母さんに勧められたスタイルを試してみたの」「あとで母に、成功おめでとうと言っておくよ」

彼女は、黒地に金色と薄紫色のりんごの絵柄が入ったブラウスを着ていた。スカートは柔らかい生地でできていて、ブラウスのりんごの柄と同じ薄紫色だった。足元のモカシンも薄紫色だった。

「出てくるのが遅くなっちゃって、もう誰もいないんじゃないかと思っていたの」とビルヒニアは言った。「でもまだイシドロが働いているわね。テーブルを注文してあるの。彼がとても素敵なテーブルを作るの、知ってるでしょう」イシドロというのはアドリアンの父親で、村では「お金より仕事が好き」なのだと言われていた。製材所のオーナーという立場にもかかわらず――母は彼をオババでいちばんの金持ちだと言っていた――彼の身なりや暮らしぶりは下働きの従業員と何ら変わらなかった。「テーブルがいるの？」と僕は訊いた。彼女はあきれたような笑みを浮かべた。「どこかしら食事をする場所が必要でしょ」彼女が結婚を控え、家具を揃えようとしているのだということに僕は思い至らなかった。

「家まで送ってもらえないかしら」と彼女が言った。「君さえよければ、自転車に乗せていくよ」と僕は冗談で言った。「製材所を突っ切っていけば、歩いたほうが早いわ」その口ぶりはとても落ち着いていて、僕と顔を合わせなかった数週間のあいだに自信を増したかのように見えた。彼女は僕の腕を取った。「道を教えるわ」

何日も、何週間ものあいだ、眠りに落ちるか、推理小説が気を紛らわせてくれるとき以外はあのリストを頭の中から追い出すことができずにいたあとで、僕は精神的に弱ってしまっていたのかもしれない。彼女の手が自分の腕に触れるのを感じただけで、膝から力が抜けた。家まで送ってくれないかと初めて頼まれたあのときのように。

僕たちは製材所の敷地に入った。まずアドリアンの家、そしてすぐあとにヨシェバの家を通り過ぎた。「今日はみんなドノスティアにいるはずだよ。ビーチが大好きなんだ」と僕は二軒とも明かりが消えているのを見て言った。そんなことを口にするのは馬鹿げていたし、少なくともアドリアンについて言えば嘘だった。彼がサムソンの水浴び場のアトリエに籠って彫刻に励んでいること、それに「背中のこぶが人前で途轍もない注目を集める」せいでビーチは大嫌いなことはもちろん知っていた。だが僕は、その甘美な瞬間にふさわしく落ち着いて黙っている代わりに、口をついて出るまま、製材所での授業の仲間やセサル、レディンについて話し続けた。とくに、レディンについては可笑しいエピソードに事欠かなかった。もはや緊張のあまり、自分で何を言っているかもわからなかった。「パウリーナもとても楽しかったみたいね」と彼女は言った。僕たちが授業を受けていた小屋に着くと、彼女は僕の腕から手を離し、窓から中を覗き込んだ。

僕たちは並んで歩き続けた。僕は、今度はパウリーナについて、僕たちと勉強するあいだに製図の腕がずいぶん上達したこと、母が彼女ならプロの仕立屋になれると評価していること、だからレクオナ荘に裁縫を習いに来ているのはたんなる花嫁修業のためではないのだ、といったことをひっきりなしに話し続けた。

そのとき、「花嫁」という言葉を口にした途端、僕は唐突にテーブルのことが腑に落ちた。そして彼女の仕草に溢れる自信を理解した。挨拶のキス、僕の腕を取って歩き始めたこと。ビルヒニアはもうすぐ結婚し、例の船乗りと暮らし始めようとしているのだった。彼女の態度は、もっと親密な関係への一歩などではなく、僕たちのあいだのささやかな交友に終わりを告げるものだった。「新居はどこに構えるの?」と僕は少し経ってから尋ねた。またもや膝から力が抜けてしまいそうだった。「新しくできた住宅地にアパートを買ったの」と彼女は答えた。やはり本当だった。もはやなすすべはなかった。

川は製材所を過ぎてから大きくカーブを描き、城のように積み上げられた木材の山が四十、五十と連なっている空き地を囲んでいた。ビルヒニアと僕はできるだけ近道をしようとその空き地を横切っていった。「昔、まだ小さかった頃、この木材のあいだに迷いこんで、一時間近くもさまよっていたことがあったわ。出口が見つからなかったの」と彼女は言った。

川岸の蛙たちの声がはっきりと聞こえた。夏の夕方はいつもそうだった。蛙たちは日差しの強い昼間に熱で身体を膨らませ、その後、気温が下がるにつれ、しゃっくりに似た音を出しながらしぼんでいった。怪物じみた見た目に似合わず、そのしゃっくりのような鳴き声は少し子供っぽく、甘美で優しく響き、ときどき意味をもった言葉に聞こえることもあった。レクオナ荘のテラスにもときたま聞こえてきたが、母は、蛙たちは《見て学べ》(*ikusi eta ikasi*)——イ・ク・シ・エ・タ・イ・カ・シ——と歌い、その教訓を世間に広めているのだと言っていた。

「ここにはよく野いちごを取りに来たわ」とビルヒニアが言い、周囲を探し始めた。だが、暗くなり始めていてよく見えなかった。光はすべて、木材の山の頂点と空に集まっていた。空は、まさにビルヒニアのブラウスと同じ色だった。ある方角は黒、そして別の方角の、ちょうど日が沈みかけた辺りは、薄紫色と金色に染まっていた。

蛙たちは鳴き続けていた。《お座り》(*eseri*)——エ・シェ・リ、エ・シェ・リ、エ・シェ・リ——と、ここで休んで行きなさいと言っているようだった。しかし、僕は野いちごを探すビルヒニアを追って歩き続け、彼女の動きを見守った。彼女は子供に戻ったように、絶えず草むらに身を屈めながら、素早く動き回っていた。だが、その身体は薄暗がりの中で、二十歳ではなく三十歳の女性のように、より力強く、成熟して見えた。

「ほら、ここにたくさんあるわ」と彼女が言った。そして草の茎を根元から引き抜くと、それに野いちごの実を通し始めた。「これがいっぱいになったら川岸に座って食べましょう。ダビ、一緒に座らない?」「いいね」と僕は答え、野いちごを探すのを手伝おうと近づいた。「どうして笑ってるの?」と彼女が訊いた。「さあ、気づかなかったよ」と僕は言った。蛙たちも《お座り、お座り》

と歌っていたのだとは言えなかった。

　小川の縁には「古い大工小屋」と呼ばれていた昔からの建物があった。「この小屋は、アドリアンのお父さんが二十歳のときに家族から受け継いだらしい」と僕は言った。「当時、製材所の従業員は一人だけだったそうだ」彼女が微笑んだ。「わたしのお父さん」「え？」「当時、イシドロと働いていたのはうちの父なの。でも、製材所で働き出したのはそれよりずっと前、アドリアンのおじいさんの代からよ」「それは知らなかったよ」「この小屋は父がまだ使ってるわ。家畜用の牧草や藁を入れてあるの。でもいま飼ってるのは牛二頭だけ。父も母ももう歳だから」牛が二頭。テレサが言ったとおり、彼女は「田舎娘（ラ・ペイザンヌ）」だった。

　川はカーブのところで流れが緩やかになっていて、そのかすかなささやき声のようなせせらぎも言葉を成していた。《イシドロ、イシドロ、イシドロ》それに蛙たちの声が重なった。《エ・シェ・リ、エ・シェ・リ、エ・シェ・リ》ビルヒニアと古い大工小屋の軒下に入り、僕はそこに積まれていた藁の束の上に寝転がった。そして目を閉じた。「いま眠ってしまわないでね」と彼女が言った。「僕の隣に横になってごらんよ」と僕は言った。「駄目よ！　一緒に来て」彼女はきっぱりとした口調でそう言うと、川岸のほうに歩いていった。二本の木のあいだに大きな岩があった。「子供の頃、いつもここで野いちごを食べていたの」彼女は岩に腰掛けると、野いちごの実がいっぱいに連なった草の茎を差し出した。僕は手を振って断り、立ち上がった。

　子供の頃。僕たちは周囲を木材の山に囲まれていた。川が僕たちを世界から隔てていた。夕暮れが僕たちを包み込んでいた。古い大工小屋が寝床を用意してくれていた。だが、彼女は僕といながら、子供のように振る舞おうとしていた。「あなたがいらないなら、川に捨てるわ」とビルヒニアは草の茎を振ってみせた。「馬鹿な真似はよしてくれよ」僕は七歳の女の子に向かって言うような口調でぴしゃりと言った。「そうね。捨ててしまうなんて馬鹿みたい。母へのおみやげにするわ」と言って彼女も立ち上がった。

突然、耳栓が外れたかのように、周囲の音がはっきりと聞こえ始めた。オババを通る幹線道路で、トラックがクラクションを鳴らした。別の道で、車が思いきりエンジンを吹かしたかと思うと、突然、急カーブに差し掛かったのか、減速してほとんど沈黙した。アドリアンの父親は機械を動かし続けていた。川はまだあのささやき声のような音を立てていたが、もはや《イシドロ、イシドロ》と繰り返してはいなかった。蛙たちも、もう《お座り、お座り》とは言っていなかった。

僕たちは木材の山が連なる空き地を離れて川沿いに歩き、やがてビルヒニアの家の前に架かった橋に着いた。「あなたのお母さんもイシドロと同じね。ずっと働きどおしで」と彼女が、野いちごを通した草の茎をレクオナ荘の方角に持ち上げて言った。運動場のクレーンやトラックの向こう、七百歩ほど先で、母の工房の窓が明かりで照らされていた。

あなたのお母さん。僕は怒りを覚えた。もう子供じみた会話はうんざりだった。僕が彼女と話したいのはそんなことではなかった。「そんなことないさ。ときどきテラスに出てたばこを吸ってる」僕はもう帰りたくなった。「裁縫工房では、あそこでたばこを吸っては駄目だと言っているわ。服に臭いがついてしまうからって」「そりゃそうさ」と僕は言った。僕の口調は既にさよならのそれだった。

彼女の家の玄関からは二本の道が伸びていた。僕たちのいた橋にまっすぐ向かう道と、川沿いに続き、ウルツァのあたりで消える小道と。不意に、その小道から一匹のテリアが飛び出し、僕たちに向かって吠えた。犬は橋に着くと立ち止まり、ビルヒニアに甘えるように鳴き始めた。

「オキ、誰だと思ったの？」ビルヒニアが犬の頭を撫でながら言った。「もう行かないと」と僕は言った。だが、彼女は聞いていなかった。「オキはここに残らないといけないの。アパートには連れていけないから」彼女の家の台所の明かりがついた。「ご両親がしっかり世話してくれるよ」と僕は言った。「両親は兄のところに引っ越すのよ。ここに残るのはオキだけ。毎日通って何か食べさせなければ飢え死にしてしまうわ」オキはビルヒニアから目を逸らさず、尻尾を振り続けていた。

「ビルヒニア、もう行かないといけない」と僕は繰り返した。彼女は僕をじっと見つめた。「怒らないで、ダビ」そして、野いちごをどうしようかと躊躇したあとで、橋の手すりの上に置いた。「オキ、自分の場所にお戻り！」と彼女が命じると、犬は川の反対側の小屋に入っていった。

　辺りはますます暗くなり、彼女のブラウスの柄ではっきりと見えるのは、もう金色のりんごだけだった。ふと気づくと、彼女の表情が曇っていた。「実家を離れるのはとてもつらいわ。まして空き家になってしまうんだと思うと」彼女の家は、オババの多くの農家とは違い、アーチはついていなかった。玄関も簡素なつくりで、窓が二階には二つしかなく、一階には台所に一つあるきりだった。「レクオナ荘とは比べ物にならないわ。でも、生まれてからずっとここで暮らしてきた。いくら貧しい家でも愛着があるの」「当然だよ」と僕は言った。彼女は急いで言い足した。「わたしが言いたいのは、何かを得ると同時に失うものもあるってことなの。わかるでしょ？」僕の胸のどこかで何かが解(ほど)けたか、砕けた気がした。息をするのが楽になった。「自分が家みたいに空っぽになってしまうわけじゃないのはわかるけど、たとえて言えばということよ」彼女のそんな話し方はルビスを思い出させた。

ビルヒニアは橋の手すりに近づき、野いちごを手に取った。「結婚式にアコーディオン弾きを呼ぶのに、最初はあなたに頼もうかと思ったの。でも結局、ほかの人にお願いしたほうがいい気がして、そうしたわ」「式は何日？」「八月一日」「あと少しか」「これからも友達でいられたらうれしいわ」「僕もそう願うよ」彼女はさらに橋の中ほどまで遠ざかった。「それじゃあまた」と僕は言った。そして背を向けると、運動場のほうに向かって、彼女が裁縫工房へ行くのに通っていたのと同じ道を歩き出した。

「ダビ！」と彼女が呼んだ。「自転車を取りに行かなくていいの？ 製材所の丸太に立てかけてきたでしょ」「そうだった！」と僕は叫んで、また橋のたもとに戻った。さっきの道を、木材の山のあいだを、僕らの教室の前を、ヨシェバとアドリアンの家の前を通って帰らなければならなかった。自転車までの距離が、今度はひどく長く感じられた。ビルヒニアが僕に近寄って言った。「さよならを言う前にキスさせて」僕は彼女の暖かな唇が頬に触れるのを感じた。そして、彼女が野いちごを通した草の茎を持って家に駆けていくのが見えた。

一時間前のキスが呪いを解き、僕の《第二の目》が絶えず見ていたものを消失させたように、その別れのキスは僕を最初の状態へと引き戻した。一人きりになってから、僕の頭に浮かぶのはもはやビルヒニアではなかった。あのノートのことがまた思い出された。

古い大工小屋を通り過ぎるとき、蛙たちが何か奇妙な言葉を発している気がした。《ウィ・ニ・ペグ、ウィ・ニ・ペグ、ウィ・ニ・ペグ》イルアインの隠し部屋にあったホットソンの帽子のラベルにその名前があったのを思い出した。《ダリル・バレット・ストア、ウィニペグ、カナダ》フアン伯父さんに命を助けられたアメリカ帰りの男が訪れたことのある場所に違いなかった。

星空の明るい夜だった。しかし、僕は自転車のライトが道路に投げかける黄色い輪から目を離さず、途中でひと休みもせずに、アドリアンのアトリエまで行った。

　アドリアンは石油ランプの明かりのもと、作業台の上に屈み込んでいた。「何を作ってるの？」と僕は訊いた。「蛙だ」「どうして？」「聞こえないか？　俺の隣人なんだ」夜の静けさのなか、蛙たちの鳴き声がくっきりと響き渡っていた。「何て言ってるんだい？」「ビール（*garagardo*）をくれって。ガ・ラ・ガル・ド、ガ・ラ・ガル・ド。でもやらないんだ。毒だからな」「その毒な飲み物はどこにある？」「いつもの場所で冷やしてあるぜ」彼は小屋から出て、川から瓶を二本取り出した。

13

『推理短篇小説傑作百選』で、謎というのが実は謎の不在にほかならず、探していた物——手紙——はいちばん目につきやすい場所、つまり机の上（正確には壁に掛かった書類差しの中）にあった、というエドガー・アラン・ポーの短篇を読んだことがあった。そのストーリーに影響されたせいか、僕は考え方をあらため、同じ本によく出てきた表現を使うなら、新たな仮説を立ててみた。《あのノートにあるリストはアンヘルが書いたんじゃない》と僕は眠れずにいた夜に独りごちた。そしてすぐに、裁判官の前でする口頭弁論のように、その根拠を提示しようとした。《あれは彼の字じゃない》そう思い浮かべた瞬間、興奮のあまり身震いがした。自分はこれまで間違っていたのだ、僕を悩ませてきた疑問への答えは、ほかならぬあのノートの中に見つけられるのではないか、と思った。もしかすると、あのゴリラの視線は《自分の父親は人殺しだと思うか？》と問いただしているのではなく、《落ち着くんだ、無駄に苦しむのはやめろ。このノートに書かれていることを注意深く調べればお前も安心するさ》と言おうとしていたのかもしれない。僕はナイトテーブルの引き出しからノートを出し、電気スタンドの明かりの下に置いた。

ゴリラの視線はいつもと変わらなかった。問いを投げかけ、返事を待ち受けている眼差しだった。しかし、具体的に何を尋ねているのか、読み取るのは不可能だった。そして、あのリスト——ウンベルト、ゴエナ親子、エウセビオ、オテロ、ポルタブル、教師たち、アメリカ帰りの男——があった。一見したところ、アンヘルの字には似ていなかった。だがもちろん、テレサが言っていたように、僕が知っている最近の筆跡とそのノートに書かれた字とのあいだには、二十五年もの時間の隔たりがあった。比較するとすれば、表紙にある《このノートの持ち主は……》という印字の下に、同じ時期に書かれたと思しきアンヘルの自筆の名前を手がかりにしなければならないだろう。急いで走り書きされた中のページとは違って、丁寧に書き込まれた名前には、たしかに彼の筆跡が表われているはずだった。僕はメモ用紙を一枚取り、その Angel の文字を注意深く写し取ると、それを手に持ったまま、リストの名前と一つひとつ、上から順に対照させてみた。分析は無駄に終わった。五文字だけでは、比較しようにも手がかりがあまりに少なかった。

そこで僕は、父が内戦中に書いたものが何か残っていないか、家の中を探し始めた。しかし、またしても運に恵まれなかった。見つかったのは、母が彼に宛てて書いた一九四三年の手紙が一通きりだった。《愛するアンヘルチョ〔「チョ」はバスク語の縮小辞で、愛情を込めて用いられる〕、いつも素敵なお話を聞かせてくれるあなたなしに、いったいどうしたらこのレストランでの仕事を乗り切れるかしら……》その手紙から伝わってくるアンヘルのイメージは好青年、恋人を喜ばせようと苦心する優しい男のそれだった。しかし、そんな手紙も、彼の犯罪についての僕の疑いを晴らしてはくれなかった。僕はノートに書かれた字の分析を続けることにし、ひとまずの結論に辿り着いた。ポルタブルとエウセビオの名前は彼が書いたものかもしれないが、ほかは違う。だが、探偵小説の登場人物たちがよく口にするように、もっと確かな証拠が必要だった。そんなものを入手するのは不可能に思えた。

　やがて時が経ち、日々が過ぎていった。学校に通っていた最後の年のように、時間の車輪があまりにゆっくりと回っている気がした。時間はふたたび、水車小屋の碾き臼のように重たくのろまに動いていて、何も——少なくとも僕の心配事はまったく——すり潰すことができないようだった。だが、実のところ、重たくのろまに動いていたのは僕の頭と心のほうだった。

　ある朝、鐘と打ち上げ花火の音が聞こえ、僕はその理由を尋ねに裁縫工房に向かった。誰もいなかった。母は自室で、優雅に着飾っていた。「今日は何の日?」と僕は訊いた。「知らないの? 八月一日、ビルヒニアの結婚式の日ですよ! まだ着替えていないの?」式に出るつもりはないと答えた。「それなら教会のオルガンは誰が弾くの?」「知るもんか!」僕は不機嫌になった。

　一時間後に家の電話が鳴り、母かドン・イポリト自身が、ビルヒニアの結婚式でオルガンを弾くはずだった人が来られなくなったので、急いで来て代役を務めてほしいと頼むためにかけてきたのかと思った。それが僕の本当の望みだったのかもしれない。僕の《第一の目》は、「田舎娘（ラ・ベイザンヌ）」が白いウェディングドレスをまとっているところを直に目撃したがっていた。

受話器を取るやいなや、“¡Aquí Hotel Alaska!”――「こちらはアラスカ・ホテル！」――とスペイン語で怒鳴るマルティンの大声が聞こえた。言葉が出なかった。「どうした？」と僕はようやく言った。彼は落ち着いた、秘密を打ち明けるような口調で話し始めた。「最初に訊かせてくれ、ダビ。俺の友達でいてくれるか？　大事なことなんだ」僕は状況が飲み込めず、黙ったままでいた。「イエスかノーか、どっちだ？　まずそれを知る必要があるんだ！」

ノーと答えたくはなかった。結局のところ、イエスと答えるほうが簡単だった。「うれしいよ、ダビ」と彼は言った。また口調が変わった。「もう知ってるだろ？　俺、全科目で不合格だったんだ。理系も文系も」あまり落ち込んだ様子ではなかった。「ジュヌヴィエーヴが放っといてくれないんだ。試験結果が届いてから、お前に電話しろってうるさくてさ。九月の試験まで俺の家庭教師になってくれないか訊けって。もちろん報酬は弾むそうだ。お前が来てくれたときのために、フランス語教室をやってた部屋を片付けさせた」

僕は身構えた。それは暗い洞窟への道にほかならなかった。ホテルに通い始めれば、ベルリーノに会い、彼を《第一の目》でも見ることになるだろう。「それで、君はどうしたいんだ？　できるだけ勉強したくないんだろう？」と僕は言った。マルティンはそれまでの勢いをなくし、ゆっくりと話し始めた。「実は、お前の助けが必要なんだ。試験に通らないと、ジュヌヴィエーヴが金を貸してくれない。そういう条件をつけられたんだ」彼は僕の質問を待った。「何のためにお金がいるんだ？」と僕は折れて訊いた。彼は小さく笑った。「あるビジネスに関わってる。海沿いのナイトクラブだ。すごくいかしたところなんだぜ。今度見に来いよ」「どうせポルノ絡みなんだろう」彼は前より大きな声で笑った。「なんでセサルとレディンに電話しないんだ？」と僕は言った。「セサルは気に食わない。ベルリーノの言うとおり、政治に首を突っ込んでるろくでなしだ（es un cabrón que está metido en política）。レディンはギリシャに行ってる。製材所での授業でお前たちに教えてたっぷり稼いだんで、休暇に行ったのさ。このあいだジュヌヴィエーヴに葉書が来たよ。何て書いてあったと思う？『ギリシャこそが私の真の祖国です』（La Grèce est ma véritable patrie）だとさ」

　マルティンと電話しているあいだ、僕はナイトテーブルの上のノートを見つめていた。ウンベルト、ゴエナ親子、エウセビオ、オテロ、ポルタブル、教師たち、アメリカ帰りの男。リストの字をアンヘルの当時の筆跡と比べようとする僕の試みは、ほとんど実を結ばなかった。だが、そこで思い出したのだが、テレサはホテルの屋根裏部屋に、ベルリーノが前線で亡くなった二人の兄に宛てて書いた手紙を保管していた。その手紙とノートの字を比べることができれば、リストの作成にベルリーノがどれだけ関わっていたのかがわかるだろうし、それに応じて、アンヘルの責任の度合いも把握できるかもしれなかった。

　突然、マルティンの頼みを聞き入れるかどうかに僕の命運がかかっているように思えてきた。

「午前中はどう？」と僕は訊いた。「じゃあやってくれるんだな。めちゃくちゃうれしいよ、ダビ。お前がそうしたいなら午前でいい。ジュヌヴィエーヴもそのほうがいいだろう」「君はよくないの？」「ナイトクラブのウェイターは宵っ張りなんだ。でも努力するさ。一か月ぐらいなら我慢できる。仕事は仕事だからな（Los negocios son los negocios）」僕たちは翌日から始めることにした。

　以前みんなとフランス語の授業を受けていたのと同じ部屋で、僕はマルティンに理系の科目を教えた。その後、十一時頃になると僕たちはコーヒーを頼み、テラスの日除けの下に座るか、展望台を歩き回りながら、美術と哲学のおさらいをした。日差しが少し強くなってくると、僕たちは庭に下りて、日陰で横になった。

五日目だったか六日目に、年配の旅行客が僕たちに近づいてきた。彼女はシニョーラ・ソニアと呼ばれていて、夫とともにアラスカ・ホテルの長年の常連客だった。あなたたちが美術の本を持って歩いているのを見ると羨ましくなる、自分も美術は大好きなのだ、と彼女は言った。「俺たちは勉強するしかないんです。九月の初めに試験があって、ダビの教師としての面目がかかっているんで」とマルティンは僕に目配せしながら言った。シニョーラ・ソニアは彼の言ったことがよくわからなかったようだった。僕たちが二人とも試験を受けなければならないのだと勘違いし、ならば自分が教えようと申し出た。“Io amo l'arte. Io posso explicare tutto il Rinascimento in cinque ore”——「美術は大好きなの。ルネサンスのすべてを五時間でセツメイしてあげますよ」——。彼女はイタリア語にスペイン語を混ぜて話していた。

マルティンがたばこを一本差し出すと、シニョーラ・ソニアはためらいもせず受け取った。「そんなに美術がお好きなら、なんでこんなオババの山奥に来るんですか？」とマルティンが訊いた。「俺たちのフランス語の先生みたいに、ギリシャのパルテノン神殿に行けばいいじゃないですか」シニョーラ・ソニアは背後を振り返り、マルティンが口にしたばかりの山々を見つめた。そして大声で、“Dio è il miglior artista”——「神こそが最高の芸術家ですよ」——と、まるで山々や丘を抱きしめようとするかのように両腕を広げて言った。「テレサの前でそれは言わないほうがいい」とマルティンが忠告した。「神様に足をあんなふうにさせられたのを恨んでますから」シニョーラ・ソニアは溜め息をついた。“Teresa, poverina mia”——「テレーザ、なんて可哀想な娘」——。マルティンはシニョーラ・ソニアの肩に手を置いた。「でも俺に言わせれば、そんなにポヴェリーナって感じじゃないですよ。こないだ昼飯を食べながら、俺が経営に関わることになった海沿いの新しいナイトクラブの話を両親にしていたら、妹が何て言ったと思います？」シニョーラ・ソニアはたばこを一口吸ってから、首を横に振った。「俺の顔をじっと見て、こう言ったんです。『それで、そのクラブに娼婦を何人用意するつもり？』って、文字どおりそう言ったんですよ！　ジュヌヴィエーヴは椅子からひっくり返りそうになるし、ベルリーノはスープにむせるし。でも誰も言い返す勇気はなかったですね。妹が腹を立てているときは要注意ですよ。ポヴェリーナって感じじゃ全然ないですから」

　展望台から見える山々や丘は青々としていた。きっと僕が部屋に籠って推理短篇小説集を読んでいるあいだに雨がたくさん降ったのに違いない、だから八月なのにあんなに生き生きとしているのだ、と思った。フランスの方角にある遠くの山々は色が違っていて、青か灰色がかって見えた。「テレーザ、ポヴェリーナ・ミーア」イタリア婦人の溜め息交じりのひと言が僕の脳裏に焼きついた。

　マルティンがテラスのテーブルから灰皿を持ってきて、吸い殻をそこに置くようシニョーラ・ソニアに勧めた。「それで、どうします？　美術を教えてもらえるんですか？」「もちろんですとも。それに一日が長すぎて退屈しているの。ご存知のとおり、夫は仲間たちと会合に出かけてばかりなのよ」「どうしてですか？」と僕は尋ねた。「ダビ、お前は馬鹿か？　ここに来ているイタリア人たちが内戦中、うちの父さんたちと一緒に闘ってたことぐらい知ってるだろ？　戦友なのさ」“Io odio la guerra”――「戦争は大嫌い（イオ・オディオ・ラ・グエーラ）」――とシニョーラ・ソニアは言った。マルティンがまた僕にウィンクした。「でも、いいことだってあったんでしょう？　旦那さんはスペインにいて、まだ三十歳ぐらいだったあなたはローマで一人きり、周りには男が大勢いて、通りを歩けばあちこちから目配せ……」シニョーラ・ソニアは笑いながら、人差し指でぐりぐりとこめかみに穴を開ける仕草をしてみせた。"Martin è pazzo!"――「マルティンったらどうかしているわ！」――。そして僕たちから離れていった。「ここの老婦人方には少しばかり生きる喜びを与えてやらないといけないんだ、ダビ」とマルティンは言った。「俺の次の計画はそれさ。ナイトクラブをつくって、皺だらけのご婦人たちがハンサムなウェイターの姿を拝めるようにするんだ。ここじゃないぞ。ここにはまだそんなものはつくれない。でもミアリツェかアルカションならできるだろう。できるに決まってる」マルティンのことは小さい頃から知っていたが、それでも彼には驚かされることばかりだった。

彼の表情が変わった。「テレサは俺に怒ってる。神様に喧嘩を売るわけにはいかないから、俺に突っかかってくるんだ。俺のせいで足が不自由になったみたいに。こっちはとんだとばっちりさ。昼飯のときのことがあって以来、ジュヌヴィエーヴが疑り深くなって、娼館のためなら金は貸さないとか言い出すんだ」授業を続けないと、と僕は言った。九月の試験はどんどん近づいていた。「そうだな。合格点が取れたら、ジュヌヴィエーヴも何も言えないだろう」僕たちは実存主義の基本的な概念を復習し始めた。哲学の試験はそのテーマで出題されるという噂だった。

テレサ。ホテルで一度も彼女の姿を見かけなかったので、僕は心配になり始めた。神やマルティンだけでなくあらゆる人に、それもとりわけ、夏のあいだ一度見舞いに行ったきり顔を見せない僕に腹を立ててしまったのではないか、と。ベルリーノの手紙は、何か口実を使って――たとえば、筆相学を勉強していて、実際の分析をしてみるのにできるだけたくさんの人の手書きの文字が必要なのだ、などと説明して――マルティンを通じて入手することも考えた。だが、そこまでする勇気はなかった。そして絶望し始めた頃、テレサがホテルの駐車場に姿を現わした。

　彼女は白黒のとても丈の短いワンピースを着ていた。僕のほうに向かって、五メートルほどの距離を一歩一歩、ゆっくりと歩いてきた。病気の後遺症が前よりもはっきりと見て取れた。右脚のほうが明らかに左脚より細くなっていた。

　僕たちは頬に挨拶のキスを交わした。「今日は授業なしよ。男たちはマドリードへ、ジュヌヴィエーヴはポー（フランス領バスクに隣接するベアルン地方の都市。ピレネー山脈に位置する）へ行ったから」と彼女は言った。「知らなかったよ」

「あら、そう？　あなたのお父さんも行ったのよ。運動場と記念碑の完成式典を準備しているの」

「両親とは最近あまり話さないんだ」僕がそう言うと、テレサは顔をしかめた。「わたしと同じね。少なくともジュヌヴィエーヴとはほとんど話さないわ」「マルティンも行ったのか。僕には何も言わなかった」「父がぎりぎりになって連れていくことにしたんだと思うわ。たぶんそれで知らせる暇がなかったのよ」テレサは笑い出した。「ダビ、気づいた？　こんな会話、馬鹿げてるわ。ずっと長いこと会っていなかったのに、話題にする価値もない人たちの話をして時間を無駄にするなんて」

　展望台が避暑客で混み合っていたので、テレサは庭に行くほうがいいと言った。彼女の横を歩いていると、一メートル一メートルが長く、地面は障害物だらけで、展望台と庭園を繋ぐ石の階段はこれまでになく急に感じられた。そこを降りていく途中、彼女が躓いて前のめりに転びそうになったので手を差し出した。だが、彼女は僕の助けを拒み、なんとかバランスを保ってそのまま降り続けた。

彼女は療養中に読んだ本について、僕に口を挟む隙も与えずにずっと話し続けた。自室のナイトテーブルにたくさん本を積み上げてあるが、ヘルマン・ヘッセの小説を手に取ってから、もうほかのものは読めなくなってしまったという。《なぜ、幸せになるために必要なすべては、私から遠く離れてあるのだろう？》と彼女は朗唱した。「心配しないで、ダビ。そんな顔しないでちょうだい。ヘッセの本の中に見つけた一節なの」「僕がどんな顔をしたっていうんだい？」「我慢の限界に達した先生の顔」「まさか！」と僕は反論してから、かなり乱暴な言い方をしてしまったことに気づいた。「わたしに腹を立て始めたのね、ダビ。あなたはいつも怒ってる」「そんなことないよ、テレサ」「そうよ。お見舞いに来てくれた日だって怒ったじゃない。ずっと長いこと顔も見せないで、来たと思ったら怒り出して。わたしがお父さんのノートを見せたからね」僕は黙ってくれという仕草をしたが、彼女はかまわず話し続けた。「もちろん、わたしのしたことはよくなかったわ。家族の汚点なんて明かすべきじゃなかった。でも、復讐しなければならなかったのよ、ダビ。あなたに苦しめられて、仕返ししてやる必要があったの。でなければ、あなたはわたしを見下すわ。だからそうしたの、あなたに尊重される人間でいるために」彼女は早口で、息をつく間もなく話した。「落ち着いて、テレサ」「お互い、腹を立てるのはやめましょう」と彼女は言った。吐息のような声だった。

庭園には、白や黄色の花が植えられた円形の花壇が並び、かなり大きなマグノリアの木が何本も立っていたが、その木々も、周囲の森のセイヨウシデと比べると線が細く、か弱く見えた。庭園の中央を貫くようにして、白い砂利の敷かれた通路があり、さらにその端の行き止まりには、上のよりも小さなもう一つの展望台があった。草と苔に覆われたその一角に、石のベンチが三つ据えられていた。テレサと僕は真ん中のベンチに腰掛けた。目の前にはオババの谷全体と、フランスとのあいだにある山々が見渡せた。

「わたし、かなり足を引きずっているでしょう？」と彼女が言った。「それほどじゃないと思うけど」と僕は答えた。「ダビ、憶えている？　小さい頃、男の子たちがみんなここでサッカーをしていて、ボールが斜面を転がり落ちるたびに、わたしが走って探しに行ったわ」僕たちの前にあった木の柵に、雀が二羽とまった。「パン屑をもらいに行くのよ」と彼女が説明した。「コックたちがいつもランチのテーブルで出たパンのかけらを取っておくの。厨房の戸口に百羽近くも集まるのよ」テレサの話を裏付けるように、雀たちは彼女がそう言うやいなや、ホテルに向かって飛んでいった。

「大丈夫だよ」と僕は言った。「一か月もしてすっかりよくなったら、ここでサッカーの試合をして、ボールがどこかに飛んで行ったら君に探しに行ってもらおう」テレサは脚を伸ばした。「わかる？　右のほうがまるでやすりをかけたみたいになっているの。きっと一センチぐらい細くなっているわ」彼女の両脚はほっそりとして、まっすぐできれいな形をしていた。だが、同じ人の脚には見えなかった。彼女は身体を寄せてきて、僕の腕に頭をもたせかけた。「すごくショックだったのよ」と声がした。とても静かな声だった。

　僕たちはしばらくそのまま身じろぎもせずにいた。「気持ちはわかるよ、テレサ。でも、いずれよくなる。元気を出して」と僕はようやく言った。ときに決まり文句を口にするほうがいいこと、そのほうが誠実なこともある。「不思議なのは、自分で自分の不幸に気づかなかったってことなの」と彼女は言うと、ベンチから立ち上がり、木の柵のほうに歩いていった。そこに立った彼女は、オババの谷の全景を背後にして、写真撮影のためにポーズをとっているかのようだった。「でももちろん、いつだって何の私利私欲もなく地に足をつけるのを手伝ってくれる人もいるわ。まさにそうね！」彼女は、その言い回しが思いがけず二重の意味を帯びたのに気づいて高笑いした。「だからマルティンに腹を立てているの？」と僕は訊いた。「マルティンに腹を立てているわけじゃないの。あの子はただのろくでなしよ。ジュヌヴィエーヴが自分の息子をありのままに見ることができたらアン・ギャルソン・グロシエ（un garçon grossier）って言うでしょうね」そのときふと、彼女に自分の不幸を自覚させたのはひょっとしたら僕だったのだろうか、と思った。だが、彼女が話題にしたのはアミアーニという中尉の妻だった。「知ってるわよね。前にカフェテリアのテラスで一緒にいたでしょう」「シニョーラ・ソニアのこと？」テレサは頷いた。背後に伸ばした手で柵を摑み、僕をじっと見ていた。「癖はあるけどいい人よ。でも、ときどきすごく鬱陶しくなるの」彼女は柵を離れ、別のベンチのほうへ歩いていった。陽の光が燦々と降り注いでいた。「あるとき、部屋で退屈していて、テラスでお茶でも飲もうかと思ってカフェテリアに降りていったの。そしたらあの人がいて、わたしに駆け寄ってくるなり、『テレーザ、ポヴェリーナ・ミーア！』って叫んだのよ。あまりに悲しそうな顔で、心底同情するものだから、そのとき突然、自分がどれほど不幸なのかはっきりと理解できたの。その瞬間まで、ヨシェバやほかの友達がかけてくれる慰めの言葉を馬鹿みたいに信じていたのに。真実は彼女を通じてわたしの前に姿を現わしたというわけ」僕は言うべき言葉が見つからなかった。彼女の告白に、僕が付け加えられることは何もなかった。テレサが僕に近づいた。「わたしの部屋に来ない？」彼女の目は潤んでいた。僕は立ち上がり、彼女の腕を取った。

テレサは二十七号室の扉を開いた。そして僕を通しながら"Ma tanière!"（マ・タニエール！）と言った。「タニエールって何？」とその単語の意味が思い出せなかった僕は訊いた。「野生の動物の、たとえば狼の隠れ家をそう言うの」彼女は笑い、ヘルマン・ヘッセの本をナイトテーブルの上から取って僕に見せた。スペイン語訳だった。『荒野の狼』というタイトルが黄色い文字で書かれていた。

部屋は大きく、窓が二つあった。ガラスの向こう側には、すぐ目の前に山裾が見えたが、それが空を遮っているので、ホテルの裏側全体に光が当たらなくなっているのだった。部屋の中は、本のほかに雑誌がそこらじゅうに散らばっていたが、全体としてはよく整頓されていた。ベッドはきちんと整えられ、椅子の上に服が出しっ放しになっていることもなかった。

テレサは窓際に行った。「あの白いのが見える？」「どこ？」「あの太い木の、上じゃなく、下のほうよ」たしかに見えた。それは斜面の下にあった。「的だろう？」「ピストルの練習に使っているの」「鳥は？　鳥は狙わないの？」と僕は訊いた。彼女が言っていたように、ホテルのその側には雀がたくさんいて、厨房の裏口に置かれたごみ箱の周りをぴょんぴょん跳ねたり、低く飛び回ったりしていた。「鳥に恨みはないわ。わたしがいつも狙うのは、逃げ足の速い男の子よ」彼女は笑いながら僕をベッドの上に押し倒そうとしたが、力が足りなかった。「そんな力で倒すには大きすぎる獲物だよ、テレサ」と僕は言った。

彼女はナイトテーブルの引き出しから、あの小さな銀のピストルを取り出した。「初めはもう役に立たないかと思ったんだけど、グレゴリオがとてもよく手入れしていたの。前に話したでしょう？ 父に雇われてるあの男、わたしと寝たがっているのよ。夜になると、ときどき部屋のドアをノックして『ミルクを一杯いかがですか？』って訊くの。ミルクを一杯なんて、いったいどういう頭をしてるのかしらね！」彼女は靴を脱ぎ、ベッドに横になった。そしてベッドカバーを軽く叩きながら、「ここに座って、わたしの前に」と言った。「靴を脱がないといけないんだよね？」彼女は頷いた。僕はピストルを指差した。「それは十八歳になったときにお父さんからもらうんだと思ってたよ。このあいだ屋根裏部屋で君からそう聞いた」僕は彼女の隣に座った。「そうよ、ダビ。でもあのあとで、アミアーニ中尉の奥さんに『ポヴェリーナ・ミーア』と言われたとき、自殺するつもりで屋根裏部屋から持ってきたの。障害のある人間は幸せになれない。わたしは一生幸せになれっこないわ。アドリアンと同じね」「次に屋根裏部屋に行ったら僕のすることは決まりだ。安全のために、あそこにしまってあるヘルメットを君に被せる」と僕は明るく言った。彼女は僕の脇腹を片足で押した。僕はその足を摑んだ。かなり熱を帯びていた。「今度またあの屋根裏部屋に行こう」と僕は言った。「どうして？ この部屋だってあそこに負けないぐらい秘密の場所よ。わたしの許可なしには誰も入れないんだから」僕は彼女の脚を撫でた。「短篇小説を書こうと思っているんだ。内戦中のことについて。あの箱の中にあった手紙を見せてもらえたら参考になりそうなんだけど」「あの箱ならそこのクローゼットに入っているわ。ヘルメットは置いてきたけど、手紙や書類はここに移したの。わたしはもう読むつもりはないから、持ってくる必要があったわけじゃないけど」「ずっとヘッセの本を読んでいたいんだろう」と僕はからかって言った。「あなたもきっと気に入るわよ、ダビ」彼女はナイトテーブルのほうに身体を傾けた。そしてそこにピストルを置くと、『荒野の狼』を手に取った。

ナイトテーブルの上の時計は、昼の十二時半を指していた。曇りの日で、草木の緑が黒ずんで見えた。「雨が降るわ」とテレサがベッドから身体を起こしながら言った。「音楽を少しかけましょうか？」レコードプレーヤーはドアの横の棚に、左右をたくさんのレコードに挟まれて置かれていた。赤と白の機械だった。「テレフンケンというブランドのものよ。父がフランスで買ってきたの。このレコードもわたしが頼んで買ってきてもらったのよ。わたしにはすごく優しいの」突然、彼女の声が変わっていた。少しかすれた声だった。

　ターンテーブルが回り始め、レコード針のついたアームが受け台から自動的に持ち上がった。スピーカーから女性の声が響いてきた。とてもゆったりとした、少し憂鬱なメロディーだった。「誰の歌？」と僕は訊いた。テレサはレコードプレーヤーの脇から動かなかった。「マリー・ラフォレ〔アラン・ドロン主演の『太陽がいっぱい』（一九六〇年）で女優デビューし、歌手としても活躍〕」彼女はレコードのジャケットをベッドの上に投げてよこした。《夜霧のしのび逢い》（La plage）と《人生は過ぎゆく》（La vie s'en va）というのが最初の二曲のタイトルだった。何かが床に落ちる音がして、僕は顔を上げた。「ポケットに小銭が入っていたみたい」とテレサがか細い声で言った。裸だった。“*Asko maite zaitut*”——「あなたのことすごく（アスコ・マイテ）愛している（サイトゥット）の」その三語を彼女は息を振り絞るようにして発した。「ここにおいで」と僕はベッドに寝転がりながら言った。

「毎日がこうだったらどんなに幸せかしら！」とテレサが溜め息まじりに言った。僕たちは並んで横になって、彼女はたばこを吸い、僕はヘッセの本で彼女が下線を引いた箇所を読んでいた。「家族が留守で一人きり、ということ？」僕は努めて明るい声で話そうとした。「とくにジュヌヴィエーヴとマルティンにはいてほしくないわね。さっきも話したけど、父とは馬が合うの。あなたが父のこと好きじゃないのは知っているけど、目のせいでしょう」僕は首を振った。彼女はたばこの煙を吐き出し、話し続けた。「でも、それだって治るかもしれないのよ。慢性結膜炎ってフランスだときちんと治してもらえるんですって。このあいだ、父がボルドーの病院に電話をかけて訊いたら、やっぱり手術してもらえるそうよ」

ヘッセの本で下線の引かれた部分はかなりドラマチックで、僕はテレサやアドリアンとは違って感情移入できなかった。本をナイトテーブルの上に戻し、灰皿とピストルのあいだに置いた。またベッドに寝転がると、テレサが上体を起こし、僕たちはキスをした。彼女の唇はたばこの味がした。「僕たちの家族はマドリードに何の用事があったんだい？」と僕は訊いた。「あの有名なボクサーと話をしに行ったのよ。運動場の落成式に彼を招待しようとしているの。もちろん記念碑のお披露目にも」「ウスクドゥンのこと？」彼がインタビューに答えているところはテレビで何度も見たことがあった。「たぶんそうだと思うわ。盛大なお祝いになるみたい」彼女はベッドに座り直し、灰皿でたばこの火を消した。一瞬、仮面が取れたかのように、病気になる前の表情が垣間見えた。彼女は笑った。「ダビ、ふざけてるんでしょう？　全部知っているくせに」「本当に何も知らないんだ、式典は村の祭りのあいだに行なわれるってこと以外」彼女は四つん這いになって僕の上に跨った。痩せた身体に似合わず、胸は大きく丸々としていた。「みんな参加するのよ。あなたのお父さんは演説をするし、あなたはアコーディオンを弾くでしょ。ジュヌヴィエーヴは政治家や要人のためにご馳走を準備する。夜は、ここの展望台でボクシングのエキシビション・マッチがあって、ウスクドゥンにメダルが贈呈されるの。オババの名誉村民になるんですって」彼女は一つひとつ確認するごとに、僕の唇に乱暴な――パンチと言ってもいい――キスをした。僕は彼女の胸を愛撫した。「どうしてそんなに知っているんだい？」「あなたに関することなら何でも興味があるの」彼女を抱いた。「もう一回する力は残っている？」「たぶん」「今度はもっとスムーズにいくと思うわ」彼女は僕の耳の中に舌を入れた。

テレサが電話を手に取った。「グレゴリオに電話するわ」「どうして？」「もう三時だもの、何か食べないといけないでしょう？　野菜のサンドイッチは好き？　ここの厨房ではカクテルソースで作るんだけど、すごく美味しいのよ」「グレゴリオに持ってこられるのは嫌だな、テレサ」「部屋には入らないわよ。ドアの脇にお盆を置いていくわ。うちに雇われているんだから」彼女は微笑んでいたが、病気になったあとの表情にまた戻っていた。オリーブ色の目は無表情で、微笑みを残酷なものにしていた。

僕はやはり嫌だと言った。あの男に部屋に近づいてほしくなかった。テレサは信用ならなかった。きっと何らかのかたちで、僕とのあいだに起こったことを匂わせ、グレゴリオに屈辱を与えようとするだろう。「じゃあ、どうしていいかわからないわ。さっきも言ったけど、もう一人のウェイターは父と一緒にマドリードへ行ってしまったから」彼女が言っていたのは兄のことだった。マルティンはときどきホテルでウェイターの仕事もしていたからだ。「そうなると、わたしが行くしかないわね」

ベッドから立ち上がるやいなや、彼女は口を歪めて手を背中に当てた。「急に動くと少し痛むの。身体が足を引きずって歩くのにまだ慣れていなくて、その反動なのね」彼女は彫像のように立ったまま、目を閉じて痛みが収まるのをじっと待っていた。窓から差し込む光が、ウエストや太ももの輪郭を際立たせていた。大理石というより牛乳のように白い肌をした彼女の身体は、首から膝まで見事な線を描いていた。ビルヒニアの身体ははたしてこれほど美しいだろうか、と僕は自問した。きっとそんなことはないだろう。おまけに、テレサは――彼女自身、キスとともに何度も繰り返して言ったように――僕にすべてを与える準備ができていた。ふと、彼女と付き合うのも悪くないかもしれない、という気がした。

彼女はバスルームに入り、数分後、ジーンズにエメラルド色のブラウスという格好で出てきた。「このスタイル、どう思う？　プレタポルテと言って、フランス人が大好きなの。もちろんジュヌヴィエーヴは好きじゃないわ。あの人が好むのはクラシックなスタイルだけだから」「とてもよく似合うよ。いつも以上に美人に見える」彼女は僕に近づき、キスをした。「今日は本当にお利口なのね！　びっくりしちゃった！」今度はオリーブ色の目も笑っていた。彼女は部屋のドアを開けた。「厨房から電話して、どんなメニューがあるか知らせるわ。もしかすると野菜のサンドイッチより美味しいものがあるかもしれないし」

「テレサ」と僕はベッドから起き上がりながら言った。「いま、君のお父さんの手紙を見せてもらってもいいかな？」彼女は一瞬動きを止めた。「ああ、あれのこと！　内戦の頃のね！」とようやく言うと、クローゼットを開け、屋根裏部屋にあったあの段ボール箱を取り出した。「わたしなら内戦の物語なんて書かないわ。ヘルマン・ヘッセの書いているテーマのほうがずっと面白いもの。それかラブソングならもっといいけど。ラブソングを書いたらどう？　こういうの、すごく素敵なのよ」彼女はレコードを一枚出し、ターンテーブルに載せた。「《すべてをあなたに》（To you, my love）よ。ザ・ホリーズというイギリスのバンドの曲。知っていた？」彼女は英語をかなり上手に発音した。僕は首を振った。「ダビ、あなたって音楽に関してちょっと遅れてる（démodé）わよね」美しくも悲しげな歌だった。

テレサはドアの前に立ったまま、何か考え込むように、英語の歌詞――特にリフレインの《トゥー・ユー、マイ・ラブ、トゥー・ユー、マイ・ラブ》――を口ずさんでいた。「全部わたしのせいね」彼女は歌と同じ諦めのトーンで呟いた。「何の話？」「内戦中のことで頭がいっぱいなんでしょう。あなたのお父さんの古いノートなんか見せるんじゃなかった。いまのあなた、どうかしてるわよ。内戦について短篇小説を書くなんて、いったいどうしたらそんなこと思いつくのかしら！」そして僕のほうを振り向き、僕の額を手のひらで叩いた。僕は彼女の腰を抱き、廊下に連れ出した。「厨房で同じことを言われるよ。午後三時を過ぎて昼ご飯を食べるなんて、いったいどうしたらそんなこと思いつくんだって」彼女の頬にキスした。彼女は僕を部屋の中へ押し戻した。「中に入ってちょうだい。誰かに見られると困るわ」そして部屋のドアを閉めた。「電話でメニューを知らせるわね」と扉の向こう側で声がした。

ウンベルト、ゴエナ親子、エウセビオ、オテロ、ポルタブル、教師たち、アメリカ帰りの男。僕はそれぞれの名前の筆跡をすっかり記憶していて、植物学者がごくありふれた植物の葉を思い描くように、その細部も隅々まで思い浮かべることができた。箱から取り出した封筒には《ハラマ前線アントニオ・ガビロンド様》と書かれていた。中から便箋を出した。いちばん下に、はっきりとした字で *Martxel*（マルチェル）と署名があった。

僕はそれを見て驚いた。ベルリーノ、すなわちマルセリーノは、家族からマルチェルという愛称で呼ばれていたのだ。僕はその事実をなかなか飲み込むことができなかった。誠実な人を思わせる、感じのいい呼び名だったからだ。署名の上には、左側に傾いた字で、結びの言葉がバスク語でこう書かれていた。《*Zuek eutsi or tinko, guk eutsiko zioagu emen eta. Besarkada aundi bat ire anayaren partetik*》（スエク・エウチ・オル・ティンコ、グク・エウチコ・シオアグ・エメン・エタ。ベシャルカダ・アウンディ・バット・イレ・アナイアレン・パルテティク）――《兄さんたちはそこでしっかり持ちこたえて、僕たちはここで頑張る。弟より心からの愛を込めて》――。僕の意志に反し、それらの言葉は僕の内で、ウバンベやオピンの話すイントネーションで、《幸福な農夫たち》の口調で響いた。それもまた受け入れがたいことだった。僕の記憶にあるかぎり、ベルリーノはいつもスペイン語で話していた。

ウンベルト、ゴエナ親子、教師たち、アメリカ帰りの男。僕は数分もしないうちに気づいた。間違いなく、同じ筆跡だった。リストにあったそれらの名前は、マルチェル、つまりベルリーノが書いたものだった。おそらくオテロもそうだろう。だが、エウセビオとポルタブルの名前は彼の字ではない。彼の親友アンヘルが書いたに違いなかった。それが僕の考えうる、唯一の妥当な答えだった。

最初に感じた安堵は長く続かなかった。首謀者はベルリーノのようだったが、アンヘルも人殺しであることに変わりはなかった。彼は、戦時中の混乱でたまたま犯罪に巻き込まれ、共犯者となってしまった愚か者や臆病者ではなかった。不幸にも、それだけではなかった。

電話がホテルの周りの鳥たちも怯えさせるほどの勢いでけたたましく鳴り始め、僕は咄嗟にベッドの上で身を起こした。その動きで、テレサが貸してくれた箱をひっくり返してしまい、手紙やその他の紙類が絨毯の上に散らばった。「厨房に何か美味しいものはあった？」と僕は受話器を取ってすぐ尋ねた。電話線の向こう側の人物は黙っていた。「もしもし？」と僕は言った。「テレサと話したいのだけど」とジュヌヴィエーヴが慎重に、おずおずと言った。「ダビです。テレサの見舞いに来ています」「ああ、あなただったの！」とジュヌヴィエーヴは言ったが、まだ気が動転しているようだった。病気から回復したばかりの娘の部屋で僕がいったい何をしていたのかと、頭の中を疑問が駆けめぐっているに違いなかった。「テレサはいませんよ。何か食べ物を探しに厨房へ行きました。僕はここに残ってヘルマン・ヘッセの本を読んでいたところです」僕はベッドの端に座った。ジュヌヴィエーヴが電話を通して僕を見ていて、裸でいるせいで疑われているような気がした。冷や汗が出てきた。「伝言をお願いできるかしら？　娘に、ポーから電話したと伝えてちょうだい。ここの高校で受け入れてもらえたと」「受け入れてもらえた」僕は鸚鵡返しに言った。「テレサは年度が終わる前に病気になってしまったでしょう。でもここの学校に来れば、留年せずに遅れを取り戻せるの」僕はできるだけ平静を保って話そうとした。「ドノスティアのフランス学園では駄目なんですか？」それはテレサが通っていた学校だった。「いいえ、ここに来なければならないのよ」「そんなに遠くないですよね」と僕は言った。「遠いですよ。道が悪くて、今朝着くまでに四時間近くかかったの。でもほかに選択肢はないわ」ジュヌヴィエーヴは、テレサに伝えるのを忘れないようにと念を押してから電話を切った。

テレサはようやく泣き止むと、またヘルマン・ヘッセの一節を持ち出した。《なぜ、幸せになるために必要なすべては、私から遠く離れてあるのだろう？》彼女は僕の横で身を縮め、ベッドカバーを被っていた。「ジュヌヴィエーヴは大嫌い」と彼女のくぐもった声がかろうじて聞こえた。「子供が親を憎むのはよくあることだよ」と僕は言った。「あなたは父親と母親、どっちを強く憎んでいる？」と彼女が訊いた。「母のことは全然憎んでいないどころか愛している。でも、父のことは憎いったらない！」僕があまりに強い調子でそう言ったので、彼女はベッドカバーの下から頭を覗かせて僕の顔を見た。「顔を合わせるのも耐えられないんだ」と僕は続けた。「このところずっと家にいて、よくわかったんだ。できるだけ早くイルアインに戻るよ」そうは言ったものの、それはその瞬間に下した決断だった。

カーテンに隠れていなかった窓の下枠の一部に、鳥が二羽とまった。もしかすると数時間前、庭園の木の柵にいたのと同じ鳥かもしれない、と思った。鳥たちは部屋の中を、テレサがテーブルの上に置きっぱなしにしたサンドイッチをじっと見ていた。「全然食べていないじゃないか、テレサ」と僕は言った。「悲しすぎて食欲をなくしたの」「一緒にカフェテリアに行って何か頼もうか？　ここから出たほうが気分がよくなるかもしれない」「ポーに行ったことはある？」僕は、いや、と答えた。「わたしはあるわ。学校の遠足で、修道女たちと。生徒たちの半分は道中のバスで車酔いしたわ」「でもきれいな街なんだろう？」「ポーにあるいいものと言ったら靴よ。すごく素敵な靴を作っているの。行くたびに二十足買うことにするわ。もちろん特注品よ。ポリオに罹った人のために特別に作られた靴」「二十足じゃなく、四十足買うといい」と僕は軽口を叩いた。「あなたは満足でしょうね、ダビ、違う？」「そうとも言えるし、そうじゃないとも言える」と僕は慎重に答えた。「わたしが遠くに行くから、それで喜んでいるのね」「そうじゃない」「違う？」「違う」窓を見ると鳥はいなくなっていた。

音もせず、動きもなく、アラスカ・ホテルの二十七号室は、世界の外にあるかのようだった。

「でも、これで自由になると思ったら大間違いよ、ダビ」とテレサが僕の太もものあいだに片膝を入れながら言った。「毎週土曜に会いに来るわ。それか、あなたがポーに来て」「新品のヴェロソレックスで」と僕は言った。その原付は運転免許がいらないので、鉄道駅まで行くのにそのほうが楽だろうということで、母がアンヘルに買ってくれるよう頼んでくれたのだ。「あなたがもらうのはヴェロソレックスじゃなく、もっと大きいバイクよ。たぶんグッツィね。しかも赤いの」「どうしてそんなことまで知ってるんだい？」「言ったでしょう。あなたに関することは何でも聞き漏らさないようにしているの。それで、記念碑のお披露目であなたがアコーディオンを弾くことになっているのを知ったのよ。グッツィのことだってそう。アミアーニ中尉の奥さん、シニョーラ・ソニアがあなたのお父さんに勧めたの」

テレサの声の調子が変わった。「ダビ、約束してほしいことがあるの」「ポーに君を訪ねていく」と僕は言った。「もちろん、そうしてもらえたらすごくうれしいわ。でもいまは別のことをお願いしたいの」「何だい？」二十七号室がますます世界から遠ざかっていくような、はるか遠くの軌道を回っている宇宙船に乗っているような気がした。感じるのはテレサの呼吸だけだった。「式典の日にアコーディオンを弾くのを承諾してほしいの。わたしのために、お願い。うちの父やウスクドゥンとかいう男のためじゃなくて」「どうしてそんなことを頼むんだい？」「その日はオババに帰ってきて、あなたの写真をたくさん撮るわ。あとでポーの寮の部屋に飾るの。あなたの写真で壁一面を埋め尽くすわ」「冗談だろう」「いいえ、ダビ。本気よ。わたしがいつあなたに恋したか知っている？」彼女はベッドの上で身体を起こし、美しい笑顔を僕に向けた。「あなたが初めて、ホテルのダンスパーティーでアコーディオンを弾いた日よ。展望台に出たら、壇上で黒いアコーディオンを持ったあなたが見えたわ。それ以来、ずっとあなたの虜なの」僕は黙り込んだ。「気まぐれで頼んでるんじゃないのよ。もっと深い、大事なことなの」「僕はノーとは言えないんだろう?」「そうよ、言わせない」「わかったよ、テレサ。式典で僕はアコーディオンを弾いて、君は写真を撮る」彼女は僕にキスした。「その日はいろんなことをしてあげるわ。わたしたちの関係に誰もが気づくように」二十七号室はようやく地球に向かって宇宙を飛んでいた。容易な道のりではなかった。

テレサが大声で笑い出した。「今度はどうしたんだい?」と僕は彼女から身体を離しながら訊いた。「マルティンが何の勉強をすることになったか知ってる?」僕は首を振った。「映像(Imagen)……」と彼女はスペイン語で言いかけたが笑いが止まらず、話し続けるのに難儀した。「映像! 映画写真学科ですって!　どうしてそれを選んだかわかる?」「マドリードに行きたかったから?」「違うわ。幽霊学科だからなの。本物の学科じゃないのよ。なんだかいろいろと問題があるらしくて、授業はないし、誰でも単位が取れるんですって。それで何より可笑しいのは、ジュヌヴィエーヴがそれを全然知らないってことなの。息子の進学に大満足で、現代的な学問をするんだと思ってるのよ。本当に馬鹿みたい。あの人には失望したわ」

彼女の言葉は空中で雲散していった。沈黙がホテルを包み込んでいた。「カフェテリアに行きたくない?」と僕はまた訊いた。「ええ、でも裸じゃ行けないでしょ。わたしは裸であなたの隣にいたいの」彼女はナイトテーブルのほうを向き、たばこを一本取った。そして火をつける前に、本の上にあったピストルをよけ、代わりに灰皿を置いた。

僕は時計を見た。六時十五分前だった。ジュヌヴィエーヴは、ポーからバイヨンヌに向かう幹線道路のどこかまだ遠くの地点にいるだろう。ベルリーノ、アンヘル、マルティンはまだマドリードにいるはずだった。「マルティンがあるビジネスに関わるようになったの、知ってる？」とテレサが言った。「あるナイトクラブの共同出資者と知り合いになって、仲間に入れてもらったの。何か月か前にその人たちをホテルに連れてきたけれど、胸くその悪くなるような連中よ」また鳥が一羽、窓枠にとまった。その鳥もテーブルの上のサンドイッチをじっと見つめた。「鳥たちは腹を空かせてるみたいだ」と僕は言った。「わたしみたいにたばこを吸えばいいのよ。空腹を感じなくなるわ」テレサが口の中の煙を強く吐き出すと、窓の鳥は飛び立っていった。

　僕たちはしばらく沈黙した。「ヨシェバが、あなたがオババに残るのは理解できないと言っているわ」と不意にテレサが言った。「アドリアンがヨシェバのことを何て呼んでるか知ってるかい？」と僕は尋ねた。「いいえ」「人事部長（ヘフェ・デ・ペルソナル）（jefe de personal）だよ。友達の人生設計をするのが好きなんだ」テレサは僕の言ったことにかまわず、たばこを灰皿に置くと、ナイトテーブルにあったヘルマン・ヘッセの本を手に取った。「あなた一人になるのよ」と彼女はページを繰りながら言った。「ほかのみんなは進学してよそへ行くわ」そのとおりだった。スサナとビクトリアは医者になるためにサラゴサの大学に行こうとしていた。ヨシェバとアドリアンはビルボへ、一人は弁護士に、もう一人はエンジニアになるために。「ダビ、あなたの専攻は何と言ったかしら？　名前が覚えられなくて」彼女は何かを探して本のページを繰り続けていた。

　僕はイエズス会が設立した新しい専門課程に入学することになっていた。ＥＳＴＥ——経済高等技術科（Estudios Superiores Técnicos de Economía）——と呼ばれたもので、母が何度も強調したところによれば、「そこを卒業すれば同時に弁護士とエコノミストになれる」らしかった。テレサは探していた箇所を見つけ、僕のためにそれを読み上げた。《彼にとって、職務を得て、決められた時間に縛られ、他人に服従するということほど憎むべき恐ろしい考えはなかった。事務所、役所、執務室、それは彼にとって死よりも厭(いと)わしいものであった……》

　部屋の天井で、たばこの煙が波打った線を描いてはゆっくりと消えていった。カーテンの隙間から見える空は、部屋に入ったときと同じく灰色だった。「少し音楽をかけようか？」と僕は起き上がろうとしながら言った。身体を動かしたかった。「ダビ、あなたにも少し失望したわ。なぜか知りたい？」「ああ、教えてくれ」「前は、あなたってハリーみたいだと思っていたの。ヘッセの小説の主人公のことよ。でも、いまはわからないわ。大学に進学して家を出る機会がやってきたのに、あなたはお母さんのスカートの下に留まろうとしてる。おまけに、その何とかっていう課程に進むんでしょう。弁護士とエコノミストになることの何が面白いの？　あなたは何がしたいの？　どこかの銀行で働いて一生を終えるつもり？」その話題は耐えがたく、息が詰まった。「グッツィが欲しいからだよ」と僕は言った。「バイクに乗りたくてたまらないんだ。赤いグッツィだと知ったいまはなおさらさ」彼女の腕を振りほどき、レコードプレーヤーの再生ボタンを押した。《トゥー・ユー、マイ・ラブ》僕は服を着始めた。「服をもとの場所に戻して」と彼女が言った。あの小さなピストルを持ち、僕に狙いを定めていた。「別のほうに向けてくれないか」と僕は頼んだ。「安全装置は外してないわ、ほら」彼女は引き金を引いたが、何の音もしなかった。それほど小さなピストルなら音も小さいはずだ、本当に発砲しても音楽にかき消されてしまうだろう、と思った。「いいこと思いついたわ。ボニーとクライドみたいに旅するのはどう？　あの映画は観た？　このあいだアドリアンとヨシェバと観に行って、ものすごく気に入ったの。銀行強盗のカップルの話よ」

僕は窓に近づき、カーテンを開けた。灰色の空、緑の山、白い的、厨房の裏口にいる褐色の雀たち。すべてが前に見たときと変わらずそこにあった。どうあがいても無駄だった。時間は前に進まなかった。ジュヌヴィエーヴをポーから運んでくる車の車輪は止まっていた。アンヘルが運転するメルセデスの車輪も止まっていた。

レコードプレーヤーの音がやんだ。僕はまた再生ボタンを押した。《すべてをあなたに》ターンテーブルが回転するたび、レコードは世界を引きずっていったが、ほんの少しずつでしかなかった。僕の腕時計は六時二十分を指していた。

「銀行強盗になるより、この村で一生暮らすほうがいいと思うの？」とテレサが尋ねた。小さなピストルの銃身を胸の谷間に挟んでいた。「最初の三年か四年はドノスティアで勉強するけど、そのあとでビルボに行く。デウスト大学を卒業するんだ」デウスト大学はフアン伯父さんがいちばん評価していた私立大学で、そこもイエズス会系だった。母から最初の数年はドノスティアに通ってほしいと頼まれたのでなければ、最初からそこへ行っていただろう。だが、愛する母をレクオナ荘にひとり残していくのは気が咎(とが)めた。

「銀行強盗が嫌なら、ほかのことだってできるわよ」とテレサが僕の手を取って言った。僕はベッドの端に座った。彼女の手からピストルを取り、ナイトテーブルの上に戻した。彼女は灰皿に置きっぱなしになっていたたばこの火を完全に消した。「スペインじゅうの街を巡り歩くの。父に聞いたんだけど、スペインはフランスより物乞いにお金をあげる人が多いんですって。あなたがアコーディオンを弾いてくれたら、わたしは踊るわ」「僕たちの芸名は？」「ピルポとびっこの踊り子(ピルポ・イ・ラ・バイラリーナ・コハ)(Pirpo y la bailarina coja)」と彼女はスペイン語で言った。「ピルポは格好いい名前だ」と僕は言った。

「あのウスクドゥンとかいうボクサーの友達がそういう名前だったと思うわ。父が前に話していたの」「お父さんとよく話すんだね」不意にテレサが僕の上に跨った。「ダビ、わたしにピストルを向けられたとき怖くなった？」「いいや」「嘘よ、怖がってたわ。当然よ。あなたはわたしが復讐することのできる人間だって知っているでしょ。あのノートをあげたときみたいに。でも今回はもっとひどいことになるわよ。きっと障害が残るわ」「障害って、でもどういうことだい？」彼女がまたピストルを取ろうとしたので、僕は彼女の手を押さえた。「離して。すごくいいアイデアなのよ。そうすれば、わたしはあなたのただ一人の女になれるもの」彼女は笑いながら、もう一方の手をナイトテーブルに伸ばそうとした。

僕はナイトテーブルの引き出しに鍵がついていたことを思い出し、ピストルをそこに入れて鍵をかけた。そしてふと、その鍵をどうすべきか迷った。「ポケットがないでしょ。困ったわね」とテレサがさらに大きな声で笑いながら言った。僕は窓を開け、鍵を外に投げた。その金属音に怯えて、厨房の裏口付近にいた数羽の雀が飛び立った。「こっちに来て、ダビ」テレサがベッドで両脚を広げていた。「殴りたいなら殴って」「いつになったら新鮮な空気を吸いに行けるんだい？」と彼女の横に座りながら言った。「もう少し待って。あなたがやってみたいなら、ピストルの撃ち方を練習しに行ってもいいわ」「引き出しから出せないよ」「鍵はもう一つあるの。わたし、すごく用心深いのよ」彼女はキスしてくれたが、べっとりして不快だった。「わたし、本当に悪い女なの。お仕置きしてもらわないといけないわ」彼女は汗とたばこの臭いがした。「ぺちゃんこにしてやるよ」と僕は言った。彼女は僕の顔を舐めた。

鳥は雑巾のように地面にぽとりと落ちたかと思うと、的のそばで死骸となっていた。僕は数秒前の、発砲する前の瞬間に戻りたかった。しかし、銃弾は後戻りせず、僕の指はピストルの引き金を引いたままだった。「なんてことをしたんだろう！」と僕は叫んだ。テレサは鳥の前に屈み込んだ。「まだ目が開いてるわ。とどめを刺さないと」僕は動かなかった。「ほら、まばたきしてるわ。早くして。苦しませるより死なせてあげるべきよ」僕はびっしょりと汗をかき、何も言葉が出てこなかった。「まるで重さがないみたい」と彼女は鳥を自分の手のひらに載せながら言った。「暖かいわ」テレサは僕に一歩近づいた。「ダビ、受け取って。一度始めたことはきちんと終わらせるのよ」

　不意に、彼女は鳥をまるで石のように僕に向かって投げた。胸元に衝撃を感じた。「やめろ！」と僕は叫び、ピストルを地面に投げ捨てようとした。「駄目よ、捨てちゃ駄目！　とどめを刺さないと！」テレサは笑っていた。「何言ってるんだ！　もう死んでるじゃないか！」鳥のちっぽけな頭は首からぐにゃりと曲がっていた。目は皺のよった線でしかなかった。僕はピストルを近くにあった木の根元に放り投げた。テレサはそれを拾いに行った。

　彼女は不機嫌な顔で、ピストルに傷がついていないか確かめながら戻ってきた。「どうしてそんなに慌てるのよ。オババの子供たちは、そんな鳥を毎日二十羽も空気銃で殺しているじゃない」「でも、なんであんなことになったんだ？」僕はまだ何が起こったのか飲み込めずにいた。「わからないの？」とテレサが堪忍袋の緒を切らして言った。「あなたは的を狙って撃ったけど、命中させるのはそんなに簡単じゃないの。そこにあの間抜けな鳥が飛んできて弾に当たったのよ。あなたのせいじゃないわ」僕には自分のせいにしか思えなかった。もっと早く家に帰っているべきだったのだ。もう八時近くなっているに違いなかった。ジュヌヴィエーヴが着くにはまだ二時間以上かかるだろう。ベルリーノ、マルティン、アンヘルはもっと遅くなるはずだった。灰色だった空はさらに暗くなっていた。

　テレサは鳥の死骸をごみ箱に捨てた。戻ってきたとき、彼女のオリーブ色の目は涙ぐんでいた。「わたしたちの最初の喧嘩だわ、ダビ。それもこんなに早く。初めて愛し合った日だというのに」彼女は踵（きびす）を返し、またごみ箱のほうへ向かった。「どうするつもりだ？」と僕は訊いたが、わかっていた。鳥の死骸をまた取りに行ったのだ。「きれいな布を探して、それに包んで埋葬するわ。どうしてその汚らしいごみ箱に捨てたりしたのかしら。とても残酷なことをしたわ」彼女は鳥を撫でていた。「わたしもこの鳥と一緒ね。ポーから手紙を書いても、あなたはごみ箱に捨てるんだわ」「君はヘルマン・ヘッセの狼と一緒だと思っていたよ」と僕は答えた。彼女の感情の変化についていけず、眩暈がしそうだった。

　ホテルの上階のどこかの窓から音楽が聞こえてきた。「わたしたちの曲よ、ダビ」とテレサがそちらを見上げていった。僕は耳を澄ませた。《トゥー・ユー、マイ・ラブ》彼女の言うとおりだった。彼女のレコードプレーヤーがまた音を奏でていた。「君の部屋にいるのは誰だ？」真っ先に思い浮かんだのはジュヌヴィエーヴだったが、そんなはずはなかった。彼女は娘の部屋に入ったとしても、ザ・ホリーズのレコードをかけたりはしないだろう。「あいつだわ」とテレサが蔑むように言った。「きっとシーツを嗅ぎ回っていたのよ」「グレゴリオ？」「わたしの部屋の鍵を持っているんじゃないかって気がしていたの。いまわかったわ」

　駐車場を大急ぎで横切ってくる少年の姿が見えた。「セバスティアン！」と僕は呼んだ。もしルビスだったら、それほどうれしくは感じなかっただろう。“*Ire bila nitxabilen, David*”――「探して（イレ・ビリャ・）

たんだよ、ダビ」——とセバスティアンは僕に駆け寄りながら言った。テレサと一日じゅう過ごしたあとで、セバスティアンの古い話し方が際立って聞こえた。「どうした?」「バイクが届いたんだ。ダビの母さんに伝言を頼まれたんだよ。整備士が扱い方を教えてくれるから、すぐ帰ってこいって」僕はようやくほっと胸を撫で下ろした。「手に持ってるのは何?」と彼がテレサに訊いた。「鳥の死骸よ」「違う、そっちの手の」「きれいなピストルでしょ。撃ってみたい?」テレサが銃を差し出すと、セバスティアンは迷わず受け取った。「ちっちぇえの! 猟銃のほうがずっといいや!」彼はそう叫ぶとピストルをテレサに返した。

僕はテレサと別れのキスを交わした。「人生でいちばん幸せな日だったわ」と彼女が言った。「うれしいよ」「わたしがポーに行くからうれしいんでしょう」「そうじゃない」と僕は反論した。「それに、行くのはまだ先じゃないか」「まだ先ですって? ジュヌヴィエーヴのことを知らないのよ。明日の夜は向こうの寮で寝ることになるわ。賭けてもいいわよ」セバスティアンは、駐車場で待っている、と僕に合図した。「ダビ、約束は守ってくれるわね?」とテレサが言った。「九月十六日の式典で、僕はアコーディオンを弾いて、君は写真を撮る」「じゃあその日にまた会いましょう」思いがけず、テレサは握手の手を差し出した。「あなたに手紙は書かないわ」と彼女はホテルに向かって歩き出しながら言った。「そう? 驚きだな」「全然返事をくれないじゃない。それに、返事をくれたとしても嘘ばっかり。今日のことが起こった以上、そういうのは嫌なの」僕はいい返事が思い浮かばなかった。彼女がまだ鳥を手に持っているのに気づいた。「中に入る前に、その鳥をどこかに置いてきたほうがいいんじゃないか」と僕は言った。「グレゴリオにプレゼントするの」と彼女はホテルに入ろうとしながら答えた。

セバスティアンは駐車場に停められたある車をじっと見ていた。「何かおかしいところでもあるの？」と僕は訊いた。「まだよくわかんないけど、整備士になりたいから勉強しないといけないんだ」と彼は答えた。「整備士だって？　本気か？」「だって、羊飼いになって父ちゃんみたいにナバラの山奥で一生過ごせっていうのか？」僕は自転車に跨り、彼は後ろに立ち乗りして、一緒に坂道を下り始めた。「すごく格好いいバイクなんだ、ダビ。赤いの。乗らせてくれるよね」と彼は叫んで言った。「乗り方は知ってるのかい？」「知らないわけないだろ。馬に乗るより簡単さ」僕は、そのうち貸してあげる、と約束した。ようやく日が暮れかけていた。幹線道路沿いにあるわずかな家々にはもう明かりがついていた。

14

八月の終わりに雨が降り始め、イルアインを囲む山々や森は霧に包まれた。その手前には、牧草地に点在するさまざまな高さの木々——すべてセイヨウシデ——が見えた。風はなく、雨に濡れて重くなった葉をまとったその木々は、まるで絵画か切り抜きのようだった。そしてさらにその手前で、ファラオンやアバやほかの馬たちは穏やかに草を食んでいた。草は青々としていた。集落の道は黄色い泥に覆われていた。ルビスの家の屋根は赤、濃い紅色だった。空は白みがかって、霧と見分けがつかなかった。その白んだ空で、雨は黒い斜線を描いていた。

僕は家から出ずに、何時間ものあいだ雨を眺め、アコーディオンの練習をして過ごした。アコーディオンは弾きたくなかったし、それにも増して、運動場の落成式に参加させられるのは嫌だった。だが、テレサとの約束があったので、そうしないわけにはいかなかった。「お前が協力してくれるなんて、俺たちにとってこんなうれしいニュースは本当に久しぶりだよ」とマルティンは、僕が彼には想像していなかった厳粛な口調で言った。彼は、ベルリーノとジュヌヴィエーヴの気持ちを代弁しているのだと言った。それから、アンヘルからだというメモを渡された。式典で弾かなければならない曲のリストだった。

フアン伯父さんは、僕がアコーディオンを弾いているのを見るたびに顔をしかめた。イルアインへ行って四日目か五日目の午後、台所でスペイン国歌の練習を始めると、伯父はついに堪忍袋の緒を切らした。「この家でその曲は弾くんじゃない!」僕は恥ずかしくなった。「式典で弾かないといけないんだ。それなのにまだうまくできなくて」「どうしてまたあのファシストたちの前で演奏しなきゃならんのだ?」「約束したんだよ、伯父さん。もう断れない」「いったい引き受けるときに何を考えていたんだ!」伯父は激怒していた。扉をバタンと閉め、外に出て行ってしまった。

それからの数日間、僕はアコーディオンには触れもせず、ベッドに寝転がっているか台所の窓の前に座り、ほとんどの時間を無為に過ごした。ときどき、何か読もうと思ってリサルディの詩集や例の推理短篇集を手に取ってみたが、気分が乗らなかった。集中力が続かず、すぐに本を閉じてしまうと、僕の視線はおのずと窓の外へと向かい、頭は考え事を始めた。するとまたしても、あのノートの表紙に描かれたゴリラが僕の頭の中で存在感を増していき、その視線が伝えようとしていたことがかつてなくはっきりと理解できた。僕が以前思っていたように《自分の父親は人殺しだと思うか？》と尋ねているのではなかった。ゴリラは何かを問いただしていたのではなく、たんにこう肯定していたのだ。《そうだとも、ダビ、もう認めるときだ。お前の父親は彼ら全員の、特にポルタブルとエウセビオの殺害に直接関わったんだ》僕はその考えに押し潰されそうになり、家を出て、雨の降りしきるなか散歩に行った。そして帰ってくるとベッドに入った。ベッドの中では、気持ちを落ち着かせようと、記憶の中にビルヒニアのイメージを探した。きっといつかまた、彼女と製材所の木材の山のあいだを散歩することのできる幸福な日が来る、と僕は信じ、夢見た。しかし、それは根拠のない、儚（はかな）い思いと夢にすぎなかった。

八月の最後の日々が過ぎていった。ファン伯父さんはたいていミアリツェかドノスティアに出かけていたので、僕は家でほぼいつも一人だった。ルビスもたまにしか訪ねてこなかった。パンチョが製材所の使いに行こうとしないので——オババの祭りが近づくにつれ、その傾向はひどくなった——ルビスが弟の代わりに行かなければならなくなったのだ。彼はいつもの馬たちの世話に加えて、毎朝、ロバのモーロを連れ、森で働いている木樵たちに食べ物を運ばなければならなかった。僕に会いに来ておしゃべりをする暇はなかった。

ある朝、台所の窓から、羊飼いの家の双子が馬たちの囲いの向こうで、大きな岩のようなもので遊んでいるのが見えた。それが岩にしては真っ白で、子供たちがずいぶん軽々と動かしているとは思ったが、そのときはあまり気に留めなかった。雨が降り続けているのに双子がその遊びに熱中していることも、僕は奇妙に思わなかった。兄のセバスティアンと同じで怖いもの知らずの、いにしえの掟に従って暮らしている子供たちだったからだ。雷は怖いかもしれないが、雨を恐れるような子たちではなかった。

正午になると、ファラオンに乗って散歩に出かけていたファアン伯父さんが戻り、服を着替えに家に入ってきた。そして流し台で手を洗っていたとき、ふと顔を上げて叫んだ。「何をしているんだ、あの子たちは！　手に持っているのは何だ！」だが、そう口にした瞬間、彼にはもう何が起きたかわかっていた。伯父は何かぶつぶつと早口で呟くと、外に出ていった。

彼はルビスを呼びながら離れに向かった。「そこにはいないよ、製材所へ行ったはずだ」と僕は伯父を追いかけながら言った。すると伯父は橋を渡り、馬たちの囲いに入った。僕もそのあとに続いた。「ファラオン、いまは駄目だ！」と伯父は近づいてきた馬に叫んだ。そして「ルビスはどこに行ったって？」と眉間に皺を寄せながら僕に尋ねた。「弟の仕事を代わりにやっているんだ。製材所の人たちに食事を届けに、ロバを連れて森にいるはずだよ」「あのパンチョの馬鹿は怠け者になる一方じゃないか。そのうちみんなが振り回されることになるぞ！」と伯父はまた声を上げて言った。僕たちが囲いを横切ってくるのを見るなり、双子は走って逃げ出した。

僕が白い岩と思ったものは、馬の頭蓋骨だった。柵の杭の横に転がり、両目の穴が泥で覆われていた。その五メートルほど先には、長方形のかたちに石灰の粉が撒かれた地面の一角があり、その中央から肋骨が覗いていた。さらに、長方形の周りの濡れた草の上には、土の塊のようなものも散らばっていた。「なんてことだ！」ファアン伯父さんは顔をしかめて言った。「これは何？」と僕は尋ねた。「あいつらに訊いたらいい！」と伯父は答えた。カラスが二羽、白い霧に向かって飛んでいった。

伯父は頭蓋骨を慎重に持ち上げ、石灰の長方形の中にあった肋骨の脇に置いた。「素晴らしい馬だった。パウルといってな」伯父は真面目な表情で、祈りを捧げるかのように黙り込んだ。「狩人に殺されたんだ。森に狩りに来たのに何も捕まえられなくて、虫の居所が悪かったんだろう。そこで、パウルがのどかに草を食んでいたもんだから、一発ズドンとぶち込んでやることにした。大物を仕留めた（big game）ってわけさ」

伯父は大股で、囲いの柵沿いに道に降りようとした。「ルビスにひと仕事頼まなければ。ウバンベにもだ。この馬をまた埋葬してやらないといけない」僕たちは草を食んでいた。「ファラオンと同じアラブ種だった」とファン伯父さんは話し続けた。足取りがだんだん早くなっていた。「当時の値段で五千ドルの価値があった。それを一発で殺すとは！」「その狩人はどこの人だったの？　オババの人？」「それがわからずじまいでな。治安警備隊だったという人もいた。泥棒を追ってパトロール中に、道に出るまでまだ数メートルあったが、伯父が答えてくれたのはそこを歩き切ってからだった。今日みたいに天気の悪い日で、パウルと見間違ったんだと。だが、はっきりしたことは何もわからなかった。私がアメリカでなくここにいたら、そうはならなかっただろうに！」

たしかに、伯父なら真相を突き止めたに違いなかった。その精力的な人柄は、彼が泥の上に残していく足跡を見るだけでも伝わってきた。「何も知らなかったのか？」僕は初耳だと答えた。「ルビスは一度も話さなかったのか？」僕は首を横に振った。「ウバンベも、パンチョも？」僕はまた首を振った。「伯父さんの質問にちゃんと答えられたためしがないよ」僕も苛立ち始めていた。「お前は夢うつつで生きているんだ、ダビ」と伯父は言った。

ルビスの家の小型犬が道に出てきて、尻尾を振りながら僕たちを見つめた。伯父は馬たちにいつもしているように、集落のすべての犬に角砂糖を与えていた。「可愛いからじゃない、吠えられるのはたまらんからな」というのが彼の言い分だった。「今日は急いで出てきたから、何も持っていないんだ」と伯父は犬に言った。そして玄関に向かって数歩進んだが、不意に立ち止まった。「別の噂もあったんだ」とそこで伯父は言った。「パウルを撃ったのはアンヘルだったと」「僕の父さん？」

犬は、自分も会話に加わりたいというかのように僕たちのそばに座った。「私にその事件を知らせてきたのはアンヘルだった」フアン伯父さんは声を潜めて言った。「ひどく興奮してストーナムに電話をよこしてな。『何をそんなに取り乱しているんだ？』と私は言った。『お前がそんな様子じゃ、私はどうすればいい？　あの馬は五千ドルの値打ちがあったんだぞ』とね。そのうち、アンヘルはやっと少し落ち着いて、何が起きているか説明し始めた。誰かが自分を中傷していると、馬を殺したのは自分だと吹聴していると言うんだ。そのとき聞いた話はそこまでだった。残りはあとで、アメリカから戻ってきたときにルビスが教えてくれた」

ルビスの名前を耳にするなり、犬は飼い主が現われるのを期待して家の前を右往左往し始めた。しかし、集落には誰の姿も見えなかった。「アンヘルがイルアインに女を連れてきて、そこで馬と何かあったらしいという噂が広まったんだ。はっきりしたことは誰もわからんのだが。ともかく、あいつはその噂を知って怒り狂っていた。まあ当然だろう、自分の立場を脅かしかねない内容だったんだから。結局、その報いを受けたのはルビスだった」「ルビス？　どうしてルビスが？　伯父さん、わけがわからないよ」犬はまた落ち着きなく動き出した。「それを言い触らしたのはルビスだとアンヘルは思ったんだ。とんでもない！　あの頃はまだほんの子供だったんだぞ。だが、お前も知っているだろう、いや、知らんな、夢うつつで生きているんだから……。アンヘルはルビスの家族とずっと折り合いが悪かったんだ。それで何が起こったかというと、アンヘルの奴がルビスを袋叩きにした」

　ファン伯父さんはふたたび歩き出し、犬は後ろ足で立ち上がっておねだりをした。「角砂糖はないと言っただろう！」と伯父は犬を手で追い払いながら言った。「私の考えを知りたいなら」と彼は話し続けた。「アンヘルは馬が殺されたこととは無関係で、その女の話も嘘だろう。だが、独裁体制側の政治家にはそういうことが起きるもんだ。機会さえあれば汚名を着せてやろうと思っている人がいくらでもいる。それでなんだが、お前にとても大事な話がある」伯父は僕を指差して言った。「例の式典でスペイン国歌を演奏したら、お前も同じ目に遭うぞ。一生の汚名を着せられることになる、そのことを忘れるな！」伯父は扉をノックした。「ベアトリス、いるかね？」

　ルビスとパンチョの母、ベアトリスは七十歳ぐらいの小柄な女性だった。髪は白と灰色の中間の、オババではウルディニャ（*urdina*）〔バスク語で「青」の意だが、かつて白髪の色を形容するのにも使われていた〕と言われる色だった。大きく穏やかな目はルビスにそっくりだった。ファン伯父さんが外で見てきたことを説明するあいだ、その視線はじっと彼に注がれていた。

「ファン、あんたも知ってのとおり、わたしはずいぶん歳をとってから子供を産んだから」と彼女はそのあとで、コーヒーを用意しながら伯父に言った。「ひどく不安だったのと、司祭様がいつもサラの話をしてくださったのを覚えているよ。サラはイサクを産んだとき、わたしより年上だったと。記憶が間違っていなければ、九十歳だったかね。それで、ルビスが生まれてきたときは、すぐに何も問題ないのがわかった。でも、次に生まれた子、パンチョは、何と言えばいいのか、母親がこんなことを言うべきじゃないけどね、あの子は生まれてこないほうがよかったんだ。このところは浮かれっぱなしで、家に寄りつきもしない。だから、ルビスがロバを引いて山へ行かなければならなくなって。誰かが木樵たちに食べ物を持っていってやらないといけないものね」「大急ぎというわけではないんだ、ベアトリス。だが、馬の死骸はなるべく早く土に埋めてやったほうがいいだろう」とフアン伯父さんは言った。「もちろん、それについては心配いらないよ。ルビスが帰ってきたらすぐに、ウバンベを呼んですぐ取り掛かるように言ってやりますとも」

ベアトリスはテーブルに金縁のついた緑のカップを並べ、鍋で温めたコーヒーを注いでくれた。チコリの香りがコーヒーのそれに優っていた。「角砂糖はいくつ?」僕たちは銘々のカップに二つずつ入れ、フアン伯父さんはもう一つをポケットにしまった。「ウバンベが来てくれるかはわからないよ、ベアトリス」と伯父は言った。「あいつも浮かれっぱなしだからな。祭りにウスクドゥンがやってきてボクシングの試合があるもんだから、若者たちはみんなウバンベに挑戦してもらいたがっている」ベアトリスは僕たちの向かいに座った。「ウバンベは何をするの? 闘うのかね?」とあきれたような笑みを浮かべて訊いた。「そうだ、プロのボクサーと。本人はまんざらでもないらしい。もう練習を始めていると聞いた」「鍬(くわ)の練習もしてくれたらいいんだけどね」とベアトリスはきっぱりとした口調で言った。

僕たちはもう帰ろうとして立ち上がった。「つまり、パウルが墓から出てきてしまったんだね」ベアトリスは窓の外の囲いのほうを見上げ、溜め息をついた。「困ったのは、死骸がばらばらになってそこらじゅうに散らばっていることなんだ」とフアン伯父さんが言った。「最近、頭が呆(ぼ)け始めているんじゃないかと思うんだけどね」とベアトリスがまた溜め息をつきながら言った。「カラスがたくさん飛び回っているのは見たのに、いましがた聞くまで気づかなかったんだから。カラスが草に群がるわけないだろうに」「私もだよ、ベアトリス。私だってカラスには気づいていたんだ」ルビスの母は玄関まで見送りに出てきてくれた。「うちのエウセビオも、あの馬のことがあったときはもう歳だったから、きっと充分な深さまで掘らなかったんだね。それとも、生石灰の撒き方が足りなかったのか」「エウセビオはいい仕事をしてくれたよ」と伯父は答えた。「ここは雨が多いから、土が柔らかい。森もすぐ近くにあるから、野生の動物が掘り返したんだろう。イノシシかもしれない」「わたしに言わせれば犬ですよ、ファン」「たしかにそうだな、ベアトリス」ファン伯父さんは扉を開けた。「どうやら雨がやみそうだ」

「今日はずいぶん無口だね、ダビ」とベアトリスは外に出ると僕に話しかけた。僕は当たり障りのない返事をしてその場を取り繕った。台所で聞いたばかりの彼女の言葉が頭から離れなかった。「うちのエウセビオも、あの馬のことがあったときはもう歳だったから」

オババのような村では、世代間の繋がりは名前によって保たれてきた。年老いた誰かがなくなると、その人が名付け親となって自分と同じ名前をつけたたくさんの子供や若者があとに残され、ある地域のハシントやミカエラたちが全員——遠縁か近縁かは別として——親戚同士であるということも珍しくなかった。僕は確信した。この家のかつての主人、ベアトリスの夫、ルビスの父は、ゴリラのノートのリストにあったエウセビオと血縁者に違いなかった。あるいは同一人物の可能性すらあった。

ベアトリスが僕に優しく微笑んだ。「ルビスと仲良くしてくれて本当にうれしいよ。あれは田舎者だけど、きちんとしたいい子なの。ウバンベやほかのやかましい子たちより、ダビと一緒にいるほうが好きなんだよ」「ベアトリス、一つ思いついたことがある」と伯父が僕たちに近づいて会話を遮った。「製材所の経営者に相談して、ウバンベとあの若いの、オピンは明日休ませてもらえないか頼んでみよう。みんなでやれば早く片付く」

僕たちがイルアインに向かって歩き出すと、犬が後ろから追いかけてきた。「ほら、これを取ってみろ！」とファン伯父さんはポケットに入れていた角砂糖を宙に投げ上げた。「こいつは芸達者だ！」犬がひらりと跳んで口でキャッチしてみせると伯父はそう叫んだ。

僕は馬の埋葬の一部始終を、家の前のベンチに座って見守った。ルビスとオピン、ファン伯父さんがスコップで土を掘り進め、ウバンベがその土をかなてこで潰した。パンチョとセバスティアンはコパ（*kopa*）と呼ばれていた籠で、砂のような何かを運んだ。ようやく埋め終わると、全員が川に下りて身体を洗った。それから、ファン伯父さんを先頭に列をつくって、ひと仕事終えて美味しい昼食にありつける喜びで笑い声を上げながら、羊飼いの家へ向かっていった。僕は彼らに手を振り、その場に留まった。

ルビスが僕の体調を心配して、熱はまだ下がらないのかと訊きに来た。埋葬の作業に加わらない口実としてファン伯父さんにそう説明したからだったが、実際、気分が悪かった。「医者を呼ぼうか？」とルビスは言った。僕はその必要はないと答えた。

医者。オババで射殺された人たちについて最初に聞いたのは医者の娘、スサナからだったと思い出した。突然、その名前が馴染みのないものに感じられた。スサナ、ヨシェバ、アドリアン、ビクトリア、セサル、レディン。まるで別の時代の人々のようだった。

「きっと寝るのがいちばんだよ」とルビスが言った。「そうするよ」僕たちは家の中に入った。「ウバンベにアコーディオンを持ってきてくれと頼まれたんだ、自分も何か弾けるからって。でも忘れたことにするよ。この楽器はあいつの手にお似合いとは思えないから」彼はテーブルの上にあったアコーディオンを指差した。「君の好きにしていいよ、ルビス」僕は彼の顔を直視できなかった。

二階の部屋に上がると、僕は隠れ部屋の入り口の板を外し、J・B・ホットソンの帽子を拾い上げた。そして、それを被って眠りについた。

目が覚めると、ファン伯父さんがベッドの端に腰掛け、帽子を手に持っていた。「今度は妙なことをし始めたな」伯父は怒っていなかったが、怒っているように顔をしかめてみせた。「窓から入ってくる光が眩しくて、それで目を覆っていたんだ」と僕は言い訳した。「帽子のことで言ってるんじゃない。昼食に来なかったからだよ」「具合がよくなかったんだ」「悪いってほどでもなかろう。少なくとも熱があるようには見えない」

伯父は立ち上がると窓に近づいた。「ずいぶん楽しんだよ。五本目のワインを空けたあと、ウバンベがエキシビションをして見せたんだ。トニー・ガルシアに凄まじいパンチを食らわせたよ。残念だったのは、アデラの台所にはトニー・ガルシアの魂しかいなかったことだ」伯父はほくそ笑んだ。彼もいつもより飲み過ぎたようだった。「トニー・ガルシアって誰？」と僕は訊いた。「スペインのミドル級チャンピオンだ。ウスクドゥンが記念碑の完成式典に来るから、特別なイベントが用意されているのは知っているだろう。試合が四つ組まれていて、最後にウバンベが、奴が言うにはガルシアと対決する（hacer guantes con García）んだと」伯父は笑いながら、「アセール・ゴアンテシュ・コン・ガルツィア（hazer goantesh con Gartzia）」とウバンベのスペイン語の訛りを真似てみせた。

僕は窓の外を見た。パウルの埋葬を手伝った一団は、離れの脇の、牧草地を囲む柵の片隅にいた。ルビス以外の全員がシャツを脱いでいた。小川の反対側では、馬たちが草を食み続けていた。ロバのモーロだけが離れの脇で起こっていることに興味を持っているようで、首を傾げてそちらをじっと見ていた。

ウバンベとオピンが、ボクサーの真似をして打ち合いを始めた。しかし、そこにセバスティアンが手袋を二組持って現われ、二人を制した。「こりゃ驚きだ、セバスティアンがあんなことを思いつくとは！」とフアン伯父さんが声を上げた。伯父がアメリカから持ってきた、パッド付きの指なし手袋だった。「何か役に立つことに頭を使えば、きっと金持ちになるぞ」ウバンベとオピンが闘いを再開した。二人が本物のボクサーに見える瞬間が何度もあった。「あのトニー・ガルシアに一発かましてやれたらノックアウトだな。我らがウバンベは強いぞ！」伯父はそう言って一人で笑った。

フアン伯父さんはシャツのポケットから小さな紙を取り出した。「ダビ、忘れないうちに渡しておこう。医者からだ」紙にはリストが書かれていた。「彼の娘に、オババで銃殺された人たちの名前を知りたいと言ったそうだな」「広場の食堂でスサナと話したときに頼んだんだ」と僕は言った。あまりに遠い、大昔の出来事のようで、眩暈がしそうになった。

僕は紙に書かれた名前を読んだ。ミゲル、ベルナルディーノ、マウリシオ、ウンベルト、ゴエナ親子、オテロ、ポルタブル。「最初の三人はオババの学校の先生だった。ほかは農民だ」とフアン伯父さんが言った。彼もリストを読みながら、その内容を確かめていた。「エウセビオは？　どうして名前がないの？　彼も射殺されたんだと思っていたよ」伯父は僕の質問に驚いた。「ルビスに何か聞いたのか？」「ルビスは何も。テレサに聞いたんだ」「お前が知りたいと言うんなら、エウセビオは殺されなかった。捕まる前に逃げたんだ。私が隠し部屋に匿って、そのあと山を越えてフランスへ行った」「ルビスのお父さんが助かったとは知らなかったよ」と僕は言った。「つまりそういうことだ」とフアン伯父さんが言った。僕の頭にあった疑念はすべて払拭された。リストにあったエウセビオとルビスの父親は同一人物だったのだ。

部屋の棚にあったゴリラのノートを伯父に見せようかという考えが頭をよぎった。だが、僕は動かなかった。「エウセビオのことを聞いたという、そのテレサというのは誰だ？」「ホテルの子だよ」「ベギゴリヤの、病気だったというあの娘か？」伯父の表情が曇った。「いまはポーにいる。両親が向こうの学校に行かせたんだ」僕は何と言うべきかわからなかった。フアン伯父さんは窓に近づき、村の方角に目をやった。「あの娘と話したのなら、知るべきことはもうすべて知っているな」と伯父は振り向かずに言った。そして視線と同じ方角に手を伸ばした。「これから数日後、あそこで、オババの真ん中で、新しい記念碑がお披露目され、そのあとホテルでウスクドゥンのための昼食会が開かれる。参加者全員の映った記念写真が撮られて、次の日にはあちこちの新聞に載るだろう。誰もが紳士（カバジェルアク）（*kaballeruak*）みたいに、スーツにネクタイを締めてくるだろう。ダビ、よく聞け。その写真に写るのは悪党ばかりだ。あのデグレラ大佐というのは人殺しだ。ベギゴリヤ、つまりベルリーノも人殺しだ。ピルポだってそこにいるだろう、奴もとんでもない悪党だ。その全員か、ほぼ全員が同類、ファシストだ。こんなことを言って悪いがね」伯父は腕を組み、僕の質問を待ち受けた。「アンヘルもそうだと言いたいの?」と僕は尋ねた。伯父は苛立って答えた。「ファシストたちと行動していた、それは誰だって知っとる。カルメンが言うには、ベルリーノや奴の兄たちとは内戦前からの友達で、それで政治に関わるようになったが、ベルリーノとは違っていたそうだ。そこまでの信念はなかったんだと」「伯父さんはどう思うの?」「カルメンは私にほとんど嘘をついたことがない」「僕は、アンヘルはエウセビオを殺そうとしていたと思う。ポルタブルという人のことも」

僕はゴリラのノートを棚から取り、伯父に渡した。「彼らがオババで射殺しようとした人たちのリストだよ」伯父はゆっくり、名前の一つひとつに目を留めながら読んだ。「どこで見つけた?」「ホテルの屋根裏部屋で。テレサがくれたんだ。僕が思うに、エウセビオとポルタブルの名前は父さんが書いたものだ」伯父はまたリストの名前を読んだ。「いずれにせよ、アンヘルが銃殺に関わったとは思えない。たとえばポルタブルは、ドノスティアの街中で殺し屋の集団に捕まって殺されたんだ」しかし、伯父もそのリストに驚き、僕と同じように戸惑っていた。「直接手を下したかどうかはともかく、アンヘルの周りは人殺しだらけだった。それは否定できないよ」と僕は言った。「ああ、それは否定できない」と伯父は答えた。「だが、あの頃はほとんどの人がそうだったんだ。さっき言っただろう、ウスクドゥンのパーティーに来る紳士たちの大半は悪党だと。ピルポがチャンベルラインと呼ばれていた仲間と何をしたか、いつか話してやろう」

伯父は僕の腕を摑んだ。「ダビ、記念碑の完成式典には出るんじゃないぞ!」伯父の口調が突然激しくなった。「昨日も言ったが、その式典でスペイン国歌を弾いたら、一生の汚名を着せられることになる！　それに、あいつらに未来はないんだ。式典でも問題が起こるだろう。ボイコットが計画されている」「でも弾かないなんて無理だよ。僕を探しに来るに決まってる。伯父さんのところにだって」「いいや。私は明日アメリカに発つ。カルメンにはもう言ったが、今年の祭りの食事には行けないよ。お前の母さんは、政治のことは抜きにして家族で集まりたいと言うが、それができないこともある」

僕はゴリラのノートを手に取り、棚に戻した。「伯父さんがここにいないなら、どうしたらいいかわからないよ」「十五日の昼に隠し部屋に入って、二十四時間後に出てくればいい。式典はその頃には終わっているだろう」「そう言うと簡単に聞こえるけど」「簡単じゃないぞ、ダビ。そこに二十四時間閉じこもって、暗いなかじっとしているのはかなりきつい。少しずつ慣らすんだな」

僕が離れに向かったとき、既に日は暮れかけていて、パウルの二度目の埋葬を手伝ったみんなは壁に寄りかかり、ほとんどはたばこを吸っていた。彼らは議論の真っ最中だった。もしカシアス・クレイとウスクドゥンが同時代のボクサーだったなら、勝者はどちらか。ウバンベがオピンにこう話しているところだった。「ウスクドゥンたちに罠が仕掛けられてたってこと忘れるんじゃねえぞ。試合の前の夜になると、ベッドに女が何人もいて、あいつらは俺たちみてえに下衆な野郎だったから、空っぽになるまでやってやってやりまくって、次の日のリングでは笑いもんさ、敵の顎をへし折る力なんかありゃしねえ。でもいまのボクサーは準備がいいから、比べもんにならねえよ……」ウバンベは僕が来たことに気づき、解説を中断した。「ダビ、よく眠れなかったのか？　まだ惚けた顔してるぜ！」みんなが笑い、パンチョは馬のいななきを真似てしばらく吠えていた。「フアンのおごりで飲み過ぎたんだ。自分を馬だと思ってるのさ」とウバンベが説明した。オピンがパンチョの背中を叩いた。「こいつをトニー・ガルシアと戦わせたらいい。蹴りで楽勝だぜ」ルビスが僕に近づいて言った。「僕は帰るよ、ダビ。ここにいたら頭がおかしくなりそうだ」「一緒に行くよ」と僕は言った。“¡Adiós, don Dormido!”――「さらば、お寝ぼけ殿!」――とウバンベがスペイン語で言い、またみんなが大笑いした。

「ルビス、明日は森に行くの?」と僕はモーロの横を通り過ぎたときに尋ねた。「行かないわけにいかないよ。弟の様子を見ただろう。もう滅茶苦茶だよ。オババでかつてなくすごい祭りになるという噂だから、そのことしか頭にないんだ」「僕も一緒に行っていい?」「もちろん。朝の九時にアデラの家で食べ物を受け取って、昼までには戻ってこられるよ。いま森で働いているグループは三つだけなんだ」「わかった。それならファン伯父さんを見送る時間もあるね。ウスクドゥンたちが来る前にアメリカに発つんだって」「うん、聞いたよ」自分が動揺せずにルビスと話すことができるのがわかって、僕は心底ほっとした。

15

ルビスと僕は、九時ちょうどにアデラが用意した食事を受け取り、木樵たちが働いている山に向かって出発した。アバとファラオンに乗って散歩していたときのように回り道し、山の傾斜の緩いところを探していく代わりに、山の上へなるべく早く着けるようまっすぐ登っていった。だから、森の中のほとんど光の届かない奥まった場所や、ぬかるんで滑りやすくなった斜面に幾度も遭遇した。それでも僕たちは、つねにモーロの綱を引き――モーロはその道をよく知らず、立ち止まって動かなくなってしまうことがよくあった――、言葉も交わさず、障害物を越えていくことに全力を注ぎながら一歩一歩進み続け、最初の小屋に着くまで足を止めなかった。

「どうしてシエンピエス（*zienpiesak*）が通る道路から来なかったんだ？」と製材所の木樵の一人が僕たちに尋ねた。シエンピエス〔スペイン語からの借用語で「ムカデ」の意〕というのは、丸太を運搬する山用のトラックの呼び名だった。「今日はオババの村から来たわけじゃないんだ」とルビスが説明した。「イルアインから来たんだよ。それに、食事は羊飼いの家のアデラが作った」木樵は巻き毛で、微笑むと唇も巻き上がるように見えた。彼は僕に目を留めた。「ルビス、これはお前の友達か？　ここまで来るだけでもう汗だくじゃないか」そのとおりだった。僕のシャツの首周りはびっしょり濡れていた。「運動になるからいいんだ」と僕は言った。「汗を流すと身体が浄化されるって言うから」男は切り株の上に突き刺してあった斧を抜き、僕に差し出した。「汗を流したいなら、俺たちと働くんだな」斧の刃が鏡のように朝の日光を反射した。

ルビスはモーロの背負った籠から大きな鍋を出した。巻き毛の男は蓋を開けて中を覗いた。「肉のトマト煮込みか。ローストチキンじゃないのは残念だが、まあいいさ」上機嫌に微笑んでいた。不意に、彼は斧をナイフのようにさっと投げ、それは五メートルほど離れた木に見事に突き刺さった。

ルビスは小屋の中に鍋を運んだ。「下のほうでは、あの木樵について何と言っている？」と巻き毛の男が僕に訊いた。僕は誰の話かわからなかった。「どの木樵?」「ウスクドゥンに決まってるだろ! ボクサーになる前は俺たちみたいに森で斧を振り回してたって知らないのか?」僕は知らなかったと答えた。「お前、どこの人間だ?」「ここだよ。ファン・イマスの甥なんだ」彼は少しためらってから言った。「アコーディオン弾きの息子か?」

ルビスが空になった鍋を抱えて戻ってきた。「パンはいくついる?」「八つあればいい」それは田舎風の、かなり大きなパンだった。「村の祭りにウスクドゥンが来るそうだな」とパンを八つ抱えて男はルビスに言った。「僕だって一万五千ペセタもらえるなら断らないよ!」とルビスが答えた。一九六六年のオババで、それは大金だった。「俺だって!」と男は大声で言った。「でも、働かないでパンが食える人間なんてほとんどいないからな」ルビスはロバの籠を布で覆った。「愚痴は言わないほうがいい。パンさえ食べられない人だっているんだから!」と彼は言うと、モーロの背を軽く叩いてやり、ロバは迷わず森へ続く小道を歩き始めた。「ここからの道はよく知っているんだ」とルビスが僕に言った。「だからもう引っ張って歩かなくて大丈夫。モーロのほうがどこを通っていけばいいか教えてくれる」

巻き毛の男は小屋の戸口から僕たちを見送った。また笑みを浮かべ、本当に幸福そうに見えた。きっと五十歳近かっただろうが、それより年老いた彼も若い彼も想像できなかった。いつまでもあのままなのかもしれない、と僕はふと思った。あの小屋の戸口で、八つの大きなパンを抱えて。

モーロについて森の中を下っていくのは素晴らしく気持ちがよかった。ただ息をするだけでも幸福そのものという気がした。その喜びに、まるで層をなすようにして、もうひとつの喜びが重なり合っていた。自分があの場所に、あの祖国にいるのだという喜び。アンヘルやベルリーノのではなく、一緒に勉強したアドリアンやヨシェバたちのでもなく、過去の人々が住まうあの故郷に僕はいた。その上にさらに層をなす、三つ目の喜びもあった。フアン伯父さんと話したあと、僕は記念碑の完成式典でアコーディオンを弾かないと心に決めていた。だから、その三つの喜びが、三つの層となって僕の魂を包み込んでいた。

ときおり、森の暗い場所を通り抜けたりするとき、もう何年も前、ルビスとあの美しい洞窟に入ったときの感覚が蘇ることがあった。シダの葉先についた水滴を見つめると、ルビスやパンチョがあの泉の水面を叩いたとき跳ね散った水滴のように、きらめくガラスの粒に見えた。そんな瞬間、僕の《第一の目》と《第二の目》は同じ風景を見ていた。

しかし、その感覚は長続きしなかった。安物の雑貨の店で売っているホログラムで、人の着衣姿が角度を変えて見ると一瞬で全裸になってしまうように、森は僕の目の前で絶えず姿を変えた。一歩踏み出すと同時に、あの美しい洞窟にいたときの感覚は消え去り、僕は別の洞窟、影に満たされたあの暗い洞窟の中に戻っていた。すると、《第二の目》が《第一の目》を押しのけ、僕はまたしても、ベルリーノ、アンヘル、善良な村長だったウンベルト、セサルの父ベルナルディーノ、僕の隣を歩くルビスの父エウセビオ、アメリカ帰りの男、その他全員の姿を次々に見た。さらに、これまでになかったことだが、それらの影が僕に話しかけてきた。《私はなぜ殺されなければならなかった？　人に悪いことなどしたことがないのに！》とウンベルトは言っていた。《つまり君は、私がウィニペグで買った灰色のホットソンの帽子を被りたいのか》とアメリカ帰りの男は言っていた。《わしらはこうしていつまでも殺し合いを続けなければいけないのか？》とエウセビオは言っていた。ベルリーノは、《お前がテレサの部屋に一日じゅういたことはグレゴリオから聞いた。ジュヌヴィエーヴと二人で、ホテルでお前を待っているぞ。何があったのかはっきりさせてもらおうじゃないか。お前たちが穢らわしいことをしたというのが事実なら、その報いは受けてもらうからな》アンヘルは、《全然練習していないじゃないか。式典の日に大恥をかくぞ。マドリードから来た要人たちの前で、私の面子を潰すつもりか？》それらすべての声が僕を動揺させたので、ルビスはときどき心配そうに僕を見た。「ダビ、気分が悪くなったのかい？　水を少し飲むといい」だが、僕が必要としていたのは水ではなかった。その暗い洞窟から抜け出すには、ルビスの声を聞くだけで充分だった。彼の声が影のささやき声を消し、オババの森へと僕を引き戻してくれた。

やがてある朝、僕たちは打ち上げ花火の音を聞いた。「祭りまでまだ四日あるけど、もう知らせ始めたんだね」とルビスが言った。「今年の祭りは特別だから」と僕は言った。「ウスクドゥンを見に大勢の人が押しかけるはずだ。木樵たちの話を聞いただろう。その話題で持ちきりだよ」実際そのとおりだった。巻き毛の男もそうだったように、木樵たちはかつて「森で斧を振り回していた」ボクサーに親近感を覚えていて、どこの小屋を訪ねても彼の名前を耳にしないことはなかった。「ウバンベたちも離れの横で毎日練習しているよ。そのことで頭がどうかしちゃったみたいだ」と僕は付け足した。ルビスはかすかに微笑んだ。「あの連中はすぐそうなるんだ」

森の端まで行き着くと、イルアインの集落が目の前に開けた。晴れた美しい日で、辺りはあたかも成長したかのように、いつもより大きく見えた。空は高く、太陽も高く昇っていた。小川は、雨が降り続くあいだ濁っていたのが、ふたたび透明な水を湛え、鏡の破片でできた線のように集落を横切っていた。家々――僕のいるファン伯父さんの家、ルビスの家、アデラの家、ウバンベの家、水車小屋——は眠っているかのようだった。それらの家の周りにいる馬、犬、羊、にわとりたちも眠っているようだった。

空に小さな雲が浮かんだ。すぐに、その朝の何発目かの打ち上げ花火の音がした。「ルビス、君に言いたかったことがあるんだ」彼は立ち止まった。モーロも歩みを止めた。「式典でアコーディオンを弾くのはやめたよ」「僕も行かないよ」と彼は言った。川岸に下りて岩に腰掛けたい気分だったが、僕は動かなかった。アドリアン、ヨシェバ、テレサといった学校の友達とならごく普通だったこと、少し脇に呼んで打ち明け話をするということが、ルビスとでは難しい気がした。彼のほうがずっと親しかったというのに。「でも、逃げ道があるかどうかわからないよ、ダビ」と彼は付け加えた。「プログラムに君の名前が載っていた」「それは見てない」と僕は少し驚いて言った。「写真もあったよ」「本当?」テレサが父親に頼んだのだろうと思った。「自分の目で見るといい。アデラの家にあるから」「ルビス、君に訊きたいことがあるんだ」と僕は言った。小川は静かに、穏やかに流れていた。ルビスは僕が口を開くのを待った。「これまでに何度も、君はアンヘルと顔を合わせるのを避けているんじゃないか、彼のことを怖がっているんじゃないかって思うことがあったんだ。それは、君のお父さんと内戦で敵同士だったからなのかな」そのことについて話すのは難しかったが、僕は勇気を奮い起こして続けた。「君のお父さんがもう少しで射殺されるところだったのは知ってる。つまり、僕の父さんやベルリーノたちに、でも特にアンヘルに追われていたって」僕はついにそう打ち明けた。「君の伯父さんのファンが救ってくれたんだ」とルビスは言った。「パトロール隊が父さんを捜索し始めたときに匿ってくれた」

モーロは小川の岸で草を食んでいたが、ルビスはロバの背を軽く叩き、出発を促した。「ダビ、内戦が終わって三十年近くになる。父さんが死んでからはもう七年だ。実を言うと、僕はそういうことはみんな忘れたよ」彼は道を歩き出した。「忘れたなんて、そんなはずない。ルビス、僕は信じないよ」彼は僕に付いてくるようにと合図した。「行こう、ダビ。空になった鍋をアデラに返さないと。午後までにきれいにしておきたがるんだ」

僕はモーロに怒りを覚えた。アデラの家に向かってロバの足取りは速まるばかりで、見えない糸で結ばれたルビスを引きずっていくかのようだった。その速さで歩きながら彼と話すのは無理だった。

僕たちはイルアインの家の正面の橋に着いた。不意に、ロバとルビスを繋いでいた糸が切れた。モーロはアデラの家へと駆け出していき、ルビスは石のベンチに座った。「どうしてモーロがあんなに急いでいるかわかるかい？」と彼が言った。「アデラがコーヒーの出し殻をくれるからだよ。モーロにはあれがいちばんのご馳走なんだ」

ルビスは地面に落ちていた枝を拾い、小川に投げた。「僕らの父親たちのあいだにはひと悶着あったんだ。戦争になる前、この辺りをトラックで回って男たちを集めて、ドノスティアの、女たちがいるあの種の店に連れていく連中がいたらしい。いくらか払えば全部込み（servicio completo）ってことで。それを仕切っていたのがピルポという男で、チャンベルラインという相棒とその商売を回していたみたいだ」「アンヘルもそれに関わっていたの？」と僕は訊いた。ルビスはまた枝を水面に投げた。「そこまで関係があったとは思わない。でも、ピルポたちがそのトラックであちこちの祭りに出かけていくとき、君の父さんもときどき一緒だったらしいんだ。もちろん、アコーディオンを持って。でも、もしかするとうちの父さんの勘違いだったのかもしれない。敬虔なカトリックだったんだ。僕に言わせれば、敬虔すぎるぐらいの。それで、父さんはそのトラックのことが我慢ならなかった。人を動物みたいに扱うのは恥知らずだってね。それで何があったかというと、そいつらを告発したんだ」ルビスは立ち上がった。「そのトラックの連中は司教に呼び出されて、破門すると脅されたらしい。そういうことがあったから、君の父さんはうちの父さんを憎むようになったんだよ。そのあと戦争になったら、人を殺せる人間は手当たり次第に誰かを殺した」

道にモーロの綱を引いた双子が現われた。彼らは馬の囲いに着くと、出入り口を開けて中に入った。ファラオン、シスパ、アバ、ブレイキー、ミスパは離れたところで草を食んでいて、ロバには反応しなかった。

川は羊飼いの家の正面で浅瀬になり、平らな飛び石を伝って渡れるようになっていた。「昔のことを気にしすぎだよ、ダビ」とルビスが川の反対側に渡ってから言った。「そんなことないよ」と僕は言った。アデラの台所まであと二十メートルほどだった。僕の頭の中にあったもう一つの大事な話を持ち出すにはいましかなかった。「ルビス、君にとってもそんなに昔のことじゃないだろう。さっきも言ったけど、君がアンヘルを怖がってるのはわかっているんだ。それで思ったんだ、パウルが殺されたときに何かあったんじゃないかって。つまり、君たちのあいだに。それについても少し聞いたことがある」

アデラが外に出てきた。「ずいぶん話し込んでるね！　もう双子にお昼を食べさせたから、今日はいつもよりゆっくりできるよ！」僕たちは木樵たちの食事を一緒に運ぶようになってから、アデラのところで昼食をとっていた。「セバスティアンは？」とルビスが訊いた。「そこでぶつくさ言いながら鶏小屋を掃除してるよ」とアデラが言った。「最近ちっとも家でじっとしていないんだ。でも、それも覚えないとね。わたしはあんたほどお人好しじゃないから、パンチョが弟だったら棒でひっぱたいて言うことを聞かせてやるよ」彼女は本当に棒を持っているかのように腕を振ってみせた。「パンチョが弟だったら、アデラだって木樵たちに食事を届けに行かなきゃいけなくなる」とルビスは断言した。アデラは手を振って、まさか、という仕草をした。「ダビ、よく映っているじゃないの！」と彼女は台所に入ると僕にプログラムを見せながら言った。写真は数年前のもので、僕にも見覚えがなかった。テレサが提供したに違いなかった。

僕たちは食卓についた。「ダビ、あの馬が死んだとき、変わったことは何も起こらなかった」とルビスが声をひそめて言った。「そういうことは脇に置いて、式典でアコーディオンを弾かないためにはどうしたらいいか、よく考えたほうがいい。プログラムに載っているんだから、簡単にはいかないよ。君を探しに来るはずだ」

「そうだ！　ダビ、あんたを探しに来たんだった！」突然、ルビスの言葉を小耳に挟んだアデラが叫んだ。「ホテルのマルティンがあんたを探しに来たんだよ。しかも、シャンパンの箱を持って！ほら、そこにあるのを見てごらん！」そして大声で、子供たち、とくにセバスティアンのせいで頭がおかしくなりそうで、何でもすぐ忘れてしまうのだとこぼした。「それで、マルティンは何て言っていたの？」「なんでも試験に合格したそうだよ。あんたのおかげだって。だから、お祝いにシャンパンを持ってきたんだ。あんたたちが来る十五分くらい前に行ってしまったけどね。それにしても、なんで忘れちまったんだろう！」

箱は竈（かまど）の脇に置いてあり、中にはとても洒落たボトルのフランス製シャンパンが六本入っていた。「もう一つ伝言があったよ」アデラは集中しようとするように頭に手を当てた。「金曜にあんたを迎えに来るって。ホテルで式典のリハーサルをするらしい。その日はテレサもフランスから帰ってくるそうだよ」彼女は溜め息をつき、自分の記憶力の悪さを嘆きながら箱を持ち上げ、「飲みたくなったときのために何本か冷蔵庫に入れておくからね」と僕に言った。

アデラは鉄製のコンロから土鍋を外し、テーブルに置いた。「もうすぐお祭りだから、今日はローストチキンだよ！」と笑顔になって言い、皿に肉を取り分け始めた。「あのマルティンという子も芸達者だね。ワインの瓶を何本か両手に持ったと思ったら、サーカスみたいにくるくる空中に投げ上げてみせるんだから。ウスクドゥンのパーティーで披露して、みんなをびっくりさせるんだってさ」「僕たちは驚かない」とルビスが言い、僕に目配せした。「ともかく見事なもんだよ。困ったのは、セバスティアンもそれができるようになりたがってね。練習しようとして、少なくとも瓶を五本は割っちまった。本当に、あの子のことで頭がおかしくなりそうだよ！」「セバスティアンは何でも覚えたいんだ」とルビスが言った。「だから鶏小屋に行かせたんだよ。にわとりの糞を片付けることだって覚えてもらわなきゃ困るからね。わたしらが優雅に食事してるあいだ、ちょっとは働いてもらおうじゃないか」アデラは満足そうな笑みを浮かべ、ローストチキンの最初の切れ端を口に運んだ。

16

九月十四日の午後、僕は隠し部屋に入った。その前に何度か、一時間足らずの出入りを繰り返してみた時点では、ファン伯父さんはそこに閉じこもっているつらさを誇張していたように思えた。しかしその日、隠し部屋の中に籠って一時間が過ぎると、その次の一時間はひどく重苦しく、五倍の長さにも感じられた。さらに次の一時間は息が詰まりそうだった。森の山道を最初登ったときのように、きっと少しずつ慣れ、次の数時間はもっと楽になっていくだろうと思った。ところが数分後、僕はそこから出て部屋のベッドに横たわっていた。そして、その隠し部屋ではないどこかに身を隠せないものか、知り合い全員の顔を思い出して、彼らの表情から自分の選択肢を探ってみようとした。だが、それは難しかった。もちろん、母は頼みさえすれば助けてくれるだろう。アドリアンとヨシェバは製材所のどこかひっそりした場所を教えてくれるだろうし、スサナは僕を父親に引き合わせ、事態を解決しようとしてくれるかもしれない。それか、新品のグッツィのバイクに乗ってどこかへ、ドノスティアかミアリツェへ逃げることも思い浮かんだ。しかし、どの選択肢にも僕は尻込みした。ほかのどこよりもイルアインが安全だという気がした。

そうして部屋にいると、外から明るい笑い声や叫び声、そしてガラスの音が聞こえた。窓から覗くと、半ズボン姿で本物のボクシンググローブをはめたウバンベとオピンの姿が見えた。ルビスとパンチョ、双子、セバスティアン、それに製材所で働いている木樵も三人、ボクサーたちを取り囲んでいた。セバスティアンは空の瓶を手に持ち、それをスプーンで叩いていた。一度鳴らすと一ラウンドの始まりか終わり、何度も激しく鳴らすと反則の合図だった。

外に出て近づいてみると、ウバンベとオピンの闘いはたんなる遊びではないことに気がついた。二人とも、顔に赤い腫れがいくつもあった。「もう限界だ!」とまもなくウバンベが音を上げた。「まだ胸と背中が汗でびっしょりだった。「根気ないな、ウバンベ!」とセバスティアンが言った。「まだ七ラウンドなのに、もう降参かよ。祭りでどうなると思う、トニー・ガルシアにボコボコにされるぜ」三人の木樵は笑った。ウバンベはセバスティアンに向かって拳を振り上げてみせた。「エキシビションの試合なのに、ボコボコにされるだって? この馬鹿が。てめえこそ気をつけてないと、俺がボコボコにしてやるぞ!」「トニー・ガルシアなんてくそ食らえ!」とパンチョが言った。三人の木樵は前よりも大笑いした。

ウバンベがセバスティアンを指差しながら僕に言った。「この小僧に聞いたけど、シャンパンをたくさんもらったんだってな。ダビ、それどうするつもりだ? お前一人で飲むのか? 俺、喉がカラカラなんだけど」「僕も」とパンチョが言った。そこでルビスが口を挟んだ。「ダビ、無視して。川の水を飲めばいいんだ」「いや、ルビス、いいアイデアだよ。アデラのところに夕飯を食べに行こう。あのシャンパンはみんなで飲もうよ」「そうこなきゃ!」とウバンベが叫んだ。木樵たちは首を横に振って行けないと言い、言葉少なに別れを告げて去っていった。ウバンベは蔑むように彼らを見た。「あいつらがいなくてけっこう。そのほうがいっぱい飲めるぜ」

またみんなが笑った。僕は笑わなかった。楽しい気分ではなかった。彼らを誘ったのは、場の勢いに任せてではなく、その必要があったから、決着をつけるべきことがあったからだった。暗い洞窟にはいまやかなり光が差し、それぞれの影――人殺しと犠牲者――の特徴はほぼ把握できていた。ただ、ある問題がまだ暗がりに残っていた。馬のパウルが死んで見つかったとき、いったい何が起こったのか。アンヘルとルビスのあいだに何があったのか。ルビス本人が話したがらないことも、ウバンベかパンチョが説明してくれるのではないかという気がした。それも、シャンパンの力を借りれば。

台所の流し台には空き瓶が五本並び、残る六本目は半分空になってテーブルの上にあった。パンチョは揺り椅子で眠り込んでいた。ルビスと僕はコーヒーを飲んでいた。アデラとウバンベは普通のコップでシャンパンを飲んでいた。「これを飲んだら家に帰るよ」とルビスが言った。「なんで急ぐんだ？」とウバンベが訊いた。「明日は森に行かなくていいんだぞ。イシドロが今週は休みにしてくれたんだ。祭りが終わるまで、自分一人で働くらしいぜ」彼はコップを揺らし、シャンパンに泡を立てた。「まさかそこまではしないだろうよ、マヌエル」とアデラがウバンベを洗礼名で呼んで言った。「イシドロだって休み方ぐらい知ってるさ」「知るもんか。こいつみたいなもんだぜ」とウバンベはルビスを指差した。彼は何か仕草をするたびに全身を動かした。「いまも何て言ったか聞いただろ。家に帰るとさ。明日早起きする必要もないのに。イシドロと同じで、祭りの日だってこいつは働くぜ」「僕は働かない」とパンチョが寝ぼけ眼(まなこ)で言った。「お前はいつだって働かないじゃねえか、パンチョ」ウバンベはそう答えると、コップに残っていたシャンパンを飲み干した。

彼は灰皿に置いてあった葉巻の吸いさしにまた火をつけようとした。「久しぶりに馬たちを洗ってやらないといけないんだ」とルビスが言った。「どの馬だ？」とウバンベが言った。「このあいだ埋めたやつじゃないだろうな？　あれはもうピカピカだったじゃねえか！」葉巻にはなかなか火がつかなかった。「パウルのこと？」と僕は訊いた。「ああ、パウルね。本当にきれいな馬だった」とアデラが言った。「僕の父さんが殺したって言われているのはどうして？」と僕は声を上げて尋ねた。ルビスとアデラが同時にはっと目を見開いた。「人はいろんなことを言うよ。でもね……」アデラは話し終えることができなかった。ウバンベが遮ったからだ。「奴じゃなかったら誰なんだ？」と叫ぶと、彼は顎をぐいと持ち上げてこう続けた。「狩人か？　でもどこの狩人だ？　誰がこの辺で狩人なんか見かけたっていうんだ？」彼は背中を壁にもたせかけて座っていた。「治安警備隊だったと言う人もいたよ」とアデラが口を挟んだ。「治安警備隊？　誰がこの辺で治安警備隊なんか見かけたっていうんだ？　ここでみんなが見たのはほかでもねえ、アコーディオン弾きだ。こいつに訊くんだな」ウバンベはルビスを指差した。「話しすぎだよ、ウバンベ」とルビスは食卓から立ち上がりながら言った。「あのときも話しすぎたし、いまだってそうだ」ウバンベも少しふらつきながら立ち上がった。「ルビス、よく聞けよ！」と彼は叫んだ。「俺はあのとき何も言っちゃいねえ。どいつが事をややこしくしたか、お前だってよく知ってるじゃねえか」そして今度はパンチョを指差した。「お前の弟さ！」

パンチョも立ち上がろうとした。ルビスは弟の腕を摑むと、扉のほうへ無理やり押しやった。そして向き直るとウバンベを睨みつけた。「そんなに騒ぐんじゃない、落ち着くんだ」と彼は声を抑えて言った。二人の背丈は半メートル近く差があったが、表情を見ると、ルビスは巨漢のウバンベも太刀打ちできない、トニー・ガルシアより手ごわい相手になりそうな気がした。「ルビスの言うとおりだよ」とアデラが言った。「こんなに騒がしくしてたら双子が目を覚ましてしまう」「僕たちはもう失礼するよ、アデラ」とルビスは言い、弟を連れて外に出ていった。

台所が急に静まり返った。外では、強い南風が窓を叩きつけていた。もっと遠くの森や丘や山々では、木々の枝から枯葉をふるい落としているに違いなかった。

「それで結局、何が起きたの？　アデラ、教えてくれない？」と僕は尋ねた。そこで引き下がるわけにはいかなかった。

「何て言ったらいいのか、ダビ」アデラは膝の上で両手を組んだ。「パウルが死んで見つかったとき、最初はみんな、雷に打たれたのかと思ったんだ。でもそのあとで、頭を撃たれているのがわかった。わたしも見たんだよ、ちょうどここに穴があった」アデラは耳の脇に指を当てた。「そこじゃないぜ、それはお前さんの耳だ」とウバンベはろれつの回らなくなった口で言った。彼はようやく葉巻の吸いさしに火をつけたところで、それをすぱすぱと吸っていた。「もちろん、すぐにいろんな噂が立って」とアデラは続けた。「しばらくはその話で持ちきりだった。そのうち、どこからか、特に小さい子たちのあいだで、あんたの父さんが犯人じゃないかって噂が広まって……」ウバンベは拳でテーブルを叩いた。「パンチョが見たのさ！　ルビスだって！　アンヘルがイルアインに、あそこなら誰にも見られないと思ってどっかのご令嬢(セニョリータ)（señorita）を連れてきて、ズコズコやり始めたら馬がヒンヒン鳴き出して、奴はズコズコ、馬はヒンヒン、馬の野郎が邪魔するもんだから、アンヘルってかっとしやすい性格だろ、それでついにピストルを取って頭にバン、馬は永遠に黙っちまったんだ。わからねえのは、奴が馬を殺したあとでズコズコやり続けたかどうかだが、それはばっかりはパンチョに訊かなきゃな」

ウバンベは話し続けようとしたが、葉巻の煙に咳き込んだ。「パンチョが見たかどうかだって誰もわからないんだよ」とアデラが言った。「確かなのは、あんたたちがあの子の話を信じて広めたってことさ」「オババじゃみんな信じたじゃないか！」ウバンベはまたひと騒ぎ起こしそうだった。アデラは頭を振った。「あんたのお母さんはルビスと話しに来たんだ」と彼女は僕に向かって言った。「カルメンはここの出身だから、ここの人たちをよく知ってる。それでもちろん、ウバンベでもパンチョでもなくルビスに訊いたのさ。あの頃は十二歳そこそこだったけど、頭はほかの子たちを全員合わせたより何倍も賢かったからね。それで、ルビスは全部はっきり説明したんだよ。パンチョの言うことは信用できない、いつもいやらしいことしか頭になくて、どんなでまかせを言い触らしてもおかしくないって。あの夜イルアインで何が起きたかは誰も知らないけど、自分はある木樵の話がいちばん信憑性があると思う、その木樵はここからそんなに遠くないところで治安警備隊を見たと言っていたって。カルメンはそれを聞いてほっとして帰っていった」「アデラ、ずいぶん詳しいじゃねえか！」とウバンベが怒鳴った。彼は目を閉じていた。「眠っちまう前に家へお帰りよ、ウバンベ。静かに話をさせとくれ！」とアデラは言った。

ウバンベはようやく立ち上がり、着ていた白いシャツの裾をズボンに入れ直した。葉巻の吸いさしを唇の端にくわえていた。「アデラ、なんでそんなに知ってるんだ？　まだ答えてもらってないぞ」アデラは彼でなく僕に向かって返事をした。「ベアトリスに聞いたんだよ」ウバンベは台所の出口で立ち止まった。「そんなによく知ってるなら、それから二日経ってルビスがどうなって見つかったかも教えてやれよ」「何だって？」と僕は訊き返した。「血だらけだった。顔も胸もどこもかも。それを洗い流そうとして、そこの川岸に這いつくばってたんだ。お前、知らなかったのか？」

僕は首を振った。「もっと賢い奴かと思ってたぜ」とウバンベは蔑みのこもった口調で言った。

アデラと僕は台所で二人きりになった。「誰がやったの？　僕の父さん？」と僕は訊いた。「アンヘルはその噂に怒り狂ってた。それもわかるよ。村の人みんなに後ろ指差されてたんだから。それであの人は、噂のもとはルビスだと思ったんだ、カルメンと話してたからね。それであいうことになってしまった。ルビスは顔じゅう腫れ上がってしまってね。それで、誰がずっと看病してたと思うかい？　カルメンだよ。カルメンは嘆き悲しんで、あの子の看病をさせてほしいってベアトリスに頼み込んだんだ。わたしたちはみんな、ドン・イポリトだって玄関口から見守ってたよ。そのうち、ルビスは誰もが驚くぐらいの早さで治ったのさ」

「誰かが父さんを訴えるべきだったんだ。母さんだってそうできたはずなのに！」父も母も、二人ともが憎かった。アデラは返事をする前に少し間を置いた。「医者は通報しようとしたけど、ベアトリスが止めたんだ。アデラはベアトリスはあんたのお母さんと同じで、本当に信心深い人だからね。赦すことを知ってるんだよ」「でも殴られたのはルビスで、母親じゃない」僕はベアトリスのことも憎くなった。「ルビスは恥ずかしいんだよ。あんな目に遭ったってことは思い出したくないのさ。わかるだろう、あんなに誇り高い子だもの」「いまなら誰もルビスを殴ったりしないね」と僕は言った。「もちろんさ。いまはみんなに一目置かれているからね。さっきのウバンベを見ただろう。身体はルビスの二倍も大きいのに、面と向かうと怖じ気づいたじゃないか」

ルビスを抱きしめたくなった。だが、僕がその話題を持ち出したばかりに怒って帰ってしまったのを思い出した。「一つだけ残念なのはね、ダビ」とアデラが言った。「自分の子供はウバンベたちみたいになりそうだってことだよ。ルビスと似たところなんてありゃしない」僕は台所の出口に立った。「今日の夕食の分は僕につけておいて」とアデラに頼んだ。「今日は昔の悲しい話ばかりだったね。でも元気を出さなきゃ。もうすぐお祭りだよ」「明日はいよいよ祭りの前日だね」と僕は言った。「今日あんたは間違いをやらかしたよ、ダビ。アコーディオンを持ってこなかったじゃないか。持ってきてくれたらみんなで歌って踊って、誰も怒ったりしなかったのに」「次はそうするよ」と僕は手を振って別れを告げながら言った。

外に出ると、南風が強く吹いていて、枯葉や夜に飛ぶ蝶ばかりでなく、鳥さえも運び去ってしまいそうだった。僕は身を縮めて、やっとのことで家までの道を歩いた。

17

いま僕の目の前に、記念碑の完成式典の日の写真がある。オババの広場でも運動場でもなく、アラスカ・ホテルの展望台で撮られたものだ。二十人以上の人が映っていて、ちょうど中央に、上品に着飾った主賓のウスクドゥン——アメリカではイタリア人と間違われてパオリーノと呼ばれていた元ボクサー——がいる。彼の両脇にはベルリーノとデグレラ大佐、そしてその横に並んで、アンヘル、デグレラ大佐の娘、そしてトニー・ガルシアと思しきボクサーらしい風貌の若い男の姿もある。アンヘルはアコーディオンを持っている。さらに、その最初のグループの後ろで二手に分かれて、ウスクドゥンと同じくらい上品に着飾ったもう十五人ばかりの男が微笑んでいる。その中には、マドリードの有名なバーテンダー、バスク三県（スペイン領のギプスコア、ビスカイア、アラバの三県のこと）の知事たち、全国スポーツ委員会の代表、殺し屋ピルポ、ギプスコアの実業家たち、十人ほどの新聞記者がいる。そして片隅に、マルティン、グレゴリオ、セバスティアン、ウバンベ、ジュヌヴィエーヴの姿がある。最初の三人はウェイターの黒いジャケットを着て、ジュヌヴィエーヴはコック帽を被っている。シャツ姿で渋い顔をしたウバンベは、右目が少し腫れている。

彼らと一緒に映っているはずだったテレサと僕の姿はない。テレサは昼食会のあいだずっと自室に籠っていたとセバスティアンに聞いた。僕はイルアインに隠れていた。計画どおりに。ファン伯父さんとルビスに約束したように。

僕は三十時間、隠し部屋の中にいた。蓋を開けたルビスは、ホットソンの帽子を被った僕を見つけた。「ダビ、それを被って何しているんだい？」と彼は笑って言った。一見、あの夕食のときの怒りは過ぎ去ったようだった。「君はここを知らないと思っていたよ」と僕は言った。「知らないわけがないじゃないか、父さんが隠れていたんだから！」ルビスは手を伸ばして、僕が階段を上るのを助けてくれた。「君は隠し事が上手だね」と僕は言った。「仕方なくだよ」「ファン伯父さんに、この隠し部屋のことは誰も知らないから、秘密を守れって言われたんだ」彼は笑った。「ほらね、隠し事をしてるのは僕だけじゃない」

部屋の窓は閉められ、カーテンも引いてあったが、それでもひどく眩しかった。ルビスはベッドに腰掛け、僕は身体を動かそうと、部屋の広さを測るように端から端を往復し始めた。「君を訪ねてすごい数の人が来たよ、ダビ」「ああ、知ってる。怖くてたまらなかったよ、特にベルリーノのときが。父さんと一緒にちょうどこの箪笥の横に立っていたと思う。それでアンヘルに何て言ったかわかるかい？『お前の息子は何かといえば逃げ出す癖があるようだな。大佐に馬を贈ろうとしたときも逃げたじゃないか』だってさ」僕たちは笑った。「パーティーを楽しむどころじゃなかったようだね。ボイコットの呼びかけに応えた人がたくさんいたんだ。それに、こんなビラも撒かれたよ。見てごらん」

彼はポケットから政治宣伝のビラを取り出した。窓に近づいてそれを読んだ僕は驚いた。《ファシズムに否！ ウスクドゥンとすべてのファシストに否！ 自由なバスク万歳（ゴラ・エウスカディ・アスカトゥア）（*Gora Euskadi askatua*）！》そんな言葉遣いに接するのは初めてだった。僕にはまったく馴染みのないものだった。

「ほかには誰が来た？」と窓を少し開けながらルビスに尋ねた。遠くを見ると森がすっかり紅葉していて、急に衣替えしたかのようだった。「アデラに聞いたことしかわからないけど、昨日はマルティンとグレゴリオが来たみたいだ。そのあとでベルリーノと君のお父さん。今朝早くにはテレサが来たよ。すごく怒っていると思う」「実を言うと、予想はしてたんだ。ポーに手紙を書かないと」「ダビ、これから言うことに怯えないで」ルビスが急に真面目な顔になって言った。「治安警備隊も来たんだ。ジープ二台で」僕は最初、彼が何を言っているのかわからなかった。「僕を探しに？」とようやく訊くと、ルビスは頷いた。「二時間前、離れで馬の世話をしていたら取り囲まれたんだ。“Aquí está, mi teniente”――『ここにいます（アキ・エスタ）、中尉（ミ・テニエンテ）』――と一人が言った。“¿Es usted David?”――『ダビというのは君か？』（エス・ウステー・ダビ）――と中尉が僕に訊いた。僕が違うと答えると、“¿Sabe usted dónde está?”――『どこにいるか知っているか？』（サベ・ウステー・ドンデ・エスタ）――と訊かれた。僕は、祭りに行っているはずです、みんな祭りに行きました、と答えた。そしたら行ってしまったよ」僕は黙り込んだ。わけがわからなかった。「怖がらないで、ダビ」「僕は何もしてない。なぜ僕を探しに来たんだろう?」「君はアコーディオンを弾くことになっていたのに弾かなかった。でもそれだけで君を牢屋に入れることはできないよ」

僕は窓をいっぱいに開いた。集落はとてものどかで、秋が来るといつも感じられる甘美な雰囲気が漂っていた。「フアンは、ドン・イポリトに電話して、なるべく早く治安警備隊の兵舎に出頭するようにと言っていた」「伯父さんと話したの?」「いや、君のお母さんが電話したんだ」心臓が早鐘を打ち、手が汗ばむのを感じた。「急いで、ダビ。お母さんと司祭が待っているはずだ」「でも、どうやって行けばいい?」治安警備隊の兵舎は、オババから四キロほど離れた鉄道駅の横にあった。その距離が、その瞬間には越えがたい壁に思えた。「君の新品のグッツィを持ってきた。外に停めてあるよ」ルビスは僕の手から政治ビラを取った。「でもこれは持っていっちゃだめだ」と彼は笑いながら言い足した。「心配いらないよ、ダビ。きっと夜には広場の食堂で一緒にコーヒーを飲める」「君の冷静さが羨ましいよ、ルビス」僕たちは階段を下りて外に出た。

“A mí no me gustan las delaciones”——「私は密告は好きではありません(ア・ミ・ノ・メ・グスタン・ラス・デラシオネス)」——と中尉は言った。彼はとても若く、知識人のように見える小さな眼鏡をかけていた。「内戦が終結して三十年近くが経ったいま、個人的にそういうやり方はもう時代遅れだと考えています。私としては、キリスト教の教えを遵守するのが望ましい」スペイン語のアクセントから、彼がカスティーリャ〔スペイン内陸部におおよそ相当する、かつてのカスティーリャ王国に属していた地域〕の出身であることは疑問の余地がなかった。「そう伺ってうれしいですよ」とドン・イポリト司祭は言った。「それに、今回の告発には何の根拠もありません。この若者が今日の混乱の首謀者だと決めつけるなど、常軌を逸しておりますぞ。とんでもない」次いで母が口を開いた。「アコーディオンを弾きに行かなかったのはわかりますが、だから何なのですか？　ボイコットに加わったのではありません、この子はアコーディオン弾きになりたくないんです。父親のせいですわ、小さい頃から無理やり練習させて。でも、この子ももう十七歳ですから、親に反抗するのも仕方のないことです」

　中尉の前には一枚の紙が置かれていて、彼はまた話し始める前にそれに目を落とした。「いずれにせよ、確認させていただきたいことがあります」と彼は言った。僕たちは彼をじっと見つめた。「ダビはポルノ雑誌の一件に関わり、学校を退学になったようですが」僕はその紙の横に、ルビスが見せてくれたのと似た政治ビラも置かれているのに気づいた。司祭は笑い出し、手を叩いてこう叫んだ。"¡Lo que faltaba!"――「まさかそれを持ち出されるとは！」（ロ・ケ・ファルターバ）――。彼は続けて、中尉と同じくらい正確なスペイン語で、例の雑誌に関して何が起きたかを説明し、それから僕の長所を長々と並べ立ててこう締めくくった。「中尉、はっきりと申し上げましょう。ダビは模範的な青年ですよ」

　中尉はかすかな笑みを浮かべた。「まだ別の問題があります。この子の伯父です」彼は違う書類を手に取った。「ファン・イマス。どうやらこちらに滞在するあいだ、頻繁にフランスへ行っているようですね。ほぼ毎週と言っていい。国家への攻撃を企む者たちと接触した形跡があります」司祭は突然立ち上がった。「おお、何たること！　混乱も甚だしい！　失礼ですが、そちらの情報は間違っていると言わねばなりませんよ。ファンがビアリッツに通っているのはそんな理由ではありません。少し内密にお話しできますかな？」

　二人は執務室の片隅で数分話していた。僕たちのところに戻ってきたとき、中尉はきまりの悪い笑みを浮かべていた。「あなたは若くして結婚なさって正解でしたな」と司祭は言った。「ご協力に感謝します。もうお帰りくださってけっこうです」と中尉は取り調べを打ち切った。

新品のグッツィをゆっくり運転して帰る道中、僕の頭の中を占めていたのはたった一つの疑問だった。いったい誰が密告したのだろう？ そこでまたしても、考えられうる密告者のリストがどれだけ長くなるかに気づいて驚いた。まず、ベルリーノがそこに入ることは間違いなかった。そして、誰よりも疑わしいのがテレサだった。療養中に見舞いに行かなかったからといって僕にあのゴリラのノートを渡した彼女なら、ポーから戻ってきたのが無駄足だったと知って怒り狂い、そんなことをしでかしたとしてもおかしくなかった。だが、テレサと僕の関係に気づいたあの日から僕を憎んでいるはずのグレゴリオの可能性もあった。それか、あれほど特別な機会を僕に台無しにされたマルティンではないのか？ 僕は胸が痛んだ。時間の車輪は、日増しに悲しい現実を運んでくるようだった。愛する人たちのリストの代わりに、いま僕のもとにあるのは射殺された人々と密告者のリストだった。

オババの村が近づいてきた。バイクのエンジン音にもかかわらず、打ち上げ花火の爆発音が聞こえた。すぐに続いてもう一発。そして数秒後に三発目が。しばらくぶりに、その三発の合図は僕の内に反響を呼び起こした。僕は明るい気持ちになった。暗い考えに頭を支配されてはならない、と思った。時間の車輪は幸福な日々も運んでくる。その日はよい終わりを迎えられそうだった。それに、困難な時期のあとで、暗い洞窟はもはや以前のように、僕の魂を飲み込んでしまうほどの大きさではなかった。物事がより明らかになり、その重荷も前ほど耐えがたいものではなくなっていた。

四発目と五発目の花火が打ち上げられるとともに、僕はバイクの速度を上げた。

「あのあとでドン・イポリトとお話ししていたのよ、ダビ」と家で母が言った。僕はシャワーを浴びてきれいな服に着替えたところだった。「ひどい体験をしたわね。大学に行き始める前にカウンセラーに診てもらったほうがいいかもしれないわ。あなたさえよければ、来週にでもラサール校で働いていた人に電話してみましょうか」「この格好どうかな？」と僕は母の工房の鏡を見ながら訊いた。「とても素敵ですよ」と母は答えた。「帽子がいるな。明日イルアインから持ってくるよ」

「どの帽子？　ファンのカウボーイハット？」「明日になればわかるよ」母は部屋から出て行こうとしながら僕にまた訊いた。「じゃあカウンセラーはどうするの？　通ってみる？」「まさか。こんなに気分がよかったことはないよ」僕はきっぱりと言った。「好きなようになさい、ダビ」と母は言った。「それから、お父さんのことは心配いりませんよ。電話で話したの。これからはもうアコーディオンのことであなたを悩ませたりしないわ」「母さん、僕、ここを出たいんだ」と僕は切り出した。「ドノスティアで学生用のアパートを探して、ＥＳＴＥに通うあいだはそこに住むよ。でもときどき帰ってくるから、母さんも会いに来て」母はしばし黙り込んだ。「好きなようになさい、ダビ」ようやく口を開くと、またそう繰り返した。

広場でオーケストラの演奏が始まった。「家で夕食を食べる？　それともお祭りに出かけるの？」と母が少し落ち込んだ声で尋ねた。僕の決断を受け止めるのに難儀していた。「今日はわたし一人なのよ」と母は続けた。「アンヘルはホテルに泊まるんですって。困ったものね、朝もウスクドゥンと、昼もウスクドゥンと、夜もウスクドゥンと」僕は、一緒に夕飯を食べてから祭りを見に行こうと言った。

自分の母に対する愛が変化したことを感じずにはいられなかった。彼女がかつて若い頃、近しい人を殺したり裏切ったりする男に恋してしまったことには同情を覚えた。だが同時に、ずっと生活をともにしながら、その男に影響されることも服従することもなかったという事実には敬意を抱いた。

僕たちは食卓の準備に取りかかった。「ねえ、母さん。ドン・イポリトが中尉に言ったことは本当なの？」と僕は訊いた。「何と言っていた？」「わかっているくせに」母は首を振った。「伯父さんは何の目的でミアリツェに通っているの？　パリから観光に来たご婦人たちとダンスを踊るため？」「フアンがダンス好きだったことなんてありませんよ」と母は真面目な顔で答えた。「それは確か？」「本人に訊いてごらんなさい。夕食にする前に電話して、あなたがもう家にいると伝えなければね」「じゃあ訊いてみるよ！」

だが、訊けなかった。僕が解放されたと知って大喜びする伯父の声を電話越しに聞くやいなや、胸がいっぱいになり、ひと言も話せなくなってしまったのだ。

オババで最初のアメリカ帰りの男

アラスカから帰ってオババにホテルを建てた頃、ドン・ペドロはでっぷりと太っていて、フランスから持ち帰った最新の体重計に毎日乗っているらしいというのが、村での彼に関するもっぱらの話題だった。「それが朝の日課らしいよ」そもそも体重を計るという習慣に馴染みのなかったオババの人々は、店や食堂でそう噂した。「それで、体重計に出た数字を壁に鉛筆で書くんだと」それが根も葉もない作り話ではなかったことはのちに判明した。一九三六年にスペイン内戦が勃発してから、彼のホテルを捜索した兵士たちは、壁いっぱいに数字が書かれたバスルームを発見した。それらの値——百二十一、百十九・四、百二十二・七……——はいずれも百二十前後だった。ところどころは、あまりに数字が密集し、壁に灰色の染みをつくっていた。

喘息気味だったドン・ペドロは、体重が十キロか十五キロ減れば、しばしば襲われる呼吸困難も和らぐだろうとわかってはいたが、そうして体重を計っていたのは健康のためではなかった。自分の容姿を気にしていたからでもなかった。当時、内戦前の一九三三、四年頃は、結核が猛威を振るっていたので、痩せていることはまったく羨望の的でなかった。実のところ、体重を計るのは彼にとってたんなる娯楽（ディヴェルティメント）（divertimento）だったのだ。彼は、ホテルのカフェテリアか展望台で毎週催す友人たちとの集いの始まりに、自分の体重の増減を話題にするのを好んでいた。そんな他愛もない話が、幾度となく反復されるにつれ、場の雰囲気を明るくしてくれたからである。「今週は二百四十グラム痩せたよ」「一・四キロも太ってしまった」などとドン・ペドロが報告すると、彼のもとに集まった友人、特にオババの三人の教師たちは、笑って彼をからかい始めるのだった。

　ときには、反復がしつこくならないよう、体重の話は脇に置き、自分の帽子を話題にすることもあった。アメリカ〔バスク語やスペイン語ではアメリカ合衆国でなく南北アメリカ大陸を指し、ここでは特に北米のこと〕から持ち帰ったJ・B・ホットソンの、とても素敵なグレーの帽子だった。この場合、話のお決まりの筋は、帽子がまるで生き物のように、持ち主から逃げて巧みに姿を隠してしまうというものだった。「今朝はどこにいたと思うかい？パン焼き窯の中だよ。カナダ製の帽子が、いったいどうしてこんなに寒がりなんだろうね？」彼のそんなユーモアを、友人たちはこよなく愛していた。

　オババとその周辺で、彼はもっぱら「アメリカ帰りの男」、あるいはドン・ペドロと呼ばれていたが、なかには「熊」という第三の名前をつけた意地の悪い者たちもいた。彼の巨漢ぶりや外見――喜劇俳優のオリヴァー・ハーディに似て、球のように丸くぽっちゃりしていた――からではなく、彼を誹謗中傷するため、彼の弟の死の経緯（いきさつ）を残忍なストーリーに仕立て上げて吹聴するためだった。ドン・ペドロ自身が当時オババに残っていたわずかな親族に手紙で伝えたところによれば、彼とともに銀を探していた弟は、「狩りの最中に熊に襲われた」ためにアラスカの森で命を落としたのだが、意地の悪い者たちはその説明を歪曲して膨らませ、次のように言い触らした。「その森には熊なんかいなかった。奴が熊だったのさ。一緒に採掘していた銀山を独り占めしたくなったから殺したんだ。それでいまはホテルのオーナーになって、あんな大きな車を乗り回しているのさ」

彼の車、ベージュと茶色のシボレーは、当時オババにあった唯一の車だった。村人にはホテルそのものより、そちらのほうが強い印象を与えたのだった。

その中傷はお粗末にもほどがあった。ドン・ペドロは不幸が起こった日、まさに件の銀山に関係する書類を更新するためにバンクーバーにいたのだし、何よりも、事件の起きた状況がどうであったにせよ、兄弟は心から愛し合っていたのだ。二人はアベルとカインではなく、アベルとアベルだった。しかし不幸にも、聖書に書かれているように、誹謗中傷は人の耳にとって砂糖菓子のようなものである。オババの性悪どもの作り話は噂となり、たちまち広まっていった。

皮肉にも、その砂糖菓子を熱心に広めたのは、オババでもっとも信心深い、つまり聖書に忠実であるべき人々だった。彼らはドン・ペドロを憎み、復讐を望んでいた。ドン・ペドロは教会に行かなかったし、それどころか噂によれば、男女のあいだの性的な事柄やその他の卑猥で穢らわしいことを好んで口にしていた。そんな大胆な振る舞いは、聖金曜日（復活祭前の金曜日）になると伝統主義者たちが家のにわとりを閉じ込めていた当時、兄弟殺しにもまさる過ちだった。

「この村の何人かの者はいったいどこにいたのだ？　アメリカか、それともソドムか？」と一九三五年の聖金曜日、フライ・ビクトルと呼ばれていた説教師は問うた。若く、引き締まった身体つきをした彼は、歯に衣着せぬ物言いでその地方一帯の有名人だった。彼は憤ると――つまり、《悪の報告書》を手に説教壇へ上がるたび――、ベンチや祈禱台から見てもわかるほど首の静脈が膨張した。彼はまだ完全にではなかったが、狂っていた。狂人はさらに狂気の度を増すことがある、それが狂人の恐ろしいところである。説教師の狂気は翌年、内戦とともに頂点に達することとなった。

ホテルでの集いに顔を出していた教師の一人、ベルナルディーノは詩を書くのが趣味で、ときどきサラゴサの雑誌に自作の詩を発表していたが、ドン・ペドロの六十歳の誕生日を祝う昼食会のあと、彼に捧げた長い熱烈な賛歌（ディテュランボス）を朗読し、例の誹謗中傷についてこう謳った。《彼らは貴方を熊と呼び、貴方にはたしかに熊に似たところがある。なぜなら、貴方の口からはしばしば蜜が流れ出るのだから》ドン・ペドロが語る言葉は美しく、攻撃的なところなどまるでないと言わんとしたのだ。
「あなたは甘すぎるんですよ、ドン・ペドロ」とその日、マウリシオという別の教師はいつものように忠告した。ときには口の悪いことも言う、つまり中傷者たちに立ち向かう必要があるというのがマウリシオの考えだった。どうして裁判に訴えようとしないんです？

ドン・ペドロはそうした忠告を真に受けず、冗談で返すか、あるいはすっかり話題を変えてしまい、友人たちを前に、アメリカでの彼の人生について語り出すのが常だった。そして、かつてよく訪れた場所——アリス・アーム、プリンス・ルパート、バンクーバー……——の名前を列挙しては、かの大陸で経験した多くの出来事のなかから、何か可笑しいエピソードを語って聞かせた。「あるとき、シアトルで大規模なストライキがあってね。ここから向こうに渡っていつも一緒に行動していた十人か十二人の仲間がいたんだが、みんな一文無しになって、食べるものにも困ってしまった。それで結局、キング・ストリートの中華料理屋に行くことにしたんだ。そこの料理が好きだったからじゃないよ、払う金がないものだから、店員たちが小柄でおとなしいのが都合よかったのさ……」

ドン・ペドロの思い出話に登場する場所、人々やものの名前は、アラスカ・ホテルでの集いに足を運ぶ者たちの耳に、まるで鈴の音のように響いた。彼らの多くは教養ある、新聞を読む習慣のある人たちで、進歩を信じていた。世界にはほかの国々もあるのだということ、どこもかしこもそのホテルの展望台から見えるような場所——外側はあまりに青々として、内側はあまりに暗い、暗黒の宗教に支配された暗黒の地——ばかりではないのだと思い出させてもらえるのは、彼らにとってもうれしいことだったのだ。

そうした仲間たちのなかで、それらの遠い名前の響きをもっとも楽しんでいたのが三人の教師だった。ベルナルディーノは、ウナムーノ〔スペイン領バスク出身の思想家・詩人〕がスペインの村々の名前を並べて作った詩のように、ドン・ペドロがかつて訪れたアメリカ大陸の都市の名前を列挙した「アメリカ」という詩まで書いた。《シアトル、バンクーバー、オールド・マネット、ニュー・マネット、アリス・アーム、プリンス・ルパート、ネアン・ハーバー……》彼らは遠くを夢見る必要があった。オババでは《悪の報告書》のせいで窮屈な思いをしていたからだ。聖週間の説教で、フライ・ビクトルは決まって彼らを名指しで非難した。「我々の子供たちの魂を腐らせるあの学校ときたら！」と司祭は叫び、告発は延々と続いた。そうした状況の背景にあったのは、一九三三年の総選挙だった。教師たちは三人ともスペイン共和国を支持したのだ。

「君たちはいったいここで何をしているんだ？」ドン・ペドロは、教師たちが何か不満を漏らすとそう言って咎めた。「まだ若いんだから、荷物をまとめて出ていけばいいじゃないか！ 私がバンクーバーの名士たちに推薦状を書いてあげるよ」教師たちは首を横に振った。自分たちはドン・ペドロほど勇敢ではない、それに結婚しているから、と言うのだった。そして、彼らの妻はオババ出身の、教会に欠かさず通う女たちだった。

やがて時が経つにつれ、友人たちを楽しませるための手段として遊びのように始めたアメリカの思い出話は、ドン・ペドロにとって思わぬ展開を見せた。過去の場所、人々やものが、彼の心の中で次第に大きくなり、よりくっきりと浮かび上がってきたのだ。しかし、それらは意外なことに、友人たちに語り聞かせるエピソードに直接関係したものではなく、ふと何かの拍子に脈絡もなく脳裏に蘇る場所、人々やものだった。オールド・マネットの近くの森で見つけた、中に蜜蜂が閉じ込められた琥珀のかけら。ウィニペグのインディアンの族長ヨリンシュアの娘が彼に向けた眼差し。アリス・アームでお茶を淹れるために火を熾したら、そこに近づいてきた臆病な黒い熊たち。そう、熊というのは臆病で、神の子羊のように無垢な生き物なのだ。傷を負わせられないかぎり、自分から人を襲ったりはしないものなのだ。

　熊。あんなにも無害で、無邪気で、美しい生き物。しかし、ドン・ペドロは熊のことは思い出したくなかった。その記憶は弟の記憶を、そして弟の死の経緯をめぐる記憶を呼び起こしたからだ。真実は、ドン・ペドロが伝えたよりもはるかに悲しいものだった。弟は熊に殺されたのではなかった。熊は、六発の銃弾を受けて覆いかぶさってきたときも、弟を傷つけすらしなかった。しかし、弟は――コーギアンという名の医師がバンクーバーから戻ったドン・ペドロに説明したところによれば――その出来事にあまりに衝撃を受けたために気がふれてしまい、ある夜、病院から逃げ出して湖の冷たい水に身を投げたのだった。「よろしければ、あなたの友人として忠告させてください」とコーギアン先生は言った。「気をつけるのです。あなたにも弟さんと同じ傾向があるかもしれません」「と言いますと?」「自殺する傾向です(To commit suicide)」。ドン・ペドロは、弟が死んだのは熊のせいであって、自分の家族にはそうした自殺傾向を持つ者は一人もいなかったと説明しようとしたが、コーギアン先生は「いずれおわかりになるでしょう。私は自分の考えを申し上げたまでです」と言わんとするかのような身振りで遮った。ドン・ペドロは黙り込み、それ以上反論しなかった。

いまとなっては、あの医者が言っていたことには一抹の真実が含まれていたのかもしれないと認めざるをえなかった。ドン・ペドロはときおり、部屋に一人きりでいると、なぜだか不意に胸が詰まり、涙が溢れてくることがあった。おそらく、おしゃべりだったのはそのせいなのだろう、話し出せば彼の心は——エンジンのように、と彼は思った——温まったからだ。そして、アメリカの鉱山労働者たちとの夕食後のおしゃべりでも、オババに戻ってきてからのホテルのテラスでの集いでも、暗く疎ましい話題を避けていたのもそのせいだったのだろう。しかし、そうした努力にもかかわらず、彼はいま、過去のあれらの名前——シアトル、バンクーバー、オールド・マネット……——を反復したせいで、思わぬ事態に直面していた。彼の内で過去が膨張しつつあったのだ。自然の理に反した方向に進展しつつあったその動きは——時間は忘却の味方をするのではなかったか？——危険な結果をもたらすかもしれない、と彼は思った。ベルナルディーノと二人きりで話していたとき、ドン・ペドロはこう打ち明けたことがあった。「オババに向けてアメリカから船で出発したとき、自分は流刑地をあとにして故郷へ帰るのだと思っていた。でも、いまとなってはよくわからない。もしかすると逆の道を辿っていたのかもしれないと思うこともあるよ。アメリカが私の本当の国で、いま暮らしているここが流刑地なのではないかと」

夏のある夜、ホテルのテラスに座り、一日の最後の葉巻を吸っていたとき、彼は蛙の鳴き声を聞いた。そして不意に、オババの山々を前にしているのでなく、バンクーバーのおとぎの劇場（ファンタジー・シアター）にいるかのように、蛙たちの言葉を理解した。《ウィニペグ》と蛙たちは言っていた。《ウィ・ニ・ペグ、

ウィ・ニ・ペグ、ウィ・ニ・ペグ》夜が深まり、空にますます多くの星が浮かび、南風がさらに温かくなり、ホテルの周囲の森が暗くなるにつれ、ドン・ペドロははっきりと理解した。遠い名前と、それらの名に結びついた記憶は、琥珀が蜜蜂にしたのと同じ仕事をいま彼にしているのだと。それを止めることができなければ、自分も中に囚われたまま窒息してしまうだろう。

蛙たちはオババの森で、かつてなく繊細な声で鳴き続けていた。《ウィ・ニ・ペグ、ウィ・ニ・ペグ、ウィ・ニ・ペグ》鈴のようでありながら、悲しげな響きだった。そのとき、ドン・ペドロは決意した。これからは用心することにしよう、カナダでの人生について語るのはもうやめよう、と。

毎週土曜の集いの仲間は、ドン・ペドロが前とは違う話題を取り上げるようになったのに気づいたが、その変化は政情によるものだと考えた。その一九三六年、総選挙のあとで、政情は悪化の一途を辿っていた。いまや展望台での会話では、アメリカの遠く馴染みのない名前の代わりに、政治家の名前が頻繁に口にされるようになった。アルカラ＝サモーラ（一九三一年に樹立されたスペイン第二共和制で、一九三六年まで大統領を務めた）、プリエト（バスク出身の政治家で、スペイン第二共和制で閣僚を歴任）、マウラ（スペイン第二共和制における内務大臣）、アギーレ（一九三六年秋に成立したバスク自治政府の最初の大統領）、アサーニャ（一九三六〜三九年、スペイン第二共和制の二代目かつ最後の大統領を務めた）、ラルゴ・カバジェロ（マルクス主義政治家で、スペイン第二共和制で閣僚を歴任）。七月半ばのある暑い日の夕暮れ、蛙たちが鳴き始めると、ドン・ペドロはふたたびテラスのベンチに葉巻を手にして腰掛け、不安な気持ちでその声に耳を澄ませた。しばらく記憶を封印して過ごしたあとで、蛙たちは何と言っているだろう？　《ウィ・ニ・ペグ！　ウィ・ニ・ペグ！　ウィ・ニ・ペグ！》と蛙たちは執拗に答えた。その声にはこれまでにない切迫感が感じられ、ドン・ペドロは暗い気持ちでホテルの自室に戻った。

それから数日後――七月十八日――、バスルームの体重計は百十七・二キロという長らく見たことのなかった小さな値を示した。彼はそれを壁にメモしながら、このところ冗談を言うこともほとんどなくなっていたのを思い出し、次の土曜にまたこの話題を持ち出そうと考えた。テラスで友人たちを前に座ったらこう言うのだ。「三キロも痩せたんだ！　このままいけば、服を新調しなければならなくなるね」そう決心したとき、テラスのほうから叫び声が聞こえ、彼は窓から顔を覗かせた。ドン・ミゲルと呼ばれていた、ホテルでの集いに足を運んでいた教師の一人だった。ホテルまでの坂道を自転車で登ってきたのに、顔面は蒼白だった。「ドン・ペドロ、軍が蜂起しました！」と教師は叫んだ。最初、ドン・ペドロはその言葉の意味するところが理解できなかった。「スペインが戦争になったんですよ！」「いったいどうしたらいいんだ？」彼は混乱した。「一刻も早くビルボへ行くのです。それかフランスへ。共和国支持者はここでは危険です」「ドン・ミゲル、ここでもかい？」教師は谷の向こうの丘を指差した。「反乱軍はもうそこまで来ています。ナバラの大隊がここに向かっているんです」

それまでの人生で、ドン・ペドロは幾度となく苦境に見舞われてきた。アストゥリアス出身の仲間とともにプリンス・ルパートへ向かう途中、吹雪の真っ只中で凍死しかけたこともあった。真っ白になった視界に小屋を見つけたあの素晴らしい瞬間と、そこに入って目にした光景――大勢の男たちが真っ赤になった鉄のストーブを囲んで座り、たばこを吸いながら、聖書を読み上げる白髭の老人の声にじっと耳を傾けていた――は深く記憶に刻まれていた。しかし、その一九三六年七月十八日、ドン・ミゲルが自転車に乗って去ってしまうと、彼はそれまで経験したことのない恐怖に襲われた。プリンス・ルパート近郊の荒野を歩いていたとき、彼の頭の中にあったのは小屋、仲間たちのたくさんいる暖かい避難場所——まさに最後には見つけることのできたもの——のイメージで、それはあの瞬間の彼にとって全世界、より正確に言うならこの世の善きものすべてを表わしていた。ところが、いま脳裏に浮かぶのは恐怖が生み出すイメージばかりだった。特に、共和主義者が選挙で勝利を収めたあと、ホテルで催した昼食会の光景。彼の内なる声がわざわざ思い出させてくれたように、それはドン・ペドロがみずから費用と場所を提供した祝いの席だった。そんな些細な出来事が、彼を一方の陣営にはっきりと位置づけていた。

ベッドに横になって自分の置かれた状況を分析していると、ビルボに逃げるのが簡単に思える瞬間もあった。しかし、八月に入ると前線はオババに近づき、ビルボへのルートのいくつかの箇所は危険になってしまった。さらに、反乱軍陣営のラジオが繰り返し伝えていたところによれば、自分の居住地から逃げ出すものは皆、「国民軍(ナシオナレス)」——スペイン共和国に反旗を翻したファシストたちはそう自称した——によって犯罪者として扱われ、直ちに射殺されるらしかった。結局、彼は教師のベルナルディーノとマウリシオとともにオババに残ることに決めた。「私たちは悪いことはしていません。何も起こりませんよ」とベルナルディーノはその問題について話し合うため集まったときに言った。ほかの三人よりも政治に深入りしていたドン・ミゲルは当初の考えを貫き、危険を冒してでもビルボへ逃げることにした。妻はもう到着しているはずだった。「向こうに親戚がいますから、住む家には困らないでしょう」と彼は説明した。ドン・ペドロは彼の背中を叩いて言った。「ほら、どうだ？　やはり男は結婚するものだよ！　私は失敗したな！　ビルボまで無事辿り着いたとしても行くところがないだろうからね」「ドン・ペドロ、私たちの家にいらっしゃいませんか？」とベルナルディーノが提案した。「息子のセサルはサラゴサにいる私の姉の家に行かせたので、部屋が余っているんです。どうか遠慮しないでください、来てくださったら妻も喜びますよ」
ドン・ペドロはきっぱりと断った。「鉱夫は鉱山を捨てるわけにはいかないんだ、ベルナルディーノ」彼は続けてこう冗談を言いたかった。「鉱山を捨てるのはもちろん、ましてや体重計を置いていくことはできないからね」しかし、その元気がなかったので口には出さなかった。

その長い日々、ドン・ペドロは毎晩、疲労困憊して床についた。目を閉じて考え込み、「この状況は悪い冗談みたいだ」と独りごちた。実際、内戦は、彼がアメリカで立てた予想に完全に反していた。あの遠い地で、彼は子供の頃に知ったのと同じ、小川と緑の山々のあるのどかな故郷を夢見ていたのだ。その代わり、いま彼の周りでは大砲の音が轟き、ビルボを爆撃しに来たドイツの軍用機が唸るような音を立てて飛んでいた。

ドン・ペドロは、ヨシュア（旧約聖書に登場する、モーセの後継者となったユダヤ人の指導者）その人が起こしたよりも大きな奇跡を待ち望んだ。太陽と月を止めるばかりか、逆向きに動かしてしまうほどの奇跡を。七月十七日がまたやってくるように。それが無理なら七月十八日でもよかった。内戦が勃発した十八日でもまだ間に合っただろう。フランスはあれほど近かったのに！　徒歩で行ったとしても、数時間あれば国境を越えられたはずだった。ドン・ミゲルが知らせを伝えに来たとき、すぐに国境に向かわなかったことが悔やまれた。

反乱軍は、共和国陣営の支配下にあった町や村を解放するたび、真っ先に司祭を連れてきて、まるで悪魔祓いのようにミサを執り行なった。オババでも、村役場を占拠し、旗を掛け替えたあとでそのような運びとなるはずだった。ところが、ナバラのカトリック右派保守主義者（インテグリスタス）からなる大隊がオババに到着したのは八月十日の午前十一時、逃走中の数名の民兵が村役場前の柱廊で、オババの老司祭と次期村長となるはずだった農民を射殺した数時間後のことだった。大隊を率いていたデグレラ大尉はミサを後回しにし、すぐさま報復に出た。二十四時間後、村役場前の同じ場所にはさらに、オババのファシストたちが標的に選んだ七人の男が倒れていた。

「お前は神をも恐れぬ人間だな」とデグレラ大尉は、オババのファシストたちの先頭に立っていた若者に言った。射殺された男たちのうち二人に、みずからとどめを刺したのを見ていたのだ。「私が恐れるのは神だけです」と若者は答えた。「どの集団と行動している？　ファランヘ党か？」と大尉は、若者が巻き毛を後ろ向きに撫でつけてポマードで固めているのを見て尋ねた。スペインでムッソリーニの教義にもっとも忠実だったファランヘ党員は、そうして身なりを整えていたからだ。「私はただ軍に従うまでです」その若者の話し方にはいくらか教養が感じられ、デグレラ大尉は、神学校――当時、小さな村々の青年たちにとって唯一の「高等教育機関」――で学んだのだろうと見当をつけた。「私はへつらいは好まぬ。軍を尊敬するならば、軍服を着ているはずだ」と大尉は厳格な口調で言った。「オババの貧しい家に生まれたのでなければ、あなたより優れた軍人になっていたかもしれません」と若者は大尉の目を見据えて答えた。

デグレラ大尉は両手を後ろで組み、しばし黙り込んだ。そして「お前の名は？」と若者に尋ねた。「マルセリーノです」のちに大尉は、この若者がドイツ国家社会主義党（ナチのこと。正式名称は「国家社会主義ドイツ労働者党」）についてのニュース映画に感化されてベルリンを訪れたので、村ではベルリーノと呼ばれていると知ることになる。「よろしい、マルセリーノ。いまお前に頼みたいことがある。どこかから司祭を連れてきてほしい。教会でミサを行なわねばならないのだ」「そこに一人います」とマルセリーノはフライ・ビクトルを指差して言った。司祭の平服を着て、腰のベルトにピストルを差したフライ・ビクトルは、射殺された男たちのあいだを叫びながら動き回っていた。「これは全員じゃない！」「フライ・ビクトルと呼ばれています」とマルセリーノは説明した。「連れてこい」と大尉は命じた。司祭は興奮していて、僧衣からは汗の匂いがした。「フライ・ビクトル」と大尉は落ち着いた声で話しかけた。「司祭がピストルを携行している姿は見たくない。ほかの場所では軍人も見て見ぬふりをしているかもしれないが、私はそのようなことは許さぬ。聖職者は教会で、兵士は塹壕でそれぞれの役目を果たすべきだ。神もそのように望まれるに違いない。武器はマルセリーノに渡して、ミサを上げに行ってくれたまえ」フライ・ビクトルは嘲るようにこう答えた。「一度始めたことをきちんとやり遂げると約束していただけるなら、安心して教会に行けるんですがね」マルセリーノは司祭の腰からピストルを奪った。「どういう意味だ？」と大尉は尋ねた。「これは全員じゃない！いちばん罪深い者たちがいないじゃありませんか！」と司祭はわめいた。そしてドン・ペドロの名前を挙げた。「ご存知ないかもしれないが、フリーメーソンですぞ」「そのドン・ペドロとやらを知っているか？」と大尉はマルセリーノに訊いた。若者は頷いた。「美しいミサにするのだ」と大尉はフライ・ビクトルに言った。それが別れの挨拶だった。

「アコーディオン弾きの友達がいるんです」とマルセリーノが言った。「彼ならオルガンも弾けます。お望みなら呼んできますが」「ドン・ペドロというのは誰だ？」大尉は若者の提案を無視して尋ねた。「アメリカ帰りの太った大男です。毎朝欠かさず自分の体重をバスルームの壁にメモしているそうです」とマルセリーノは答えた。「同性愛者か？」「そうかもしれません」「お前はどう思う？　司祭の言うことはもっともか？」「彼が共和主義者に投票したことは確かです。地方選挙で勝利したとき、ホテルでパーティーを開きましたから。そいつらは全員そこにいたんです」マルセリーノは射殺された七人の男を眺めていた。兵士たちが死体をトラックに積み込んでいるところだった。「ずいぶん詳しいな」会話が始まって初めて、マルセリーノは笑みを浮かべた。軍人の褒め言葉がうれしかったのだ。「アコーディオン弾きの友達がいると言いましたよね。彼がそのパーティーで演奏したんです」「つまり、そのアメリカ帰りの同性愛者はホテルを持っているのだな」と大尉はかまわず話を続けた。「まだ新しい、とてもいいホテルです。村から三キロ離れた、あそこの山の斜面にあります。全部で何部屋あるかはわかりませんが、少なくとも三十室ぐらいはあるでしょう。カフェテリアもあります。アラスカ・ホテルという名前です」「それで、同性愛者なら家族はいないだろうな?」「少なくとも知られているかぎりでは」

村役場前の柱廊では、水の入ったバケツと雑巾を持った二人の女が、地面に残った血痕を拭っていた。「そこの女たち!」と大尉は叫んだ。「わたしたちは何もしておりません!」と女の一人が跪いて大声で言った。「誰がお前たちを呼んだ? 掃除など必要ない」大尉は午後のミサのあと、そこでオババの若者たち全員に向かって、彼の大隊に加わるよう呼びかける演説をするつもりだった。村の七人の男が流した血を踏むのは、新入りの兵士にとってこのうえない洗礼の儀式になるはずだった。

ドン・ペドロは、村に残った二人の教師と毎日ホテルに集まっては、別れる段になると、彼らを少しでも引き止めようと控えめな努力をした。「本当にもうコーヒーはいらないのかい? もう一杯飲んでいったらどうだね?」ベルナルディーノとマウリシオは、家族を心配させたくないからと言って辞去し、森の小道を通って村へと下っていった。曲がりくねった道路には、どこに軍のパトロール隊が潜んでいるかわからなかったからだ。

仲間が去ってしまうと、ドン・ペドロは寄る辺ない気持ちになった。とりわけ、軍がオババに展開し始めてからの数日間で、ホテルのスタッフがベテランの従業員も含めて——「お客もいないのに、私たちはここで何をするんです？」——すっかりいなくなってしまうと、寂しさはいや増した。ひと気のなくなった部屋、厨房、ホール、カフェテリア、展望台、そして同じく静まりかえった山々——蛙たちすら黙り込んでいた——を見ていると、彼の心は孤独の彼方へと向かっていった。アラスカ・ホテルはいまや、別のどこかへの入り口でしかなくなってしまったかのようだった。死の王国への入り口？　そうかもしれなかった。ドン・ペドロは持ち前のユーモアのセンスで気持ちを落ち着かせようと、死について考えるのは八十歳を過ぎてからだ、まだ六十歳の誕生日を迎えたばかりではないか、と自分に言い聞かせたが、それも無駄だった。彼のもとにも、オババの村役場の前で射殺された人々の知らせが届いたところだった。南風が吹いて雨戸をガタガタと鳴らすと、死神がやってきて自分を呼んでいるのだという気がした。

八月十五日、聖母マリアの日に、兵士たちは全員教会に集まっているだろうと考えたドン・ペドロは、村に下りてみることにした。状況を間近で確認したかったのだ。ホテルで働いてもらったことのある、ファシストたちの支持者と思しき村人を何人か知っていたので、彼らに会って、自分にどんな態度を取るか見てみるつもりだった。ところが、車を取りに駐車場に出るやいなや、十二人ばかりの兵士が立ちはだかり、彼に銃を向けた。何人かは地面に膝をつき、後ろの者たちは立ったまま銃を構え、まるで銃殺刑の場面のようだった。ドン・ペドロは兵士たちの赤いベレー帽を見て、カルリスタの義勇兵(レケテ)――ファシストというより、信心深いカトリック右派保守主義者――たちだと気がついた。リーダー格で五十歳ぐらいの、浅黒い肌をした男が笑いながら彼に近づいてきた。「おい、今朝の体重計の数字は?」「百十七キロ」とドン・ペドロはごく当たり前の質問であるかのように返事をした。兵士たちはくすくすと笑った。浅黒い肌の男と並ぶと、彼らはまるで子供だった。「こないだ殺した豚も同じ体重だったぜ。だがお前と違って、豚はどこも余すところなく役に立つ」浅黒い肌の男は、ピストルの先をドン・ペドロの脇腹に当てて押しやった。「おやおや、香水なんかつけてやがる!」兵士たちのくすくす笑いがまた起こった。「二人は俺と残れ。ほかはホテルの中を調べろ」と男は兵士たちに命じた。

ドン・ペドロは教師のミゲルから、ナバラの大隊の兵士は無知蒙昧な農民たちで、ある村を占領して真っ先にするのは、裕福な家々から鏡や家具を略奪することだと聞いていた。だが、ホテルに入った者たちが奪ったのは彼の部屋にあった武器、ウィニペグで買ったウィンチェスターの六弾式のライフル銃だけだった。「どこで手に入れた?」と浅黒い肌の男がそれを手に取って確かめながら訊いた。螺鈿(らでん)細工があしらわれた美しい銃で、それに比べれば、兵士たちの武器は一世紀前の巨大ながらくたに見えた。「アメリカから持ってきたんだ」「試してみようじゃないか」浅黒い肌の男は展望台の手すりのところまで行き、斜面の下の木々に目を凝らして鳥を探した。「ドン・ハイメ、あそこにクロウタドリがいます。森の少し手前の草地に」と兵士の一人が言った。男はライフルを頬の横に当て、引き金を引いた。何も起こらなかった。弾が入っていなかったのだ。「このホモは冗談好きらしいな!」とドン・ハイメと呼ばれた浅黒い肌の男は叫んだ。彼が使ったスペイン語の言葉――ブハロン(bujarrón)――は、同じ意味の語彙の中でもっともぞんざいな言葉だった。「弾が入ってないと知っていたくせに、俺に部下たちの前で恥をかかせるために黙っていやがった！」
男はドン・ペドロに飛びかかり、銃床で脇腹を殴りつけた。その激しい殴打で、彼の百十七キロの身体が動き、よろめいた。J・B・ホットソンのグレーの帽子が兵士たちの足元に落ちた。

その打撃が全身を貫き、脳天に達した瞬間、ドン・ペドロは、ベタニアで復活した日のラザロ〔イエス・キリストの友人で、墓の外からイエスに呼びかけられて生き返った〕のように、《ペドロ、そこから出てくるのだ！》と言う声を聞いた。《お前は恐怖と疑念に苛まれ、墓に閉じこもっていたも同然だった。しかし目覚めるときがやってきたのだ》そのとき、ドン・ペドロの脳裏に、自分の人生のさまざまな場面が蘇った。彼はウィニペグで、インディアンの族長ヨリンシュアとコーヒーを飲んでいる自分の姿を見た。アリス・アームの鉱山の奥深くで、ラグラー・シルバーと呼ばれていた紅銀の大鉱脈を調査している自分の姿を見た。プリンス・ルパートで一日じゅう吹雪の中をさまよい歩いたあとの自分の姿を見た。そして心に決めた。「私は人殺しどもの前で怯えたりしないぞ」

「どうぞ帽子を」とある若い兵士が、J・B・ホットソンのグレーの帽子を彼に手渡しながら言った。「君たちがみんな同じではないと知ってうれしいよ」とドン・ペドロはお礼とともに言った。

「ほかはどうだって言うんだ？」ドン・ハイメと呼ばれた浅黒い肌の男は、まだウィンチェスターのライフル銃を手に持っていた。「君たちは、そんなに信心深いなら聖書をよく読むんだろう？」とドン・ペドロは言った。彼はそうではないと確信していた。その兵士たちは、カナダで会った娯楽のためにも聖書を手に取るプロテスタントの人々とは似ても似つかなかった。「そりゃそうさ」とドン・ハイメは答えた。「じゃあご存知だろうが、聖書では、君のような人々は《汚らしい獣のような者たち》と呼ばれている」ライフルが床に落ち、浅黒い肌の男の手にピストルが現われた。

「ドン・ハイメ！」と帽子を拾ってくれた若い兵士が叫んだ。「命令を思い出してください。大尉は、アメリカ帰りの男を生きたまま連れてこいと言っていました」本物の汚らしい獣のように、ドン・ハイメは悪態をつきながら落ち着きなく歩き回った。「トラックへ連れていけ！」とようやく命じたときには息を切らしていた。「大尉がこのホモを生け捕りにする必要があると言うからには、よほどの情報を持ってるんだろう。だが覚悟しておけ、これからまだ二人きりになる機会はあるだろうからな」今度「ホモ」と言うのに使われたスペイン語の言葉はマリカ（marica）だった。「トラックへ連れていけ！」と男はふたたび命じた。

「アメリカのどこにいらっしゃったんですか？」駐車場へ向かう途中、ドン・ペドロに優しく接してくれる若い兵士が尋ねた。とても背が高く、木樵のようにたくましい体格だった。「いちばん長くいたのはカナダのほうだ」とドン・ペドロは答えた。「いいところですか？　向こうに叔父がいて、僕にも来いとよく言うんです。戦争が終わったら行ってみようかと」「叔父さんがいるのはどこだい？」「バンクーバー島（バンコウベル・イスランド）（Vancouver Island）です」と彼は綴りどおりにその地名を発音した。「とても美しい場所だよ。それに、向こうの人たちはここの人間より思いやりがある」「それなら考えてみます」彼らはもうトラックのところまで来ていた。若者はもう一人の兵士の手を借りて、小型トラックの荷台にドン・ペドロを押し上げた。

　村役場の地階には、正面の柱廊と食堂のあいだに、村人たちがずっと「牢屋」と呼び、「オババから泥棒がいなくなってから」は食堂の貯蔵庫として使われてきた、窓が一つきりの部屋があった。そこに閉じ込められたドン・ペドロは、暗闇の中で――唯一の窓は木の板で塞がれていた――ワインの革袋の上にぐったりと横になり、散歩（パセオ）〔スペイン内戦中、反乱軍陣営にこう称して連行され、殺害されたり行方不明になった者が続出した〕に連れ出されるのも時間の問題だろう、ならば自分に残されたわずかな時間に何をすべきだろうかと考え始めた。《この世界での自分の足跡を振り返るのだ。最期の時には誰しもそうするものだ》と彼の内なる声が言った。ドン・ペドロは、それまで幾度となくそうしてきたように、遠い名前を思い出し、記憶を呼び起こそうとした。シアトル、バンクーバー、オールド・マネット、ニュー・マネット、アリス・アーム、プリンス・ルパート、ネアン・ハーバー……。だが、自分の人生のごくわずかな瞬間すら思い出すことができなかった。記憶の中を探ったり何かを思い起こしたりする気力もなく、自分の中が空っぽになってしまったようだった。しかし、そうしてただ横たわっていると、生贄にされるのを待つ従順な家畜になったような気がしたので、何かしなければ、頭を働かせておかなければ、と思った。そこですぐさま、貯蔵庫の中にある食料をすべて調べ上げ、目録をつくることにした。まずは一つひとつ匂いを嗅ぎ、その内容を頭に叩き込んでいったが、偶然小さな鉛筆のついた手帳を見つけると――そのときの喜びといったら！　まるで救済への鍵を見つけたかのようだった！――、今度はそこに情報を書きつけていった。

あと缶詰をいくつか確認すれば目録が完成するというところで、不意に扉が開き、貯蔵庫は光に包まれた。目が明るさに慣れると、彼はドン・ハイメと呼ばれていた浅黒い肌の男と、その背後にいる何人もの兵士を見た。「思ったとおり、イワシだ」とドン・ペドロは彼らに向かって缶詰を見せながら言った。その瞬間、急に力が抜け、彼は箱の上に座り込んだ。「いまは座るときじゃねえ」とドン・ハイメがしゃがれた声で言った。朝よりも疲れた様子だった。「準備はできている」ドン・ペドロは立ち上がり、帽子を被りながら答えた。《死ぬときだ》と彼の内なる声が言った。ドン・ペドロはまた自分の人生を振り返り、両親、弟、アメリカで知り合った多くの友人のことを考えたかった。しかし、彼の頭は間抜けにも、完成したばかりの目録の内容を読み上げ続けていた。オリーブ油の革袋が五つ、ワインの革袋が十一、ビスケットの箱が十六、十キロ入りのツナ缶が三つ……。

村役場前の柱廊に出るとすぐ、兵士たちはドン・ペドロを壁に向かって立たせた。それでも彼は、村の広場にも道路にもひと気がなく、太陽が山の向こうに沈みかけているのを見て取った。八月十五日は終わりつつあった。《お前の死ぬ日だ》と彼の内なる声が言った。一人の兵士が近づき、「トラックが来る前に便所に行く必要はありませんか?」と訊いた。バンクーバーに叔父がいるというあの若者だった。「とてもいい考えだ」とドン・ペドロは答えた。村役場の下の食堂に彼を案内しながら、若者は「元気を出してください」と言った。「今朝の話をお聞きになったでしょう。大尉はあなたを生かしておけと言っていました。希望はあります」

トイレに入るやいなや、ドン・ペドロは自分の頬をぴしゃりと叩いた。目録の内容――オリーブ油の革袋が五つ、ワインの革袋が十一、ビスケットの箱が十六……――が頭の中を執拗にぐるぐる回り続けていた。頬を叩いてみても、それを振り払うことができなかった。

「ドン・ハイメは疲れ切っているようだね」と彼は柱廊へ戻る途中、若い兵士に話しかけてみた。「ピストルを失くして不安なんですよ。デグレラ大尉はそういうのを許さない人だから」と兵士はかすかに微笑みながら言った。「それに今日はすごく忙しかったんです。ドン・ハイメはもう僕らみたいに若くないですから、一日じゅうあちこち駆けずり回ったらそりゃ疲れますよ」それを聞いてドン・ペドロは考え込んだ。この若者と仲間たちがあちこち行き来して何をしてきたかは想像がついたので、自分が一日じゅう一人きりにされていたのが奇妙に思われたのだった。ほかに捕まった人たちはどこに拘束されているのだろう？　まっすぐ森に連れていかれたのだろうか？　杜廊の前では、朝と同じ小型トラックがエンジンをかけたまま停まっていた。「お前たち、何してたんだ？　カマでも掘ってたのか？」ドン・ハイメは大声を出そうとしたが、喉が言うことを聞かなかった。兵士たちはくすくす笑ったが、たんにドン・ハイメの言ったことが可笑しかったからではなかった。ピストルを失くしたことが彼の権威を傷つけているのは明らかだった。「ドン・ハイメは婆さんみたいな声になったな」と酔っ払ったような顔をした兵士が小声で嘲笑った。「早く行くぞ！　とっとと終わらせるんだ！」とドン・ハイメはトラックの運転席に乗りながら言った。若い兵士は仲間の一人の手を借り、朝と同じようにドン・ペドロをトラックの荷台に押し上げた。それから彼らとほかの兵士たちも乗り込んだ。

　トラックは幹線道路へ向かった。「バンコウベル・イスランドはきれいなところなんですよね」と若い兵士が彼に言った。「イスランドじゃない、アイランドだ。バンクーバー島」若者は微笑んだ。「実を言うと、言葉がわからないのがいちばん心配なんです。それでずっと先延ばしにしてきたんですよ。でなければもうとっくに行っていたはずです」「必要に迫られれば覚えるものだよ。君だってきっとできるようになる」とドン・ペドロは答えた。

「向こうの言葉で、女の子（*neska*）は何と言うんですか？」と若者が訊いた。「そいつが知るわけねえだろ、男のことを訊けよ！」と酔っ払ったような顔の兵士が口を挟んだ。「お前は黙ってろ」と別の兵士が言った。「ガール（girl）」とドン・ペドロは答えた。「ガール？　それだけですか？」トラックは停まりかけたかと思うと、山道を上り始めた。「ホテルへ行くのかい？」とドン・ペドロは驚いて声を上げた。「そのようですね」と若い兵士は言った。その日の正午からデグレラ大尉の司令部がそこに置かれているのだとは説明しなかった。

ホテルのカフェテリアのテラスで、ドン・ペドロは立ったまま、ファランヘ党員らしき若者と一緒に座った大尉とテーブルを挟んで向かい合った。もう日は暮れていたが、明かりはついていなかった。ほとんど何も見えなかった。「その帽子をさっさと脱げ！　大尉に敬意を示すんだ！」とドン・ハイメが横から命じた。彼は従った。「ドン・ペドロ、自分の弟を殺す人間にはどんな罰がふさわしいと思われますか？」とデグレラ大尉は挨拶もせず、唐突に尋ねた。彼は答えようとしたが、ドン・ハイメが口を挟んだ。「大尉、ここを失礼する前にお伝えしたいんですが、ピストルを失くしまして。何なりとおっしゃるとおりにします」「ドン・ハイメ、私は君と話しているのではない」と大尉はほとんど聞こえないほど低い声で言った。そしてドン・ペドロのほうに向き直った。「私が申し上げげましょう。死がふさわしい」

ドン・ペドロの心臓が早鐘を打った。薄暗がりで、よく知っている場所ではあったものの――そこは自分の家だったのだ！――逃げるのは難しそうだった。「私のホテルで何をしているのですか？　まずそれを説明していただかなくては」と彼は口を開いた。「ドン・ペドロ、尊大な態度はおやめください。あなたのホテルはいまやスペイン国民軍のものです」「私は何もしていない、あなたの義務は私を解放することだ」とドン・ペドロは言った。「そうするところですとも」と大尉は椅子から立ち上がりながら言った。そして、ドン・ハイメには目もくれずその前を通り過ぎ、テーブルを半周した。

辺りの暗さに目が慣れてくると、ドン・ペドロは、大尉は三十五歳ぐらいだろうと見当をつけた。

まだ座っているファランへ党員らしき若者は、せいぜい二十五歳といったところだった。その顔に見覚えがある気がした。「ドン・ペドロ、あなたは世界を知っていらっしゃるから、話は早いと思います」と大尉が切り出した。「ご存知のように、我々は壮大な政治運動の始まりに立っている。ドイツとイタリアで既に起こり、スペインでもいま起こりつつあるこの運動を全世界に広めるのが我々の意図です。したがって、この戦争が終わっても、我々の革命は続きます」

ドン・ペドロはようやく、テーブルの向かい側に座っている若者の名前を思い出した。ベルリーノと呼ばれていたはずだった。聞いたところでは、神学校にいたが、出てきたときにはヒトラーの信奉者になっていたという話だった。ホテルの厨房でパティシエとして働いているフランス人の娘と付き合っていた。「ですから、我々の提案がどんなものかはお察しがつくでしょう」と大尉は話を続けた。「あなたは、我々の提示する既定の額でホテルを売却する。すぐにお見せしますが、状況を考えれば悪い値ではありません。ともかく、我々にはホテルが必要です。あなたのお友達の共産主義者なら、冬の宿営地が必要だと言うところでしょうな」ベルリーノと呼ばれていた若者は、テーブルの上に書類入れを置いた。「お座りになって、契約書をご確認ください」と大尉が言った。「きちんとしておきたいものですから」「暗すぎて何も見えない」とドン・ペドロは言った。「それもすぐ解決しましょう」デグレラ大尉はそこで初めてドン・ハイメに目をやり、「懐中電灯を持ってこい」と命令した。ドン・ハイメは大急ぎで、小走りになって駆けていった。突然ウェイターになったかのようだった。

雀の涙ほどの買い値以上に、ドン・ペドロの目を引いたのは、契約書に書かれた日付だった。何か月も前の、内戦が始まる前の日付になっていた。おまけに、買い手はデグレラ大尉本人だった。

つまり、彼らの提案は差し押さえでも何でもなかった。ホテルは軍が接収するのではなく、カルロス・デグレラ・ビリャバソという個人の手に渡るのだった。「カナダにいたなら、こんな契約書にはサインしないでしょう」とドン・ペドロは言った。「だが、特殊な状況なのはわかる。これにサインしなければならないのならやむを得ません」彼は帽子をテーブルの上に置き、ファランへ党員の若者が差し出した万年筆を手に取った。「いずれにせよ、こういう特殊な状況ですから、私からも一つ提案をしたい。ホテルは無償であなたたちに譲ります。それに加えて、金銭的な寄付もしましょう。もちろん、同意していただけるならの話ですが」彼の置かれた状況はあまりに明白で、それを見て取るには懐中電灯の明かりも必要なかった。そこから生きて脱出したければ、死の重さに釣り合うだけのものを、天秤の反対側の皿に可能なかぎり載せなければならなかった。

軍人は片手を顔にやり、髭がどれだけ伸びたか確かめようとするように頬を撫でた。いましがた聞いたことがよく飲み込めないようだった。「外国の銀行に資産を持っています」とドン・ペドロは説明した。「ドルとフランと英ポンドで。フランスに行かせていただけるなら、私の財産の一部をあなたたちの革命のために差し上げましょう。ただもちろん、そのためには助けが必要だ。私に通行許可証を発行し、国境の向こう側に連れていってください。約束は守ります」大尉は躊躇した。「お前はどう思う?」とベルリーノに尋ねた。「どれくらいの金額だ?」とベルリーノは訊いた。「一万ドル」とドン・ペドロは答えた。ベルリーノは少し時間をかけて計算してみた。「大金だ!」と叫んだ彼の声には尊敬の念が滲んでいた。彼の婚約者が一生お菓子を作り続けて稼げるよりも多い額だったのだ。ベルリーノは大尉に向かって言った。「よろしければ、私がフランスまで付き添いますよ」「しかしよく考えてみなくては。ともかく、契約書にサインを」大尉はテーブルから立ち上がった。「これが終わったら、ドン・ペドロを部屋にお連れするように」とドン・ハイメに命じた。「それからピストルを探すのだ。見つけるまで休むことは許さん。指揮権を持つ人間がそのような不注意をするとは恥ではないか」ドン・ハイメは、大尉がカフェテリアの室内に入るまで直立不動の姿勢を取っていた。「ここにサインするんだ！　ここにも！」とベルリーノがドン・ペドロに指図した。

ドン・ペドロの部屋はすっかりめちゃくちゃにされ、クローゼットの服はすべて床にところかまわず放り出されていた。彼はそれを見ても立ち止まらず、まっすぐバスルームに入った。そこの散らかり具合はまだましなほうで、鏡にはひびが入り、体重計は誰かが蹴っ飛ばしたかのように片隅でひっくり返っていたが、それ以外は、石鹸も、フランスから取り寄せたバスソルトとシャンプーもいつもの場所にあった。彼は水道の蛇口をひねった。水はいつものように流れ出した。

風呂に入る前、彼はひっくり返った体重計をもとどおりにし、その上に乗った。体重計は百十五・三キロを示していた。もう何年も見たことのない数字だった。その日の朝より二キロ近く減っていた。そのとき、彼は一日じゅう絶食していたことを思い出し、何か食べるものを見つけなければと思った。しかし、空腹よりもたばこを吸いたい気持ちがまさっていたので、部屋の中を探し回って、ビスケットの箱ばかりでなく葉巻をしまっていたケースも見つけたときは、その小さな成功は吉兆かもしれないと思い、少し気をよくして風呂に浸かった。

三十分後、彼はビスケットを平らげ、窓辺で葉巻を吸っていた。月の大きな明るい夜で、ホテルの周りにはそこかしこに兵士たちの影が見えた。しかし、辺りは静まり返っていて、展望台に停められた車すら眠りについてしまったかのようだった。ドン・ペドロは自分のベージュと茶色のシボレーに目を留め、車もそこに拘束されているのが可哀想になった。それから、その気持ちを振り払おうと視線を上げ、オババの谷を見渡した。

《私は目で谷を飲む》とドン・ペドロは自分の内で聞いた。ベルナルディーノの声だった。彼の友人のあの教師がかつて書いた詩が、そのように始まっていたのだ。《私は目で谷を飲む、夏の黄金の一日の終わりに。私の渇きは満たされず……》ベルナルディーノはどうしているだろう？　マウリシオは？　《丘と山々、白い家々、遠くから見るとそこに散らばった羊の群れのような……》あの二人は身を隠すことができただろうか？　この不吉な日に、彼よりも慎重に行動しただろうか？ドン・ペドロは、自分と同じく六十歳になるマウリシオについてはさほど心配していなかったが、賢いものの子供のように無邪気なところがあるベルナルディーノには希望が持てなかった。ベルナルディーノは普段の生活でもかなり苦労していた。学校の生徒たちも、彼が懲罰を嫌っているのをいいことに悪ふざけばかりしていた。普段ですらそうなのだから、人殺したちがのさばるこの状況をどうして切り抜けられるだろう？　神の子羊(Agnus dei)！　子羊のように狼たちのあいだを逃げまどっているに違いなかった。

ドン・ペドロの吸う葉巻の赤い先端が、窓から入ってくるそよ風とともに、勢いを増したり弱まったりした。それに合わせるかのように、彼の考えもまた、勢いづいては弱まることを繰り返した。しかし、その考えはどこにも行き着かなかった。イエス・キリストはゲツセマネの園で何を考えただろう？　知りようもなかったし、そんな問いを立ててみるのも馬鹿げていたが、彼の頭はそう自問した。その思考の振り子に彼の意志は及ばなかった。ある疑問には答えが、その答えには別の疑問が浮かんだ。だが、それらは意味をなさず、頭の中を通り過ぎていくばかりだった。

彼は耳を澄ませた。長い沈黙の日々のあとで、蛙たちがまた鳴いていた。しかし、その声は弱々しく、遠くから響いてくるようだった。《ウィ・ニ・ペグ、ウィ・ニ・ペグ、ウィ・ニ・ペグ、ウィ・ニ・ペグ》前と同じ蛙たちではなく、その子供なのかもしれない、と彼は思った。葉巻の火を洗面台の蛇口で消し、ベッドに横になった。《ウィ・ニ・ペグ、ウィ・ニ・ペグ、ウィ・ニ・ペグ、ウィ・ニ・ペグ》かすかにではあったが、夏の夜の歌は部屋の中まで聞こえてきた。その歌を聞きながら、彼は少しずつ眠りに落ちていった。


彼はうとうとしながら、ドイツの軍用機がホテルの上空をひっきりなしに飛んでいて、ときおり、エンジン音から判断するとなぜか展望台に着陸しているような気がした。すっかり目が覚め、そんなはずはないと気づいて窓に近づいてみると、彼を村役場から運んできたのと似た小型トラックが三台、すぐ下を通っていくのが見えた。トラックはホテルの角で、地下室に続く通路のドアに寄せて停まった。

ドン・ペドロは動揺し、後ずさりした。三台のトラックには人が満載されていて、うめき声、命令する怒鳴り声、嗚咽（おえつ）が聞こえた。抗議する者を黙らせようとしてか、兵士が彼らを殴り始めた。「私は何もしていない！」と誰かが叫んだ。そして沈黙。しかし、それも長くは続かず、ふたたびエンジン音が轟いた。三台の車が、ドン・ペドロのシボレーを挟んで列をなして走ってきた。ドン・ペドロは、自分の車の前輪の泥よけが凹み、ライトの片方がついていないのに気づいた。懐中時計を見た。朝の四時半、もうすぐ夜が明ける頃だった。

彼は急がず、ゆっくりと服を着た。部屋に散らばった服のなかから、J・B・ホットソンの帽子によく合う夏物の薄いグレーのスーツと、まだおろしていなかった新品のスエードの靴を選んだ。そして、食堂の貯蔵庫で見つけた手帳と小さな鉛筆も、幸運をもたらしてくれるはずと信じてポケットにしまった。準備が整うと、シガレット・ケースから葉巻をもう一本出し、ベッドの端に腰掛けて吸った。ホテルの展望台では絶えずエンジン音がしていた。

朝の五時になろうとする頃、ドン・ハイメが彼を迎えに来た。目の周りには疲れで隈ができ、顔は汗でびっしょりと濡れていた。前日に初めて会ったときより十歳は老けたように見えた。「フランスに行くのにずいぶんめかし込んだな」とドン・ハイメは言い、笑おうとしたが咳き込んだ。「その葉巻の火を消すんだ!」そう叫ぶなりドン・ペドロの手を叩いたので、葉巻は床に落ちた。「ピストルを早く見つけないと、ノイローゼになってしまうよ」とドン・ペドロは言った。

ベッドから立ち上がるのは骨が折れた。突然、体重が百十五・三キロから百三十五キロ、百四十五キロに増えたかのようだった。「さあ、フランスへ行くぞ!」とドン・ハイメは従えてきた部下たちに言い、そのうちの二人が両脇からドン・ペドロの腕を掴んだ。前日に見た兵士たちより年長で、誰も軍服を着ていなかった。髪は後ろ向きに撫でつけられ、ポマードで固めてあった。「どうやら君は誰とでも組むようだね。昨日はカルリスタと来て、今日はファランへ党員か」とドン・ペドロはドン・ハイメに向かって言った。彼は気を強く保とうとしたが、希望はまったくなかった。教師のミゲルに聞いたところでは、スペインのあらゆる右派勢力のなかで、もっとも多くの詩人や芸術家が加わっているのがファランへ党で、「理想主義者と軍人が混じり合うと必ずそうなるもの」だが、人を殺すときは情け容赦ないという話だった。そう聞いたときは誇張に思えたが、内戦が始まって一か月足らずで、もはや疑う余地はなかった。まもなく、彼自身が身をもって経験することになるはずだった。

「あんたの車で行ければいいんだが、ライトが片方しかつかないし、明かりがあったほうが都合がいいんだ。フランスに行く道はきっと真っ暗だからな」外に出ると、彼の腕を摑んでいた兵士の一人がドン・ハイメの話し方を真似てそう言った。ドン・ペドロはそれに耳を貸さず、目の前の車の中をじっと見つめた。誰かいるようだった。痩せて眼鏡をかけた男が。「ベルナルディーノ！」と車に押し込まれるなり彼は叫んだ。二人は狭い後部座席で固く抱き合った。「ドン・ペドロ、マウリシオは殺されました。次は私たちの番です」「ベルナルディーノ、諦めるんじゃない。私たちはまだ生きている」それは口先だけの慰めの言葉ではなかった。抱擁したとき、脇腹に鋭い痛みを感じたのだ。座席に何か細くて硬いものがあった。ドン・ペドロは姿勢を正し、少しずつ深く座り直してみた。今度は尻の下に、同じ痛みの感覚があった。夏物のスーツの生地はとても薄かったので、その物体の形を探るのは造作なかった。すぐさま、彼の頭に円筒のイメージが浮かんだ。

ベルナルディーノは泣きじゃくり、車の警護についていたファランヘ党員たちは静かにしろときつく命じた。「ドン・ハイメはどこへ行った？」とそのグループの一人が言った。「顔でも洗いに行ったんじゃないか。いま戻ってくるだろう」と運転席にいた兵士が答えた。「もう六時だぞ。すぐに明るくなっちまう」と仲間が不平を言った。ドン・ペドロはベルナルディーノの膝を軽く叩いてやった。「さあ、勇気を出すんだ。まだ死んじゃいない」そして、帽子を脱いで膝の上に乗せると、尻の下に手を伸ばしてそこにあったものを摑んだ。思ったとおり、ピストルだった。

ドン・ハイメは助手席に座り、もう二人の兵士は小さな補助席に、ドン・ペドロとベルナルディーノと向かい合って座った。車は急に発進し、ホテルから村へ向かう細い道路を下り始めた。かなりの速度だったので、きついカーブに差し掛かると座席に座っているのもやっとだった。「スピードを落とせよ、そんなに急いでいるわけじゃないんだから」とドン・ペドロの向かいにいたファランへ党員が、車の揺れで身体をドアに叩きつけられたあとで言った。車のライトが道路脇の森を眩しく照らしていた。葉の生い茂った木々、青々としたセイヨウシデが見えた。

交差点に着くと、車はオババの村とは反対方向に谷を下っていった。またスピードが上がっていたが、今度の道は長い直線だった。「ピストルがあそこになかったら、いったいどうしたらいいんだ?」とドン・ハイメが言った。「きっとあそこにありますよ」と運転手が言った。「どこもかしこも探したんだ。あとはあの山しかない」「あの山ですか、それともフランスですか? フランスに行くもんだとばっかり思ってましたよ」とドン・ペドロの向かいに座っていたファランへ党員が笑った。「お前はフランスに行きたくないのか? どうしてそんなに悲しんでる?」とその兵士は続けて、懐中電灯で車内を照らしながらベルナルディーノに言った。「そのホモを見習うんだな。ほら、落ち着き払ってるじゃないか」「ここだ!」と道路の右側に山道を見つけたドン・ハイメが叫んだ。車がでこぼこの道に入り、ぐらぐらと揺れながら進み始めると彼はまた叫んだ。「ゆっくりだぞ!」「フランスに行く道は最悪だな」とファランへ党員は懐中電灯をウィンドウに当てて外を見ながら言った。ドン・ペドロは帽子の下に手を入れ、ピストルを握りしめた。「ベルナルディーノ、摑まるんだ!」「摑まるって、何に?」とファランへ党員は彼のほうに向き直りながら訊いた。

ドン・ペドロは手を持ち上げ、その兵士の頭に発砲した。

小走りに斜面を登っていくあいだ、森の蛙たちはまるで彼の耳の中で、普段の四倍か五倍のリズムで叫んでいるかのようだった――《ウィ・ニ・ペグ！　ウィ・ニ・ペグ！　ウィ・ニ・ペグ！》――。その反復が呼吸音と混じり合い、呼吸のほうもますます激しくなっていった。足取りはおぼつかなかったが、同じ年齢と体重の誰にも負けないくらいかそれ以上の速さで、彼は駆けに駆けた。百十五キロが九十五キロ、八十五キロになってしまったかのようだった。確実に待ち受ける死から逃げなければ、という決然たる思いが彼の足を軽くしていた。

夜明けの最初の光が差し、空の端がオレンジ色に染まりつつあった。森の高台に辿り着き、その向こう側を見下ろすと、小さな谷が、そしてそこに農家の集落が見えた。彼は家を数えた。全部で五軒、すべて小川と一本道に面していた。そのうちの四軒は白壁で、暗がりでもはっきりと見えた。集落の入り口に建っている一軒だけは、石造りの暗い色の壁だった。

ドン・ペドロは注意深く斜面を降りていった。カナダ時代から、下り道のほうが危険で、足首をくじいてそれ以上進めなくなることがあると知っていたのだ。下りきると、小川の岸の茂みに隠れ、集落の入り口の家をよく観察した。人が住んでいるようには見えなかった。彼はスーツのズボンのポケットからピストルを出し、飛び石を伝って小川を渡った。

その家の一階には水車があったが、粉を碾いた形跡も、道具類もなかった。もうだいぶ昔に廃業した水車小屋に違いなかった。いずれにせよ、身を隠すには不向きだった。パトロール隊はほかのどこよりも真っ先に空き家を捜索するだろう。そこに留まるわけにはいかなかった。《いくらあがいても無駄だ》と彼の内なる声が言った。《プリンス・ルパートの吹雪の荒野で道を見失ったときのように、仲間たちの集まった暖かい小屋が見つかることはないだろう》不意に彼は眩暈を覚え、石臼の上に座り込んだ。やがて気分が回復すると、ピストルをまたポケットにしまい、外に出た。

暁の光が集落を照らしつつあった。家々の壁も、空と同じオレンジ色に染まっていた。暗闇の中では山奥で孤立した見知らぬ場所に見えたそこは、オババの一部だったことにドン・ペドロは気づいた。パトロール隊は、撃ち合いで死んだ仲間たちを見つけたらすぐ、彼を追って姿を現わすに違いなかった。

彼は川床に下りた。一年のその時期になると水量が減り、小川の片側が小道のようになっていたので、そこを伝って上流にある白い家々に向かって歩き始めた。最初の一軒のところまで来ると、岸から顔を覗かせてその家をしばし観察した。それからなおも進み続け、同じことをほかの家々の前でも繰り返し、一軒ごとに、果たしてここは自分を匿ってくれるだろうかと自問した。カインの住処(すみか)か、アベルの住処か。死の場所か、それとも救済の場所か。しかし、集落の終わりに行き着いても、彼の疑念は晴れなかった。手がかりがなかったのだ。神はその集落の誰にもこう言わなかったようだった。《子羊を一頭殺し、その血で扉の枠と上のまぐさ石を赤く塗りなさい。そうすれば皆殺しの天使から解放されるであろう》いくらかでも安全だと知らせてくれる手がかりなしには、どこの扉を叩くのも危険だった。「だが、手がかりがあったとして、それでどうなるというのだろう?」と彼は絶望して思った。追っ手は確実に、皆殺しの天使よりも容赦なく、家々を一軒残らず捜索するだろう。それに、既に隣人の血を流し、命を奪った彼のことを、神が助けようとしない可能性もあった。アベルの命を奪った者はカインと呼ばれたが、カインを殺した者は何と呼ばれるのだろう？　熱に浮かされたように、そんな考えが頭の中を駆けめぐった。彼は小川の水で顔を冷やした。

集落の最後の家まで来ると、そこから先は上り坂になっていた。斜面は最初緩やかで、牧草に覆われていたが、次第に勾配がきつくなり、草地は林へ、森へ、山へと変わっていった。ドン・ペドロはできるだけ遠くへ逃げようと、そちらに向かって歩き出した。だが、その前に水車小屋を、白い家々を、小川を、そこまで辿ってきた道を最後にひと目見ておこうと思った。そして振り返るなり、真実を理解した。もう先には進めなかった。進みたくなかった。

彼は岩の上に座りこみ、集落を見つめた。五軒の家はどれも静まり返っていて、のどかな光景だった。そのうち三軒には犬小屋があったが、犬の気配はなかった。古い水車小屋の次の家では、数羽のにわとりが虫を探すように地面をつつき回っていた。その次の二軒の土地には羊がいた。彼が座っている場所から百メートルほど離れたところにある最後の家の横では、二頭の馬が草を食んでいた。二頭とも栗毛だった。草は緑。とうもろこし畑、野菜畑、りんご園、森、遠くの山々も緑だった。ただ、遠くの山々では緑の色が青みがかり、空と同じ濃紺色になっていた。夜明けのその時間の空は、ところどころオレンジ色と黄色を散らした濃紺色だった。三番目の家の煙突から煙が立ちのぼり、ゆっくりと空に消えていった。太陽も急ぐことなく、まだ山の背後にあった。しかし、もう出てくる頃だった。

ドン・ペドロは、ピストルの弾倉に残りの二発がきちんと入っていることを確認した。そこで突然、プリンス・ルパートの病院でコーギアン先生と交わした会話が脳裏に蘇った。「あなたにも弟さんと同じ傾向があるかもしれません」「と言いますと？」「自殺する傾向です」しかし、もはや彼にはよくわかっていた。自分にそんな傾向はなかった。朝日が山の上に出てきた瞬間に自殺するつもりだったが、そうするのは恐怖から、死そのものよりも凄まじい苦しみが差し迫っているからだった。死んだファランヘ党員の仲間たちが自分を捕らえたらいったい何をするか、考えたくもなかった。あの悪党たちがスプーンで目玉をくり抜いたり、熱した鉄板の上に何度も投げ出すといった拷問をすることは知っていた。それに比べれば、銃で頭を撃ち抜いて死ぬなど、苦しみのうちに入らないように思えた。そのうえ、自死することでいくらか正義を果たすことにもなるはずだった。車の中で、彼は三人の男の命を奪った。その代償は払わなければならなかった。

集落の行き止まりにある白い家から若者が出てきて、二頭の栗毛の馬のほうへ歩いていった。ドン・ペドロはそれを目で追った。意識を集中させずとも、まるで既に自分の頭を撃ち抜き、魂となって見下ろしているかのように、若者が馬たちに話しかけ、優しく撫で、囲いから出して小川に連れていくのが見えた。突然、彼はそれまでの無気力から抜け出して立ち上がり、「フアン！」と叫んだ。若者は聞こえないようだった。「フアン！」彼は坂を駆け下りながらまた叫んだ。

ホテルへ通じる道路がまだ整備中だった頃、彼が馬で行き来するのにいつも付き添ってもらっていた少年がいた。それから五年が経ち、あのときの子供が彼の目の前にいたのだ。いまや金髪の、あまり背は高くないがたくましい青年になっていた。兵士として戦争に行っていなかったのが意外だった。「あの橋の下に隠れてください」と若者はまばたきもせずに言った。ドン・ペドロは、その子がとても真面目な性格だったことを思い出した。あるとき、小さな子供に対するように「フアニート」と呼んだら、当時まだ十四、五歳だった彼に「ドン・ペドロ、僕はフアニートじゃありません、ファンです」と言われたことがあったのだ。

橋はそこから少し下流の、家の正面に架かっていて、そこへ急いで向かう途中、ドン・ペドロの脳裏に記憶が滝のように押し寄せてきた。その若者は孤児で、子供の頃から働きながら、妹の世話もしていた。そして屋号がイルアインだったので、村の人々には「イルアインのファン」と呼ばれていた。橋の下に身を隠してから、彼はもう一つ、とても重要なことを思い出した。その若者は、バンクーバーに叔父がいると言っていたあの兵士と同じ憧れを持って、彼にいつもアメリカのことを尋ねていた。「アメリカには馬を百頭以上も飼っている牧場がたくさんあるって本当ですか？そういう牧場を見たことはありますか？」

ファンは馬を連れて近づいてきた。「その馬たちのおかげで君だとわかったんだ」とドン・ペドロは言った。「上着が血だらけなのに気づいていましたか？」とファンは訊いた。彼は気づいていなかったが、見て確かめようともしなかった。「向こうは三人で、こっちは二人だったんだ」と彼は言った。「撃ち合いになって、生き残ったのは私だけだった」あの瞬間の苦しみが蘇った。二発目であの間抜けなドン・ハイメでなく運転手を撃っていたなら、ベルナルディーノはいま一緒にいたはずだった。

太陽はもう山の上にあった。デグレラ大尉と部下たちは車が一台足りないことに気づいただろう。「もう何年も前の話だが、アメリカに行きたいと言っていたね。いまもその気持ちはあるかい？」「いますぐにでも行きたいです」とファンは即答した。石像のように身じろぎもしなかった。「私は生き延びるために助けが必要だ。君はアメリカで新しい生活を始めるために助けが必要だ。取り引きをしないか？」犬の鳴き声がし、若者は集落全体を見回した。犬はすぐに鳴きやんだ。「どんな取り引きですか？」とファンは、今度は少しためらいがちに尋ねた。「その馬で行けば、七、八時間でフランスに着ける」と彼は答えた。若者は無言だった。「君の家に身を隠せる場所はあるかい？」と彼は尋ねた。

ドン・ペドロはきっとあるはずだと踏んでいた。オババの多くの建物には、十九世紀に相次いだ内戦で作られた隠し部屋が残っていた。しかし、ファンが頷くのを見たときは、興奮のあまり気絶しそうになった。反乱軍に拘束されてから初めて、彼の希望に根拠ができたのだった。「私を君の家に匿って、折を見てフランスに連れていってくれないか。その報酬として三千ドルあげよう。アメリカへ行って牧場を買うのに充分な金額だ」ファンは馬の手綱に手をかけた。そして「あなたなら五千ドルでも払えるでしょう」と言った。「わかった。五千ドルだね」とドン・ペドロは即答し、二人は握手を交わした。「馬のあいだに隠れてください。ゆっくり行きましょう。家に入ったら、音を立てないようにして僕のあとについてきてください。妹がまだ寝ていますから」若者は何も恐れていないようだった。「帽子はどこです？　いつも被っていらっしゃいましたよね」と突然言った。ドン・ペドロは顔をしかめた。「実を言うとわからないんだ。撃ち合いになった場所に落としてきてしまったんだと思う」「それはどこですか？」ドン・ペドロは、ベルナルディーノと彼を乗せた車がどこから山道に入ったか詳しく説明した。しかし、そこから集落までどこを通ってきたかは正確に言えなかった。「栗林を抜けたと思う」と彼は言った。若者は少し考え込んだ。それから「行きましょう！」と馬の手綱を引きながら声を掛けた。

隠し部屋の中は真っ暗闇で、ドン・ペドロは盲人のようにその新たな状況に慣れようとした。まず、そこは長さが六歩分、幅がたった二歩分の、短い廊下のような空間だということを突き止めた。そして、閉鎖空間に当初覚えた息詰まるような感覚をひとまず克服すると、フアンが天井から差し入れてくれた鍋の中身を確かめた。鍋は全部で四つあり、大きな鍋が三つに、それよりも小ぶりだが底の広い鍋が一つだった。一つ目には水が入っていた。二つ目にはりんご。三つ目には人参。四つ目の小さい鍋は空で、ちぎった古新聞が針金でくくりつけてあった。彼はゆっくりと、それらの鍋を注意深く引きずっていき、隠し部屋の中に配置した。トイレとして使うものは一方の端に、ほかの三つは反対側の端にまとめて置いた。そうして整頓が終わると、壁に背中をもたせかけて座り、食事にした。その後、上着のポケットから手帳を取り出し、暗がりでもなるべくきれいに書こうと努めながらこうメモした。《りんご3個、人参3本》彼は急に帽子のことを思い出し、強い不安に襲われた。車の中に置いてきたなら心配無用だが、逃げる途中か集落で落としてきて、それがパトロール隊に見つかったら、この家も安全ではなくなるだろう。兵士の多くは農民で、あちこちの家に隠し部屋があることは知っていた。しかし、彼の心配は続かなかった。長い一日のあとで疲れ果てていたのだ。やがて彼は眠りに落ちた。

目が覚めると、胸の上に帽子があった。フアンがそっと置いていってくれたようだった。それを手に取ると、ドン・ペドロは声を出さずに泣いた。集落に着いて家々の戸口に手がかりを見つけられなかったとき、自分には信仰心が足りなかったのだと思った。神は彼を見捨てるどころか、トビアスの旅に付き添ったあの大天使ラファエルのような、勇敢で賢い守護天使を遣わしてくださったのだ。彼はりんごを食べ始め、もうひとかけらも飲み込めなくなるまで食べに食べた。そして《りんご7個》と手帳に書いた。それから横になり、また眠りに落ちた。

数日——三日か四日、もしかするとそれ以上——が過ぎ、鍋の中身が半分空になった頃、ドン・ペドロは助かったという気がした。「どうやら捜索は免れそうだ」と彼はある朝独りごちた——あるいは午後だったかもしれないが、彼には知りようもなかった——。そのとき突然、家の中で物音がした。

彼はすぐさま両手で頭を抱えて腹這いになった。しかし、その姿勢では自分の心臓の鼓動が響いて落ち着かなかったので、恐る恐るいつもの体勢に戻り、壁に背中をつけて座った。物音は次第に大きくなり、数秒後には若い娘の声が聞こえた。「これは母の部屋です。母が死んだ日のままになっています。もうすぐ十年になりますが、兄のファンが何もいじりたがらないんです。兄はわたしより二歳年上で、ご存知でしょうけど、子供の頃の二歳の差って大きいんです。兄は母のことをよく憶えているそうだけど、わたしはわかりません。ほとんど覚えていないんです」娘はしゃべりどおしで、彼女と一緒に来た兵士たちは絶えず相槌を打っていた。ドン・ペドロは、きっと美しい娘なのだろう、兵士たちは彼女の話に心を動かされていることだろうと思った。「これは母の簞笥で、この服もみんな母のものです」と娘は説明を続けた。ちょうど彼の真上で引き出しを開け閉めする音がし、ドン・ペドロは、隠し部屋の天井の蓋がその簞笥で塞がれていることに気づいた。それで窓の光がそこまで届かず、隙間からも光が入ってこないのだ。「お父さんはいつ亡くしたんだい？」と尋ねる声が聞こえた。兵士たちは部屋から出ていこうとしていた。「わたしが四歳のときです」と娘は答えた。「それは気の毒に」と兵士の一人が言った。娘は話題を変えた。「これから村へ行くんですか？　裁縫工房で働いているんです。トラックに乗せていただけたら、はるばる歩いて行かなくて済むので助かるんですけど」兵士たちは、捜索を続けるよう命じられているのでそれはできないと言った。

兵士たちの足音が階段に響いた。彼らは外に出たら——ドン・ペドロは目の前に見ているかのように状況を思い浮かべた——、牧草地で馬にブラシをかけているファンの姿を目にすることだろう。若者は仕事の手を休めずにパトロール隊に挨拶し、この家の捜索はそこで終了するだろう。

りんごをすべて食べてしまい、人参もほとんど底をつくと、ドン・ペドロは心配になり始めた。ファンが来るのが前よりも遅かったのだ。いつもはこまめに交換してくれていた小さい鍋を取り替えにも来ていなかった。しかし、その心配はじきに消え失せ、ファンが遅れているのは、彼のためにもっとよい食事を届けてくれようとしているからに違いないと考えるようになった。今度来るときは、とうもろこし粉でできた大きな丸パンを、干し肉かハムと一緒に持ってきてくれるかもしれない。もちろん、ベーコンは論外だ。ベーコンは炒めて、熱々の脂が滴るところを食べるにかぎる。やがて、美味しい食べ物のイメージが増殖し、より具体的になっていくにつれ、ファンはローストチキンを持ってくることだってできるだろう、とも考えた。妹が裁縫工房に行っているあいだにオーブンで焼いて、フライドポテトと赤ピーマンを添えてもらえたら文句なしだ。それに、チーズも忘れるわけにはいかなかった。実際、集落の家々ではチーズを作っているはずで、運がよければマルメロを砂糖で煮固めたゼリーもあるかもしれなかった。ファンにチーズとマルメロのゼリーを頼まなければ。さらに、村役場の「牢屋」で見たツナの缶詰も頭に浮かんだ。缶詰のツナは、みじん切りにした玉ねぎを少し載せて食べるととても美味しい。もちろん、緑のオリーブもいくつか添えて！

ついに人参もなくなってしまい、絶食状態が続くと、彼は主人の帰りを待ちわびる空腹の犬のように、ひたすら天井を見つめて過ごした。絶望のあまり気がふれてしまいそうになり、ファンはここで自分を飢え死にさせるつもりなのだ、と決めてかかる瞬間もあった。しかし正気に戻ると、状況を分析し——ファンがそれまでに犯した危険、五千ドルの取引——やはり待ち続けることにした。そしてついに、彼の守護天使は戻ってきた。

ファンは水の入った鍋のほかに、大きな鍋をもう二つ、ロープで吊るして降ろした。ドン・ペドロは中に手を入れてみた。りんごと人参、それだけだった。怒りを抑えきれず、彼は気づくとホテルのオーナーの口調になって叫んでいた。「この家にはパンもないのか？　チーズも？　干し肉も？　ひょっとして卵も？」彼の抗議は長々とした食べ物のリストになった。「終わりましたか？」とファンはそっけなく答えた。その表情はいつもにも増して真面目で、眉間に皺が寄っていた。「パトロール隊は狂ったようにあなたを探していますよ。冷静にならないといけません」ドン・ペドロは溜め息をついた。「大天使ラファエルは、トビアスが魚を捕まえるのを助けたんだ。そのあと、内臓を取ってから焼いて食べた」自分が馬鹿げた振る舞いをしているのに気づいたいま、それは独り言だった。「フランスに着いたら、僕がロブスターの網焼きをご馳走しますよ」とファンが上から言った。天井の蓋を閉めようとするところだった。「フランスでは、フォアグラというのもなかなか美味いぞ」「食べたことがありません」「一つお願いしていいかな？」「ほかの食べ物は持ってきませんよ、ドン・ペドロ。頼んでも無駄です」とファンは断固とした口調に戻って言った。「少しだけ明かりがほしいんだ。部屋の窓のカーテンを開けて、簞笥を少し動かしてもらえれば、ここまで光が届くはずだ」「部屋には二つ窓があります」「それならなおいい」「落ち着いてください。それからできるだけ身体を動かして、体操するんです。でないと身体が硬直して、そこから出たときに一歩も歩けませんよ」「あともう一つ」とドン・ペドロが言った。「剃刀と石鹸を持ってきてくれないかな。髭が伸びて痒いんだ」「髭はフランスで、ロブスターを食べる前に剃りましょう」とファンは天井の蓋を嵌め込みながら答えた。それからすぐ、カーテンを開ける音が聞こえた。隠し部屋の天井に四本の光の筋が現われた。

その光の筋は、その後の日々に大いに役立ってくれた。ドン・ペドロはそれを観察し、光の強さによって時刻の見当をつける——まもなくわかったが、すぐに達成可能な目標だった——だけでなく、その日の天気を推測する習慣を身につけた。晴れか曇りか、曇りであれば、どのくらい雲があり、雨が降る確率はどれくらいか。そして、観察の結果を小さな鉛筆で手帳に書き留めた。《今日は小雨。両端の線はほとんど見えず、中央の二本も光が弱い》《今日は晴れときどき雨。雨上がりに眩しい光。鍋の上に置いた帽子の輪郭が見える》《今日は青空、夏の美しい日》そうしてすることがあると、進まない時間の重みがいくらか和らいだ。

やがて彼は、太陽がもっとも高くなる時点を基準とし、それを中心にスケジュールを組み立てるようになった。食事の時間、休憩時間、寝る時間、そしてファンに言われた体操の時間。なかでも、彼がいちばん好きだったのは体操の時間で、しまいには午前も午後も、ほぼひっきりなしに身体を動かすようになった。さらに、いわゆる体操に加えて、隠し部屋を端から端まで休まず歩き続け、五歩行っては五歩戻ることを幾度となく繰り返した。《午前は475歩。午後は350歩》彼は喜びとともにその数字を力強く書きつけた。一方、食事に関するメモには次第に絶望感が増していった。《朝食――りんご1個、人参2本。昼食――3、4。夕食――2、4》鍋がほぼ底をつくともはや耐えきれなくなり、フアンが戻ってくるまでもう何も食べないことにした。《朝食――りんご0個、人参0本。昼食――0、0。夕食――0、0》まるでりんごと人参が彼の憎しみを理解できるかのように、彼はその0のすべてに怒りを込めて書いた。

フアンが食べ物を入れた鍋を持ってまたやってきたとき、ドン・ペドロは思わずうめき声を上げた。彼は必死に、隠し部屋の外の世界について考えようとした。魂だけでもその穴の外に出て、自分は救われるところなのだと信じたかった。死から逃れられたなら、まだ長い人生が待っているのだから、気を確かに持たなければならない、と。だが、頭が言うことを聞かなかった。彼は、ピストル自殺していたほうがよかったのかもしれない、とフアンに気持ちを打ち明けた。もはやそうすることもできなかった。フアンが彼を隠し部屋に案内するとき、森の木の洞(うろ)に隠すと言ってピストルを取り上げてしまったからだ。ドン・ペドロはそのことを思い出して、またうめき声を上げた。フアンの振る舞いが理解できなかった。なぜそんなに頑固なのか、わけがわからなかった。これ以上りんごと人参ばかり食べさせようとするなんて。無理にもほどがあった。りんごも人参も、便所代わりの鍋の中の排泄物と同じ臭いがした。それに髭も、最初は硬くごわごわしていたのが、いまは張りをなくして臭(にお)い、脂じみて不潔に感じられた。吐き気がした。「もうすぐフランスに行きましょう」とフアンは彼の苦しみに気づいて言った。「元気を出してください。あと少しです」

彼は黙り込んだ。フアンの言葉ははるか彼方から聞こえてくるようだった。隠し部屋の床が抜け、若い頃のようにふたたび地下に潜っているような気がした。しかし、そのろくでもない穴には金も銀もなかった。あるのはりんごと人参ばかりだった。前の食べ物のときのように、名前が、かつての人々が、死者たちが頭の中をぐるぐる回り始めた。弟、ウィニペグのインディアンの族長ヨリンシュア、教師のマウリシオ、ベルナルディーノ。とりわけあの可哀想な友達、詩を書くことしか知らず、そのせいで彼の目の前で殺されてしまったベルナルディーノ。「あと一週間ここにいたら頭がおかしくなってしまう」と彼はファンに言った。「三日経ったら発ちましょう」と若者は約束した。

ファンははしごを持ってきて、ドン・ペドロが隠し部屋から出るのを助けた。それから、ろうそくの明かりを頼りに二人で台所へ下りて、食卓に座った。ファンが温かいとうもろこしのスープを出し、ドン・ペドロは木のスプーンをゆっくりと動かして食べ始めた。「前線のほうに牛を二十頭連れていくことになって、通行許可証を二枚もらいました。一枚は僕ので、もう一枚は牛飼いのです。あなたが牛飼いですよ。でも大丈夫、道のほとんどは馬に乗って行けますから」

ドン・ペドロは頷き、テーブルの上にあったろうそくが眩しかったのでそれを遠ざけた。そしてとうもろこしのスープを食べ続けた。「牛がいるので、約束の場所に着くまで十時間くらいかかると思います」とファンは説明した。「なので、早く出れば夜には自由です。そこからフランスとの国境まではせいぜい一時間ですね。ひと晩明けたら、髭を剃ってロブスターを食べに行きましょう」「銀行にも行かないと」と彼は言った。「それを早く食べ終えて、準備に取りかかりましょう」とファンは言った。「まだ途中だよ。少し待ってくれないか」「もう四時ですよ、やることがたくさんあるんです」外から牛の鳴き声がした。「このスープを食べ終えるまでは立ち上がらないぞ」ドン・ペドロは譲らなかった。

外に出ると、ファンは彼に牛の囲いの周りを一周させ、歩けるかどうか確かめた。それから小川の一角へ連れていった。「そこの淵に入ると水が腰まで届きます。よく洗ってください」とドン・ペドロに石鹸のかけらとタオルを渡しながら言った。「君はアメリカに行ったら大金持ちになるな。とても段取りがいい」「妹にもそう言われます」「妹はどこだい?」「僕が戻ってくるまで大叔母のところに行ってもらいました。裁縫工房で働いているんです。腕のいい仕立て屋になりますよ」

「水は冷たいかい?」とドン・ペドロは小川を見つめながら尋ねた。「はい、叔父さん。でもさっと入れば大丈夫ですよ」ファンはとても落ち着いて見えた。「叔父さん? 私はこれから君の叔父さんになるのか?」ファンは笑いながら頷き、「僕の叔父さんで、牛飼いです」と言い足した。「では甥よ、教えてくれ。何がそんなに可笑しいんだね?」とドン・ペドロは訊いた。少しずつ自分を取り戻しつつあった。「すみません、でもあなたを見ると可笑しくて。鏡を見たらわかりますよ」

ファンにさっと済ませるよう言われたものの、ドン・ペドロは石鹸をつけて何度も身体をこすり、水に何度も浸かった。小川から出ると、すっかりさっぱりとした気分になり、半裸で家へ向かった。しかし、数歩進んだところで立ち止まった。ずいぶん久しぶりに、殺されかけてから初めて、彼の耳は外に向かって開かれていた。南風が森の枝々を揺らす音、そしてその合い間にちりばめられるようにして、あれほど好きだった蛙たちの鳴き声が聞こえてきた。《ウィ・ニ・ペグ、ウィ・ニ・ペグ、ウィ・ニ・ペグ》と蛙たちはまたもや繰り返していたが、その声は生き生きと力強かった。間違いなく、人生は素晴らしいものだった。

ファンは妹の鋏(はさみ)を使って彼の髭を整え、髪を短く切った。それから、「すぐに燃やさなければいけない」からと、彼に着ていた服を脱ぐように言い、代わりに農民の仕事着を、ベレー帽と革のサンダルと一緒に渡した。「いちばん残念なのは帽子だよ」とドン・ペドロは言った。「牛飼いにはこの古いベレー帽のほうが合います。でもご心配なく。隠し部屋に記念にしまっておきますから」とファンは言った。「鏡の前に立つときが来ましたよ、ドン・ペドロ。もうだいぶ明るくなりました」夜が明けていた。

彼は鏡に映っているのが自分だとわからなかった。そこにいたのは、やつれた顔をして白髭を生やし、痩せぎすでも肥満でもなく、彼の実年齢より老けて見える、どこにでもいそうな男だった。「パトロール隊は洒落た服装をした太った男を探しています。でもそんな男はもういません」とファンは微笑んで言った。ドン・ペドロは目の前の自分の姿を頭に叩き込もうとして、なおも鏡を見つめていた。「いまになってりんごと人参の意味がわかったよ。すべて計算済みだったのか。でも君は血も涙もない人間だな。たまには例外を許してくれたって太りはしなかったのに」彼はまた目の前の老人の姿を観察した。もっと明るいところではもしかしたら気づかれるかもしれないが、その鏡で見るかぎりではわからなかった。「家に体重計はあるかい?」「馬小屋の脇に古いのがあります。まだ使えると思いますよ」

ファンがもっととうもろこしのスープを作っているあいだ、彼は自分の新たな体重を計った。九十四・五キロだった。若い頃と同じ、ホテルから連れ出されたときより二十キロ以上も少ない数値だった。「私の手帳はどこにある?」と彼は朝食を食べながらファンに訊いた。「服と一緒に燃やしました。あなたはいま僕の叔父、マヌエル叔父さんです。マヌエル叔父さんはひと文字も字が書けません。生まれてこのかた家畜の世話しかしてこなかったんです」「さっきも言ったが、君はアメリカで大金持ちになるよ。とても賢い。でも手帳のことは残念だ。いったいどれだけりんごと人参を食べたのか知りたかったのに」ファンは壁の時計を指差した。七時だった。牛たちを連れて出発する時刻だった。

道中、ドン・ペドロは森がところどころ赤く色づき始めているのに気づいた。じきに秋だった。冬が過ぎるまでフランスに留まって、春になったらアメリカへ戻ろう、と彼は思った。逃亡の成功を確信し、心の中は穏やかだった。

その確信は、オババ近郊をあとにしようとするとき、パトロール隊が彼らを止め、バンクーバーに叔父がいるあの若い兵士と向き合った瞬間、揺るぎないものとなった。「おやおや、おじいさん！ そんな歳になっても働かないといけないなんて！」と若者は言った。彼は肩をすくめてみせてから、道を先へ進んだ。その顔には大きな笑みが浮かんでいた。

殺し屋ピルポとチャンベルライン

彼らのいずれも、私掠免許（コルシュ・パテンテア）（*korsu patentea*）〈戦時下において敵に対する攻撃や略奪を認める国家公認の特許状〉というものが何かは知らなかったが、一九三六年から一九四〇年までのあいだに誰かがその意味を説明してやったなら、二人とも口を揃えてこう答えただろう。「つまり、俺たちが持ってるものってことか！」彼らがそう言うのもたしかにもっともだった。スペイン内戦が勃発する以前、トラックで村々の祭りを回って盗みを働き、農民たちを集めては都市のキャバレーに運んでいたことで名を知られたその二人組は、どこかの旦那（ドン）かご婦人（ドニャ）に命じられさえすれば、どんな人間でも殺すことができた。そして実際、殺せる人間はみな殺した。なぜなら二人は殺し屋で、結局のところ、殺す理由を与えてくれる人には事欠かなかったからだ。

ピルポはすらりとした美男子で、ダンサーのようだった。チャンベルラインはそれよりもライオンの調教師に似ていた。どこかで気の毒なピエロを見つけたら、三人で立派なサーカス団だった。その謳い文句は、《公演は一度きり、来たら後悔、冥土行き》そうした公演に参加したとささやかれる者たちのなかには、オババの農民で、ドノスティアで消息を絶ったポルタブル、オババで殺害されたゴエナ親子などがいた。ピルポがワルツのステップを踏んでいるあいだ、チャンベルラインが頭を撃ち抜いたのだと噂されていた。

ところが、一九四〇年以降、旦那やご婦人方はもっと慎重に行動することにした。ピルポとチャンベルラインのサーカスは、あまりに公演を重ねて見飽きられつつあったうえ、他国での評判も芳しくないようだった。「ダンスもライオン使いももう見るのはたくさん」と旦那やご婦人方は言った。「今度は裁判の番、こっちだってなかなかの見ものですよ」それ以降、ピルポとチャンベルラインの置かれた状況は一変し、二人は何かとても価値あるものを失くしたかのように不安を感じ始めた。「俺たちは私掠免許を失くしたんだ」とピルポはある日、チャンベルラインに言おうとした。だがその言葉を知らなかったので、彼は沈黙し、虫——不快感——は腹の中に留まった。その時期、彼は踊る元気すら失くしていた。

ピルポは、レース編みのクロスを敷いたテーブルでシャンパンを飲み、海老やロブスターといったシーフードを食べるのが大好きだった。一方のチャンベルラインは、キャバレーの暗がりや売春宿で持ち金のほとんどを散財していた。女たちは美男のピルポにはすぐ靡(なび)くのに、彼のことは歯牙にもかけなかったからだ。状況が変わると、資金不足はたちまち深刻な問題となった。二人は汚かろうがクリーンであろうが、どんな商売にも向いていなかった。学もなかったので、政府系企業でそれなりの地位につくのも無理だった。おまけに、たばこ屋の店員やタクシー運転手になった自分たちを想像することもできなかったので、ある旦那が斡旋してくれた仕事も即座に断ってしまった。

彼らはサーカスを再開し、ポルトガルからの不法移民をフランスに運ぶようになった。そうした移民をサラマンカ県の国境近くで十人か十二人拾い、トラックに隠してピレネー山脈まで連れていくと、スペイン側のアンソかエチョの谷に置き去りにした。「ここがフランスだ」と二人は移民たちに言った。「この道を登っていけば、二時間でタルブに着く」その二時間後、ポルトガル人たちが行き着いたのはスペインの治安警備隊の兵舎で、さらに二日後にはトラズ・オズ・モンテスかアレンテージョ地方へ戻っていた。振り出しに戻り、しかも一文無しというわけだった。

ときおり、そのサーカスの公演が予定通りに進まず、ポルトガル人たちが二人の言うことを信じずに文句をつけ始めて、そこが本当にフランスなら証拠を見せてみろ、と要求することがあった。すると、ピルポは――売り言葉に買い言葉――彼らと同じかそれ以上の剣幕で反論し、どうして信頼してくれないのか、と嘆いては、チャンベルラインのほうを向き、「そんならこいつに訊いてみな」とポルトガル人たちに言った。そこで移民たちは、ライオン使いのようなその男の手にピストルが握られているのを見て、黙り込むばかりか、地面に土下座して謝るのだった。

やがて一九四四年になると、ピルポはそんな生活にうんざりし始め、大した苦労もなくもっと幸運に恵まれ、快適で裕福だった――「私掠免許のおかげで」とその言葉を知っていたなら言ったことだろう――かつての時代を恋しく思うようになった。トラックに乗って、ポルトガルとピレネー山脈を往復して一生を終えたくはなかった。なんとかする必要があった。あるいは、サーカスをやめる必要が。だがサーカスをやめてしまったら、チャンベルラインは女たちの愛をどうやって買えばいいのか？　シャンパン、そして海老やロブスターなどのシーフードの支払いはどうなる？

そんなとき、どこかの旦那かご婦人から思いがけぬ知らせが舞い込んできた。フランスのルルドで案内人を待っている老年の夫婦がいる、一刻も早くピレネーを越えてスペインに渡りたいので、助けてくれたら報酬はうんと弾む、と言っているとのことだった。その知らせを受け取るなり、ピルポは踊り出した。その仕事にいい予感がしたのだ。翌々日、ルルドに着いて状況を把握すると、彼はダンスばかりでなくスキップして歌い出した。できることなら空だって飛んだだろう。

　その聖なる町の安宿で、彼はチャンベルラインに話して聞かせた。「スペインに渡りたがってるその爺さんが何て呼ばれてると思うか？　"Le Roi du Champagne"——シャンパン王（ル・ロワ・デュ・シャンパーニュ）——だとよ！　大金持ちらしいぜ！　召使いが言ってたのが本当なら、宝石や札束が山ほど詰まったスーツケースを持ってるんだと」

　チャンベルラインは急かされるのが好きではなかった。「そんなに金持ちなら、なんでフランスから逃げなきゃならねえんだ？」と訊いた。そこでピルポは、いまフランスを牛耳っているのはド・ゴールという軍人なのだが、「シャンパン王」はナチとペタン元帥——ド・ゴールの敵——に協力したので、いまや絞首刑か銃殺刑にされてもおかしくないのだ、と説明した。「それで、召使いはなんだってお前にスーツケースの話をしたんだ？」チャンベルラインはそのことも知りたがった。「俺が美男子だからさ」とピルポはワルツのステップを踏みながら答えた。チャンベルラインは頭を振った。女ってのはいつもこうだ。俺には金を要求するくせに、ピルポには自分から進んで貢ぐか、どこへ行けば見つかるか教えてやるとは。「こりゃいいぜ！　雪だ！」とピルポは窓の外を見て叫んだ。「まだ十一月の終わりだってのに、どこがいいんだ！」とチャンベルラインは不機嫌に怒鳴った。「幸先がいいってわからねえのかよ」とピルポは言った。「そりゃわかるさ。スーツケースを奪って殺してやる」二人はサーカスで長年一緒に仕事をしてきて、お互いを知り尽くしていた。

　ピルポは深く考え込み、その晩——出発の前夜——はまんじりともしなかった。スーツケースを奪い、殺さなければならない。だが、どうやって？　彼は自分たちの置かれた状況については自覚していた。もはや時代は一九三六年でも一九三七年でもなく、一九三八年でも一九三九年でも一九四〇年ですらなく、あの頃は持っていた何か、ある種の権力が、いまの自分たちには欠けていた――もっと学があったら「私掠免許が」と考えたことだろう――。以前のように人を殺すことはできなかった。「シャンパン王」のような人物となればなおさらだった。

明け方、彼はベッドから起き上がると窓に近づいた。雪はまだ降りやまず、ますます激しくなる一方だった。ピレネーの道はどこも雪で覆われ、山を越えるのは困難になっているに違いなかった。突然、ピルポは陽気に踊り出し、飛び跳ねながらチャンベルラインの眠っている部屋に向かった。「ヘウレーカ！」という言葉を知っていたならそう叫んだだろう。しかし、私掠免許のときと同じで、彼の頭に浮かぶのはありきたりな言葉ばかりだった。「どうすりゃいいかわかったぞ！」と彼は相棒に言った。チャンベルラインはまだ眠かったので、馬鹿げた話で睡眠時間を奪われたくなかった。「そんなのもうわかってるぜ！　石で頭を殴っておしまいだ！」と怒って言った。「この野郎、よく聞きやがれ！」とピルポはチャンベルラインの腕を摑んで揺すりながら怒鳴った。「ピルポ、偉そうにするんじゃねえ！」とチャンベルラインは目を見開いて言い、ピルポはすぐさま「この野郎」などと言って悪かったと平謝りした。同じサーカスで長年過ごしていてもなお、相棒の目つきは彼を震え上がらせるのに充分だった。

ピルポのアイデアは秀逸で、実行するのも朝飯前だった。雪の中、山道を出発し、シャンパン王とその妻を間違った道に案内する。「おっと、すみません、この道じゃなかったみたいです」とそれから数時間後、かなりの距離を歩いたあとで言う。「この天気じゃ迷ってもおかしくありませんぜ。引き返さないといけません」そして道を引き返し、別の道に進む。やがてまた、「今度も間違えたみたいです」そしてまた別の道を行き、また何時間も雪の中を、びしょ濡れになり、凍えながら登り続ける。そしてまた、「なんてこった！　三回も間違えるなんて！」「チャンベルライン、俺はその夫婦に会ってきたんだ」とピルポは説明した。「二人とも七十歳ぐらいの年寄りだ。八時間か十時間、雪の中を歩かせれば、俺たちが手を下さなくたって疲れ果てて死んじまうさ」「でも、なんでそんな芝居をする必要がある？　町を出てすぐ片付けちまえばそれで済むじゃねえか」チャンベルラインはまだ納得しなかった。そこでピルポはこう答えた。「奴らはフランス人だ。しかも大金持ちの。俺たちが殺しちまえば、あとでひどい目に遭わされるかもしれないだろ。それにフランスじゃ守ってもらえねえんだよ」私掠免許という言葉こそ使わなかったが、かなり惜しいところまで来ていた。

それから二か月が経った一九四五年一月の終わり、パリへ向かう二人は落ち着きはらっていた。警察に取り囲まれてはいたが、それでも平然としていた。チャンベルラインは腹を立てていた――「俺たち馬鹿みたいじゃねえか、最初に召使いを殺しとくべきだったんだ」――が、心配はしていなかった。ピルポにも警戒する理由が思い当たらなかった。「俺たちは何もしてない、寒さと山のせいだ」その後、彼らが「シャンパン王」とその妻を殺害した緩慢かつ計算高い方法は残酷極まりないと陪審員たちが判断し、終身刑の判決が下されたとき、二人とも、とりわけピルポはびっくり仰天した。「それにしても、君たちはいったい何を考えていたのだ？」と裁判官は言った。「私掠免許を持っているとでも？」ピルポは無言だったが、判決がもたらした苦悶のなかで、かすかな安堵を覚えていた。ついに、長年不足していた語彙を見つけたのだ。その言葉を彼は決して忘れないだろう。

チャンベルラインはその四年後、マルティニークの刑務所で、囚人同士の喧嘩の末に死んだ。ピルポは十四年間服役したのち、もとの仲間たちのところに戻った。何人かの旦那やご婦人はふたたび彼を家族として受け入れた。なぜなら、「シャンパン王」とその妻は、彼らと政治信条こそ共通していたとはいえ、結局のところ外国人だったのだから……。そのうえ、社会情勢が悪化するなか、ピルポのような忠実な手下を従えておくに越したことはなかった。ストライキはますます頻発し、フランコ将軍の確立した体制の敵たちはますます大胆に行動し始めていた。しかし、ピルポは一人になったいまや、そう簡単には首を縦に振らなかった。危険を冒すのはもうこりごりだった。教訓は学んだ。これからは私掠免許を、一九三六年とその後の数年に持っていたあれをまずは要求するのだ。

木の燃えかす

1

「お前、まだアコーディオンは弾けるか？」とアンヘルが僕の部屋に来て訊いた。夏服をバッグに詰めていた僕は、彼のほうを見向きもせず、「急いでるんだ」と言った。一九七〇年六月の終わり、ESTEの四年目のコースを修了し、三か月の夏休みに入ったところだった。だが、レクオナ荘にいると、そこで過ごす毎分、毎時間が重く、耐えがたく感じられた。一刻も早くイルアインへ行きたかった。

アンヘルは作り笑いを浮かべた。「急いでいるのは見ればわかる。電気をつける暇もなかったのか」「つけなくていい！」僕は彼が電気のスイッチに手を伸ばすのを見て叫んだ。「窓から入ってくる光で充分だ！」「お前はいつも機嫌が悪い」と彼はなおも作り笑いを浮かべながら言った。そして廊下に消えたかと思うと、僕のアコーディオンを持って戻ってきた。ケースに入れ、すぐに持ち運べる状態で。

僕は服を詰めたバッグを閉じると、腕を組んだ。「用事があるなら早く言ってよ」父が本当のことを打ち明けようというのでないかぎり、口も利きたくなかった。《あのノートのゴリラが言っていたことは本当だ。内戦中、私は人殺しの一味だった。いまでは後悔している》彼が過去を悔いてくれたなら、それは僕たちの関係が好転する最初の一歩となるかもしれなかった。そうかもしれないし、そうはならなかったかもしれない。「後悔する人の前では石の心すら柔らかくなる」とオババの主任司祭だったドン・イポリトはよく言っていた。だが、僕にはそこまでの確信はなかった。「ホテルのダンスパーティーで長時間アコーディオンを弾いているのがつらくなってきたんだ」とアンヘルは説明した。「代わりにお前に演奏してほしい」僕は驚いて彼を見た。ホテルはアンヘルの第二の家だった。そのうえ、ダンスパーティーや祭りには長年欠かさず出演していたし、引退を考えていたようなそぶりはなかった。彼の練習室には、演奏のときに着るジャケットやネクタイがまるで新品のようにきちんと手入れされて掛かっていた。「マルセリーノと話したが、あいつもお前が引き継ぐのがいいだろうと言っている」「ジュヌヴィエーヴは何て言ってるの?」と僕は訊いた。母がドノスティアの学生アパートを訪ねてきたときに聞いた話では、ジュヌヴィエーヴは、テレサがオババに帰ってこないのは僕のせい——僕が「偽りの期待を抱かせた」から——だと言って怒っているらしかった。アンヘルは僕の質問を無視し、アコーディオンを指差した。「夏のあいだひと稼ぎしたいなら、すぐにでも練習を始めるんだな」僕はたばこに火をつけた。たばこはESTEの二年目から吸っていた。そして別のバッグを手に取り、本を詰め始めた。「質問に答えてないじゃないか。ジュヌヴィエーヴは賛成なの?」と僕はまた訊いた。「マルセリーノとジュヌヴィエーヴが心配しているのは、この夏のダンスパーティーを成功させられるかどうかだけだ」とアンヘルは答えた。「ディスコが至るところにでき始めてから、野外のダンスパーティーには人が集まらなくなっているからな」

　だが、彼が言っていたのは嘘だった。僕はマルティンから何度も聞いて知っていたが、アラスカ・ホテルのダンスパーティーは、とりわけ流行りの飲み物——ジントニックとキューバリブレ——のおかげで、むしろそれ以前を上回る収益を上げていた。アンヘルや仲間たちが本当に気にしていたのは、暴力性を増す一方のバスクの社会状況だった。マドリードの政府が次々と発する非常事態宣言も、頻発するストライキや襲撃を抑え込むことができず、事態は悪夢のようになりつつあった。しかも、その現実は彼らの目と鼻の先に突きつけられていた。パウリーノ・ウスクドゥンが除幕した戦没者追悼碑は、その年の復活の主日*に爆破され、その残骸がまだ広場の片隅に残っていた。そこから遠くない運動場では、ピロタ〔素手や籠状のラケットなどでボールを壁に向かって打ち合うバスク特有の球技〕のコートに落書きされた巨大な文字が、《自由なバスク万歳（ゴラ・エウスカディ・アスカトゥタ）》（*Gora Euskadi askatuta*）、《独　立（インデペンデンツィア）》（*Independentzia*）、《ファシズムに死を（ムエルテ・アル・ファシスモ）》（Muerte al facismo）と主張していた。さらに、その年のメーデーには、村に新しく建設された住宅地で、《軍事独裁を支える手先ども（ペオネス・アル・セルビシオ・デ・ラ・ディクタドゥーラ・ミリタル）》（peones al servicio de la dictadura militar）を侮辱するビラが撒かれたばかりだった。信じがたいことだったが、それが現実だった。内戦で完全に制圧され、葬り去られたはずの敵が、息を吹き返してふたたび地上を歩き始めたのだ。彼らが心配し、警戒するのも当然だった。ストーナム牧場で働くメキシコ人飼育係なら、その状況を「オババの蛇たちはみな頭を持ち上げて（コン・ラ・カベサ・レバンタディータ）（con la cabeza levantadita）いた」と表現したことだろう。

　アンヘルは苛立ち始めた。「どうだ？　仕事が欲しいのか？　欲しくないのか？」「ギャラはどう

＊イエス・キリストの復活を記念する春の移動祝祭日だが、一九三二年以降はバスク・ナショナリスト勢力にとっての「祖国の日」とされた。

なの？」と僕は訊いた。「私と同じ額だ」「いくら？」アンヘルは自分が受け取っている額を口にした。当時にしてはかなりの金額だった。僕は頭の中で計算した。ダンスパーティーで二十回演奏すれば、一年分の生活費が賄えそうだった。デグレラ大佐が、ベルリーノにはホテルの経営を任せ、父にはそうすることで見返りを与えているのは明らかだった。二人はそれぞれのやり方で、内戦中と変わらず大佐の指示に従っていた。ビラや落書きの指摘はもっともだった。彼らは軍事独裁体制の手先だった。

　僕は計算を続けた。夏のあいだホテルのダンスパーティーでアコーディオンを弾けば、ビルボへ行ってESTEで始めた勉強を終えるのに親の援助は必要ないだろう。「わかった、やるよ。でも金がほしいからだ」と僕は言った。アンヘルは皮肉な笑みを浮かべた。「ほかの連中とは違って、もっと理想主義者かと思っていたがな。お前も無原罪の聖母（La Virgen Inmaculada）ではないらしい」

　彼は部屋から出ていこうとしたが、扉の前で立ち止まった。「グッツィはいつ持ってくるんだ？」「何で知りたいの？」と僕は尋ねた。バイクをESTEの友人に貸したのはもう何週間も前のことだったが、その友達からは何の便りもなかった。「ホテルまでどうやって行くつもりだ？　馬か？」「修理に出してるんだ」と僕は嘘をついた。「それなら前の車を使うんだな」とアンヘルは言った。彼はその年の初めに買ったとてもきれいな緑色のダッジダートに乗っていたが、メルセデスは母がいつでも使えるようにまだガレージに置いてあった。「必要ないよ。ヨシェバが乗せていってくれる」と僕は答えた。「マンソンが？」アンヘルの今度の笑みには軽蔑が込められていた。

　製材所で授業を受けていた頃は僕たちのなかでいちばんおとなしかったヨシェバは、いまや無精髭を生やし、髪を背中の後ろまで伸ばしていた。おまけに、ほぼいつもぼろ布のような服を着て、香りのついた葉を自分で巻いたたばこをひっきりなしに吸っていた。マンソンというあだ名は、その一九七〇年にあらゆる新聞を賑わせていた人殺しのヒッピーにちなんでいた。

「僕はその名前では呼ばない」と言い、ベッドの上に残っていた本をバッグに詰めた。「それはともかく、どの車で行くつもりだ？」僕は窓の外を指差した。「知りたいなら自分で見れば」ヨシェバがビルボから持ってきたばかりの中古のフォルクスワーゲンが家の正面に停まっていた。「黄色い車を買うなんて気を起こす馬鹿がどこにいるか！」とアンヘルは叫んだ。「お前の友達ときたら、まったくどっちもどっちだ！」

僕の友達。外で僕を待っていたもう一人はアドリアンで、彼の格好はヨシェバよりもさらにひどかった。だいたいいつも、膝まで届く白いチュニックシャツか、三、四サイズは大きいセーターを着ていた。だが、村の人々は彼に対してはもっと理解があった。そんなおかしな格好をしているのは背中の奇形のせいで、こぶを隠そうとしているからだと思ったのだ。

「マンソンは、免許は持っているんだろうな？」とアンヘルが言った。「持っていないなら、あいつとは行くんじゃないぞ。とんでもない！　いまの道路で悪ふざけが許されると思うな」広場の記念碑の爆破事件があってから、オババ周辺の幹線道路では頻繁に警察の検問があった。その点はアンヘルの言うとおりだった。道路、特に幹線道路で悪ふざけは御法度だった。不審な通行人にはすぐさま小銃や散弾銃が向けられ、特に若者は疑われた。ヨシェバのような格好をしていればなおさらだった。「免許なら持ってる」と僕は言った。「そりゃありがたい」

アンヘルは廊下に出た。「ダンスパーティーに行くときは少なくとも、プロの演奏家みたいにきちんとした格好をするんだぞ！」僕の部屋から早く退散したい一方、まだ話し足りないようだった。「私のジャケットがどこにあるかはわかるな。サイズが合うか試してみろ。合わなければ母さんが直してくれる」「ジャケットはいらない」と僕は答えた。急にアンヘルの目の色が変わり、殴られる、と思った。「じゃあどうするんだ？　帽子でも被るつもりか？」

僕はホットソンの帽子を二つ持っていた。一つは冬物で、もう一つは夏物、ファン伯父さんがカナダ旅行のお土産に買って送ってくれたのだ。普段オババでは被らなかったが、急にいいアイデアに思えてきた。「そう、帽子だよ」と僕は言った。そして、クローゼットから夏物のほうを出してきて被った。クリーム色で、とても気に入っていた。「お前たち、それじゃカーニバルの三人組(El Trío Carnaval)じゃないか！」とアンヘルが叫んだ。もう我慢の限界だった。「少なくとも練習はしてくれるんだろうな？　それともみんなの前で恥をかかせるつもりか？」彼はアコーディオンを取り、ベッドの上にあった僕のバッグの横に置いた。「なんとかするよ」と僕は言った。

アンヘルはバタンと戸を閉めて出ていった。母のところへ行くんだ、と思った。「カルメン、私の手には負えないよ！」と母を裁縫工房から呼び出して訴えるのだろう。「私が歩み寄ろうとしても、あいつはいつもと変わらず、無愛想な返事しかしやしない。カリフォルニアへ行きたいなら、ホテルのダンスパーティーはやめて行けばいいじゃないか。そのほうがここも平和になる」スペイン政府が非常事態宣言を発してからというもの、ファン伯父さんがイルアインへ帰ってこなくなったので、僕がカリフォルニアで夏を過ごすという話が毎年浮上していたのだが、その計画は一向に実現しなかった。その年もそうだった。母が僕をそばに置いておきたがったからだ。僕が秋から一年間過ごすことになっていたビルボは、母にとって馴染みのない、ドノスティアより十倍も遠い街だった。

2

ヨシェバとアドリアンと僕は黄色いフォルクスワーゲンの窓を全開にして歌い、車が古い道路の凹凸に躓いて跳ね上がるたびに大声を上げながらイルアインへ向かった。三人とも上機嫌だったが、とりわけ僕の喜びは大きかった。初夏は美しく、栗林の暗い葉の下で空気は爽やかで、丸一年間ドノスティアからほとんど出ずに過ごしたあと、ついにイルアインへ戻るのは胸が弾んだ。集落のある小さな谷へ下っていくとき、ファン伯父さんの馬たちが遠くに見えた。そして僕たちの家、アデラの家、ルビスの家、ウバンベの家が。《幸福な農夫たち》の土地はまだそこにあった。

十五歳ぐらいの女の子とすれ違い、ヨシェバが窓から手を振って挨拶した。そして「あれは誰だ？」と僕に訊いた。「ウバンベの妹」と答えると、ヨシェバは大げさに目を見開いた。「嘘だろ？最後に見たときはあんなに小さかったのに」「時の流れは速いからね」と僕は言った。アドリアンが後部座席から身を乗り出して言った。「まったくだ。このおんぼろのフォルクスワーゲンよりずっと速いぜ」「何だって？　遅すぎるってのか？」「ていうか、進んでるのか？　嘘だろ？　俺たち止まってんじゃないのか？」

ヨシェバがアクセルをいっぱいに踏み込み、その勢いでアドリアンは座席に揺り戻された。それから、ヨシェバはカセットデッキに差してあったテープを中に押し込んだ。「クリーデンス・クリアウォーター・リバイバル！ ビルボの法学部でいちばん人気のバンドだ！」ステレオから音楽が流れ始めた。「何ていう曲？」と僕は尋ねた。「《スージーQ》！」とヨシェバは音楽のリズムに合わせて身体を揺らしながら答えた。その歌が景色を変えた。とうもろこし畑、りんご園、森がより明るく、青々として見えた。僕がアラスカ・ホテルのダンスパーティーで演奏しなければならないのは、それとは違う種類の音楽、別の時代の哀しげな曲だった。

パンチョの姿が見えた。ズボンを膝までまくり上げ、小川の中で屈み込んでいた。その彼を、アデラの双子たちが岸から見つめていた。ヨシェバがクラクションを鳴らすと、彼らは手を振ってそれに応えた。「驚きだな」とアドリアンが後部座席から言った。「何が？」とヨシェバと僕は聞き返した。クリーデンスの曲が大音量でかかっていたので、怒鳴り合わなければならなかった。「ウバンベに妹がいたことさ。あいつの家には雄牛とかライオンとかイノシシとか、そういうのしかいないと思ってたんだが」とアドリアンが説明した。「でも見ただろ、野獣じゃなくてきれいな女の子だ」とヨシェバが車の速度を落としながら言った。イルアインの家の正面の橋に差し掛かるところだった。「ヨシェバ、お前の目には何でもきれいに見えるんだな」とアドリアンがからかった。「でも、それは鰐（ワニ）の仕業だぞ。お前の鰐が腹を空かせてるから、肉のついた生き物なら何でも美しく見えるんだ」

鰐とは、アドリアンの語彙で男性器のことだった。僕も含めて彼の友達はみんな、大きな口を開けていまにも嚙みつこうとする鰐に似せた木の彫刻のペニスを持っていた。アドリアンはそれが自分の最高傑作だと言っていた。マルティンも同じ考えで、上客へのプレゼントにすると言って、海沿いにある自分のナイトクラブにその鰐を大量にストックしていた。

ヨシェバはフォルクスワーゲンをイルアインの玄関前に停め、エンジンを切った。すると集落は静まり返り、ヨシェバは小声になってアドリアンに言った。「芸術家のものの見方って独特なもんだな」「優れた見方だって言いたいんだろ」とアドリアンが訂正した。「いや、最悪の見方だ。泣けてくるよ」そう言うとヨシェバは車から降り、僕もそれに続いた。アドリアンは時間がかかった。何度手術しても、彼の背骨は身体のあらゆる動きについていけず、車から降りるのにいつも難儀していた。だが、手を貸すことはできなかった。彼が激怒したからだ。

外のベンチに座ると、イルアインの家は、ルビスと馬たち、フアン伯父さんとアデラ、リサルディの本とレディンが以前そこで飲んだビール、森の鳥たちと小川の鱒を原料とする香りを放っているように感じられた。自分の本当の家に帰ってきたのだという気がして、僕は目を閉じ、その香りをもっと深く感じ取ろうとした。

だが、その感覚は長く続かなかった。すぐに、内なる声が突きつけてくる現実を認めないわけにはいかなかった。ドノスティアでほかのいろんな香り――学生アパートのガスキッチンの、毎週グッツィに入れるガソリンの、あるいは毎日吸うたばこの匂い――に包まれていたあいだ、僕は特にイルアインを懐かしんでいたわけではなかった。その初夏の美しい夕方、石のベンチに腰掛け、夜が近づいていることを告げる白みがかった青空の下で、とうもろこし畑、りんご園、緑の森を眺めていると、それは信じがたいことに思えた。だが、内なる声がしつこく繰り返していたことは事実だった。僕はもう何か月もそこに帰ってきていなかった。

「ルビスはどこだろう?」と僕は言った。馬たちの離れに人の動きは感じられなかった。アドリアンはパンチョと双子を見かけた辺りを指差した。「小川で弟を見張ってるんだろう。それがいい、でないと子供を食べちまうかもしれないからな。だってパンチョは人喰いだろ？」「ああ、また始まった！」刻みたばこを紙で巻いていたヨシェバは溜め息をついた。「さっきは鰐、今度は人喰い……ほかに話すことはないのか？」「驚きだよ」とアドリアンが続けた。「ああ、人喰いだなんて実に驚きだ」とヨシェバは言った。「いや、ほかのことさ」「簡潔に頼む」「だから、パンチョとルビスって全然似てないだろ。ルビスは美男だけど、パンチョはあの顎ときたらまるでクロマニョン人だ。同じ鰐の仕業で生まれたとは思えない」

　アドリアンは二人の母であるベアトリスを知らなかった。農民のことは、幸福であろうと不幸であろうと好いていなかった。彼はいつもの自分の世界に留まっていた。「馬鹿なこと言うのはいい加減にしろよ！」と僕は言った。「怒るなって、ダビ。白い手は傷つけない（Manos blancas no ofenden）って言うだろ」アドリアンは僕の目の前で両手を広げてみせた。本当にクリームのように真っ白な手で、青みがかった筋が入っていた。「お前たち、静かにしてくれないか？　景色を楽しみたいんだが」とヨシェバが言った。彼の巻いたたばこの葉は、パイプで吸うもののような蜂蜜の匂いがした。「詩人って奴はこれだからな、ダビ。いつも創作中だ」とアドリアンが言ったが、今度の彼の言葉には返事がなかった。僕も景色を眺めていたかった。

　牧草地の片側には二頭の馬――アバとミスパ――と三頭の仔馬がいた。反対側には、ロバのモーロがいるだけだった。その向こうにはセイヨウシデがまばらに生えていて、さらに遠くには森があった。新緑の森は、いつもより大きく、深く、生い茂って見えた。上に広がる夕空には小さな雲が浮かんでいた。きらめく粉をまぶしたかのようだった。

「ルビスがどこにいるかわかったよ」と僕は言った。「俺もだ。パンチョを見張ってるんだ」とアドリアンがしつこく言った。「でもよく見張ってるようには思えないな。双子の一人しか見えないぞ。もう一人はきっとパンチョが食べちまったんだ」「アドリアン、黙れ！」とヨシェバが言い、彼の顔に煙を吹きかけた。アドリアンは囲いの中にいない。僕の知るかぎり、伯父さんはシスパとブレイキーは売ったけど、ファラオンはまだここにいるはずだよ」ヨシェバは車にたばこの火を消しに行った。「ルビスが戻ってきたら、馬に乗せてくれって頼むよ。一度も乗ったことないんだ」と彼は言った。「お前はほかのものにもほとんど跨ったことないんだろ」とアドリアンが挑発した。「ああ、またかよ。鰐の話はもうたくさんだ！」ヨシェバは耳を塞いだ。

森からの小道に、人を乗せた白い馬が現われた。「ほら、ルビスだ」と僕は言った。僕が手を挙げると、彼も挨拶を返した。そしてゆっくりとこちらへ向かってきた。

ファラオンの背中に跨がったヨシェバは恐怖の表情を浮かべた。「高すぎて眩暈がする」「慣れの問題だよ」とルビスは説明した。「誰でも最初乗るときは馬の高さにびっくりするんだ」アドリアンは首を振った。「眩暈の原因はそれじゃないぜ、ルビス。あの臭いたばこを吸ってるせいだ。正真正銘のクスリだよ」ルビスはヨシェバが馬から降りるのを手伝い、ファラオンを囲いへ連れていかなければと断って僕たちから離れた。僕たちの雰囲気、とりわけアドリアンの興奮した騒々しい話し方に馴染めなかったのだ。彼は森の中を静かに散歩してきたばかりで、僕たちが都市から持ち帰った空気に慣れるには時間が必要だった。ヨシェバが馬の高さに慣れる必要があるのと同じように。
「ルビス、このところの暮らしはどう？」と僕は少し経ってから、彼がアコーディオンとバッグを二階の部屋に運ぶのを手伝ってくれたときに尋ねてみた。*“Ondo esan beharko”*「まあ悪くないよ（オンド・エシャン・ベアルコ）」――と彼は言葉少なに答えた。最後に会ったとき、集落はすっかり雪に覆われていたこと、彼と会うのは五、六か月ぶりだということを思い出した。「君はドノスティアのほうではどうだい？」「順調だよ」と僕は答えた。彼と打ち解けて話し始めるのに僕も難儀していた。

ルビスの表情がふと明るくなった。「そういえば、ハリネズミみたいな頭をした彼はどうしている？」「コマロフのこと？」コマロフは、僕のドノスティアでいちばん仲のいい友達だった。大学でつけられたそのあだ名は、ロシアの有名な宇宙飛行士に由来していた。「すごくすばしこかった」とルビスは言った。「君たちが雪の中を歩きたいと言って来たとき、彼が水道管に摑まって屋根に登るところは見ものだったよ。もうハリネズミには見えなかった。まるで猫だった」ルビスはその出来事を思い出すと笑いがこみ上げてくるようだった。「あいつももうじきここに顔を出すはずだよ」と僕は言った。「グッツィを持ってくることになってるんだ。僕よりもあいつのほうがたくさん乗ってる」

僕は最初の質問に戻った。「それで、最近はどうなの？」ルビスは部屋のドアの脇で、壁にもたれかかっていた。「ファンが来ないのが残念だよ。パンチョは相変わらずだし」「ここに来る途中で見かけたよ」僕はレクオナ荘から持ってきた本を棚に並べ始めた。「何をしていた？　鱒釣り？」「そうだと思う」「パンチョは水に入るのが好きなんだ。飲むのは別のもののほうが好きだけど」ルビスは窓に近づき、外を眺めた。「君たちの家より少し下流に、双子と一緒にいたよ」と僕は言った。「いまは誰もいないみたいだ。アデラの家に行ったんだろう」ルビスは窓辺に立ったまま、しばらく黙っていた。「ここで何が起こっているんだろう?」彼がようやく口を開いた。「みんな酒を飲みすぎるんだ。僕の弟も、ウバンべも、セバスティアンだって。このままだとひどいことになる。特にパンチョは、そうでなくても頭が弱いのに」

僕は窓を開けた。アバ、ミスパと仔馬たちはさっきよりも散らばって草を食んでいた。モーロはまだ同じ場所にいた。「いまは誰が木樵たちに食事を運んでいるの?」ルビスは肩をすくめてみせた。「パンチョに頼んでも無駄なんだ。家の仕事もたいして手伝わないし」「じゃあ、君が運んでいるんだね」彼は頷いた。

《オー、スージーQ、オー、スージーQ、オー、スージーQ》ヨシェバが車のカセットデッキのボリュームを思い切り上げ、三頭の仔馬が車のほうを見た。そのうちの一頭がぴょんぴょんと飛び跳ね始めた。窓の下では、ヨシェバが音楽に合わせて、飛び跳ねてはいなかったものの、長髪を振って踊っていた。「あんなふうにご機嫌になりたいものだね」とルビスが言った。そして囲いのほうを指差した。「あの仔馬たちはどうだい? 可愛いだろう?」「すごく可愛い」と僕は同意した。「どうしているか気にして、フアンがしょっちゅう電話をかけてくるんだ」「名前はどうしたの?」「赤毛の二頭はエルコとエデル。白いのはパウルだ」「パウル? あの殺された馬と同じ名前?」彼は頷いた。「フアンが僕にくれたんだ。彼が来なくなってから僕の責任が大きくなったし、それくらいのご褒美はもらうべきなんだそうだ」「そのとおりだよ」と僕は言った。

ヨシェバがカセットを止め、「降りてこないのか? 日が暮れるぞ」と僕たちに向かって叫んだ。「日没までまだ一時間以上あるよ」とルビスが答えた。空の雲はもう輝きを失っていたが、まだ辺りは明るかった。アドリアンがヨシェバの身体を押し、もう行こうと促した。「じゃあ俺たちはリッツにいるからな。会計する前に来いよ！」二人は大げさに手を振ってから、アデラの家に向かって歩き出した。

僕は窓を閉め、箪笥からきれいなシーツを出してベッドを整え始めた。「夕食をおごるって約束したんだ。ルビスも来てよ」と僕は言った。彼はベッドの反対側から僕を手伝っていた。「君が来てほしいというなら行くよ。でもパンチョもそこにいたら、家に帰って母さんと夕食を食べるんじゃなく、僕たちと座りたがるよ。間違いない」「パンチョも一緒に食べればいい」

僕たちはベッドを整え、出かけることにした。ルビスが部屋のドアの前で立ち止まった。「その中に入っていたときのこと、憶えてるかい？」と彼は隠し部屋を指差して言った。「大変な一日だったね」「そこに入ってよかったよ。すごくたくさんのことを学んだ」と僕は答えた。

「アコーディオンを持ってきたんだね、ダビ。また弾くのかい？」アデラの家に向かう途中でルビスがそう訊いた。僕たちの会話のぎこちなさは、少しずつ和らぎつつあった。「ウスクドゥンが来たときはしなかったことをこの夏はするんだ。どう思う？」「お金を稼がなきゃいけない、それは当たり前だ」「引き受ける前に迷ったんだ。いまもあのダンスパーティーのことを考えると、それでよかったのかわからなくなってくるよ」突然、僕は自分が恥ずかしくなった。ルビスの存在が、僕の決断の醜い側面を露わにしていた。アラスカ・ホテルに戻るのは、屈服するに等しいことだった。

ルビスは僕の動揺に気づいて言った。「ともかく、アラスカ・ホテルはベルリーノの家というだけじゃない。マルティンとテレサの家でもあるんだ。それに、マルティンとテレサは君の友達じゃないか」その理屈は完璧ではなかったが、僕は受け入れることにした。もうそのことは考えたくなかった。「僕もホテルへ行かなきゃならなくなることがよくあるよ」とルビスは言った。「パンチョがあそこへ行くのが好きだから。旅行客がいるせいだよ。特にフランス人の女の子に目がないんだ。僕が連れて帰らないと、夏が終わるまであそこにいるかもしれない」アデラの家の前まで来ると、ルビスは足を止めた。「ダビ、君は先に入っていて。僕は母さんのところに寄ってくる。すぐに戻るよ」そう言って、彼は小川の飛び石を渡って道に出た。

アデラは大声を上げて僕を歓迎した。僕にまた会えて、しかも友達が一緒だったので大喜びだった。「この古い農家に学生さんが来ることなんてほとんどないからね！ 今日は光栄だよ！」と彼女はアドリアンとヨシェバのほうを見ながら言った。二人は台所に並んだテーブルの一つでパンとチーズを食べていた。テーブルの上にはワインの瓶があり、パンチョも二人と一緒に座っていた。台所の隅では、双子の片割れが夕食の最中だった。「セバスティアンはどこだい？」とアデラがその子に怒鳴った。「今朝はウバンベと一緒だったよ」と子供は顔を上げずに答えた。目玉焼きを食べ、大きくちぎったパンで皿を拭っているところだった。「ガブリエルは？」それが双子のもう一人の名前だった。「わかんない」「じゃあさっさと食べて探しにお行き！」アデラは溜め息をついた。「ダビ、この子たちときたらもう！」「アデラ、ここがいつもと変わらない雰囲気でうれしいよ、本当に」と僕は言った。

パンチョが怒ってテーブルを叩き始めた。「チーズをもっと出してくれよ、アデラ。この学生さんたち、あんまりがっつくから僕には何も残らないじゃないか」アドリアンは驚きの表情を浮かべた。「まさか、パンチョ、まだ腹が空いてるのか？」「僕が何を食べたっていうんだよ？　昼に肉の切れ端をちょっと食べたきりだ！」アドリアンは目を見張った。「肉の切れ端だって？　本物の人喰いだな！」ヨシェバは笑い出した。「好きなように呼べよ。でも僕は腹ぺこなんだ」パンチョは冗談がわからずにそっけなく言った。

ルビスが台所の入り口に姿を現わした。「僕もご馳走になりに来たよ、アデラ」「ベアトリスには言ってきたのかい？　もしまだなら電話しておやり。あんたの母さんは心配性だからね」冷蔵庫の脇に、新品の真っ赤な電話機があった。ルビスは必要ないと仕草で伝えた。

台所の扉がまた開いたかと思うと、双子の二人目がこっそり入ってきて、一人目がいたテーブルに座った。「そこにいたのかい！」とアデラが気づいて言った。アドリアンが両手を挙げて叫んだ。「神よ、感謝します！」アデラは訳がわからず彼を見つめた。「子供が帰ってきたのを見るのはいつだってうれしいもんですよ！」とアドリアンは説明した。ヨシェバはテーブルの上にあったワインの瓶を床に置いた。「奥さん、こいつにこれ以上ワインは出さないでください。飲んでなくてもおかしなことばかり言ってるんだ」だが、アデラは聞いていなかった。彼女の注意は帰ってきたばかりの双子の片割れに向けられていた。「びしょ濡れじゃないか！　どこにいたんだい？」「小川」と子供はおとなしく答えた。「こんな時間に？　いったい何してたんだい？」「アデラ、僕が知ってる」とパンチョが口を挟んだ。「そこの小川の穴に、なかなか捕まらないずる賢い鱒がいて、ガブリエルはそいつを捕まえて家に持ち帰りたかったんだ」子供は大きく頷いてみせた。

3

アラスカ・ホテルの展望台には小さなステージが設けられ、スツールと譜面台、マイクが置かれた。そこに上がってアコーディオンを弾き始めると、自分が一人、どこか離れたところにいるような感覚に襲われた。ホテルでも展望台でもなく、ダンスパーティーの真っ只中でもなく、ほかの人たちから遠く、見えないどこかに一人きりでいるかのような。ホットソンの帽子を被っていると、その感覚はさらに増した。人々の目から隠され、守られている気がしたのだ。まるで幼い頃、ステージの下に潜り込んでカシューナッツを食べながら、アンヘルの演奏に合わせて踊る人々の靴――茶色い靴、白い靴、黒い靴――の動きを眺めていた頃に戻ったかのように。

　ホテルに人が集まり始めるのは午後六時頃だった。若い男たちのグループのほとんどは、展望台の手すりの辺りかカフェテリアのテラスで、たばこを吸うか、キューバリブレやジントニックを飲んでいた。女の子たちは庭園に下りて、ダンスが始まるまで散歩していた。そして七時頃、僕がアップテンポで軽快な曲を演奏し始めると、誰もがわっと踊り始め、茶色い靴、白い靴、黒い靴がくるくると回転しては飛び跳ねた。八時半になると休憩が入り、そのあとは《黒いオルフェ（オルフェウ・ネグロ）》、《可愛い花（プティ・フルール）》といったスローテンポな曲の時間だった。そのあいだ、踊っている二百人か二百五十人が次第にまとまって一体となってゆき、ついには、日が暮れゆくにつれ、ゆらゆらと揺れ動くただ一つの身体になるのだった。

　やがて、そのただ一つの身体は、独楽が回転のもっとも安定した瞬間に眠ってしまうのと同じく、眠りに落ちるように動きを止めていった。すると、オババの谷も、アラスカ・ホテルも、のどかで平穏そのものに見えた。夜の十時半になると、僕は何か流行りの曲——あの一九七〇年の夏は《カザチョック》——を選び、それでダンスパーティーをお開きにした。すると、ただ一つの身体は目覚め、ばらばらに散らばっていった。ある者たちは家路を急ぎ、ほかの人々は最後の最後まで音楽とともに踊り続けた。茶色い靴、白い靴、黒い靴がくるくると回転しては飛び跳ねた。

　ときおり、僕も眠り込んだかのように、踊る人々の向こうの景色をぼんやりと見つめていることがあった。オババの谷は美しかった。手前にある、ホテルに近い丘や山々は、青く瑞々しかった。その背後の小さな村や点在する家々を抱く山々は、甘美で柔らかだった。そしてさらに遠くの、フランスを望む山々は、煙のように青みがかり、軽やかに見えた。昼の光のもとでも美しかったその景色は、夜の帳が下りるとさらに美しくなった。点在する村や家々に明かりがともり、谷全体が黄色い点に覆われていった。僕は夜が更けるにつれ、ある特定の光、点を探した。オババの明かりがあり、そのなかに製材所の明かりがあった。そしてその隣には、ビルヒニアの家の明かりがあった。

　ビルヒニアと結婚した船乗りは、ブルターニュ沖で二年以上も前に行方知れずになったままだった。彼女はまたあの川沿いの、橋のたもとにある家に住んでいて、母によればとても落ち込んでいるらしかった。「遺体が見つからなかったから、ずっと喪に服したままなんですよ。それでいつも黒かグレーの服を着ているの。このあいだ、色物のワンピースを作ってあげましょうかと言ったら、あの娘は泣き出してしまって」そう話す母の目は潤んでいた。

　ビルヒニアは一人になってから、新しい住宅地にできたカフェテリアで働いていて、僕は週末や祝い事などでオババに戻るたび、そこで彼女に会った。たいていは、朝食をとりに来た客で混雑している時間帯に行き、彼女がカウンターの向こう側を甘いパンやコーヒーを運んで行き来するのを見つめた。やがて僕の順番が来て向かい合うと、彼女は微笑んでくれた。その微笑みは、少なくとも僕には特別な意味を持っているように思えたが、同時にとても遠く、かつてオババの教会で視線を交わした日々が、もはや煙の筋のように消えかけた、彼女の新しい人生に何ら関わらない思い出であるかのようだった。「ダビ、ドノスティアのほうではどう?」と彼女は尋ねた。僕は何かありきたりな返事をし、彼女は僕の前にコーヒーやパンを並べながら僕の言ったことに感想を述べた。それが僕たちのやりとりのすべてだった。

　ときどき、カフェテリアが空いて僕たち二人だけになると、僕はカウンターの向こう側で働く彼女の姿を見つめた。彼女はもともと巻き毛だったが、その癖が出ないくらい髪を短くしていて、前よりも顔がよく見えた。小さな耳、黒い目、ふっくらとした唇。オババの農民なら“*Virginia, andre ederra zaude*”――「ビルヒニア、いまの君は美しい（アンドレ・エデラ・サウデ）」――と言ったことだろう。“*Andre ederra zara*”――「君は美しい（アンドレ・エデラ・サラ）」――と言う代わりに、美しさを生来の性質でなく、一時的で変化しうる状態として表現するその言い方に倣って、僕も“*Virginia, orain dela lau urte baino ederragoa zaude*”――「ビルヒニア、いまの君は四年前よりも美しい（オライン・デラ・ラウ・ウルテ・バイニョ・エデラゴア・サウデ）」――と言いたかった。だが、僕がそう口にすることはなかった。死んだ船乗りのことが脳裏に蘇り、難破の知らせがオババに届いた瞬間を想像した。そして、海に消えた死体の捜索が続くあいだ待ち続けるビルヒニア、彼女が新しい住宅地のアパートで過ごした夜を。

ビルヒニアを目の前にして、彼女を襲った不幸を思うと、僕は激しい欲望を覚えた。アドリアンなら、今度ばかりは正当にもこう言っただろう。《お前の鰐、彼女にがっぷり嚙みつかなきゃ狂っちまうぜ》そう思った瞬間から、僕はビルヒニアの耳、目、髪、唇を愛でるだけでは物足りなくなり、彼女と話し始めたら何かおかしなことを口走ってしまうのではと恐ろしくなった。《ビルヒニア、いまの君は四年前よりも美しい。お願いだ、僕と一緒に来て。君の胸に舌を這わせたいんだ》僕はカウンターにお金を置くと、急ぎ足でカフェテリアを出た。

ビルヒニアの家の明かりから目を離すと、僕は目覚めてダンスパーティーに戻った。目の前には、抱き合って踊る人々がいた。ウバンベとオピンは女の子たちに話しかけ、ヨシェバとアドリアンはカフェテリアで何か飲んでいた。ときには、パンチョを探しに来たルビスの姿を見つけることもあった。僕はみんなが羨ましかった。誰もが一九七〇年の初夏、いまここを存分に生きていて、過去の体験すべては、彼らの頭と心の中で溶け合って柔らかなひと塊となっているようだった。だが、僕の内にあるその塊にはところどころ固いだまができていて、僕の日常生活の妨げになっていた。アンヘルへの憎しみは、僕と母の良好な関係に水を差し、十五、六歳の頃のように、暗い洞窟へと僕を引きずり戻すことがまだあった。ビルヒニアへの愛は、ほかの女の子たちへの道を妨げていた。僕はもうかつての《心のリスト》を作っていなかったが、作ったとしたらビルヒニアがその筆頭に上がっただろう。ほかの女の子たち——たとえば、製材所の授業で一緒だったスサナ、ビクトリア、パウリーナ、あるいはESTEで知り合った女子学生たち——にも魅かれたが、彼女たちの名前はそのリストには入れなかったはずだ。入れるとすれば、それは鰐のリストだった。

4

時間は滑らかに、独楽のように回転しながら進んだ。ダンスパーティーに次のダンスパーティーが続いた。土曜日に日曜日が続き、日曜日には翌週の土曜日が続いた。すべてがそのまま続き、時間も独楽のようにいずれ眠ってしまうかに思えた。ところが、八月の頭に突然奇妙な動きがあり、アドリアンと製材所の授業で一緒だった女の子たちとのあいだで諍いが起きた。些細な出来事ではあったが、そのとき、いにしえの真実が露わになった。のどかな平和というのは丘や山々に、森や空にあるもので、人の頭や心の中にはないのだ。それは前兆だった。その先、さらにいろんな動きがあり、それも次第に大きく、激しくなっていき、やがてついには、誰か――独楽――が地面に転がり、倒れることになるのは避けられなかった。

諍い。それはある土曜日、僕が演奏を終え、カフェテリアのテラスにいたアドリアン、ヨシェバ、ルビスと合流したときのことだった。ルビスが真面目な顔で僕に近づいてきた。「ダビ、ダンスパーティーの終わりに弾く曲だけど、どうしてあの《カザチョック》とかいう曲なんだい？」彼の大きな目がじっと僕を見つめていた。僕はどういう意味かわからず、返事に困った。「ルビスが言いたいのは、ここはロシアじゃないってことだ」とヨシェバが少し皮肉な口調で言った。「ヴォルガ川辺りの舞踏曲をオババで弾くなんて、お前は裏切り者だってことさ。まったく軽蔑に値するね」ヨシェバは吸っていたたばこの煙を僕の顔に吹きかけた。「ヨシェバ、気をつけなさいよ！」とビクトリアが煙を手で払いながら注意した。

ビクトリアは僕のちょうど後ろに、パウリーナとニコ――その年にオババへやってきた銀行の支店長の娘――と、ホテルに家族と休暇に来ていた四人のフランス人の若者と一緒に座っていた。スサナと彼女の恋人――マルティンは「侯爵(マルケシート)どの（Marquesito）」と呼んでいた――も、すぐ近くの、アドリアンの背後のテーブルにいた。

ビクトリアは苛立っているようだった。「こりゃ失礼いたしました」とヨシェバは平然として言った。「ほらほら、いま一本巻いてやるから、恨むんじゃない」「たばこなんかいらないわよ！」とビクトリアが答えた。「それなら、どうしたら許してもらえるのか教えてくれよ。何なりとお申しつけを」ヨシェバに怒るのは、彼の本心を知るのと同じくらい難しかった。

「ルビスの言うとおりだぜ、ダビ。ここはロシアじゃない！」とアドリアンがテラス全体に響き渡るような大声で叫んだ。「少なくとも俺にはそう見えるな。雪はないし、ボリシェヴィキもいない。それに何よりウォッカがない」彼は椅子から立ち上がり、展望台を、テラスにいる人たちを、そして僕たちのテーブルを指差した。「でも文句は言わないさ。ジントニックだって美味い」と彼は乾杯のときのようにグラスを持ち上げた。「ボリシェヴィキがいないかどうかはわからないぞ」とヨシェバが言った。「ダビ」とルビスが僕の耳元で言った。「《カザチョック》はバスクのお祭りを締めるのにぴったりの曲とは言えないってひとこと言いたかったんだ。でも、たんに僕がそう思うというだけで、間違っているかもしれない」ひとこと言う(コメンタトゥ)（*komentatu*）。ルビスの語彙にはなかった新しい言葉だった。「君ならどの曲を選ぶ？」と僕は訊いた。「《パゴチュエタ》はすごく喜ばれるんじゃないかな。この辺りのお祭りではいつもやっているよ」《パゴチュエタ》というのは、ビリビルケタ（*biribilketa*）と呼ばれる、祭りなどで通りを踊りながら練り歩くときに演奏されるバスクの軽快な音楽の一種だった。「わかったよ、ルビス。今度の日曜から、ダンスパーティーの締めの曲は《パゴチュエタ》にしよう」と僕は約束した。

　アドリアンがまた立ち上がった。「ここはロシアじゃない、フランスだ！」と叫びながら、彼はビクトリア、パウリーナ、ニコがフランス人の若者たちと歓談していたテーブルを指差した。ニコが若者たちに小声で何か言ったが、僕たちのところから聞こえたのは「ジントニック」の一語だけだった。「そうだ、気がつかなかった！」とアドリアンがまた叫んだ。「ジントニック！　ここはフランスじゃない！　イギリスだ！」

“Nos estás dando una verdadera lección de geografía”——「君に本物の地理学の講義をしてもらえるとはね（ノス・エスタス・ダンド・ウナ・ベルダデーラ・レクシオン・デ・ヘオグラフィア）」——とアドリアンの背後からスサナの恋人がスペイン語で言った。彼は二十五歳ぐらいで、ヨシェバとは対照的に、こざっぱりとした格好をして髭をきれいに整えていた。僕たちのことは毛嫌いしているようだった。“¡Qué poco noble, señor marqués!”——「侯爵様、品位に欠けますぞ！（ケ・ポコ・ノブレ、セニョール・マルケス）」——とアドリアンもスペイン語で言い返した。「背後から襲うとは、まるでならず者じゃありませんか」「アドリアン、やめてちょうだい。嫌味なことばかり言わないで」とスサナが言った。嫌味な（ボルデ）（borde）。そのスペイン語の言葉も僕には意外だった。スサナはサラゴサで始めた医学の勉強をマドリードで続けていたが、その言葉は彼女らしくなかった。結局のところ、リサルディの本を読んでいた僕に静かに拍手を送ってくれたあのオババの医者の娘だったのだから。「侯爵夫人、どうかお許しを」

とアドリアンは彼女をじっと見て言った。

　アドリアンの目は、ときどき急に輝きを失ったかと思うと、彼がアトリエで作っていた彫刻のように、木でできているかのように見えることがあった。その瞬間もそうだった。その目を、その目つきが何を意味するか――アドリアンはそうなるとどんな乱暴なことでも言いかねなかった――を知っていたスサナは顔をそむけ、展望台のほうを、オババの谷を眺めた。しかし、展望台も谷も真っ暗で、視線のやり場に困った彼女は、椅子の上でもぞもぞと身体を動かした。

　ヨシェバが僕の膝にアコーディオンを置いた。「ルビス、ダビに勧めてたあの曲は何て言ったっけ？」「《パゴチュエタ》だよ」「マンソン、今度は何の犯罪の準備だ？」とアドリアンがまたわめいた。ヨシェバは手を二回叩いた。「アドリアン、みんな、少し静かにしてくれ。ダビがバスクの曲を弾いてくれる。《パゴチュエタ》だ！」「思い出せるかわからないよ」と僕は彼に言った。「ダビ、そんなことはどうでもいい」とヨシェバは微笑んだ。「このテラスにいる連中は何を弾いたって拍手するさ」スサナと侯爵どのは席を立ち、もう帰るところだった。“¡Que duerman bien los señores marqueses!”（ケ・ドゥエルマン・ビエン・ロス・セニョーレス・マルケセス）――「侯爵夫妻がぐっすりお眠りになれますよう！」――とアドリアンがみんなに聞こえるように大声で怒鳴った。

ダンスパーティーが終わると、ホテルの厨房で働く女性がカフェテリアのテラスにいる僕たちに夕食を運んできてくれた。僕だから特別にしてくれていたのではなく、それが慣わしだった。アコーディオン弾きは仕事のあと、いくら遅い時間でも、客がほとんどいなくなり、カフェテリアを含めてホテルの営業がほとんど終わっていても、そこで友人たちと夕食をとることができたのだ。最初のうち、テーブルに集まるのはアドリアン、ヨシェバと僕の三人だけだった。だがやがて、ルビスがパンチョを連れてくるようになり、さらにマルティンが加わった。ただし、マルティンは海沿いで経営するナイトクラブで遅くまで働いていたので、彼が来るのはもうみんなが食べ終わった頃だった。

僕たちはかなり遅くまでテラスに残っていた。暑い一日のあとで、南風がささやきかけてくる真実（と嘘）に耳を傾けながらそこに座っているのはとても気持ちがよかった。《人生は軽く受け止めるのがよろしい。楽しむのです。大いに食べて飲み、くだらないおしゃべりに花を咲かせ、ただ煙を吹かすこと以外は何も考えずにたばこを吸うのです》僕たちはその助言に従い、魚料理とサラダを食べ、冷たいビールやワインを飲み、ヨシェバの蜂蜜の匂いがする紙巻きたばこか、マルティンが持ってくるアメリカ製のたばこを吸い、話をした。虫が寄ってこないように照明をほとんど落とし、二十三、四度の気温にふさわしく、ひたすら怠惰な夜を過ごした。

そんな八月のある晩——たしか三週目の日曜日で、特に暑い夜だった——、大きなトンボが何匹かテラスにやってきた。ゆっくりと弱々しく飛んでいて、空中に留まっているのもやっとに見えた。そのうちの一匹がバニラアイスクリームの残りに誘われてテーブルにとまると、アドリアンは底の広いビールのグラスでそれを捕まえてしばらく中に閉じ込めておき、やがて窒息しそうになると逃がしてやった。彼がその遊びに飽きると、パンチョが代わりに捕まえ始めたが、そのやり方はもっとひどかった。トンボはグラスの中で窒息し、死んでいった。

「パンチョ、もうやめるんだ！」とルビスが叱りつけた。彼の顔色は青ざめていた。僕と同じで、トンボの苦しみをまるで自分のことのように、自分がグラスの中で窒息していくように感じていたのだ。僕はアドリアンとパンチョにその遊びを続けさせないために、何か考えなくてはと思った。

「ミス・オババにふさわしいのは誰だと思う？」と椅子の上に置いてあった新聞を手に取りながら大声で言った。最終面に、ミス・ベネズエラを紹介するこんな記事があったのだ。"Soledad Errazuriz. Una descendiente de vascos puede ser Miss Mundo en Atenas"——《ソレダー・エラスリス　バスク人の子孫、アテネで開催されるミス・ワールドで優勝なるか》——。

　みんなの視線が僕に集まった。「そいつは難しいな。議論が必要だ」とヨシェバが僕の意図に気づいて言った。「鰐たちの意見を聞こう」とアドリアンが、まだテーブルの周りにいたトンボたちを僕のホットソンの帽子で追い払いながら言った。するとパンチョが口を開いた。「僕はもうわかった」「何がわかったって？」とアドリアンが訊いた。「どの女の子がいいか」とパンチョはうつむきながら答えた。ルビスがいるときはとても控えめだった。「いいって何に？　食べるのにか？」ルビスはアドリアンに向かって片手を挙げ、もうたくさんだという仕草をした。「パンチョのことは放っておこう。そのほうがいい」ヨシェバもうんざりした顔をして言った。「アドリアン、ルビスの言うとおりだ！　お前のその話は聞き飽きたよ」アドリアンは帽子で顔を覆った。「すまない、みんな。古い諺が言うとおり、曲がったものは直らないのさ」「その話はまたにしてよ。いまはミス・オババを考えよう」と僕は言った。

グレゴリオがテラスに出てきて、もうすぐカフェテリアの閉店時間だが、まだ飲み物の注文はあるかと僕たちに尋ねた。アコーディオン弾きは僕なのに、彼は僕にではなく、ヨシェバとアドリアンに向かって訊いた。いつもそうだった。四年前、僕がホテルの二十七号室でテレサと過ごしたあの午後のことをまだ根に持っていて、僕を憎んでいるようだった。「ジントニックを人数分」とアドリアンが言った。「僕とパンチョの分はジュースにしてください」とルビスが訂正した。「パンチョは薬を飲んでいるから、アルコールはよくないんだ」グレゴリオはまたカフェテリアの中へ戻っていった。「あと紙を一枚、それにペンも頼む」とヨシェバが彼の背中に向かって言った。

ジントニック、ジュース、紙とボールペンがテーブルの上に揃った。「パウリーナはどうだ?」とヨシェバがジントニックを一口飲むなり訊いた。「今日は膝の見える新しいワンピースを着てたな。すごくきれいな膝だった」そこからパウリーナの長所について議論が始まった。「オババの可愛い女の子たちのリストを作るとしたら、彼女は何位だろう?」と僕は訊いた。「二十三位?」とアドリアンが帽子で顔を仰ぎながら言った。ヨシェバと僕が抗議し、パウリーナは十本の指には入る、それもかなり上位のほうだという結論になった。「八位?」と僕は訊いた。「六位」とヨシェバが言った。「九位」とパンチョが言った。「ルビスはどう思う?」と僕は尋ねたが、彼は口を結んだまま肩をすくめた。意見を述べるつもりはないようだった。「じゃあ九位にしておこうか」と僕は議論をまとめ、パウリーナの名前と番号を紙に書いた。

僕たちはその遊びを続け、やがて十人の名前のリストができた。ところがアドリアンは、僕たちが「俺みたいな身体の曲がった」娘でもリストに入れかねない、オババに本当に美人の女の子が十人もいるわけがない、と言い出した。それで、リストを短くすることになった。まずは八人に絞り、それから五人まで減らした。最終的に選ばれたのはブルーナ、ニコ、ビクトリア、アルベルタ、そして、ミス・オババとしてトップに輝いたのはスサナだった。

リストが確定すると、僕たちはさらにあることを思いついた。そのリストを清書して公表するのは？　たくさんコピーを作り、地下組織が政治ビラを撒くのと同じように、ダンスパーティーで配るのはどうだろう？　それはヨシェバの発案だった。「名案だ！」とアドリアンが勢いづいた。「こりゃ面白くなるぞ！　この国の革命家たちと張り合うんだ！」ルビスが僕を見た。「ダビ、そういうのは気をつけないと。物事をごっちゃにすべきじゃないよ」と彼は言った。「賛成する人は挙手だ」とアドリアンが言った。ルビス以外の全員が手を挙げた。

パンチョはもう眠そうに目を細めていた。「そろそろイルアインに戻らないと」とルビスがヨシェバと僕に言った。「僕は歩いてでも帰れるけど、ほら、パンチョはもう寝てる。薬を飲み始めてからこうなんだ」ヨシェバが席を立った。「心配しなくていい、ルビス。すぐに出よう」「ミス・オババと四人の御付きの選考結果は誰が書くんだ？」とアドリアンが訊いた。「俺は、我らが詩人ヨシェバが適任だと思う。ただ、このところなんだか柔になってるから、変なこと書かないか心配だけどな」「ヨシェバと僕が書くよ」と僕は急いで言った。ルビスがしびれを切らしているのがわかったので、それ以上話を長引かせたくなかった。

アドリアンが僕に帽子を被せた。「ひとつ頼んでもいいか？　侯爵どのにひと泡吹かせてやってくれ。スサナについてのコメントでちょっと奴をからかってくれればそれでいい」彼のいちばんの関心事はそれだったのだ、だからリストを公表するというアイデアにあれほど乗り気だったのだ、と僕は思い至った。だが、ヨシェバが考えていたのは実際的な問題だった。「コピーはどこで取る？　製材所のコピー機か？」と彼は訊いた。「いや、あそこはまずい」とアドリアンが答えた。「我らが模範のルビスが言うとおり、物事をごっちゃにすべきじゃない」「アドリアンも薬を飲んだほうがよさそうだ。いつも誰か標的を探しているんだから」とルビスが僕にささやいた。彼は僕たちの話にうんざりし、苛々していた。「コピーも僕たちがなんとかする」と僕はアドリアンに約束した。もうお開きにしなければならなかった。「あとはみんな任せてくれ」とアドリアンが言った。「展望台にばっちり蒔いてやるから見てろよ」蒔く（*erein*）。当時、政治ビラの配布を指すのに使われていた言葉だった。

6

ミス・オババと御付きたち
オババの可愛い女の子ベスト5
（地下出版物。お見逃しなく）

五位　森林監視員の娘、ブルーナ。二十三歳。この辺りで彼女ほど引き締まった身体をした娘はいない。彼女の腰回りを目の当たりにする機会に恵まれた男は、誰でもうっとりして時間を忘れてしまうだろう。

四位　ニコ、二十一歳。痩せ型で、イギリスの歌手のようなファッション。大きなグレーの目がとても美しい。唇もきれいな形をしている。

三位　クラーマー社を率いるドイツ人技師の娘、ビクトリア。二十歳。前述の二人よりもむっちりとした身体つき。別荘のプールで裸を見た者たちによれば、大きく丸々とした――おそらくオババでいちばん大きな――胸をしている。

二位　オババのスポーツ用品店で働くアルベルタ。ハンドボール選手だったという経歴にふさわしく、背が高くたくましい体格。一緒にベッドに行った男を粉々にすることもできそうだ。肉感的な唇の美しさが際立つショートヘアを好んでいる。二十四歳。

一位、一九七〇年のミス・オババ　医者の娘、スサナ。身長が百六十センチにやっと届くくらいなので、身長が足りないと言う者もいるかもしれないが、彼女の身体は頭のてっぺんから爪先まで柔らかで繊細なカーブを描き、まるで陶磁器のようだ。「お人形」と呼ぶ者もいるが、スサナは人形のようにか弱くも空っぽでもない。むしろ、彼女の身体は溌剌（はつらつ）として、豊満な胸はほとんどビクトリアと並ぶ大きさだ。目は緑がかった青。少し喉がかすれたようなハスキーボイスで、ベッドの中で耳元にその声でささやきかけられるのを夢見たことがあるオババの若者は少なくない。だがいまのところ、その特権を享受しているのは男冷根侯爵（ミンガフリア）（Marques de Mingafría）のみである。二十一歳。

7

ヨシェバと僕は、フアン伯父さんのタイプライターを使ってオババの可愛い女の子たちのリストを百回書き、その度にカーボン紙で三枚コピーを取った。そして、八月の最後の土曜日、その三百枚のチラシを書類入れに詰め、ホテルへ持っていった。アドリアンが僕たちを待ち受けていた。「どうやって配る?」と僕たちは書類入れからチラシを一枚出して見せながら訊いた。僕たちは、僕が楽屋として使っていたカフェテリアの奥の部屋にいた。「もう決めてある。お前たちは心配するな」とアドリアンは食べていたコカコーラ味のチュッパチャプスを口から出して答えた。

アドリアンは、鏡の前にあった椅子に座ってリストを読み始めた。前屈みになっていたせいで、背中のこぶが実際よりも大きく映って見えた。「思ったとおり、ニコは特別扱いか」と彼は顔を上げずに言った。だが突然、表情が明るくなった。「男冷根侯爵! こいつはいい!」と彼は大笑いした。「ヨシェバ、このあいだは疑って悪かった。お前はあだ名をつける天才だな。男冷根侯爵か!」アドリアンは楽屋の中を行き来し始めた。ひどく興奮していた。

「ダビ、休憩の前に弾く曲は何だ? 前もって知っておく必要があるんだ」とアドリアンはまたヨシェバのことを褒めてから僕に尋ねた。「《パダン・パダン》は?」と僕は言った。ルビスが大好きな曲だった。「どの曲?」僕はアコーディオンでサビの部分を弾いた。「いや、それは駄目だ。テンポが遅すぎる。もっと違うのがいい」「いったいどうするつもりなんだ？」とヨシェバが訊いた。アドリアンは鏡越しに答えた。「お前たちは知らなくていい。全部俺に任せろ」彼の顔は、手と同じでとても白かった。その瞬間、僕の目にはいつになく蒼白に見えた。「ダビ、早く決めないと」と彼は僕に言った。「休憩前に弾く曲はどれだ？」「《カザチョック》はどう？」アドリアンはしばし考えこんだ。「悪くない。あの曲でみんな大騒ぎするからな」

　楽屋のドアを叩く音がし、ヨシェバが開けに行った。グレゴリオの声が聞こえた。「ダンスパーティーが始まる時間です」「演奏家のエージェントとして言わせてもらうと、まだ三分あります」とヨシェバがドアの隙間から言った。「ふざけたこと言いやがって！」と言い捨ててグレゴリオは立ち去った。「あのウェイター、ずいぶん感じの悪い奴だな」とヨシェバは言った。「しかも、警察と通じてるらしいじゃないか」「見張っておくよ」とアドリアンが言った。「奴が気づく前にビラは撒き終わってるさ」僕たちのチラシが本物の政治ビラであるかのような話し方だった。

　僕は帽子を被り、展望台へ向かった。アドリアンは僕をチュッパチャプスで指して言った。「ダビ、忘れるなよ。休憩に入る前に《カザチョック》だ」「将軍、我々は計画に参加させていただけないのですか？（Mi general, ¿no quiere usted hacernos partícipes de sus planes?）」とヨシェバがスペイン語で言った。「駄目だ。お前たちは下がってよい」「チュッパチャプスをもう一本差し上げたらお気持ちは変わりますかね？」アドリアンはまたリストを読んでいて、返事をしなかった。「ろくでもないことをしでかさないといいんだが」外に出るとヨシェバが僕にささやいた。

　それはその夏いちばんの猛暑日で、靄がかかっていたせいで、山々は石灰の粉をまぶしたかのように薄汚れて見えた。ステージの上のスツールに座ると、僕はヨシェバが心配していたことが腑に落ち、不安のあまり気分が悪くなった。僕はもはや、どこか離れたところにいるのでも、帽子の下で人々の目から隠されているのでもなく、ダンスパーティーにやってきた若者たち全員の視線に晒(さら)されていた。アドリアンがどうやってチラシを配るのか想像もつかなかったが、楽屋での彼の様子から、何か度を越したことをしでかすのではという予感がした。ダンスパーティーが進行するにつれ、いろんな考えが途切れ途切れに、小さな靄のように頭をかすめ、ミス・オババの件で僕たちはふざけすぎてしまったのではないか、ルビスが物事をごっちゃにするのはよくないと言ったとき、彼の言うことを聞くべきだったと後悔した。しかし、もうすべてが動き出していて、僕はアコーディオンを弾き続けるほかなかった。

　僕は何度も休憩を、アドリアンに合図するタイミングを遅らせたが、ついに、午後八時頃になると、彼と示し合わせた曲《カザチョック》を弾き始めた。その頃には少し気温が下がっていて、展望台にはほぼいつもどおり、二百人近くの若者がいた。その半数以上は踊っていて、ほかの人たちは、手すりの辺りでその様子を見ているか、カフェテリアのテラスの日除けの下で――そこにはビクトリア、パウリーナ、ニコ、スサナ、侯爵どの、それに何人かの避暑客もいた――冷たいものを飲んだり、アイスクリームを食べたりしていた。

　曲の出だしを耳にするやいなや、踊っていた人々がこぞってロシア風に飛び跳ね始め、ウバンベはその中央で誰よりも高く跳んだ。ウバンベは白い巨大なスニーカーを履いていて、まるで彼が踊りをリードし、リフレイン――《カザチョック！　カザチョック！　カザチョック！》――をコーラスする瞬間になると、誰もが彼に合わせて叫んでいるかのように見えた。僕はテラスのほうに目をやった。侯爵どのがたばこの箱を取り出し、スサナに一本勧めるところだった。だが、スサナはアイスクリームを食べていて、それを断った。

侯爵どのの手からたばこの箱が地面に落ち、テラスのその辺りで悲鳴が上がった。何が起きたのかと、ウバンベが一秒も待たずにその方向へと駆け出した。侯爵どのも走り出したが、ウバンベとは反対方向だった。僕はアコーディオンの演奏を止めた。さらに悲鳴が上がった。

「雄牛だ！」と誰かが叫んだ。だが、テラスを通り抜けて展望台に出てきたのは、四つ脚で宙を蹴るほどの勢いで、猛然と飛び跳ねているロバだった。背中には鞍をつけ、両脇に籠を提げていた。その籠からチラシが飛び出し、そこらじゅうに散らばった。ロバはモーロだった。何が起きているのかもっとよく見ようとした誰かがテラスの椅子に上った。パンチョだった。

人々が状況を把握し、動物を囲い込もうとすると、モーロはさらに興奮し、手すりのほうにまっしぐらに駆けていくのを見て僕はぎょっとした。庭園に落ちたら、脚どころか背骨まで折ってしまうだろう。ところが、そうはならなかった。ウバンベと彼の友達がモーロを救った。ロバの首に抱きつき、跪かせたのだ。ウバンベが叫んだ。「誰かがこいつの尻に胡椒を入れやがった！　水をたくさん持ってきてくれ！」水の瓶が三本運ばれ、すべて空になった。

「なんて馬鹿なことをしたんだ！　恥ずかしいにもほどがあるじゃないか！　思い出すだけで憂鬱になる」とヨシェバが吐き出すように言った。アドリアン、パンチョと僕たち四人は夕食を終え、テーブルを囲んで座っていた。「モリートのあんな様子を見て僕も悲しかったよ。いつもはおとなしくていい子なのに！」とパンチョが言った。ヨシェバはパンチョのほうを見ようともしなかった。

彼が激怒するなんて滅多にないことだった。

ルビスが探しに来ないので不安になったパンチョは、言い訳を並べ立て始めた。「モリートの尻に胡椒を入れすぎだってアドリアンに言ったんだ。でも、アドリアンは袋を空にしちゃった。明日の朝、あのロバを山に連れて行かないといけないのは誰だよ？　あれですっかり洗い流せたわけないじゃないか。またぴょんぴょん跳ね始めて、木樵の食事を全部地面に撒き散らしたらどうする？」「それなら心配しなくていい」と僕は言った。「ウバンベがイルアインへ連れていったよ。ルビスと一緒にしっかり洗ってくれたはずだ」「どうかな、ダビ。兄ちゃんはすごく怒ってるはずだよ。きっと今日のことは許してくれない」

アドリアンはもうたくさんだという仕草をし、カフェテリアの中に入っていくと、グレゴリオと一緒に戻ってきた。ウェイターはお盆いっぱいにビールを載せていた。「本当は俺が持ってきたかったところだけど、こぶが邪魔してバランスを崩しそうになるんだ」「これが私の仕事なので」とグレゴリオは顔色ひとつ変えずに言った。「今日ここであったチラシの配布はどう思った？」とアドリアンが続けて聞いた。「マルセリーノにはもう伝わっています」とグレゴリオはそっけなく答えた。

アドリアンは僕たちの前に瓶を二本ずつ置いた。パンチョの分もあった。「お前も飲めよ」とアドリアンは彼に言った。「酒をやめさせられてから惚けちまったみたいじゃないか。ロバのことをモ、モ、モリートだなんて。誰がそんな呼び方するか？　この村じゃロバはずっとロバって呼ばれてきたんだ」彼は椅子の背に寄り掛かり、頭上の白と黄色の日除けを見上げた。「お前たちの反応は理解に苦しむな。鰐がこんなふうになってるんじゃないか？」彼は人差し指を力なくだらんと垂らしてみせた。「一週間前はみんな賛成だったじゃないか。なのに今度は憂鬱だとか言ってやがる。違うな。お前たちは憂鬱なんじゃない。怖じ気づいてるんだ。それで鰐はこんなざまさ！」そう言って、アドリアンはまた指をだらんと垂らしてみせた。

パンチョは頭を掻いた。「実を言うと、僕は震え上がってるよ。ロバの尻に胡椒を入れた奴を捕まえたらボコボコにしてやるってウバンベが言ってたの聞いただろ」「イシドロの息子でよかったぜ！」とアドリアンが叫んだ。「さすがに雇い主の息子には手を出さないだろう！　いや、どうかな。こいつはサスペンスだ！」彼は手を叩き始めたが、誰も続かなかった。「まったく、なんでそんなに浮かない顔してるんだよ？　お前たち、臆病だなあ。正真正銘の臆病者だ！」

駐車場からやってきたマルティンが、テラスの入り口で立ち止まって僕たちを見つめた。「アドリアン、下の交差点からもお前の声が聞こえたぞ。もっと静かに話せないのか？」彼は僕たちのところに来ると、仰々しく全員と握手した。それから、アドリアンの背中をさすって言った。「ルーマニア人の彼女がよろしくとさ。ずっと顔も見せてないそうじゃないか」「ルーマニア人？　モロッコ人じゃないのか？」とヨシェバが両手で持っていたビールの瓶から目を離さずに言った。「そのクラブで働いてる女はみんなハッサン国王の臣下だと思ってたが」「お前は何も知らないんだ、ヨシェバ」とマルティンは答えた。

アドリアンはマルティンの前にビールを一本置いたが、マルティンはそれを脇に寄せた。「悪いが、この時間にはシャンパンしか飲まないんだ」「そのルーマニア人が誰か知ってるよ」とパンチョが口を挟んだ。「アドリアンがサムソンの水浴び場の小屋に連れてきて、そこでやってるんだ」「こら、穢らわしいことを言うんじゃない！」とマルティンがパンチョの腕をつねりながら言った。

アドリアンは笑いながら、今日の出来事をマルティンに話した。ロバが飛び跳ねながら現われたとき、フランス人やホテルのほかの避暑客は全員、雄牛に襲われると思って大騒ぎで自分の部屋に逃げていったこと。侯爵どのも、臆病にも怯えきって、なんとスサナを置き去りにして逃げてしまったこと。パウリーナは怖がってはいなかったが、自分の名前がオババの可愛い女の子たちのリストになかったので激怒し、チラシを何枚も破っていったので、これから彼女がどんな行動に出るか見ものだということ。「たぶん、次の土曜は太ももまで見えるミニスカートを穿いてくるぜ。膝見せの上を行くなら太ももだ！」「アドリアン、お前は酔っ払ってる。ずっとわめきっぱなしだ」とマルティンが言った。「その調子だとベルリの部屋まで聞こえるぞ。今日の作戦（*ekintza*）の実行犯がお前たちだってわかったら、どうなるかわかったもんじゃない！　騒ぎになってすっかり機嫌を悪くしてるみたいだ。ジュヌヴィエーヴに電話で聞いたけど、治安警備隊を呼ぼうとしたらしい」「最後に一つ言ってもいいか？」とアドリアンが言った。「いいけど、またわめくんじゃないぞ」「今日のことでは俺も、ここにいるみんなと同じで残念だよ。ウバンベたちがロバの尻を洗ってるところを写真に撮っとくべきだった。ヨシェバの父さんにカメラを持ってきてくれるように頼むんだったな！　きっと傑作な写真になったぜ。新聞社に送って、オババの人たちがどんなか知ってもらう機会になったのに。新聞社はこういうニュースに目がないだろ。地元色（*sabor local*）ってやつだ」

僕はアドリアンの話に我慢できず、カフェテリアの隅に残っていたチラシを拾い集め始めた。それが散らばっているのが目障りで、もう見るのも嫌だった。「一枚くれるか」とマルティンが言った。ヨシェバはまだビールの瓶から目を逸らそうとしなかった。「頼むから全部捨ててくれ！」と彼は僕に言った。僕の手には十五枚くらいのチラシがあった。「とりあえずアコーディオンのケースに入れておくよ。あとでどこか別のところで捨てる」そう言って、僕は楽屋に向かって歩き出した。「ダビ先生！」とマルティンが僕を呼んだ。「ジュヌヴィエーヴがまだ厨房かその辺りにいるはずだ。シャンパンを二本とケーキのトレイを持ってきてくれって頼んでくれないか。愛（まな）息子の頼みだって」そして彼はパンチョのほうを向いた。「ヨシェバとダビの機嫌をなんとかしなくちゃな。そうじゃないか（ノ・テ・パレセ）、親愛なる友（アミーゴ・ケリード）？（¿No te parece, amigo querido?）」「いいと思う（ビエン・メ・パレセ）！（¡Bien me parece!）」とパンチョは拙いスペイン語で答えた。

　僕が戻ると、マルティンはまだオババの可愛い女の子たちのリストを手に持っていた。「子供だな、君たちは」と彼は言った。「それに、ヨシェバ、いちばん子供なのはお前だ。自分の意中の相手をこんなリストに入れる奴がいるか？　しかもこんな書き方して。《痩せ型で、イギリスの歌手のようなファッション。大きなグレーの目がとても美しい……》おいおい、ヨシェバ！　気取るのも程々にしろよ！」それを聞いたアドリアンが大笑いした。「静かにしろ、酔っ払い！」とマルティンは彼の背中をバンと叩いて言った。「お前も子供だが、意地悪な子供だ。心ってものがない」「ひどいリストだぜ、まったく」マルティンはそう結論づけてたばこに火をつけた。僕の見たことのない、赤くて丸い宝石のついた太い指輪をしていた。「たとえば、あのウェイトレスが入ってないじゃないか。ビルヒニアだよ」と彼は言った。「あの娘は着飾るとまるでクラウディア・カルディナーレだ。それに、あんなふうに息をする女はどこにでもいるもんじゃない。風邪を引いたときの声みたいなんだが、わかるかな」僕には彼の言わんとすることがわかった。胸が苦しくなった。

「フクロウみたいなってことだろ」とパンチョが言った。マルティンは彼をじっと見た。「俺は女たちと仕事してるんだ、パンチョ。お前みたいに森の獣や小川の鱒とじゃない。フクロウの息ってどんなだ？」パンチョは少し目を閉じていたかと思うと喘ぎ始めた。僕には死にかけた人の喉から出る音に聞こえた。「参ったな！」とマルティンが叫んだ。「まさしくビルヒニアの息じゃないか。フクロウみたいだなんて思いつかなかったぜ！」

「たしかにあの娘はいいね。リストを作るときは忘れてたよ」と僕は言った。話がさらにおかしな方向へ進んでほしくなかった。「ああ、魅力的だ」とマルティンは同意した。「それに比べたら、スポーツ用品店のアルベルタは馬さ。でもオランダの馬、ひと昔前に農作業に使われてたみたいなやつだ。ビルヒニアみたいに華奢な雌馬じゃない」赤い宝石のついた指輪を見せびらかすように、彼はひっきりなしにたばこを口に運んだ。

マルティンは僕の不安に気づいたようだった。「ダビはどうだ？　あの息が何を表わしてるかわかるか？」僕は自分の考えを読まれたのかと思い、怖くなった、もしや彼はすべて知っているのだろうか。テレサから聞いたのかもしれない。彼女は僕が四年前、記念碑の完成式典の日に約束をすっぽかしたことをいまだに許していないらしかった。「マルティン、君が教えてよ。僕より女には詳しいんだから」と僕は答えた。「そうか。あれが表わしてるのは、まあこんなところだ。《わたしは一人ぼっちで、欲望を満たせないの、言い寄ってくる男たちに自分の身を差し出したくはないけど、欲望はどんどん膨らんでいくばかりで、抑えきれないの、もう無理よ》」マルティンは疲れ切ったというように、椅子の背に身体を投げ出した。「あんなふうに息をする女はリストの一位がふさわしいな」と彼は自分の想像から完全に抜け出さないまま呟いた。

「マルティン、怯えたときはすごい叫び声を出すんだよ」とパンチョが言った。「何の話だ？」「フクロウさ」パンチョは説明もそこそこに、フクロウの声を真似しようとした。まるでナイフで突き刺された人の悲鳴みたいに聞こえた。「いや、その叫び声は違うな」とマルティンが笑って言った。「ビルヒニアの叫び声は、誰か、たとえば俺が彼女の上に跨ったとしたらこうだ。《嫌よ、嫌よ、駄目、お願い、駄目……いいえ、やめて、やめてちょうだい、お願い……来て、来て、入れて！ 入れて！ もっと奥へ！ もっと奥へ！》」マルティンはそう言いながら、目を閉じて頭を後ろへ伸ばし、椅子の上で身体をよじって息を荒くした。僕は彼がいまにも自慰し始めるのではないかと思った。

「またおかしな真似をしているの？」とジュヌヴィエーヴがシャンパンのボトルとケーキを載せたお盆をテーブルに置きながら言った。"Hola, guapa, ¿qué tal estás?" ——「やあ(オラ)、別嬪(グアパ)さん、調子は(ケ・タル)どうだい(エスタス)？」——とマルティンは母親に抱きつきながらスペイン語で挨拶した。「マルティン、離れなさい、ひどい臭いだわ。いったいどこの香水ですか、それは？」「俺のことが大好きな友達にもらったんだ。ママンのことをこんなに愛してなかったら彼女と結婚してるところさ」マルティンは母親にキスを浴びせた。「やめなさいったら！」とジュヌヴィエーヴは怒った顔をしたが、それは見せかけだけだった。テレサがいつも言っていたように、彼女は息子を溺愛していた。

　ジュヌヴィエーヴがふと考え込んだ。「まさか、今日の騒ぎはあなたたちが引き起こしたんじゃないでしょうね？ ずいぶん興奮しているようだけど」「ヨシェバは違う。こいつは葬式にいるみたいだ」とマルティンは言った。それはあまり正確ではなかった。腕を組んで目の据わったヨシェバは、むしろ芝居でも観ているかのようだった。「ジュヌヴィエーヴ、悪いのは全部こいつなんだ」

とマルティンは僕を指差して続けた。「こいつのアコーディオンの演奏があんまり見事だから、この辺りにいるロバが、二本足のも四本足のもみんな引き寄せられてくるんだ」ジュヌヴィエーヴは人差し指を立てた。彼女はその件について冗談を聞く気分ではなかった。「マルティン、静かにしてちょうだい。お父さんがどんな様子か話したでしょう。治安警備隊が通報を真に受けてくれなかったものだから、いまはもっと激怒しているの」マルティンは母親の肩に腕を回した。「ママン、ベルリに何て言ったらいいかわかるかい？　こう言うんだ。このテーブルでは愛について語り合ってるんだ。治安警備隊員だって、夏のこんな暑い夜にはきっとそうしてる。ロバの話にかまいたがらなくたって当然さ」ジュヌヴィエーヴは頭を振りながら去っていった。長い一日のあとでひどく疲れているのでもう失礼する、あなたたちも早く寝なさい、と言い残して。

「ダビ、何を考えてるんだ？」とマルティンが僕にシャンパンのグラスとクリームケーキを差し出しながら言った。「ケーキ、すごく美味しいよ」と既に手をつけていたパンチョが言った。僕は本当のことを、ビルヒニアのことを考えていたのだと言った。「いいぞ、ダビ。うれしいよ。お前もまだ子供だが、学ぶのが早い」アドリアンが口を開こうとしたが、シャンパンにむせて咳き込んだ。「俺はあのリストはよくできてると思うぜ」彼はようやくかすれ声で言った。「俺ならあの未亡人は入れない。あの息の話で納得できるか？」マルティンはアドリアンのグラスにシャンパンを注いだ。「いちばんひどいのはアドリアンだな。お前はいつまでも子供だ。それも意地の悪い子供だ」「少なくともおっぱいはきれいだよ。真ん丸ででっかい」と突然パンチョが言った。今度はヨシェバも含めて全員がパンチョを見た。「何だって？」とマルティンが訊いた。「ビルヒニアのおっぱいは真ん丸ででっかいって。しかも、あのドイツ人のビクトリアみたいに垂れてないんだ」「見たのか？」とマルティンは眉を持ち上げて訊いた。パンチョは頷いた。チーズタルトを食べているところだった。「どうやって？」「君の父さんの双眼鏡で」とパンチョは答えた。「鳥を探すのにいるんじゃなかったのか」とマルティンは言った。「ベルリにそう言って借りてやったのに。でも、よく考えたら当然か。俺だって鳥よりは胸のほうがいい」

「つまり、パンチョ」とヨシェバが沈黙を破って口を挟んだ。「お前、ビルヒニアの家の周りを嗅ぎ回ってるってことか？」「彼女の胸を見たって、どうやったの？」と僕は訊いた。パンチョにはできるだけはっきり、単刀直入に訊く必要があった。「いまは夏で、すごく暑いだろ？」と彼は僕たちのしつこい質問に少し苛々しながら説明を始めた。「それに、ビルヒニアは朝早くからカフェテリアで働いてるだろ？　それで、午後になると昼寝するんだよ」「そりゃ当然だ！　思いもよらなかった！」とアドリアンが叫んだ。「それで、汗をかいたら、台所の流しでさっと身体を洗うんだ。ネグリジェを脱いでることが多いよ」パンチョは説明を終えると、ケーキのトレイのほうに屈み込んだ。最初はチーズタルトをもう一つ取ったが、それをまたお盆に戻してから、ロールパイを口に運んだ。

「パンチョ、よく聞くんだ」とヨシェバが言った。「夜にこっそり鱒を捕まえるのと、女の家を覗き見するのとは訳が違う。覗き見のほうがずっと罪が重いんだ」「ヨシェバの言うことはちゃんと聞いといたほうがいいぞ。ほぼ弁護士だからな」とアドリアンが「ほぼ」を強調して言った。「弁護士先生、シャンパンをもっといかがかな？」とマルティンが言った。ヨシェバは首を横に振った。「やれやれ、こいつの機嫌はいったいどうしたらよくなるんだ」とマルティンは溜め息をつきながら言った。「ダビ、アコーディオンはどこだ？」「楽屋にある」と僕は答えた。「ちょっと持ってきてくれないか？　音楽が奇跡を起こすこともあるからな。ヨシェバも機嫌を直すかもしれない。それに、もしベッドから聴いてたらベルリだって」この集まりをお開きにするにはそれがいいかもしれない、と僕も思った。「でも一曲か二曲だけだよ。あとは帰ろう。もうへとへとなんだ」「俺もだ。長くて最悪な一日だった」とヨシェバが言った。「ホテルにもっとケーキはある？」とパンチョが訊いた。

アコーディオンを持って楽屋から出てくると、展望台の反対側から暗闇の中を歩いてくる二つの人影がぼんやりと見えた。最初、彼らが慎重に辺りの様子を窺っているのを見て秘密警察かと思ったが、先に立って歩いてきたほうが僕に向かって親しげに両腕を広げた。「ダビ！　ここにいたのか！」「誰？」明るい室内から出てきたばかりで、僕の目はまだ暗闇に慣れていなかった。「見えないのか？　アグスティンだよ！」「アグスティン？　それともコマロフ？」と僕は彼を抱きしめながら言った。「ESTEの外ではロシアの名前は忘れてくれないかな。そのほうが説明の手間が省ける」

「ここで何してるの？」と僕は訊いた。「イルアインにグッツィを返しに来たんだ。もういい加減返さなきゃいけない頃だろ？」僕は、ルビスにはもう会ったかと尋ねた。「雪の中を歩き回って、君が屋根に登ったときのことをよく話してるよ」「僕たちが見かけたのは双子だけだ」「あとは馬」とアグスティンと一緒に来た仲間が言い足した。筋骨隆々とした若者で、白いフラシ天のポロシャツに赤いジーンズという、当時にしては珍しい格好をしていた。「とてもきれいな馬だった。仔馬も素晴らしいね」と彼は握手しながら言った。彼の話し方はどことなくルビスに似ていた。「彼はビカンディって呼ばれてる」とアグスティンが紹介した。

一緒にカフェテリアのテラスへ行こう、そこにいるオババの友達を紹介する、と僕は二人に言ったが、ビカンディは首を横に振った。「イルアインに置いてきた仲間のところに戻らないと。実を言うと、今日ここで撒かれたという政治ビラを見に来たんだ。君がここにいるとは思わなかった」「びっくりしたよ」とアグスティンも言った。

少し気まずい状況だった。僕たち三人はホテルの扉の脇で話していて、ヨシェバやほかの友達は二十メートル先で僕を待っていた。「じゃあ、またあとで。僕たちもすぐイルアインに行く」と僕は言った。ビカンディが少し待ってくれという仕草をした。「ダンスパーティーで政治ビラを撒くのにロバが使われたというのは本当なのか?」僕は政治ビラなどではないと説明し、アコーディオンのケースを開いて二人に一枚ずつチラシを渡した。

「何だこれは?」楽屋の扉から漏れる明かりでチラシを読み始めたビカンディが言った。「一位、一九七〇年のミス・オババ　医者の娘、スサナ!」とアグスティンが読み上げ、大笑いした。「馬鹿みたいだな」とビカンディが言った。彼は真面目な表情のままだった。僕は頷いた。「ダビ、これもらってもいいかな?」とアグスティンが訊いた。「イルアインに残った仲間に見せたいんだ」

「どうしてこんなに関心があるのかと思うかもしれないが、関心なしには何も学べないからね」とビカンディが続けた。やはり、言葉を選び、正確を期したその話し方はルビスにそっくりだった。そして、彼も感じがよかった。僕は、そのとおりだ、とてもいいことだと思う、と言った。「ありがとう。じゃあ、またあとで」と彼は言った。「車はホテルの裏に停めたんだ」とアグスティンが説明した。二人は展望台の暗闇に消えていった。

「僕たちのリストを見に来た人たちだった」と僕はテラスに着くと睨みつけてきたマルティンに言った。「ずいぶん遅かったじゃないか。もう手遅れだ。こいつらを見ろよ」アドリアンとパンチョは椅子の上で眠りこけていた。ヨシェバは展望台の手すりから谷の明かりを見ていた。「アコーディオンを弾くのはまた今度にしよう。もうみんな休まないと」と僕は言った。それは半ば言い訳だった。僕も疲れてはいたが、何より、イルアインでアグスティンとビカンディと合流したかった。

「その二人を車に乗せるのを手伝おう」とマルティンが言った。

ヨシェバが戻ってきた。「次はジュヌヴィエーヴにマリファナを持ってきてくれるよう頼もう」とマルティンが彼に言った。「そしたらお前も笑うかもしれない。シャンパンじゃ効き目がなかったな」「今日は長くて最悪の一日だった」とヨシェバは答えた。

マルティンはパンチョを起こそうとしたが、無駄だった。「放っといてよ！　眠いんだ！」と叫んで彼を殴り始めたのだ。「じゃあそこで寝るんだな！」と言ってマルティンはホテルに向かった。「俺たちが家に連れてってやるから」とヨシェバが諦めずに起き上がらせようとした。「放っといてよ！」とパンチョはまた叫んだ。「ホテルの客が目を覚ましてしまうよ。そこで寝ればいい。寒くはないよ」と僕はヨシェバに言った。ヨシェバは頷き、今度はアドリアンに取りかかった。「こいつも起きようとしなかったらどうする？」だが、アドリアンはもう抵抗する力もなかったので、僕たちは苦労せず彼を車に運ぶことができた。

8

長くて最悪の一日は、製材所に着いたとき、さらに悪いほうへ転がっていった。イシドロが入り口で息子の帰りを待ち受けていたのだが、その表情があまりに暗かったので、僕たちは最初、製材所で何か事故でも起こったのかと思った。だが、階段を上るのに手を貸そうと息子の腕を取った彼が、「アドリアン、お前にはせっかくの才能があるのに、こんなに自暴自棄にならないといけないのかい」と静かに言ったとき、僕たちは彼の苦悩の本当の理由に気づいた。「父さん、俺は大丈夫」とアドリアンは呟いた。しかし、大丈夫どころではないのは明らかだった。「君たちがあの子の助けになってくれたらいいんだが」とイシドロはアドリアンが自室に入ったあとで僕たちに言った。僕たちを責めるのではなく、控えめな口調で、その頼み事がいかに困難かはわかっている、というかのように。

僕たちはイルアインへ向けて出発した。「イシドロは本当に悲しそうだった」とヨシェバが言った。僕は、君だってそうだ、夕方からまるで別人みたいだ、と答えた。「俺は悲しいんじゃない、自分が恥ずかしいんだ。今日、展望台に出てきたあのロバと、自分で書いたあの馬鹿げたリストを見て、死ぬほど恥ずかしくなった。それにあとで、あのポン引きとうすのろのパンチョと一緒にケーキを食べてるなんて状況にはつくづく嫌気が差した。こんなのはもううんざりだ！」「君の言うとおりだ」と僕は言った。「男冷根侯爵とかあんなくだらないことを書いて、僕たちいったい何を考えてたんだろう？」

幹線道路をあとにして栗林の道に入っていくと、フォルクスワーゲンは大きく揺れ始めた。「もっとゆっくり行ってよ」と僕は頼んだ。ヨシェバは車のスピードを落とした。「ダビ、俺たちさ、この頃飲みすぎなんじゃないかな」僕は何と言っていいかわからず、僕たちは黙り込んだまま道を進み、やがて集落に出た。家々はどこも玄関の電球が灯っていたが、その明かりはおぼろげで、かろうじて道に届くほどだった。

アデラの家の近くまで来ると、玄関の扉の脇にセバスティアンが座っているのが見えた。彼の姿がふと暗闇に消えたかと思うと、突然路上で車のライトに照らし出された。「今日は一向に終わりそうにないな。今度は何だ？」とヨシェバがブレーキをかけながら言った。「もっと早く来てくれたらよかったのに！　眠くて死にそうだよ」セバスティアンは僕の座っていた助手席の窓に近づいた。「セバスティアン、どうしたの？」と口を開くなり愚痴を言ったが、それが彼なりの挨拶だった。「ダビの母さんが電話してきたんだ。お父さんが留守にしているから、ちょっと助けになってもらえないかって。レクオナ荘で会いたいって言ってた」

ちょっと助けになって（アンパロ・ピシュカ・バット）(*amparo pixka bat*)。カルメンがそんな言い方をしたとは思えなかった。それはアデラの言葉遣いだった。「それを言うために寝ないで待ってたのか？　明日の朝伝えるんじゃ駄目だったのか？」とヨシェバが訊いた。「うちの母ちゃんにもそう言ったんだよ。でも、ちゃんと伝えないとお仕置きするって言って聞いてくれなかったんだ」「どうせまた何かしでかしたんだろ、セバスティアン」と僕は言った。「僕じゃないよ、双子だよ！」と彼は叫んだ。

イルアインの家の玄関の電球が、石のベンチに座った三、四人の姿とルノーのシルエットをぼんやりと照らし出していた。「コマロフとその友達だよ」と僕はヨシェバに教えた。彼は僕のほうを向いた。「誰だって？」「僕のドノスティアでの友達。大学ではコマロフって呼ばれてるんだ」「なんだか変わったあだ名だな。コマロフか！」「ロシアの宇宙飛行士の名前だったと思う。本当の名前はアグスティンというんだ。ホテルに一緒に来た友達はビカンディ」「二人ともしっかりしてるな。テラスでケーキを食べてるのがどんな奴らか見て、近づきもしなかったんだから！」橋を渡るとき、車のライトが当たって、家の前にいるのが五人だとわかった。アグスティンとビカンディのほかに、誰か知らない二人とルビスがいた。

アグスティンは僕のグッツィに腰掛けていた。彼はそこに座ったまま、僕の知らなかった二人の仲間を紹介した。「ヤゴバとイサベルだよ」僕たちも自己紹介し、ヤゴバと呼ばれた男は真面目な顔で僕たちと握手した。三十歳ぐらいで、丸眼鏡を掛けていたので教師のように見えた。彼は、自分のバスク語は学んで身につけたものなので、少しぎこちないのだと言った。「ヤゴバは昆虫学者だけど、学校の先生をして生計を立てている」とビカンディが僕の印象を裏付ける説明をした。「イサベルは僕と同じで、教育学が専門だ。一緒に学校用の教材を作っているんだ」と彼は続けた。イサベルも職業にふさわしい外見だった。グレーのプリーツスカートを穿いた彼女の古風な服装は、昔の学校の先生を思い起こさせた。

僕はルビスに近づき、モーロの様子を尋ねた。「もう大丈夫だけど、念のために家に置いてきたよ」と彼は言った。怒ってはいなかった。パンチョはホテルから動こうとしなかったと伝えたときも、肩をすくめてみせたが、あまり気にするそぶりはなかった。「ヤゴバが虫についてとても面白い話をしてくれていたところなんだ」と彼は説明した。僕は、ホテルで起こったことについてはヨシェバも僕も後悔していると打ち明け、アドリアンがひどい状態で帰宅したことも話した。「だからこのあいだ言っただろう。アドリアンもパンチョみたいに薬を飲むべきなんだ」ルビスは一瞬口ごもった。「でも、どうだろう。パンチョもあまりよくなったようには見えない。薬を飲んでいるあいだはいくらかいいけど、やめるとすぐにおかしく（*deslai*）なるんだ」デスライ。きっと「迷子になる、道を見失う」というような意味なのだろうと思った。ルビスは農民たちの古い言葉を捨てていなかった。

　僕たちはほかのみんなの話の輪に加わった。アグスティンが自分のあだ名の由来をヨシェバに説明しているところだった。「ウラジーミル・ミハイロヴィチ・コマロフは、宇宙で死んだ最初の飛行士だったんだ。彼の乗っていたソユーズのバルブが壊れて、酸素がなくなるまで、地球の周りを少なくとも五周したらしい。僕は彼の死にすごくショックを受けて、友達にそのことばかり話していたら、コマロフって呼ばれるようになっちゃったんだ」ヨシェバは、星々のあいだにロシア人飛行士の死の航跡を探そうとするかのように夜空を見上げた。「あそこをぐるぐる回ってたってことか」

　ヨシェバはその宇宙船の事故についてもっと知りたそうだったが、また口を開くと、今度はビカンディとイサベルに向かって、僕たち二人がオババで通っていた学校について話し始めた。そこでかつて、新学期の始まりに、先生が僕を机の上に上がらせ、アコーディオンを弾かせたことを。

「当時の学校に要求されるレベルはいまよりも低かったのよ。かなり素朴だったの」とイサベルが言った。

「君たち、ここに泊まるんだろう？」と僕はイサベルの発言のあとで沈黙が生じた間に尋ねた。答えたのはアグスティンだった。「もし君がかまわないなら……でも心配はいらないよ。寝袋を持ってきたから、床でも寝られる」「伯父さんの部屋が空いてるんだ」と僕は言った。「それなら、我らが昆虫学者に使ってもらおう。彼がいちばん年長だからね」とビカンディが言った。「そうだ。このなかで禿げかけているのは私だけだよ」とヤゴバが額の毛を持ち上げながら言った。彼は金髪だったが、毛は細く、かなり薄くなっていた。

僕たちは朝の三時まで話し続けた。昆虫の生態や学校教育についてばかりでなく、ほかにもいろんなこと、特にスペインとバスクの政治状況——ビカンディがこの話題を持ち出した——について話した。僕は新鮮な感覚を覚えた。そのグループのなかでも、とりわけビカンディとイサベルは、僕にとって未知の祖国を持つ人たちで、彼らについてもあのL・P・ハートリーの言葉、“They do things differently there”——《そこでは人々の生き方がまるで違う》——が当てはまるのではないかという気がした。ルビスやウバンベ、オババのほかの農民たちが、リンゴを手にとって「ゲセタ」、「ドメンチャ」、あるいは蝶を見て「ミチリカ」、「イングマ」と言うのと同じぐらいの自然さで、二人は「民族問題（アラソ・ナシオナラ）」(*arazo nazionala*)、「民衆文化（エリ・クルトゥラ）」(*herri kultura*)、「疎外（アリエナシオア）」(*alienazioa*)といった用語を会話の中に挟み込んでいた。僕はＥＳＴＥで行なわれていた集会で、何人かの学生が似たような話し方をするのを聞いたことがあったが、一つ違いがあった。ビカンディとイサベルはそうした語彙をすっかり使いこなしていて、それらはまるで母語の一部を成し、彼らの奥深くから生まれてきたかのようだった。

「ついにまともな会話ができた！　幸せだよ！」とヨシェバが、車まで見送りについていった僕に大声で言った。僕もそう思う、この先、ビカンディのような人たちともっと話す機会があってほしい、と言った。それは本心だったが、一方で、僕はイルアインを離れたくてうずうずしていた。僕が考えていたのはビルヒニアのことだった。ホテルのカフェテリアのテラスで聞いたこと、パンチョの言葉が頭から離れなかった。「少なくともおっぱいはきれいだよ。真ん丸ででっかい」イルアインにいると、ビルヒニアの家は遠かった。しかし、レクオナ荘からなら近かった。

ビカンディとアグスティンが僕の部屋に現われて、一緒に蝶を探しに行かないかと言ったとき、僕はまだベッドの中だった。「蝶を探しに？」と僕は訊き返した。何の話かわからなかった。ビカンディはベッドの横に椅子を持ってきて、まるで病人を診察に来た医者のように、そこに前屈みになって座った。昨夜と同じ赤いズボンを穿いていたが、ポロシャツは白ではなく黒だった。シャワーを浴びたばかりのように見えた。「小川で水浴びしたんだ、そこの少し下流にある窪みで。だからまだ髪が濡れているんだ」と彼は微笑んで言った。それから、本物の医者のようにこう質問した。「よく眠れたかい？」「女の子の夢を見た」と僕は答えた。

それはまったくの嘘ではなかった。ナイトテーブルの上にはオババの可愛い女の子たちのリストが置いたままになっていて、その裏には、僕が寝る前に書きつけたメッセージがあった。《ビルヒニア、八月二十七日の暑い夜にこれを書いている。昔からの友達として、君に訊きたいことがあるんだ。近いうちに、一緒に散歩に出かけないか？　君の返事を心待ちにしている》僕はそれを葉書に書き写して送るつもりだった。

「ダビ、君がそんなに女好きとは知らなかったよ。ドノスティアでは女の子を追いかけ回しているところなんか見なかったのに」とアグスティンが言った。彼は、チルカ（*txiruka*）と呼ばれていた短いブーツに緑のジャージという山歩きの格好をしていた。「僕が好きなのはオババの女の子だけなんだ」と僕は答えた。

「僕はあまりよく眠れなかった。心配事があるといつもそうなんだ」とビカンディが言った。僕が視線で話を促すと、彼はさらに僕のほうへ前屈みになった。「昨日、僕たちはまるで植民者みたいに君の家に入った。グッツィを返すという口実で四人で押しかけて、そのままここに居座ったわけだ。でも、ここは人が好き勝手に出入りする学生用アパートじゃなく、君の家族の家だ。だから、みんなを代表してこの無礼を謝りたい。前もって君の同意を得るべきだった」

ビカンディは急に謙虚な口調になってそう言うと、視線を床に落とした。「僕もベッドに入ったまま君たちを迎えて、お詫びを言うよ」と僕は冗談で言った。しかし、彼はにこりともせず、同じ口調のまま話し続けた。これから何か打ち明け話をするのだ、と僕は直感した。「蝶のことを説明するよ」と彼は言った。「昨日も言ったとおり、イサベルと僕はバスク語学校運動に関わっている。それであるとき、子供たちがバスク語で遊ぶのに使える教材がほとんどないってことに気づいたんだ。ゲームは全部スペイン語だろう？　そこで、トランプを作ろうと思い立った。最初はウォルト・ディズニーなんかをバスク語に訳していたんだけど、あとで、そのやり方では帝国主義に加担して子供たちを非民族化していると思うようになって、自分たちで作ることにしたんだ。手短かに言うと、まずは《バスクの家々》という、この国のいろんな様式の家を集めたトランプを作った。いまは《バスクの蝶》という別のトランプを準備している。そのために昆虫学者のヤゴバに連絡を取って、蝶を追ってここにやってきたというわけなんだ。十六種の蝶のつがい、つまりトランプ三十二枚分のカラー写真はもう撮ってある。あと必要なのは三つがいだ。ヤゴバはこの辺りの森で簡単に見つけられるはずだと言っている。長くなってごめんよ、ダビ、これで僕の説明は終わりだ」

帝国主義（*imperialismoa*）、非民族化（*desnazionalizatu*）。あまり魅力的な言葉ではないのは確かだが、一九七〇年のあの夏、僕の耳には、その聞き慣れない言葉が魅力的に響いた。ビカンディは立ち上がり、椅子をもとの位置に戻した。「いま十六種のつがいが揃っているなら、足りないのは三つがいじゃなく四つがいじゃないかな。トランプひと組はふつう四十枚だから」と僕は言った〈バスクで「ムス」というゲームに使われるのに一般的なスペイン式のトランプは、日本で知られる英国式のトランプのように五十二枚でなく四十枚〉。「ダビの言うとおりだ！」とアグスティンがビカンディに向かって明るく言った。「気をつけろよ。僕の友達はそんなことじゃ騙されない」「たしかにそうだが、彼が完全に正しいというわけじゃない」とビカンディが今度は笑みを浮かべて言った。「実を言うと、僕らのトランプは四十一枚になるんだ。最後のカードはコマドリになる予定だ。昆虫の捕食者だよ」彼はまた僕のほうを向いて言った。「だから、ダビ、僕の質問はこうだ。まだ足りない四種の蝶のつがいを捕まえるまで、この家に留まってもかまわないだろうか？ヤゴバは二週間もあれば終わるだろうと言っている」彼は四という数字をほかの単語よりも強く発音した。「もちろんだよ。ファン伯父さんも君たちの目的は気に入ると思う」と僕は答えた。ビカンディは握手の手を差し出しながら僕に礼を言った。アグスティンも同じことをした。二人ともとてもうれしそうで、君も早くみんなと集まってくれ、と言い残して部屋を出ていった。最初の蝶の採集はその朝、十時頃に始まることになっていた。

僕はその日の一本目のたばこを吸いに窓に近づいた。ルビス、ヨシェバ、ヤゴバ、イサベルは小川の向こう側の牧草地で三頭の仔馬を見ていて、ビカンディとアグスティンも家から出るとそちらへ向かった。彼らの車――グレーのルノー――とヨシェバの車は橋のたもとに、グッツィは玄関の脇に停めてあった。家の前の石のベンチには、蝶を捕まえるための網が三本と双眼鏡の袋が置かれていた。僕は視線を戻し、グッツィをもう一度見た。赤ではなく、黒く塗り直されていた。

「昨日の夜は気づかなかったんだけど、バイクはどうしたの？」と僕はみんなと合流したとき、アグスティンに尋ねた。彼は頭を掻いた。説明に困っていた。「あのほうが格好いいと思ったんだ」と彼はようやく言った。僕たちは囲いのそばにいた。ほかの全員――ルビス、ヨシェバ、ヤゴバ、イサベル、ビカンディ――はまだ仔馬たちの周りにいた。ヤゴバの説明を聞いているようだった。

ビカンディがグループから離れ、僕たちのほうにやってきた。「何の話だ？　グッツィのことかい？　それなら、アグスティン、本当のことを言うべきだ」「落ち着くんだ、コマロフ」と僕は彼の背中を叩いて言った。うろたえているように見えたからだ。「ヨシェバは、この色のほうが自分のフォルクスワーゲンとお似合いだと言っているよ」とビカンディが笑いながら言った。「僕も同じ意見だ。赤と黄色じゃあまりにスペイン的すぎるからね」「実を言うと、あのバイクはまずいことになっちゃったんだ」とアグスティンがついに口を開いた。最初、僕は故障か何かの話かと思った。「バスク語学校のためのビラを撒いていたとき、僕らがあのバイクの後ろに積んでた袋からビラを出しているのを警察に気づかれたんだ。ナンバーはわざと泥で汚してあったから控えられなかったけど、赤いグッツィだってことはもちろんわかってしまった。それで色を塗り替えたんだ。次はロバを使うことにするよ、昨日ホテルでビラを撒いた人たちみたいに」アグスティンはかすかに微笑んだ。「そうか、でも黒い塗装も悪くないよ。見慣れないけど」と僕はその変化を気にしていないふりをして言った。

実際、バイクの色が変わったこと自体はどうでもよかった。心配だったのは、その変化が意味することだった。僕はもはや、フアン伯父さんが内戦について話してくれたときの十四、五歳の子供ではなかったので、それをはっきりと見てとれた。ビカンディと彼の仲間たち――おそらく、昆虫学者のヤゴバ以外――は異国や異世界の人々ではなく、僕のかつての先生だったセサルやファン伯父さんと同じく、二つの舌、二つの名前、二つの領域を持ち、二重生活を送る人たちだった。言い換えるなら、彼らは地下活動家だった。僕はオババの広場で爆破された記念碑を、そしてその爆破の実行犯として名乗り出た組織を思い出した。

仔馬たちを見ていたグループが僕たちのところに来た。「君の家に滞在させてもらえることになったとビカンディに聞いたよ。どうもありがとう」とヤゴバが僕に言った。昼間の明かりのもとで見ると、前夜よりも若々しく見えた。「この辺りの森にはいろんな種類の蝶がいるんですか?」と僕は尋ねた。「まだ実際に調べたわけじゃないが、十種以上はいるだろう。そのうちの一種、リンゴドクガ(Dasychira pudibunda)はとても捕まえるのが難しいから、我々も苦労することになるだろう。もしかするとトランプはそれ抜きで作ることになるかもしれない」「どうしてそんなに難しいんですか?」と僕は訊いた。彼もやはり違う祖国を持つ人に思えた。「木の幹にとまると見えなくなってしまうんだ。二十センチぐらいの近さから見ても木の表皮と見分けがつかない。これは難題だよ」

森に着くと、ヤゴバ、ルビス、アグスティンがそれぞれ虫捕り網を持って先頭に立ち、キノコを探しているときのようにときおり道から外れ、茂みを一つひとつ調べながら登っていった。ビカンディとイサベルはその百メートルほど後ろを歩いていた。イサベルはジーンズを穿いていて、前の晩よりも現代的な格好だった。

最初、ヨシェバと僕は先頭のグループと一緒に歩いていたが、しばらくして、ヨシェバが少し遅れて行こうと言った。僕と二人きりで、昨日の夜決心したことについて話したいのだ、と。僕はわかったと言い、歩く速度を緩めた。八月の終わりの森は、打ち明け話をする場所としては悪くなかった。静かで、日陰になっていて、僕たちの足が踏みしめる土は柔らかだった。

「ホテルにはもう行かないことにした」とヨシェバは言った。「あそこにいると気分が悪くなる。テラスで、ニコやスサナやほかの女の子たちが一つのテーブルに、俺たちは別のテーブルにいて、みんなで馬鹿騒ぎして……。そういうのはもう嫌だし、それに俺たちの友達ときたら、一緒にいて恥ずかしくなる。アドリアンのことを言ってるんじゃない。アドリアンは、例の鰐の話はしつこいし、飲みすぎだし、ひどい有様だが、あいつは自分の障害のことで苦しんでて、俺たちは友達としてそばで支えてやらないといけない。それに、今朝うちの父さんから聞いたんだが、イシドロはアドリアンに治療を受けさせようとしていて、ラサール校のカウンセラーのところに相談に行ったそうだ」

小道の百メートルほど先は、まったく違う雰囲気だった。虫捕り網がシダの茂みの上で揺れ、ヤゴバとルビスの声が、そしてとりわけアグスティンの笑い声が響いていた。「マルティンといるとすごく居心地が悪いんだ」とヨシェバは話し続けた。足取りが速くなっていた。「もう認めようぜ、あいつはやくざだ。ビルボから帰ってくるとき、アドリアンが例のルーマニア人の彼女に会いたいと言うから、奴のナイトクラブに寄ったんだ。それで奴の仕事仲間だっていう元警官と会ったんだが、正直に言って、俺はあの世界のことは何も知りたくないね。何も！」その最後の大声が、彼の独白の憂鬱なトーンを破った。マルティンのナイトクラブを思い出すだけで怒りがこみ上げてくるようだった。

僕は木々のあいだに赤い屋根が見えるのに気づいたが、そこに着くまで、その場所がどこかわからなかった。製材所の木樵たちの小屋だった。ルビスと二人でそこまで木樵たちの食事を運んだ日々はもはや遠かった。「昨日の夜はずいぶんいろんなことを考えたんだね」と僕はヨシェバに言った。「ああ、そうだ。お前は何も考えなかったのか？」僕は本当のことを、僕が考えていたのはビルヒニアのことばかりだったと告白したかった。だが、彼の打ち明け話のあとではくだらないと思われる気がして、黙ったままでいた。

「もう何か捕まったかな？」と僕たちに追いついたビカンディが訊いた。小屋の前では、ヤゴバ、ルビス、アグスティンが、チェック柄のシャツを着た男と話していた。ヤゴバが手に持った何かを男に見せているところだった。ビカンディはそれに引き寄せられるようにして僕たちを追い越していった。

「僕も一つ決めたことがあるよ。君の決断ほど重要なことじゃないけど」と僕はヨシェバに言った。「母のところに行くことにした。昨日セバスティアンが言ってたことを聞いただろう」「そうか、いいんじゃないか」とヨシェバは答えた。だが、彼の頭の中にあったのはもう別のことだった。ヨシェバは背後を振り返り、まだ二百メートルほど後ろをかなり遅れて歩いていたイサベルの姿を探した。「ビカンディたちのことはどう思う？」と僕は尋ねた。「すごく面白い人たちだと思う」そのヨシェバの言葉は確信に満ちていたので、僕はこのときもまた、自分の考えていたことを口に出すことができなかった。彼らはもしかしたら別の秘密の名前、僕たちの知らない別の生活を持っていて、僕たちに打ち明けていない別の計画があるのかもしれない、彼らと関係を持つと問題に巻き込まれる可能性がある、と。僕はもう既に治安警備隊とひと悶着あったので、そんな体験はもうこりごりだったし、ドン・イポリトや母の助けが望めない今度は、もっとひどい事態になることは予想がついた。「ダビ、お前も満足だろ？」とヨシェバが訊いた。僕は頷いた。レクオナ荘に戻ると決めて、僕は心底ほっとしていた。

ヤゴバは手に持っていた小さな箱を僕たちにも見せてくれた。中には小さな青い蝶がピンで留められていた。「ちょうど探していた四種の一つだよ」と彼は説明した。「ヒメシジミ（plebejus）の一種だ。イカルスヒメシジミ（Plebejus icarus）という」「ルビスが見つけたんだ。おかげで採集が捗(はかど)りそうだよ」とアグスティンが言った。ルビスは笑った。「ダビ、ここでいちばんすばしこいのは誰かわかるだろう？ 猫みたいに屋根に上るハリネズミだよ」チェック柄のシャツを着た男が僕に近づいて訊いた。「イマス、調子はどうだ？ いまもアコーディオンを弾いてるのか？」僕は最初、彼が誰かわからなかった。まさにその小屋で、パンを八つ抱えている姿を最後に見た、あの巻き毛の木樵だった。*"Eta zu? Oraindik hemen!"*（エタ・ス・オラインディク・エメン）——「あなたは？ まだここにいたんだね！」——と僕は声を上げた。彼の顔には皺が刻まれ、前に会ったときよりもずっと年老いて見えた。*"Gu basoan hilko gaituk!"*（グ・バソアン・イルコ・ガイトゥク）——「俺たちは森で死ぬのさ！」——と彼は言った。彼の唇の端が巻き上がった。その笑みはかつてのままだった。

9

レクオナ荘の裁縫工房で午後の作業が終わり、見習いの女の子たちは全員、暗くなる前に家路を急ぐように、早足で村の広場のほうへ去っていった。その姿が見えなくなると、まるで彼女たちがあらゆる動きを運び去ってしまったかのように、村は静寂に包まれた。幹線道路を通る車はなく、小川にも——ウルツァにすら——泳ぐ人の気配はなかった。運動場もほとんど無人だった。ハンドボールのゴール脇でおしゃべりしている二人の少女と、その少し向こうの児童公園で子供を遊ばせている孤独な女性がいるだけだった。

家のテラスに座っていると、風が木の葉のあいだをすり抜けて立てる絶え間ないざわめき、ささやきがはっきりと聞こえた。僕のところにやってきた母が、立ったまま手すりにもたれかかり、そのざわめきがどこから来るか知っているけれど、自分は小川のせせらぎだと考えるほうが好きだと言った。水の、とりわけ砂利の川床を流れる音は楽しげなのに、風の音はどこを吹いていてもいつも哀しげな気がするから、と。「もしどこか別の場所に引っ越すことになったら、川岸にある家を選ぶわ」「レクオナ荘だって川からそんなに離れてないじゃないか」「でも川のほとりにあるわけじゃないもの」「きっと生まれた家のせいだよ。イルアインは小川から数メートルしか離れていないから」「それは思いつかなかったわ、ダビ」そうして母と話しながら、僕はビルヒニアの家を見つめていた。祭りのために塗り直されたばかりの壁は、いつにも増して真っ白だった。

僕は母のために、籐の肘掛け椅子と、足を載せるための台も運んだ。母はそこに腰掛けるなり、フアン伯父さんについて話し始めた。「兄が長い手紙をよこしたの。素晴らしい牧場を買ったんですって。家と、何千平米もの土地と、そこにもとからいた馬たちが三十頭以上、みんな乗馬用の上等な馬ばかりだそうよ。神の思し召しで、フアンはすべて順調に行っているわね。牧場はネバダ州とカリフォルニア州の境の、カリフォルニア側にあるんですって。名前を変えて、ストーナム牧場(ランチ)としたそうですよ。発音が合っているかわからないけれど」

なぜフアン伯父さんは、たとえばオババ牧場などでなくその名前を選んだのだろう、と僕は自問した。そのとき思いもよらなかったのは、自分もいつかそこに住み、このストーナム牧場で、娘のリズとサラがポーチで遊んでいるのを眺めながら、あの日々の出来事を、まさにあの瞬間をも回想することになるということだった。娘たちは、僕が過去に生きていたあの世界をまったく知らない。彼女たちがもしいつかこれを読むことがあったとしたら、僕の記憶の物語はまったくの絵空事にしか思えないだろう。

母が僕に尋ねた。「昨日のダンスパーティーで政治ビラが配られたというのは本当なの?」僕は政治ビラなどではなかったと言った。前の晩にビルヒニアへのメッセージを下書きした紙がポケットに入っていたので、リストの面を上にして渡した。だが、母は眼鏡がなくて読めなかった。僕は、それはオババの可愛い女の子たちのリストで、たんなる悪ふざけにすぎなかったのだと説明した。

母は声を潜めた。「日曜の夜、マルセリーノが取り乱してアンヘルに電話してきたのよ。お酒に酔ったロバがホテルのテラスに放たれて、ビラを撒かれたと。それで二人は県知事に面会に行ったの。デグレラ大佐とも電話していたわ」「これが理由で？」と僕はチラシを指差して訊いた。「信じられない、二人とも頭がどうかしたんじゃないか」「どうかしたわけじゃないの、ダビ。怯えているのよ。記念碑が爆破されてから気の休まる暇もないんですもの。お父さんが言うには、フランスから来た活動家たちが悪事を働くために小さな村の人たちを訓練して、予行練習をしているんですって。それで、ミス・オババとかいう口実でそのビラを撒いたんだと。それで捕まっても、警察はどうしようもないものね。本当の計画はもっとあとで、準備が整ってから実行されるらしいわ」

そのアンヘルの仮説には聞き覚えがあった。広場の記念碑が爆破されたときも、父が同じような理屈をつけているのを聞いたことがあったのだ。「そんな大げさな」と僕は言ったが、声に力がこもらなかった。イルアインで蝶の採集をしているグループのことが頭をよぎった。母の言ったことは、正確ではなかったかもしれないが、もしかすると本当かもしれなかった。彼女は話し続けた。「誰かが、そのロバはベアトリスの息子の、ルビスのものだと気づいたそうなの。ルビスが本当に真面目ないい子だってことはよく知っていますよ。それに昔……実は、お父さんと離婚するところだったの、彼があの子を捕まえて……まだほんの子供だったのに……何の理由もなく袋叩きにしたものだから。でもいま、ルビスは政治に関わるようになって、ロバもあの哀れな弟のほうではなく、彼が連れてきたらしいのよ。パンチョはあの頭では何の役にも立たないという話だわ」

母は突然黙り込んだ。涙をこらえようとしていた。「ダビ、あなたは政治には関わらないでちょうだい。政治なんてろくなものじゃないということは前の戦争でよくわかったわ。政治に関わるのはあなたにとって最悪のことですよ。あなたには素敵な未来があるでしょう。ルビスにはもしかするとないかもしれないけれど、あなたにはある。それに、あなたはファンのたった一人の甥、息子も同然なの。あなたのためなら彼は何だってするわ」「アンヘルはどこにいるの？」と僕は訊いた。その話を続けてほしくなかった。「みんなマドリードにいますよ。聞かなかった？　ウバンベというあの力持ちの子をボクサーにするんですって」「そんなの初耳だよ」「ダビ、あなたが知らないなんて驚きだわ。この件にいちばん入れこんでいるのはあなたの友達のマルティンですよ。ウバンベは第二のウスクドゥンになって、何百万も稼ぐと言っているわ。アンヘルとマルセリーノはマルティンに付き添って行ったの。あの二人はオババを離れる口実をいつも探しているから」「それでどうするつもりなの？　マドリードで試合でも組むの？」僕はまだその計画のスケールがわかっていなかった。「マドリード、ドノスティア、ビルボ、ほかにも至るところで」母は肩をすくめた。「どうなることやら！　でももしかすると、マルティンの言うとおりになるかもしれないわね」

児童公園は無人になり、影に覆われていた。だが、ハンドボールのコートは前よりも活気があった。少女たちのチームが試合をしていて、コーチらしき若い男が大声で指示を出していた。空はまだかなり明るかった。僕はウルツァの辺りのハンノキの木立を見つめた。イトスギのように黒ずんで見えた。ビルヒニアの家を見つめた。白く、僕を呼んでいるかのようだった。運動場の照明がつき始めた。

母は頭の中に溜まっていた恐れや心配を口に出して少しほっとしたようで、日々のよしなしごとについて話し始めた。裁縫工房での仕事、教会の聖歌隊で習ったばかりの歌の話をし、アラスカ・ホテルのダンスパーティーに来る人たちについて僕に尋ねた。そして不意に、僕の見せたリストのことを思い出した。「それを作った人たちの考えでは、オババでいちばん美しい女の子は誰なの？」僕は記憶にないふりを装って紙を開き、名前を読み上げた。「五位から、森林監視員の娘ブルーナ、ニコ、ビクトリア、スポーツ用品店のアルベルタ、一位のミス・オババには医者の娘スサナ」「わたしたちのパウリーナは？　さぞかしがっかりしたでしょうね！」母は裁縫工房に来ている娘たち全員に「わたしたちの」(*gure*)と所有形容詞を付けていた。昔からの教え子で、仕立て屋になろうとしていたパウリーナの場合はなおさらだった。「リストに入っているべきだと思う？」「裁縫工房での噂が本当なら、あの娘を追いかけている男の子はたくさんいますよ。あなたの友達のアドリアンだって」「アドリアン？」「女の子たちはそう言っているわ」「僕は月に住んでいるみたいだ。ウバンベのことも知らなかったし、アドリアンのことだって。むしろ、パウリーナを嫌っていると思ってたよ」「あなたについてもいろんな噂があるのよ」「テレサにひどいことをしたから」「それもそうだけど、あの痩せぎすのニコのことが好きだと」僕は笑った。「勘違いもいいところだ」

母は何かひらめいたようだった。「そのリストに足りないのが誰かわかる？　ビルヒニアですよ。とてもきれいな娘だわ。スタイルもいいし、身のこなしもとても品があって。あの気品は生まれつきね。誰にでもあるものではないわ」「そう思っている人はたくさんいると思うよ」と僕は慎重に言った。「ワンピースを作ってあげたの。黒でもグレーでもなく、緑色ですよ。どうやら新しい人生に踏み出す心の準備ができたようね。お祭りではダンスもするつもりらしいわ」

ハンドボールのコートに大柄な女の子が近づき、コーチをしていた若者にキスをした。リストの四番目に出てきた美女、スポーツ用品店のアルベルタだった。彼女は一見、ビルヒニアに似たところがあったが、疑いの余地はなかった。ビルヒニアのほうが華奢だった。

ビルヒニア。十人、十五人、二十人もの男が、僕と同じように彼女を想っているに違いなかった。どうやって彼女に近づくか、どうやって彼女の抱擁を勝ち取るか。彼女が祭りで緑のワンピースを着て現われたら、崇拝者の数はさらに増えるだろう。二十人どころでなく、百人、二百人、三百人にもなるかもしれない。誰もが獲物を追う犬のように彼女を目指し、その先頭にはマルティンが立っていた。「ビルヒニアの叫び声は、誰か、たとえば俺が彼女の上に跨ったとしたらこうだ。《嫌よ、嫌よ、駄目、お願い、駄目……》」マルティンのその言葉を思い出すと、僕は不安で居ても立ってもいられなくなった。

運動場の照明は明るさを全開にしてつけられ、児童公園の滑り台やブランコ、ゴールネットの張られたポスト、地面に引かれたラインがくっきりと照らし出されていた。しかし、辺りはすっかり閑散としていた。ハンドボールチームの少女たちはアルベルタとコーチと一緒に去ってしまったあとで、木の葉のあいだをすり抜ける風の立てる音がふたたびはっきりと聞こえた。《嫌よ、嫌よ、駄目、お願い、駄目……》そのささやきはマルティンの言葉を反復していた。僕はビルヒニアの家を見つめた。それはウルツァの岸辺に生えたハンノキの林の右側で、もはや白い点でしかなかった。

僕たちは夕食をとりに家の中へ入った。「アデラは油を使いすぎるようね、ダビ」と母が言った。「ここにいるあいだはもっと健康的な食事をするんですよ。それ以上太ってほしくありませんからね」母はトマトのサラダを作り始めた。「明日天気がよかったら、ウルツァに泳ぎに行くよ。僕もオババの祭りまでに見栄えよくなりたいからね」母は冷蔵庫のドアを開けた。「鱈のソテーがあるわ。どうしましょうか。温めたほうがいい、それともそのまま食べる？ 冷たいままでも美味しいでしょう」僕はそのままでかまわないと言い、母と二人で食卓についた。

「母さん、今度は何を考えてるの？ また心配事？」と僕は尋ねた。「さっきはいまの状況をすべては説明しなかったのだけど……」と母は言った。「夜、アンヘルは家に帰ってこないし、来たとしてもたまにで、いつも違う時間なの。警察にそうするよう勧められて。マルセリーノも同じことを言われたそうですよ。襲撃される危険があるうちは慎重にならなければならないと。だから、裁縫工房の女の子たちが帰ってしまったあとは、家でわたし一人きりなの。テレビは前よりずっと性能がよくなったけれど、それでも寂しいし不安なのよ。アンヘルのことが心配で。だからアデラのところに電話して、あなたを呼んでもらったの。イルアインにいたほうが楽しいのはわかるけれど、ここにいてほしくて。もちろん一日じゅうとは言いませんよ。ただ、せめて夜だけでも」

台所の蛍光灯の明かりは、テラスの照明よりも眩しかった。母さんに呼ばれる前からここに来るつもりだったんだ。母の目の隈、口元の皺、片頬の赤みがかった染みが目立って見えた。「それなら安心して。夏じゅうずっとイルアインにいて、少しテレビが観たくなったよ」母は微笑んだ。「この家のテレビは映りがいいわよ」僕たちはトマトのサラダを食べ始めた。「言い忘れたことがあった」と僕は言った。「友達が何人か、イルアインにしばらく泊まっていくよ。教育学が専門なんだ」母はまた微笑んだ。「アデラに聞きましたよ。本を作るので蝶を採集しに来たんですって。とてもきちんとした人たちのようね」

部屋の棚にまだ例の推理短篇小説集があったので、僕はそれを読んで遅くまで起きていた。だが、僕の考えは文章を離れて、気がつくとビルヒニアのことを考えていた。電気を消す前にベッドから起き、ヨシェバが誕生日プレゼントにくれた絵葉書の束から一枚を選び出した。どれもビルバオ美術館のポストカードだったが、そのなかに、海風に吹かれ、日光浴をしているかタオルで身体を拭いている裸体の女性たちを描いたものがあった。

僕はその葉書に、イルアインで書いたメッセージを書き写した。《ビルヒニア、八月二十七日の暑い夜にこれを書いている。昔からの友達として、君に訊きたいことがあるんだ。近いうちに、一緒に散歩に出かけないか？　君の返事を心待ちにしている》次の日、ビルヒニアがカフェテリアにいるあいだに、彼女の家の扉の下に差し込むつもりだった。

ところが、寝る前にある疑問が頭をもたげた。裸体の女性の絵葉書を使うのは下品ではないか、この数年間ほとんど付き合いがなかったのに、あまりにも大胆な真似ではないのかと。僕はまたベッドから起き、その絵葉書を破ると、薔薇の写真があしらわれた別のカードにメッセージを書き直した。

「ダビ、何時だと思っているの？」と母が部屋のドアを開けて言った。「午後の三時ですよ！　ずいぶん疲れが溜まっていたのね！」「遅くまで本を読んでいたんだ」と僕は言った。母は、外はいい天気だけれど、今日はどうするつもりと訊いた。少し家にいてからウルツァに行き、久しぶりに水浴びするつもりだと言った。「たぶん、そのあとでアドリアンのところに寄るよ。森の中のアトリエに」母は溜め息をついた。「さあ、あそこにいるかどうか。裁縫工房に来ている女の子に製材所の従業員の娘がいて、彼女から聞いた話では、アドリアンはすっかり自暴自棄になって、木の彫刻もほとんどやめてしまったんですって。イシドロがとても心配しているらしいわ」僕はともかく会いに行ってみるつもりだと言った。だが、あまり自信はなかった。問題には巻き込まれたくなかった。ビルヒニアを手に入れる、その目的のために自分の全力を注ぎたかった。

10

ビルヒニアの家の窓の外には赤いゼラニウムが植えられていて、僕は、パンチョがマルティンに借りた双眼鏡で彼女の「白くて真ん丸の」胸を見るとき、それはさぞかし邪魔になったことだろうと思った。橋を渡っていくと、茂みの陰から犬が飛び出してきて、僕の周りをぐるぐると――だが近づこうとはせずに――回りながら吠え始めた。犬は年老いて、足を引きずっていた。「あっちへ行け、通してくれよ！」と僕は言った。僕の声を聞くなり、犬は尻尾を振って足元にやってきた。

そのときになって僕も気がついた。ビルヒニアの犬だった。「オキ、ずいぶん老けたね！」と僕は声を上げた。山々を見ても、時間が経過したようには見えなかった。母を見ても、自分の顔を鏡で見ても、時間はごくゆっくりとしか進んでいないように思えた。だが、その犬に刻み込まれたメッセージは、幻想を抱く余地を与えなかった。時間は生命を損ない、破壊していた。オキはきっともうすぐ死んでしまうだろう。そして、花々――窓辺のゼラニウムや絵葉書の薔薇――とは違って、かつてと変わらぬそのままの姿で息を吹き返すことはないだろう。この世に犬は存在し続けるだろうが、オキの命は一度きりだった。

「元気かい？」と僕はオキの頭を撫でながら話しかけた。瞳が白く濁っていた。きっともうあまり見えないのだろう。「今度また来るときは角砂糖を持ってくるよ。いまは急いでるんだ」と僕は言った。ビルヒニアの家の前で長居はしたくなかった。絵葉書を扉の下に押し込み、川沿いにウルツァへ向かって歩き出した。

川。間近で聞くと、その音はささやきというより、もっと力強く、意地悪く、混乱しているように感じられた。それは、母が信じたがっているように、軽口を叩いてばかりいる友達ではなく、たくさんの声を持つ生き物のようだった。ウルツァへと下っていく途中にところどころある空き地では、水のせせらぎが完全に静まり返り、泳いでいる人たちの歓声が聞こえることもあった。

陽の光が鏡のような水面に反射して眩しく、僕は目を細めた。すると突然、ウバンベの叫び声が聞こえた。「くそ、また逃げられたじゃねえか!」「パンチョ、落ち着くんだ、もうお前のもんだよ!」と二番目の声が叫んだ。セバスティアンだった。

鱒はある岩の陰から別の岩の陰へと勢いよく泳いでいたが、その間隔は次第に短くなっていた。パンチョがウバンベのほうを見上げて言った。「だんだん疲れてきてる、あと少しで僕のもんだ」パンチョはズボンを太ももまでまくり上げて水に入り、川の中を動き回って、鱒を隠れ家から追い出そうとしていた。彼の動きはゆっくりで、視線は水中に注がれていたものの、魚を捕まえるのに飽きてしまったようだった。「ダビ、ここで何してる?」と僕が見物していたのに気づいたウバンベが言った。「蝶々を捕まえに行かなくていいのか?」

蝶々(チメレタク)(*tximeletak*)。ウバンベはおそらくヤゴバの話し方を真似して、嘲るような調子で発音した。セバスティアンが笑った。「ダビの友達、今日もあの可愛い網を持って森にいるよ。女の子みたいだ」「パンチョ! 鱒の奴、まだ捕まらねえのかよ! もっと慣れてると思ってたぜ」とウバンベが怒鳴り、僕に目配せした。岩の上に座った彼は、白いシャツを着て、黒いエナメルの靴を履いていた。その足元に、セバスティアンがまるで小姓のようにしゃがんでいた。彼の巻き毛は長く伸びて、額を覆っていた。

「ウバンベ、今日はずいぶんおめかししてるね。仕事に行かなくていいの？」と僕は訊いた。いつもの彼は、製材所で働くほかの大勢と同じように、南京木綿の青いズボンに同じ色のシャツという格好だった。「お前はどうなんだ？　アコーディオンはどこに置いてきた？」と彼はパンチョに向かって使ったのと同じ口調で言った。少し酔っ払っているのではないかという気がした。「ダビ、知ってる？」とセバスティアンが言った。「ウバンベは今日、ドノスティアの医者のところへ行って、ボクサーになれるか検査してもらったんだ。それで合格さ、充分なれるって。ヨーロッパチャンピオンになって大金を稼ぐんだ、森で木樵をしてるよりずっとたくさん」母が家のテラスで話していたことは本当だった。

ウバンベは、セバスティアンの言葉が水面に落ちて浮かび、枝や木の葉に混じって水流に運ばれていくのを目で追うかのように、川をじっと見つめていた。「マルティンたちは百万くれるって約束だ。一年で百万、森で働いて稼ぐ十倍の額だ」と彼は僕に言った。「それで、どうかしたの？」と僕は訊いた。彼が浮かない顔をしていたのだ。「鼻だよ、ダビ」とセバスティアンが教えてくれた。「ボクサーになるには、鼻を手術しないといけないんだってさ。ウバンベは、それで不細工な顔になって女の子に見向きもされなくなるんじゃないかって心配なんだ」「黙れ、セバスティアン、何も知らねえくせに」とウバンベはセバスティアンの頭を叩いて言った。「そんなオカマみたいなパンチじゃ、たいしていいボクサーになれっこないさ」とセバスティアンは笑った。「お前、どうしてほしいんだ？　頭にげんこつでパンチを食らいたいってのか？」セバスティアンはウバンベの足元から離れ、挑発を続けた。「ヘビー級だと思ってたけど、そのオカマのパンチでわかったよ。フェザー級だ！」彼は得意顔だった。

「ちょっと黙ってて！　鱒が逃げちゃうじゃないか！」とパンチョが僕たちに向かって両腕を広げて叫んだ。「お前、ぼんやりしすぎだぞ、パンチョ。結局俺が捕まえないといけねえのか」とウバンベは立ち上がりながら言った。「泳ぎに行くよ」と僕は言った。「そうか。でもあとで来いよ、ダビ」とセバスティアンが言った。「聞いたか？」とウバンベが念を押した。「絶対に来るんだぞ。俺たちも蝶々を捕まえに行くからな」みんなが笑い、なかでもセバスティアンが大笑いした。


僕はウルツァで少し泳いだあと、三千歩ほど大きく遠回りし、ビルヒニアの家を通り過ぎてから新しい住宅街を突っ切って家に帰ろうと思い立った。そして、道なりにではなく、栗林に入ったり出たりしながら歩き出した。そうして気まぐれに、青々と生い茂る葉の下、木陰を歩いていくのは気持ちがよかった。

「ダビ、どこ行くんだ？　俺たちとここで休んでいけよ！」と声がした。栗の木の下に腰掛けたウバンベが僕に話しかけていた。セバスティアンと彼はたばこを吸っているところだった。パンチョは少し離れた別の木の下に寝転がっていて、眠っているようだった。「パンチョがやっと鱒を捕まえて、三人で食ったんだ」とウバンベが言った。「そのためにここまで来たの？」そこは、僕たちがさっき会った場所から五百歩は離れていた。「あの鱒の奴を食うためにわざわざここまで来たのかって？　ここにいるのは、これから蝶々を探しに行くからさ！」「それと一服することにしたから」とセバスティアンが言い足した。ウバンベは地面でたばこの火を消した。「ダビ、ところで何時だ？　もう五時になったか？　腕時計が止まっちまったんだ」セバスティアンが僕に目配せした。「待ちきれなくなって自分で鱒を捕まえようとしたら、腕時計を外すのを忘れたのさ。ヨーロッパチャンピオンを目指すならもっと賢くならないと」「五時二十分」と僕は水着のポケットから時計を出してウバンベに言った。「ウバンベ、見ろよ、ダビの穿いてる短パン」とセバスティアンが話し続けた。「豹の毛皮でできてるみたいだ。ボクシングを始めるなら、ああいうのを買いなよ。女の子たちがきゃーきゃー言うぜ」僕の水着は黄色の地に黒い斑点が入っていた。ウバンベは両手で耳を塞いだ。「ダビ、こいつしゃべりっぱなしなんだ。ちょっとばかしワインを飲んだらこれだぜ」

パンチョが突然立ち上がったかと思うと、「行くのか、行かないのか？」と叫んだ。首に双眼鏡を下げていた。「ああ、行くぜ。そろそろ俺たちの蝶々が飛び始めた頃だ」ウバンベが駆け足で森の中を登っていき、そのあとをパンチョとセバスティアンが追いかけた。「一緒に来いよ！」と彼らは僕に叫んだ。惰性か、たぶん好奇心に駆られて、僕も三人について斜面を登り始めた。

森は次第に鬱蒼としてきた。木々の枝が交錯し、葉が重なり合って屋根となり、陽の光を半ば遮っていた。そのうえ地面は湿っていて、草や苔を踏みしめると足が泥に軽く沈み、その柔らかさはまるで、大地そのものが何か分泌し続けているせいのように思えた。まるで、山は生命をもった有機体――もしかするとひとつの肉体――で、小道に絶えず見つかるナメクジと同じ物質でできているかのようだった。僕の前を行くパンチョとセバスティアンは、ふざけて身体を押し合い、転んでは叫び声を上げながら、疲れも見せずに走り続けていた。何か祝い事を控えているかのような喜びを湛え、その大地の柔らかな泥で身体を汚しながら。僕たちの数百メートル前で、ウバンベはシダの茂みをかき分けながら進んでいた。上半身は裸で、ときおり、脱いだ白いシャツを振りながら僕たちに向かって叫んだ。何を伝えるでもなく、ただ自分の力強さを見せつけるために。

不意に、山頂に辿り着いたときのように森の斜面がなだらかになり、それと同時に、森がさらに深さを増した。もう少し進むと、僕たちは、木々がまるで葦のように密集し、壁のようになって生えているところへ行き着いた。セバスティアンがウバンベに口笛を吹いて僕たちのほうに来るよう合図し、それからすぐ、僕たち四人はパンチョについて、その壁の一見すると目につかない隙間を通り抜け、無言で、注意深く進んでいった。セバスティアンとパンチョはふざけ合いたい気持ちがどこかへ行ってしまったかのようで、ウバンベは腕や脇腹にできた棘の傷にもかまわずに。僕も先を行く仲間を見失うまいと歩を進めた。さらに四十歩ほど行ったところで、僕たちは木々の根でこぶだらけになった小道を下り始めた。

「俺たちの蝶々はここだ！」と突然、ウバンベが鼻をくんくんさせながら言った。彼の身体の熱、汗の匂いがすぐ間近に感じられた。「気づかないか？」僕もほかのみんなと一緒に、嗅覚に意識を集中させた。香水のほのかな匂いがした。空気中に漂う、おぼろげなラベンダーの香り。ウバンベはまた白いシャツを振り回しながら、小走りになって先を急ぎ、そのあとにセバスティアン、パンチョ、僕が続いた。さらに二十歩進むと、僕たちは小道の行き止まりに来ていた。

僕は前を見た。苔や木蔦に囲まれて、沼——おそらく、使われなくなった貯水池——があった。水面にはまったく動きがなく、緑の葉を嵌め込んだ鏡のように見えた。ちゃぽん、と小さな生き物が水に飛び込むような音が聞こえた。「蛙が僕たちに気づいたんだ」とパンチョが言った。そのとおりだった。蛙たちが苔や木蔦のあいだを沼のほうへ向かって跳んでいた。「ダビの胸についてるのを見てみろよ」とセバスティアンが笑いながら言った。見下ろすと、僕のポロシャツに血のような赤い染みがあった。赤い翅をした蝶だった。パンチョが手を伸ばして捕まえた。

「イルアインにいるダビの友達のために取っておくよ。お金をもらえるかも」と彼は翅の端をつまみながら言った。「何だって?」セバスティアンは鼻で笑った。「うちに夕飯を食べに来るとき、節約のためにいちばんありきたりなものを頼むんだぜ! 金なんて持ってないって!」「そんならくそったれだ!」パンチョは機嫌を悪くし、蝶を宙に放った。だが、蝶は指で押さえられていた側の翅の鱗粉を失っていて、すぐ水に落ちてしまった。

「お前ら、静かにしろ!」とウバンベが苛々して声を荒げた。「あの娘はどこにいるんだ?」「タオルなら見えるけど、本人はわからないよ」とセバスティアンが沼の向こう側を指差して言った。僕たちのいるところから六十歩ほど離れた、森が少し開けて陽が差し込んでいる場所に、白いタオルが見えた。「あそこだ」と双眼鏡を覗いたパンチョが言うやいなや、若い娘が木の後ろから現われた。全裸だった。「誰?」と僕は訊いた。「ブルーナ、森の監視員の娘だよ」とセバスティアンがうれしそうに言った。ウバンベが大きく息を吸い込んだ。「こないだのリストじゃ五位だったが、俺にとっちゃミス・オババだぜ。それか二位だ」

《森林監視員の娘、ブルーナ。二十三歳。この辺りで彼女ほど引き締まった身体をした娘はいない……》僕のいた場所から見ると、そのヨシェバによる描写はあまり正確とは思えなかった。すらりと伸びた脚はたくましかったが、腰から上はかなり太っていた。二十世紀末の運動選手よりも、古典絵画に描かれたニンフにずっと似ていた。ともかく、彼女は二十世紀の人間だった。日焼け止めクリームを身体に伸ばしているところだった。

「行ってくるぜ!」ウバンベが彼女のほうへ向かっていった。少しして、森の小動物のような叫び声が聞こえたかと思うと、ブルーナは日焼け止めクリームの容器を地面に投げ出し、走って木の後ろに隠れた。ウバンベは白いタオルの敷かれていたところで立ち止まった。そこで彼はシャツを地面に置くと、ズボンを脱ぎ始めた。「これから話しかけるんだ、ダビ。見てろよ」とセバスティアンが小さく拍手しながら僕に解説した。そしてまさに、ウバンベはブルーナが隠れてしまったほうを向いて、話しかけているようだった。もう彼も全裸になっていて、手に日焼け止めクリームの容器を持っていた。「クリームを塗ってやろうかって、きっとそう言ってるんだ」とセバスティアンがまた解説した。パンチョは双眼鏡を目に当ててた。「来たぞ、隠れ家から出てきた」と彼は僕たちに教えた。僕は、ブルーナはきっと服を着て、あるいは身体を隠しながら出てくるのだろうと思ったが、彼女は一糸まとわぬ姿だった。

いまや、深い森の中で、裸の二人が陽に照らされて向かい合っていた。大きいほうがもう一人の腰を摑み、白いタオルのところまで少しずつ押していった。二人はそこに横になると、身体を前後に動かし始め、その動きは最初ゆっくりだったが、次第に激しくなった。セバスティアンとパンチョは黙り込んだ。

「終わった?」とセバスティアンがしばらく経ってから訊いた。「一人が上に覆いかぶさってるけど、ほとんど動かない」とパンチョが言った。「じゃあ行こう!」とセバスティアンが叫び、真っ先に沼の縁まで行った。「あとは誰にでもやらせるんだ、ダビ」とパンチョが言った。彼は惚けた笑みを浮かべ、喘ぎ始めた。例のフクロウの息の真似だった。

僕はまるで沼で溺れたかのように息苦しくなった。水面に浮かぶ木の葉や枝、そして死んだ赤い蝶を仰ぎ見ながら、沼底の泥や根のあいだから抜け出そうとしているかのように。僕は小道を駆け出し、木々の壁を抜け、森の開けたところへ出た。そこからさらに歩き続け、千歩ほど行くと、木々のあいだに青空の切れ端が、そして夕方の太陽が最後に放つ光が見えた。そしてさらに五千歩で、僕はレクオナ荘のテラスに座っていた。自分自身に腹が立ってならなかった。

僕には物事を先延ばしにする悪い癖があった。ビルヒニアが働いていたカフェテリアへ行って直接尋ねるのでなく、彼女と面と向かい合い、ほんの一瞬で彼女の態度を確かめる代わりに、絵葉書を使っていた。時間を引き延ばし、日々を意味もなく無駄にしていた。

だが、ほかの人なら待ったりしないに違いなかった。パンチョならウバンベにこう言っただろう。「カフェテリアで働いてるあの娘のところへ行って、おっぱいを触ってみろよ。本当に白くて真ん丸なんだから」するとウバンベは迷わず駆け出していくだろう。彼は本で読まなくとも、時間は容赦なく過ぎ去るということを知っていた。この世で与えることのできなかった抱擁は、墓の中でも与えられないのだ。そんなことを考えていると、脳裏に次々とイメージが浮かんだ。僕は、ビルヒニアの上に跨っているウバンベ、そして僕の横でよだれを垂らしているパンチョを見た。「あとは誰にでもやらせるんだ、ダビ。ウバンベとやってちょっと疲れたけど、まだあのフクロウみたいな息をして続けるよ」さらに、カフェテリアのカウンターの中で、瓶を使って曲芸をしているマルティンと、その横で笑っているビルヒニアを見た。それもありえることだった。マルティンに先を越されるかもしれない。それか、カフェテリアでこっそりと彼女に目をつけている十人、二十人、四十人もの男たちの誰かに。

日が暮れると、僕は母に夕食に呼ばれるまでテレビを見ていた。テレビを消して静まり返った家の中で、不意に電話が鳴り出した。「あなたの友達からですよ。出てちょうだい」母が微笑んでいたので、僕はヨシェバがアデラの台所からかけてきたのだろうと思った。長髪でだらしない服装をしていても、ヨシェバは母のお気に入りだった。ところが、電話をかけてきたのは彼ではなく、マルティンだった。

「俺は幸せだよ、ダビ」と彼は何の前置きもなく、僕が受話器を取るなり話し始めた。「マドリードのホテルの二十七階にいるんだ。部屋から街のあらゆる光が見える。家々の明かりと、大通り(グラン・ビア)を走る車のライトと。幸せだよ」テラスで考えていたことで不安になっていた僕は混乱した。彼の次の言葉を想像した。《お前も知ってる白くて真ん丸な胸をした娘と一緒なんだ。いまちょうどシャワーしてる。誰か当ててみろよ》「いったいどうしたんだ?」と僕は訊いた。「何もかも上手くいったよ、ダビ。これ以上ないってぐらい。今日の午後、十試合分の契約書にサインしたんだ。その十試合のあと、ウバンベはヘビー級でヨーロッパ選手権に出場する。我らがウバンベがだぜ、ダビ。どういうことかわかるか? ウバンベは第二のウスクドゥンに、俺たちはあいつのプロモーターになるんだ。お前だってなりたければなれるんだぞ」「それはよかった」と僕は言った。想像した内容に比べれば、それは天上の音楽だった。

僕は、ウルツァの近くでウバンベに会ったこと、医者からボクシングを始める許可が出たと聞いたことを伝えた。「何もかも上手くいった」とマルティンは繰り返した。「上等だ。一年後にはヨーロッパチャンピオンだぞ。お前は知らないだろうけど、ヘビー級はいますごくレベルが低いんだ。ほとんどのボクサーは袋みたいな奴らだから、ウバンベなら全員にKO勝ちだ。それからアメリカへ行って、ウスクドゥンが闘った場所を全部回るんだ。ラスベガス、シカゴ、リノ、アトランタ、最後にニューヨークのマディソン・スクエア・ガーデン。俺たちはウスクドゥンみたいにはならない……。ウスクドゥンがどうしてジョー・ルイスに負けたか知ってるか？　試合の前の夜、ホテルの部屋に女を三人入れられて、力を使い果たしちまったからだ。ちゃんとしたプロモーターがついてなかったんだ」

母が台所の扉から顔を出し、夕食はもうテーブルに並べてあるので話を長引かせないように、と僕に伝えた。マルティンの話はなかなか終わらなかった。ウバンベの最初の対戦相手はフィリップ・ルーというフランス人ボクサーで、その後はドイツ人ボクサーと闘うことになる、と彼は説明した。「まあそういうわけだ、ダビ。これからマドリードで最高のレストランに夕食に行く。父さん、アンヘルチョ、デグレラさん、レアル・マドリードの執行部の役員と、スペイン・ボクサー界で最大のプロモーターと」僕はそのマルティンの話し方に違和感を覚えた。ベルリの代わりに「父さん」、それに「アンヘルチョ」、「デグレラさん」だなんて。「そうか、よかったね」と僕は話を終わらせようとして言った。「ちょっと待て、ダビ。いろいろ話すことがありすぎて、電話した本当の理由をまだ説明してない」母がまた台所の入り口に立っていた。「スープが冷めてしまうよ、マルティン」と僕は言った。「俺も急いでるんだ。ともかく聞けよ、ダビ。今度の土曜日、ホテルに来るんだぞ……」「ダンスパーティーでアコーディオンを弾くんだろ、わかってるよ」と僕は話を遮った。彼は一瞬黙り込んだ。「ダンスパーティー？　ダンスパーティーはなくなったんだ、ダビ。ジュヌヴィエーヴから電話がなかったか？　中止にしたんだ。ほら、父さんがロバの件で怒り狂ってただろ。政治ビラだと思い込んで」「母さんに聞いたよ、襲撃に怯えているって」「悲しい話はやめよう、ダビ。その非合法組織の問題だってすぐに片付くさ。それに、ここで父さんたちがどんな様子か見たら驚くぞ。大喜びなんだ」

マルティンは、僕にアラスカ・ホテルへ来てほしい理由を説明した。ウバンベを公にお披露目しなければならないので、記者たちを招いてパーティーを開くのだという。招待状は既に送ってある。「俺たちみんな、お前にアコーディオンを弾いてほしいんだ。必要だからじゃない、その気になればオーケストラだって呼べるんだぜ。わざわざお前に頼むのは、仲直りしたいからだ。ウスクドゥンのためのパーティーで起こったことでは、みんなが傷ついた。だが、恨み合ってばかりじゃ何も前に進まないだろ。俺たちは同じ方向を目指して力を合わせないといけないんだ」「引き受けないわけにはいかないな。そうじゃないと君は黙らないし、せっかくのスープが台無しになる」と僕は言った。「すごくうれしいよ、ダビ。土曜日、ホテルに朝の十時だぞ」マルティンはまるで別人のように、いつもより優しく、真面目な口ぶりだった。

「人が変わったようだったとしても驚きませんよ」と母は食卓についたときに言った。「アンヘルも夕方電話をかけてきたときそうだったわ。どうやら大きなビジネスになるようね。最初の十試合でどれだけ大金が入ってくるかわかる？　あの人たちがどれくらい見積もっているか？」僕は、ウバンベが一年に百万もらえる約束だと話していたのを思い出した。「一千万？」「それも最初の試合の分だけですよ」と母はスープをすくったスプーンを口に運びながら言った。

11

ウバンベのデビュー記念パーティーで演奏するためにアコーディオンを取ってこなければならなかったので、僕はイルアインへ行くつもりで家から出た。「ダビ、どうしてバイクを黒く塗ったの？」と玄関に居合わせた母が訊いた。母は医者に勧められて、血流をよくするために、毎朝裁縫工房で仕事に取りかかる前に散歩に出かけていた。「わたしは赤いほうが好きだったわ」「ヨシェバは黒いほうが現代（いま）っぽいって」と僕は答えた。母は不満そうに口を曲げてみせたが、すぐに話題を変えた。「昼食には戻る？」「うん、そのつもり」と僕は答えた。昆虫や政治について話し込みたい気分ではなかった。

　栗林を抜け、集落に入るとすぐ、ベアトリスとアデラが道端で話しているのが見えた。僕は二人の横でブレーキをかけた。「あのドノスティアの人たちに会いにきたのかい？」とアデラがエンジン音に負けずに言った。「残念だね、ダビ。朝早くから森に行って、夕飯まで帰ってこないよ」ベアトリスは微笑んだ。「蝶を何匹か捕まえるのがあんなに大変だとはね！　信じられないよ。うちのルビスもいつも一緒に出かけて、仔馬の世話をしているより、虫捕り網を持っている時間のほうが長いくらいだ」信じられない（エス・ダ・シニスタツェコア）（*Ez da sinistatzekoa*）。ベアトリスは *sinestekoa*（シニェステコア）ではなく、より地域色の強い *sinistatzekoa*（シニスタツェコア）という言い方をした。

黄色いフォルクスワーゲンはイルアインの家の正面に停めてあった。「あれを見ると、ヨシェバも彼らと一緒なんだね」「すっかり仲良くなってね」とアデラが頷いて言った。「あのヤゴバとかいう人と意気投合したようだよ」「うちのルビスもあのすばしこい子と」「アグスティンね」とアデラが助け舟を出した。「あれは変わった子だよ。まるでイタチだ。うちのセバスティアンに似てるよ。もちろん向こうのほうが教育があるけど」「じゃあまた今度会うことにするよ。今日はアコーディオンを取りに来たんだ」と僕は言った。

イルアインの家に着いてみると、中は何も変わっていなかった。アグスティンたちは台所と伯父の部屋しか使っていないようだった。床には寝袋が出しっぱなしになっていた。それに数冊の本、トランジスターラジオ、ビスケットの袋、服の詰まったバッグ。テーブルの上には、段ボールの小箱に白い蝶が二匹、ピンで留められていた。僕は本にも目を通した。一冊だけ「新しい」学校について書かれたものがあった以外、すべて昆虫に関する本だった。

僕は彼らを疑ったことが恥ずかしくなった。そこにある何もかもが、教育的な目的でやってきたグループだというビカンディの説明を裏付けていた。だが、僕はまだ納得できず、二階へ隠し部屋を確かめに行った。ルビスはその場所を知っていた。もし母が言っていたように、彼が政治に関わってそのグループと行動をともにしているなら、隠し部屋を彼らに見せ、そこに政治ビラなどを隠しているかもしれなかった。ところが、蓋を開けてみると、そこにあったのは、オババで最初のアメリカ帰りの男のJ・B・ホットソンの帽子だけだった。僕は台所に戻り、アコーディオンを取って外に出た。悪い予感がつねに当たるとは限らなかった。

家の前の石のベンチで、アデラが座って僕を待っていた。「ダビ、あんたに話があるんだ」と彼女は言った。「アデラ、どうかしたの?」いつになく不安そうな顔だった。「そうなんだよ。でもベアトリスの前では話したくなかったんだ。あの人はそうでなくてもいろいろ大変だからね」僕は聞く準備はできていると言った。「ダビ、あのドノスティアの人たちのことは前から知っているのかい?」「アグスティンとは大学で一緒なんだ。ほかの人たちとはここで初めて会った」

「じゃあちょっと聞いておくれ、ダビ。昨日の夕方、双子がガソリンの臭いをぷんぷんさせて帰ってきたんだ。あの子たちのことは知ってるだろう、じっとしていられなくて、いつも泥まみれか頭に切り傷をつくって帰ってくるんだから。それで、昨日はガソリン臭かったのさ。実を言うとびっくりしたんだよ、この集落じゃガソリンなんてほとんど見かけないからね。その臭いはどこでつけてきたんだい、すぐに白状しないとこの場で締めてやるよって脅してやったら、そこの森で深鍋を四つ見つけて、ミルクが入ってるかと思って開けたと言うんだ。嘘じゃないのはすぐわかったよ。『いったい誰が森にそんなものを置いてったんだ!』と言ったら、子供たちはね……ビカンディとイサベルだって言うんだよ。ほかの人たちが蝶を探してるあいだ、あの二人が森のその場所まで運んだらしいんだ。ダビ、深鍋四つに満杯のガソリンだよ! あんたの伯父さんが困ったことになるかもしれない」

彼女の最後の言葉に僕は驚いた。「アデラ、どういうこと?」「ダビ、みんな噂話が好きだろう。一部の人がね、フアンはもう帰ってくるつもりがなくて、長いこと家と馬たちのいる離れを売り払おうとしているけど売れないでいるって言うんだ。もし誰かが火をつけたりしたら、保険金狙いだったってすぐに噂が広まるよ。フアンがものすごく高い保険をかけてることは誰でも知ってるからね」

僕は馬たちを、仔馬たちを見た。アバとミスパは気だるく尻尾を振っていた。エルコ、エデル、パウルは囲いの中で追いかけっこをしていた。少し離れたところでは、モーロが穏やかに草を食んでいた。それは心温まる風景だった。彼らこそ、フアン伯父さんの本当の気持ちの証人であるように思えた。

「そんな馬鹿げた話、聞いたこともないよ！」と僕は思わず叫んだ。フアン伯父さんがイルアインの家を売るなんて考えられないことだった。彼はアメリカに住んでいたが、心はいまもオババの農民のままで、いにしえの掟に従っていた。自分の生家を捨てるなど、彼にできるはずがなかった。

「ダビ、あんたの言うとおりだよ」とアデラは言った。「それに、フアンは結婚してないし子供もいないから、いまも亡くなったご両親への思いが強いってことはわたしも知ってるさ。でもね、前にもあのきれいな馬が殺されたし、今度だってまたとんでもないことを企んでる人がいたっておかしくないよ。家と離れを燃やして、フアンがやったんだって噂を広めるとか。もちろん嫉妬からだよ。フアンは出世したからね、あんたのお母さんと同じで」「そんなことってあるんだろうか」「ダビ、聞いとくれ」と彼女は話し続けた。「わたしは誰の悪い噂もしたくないけど、あの若い人たちがそれに関わってるんじゃないかって心配なんだよ。もしかすると、誰かにお金をもらってるのかもしれない。火をつけるぐらい誰だってできるからね。オババにいたあの年寄りの保険セールスマンに何度も聞いたよ、この世でいちばんの大馬鹿者でも、この世でいちばんの賢人にすら消せない火をつけられるって」「伯父さんに電話して意見を聞いてみるよ」と僕は約束した。「ダビ、頼むよ。わたしにできるのはここまでだ」

僕はアコーディオンをグッツィの後ろにくくりつけた。「双子がこのことを言い触らさないようにして。慎重にしないと」とアデラに言った。「それは任しとくれ」彼女はアコーディオンを見つめて、「ウバンベのために開くっていうあのパーティーで弾くのかい？」と訊いた。だが、頭の中はほかのことでいっぱいで、僕の返事を待たずに自分の家へ向かって歩き出した。

12

ウバンベは全身を赤いマントで覆ってホテルの食堂に現われ、拍手と歓声に包まれて、僕がそれまでアコーディオンを弾いていた小さなステージに上がった。カメラマンたちが駆け寄ると、彼はマントを脱ぎ、その身体を見せつけた。《この人を見よ（エッケ・ホモー）》（Ecce homo）。彼の真っ白な肌に、赤いサテンのショートパンツと黒いグローブが映えていた。両腕を上げ、胸と腹の筋肉が盛り上がったときの姿はさらに美しかった。

カメラのフラッシュが次々と焚かれた。ウバンベは微笑もうとしたが、顔はこわばっていた。もしかすると、僕が考えていたのと同じことが彼の頭の中を駆けめぐっていたのかもしれない。これからの数か月で、彼の純白の肌に何が起き、いくつの痣ができるのだろう？　そのパーティーに出席し、彼の目の前にいた元ボクサーたちのように、しまいにはぼろぼろに叩きのめされてしまうのだろうか？　製材所で働いて得られる十倍の金を稼ぐために、その十字架に上る意味はあるのか？

しかし、既に決断は下され、彼の鼻――骨を切除して低くする手術の跡がまだ残っていた――がその証拠だった。もはや迷っても無駄だった。

食堂には五十人ほど――ほとんど男ばかり――が集まっていたが、拍手していたのはステージの周りにいた人々だけだった。元ボクサーの一人で、マイクを取って「新たなスターのコーチ」を名乗った男は、「この頑強かつ敏捷な若者」がヨーロッパチャンピオンになるために必要な時間を計算し始め、「十五か月もあれば充分でしょう」と断言した。それから、「プロモーターの一人」だという ある実業家がスピーチし、自分たちの持つあらゆる資源と手段を活用すると約束した。「彼は明日から、我々がこのホテルに用意したジムでトレーニングを始めます」と実業家は記者たちに説明した。「ゴロスティサにはぜひ地元でトレーニングしてもらいたいと思いまして」つまりウバンベは、彼の本当の苗字であるゴロスティサの名で、プロボクサーとして闘うことになるのだった。

「最初の対戦相手は誰ですか?」と記者の一人が質問した。「元フランスチャンピオンのフィリップ・ルーです」

プロモーターはそのあと、この船出の日にあまり具体的な質問をするのは控えてほしいと述べ、ベルリーノと僕の父、そしてデグレラ大佐が座っていた食堂の中央のテーブルに向かって腕を伸ばした。「それではここで、我々のプロジェクトに多大な貢献をしてくださったホセ・アントニオ・デグレラ氏にご挨拶いただきましょう」デグレラ大佐は、僕が前に会ったときよりも白髪が増えていたが、優雅な紳士であることは変わらなかった。「彼が第二のウスクドゥンとなり、スペインの善きイメージが世界じゅうに広まるよう。私の願いはそれだけです」彼はまた着席した。

記者たちは拍手し、プロモーターは、今度は彼らが質問する番だと告げた。「ゴロスティサさん、フィリップ・ルーとの対戦で得られる報酬はどれくらいですか？」と一人が質問した。「あんたは明日の記事でどれだけ稼ぐんだ？」とウバンべは言った。そうした彼の鋭い切り返しは、やがて広く知られるようになる。

「それでは心を明るくするために、シャンパンを少々お配りします」とマルティンがマイクに近づいて告げ、グレゴリオと二人でお盆を持って人々のあいだを回り始めた。アンヘルが僕のところに来た。前よりも太っていた。「どうしてステージから降りたんだ。ウバンべが赤いマントを着て出てきたとき、威勢のいい行進曲でも弾けばよかっただろう」彼は僕にソルフェージュを教えていたときのように、教訓を垂れようとしていた。自分のほうが優れたアコーディオン弾きだと見せつけるべく。「何だよ。一時間以上も弾いてたのに、ちょうど僕が弾くのをやめた途端にウバンべが出てきたんじゃないか。合図してくれればよかったのに」「プロは持ち場を離れたりしないもんだ！お前は最後まで弾き続けるべきだった」「僕はプロじゃないし、プロになるつもりもないよ！」と僕は声を荒らげた。彼のその話し方には我慢がならなかった。

マルティンが僕たちの横に来た。彼はお盆を持ち上げ、一本指でくるくる回してみせた。「いまの若者ってこうなんですよ、アンヘルチョ。反抗的で頑固なんです」と彼は言った。「シャンパンを持ってくるから、それで機嫌を直してください」マルティンはマドリードから電話してきたときと同じように上機嫌だったが、もう別人には見えなかった。「こいつのことは理解できない！プロじゃないなんて言いやがるんだ！」と父はこぼした。マルティンは彼の背中を軽く叩いた。「本気じゃないんですよ、アンヘルチョ。食後に何かきれいな曲を弾いてもらいましょう。そしたらダビだってプロらしく演奏してくれますよ」

マルティンは人混みのなかへ戻っていった。「食事中は飲みすぎるな」とアンヘルが僕に注意した。「まだ仕事が終わっていないことを忘れるんじゃない」父は一向に小言を言うのをやめる気配がなかったが、ある女性が僕たちのところへやってきて、彼の話は中断した。「わたしのことを憶えていない？」と彼女は僕に訊いた。人目を引く赤いドレスを着ていた。僕は肩をすくめた。「わたしは憶えてるわ。あなたのせいであの美しい馬を手に入れられなかったんだから」デグレラ大佐の娘だった。「でも、あなたがそうしたのもわかるわ。あの馬が楽園から連れ出されるのは我慢できなかったんでしょう」僕がそのとおりだと言うと、彼女は微笑んだようだった。それから、彼女はアンヘルを連れて、記者たちに囲まれているウバンベのほうへ向かった。僕はアコーディオンをケースにしまい、そこから逃げ出した。

駐車場へ行く途中、庭園をゆっくりと散歩しているカップルの姿が目に留まった。女の子は軽く足を引きずっていた。男のほうは、背中のこぶに押されているかのように前屈みになって歩いていた。テレサとアドリアン、僕の旧友たちだった。

僕は二人を見てうれしくなった。しかも、静かでひと気がなく、夏の終わりの花々に彩られた庭園で。アンヘル、ベルリーノ、デグレラ、デグレラの娘、プロモーター、記者たちはそこまでは降りてこないだろう。ホテルの中で、息の詰まるようなあの食堂で、茹で卵のマヨネーズ添えとムール貝のフライを食べながら、唇を脂まみれにしていることだろう。僕がその庭園にいるところを想像できたのは、赤いマントを羽織り、花壇のあいだを歩きながら哀しげに考えこんでいるウバンベだけだった。

僕はアコーディオンをグッツィの脇に置き、石の階段の上から二人を呼んだ。テレサがすぐに、まるで僕に声を掛けられるのを待ち受けていたかのように反応した。それから、アドリアンも手を挙げて応えた。

テレサはクリーム色の細身のスーツを着て、水色のリボンがあしらわれた麦わら帽子を被っていた。彼女の靴——左右が不揃いで、右は普通だったが、左は靴底が三センチほど厚かった——も水色で、僕が見たこともない、とても美しいパステルカラーだった。僕たちは挨拶のキスを交わした。彼女の唇はオレンジ色に塗られていた。

「そこに座りましょう」と彼女は薔薇の生垣の脇にあったベンチを指差して言った。「ダビ、わたしたちの集まりへようこそ。初恋の人に思いがけず会うのはうれしいわ」僕もうれしい、今朝は最悪だったと言った。パーティーはちっとも楽しめなかったし、アコーディオンを弾くのも嫌だったと。「ほら、見た？」とテレサはアドリアンのほうを向いて言った。「みんな同じね。わたしたち、間違ったのよ。ダビもだわ。わたしの兄みたいな人の言うことを真に受けて。それに、お父さんの影響から逃れられずにまだアコーディオンを弾き続けてる」「そのとおりだ」と僕は認めた。「でも、あのロバの事件はひどかった。誰も怪我がなくてよかったよ」とアドリアンが言った。彼の話し方はいつになく控えめだった。

テレサが僕に意地悪な笑みを向けた。「ダビ、わたしが大好きだったあのヘッセの文章はどんなだったかしら？　あの日、蠅もうんざりするくらい繰り返したでしょう？」「《なぜ、幸せになるために必要なすべては、私から遠く離れてあるのだろう？》」と僕は答えた。彼女は笑った。「見た？　ダビもすごく才能あるわよね。こんなに記憶力のいい人にこれまで会ったことがないもの」「俺もその一節が気に入って、本に下線を引いてあるよ」とアドリアンが言った。「いま思うと不快だわ。中身のない泣き言よ」とテレサが答えた。「人生はごく真剣に受け止めるべきよ。わたしたちは数え切れないほどの可能性があると思うものだけど、そうじゃないわ。テーブルに並べられたカードを一枚取ることはできるけど、二十枚は選べない。三枚だってわからないわ。だから、手持ちのカードがなくなり始めたら、いちばんいいのはゲームを変えることなのよ。わたしはそうしたわ。ポーの学校へ行かされたとき、ダビがわたしを愛してくれないとわかって、頭がおかしくなりそうだった。でもあるとき、その愛は根こそぎ引き抜くことにしたの。ときどき、ザ・ホリーズの歌がラジオでかかったりすると、あの感情を思い出すこともあるけど、もう痛みは感じないの。むしろ逆よ。本に挟んでおいた押し花を見つけたときみたいに、幸せな気持ちになるわ」

ウバンベのパーティーで聞いた空疎な言葉と比べると、テレサの言葉はてらいのない深遠なものに感じられた。だが同時に、それを完全に理解するのは難しかった。「僕が来たとき、二人で何を話していたの?」と僕は訊いた。アドリアンが答えた。「俺、明日バルセロナに発つんだ。特別なクリニックに二、三か月入る。今回は背中の手術じゃない。背中より上のここが問題なんだ」彼は頭を指差した。「本当?」と僕は言った。「このままだと悲惨なことになる。それは間違いない。治療でどうなるか、見てみようじゃないか」テレサが彼の腕を取った。「最初はお酒が飲めないのがつらいでしょうけど、助けてもらえるし、きっとうまく行くわ。それで乗り切れたら、あとでいいカードが回ってくるわよ。あなた才能があるんだから。真面目なプレーヤーになればそれで充分よ」「テレサがすごく助けになってくれたんだ」とアドリアンが打ち明けた。「このところ電話でしょっちゅう話していたの」とテレサがそれまでより明るい声になって言った。「でも勘違いしないでね、ダビ。ほとんどはビジネスの話よ」

アドリアンも元気づいた。「お前はどう思うかわからないけどな、ダビ。テレサが製材所に新しい部門を作るべきだって言うんだ。フランスの特許を取って、木製のおもちゃを作り始めるべきだって。父さんはかなり乗り気なんだ」「数年後には注文が殺到するわよ」とテレサも言った。「フランスでそういうおもちゃはすごく人気があるの。新しい教育法で推奨されているから」「それはいいんじゃないかな、アドリアン。でも鰐はどうするの?」と僕は冗談で言った。アドリアンはきっぱりと答えた。「鰐はもう彫らない。そういうのはもうみんな終わったんだ」「まだニュースがあるのよ、ダビ」とテレサが言った。「あんまり新しいことばかりで頭がくらくらするよ」「わたし、いまはフランス人なの。もう一年したら、ジュヌヴィエーヴのいとこと働き始めるわ。ミアリツェの近くで小さなホテルを経営しているの。アドリアンと、そのホテルについてもいろいろ計画しているのよ」

アドリアン、テレサ、マルティン、ヨシェバ。誰もが決断を下し、どこかへ行こうとしていた。だが僕は、家に留まり、母の隣で、ビルヒニアの手紙を待ち、イルアインのガソリンの入った深鍋で何が起こるか、じっと待ち受けているだけだった。「ダビ、何を考えているの?」とテレサが訊いた。「僕は自分ってものがない、そう思っていたんだ」と僕は答えた。ガソリンが満杯に入った深鍋のイメージが、僕の頭の中でビルヒニアのイメージを圧倒した。なぜイルアインへ戻り、彼らに立ち去るよう言わないのか? 僕はただの臆病者だった。「否定的な考えね、ダビ。すぐに捨てるのよ」とテレサが言った。

「それじゃあ、頭の中にある別のことを告白するよ。君たちがすごく変わったように見えるんだ。

まるで別人だよ。マルティンだってそうだ。このあいだマドリードから電話してきたときなんか、夜景についてすごく詩的に話していたぐらいだ」テレサは微笑んだが、その微笑みは僕にも覚えがあった。彼女のいつもの蔑むような笑みだった。「ダビ、気づかなかったの？　きっとコカインをやってたのよ！　わたしのろくでなしの（grossier）兄さんはそういうときだけ別人になるの」「まあ、俺も薬を飲んでるから」とアドリアンが言った。「たぶんそのせいでダビには変わったように見えるんだろう」「君の場合は違うよ、アドリアン」と僕は言った。だが、彼の抑制のきいた様子を見ると、薬の影響は明らかだった。

　別れを告げるときだった。テレサは僕たちから離れ、二輪の薔薇を持って戻ってきた。一つはアドリアンに、もう一つは僕に。「最後に残っていた花よ。もうこれ以上は咲かないわ」「いまも芝居がかっているところだけは変わらないね、テレサ」と僕は言った。「ええ、でもいまは真実の演劇をしているの」彼女はフランス語で“théâtre de la vérité”（テアトル・ド・ラ・ヴェリテ）と言った。そして僕の頬にキスした。「ダビ、また会う日まで」「もうオババにはいないの？」彼女は首を振った。「ロンドンへ行くの。英語がちゃんとできなければミアリツェのホテルでは働けないわ」僕はアドリアンを抱きしめながら、「バルセロナから帰ってきたらまた話そう」と言った。彼の目は涙ぐんでいた。

　駐車場にはいつになく車が多かった。アンヘルの緑のダッジダートとベルリーノのプジョーが隣り合っていた。深鍋に入っていたガソリンはその車を燃やすためなのだろうか、と僕は自問した。だが、いずれにせよ僕が心配する必要はなかった。僕はその件と何の関わりもなかった。アグスティンとビカンディは僕を騙し、嘘をついてイルアインに泊まる許可を得たのだ。何が起こったとしても、僕は無事だろう。「学校のための教材を作っているのだと思っていたんです」と治安警備隊には説明すればいい。

僕はグッツィの後ろにアコーディオンを載せ、ホテルからの道をゆっくりと下り始めた。幹線道路のカーブを曲がるとき、オババの谷が目の前に開けた。そこには川が流れ、川にはウルツァと呼ばれる水浴び場があった。ウルツァから少し上流に架かった橋のたもとに、一軒の家があった。そしてその家には、薔薇の絵葉書が。絵葉書にはメッセージが書かれていた。《ビルヒニア、八月二十七日の暑い夜にこれを書いている。昔からの友達として、君に訊きたいことがあるんだ。近いうちに、一緒に散歩に出かけないか？　君の返事を心待ちにしている》グッツィの後ろのバッグには、テレサがくれた本物の薔薇があった。家に着いたらすぐ水に差すつもりだった。その花びらが落ち始めるまで、ビルヒニアの手紙を待つことにしよう。それ以上はなしだ。

13

外が霧雨になったので、僕は家の居間で、ちょうどテレビでやっていたアイスホッケーの試合を観ていた。「あなたに手紙ですよ」と母が居間に入ってきて言い、僕に小さな封筒を手渡した。差出人の名前はなく、表には僕の名前と住所がとても丁寧に、きれいな字で書かれていた。「ああ、そう」と僕は言った。

母は疲れた顔をしていて、眼鏡を取ると目をこすった。「工房に戻るわ。一分も無駄にできないの。祭りまでにすべて仕上げてしまわないと」「今年は新しいドレスの注文がたくさんあるの？」と僕は訊いた。興奮を抑えて普段の口調で話そうとしたものの、思わず声がうわずった。封筒に入っているのはビルヒニアの返事に違いなかった。「ドレスはもうほとんど終わっているわ」と母が答えた。「いまはリボンを縫っているの。今年の娘たちはずいぶん頑張ったわ。裁縫を習いにきている娘たちはみんな自分のを作っているの」

リボン。それは肩から腰まで斜め掛けにすることのできるシルクでできた帯のことで、オババでは、未婚の若い娘たちが祭りの初日に向けてそれを用意するのが慣わしだった。「何か必要なものはある？」と母が訊いた。僕は、何もいらない、大丈夫だと答えた。母は誰かを起こすまいとするかのようにそっとドアを閉めた。

封筒は膨らんでいて、その中央に何か小さくて硬いものが入っていた。指先で何度も触れてみて、そこに詰まっている柔らかいものはおがくず——当時、プラスチックが全面的に普及する前、陶器の小物など壊れやすいものを保護するために使われていた素材——だろうと見当をつけた。だが、おがくずに包まれているものは何だろう？　最初のうち、指で触れた感触では、それが小さく硬いものであることしかわからなかった。だが、探り続けているうちに、僕は小さな輪の形を感じ取った。もう待ちきれなかった。紙を破くと、まさにおがくずの中に埋もれていたのは、合成樹脂でできたリングだった。

僕はテレビの画面に目をやった。白い氷の上を、赤いヘルメットを被った選手がゴールへ向かって全速力で滑っていた。彼はシュートしたが失敗し、青いヘルメットの三人に取り囲まれ、フェンスのほうへ押しやられた。

封筒の中に入っていた唯一の紙は、おそらくおがくずを包んでいたもので、何も書かれていなかった。ビルヒニアからのメッセージはリングだけだった。その意味を解読しなくてはならないのだ。何か思い当たる気がしたが、ぼんやりとして摑みどころがなかった。

僕は裁縫工房へ行き、「母に少し出てきてと伝えてもらえる？」と入り口に顔を出した女の子に頼んだ。窓際で、縫い針を口に咥えたパウリーナが、鮮やかな黄色いワンピースの前に屈み込んでいるのが見えた。

「これが何かわかる？」と僕は母に尋ねた。母はもちろん知っていて、意地悪な笑みを浮かべた。彼女はまた工房に入り、リングをひと摑み持ってきて僕に見せた。僕のは白だったが、ほかのはみんな色がついていて、赤、緑のほかに、黄色、青、ピンクのものもあった。「ダビ、この村の風習を忘れたの？　憶えていない？」

僕はようやく、祭りの初日に行われる「リボン競争（シンタ・カレラ）」(*zinta-karrera*) のことを思い出した。リボン、あのシルクの帯は軸に巻いて、アーチのようなところから、リングをつけた先端を垂らして吊り下げられる。男の子たちは自転車に乗ってそのアーチをくぐり、長い錐（きり）をリングに引っ掛けてリボンを取るのだ。だが、その競技のいちばんのご褒美は、リボンを縫った女の子とそれを手に入れた男の子が「一日かぎりのカップル」になれることだった。まず二人で記念写真を撮ってから、食事会——結婚式——に参加し、その後、教会か村役場の時計が夜中の十二時を指すまで一緒に過ごすことができるのだ。

母は僕にリングを返した。「これはここのじゃないわね。ここでは白いリボンは縫わなかったわ。それに、白は珍しいのよ。ほとんどの娘は色のあるものを好みますからね」「それはあの手紙に入っていたんだ」と僕は言った。「まったく、いまの娘たちときたら油断ならないわ」と母は溜め息をついた。「わたしの頃は、リボンに刺繡された名前を見るまで、誰が作ったものかわかりませんでしたよ。なのに、いまは何でも手がかりをあげて、男の子たちは最初からどの娘が自分と過ごしたがっているかわかっているなんて」それは僕にとって朗報だった。ビルヒニアは僕が有利になるよう計らってくれたのだ。「ところで、その娘は誰なの？」と母が突然驚いたように尋ねた。「あとで話すよ」と僕は答えた。

アイスホッケーの試合は続いていて、赤いヘルメットのチームがゴールを決めたところだった。選手たちは抱き合い、スティックを空中で振り回して得点を祝っていた。その試合の動きを眺めながら、僕はソファに座り、自分の置かれた状況を落ち着いて分析しようとした。だが無理だった。僕の頭の中で突然、ただ一つの考えがぐるぐると、小さな独楽のように回転し始めた。ビルヒニアは僕にイエスと言ったのだ。夫を亡くしてから初めて参加する祭りの初日を、僕と散歩し、踊って過ごしたいのだと。それが彼女のメッセージだった。その考えは僕の頭の中でますます回転の勢いを増し、僕は跳び上がって動き出したい気分だった。だが、ある些細なことがその喜びに水を差していた。僕はグッツィを買ってもらってから、もう四年も自転車に乗っていなかった。リボン競争で成功するには練習が必要だった。僕の側も努力しなければならなかった。

ただ、よくわからなかったのは、ビルヒニアがそのメッセージを伝えるのに、手紙にひと言も書かなかったことだった。だが、よく考えてみれば、僕は何を期待していたのだろう？　彼女が電話をかけてきて、家に来てちょうだいと言ってくれるとでも？　彼女が自分の部屋のベッドに裸で横になって待っているとでも？　そんなことはありえなかった。彼女はオババの人間で、《幸福な農夫たち》の世界に属していた。ましてや彼女の立場では、人目につくようなことはできなかった。可能なかぎり控えめな方法で僕に近づかなくてはならなかったのだ。

僕はテレビを消し、テラスに出た。ビルヒニアの家が川岸に、橋の向こう側に見えた。緑の丘と山々に囲まれて、その白い壁は美しかった。

僕はビルヒニアから受け取ったリングを紐にくくりつけ、家のガレージに吊るすと、錐の代わりに、オババではエンテンガ（*entenga*）と呼ばれていた長い釘を使って、リボン競争の練習を始めた。二度目に挑戦していたとき、ガレージの戸口から大きな声がした。「ダビ、何してるんだ？」ヨシェバとアグスティンが見ていた。僕は自転車から降り、手に持っていた釘を地面に落とした。自分が何をしていたか知られたくはなかった。

ヨシェバは髪が短くなっていて、ごく普通の学生に見えた。アグスティンは野球選手のようなサンバイザーを被っていた。「コマロフの真似をして宇宙服を着たがったんだが、そうはさせなかったんだ。まだ暑いもんな」とヨシェバが地面から釘を拾い上げながら言った。二人とも上機嫌だった。

「俺の目は確かか？　まさかリボン競争に出るんじゃないだろうな？」とヨシェバは紐で吊るしてあったリングを見て訊いた。僕はそうだと答えた。「こう言っちゃ悪いが、お前、退行してるんじゃないか。オババの太古の伝統に戻ろうとしてるんだ。俺たちと蝶の採集に来なかった理由がやっとわかったよ。ウバンベたちと同じで、女の遊びだと思ってるんだ」「蝶のほうはすごく順調だよ、ダビ」とアグスティンが言った。「リンゴドクガの雌も一匹捕まえたんだ。ヤゴバたちは雄が現われるんじゃないかと思ってまだ見張ってる」

僕たちは村の広場の食堂にビールを飲みに行った。ヨシェバがアドリアンについて話し始め、彼が治療を受けると決めたのはいいニュースだと言った。イシドロはまるで別人のように明るくなって、久しぶりに新しい計画を立てているという。「俺の父さんと二人で、木製のおもちゃの市場を調べてるんだ。見込みがあるらしい」僕は、ホテルの庭園でアドリアンとテレサに会ったので、そのことはもう知っていると言った。「ところで、そのときびっくりすることも聞いたよ。マルティンがコカインをやってるとか」ヨシェバの顔にテレサのような意地悪な笑みが浮かんだ。「やくざは我が道を行くってことか！」と彼は言った。アグスティンも笑った。

食堂のバーカウンターで飲み物を受け取ると、僕たちは外に出て、レディンとセサルに教えてもらっていた頃のように、マロニエの木の下の石のベンチに座った。「そこにある大理石の瓦礫(がれき)はいつ撤去するんだい？」とアグスティンが爆破された記念碑の残骸を見て訊いた。「新しいのを作るまではそのままなんじゃないか。きっと塹壕を放棄したくないんだ」とヨシェバが言った。

アグスティンは、記念碑を見つめながらもそこに何か別のものを見ながら、小声で話し始めた。「君たちは知らないだろうけど、僕のじいちゃん、ばあちゃんと叔母さん二人は、三十三年前にゲルニカで殺されたんだ。あそこで殺された千五百人の住民は、僕の親戚も含めて、ある実験の犠牲になったんだってことはあとになってわかった。ドイツ軍はドルニエとハインケルの新しい爆撃機を試したがっていて、フランコが『それならあそこを標的にすればいい。ゲルニカを燃やしてこい』と言ったんだって。つまり、僕が何を言いたいかわかるかい？　奴らにその報いを受けさせるまで、僕たちは胸を張って歩けないってことさ」

僕たちは黙り込み、広場でオーケストラのためのステージを設営したり、リボン競争が行われる場所にチョークで印をつけたりと、祭りの準備に忙しくしている人々を見つめた。アグスティンのその言葉に込められていた感情に僕は心動かされた。そして不安に襲われた。もはや疑問の余地はなかった。アグスティンと彼の仲間たちは深鍋に入ったガソリンを使うつもりなのだ。

僕たちは村役場の下の食堂で夕食を取り、僕はまさにその場所で数年前セサルと話したこと、オババで銃殺された人々のことを二人に聞かせた。一瞬、リボン競争のことは忘れたほうがいいのではないかという考えが頭をよぎった。その食事中の話題に比べれば、軽薄なことに思えたからだ。けれども、家に帰り、テレサがくれた薔薇がまだぴんとして香りを放ち、花びらが一枚も落ちていないのを見ると、僕はまたビルヒニアについて考え始め、すべてがもとどおりになった。

14

リボン競争の日に撮った写真は、長年ずっとここストーナム牧場で箱の中にしまわれていた。いま、それは書斎の机の上、僕の目の前にある。新しい緑のワンピースを着たビルヒニアはとてもきれいに映っている。背筋を伸ばし、僕がその瞬間カメラマンに言った馬鹿げたひと言に笑っている。

僕は両腕を前に伸ばし、勝ち取ったばかりのリボンをカメラに向かって見せている。写真の奥には記念碑の残骸が見え、片隅にはアイスクリーム売りの三輪車が映っている。

リボン競争によって結びつけられたカップル、三十人ほどの青年とそれと同じ数の女の子たちは、食堂でのパーティーに全員出席した。ビルヒニアと僕は長いテーブルの端に向かい合って座った。僕は最初の瞬間から幸せな気持ちで、パンを渡したり彼女の質問に答えるときなど、何かしらの口実を見つけて、彼女の指、手、腕に触れた。デザートが運ばれてきて、僕が小さなクリームケーキを差し出すと、彼女はそれを僕の手から口で受け止めた。指先に彼女の湿った唇を感じ、僕は興奮のあまり頭がぼうっとした。

赤いリボンを首に掛けた若者が僕たちに近づき、テーブルの上にアコーディオンを置いた。「好きなときに始めてくれ、ダビ」と彼は僕に言った。周りの青年や娘たちが拍手し始めた。「君たち、こんな特別な日に僕を働かせるつもりか?」「俺たちの花嫁候補がほかの男とどっかに行っちまう前にちょっとは踊らなきゃ」その赤いリボンの青年の言葉に、さらに拍手が湧いた。「何を弾いてほしい?」「《カザチョック》!」と全員が声を揃えて言った。「そう来たか!」と僕はアコーディオンを膝に置きながら言った。「アコーディオン弾きはリクエストに従わないといけないんだ」と僕はビルヒニアに言い訳した。「でも、こんなの罰ゲームだよ。君と一緒に踊れないなんて」そうは言ったものの、ビルヒニアがうれしそうだったので、僕は誇らしい気分だった。「大丈夫よ、あとでオーケストラと踊りましょう」と彼女は気にする様子なく言った。

若者の何人かは食堂の中で大騒ぎし、ほかの参加者を肩に担いで、テーブルのあいだでリボン競争をしていた。「あまり長く弾かないでくれないか、でないとあの子たち、転んで怪我をするよ」

と食堂の主人が僕に小声で言った。「いま外に連れ出しますよ」と僕は言った。そして、《パゴチュエタ》を弾きながら扉のほうへ歩き出した。「みんな後ろからついてくるわ！」とビルヒニアが声を上げた。

マロニエの木の辺りに着くと、僕はアコーディオンを下ろし、赤いリボンの青年に返した。それでもう、僕はビルヒニアと踊るために自由だった。

オーケストラのトランペット吹きが、マイクで往年のヒットナンバーのタイトルを告げた。「お次は、皆さまに捧げる《五百マイル（キニエンタス・ミリャス）》（Quinientas millas）です」「この歌、大好きなの」とビルヒニアは喜んだ。“*Faborez?*”――「いいかな（ファボレス）？」――と僕は彼女に言った。農民たちがダンスを申し込むときに使う言い回しだった。「断るわけにはいかないわ。あなたがわたしのリボンを手に入れたんだもの」と彼女は答えた。僕たちは踊り始めた。「このご褒美はいつまで続くんだい？　時計の針が真夜中の十二時を指すまで？」「お祭りだから、そのリボンはきっと一時まで有効よ」僕は彼女の腰を抱き、自分に引き寄せた。頬に彼女の髪が触れるのを感じた。彼女をさらにぎゅっと抱きしめた。

突然、オーケストラが演奏を止め、音楽の代わりにざわめきが広がっていった。「ダビ、政治ビラを撒いている奴らがいるぞ」と夫婦で踊っていた男が僕に言った。彼は教会の聖歌隊で歌っていたので、僕がオルガンを弾いていた頃からの知り合いだった。「あれを見ろ！」と彼が村役場のほうを指して叫んだ。役場のバルコニーでスペイン国旗が燃えていた。「あそこに登った奴は私よりも身軽だな！」と男は妻に言った。オーケストラのトランペット吹きがマイクに向かって叫んだ。

「皆さま、どうか落ち着いてください！」楽団はまた《五百マイル》を弾き始めたが、無駄だった。誰もがその場から逃げ出し始めた。

人々が散り散りになったとき、僕は二台のジープと、銃を高く掲げた六人ほどの治安警備隊員の姿を見た。「こりゃたまげた！」と男が叫んだ。村役場の屋根に、赤、緑、白の旗がたなびいていた。僕は特に大学でそれを何度も見たことがあったが、どれも政治ビラのイラストか壁の落書きで、本物の旗ではなかった。「バスク国旗だ！」と男は興奮して——あるいはおそらくぎょっとして——言った。

オーケストラのメンバーがステージから降りた。「今日のお祭りは終わってしまったみたいね」とビルヒニアが言った。聖歌隊の男が頷いた。「見てみろ。治安警備隊員がますます増えている」僕たちのいたところから、今度は五台のジープが見えた。「無駄だな、あのぼろ切れは燃えちまった」と彼はスペイン国旗の火を消そうとしている二人の男を見上げて言った。一人は見覚えがなかった。もう一人はグレゴリオだった。「あなたたち、これ持っている？」と僕たちの横を通りかかった若い女が訊いた。彼女も教会の聖歌隊のメンバーで、歌うときはいつも母の隣に立っていた。女は僕たちに一枚ずつ紙を渡して去っていった。

前よりも大きなざわめきが起こり、人々は幹線道路のほうへ走っていった。「それにしても、何が起きてるんだ？」と男が言った。彼の妻は紙の文面を読み上げた。《バスク人よ！ 祖国（エウスカディ）が君を必要としている！ 自由のためにささやかな貢献を！》男は彼女に読むのをやめるよう合図した。ビラをくれた女がまた僕たちの前を通りかかった。「火事みたい！」「どこで？」「アラスカ・ホテル！ 新しい住宅地からも燃えているのが見えるって！」

聖歌隊の男とその妻は駆け出した。ビルヒニアと僕は、初めは普通の速さで歩いていたが、やがてほかの人たちにつられて駆け足になった。新しい住宅地に着くと、先にいた人たちが僕たちに説明し始めた。「旗を燃やしたのはどうやらおとりだったらしい。あれで治安警備隊をみんな村のほうに引きつけておいて、ホテルに放火したんだ」「賢いもんだ！」とまた僕たちの横にいた聖歌隊の男が言った。ホテルのあった場所は黒い煙に覆われていた。ときおり、その中心から赤い炎が上がった。

「怖いわ」とビルヒニアが言った。「僕もだ」その黒い煙から目を逸らすことができなかった。それは断続的に勢いを増し、空へ向かって吹き上がった。「よかったら、とびきり美味しいコーヒーを淹れてあげるわ」と彼女が言った。僕たちは彼女が働いているカフェテリアの近くにいた。「僕は君と一緒にいたいんだ。だから僕の返事はいつでもイエスだよ」「わたしもよ」と彼女は言った。「何？」「わたしもあなたと一緒にいたいの」「時計の針が十二時か一時を指したあとでも？」彼女は笑った。

「これはとんでもないことになるぞ」と聖歌隊の男が僕たちを見て言った。だが僕たちは彼の言葉を気に留めず、カフェテリアへ向かった。「やあ、ダビ！」と誰かがすれ違いざまに言った。その声にまさかと思い、僕は彼のほうを振り向いた。アグスティンもこちらを振り返ったところだった。「またな！」と彼は言った。「またね」と僕も答えた。彼はイサベルの腰を抱いて歩いていて、二人は恋人同士のように見えた。「あれは誰？」とビルヒニアが訊いた。「大学の友達だよ。コマロフと呼ばれている」「でもロシア人じゃないわよね」「いや、違う」ビルヒニアはまた笑った。

15

僕が眠っているビルヒニアを置いて彼女の家を出たのは夜中の二時頃だったが、ウルツァの辺りが明るく、大声で叫ぶ何人かの声が聞こえたので奇妙に思った。しかし、それは僕たちが一緒に過ごした三度目の夜で、幸せな気持ちだった――「こんなに幸せに感じたのは初めてだ」とビルヒニアに話していた――ので、関心は湧かなかった。だが少し経って、運動場を通り抜ける途中で、セバスティアンが僕を追い越した。彼は泣きながら走っていて、僕に向かって何か言ったが聞き取れなかった。「セバスティアン、どうしたの？」と僕は訊いた。「ルビスが！」と彼は両手で頭を抱えて叫んだ。「ルビスがウルツァで溺れたんだ！」さらに十メートル走ってから、彼はまた僕に叫んだ。「ウバンベを探してくる！　でなきゃ誰が可哀想なルビスの母さんのところに知らせに行く（セイン・ホアンゴ・ダ・ルビス・ギサホアレン・アマガナ・）んだい（ベステラ）？」彼の話し方ではこうだった。*“Zeñ jungo'a Lubis gizaajuan amana bestela?”*（セン・フンゴア・ルビス・ギサアフアン・アマナ・ベステラ？）、僕もウルツァへ向かって駆け出した。

エンジンをつけっぱなしにしたジープのライトが水に入った三人の男を照らしていて、川の反対側から見物していた十人ほどの人たちも見えた。辺りはどこも治安警備隊員だらけだった。銃を片手にした警備隊員が僕を止めた。「見物したいなら、あそこの人たちのところへ行くか、そこの栗林に上がってください」と彼はスペイン語で言った。たしかに、木々のあいだにも人の姿があった。

火のついたたばこの赤い先端がいくつも、暗闇の中で動いていた。「君がかまわなければここにいるよ」と僕は言った。それ以上近づく気力はなかった。「あなたは少なくとも、ほかの人たちとは違って礼儀を知っている。さっきはある男が問題を起こして、大尉がそこに拘束したんです」治安警備隊員は二十五メートルほど離れたところに停められていたジープを指差した。彼はそう言うと、retener（拘束する）という動詞を使った。"El capitán lo tiene retenido"（エル・カピタン・ロ・ティエネ・レテニード）と。

水に入っていた三人の男の動きが慌ただしくなった。綱かケーブルのようなものを持っていた。「検事が調書を作らないといけないので、この先には人を通せないんです」と警備隊員は僕に言った。彼はとても若く、しかも童顔だった。制服を着ていなかったら、十七歳以上には見えなかっただろう。彼は話したくてしょうがないようだった。「発見したのはあの人たちですよ」と彼はライトをつけたジープのほうを見て言った。そこにはイシドロの姿があった。「どうして引き上げないんでしょうね」と警備隊員は話し続けた。「こういうのは長引くほどよくないんです。死んだ男とは知り合いですか？」僕は頷いた。「聞いた話だと、夜中に鱒を捕まえていた密猟者だそうです。足を滑らせて、運悪く岩の角に頭をぶつけて、溺死したらしい」叫び声が聞こえ――「いまだ、引け！」――水に入っていた男たちが死体を陸へ押し上げた。ルビスが小石だらけの岸辺に引きずられていった。

「もちろん、こんなのは悲しいですよ」と若い警備隊員が言った。僕はそれに答えなかった。言葉が出てこなかった。「もし見たければ、僕と一緒に行きますか」と警備隊員が突然言った。ウルツァの周辺は、死体が引き上げられたことで平常に戻ったかのように既に騒がしくなり始めていた。草むらに座って見物していた人々は立ち上がり、栗林にいた人々の多くは道へ降りて、去っていくところだった。

ヨシェバの父親が大尉と思しき年配の治安警備隊員と話しているのが見えた。身振りからすると、抗議しているようだった。「無駄ですよ、被拘束者(el retenido)は明日の朝まで解放されないでしょう」と若い警備隊員が言った。「村の医者だと言って入ってこようとしたんですが、身分を証明するものが何もなくて、大尉が通さなかったんです」彼は岸辺に向かい、僕はそのあとを追った。

ルビスの遺体はまだ砂利の上にあった。ある男が懐中電灯で顔を照らした。「ひどいぶつけ方をしたもんだ! ほとんど目が飛び出てるじゃないか」と誰かが言った。

死体の周りに集まった人たちのあいだで、本当の死因は頭をぶつけたせいなのか、それとも意識を失って水に沈んでいたせいなのかと議論が始まった。懐中電灯を持った男がひっきりなしに動くせいで、死体の顔の上を光の輪が飛び跳ねていた。ときおり、動いているのが明かりでなく、顔の一部、唇や目であるように見え、僕たちは間違っていて、ルビスは死んでいないのではないかと思える瞬間もあった。しかし、やがて懐中電灯の光は飛び出た目の上で動きを止め、すると死の勝利が誰の目にも明らかになった。

「すごくいい子だったんだ」とイシドロが言った。「それに、滅多にいないぐらいの馬好きでね。私は製材所で働いてほしかったんだが、あの子は馬といるほうがいいと」そして沈黙があった。誰も言うべき言葉を持たなかった。懐中電灯を持った男だけが、死因は頭をぶつけたことだったのか、それとも溺死だったのかという点にこだわっていた。そしてまた懐中電灯で遺体の顔を照らした。

「その懐中電灯を消してくれ!」とイシドロが言った。それから僕を見て訊いた。「パンチョはどこにいる？　見かけなかったか？」僕は首を振った。「きっとあれだ」と懐中電灯を持った男が道に明かりを向けながら言った。暗闇の中を走ってくるセバスティアン、パンチョ、ウバンベの姿が見えた。

ウバンベは死体を見ると急に立ち止まり、顔を両手で覆った。彼は白いジャージを着ていて、僕の脳裏に浮かんだイメージの中でもそうだった。白い服を着て、ルビスの遺体を両腕に抱いた彼が、森の中を小屋から小屋へと駆けてゆき、木樵たちにこう呼びかけていた。「ひっそりしたきれいな場所に埋めてやるんだ。また目を覚ましたとき、いつものセイヨウシデが見えるように。ファンがくれたあの仔馬もイルアインから連れてこい。墓の横にいるのを見たら喜ぶだろう」

パンチョが遺体に向かって二歩進んだ。「これがルビス？」と彼は驚いて尋ねた。「そうじゃなきゃ誰なんだよ！」とセバスティアンがしゃくり上げながら答えた。「なんてこった！」とウバンベが叫んだ。「早く終わらせろ！」と治安警備隊の大尉が道から言い、その言葉が命令だと知らせるために手を二回叩いた。

ビルヒニアはベッドにうつ伏せになって泣いていたが、あまりに静かだったので、僕はときどき眠ってしまったのかと思い、肩の震えに目を凝らさなければならなかった。だが、彼女は泣き続けていた。砂地に水が流れるときのように、ビルヒニアの嗚咽は、流れ出したかと思うと止まり、またわっと流れ出しては、部屋の暗闇、夜の静寂に川床を切り拓いていった。ウルツァでの捜索が終わったあと、夜はとても静かだった。聞こえるのは川のさざめきだけで、その音がときおり泣き声にまさっていた。

耳を澄まし、ビルヒニアの嗚咽の変化を見守っていると、僕の声を押しとどめていた柵がゆっくりと崩れていった。僕はついに口を開き、ルビスに何が起こったか説明し始めた。「鱒を捕まえようとして足を滑らせて、頭を強く打ったらしいんだ。ウルツァは水がいちばん深くなっているところだから、ちょうどあそこで転んだのが不運だった。ルビスは泳げなかったんだ」

それは若い治安警備隊員が話していたことの繰り返しにすぎない馬鹿げた言葉だったが、少なくとも僕の喉を解き放ってくれた。ビルヒニアは僕の手を取り、そこに自分の濡れた頬を載せた。「エステバンも泳げなかったの。わたしは、泳げないのに船に乗るのは危険だから練習してちょうだいって頼んだんだけど、彼って昔気質(かたぎ)なところがあって、プールの水泳教室に通うなんて嫌がったのよ。でもあとになって、ブルターニュ沖で漁をしていたら、乗っていた船に別の船が衝突して、七人の乗組員のうち助かったのは船長を含めて二人だけ。船長がわたしに手紙をよこしたわ。《……いちばん残念だったのは、あなたの夫、エステバンのことです。あの霧に包まれた海で、船が沈んでいくとわかったとき、彼はなんとか私のところまでやってくると、「これからどうしますか？」と尋ねました。そのとき、船が大きく揺れ、彼は足を滑らせて海に落ちてしまった。私が彼を見たのはそれきりです》」

ビルヒニアは、エステバンが亡くなったあとの月日、彼の遺体がどこにも見つからないあいだ、自分の生活がどんなだったか話し続けた。「ブレストという場所に一つ死体が上がったけど、彼のではなかったの」「ルビスと彼はいま頃どこかで一緒にいるはずだよ」と僕は言った。その頃には、僕の喉の詰まりはすっかり消えていて、僕も彼女と一緒に泣き出した。

午前七時頃に目を覚ますと、窓の鎧戸(よろいど)の隙間から朝日が差し込むのが見えた。僕の隣では、ビルヒニアが穏やかに寝息を立てていた。外では、川の水がウルツァへ向かって流れ、昨夜の痕跡を消し去ってごく普通の水浴び場に戻すべく、既に仕事に取りかかっていた。

犬小屋でオキが吠えた。「誰かしら」とビルヒニアが目を開けながら言った。「ダビ！　ダビ！」と誰かが音を立てまいとして小声で呼んだ。鎧戸に小石のぶつかる音がした。「急いでるみたいよ」とビルヒニアが言った。窓を開けると、そこにはヨシェバがいた。「ダビ、急いで降りてきてくれ。頼む」彼はひどく動揺していた。「台所へ通してあげて」とビルヒニアがベッドの中から言った。彼女も僕の友達の動揺に怯えていた。

「ダビ、ルビスが殺された」下へ降りていくと、ヨシェバは僕に口をきく間も与えずに話し始めた。「昨日の夜、アデラのところにいたら治安警備隊に捕まって、そのあと拷問の末に殺されたんだ。奴ら、それを隠そうとして死体を捨てたから、ウルツァで見つかったんだ」彼の顔は蒼白だった。「ダビ、イルアインへ行ってくれ。でないとみんな殺される。集落はもう治安警備隊だらけだ。俺も森の中を抜けてやっとここまで来たんだ」彼はまだ息を切らしていた。「もう逃げ道はない。隠し部屋に入る以外、助かる方法がないんだ」

ヨシェバの説明によれば、隠し部屋のことはルビスが教えてくれたが、彼はフアン伯父さんへの敬意から、それが家のどこにあるかは教えたがらなかったのだという。「ルビスは、もし俺たちが困ったことになったら、自分が隠し部屋に案内すると言っていた。まさか最初にルビスが殺されるなんて誰も思わなかったんだ」「彼らはまだあの家にいるの？」と僕は尋ねた。「四人ともまだあそこだが、治安警備隊が集落を捜索し始めた。急いで隠してやらないと、何が起こるかわからない。

パピは、各自でどう行動するか決めていいと言ったが、自分は情報を知りすぎているから、生きたまま捕まる気はないそうだ。トリク（バスク語で「ハリネズミ」の意）も同じつもりらしい。ルビスみたいに死ぬよりは銃撃戦で命を落としたほうがいいんだと」

「パピ、トリク……。いったい誰のことか教えてもらえるかな？」と僕は苛立って言った。誰を指すのか想像はついたが、その仲間内の呼び名には腹が立った。そうして起きていること何もかもが腹立たしかった。ついさっきまでビルヒニアと一緒に眠っていたのだと思うとなおさらだった。

《そのとおりだ、君はビルヒニアと眠っていた》と内なる声が僕に言った。《しかし、その少し前はどこにいた？　ルビスの遺体の前にいたんじゃなかったか？　そのことも忘れるんじゃない》

「ダビ、すまない」とヨシェバが言った。「パピというのはヤゴバの内輪での呼び名だ。トリクはアグスティン」「アグスティン、コマロフ、トリク……。僕の友達にはいったいいくつ名前があるんだ」僕は少し口調を和らげてそう言い、ややましな気分になった。「パピがリーダーなんだ。ホテルへの放火を計画したのも彼だ。最初からそうだった」「昆虫学者が！」と僕は声を上げた。「実際、信じられないかもしれないが、本物の昆虫学者なんだぜ」ヨシェバも少し落ち着いたようだった。

ヨシェバは僕を立ち上がらせ、橋の反対側へ連れていった。僕のグッツィは児童公園の横に停められていた。「早く行ってくれ。イルアインはお前の家族の家だから、治安警備隊にも通らせてもらえるはずだ。人の命を救えるんだぞ」僕はビルヒニアの部屋の窓を見上げた。彼女の姿はなかった。ベッドに横になって天井を見つめているのだろう、と思った。「きっとうまく行くし、お前には何も起こらない。隠し部屋に入れてくれたら、あとは俺が引き受ける」

ヨシェバの話し方は、彼もその仲間なのだということを示していた。当時の言葉を使えば、「組織に加わっている《オルガニサトゥタ》」（*organizatuta*）のだと。「ヨシェバ、君は何て呼ばれてるんだ？」と僕は訊いた。「エチェベリア」と彼は真面目に答えた。「でもまだ正式に認められたわけじゃない。新人だよ」僕はぐずぐずとバイクのエンジンをかけずにいた。どうすべきかわからなかった。「こんな状況、怖くてたまらないよ」と僕は言った。「それに、僕はビルヒニアといたいんだ。君にはこんな気持ちわからないだろうけど」ヨシェバは悪態をつき始めた。「おい、お前ほど女にモテないのは自分でもわかってるが、それはないだろう！　俺だって馬鹿じゃない」ビルヒニアの部屋の窓にはやはり人影がなかった。

ヨシェバはバイクの反対側へ行った。「治安警備隊はどうしてルビスのところにまっすぐ行ったと思う？」と彼が訊いた。「ビカンディは誰かが密告したと思っている。でも、俺たちのせいでもあると思うんだ。ルビスが疑われ始めたのは、ホテルのダンスパーティーにロバが乱入した日からだ。ミス・オババのチラシ配りは予行練習みたいなものだったって噂が村じゅうに広まったんだ。この村で運動場ができてからどうなったか知ってるだろ。何もかも予行練習《エントレナメンドゥ》（*entrenamendu*）さ。政治活動家もトレーニングするもんだってここの人たちは思ってるのさ」「ルビスはもっと前から目をつけられていたんだ。アンヘルに訊いてみればいい」と僕は言った。だが、僕は罪深く感じた。ヨシェバの話は筋が通っていた。

村のほとんどの家では、既に台所に明かりがともっていた。レクオナ荘にも明かりがついていた。母はいつも働いていた。祭りのときは祭りだから、それが終われば何か別の理由で、注文が絶えることはなかった。幹線道路には仕事へ向かう人々の車の流れが絶えなかった。

「治安警備隊に密告したのだってアンヘルかもしれない」と僕はヨシェバに言った。「ファン伯父さんの馬の事件があってから、ルビスのことをずっと憎んでいたんだ」ヨシェバは顔をしかめた。「俺の考えじゃ、これの背後にいるのはベルリーノだ。マルティンがあの土曜の夜に言ってたこと、お前も訊いただろう。動転して治安警備隊に電話したって。ホテルが火に包まれてるのを見てあいつがどうしたか、想像してもみろ。でも、ルビスを殺した首謀者だってことがわかったら、次に燃やされるのはあいつだ」

教会の時計が一度だけ鐘を鳴らした。七時半だった。「行かないなら、隠し部屋の場所を教えてくれ、俺が何とかするから」「検問に引っかかるよ」「なんとかなるさ」ヨシェバはけっして人に無理強いすることがなかった。だから、彼に腹を立てたり、頼みを断ったりするのは困難だった。

僕はバイクに跨った。「落ち着いていられるかわからないよ」ヨシェバは微笑もうとしながらこう答えた。「俺はここまで来るあいだ、自分はクリーデンスのボーカルで、ちょうどライブで歌ってるところだって想像してたんだ。《オー、スージーQ、オー、スージーQ……》」「じゃあ僕は《パダン・パダン》を思い浮かべながら行くよ。ルビスがいちばん好きだった曲だ」しかし、自分にそんな余裕はないことはわかっていた。ビルヒニアの家を振り返りもせず、僕は出発した。

蝶のトランプ

パピがパリで住んでいたアパートは、モンスリ公園からすぐ近くのところにあった。三十平米ほどの小さな部屋で、日当たりは悪かったが、居心地はよかった。部屋の窓からは、公園の木々と、まるで一つの村を成しているかのような上品な住宅街が見えた。「ベン・ベラ〈アルジェリア民族解放戦線（FLN）で独立戦争を展開したのち、一九六三年にアルジェリア民主人民共和国の初代大統領となった〉がこの辺りに住んでいるみたいだ。道でときどきすれ違う」とパピは窓の外を見ながら僕に言った。当時、アルジェリアの元大統領はパリに亡命していた。

レコードプレーヤーが回り、かすかに音楽がかかっていた。パピはボリュームを最大にした。「隠しマイクが仕掛けられているかもしれない」と彼は肘掛け椅子に座りながら言った。「これは知っているかい？」音楽のことだった。「グリーディ〈スペイン領バスク出身の作曲家〉」と僕は答えた。「そう、《十のバスクの旋律》の八番目だ。私はこれがいちばん美しいと思う」彼はすぐに政治の話に入った。スペインの独裁制は終焉を迎えつつあるが、そこで民主主義の準備が整うとしたら、革命思想の武装組織はどんな行動に出るべきか、その点について僕はどう考えるかと。パピは、まるで食事の支度について話しているかのように、その整う（アパイリャトゥ）（*apailatu*）という言葉を使った。

二時間後、僕たちはふたたびモンスリ公園にいて、そこの門の一つでバスを待っていた。彼は上着の内側のポケットからトランプを出して僕に見せた。ケースにはオレンジ色の蝶の写真があしらわれていた。*Euskalerriko tximeletak*——《バスクの蝶(エウスカレリコ・チメレタク)》——と僕はタイトルを読んだ。「君は僕が昆虫学者だと信じなかったかもしれないが、イルアインにいるあいだ、昆虫も集めていたんだ。ここにその証拠がある。先月発売されたんだ」と彼は言った。

僕はケースからカードを出そうとしたが、ぎっしり詰まっていて出てこなかった。「これは君のだ」と彼は自分の手を僕の手に重ねて言った。「いつか、もしよければ、イルアインのあの隠し部屋に、アメリカ帰りの男の帽子と一緒に置いてくれないか。奉納物(エクス・ウォートー)(ex voto)みたいに」彼の表情は冗談を言うときも変わらなかった。

パピがくれたそのトランプは、いまストーナムの僕の書斎にある。僕がこの牧場に来た最初の日からずっとここにあった。フアン伯父さんもこれが好きで、ポーチの揺り椅子に腰掛けては、まるでブロマイドのコレクションのように一枚ずつ眺めていた。リズとサラもよくそうしていた。僕は娘たちと遊びながら、ときどき手品師の手つきを真似て机の上にカードを出し、運勢を占ってやった。夜行性の黒い蝶が出たら凶、黄色か赤の蝶が出たら吉、というふうに。

両手をパソコンのキーボードから離し、カードを切ったところだ。また試してみることにしよう。かつて娘たちと遊んでいたときのようにではなく——リズもサラも成長し、もう父親が手品師だとは信じない——、僕自身の記憶を蘇らせるために。

最初のカードはもう机の上にある。不吉な六つの黒い眼状斑のある、茶色と黄色の蝶だ。名前はマイラジャノメ（Pararge maera）。僕はそれをアドリアンと結びつける。オババで過ごしたあの時期、ジャケットの襟に紋章のようにつけたらきっとお似合いだっただろう。

もう一枚カードを出すと、現われたのは大きく美しい蝶だ。光沢のある白い翅の前方には黒い斑点が、後方には鮮やかに赤い眼状斑が四つある。名前はアポロウスバシロチョウ（Parnassius apollo）、これは間違いなくウバンベだ。忘れもしないルビスの死をめぐって、事件から十五年が経った一九八五年に行われた裁判で、誹謗中傷されるのも恐れず人殺したちの名前を挙げた唯一の人間が彼だった。「ボクサーのゴロスティサの身体的、精神的衰え」を当時語った人は数知れなかった。でも、僕たちはそう思わないよ、ウバンベ。ルビスの友達だった僕たちみんなにとって、君はいつまでもアポロウスバシロチョウであり続ける。そして君の隣にはいつも、ルビスのために最初に涙を流したセバスティアンが付き添っていることだろう。セバスティアンのカード、彼の蝶は、少し小ぶりな、サフラン色の翅を持つダイダイモンキチョウ（Colias croceus）だ。

四枚目は、ヒメクジャクヤママユ（Eudia pavonia）。夜行性で、金、青、グレーの混ざった色をしている。後翅には稲妻のような黒い線が二本入っている。まるで本物の目のような四つの眼状斑が目立つ。テレサ、僕は君のことを考える。

ビルヒニア、君の蝶はどれだろう？　カードを机の上に一枚出そうとして、二枚一緒に出た。真っ白なシナピスヒメシロチョウ（Leptidea sinapis）と、オグロムモンシロドクガ（Euproctis chrysorrhoea）だ。後者は美しい名前ではないが、蝶はたしかに美しい。翅は小さく、白っぽく、言うならばありふれている。だが、腹部は金色だ。ビルヒニア、もし紋章が必要なら、この二つをブローチにしてドレスにつけるといい。

白とピンクのマイマイガ（Lymantria dispar）。前翅は色を塗ったようで、後翅は二枚の小さなスカートに見える。僕は母のことを考える。

八枚目のカードは裏返しになり、僕はそのままにしておく。そしてこう思う。《ヨシェバだ。いまだに、あいつにふさわしいカードがどれなのかわからない》もしかすると、彼も僕について同じことを考えているかもしれない。

九枚目はイカルスヒメシジミ（Plebejus icarus）。小さな青い蝶。ルビスだ。

十枚目はヤマキチョウ（Gonepteryx rhamni）。明るい黄色で、オレンジ色の斑点がある。ムーサなくして詩（うた）あらず、メアリー・アン。

八月の日々

1

今日の正午、メアリー・アンとバイセイリアの空港へ行き、ヨシェバを出迎えた。空港を出るとき、駐車場の支払いの列に並んでいたら、シカゴから来たらしい年配の女性が長旅の疲れを愚痴り始めた。最初は小声でぶつぶつと呟いていたが、やがてヨシェバと僕に目を留め、話しかけてきた。「あなたたちも長旅だったのね。そのやつれた顔を見ればわかりますよ」その言葉はショックだった。つまり、ヨシェバと僕は同じように見えたのだ。彼は二十時間以上も飛行機に乗って大西洋とアメリカ合衆国を横断してきた一方、僕は自分の家のポーチでゆっくりと朝食をとってから、十時頃にストーナムを出てきたというのに。もちろん、それは新たな発見ではなかった。鏡が毎日僕に思い出させる真実だった。

その女性のぶしつけな発言がみんなの頭に残り、その後の僕たちの会話に影を落とした。結局、僕は車の中でその話題を持ち出し、病気について話すことにした。もうすぐ牧場に着く頃で、ヨシェバがレモンバレーの美しさを褒め称えたところだったので、僕はこう言った。「ここが本物の黄金のりんごの土地だよ。長旅の疲れを癒すには絶好の場所だ。僕たちの時差ぼけ（ジェット・ラグ）も魔法みたいに消えてなくなるさ」メアリー・アンは遠回しな言い方をせず、すぐに僕の状況をヨシェバに教えた。「ダビは最近あまり調子がよくないの。お医者さんはまた心臓の手術をしなければならないと言っているわ」「今度こそ時差ぼけにならないようにしないといけないな」と僕は軽口を叩いた。だが、メアリー・アンは不安な表情で説明を続けた。「なんとかしないといけないわ」と彼女は最後に言った。「いまは本の入った箱を二階に運ぶこともできないのよ」

《ヨシェバはこのチャンスを逃さないだろう》と僕は思った。そのとおりだった。大げさに顔をしかめたかと思うと、ほとんど喧嘩腰でメアリー・アンにこう答えたのだ。「つまりどういうことかな？　僕に本の箱を運ばせるつもりか？　あとは庭の芝刈り？　それとも薪割りか？　お断りだね！　ここには休暇で来たんだ、指一本動かす気もないからな！」ヨシェバはそういう無礼者の芝居が得意で、メアリー・アンは笑い出した。「いいえ、そういうちょっとした仕事じゃないわ、ヨシェバ。厩舎を掃除してもらいたいのよ。まさか八月いっぱい、ぺちゃくちゃおしゃべりして過ごすつもりじゃないでしょう？」「なあ、メアリー・アン」とヨシェバは我慢がならないというふりをして言った。「言っておくけど、もっと感じよくしないと、ダビと俺は毎週日曜に野球の試合を観に出かけるからな」メアリー・アンはまた笑った。彼女は作家が好きで、ヨシェバの書いたある本は彼女のお気に入りの一冊なのだ。

「働けとは言わないけど、一つお願いがあるの」と彼女はそのあと、真面目な口調になって言った。「アメリカでは地域ごとにブッククラブがあるのは知っているわね。スリーリバーズにもあるのだけど、そこの責任者のドナルドから、あなたに朗読をお願いできないか訊いてほしいと頼まれたの。もちろん、英語への翻訳はわたしが手伝うわ」「それについてはあとで話そう。だがいい考えだと思うよ」とヨシェバは答えた。

　ストーナムに着くと、ロサリオとエフラインがヨシェバを大歓迎してくれた。二人は彼を出迎え、ファン伯父さんが住んでいた家へ連れていき、寝室を見せた。それに引き換え、リズとサラはひどく行儀が悪かった。サラは――彼女のいつもの言い分によれば――「内気の発作で」ひと言も口をきかず、リズはといえば、ベッドに入ってしまい、僕たちの言うことに耳を貸さなかった。ヨシェバが近づくと枕の下に頭を隠したので、僕は腹を立てて「お馬鹿さん」(*tuntuna*)とバスク語で呼んだ。すると、彼女はものすごい剣幕で僕に怒鳴り出した。"Shut up! Don't speak Basque to me!"――「やめてよ！　わたしにバスク語で話しかけないで！」――。僕は彼女を一人にしておくほかなかった。

　リズに何があったのかわからないが、最近のあの子の僕に対する態度はそんな感じだ。先週末、十三歳の誕生日に開いたパーティーで、彼女の友達がオオカバマダラという巨大な蝶を何匹かプレゼントしてくれた。最近の流行なのだ。蝶の飼育場で年齢の数だけオオカバマダラを買ってきて、ろうそくを消した瞬間に宙に放つのが。その誕生日パーティーで、僕は子供たちに、バスク語には蝶の呼び名が百通りもあり、なかにはピンピリンパウシャ(*pinpilinpauxa*)という、蝶が羽ばたく様子を表わした実に興味深い名前もあるのだ、と話そうとした。ところが、話し始めるやいなや、リズがいつものように"Shut up!"と僕に叫んだので、口をつぐまなければならなかった。おかげで、僕は彼女の友達の前で、いつも同じ話ばかりする老人も同然だった。娘からそんな仕打ちを受けるとは想像もしていなかった。

　メアリー・アンは年齢のせいだと、僕たちの長女は思春期という難しい時期を迎えつつあり、それでそんな態度を取るのだと言う。そうかもしれないが、ほかにもいくつかの理由があるように思える。リズのあの頑固さは、もしかしたらアンヘルと僕から受け継いだものなのではないかと僕は恐れている。そして——これが最悪の仮説なのだが——、彼女にはほかの子供よりもはっきりと未来が見えていて、そのイメージに怯え、本当の別れのときが来るのに備えて、僕と距離を取ろうとしているのではないかと。本当の別れのとき。すなわち、婉曲話法を廃して言えば、死のことだ。いずれにせよ、リズとのことで、僕の愛に対する悲壮感は深まるばかりだ。僕たちは愛が何事にもまさると考えたがるが、そんなことはありえないのだ。僕たちは天使ではない。リズが僕をもっと愛してくれたらと思う。だが、過去の自分と両親との関係を考えてみれば、僕がそれを要求するのはまったく馬鹿げている。

夕方、僕たちはポーチで、時差ぼけ覚ましにレモネードを飲みながらおしゃべりしていた。メアリー・アンとヨシェバはまだそこにいる。彼らと一緒にいればよかった。僕の考えは暗いほうへと向かい、メアリー・アンが誕生日にプレゼントしてくれた白いコンピューターに黒い文字を書き連ねながら一日が終わった。

2

軽い昼食をとったあと、僕たちはカウィア川の上流にある淀みへ水浴びに行き、そこから出てきたとき、僕は疲れを忘れたかのようだった。冷たい水に入るのは気持ちよく、ファン伯父さんが亡くなってからは独り言でしか使うことのできなかった子供時代の言語で話すのは、さらに心地よかった。しかも、ヨシェバも僕も、過去の楽しかったことばかりを話題にした。ただ、ヨシェバはその淀みの形から、僕たちの生まれ故郷のウルツァと、ルビスの死を思い出した。「ルビスを殺した奴らに反撃したことはいまも後悔していない」と彼はすぐに、メアリー・アンには別人のものに思えるであろう口調で言った。その流れで話し続けるかと思ったが、彼はすぐに話題を変えた。そのほうがよかった。昨日ストーナムに着いたばかりで、大きなテーマに着手するのはまだ早すぎた。

山脈(シエラ)から涼しい風が吹いていたおかげで、暑さはあまり感じなかった。僕たちはカウィア川の岸から離れ、二人の気だるい避暑客のように、水着姿でタオルを首に掛け、ロサリオとエフラインがヨシェバのために用意してくれることになっていたワカモーレを受け取りに、彼らの家まで歩いていった。夕食まではまだ時間があったので、途中で牧場の小さな墓地でひと休みすることにした。

墓地はとても美しかった。風が、まるで傷つけるのを恐れるかのように、草花をそっと揺らしていた。「このたばこを吸うあいだ、少し休憩しよう」とヨシェバが言い、僕たちはそれぞれ岩の上に腰を下ろした。ヨシェバはかつての匂いのついた刻みたばこではなく、黒たばこを吸っていた。

彼も僕も黙り込んだ。風が突然やみ、草花は動きを止めた。すると、その瞬間を待ち受けていたかのように、一匹の蝶が墓地の片隅から現われ、僕たちのほうへまっすぐ飛んできた。僕かヨシェバの額にとまろうとするかに見えた。だが、そうではなかった。蝶は僕たちの頭上を越え、ある木の葉のあいだに姿を消した。

僕はうれしくなって、いま起きたのがどれだけ驚くべきことか、ヨシェバに伝えたくなった。その蝶は、間違いなくリズの誕生日パーティーで放たれたオオカバマダラの一匹で、まさにミチリカ――蝶――というバスク語の言葉が埋葬されていた場所から現われ、まるで生き返ったか、より正確に言うなら生き物に化身したかのように、そのちっぽけな墓から飛び立ったのだと。だが、僕はその衝動を抑え、黙っていた。説明そのものは単純極まりないにしても、マッチ箱に入れた言葉を埋葬するという習慣を旧友に説明するのは簡単なことではなかった。メアリー・アンはよくわかっている。僕がその遊びを考え出したのは、たんに教育的な理由からだった。娘たちに、僕の母語に親しんでほしかったのだ。状況が大きく変わらなければ、その願いが実現することはないだろう。リズの態度を見るかぎり、希望はほとんど残されていない。

蝶が僕たちの頭上を飛び去ったあと、ヨシェバが心ここにあらずなのに気づいた。「何を考えてるんだい?」と僕は尋ねた。「我が思考はあちこちへ、頭の中をさすらいゆく」と彼は誰かの言葉を引用するように答えた。だが、ヨシェバのことだからわからなかった。彼の引用のほとんどは見せかけで、その場を取り繕うためのでっちあげだったからだ。ヨシェバは昔からそうだった。「さすらい(*herrari*)」。美しい言葉だ」と僕は言い、僕たちの会話は二十五年前のビルボでのおしゃべりのニュアンスを帯びた。

彼はフアン伯父さんの墓に近づき、僕にも聞こえる声で墓碑銘を読み上げた。《二つの人生を必要としたが、一つしか持たなかった》そして、それは僕が考えたのかと尋ねた。僕はそうだと言った。それから、ヨシェバはハムスターたちの小さな墓に近づいた。「ここには誰がいる?」「トミー、ジミー、ロニーだ。娘たちのハムスターだよ」彼はマッチ箱に入った言葉が埋葬されている一平米の地面を踏まずに飛び越え、墓地の敷地の外に出た。なぜあそこを飛び越えたのだろう? もしや、ミチリカやほかのオババの言葉の存在を感じ取ったのだろうか？

「墓地で誰のことを思い出したと思う？」と彼はそのあとで、また道を歩き出したときに言った。彼が坂を勢いよく登っていくので、僕はもう少しゆっくり歩いてくれないかと頼んだ。「君は時差ぼけがもう治ってきたかもしれないけど、僕はまだなんだ。それで、誰を思い出したんだい？」彼は僕に歩調を合わせた。「レディン、俺たちのフランス語の先生さ。ムッシュー・ネストル」

僕は自分が書いた回想録のことを話したくなったが、まだその時機ではなかった。彼がストーナムを去る前日に一部渡し、もしその気があれば読んでから、オババの図書館に献本してくれるよう頼むつもりだった。「僕はレディンのことをよく思い出すよ」と言った。「本当か？」「ああ」「お前は本当に忠実な教え子だな、ダビ。俺はすっかり忘れていた。でも、今年の三月にキューバに行ったら、そこにいたのがほかならぬ我らがレディンだったのさ」「冗談だろう」と僕は言った。「写真に映ってたのを見たんだよ、ダビ。そんな顔するな」ヨシェバは笑い出し、タオルで僕の背中を叩いた。

エフラインとロサリオの家まで坂道を登っていくあいだ、彼は僕に説明した。レサマ・リマなどのキューバ人作家とバスク人コミュニティの関係について本を書く準備をしていて、その調査のためにハバナへ旅行したこと。そして詩人のエリセオ・ディエゴが、ヘミングウェイの暮らしていた家へ連れていってくれたこと。「丘のてっぺんに建っていて、森に囲まれた、とても美しい家だった。中に入ってすぐ、ドノスティアの闘牛祭の大きなポスターが居間の壁に掛かっているのを見つけたんだ。左右には、バスクで撮られた写真がたくさん飾られていた。そのなかに、ヘミングウェイ本人が映っているどこかの祭りの写真があったんだ。長い葉巻を吹かしながら、ルチャリブレ

〈メキシコのプロレス〉の決め技みたいに仲間の首周りを摑んでるやつだ。その仲間が誰だったか当ててみろよ」「レディン」「そうさ！　ヘミングウェイのと同じぐらい長い葉巻をくわえてたぜ」「じゃあ、先生が言っていたのは本当だったんだね」

僕は心からうれしくなった。突然、自分のかつてのフランス語教師がより立派な人物に思えてきた。僕たちが生徒だった頃のように、自分をよく見せるために作り話をしていた貧しく哀れな男ではなく。「ハムスターたちの墓を見て思い出したんだ」とヨシェバは言った。「ヘミングウェイも猫に同じことをしていた。家の脇に、白い小さな墓が四つあったよ」

僕はエフラインとロサリオの家に入らなかったが、ポーチにリズとサラのリュックサックが置いてあるのを見た。あとになってメアリー・アンから、僕たちの二人の娘はそこへ移ることにしたのだと聞いた。リズはそこのほうがいいから、サラは姉のそばにいたいからだそうだ。子供たちに罪はないが、胸が痛む。レディンに教えてもらっていた頃、僕たちにも罪はなかったかもしれないが、彼を傷つけたことだろう。僕たちは彼を軽蔑していたところがあった。僕自身、ヨシェバやほかの生徒たちよりは彼の言うことを信じてはいたものの、彼の振る舞いについてはとても厳しい判断を下していた。彼は弱い人間で、特にアラスカ・ホテルの人たちやアンヘルとの付き合いで、卑屈にへつらってばかりいると思っていた。だから、ヘミングウェイの話が本当だったと知ったとき、それほどうれしかったのだ。レディンはきっとこう思っていたことだろう。《愚かな子供たちよ、笑うがいい。だが、君たちの人生が僕の人生より輝くことはまずないだろう》それももっともだった。ヘミングウェイとどんちゃん騒ぎをするのが人生の輝ける瞬間でなかったとしたら何だろう？　いまこうしてその写真のことを考えていると、僕も長い葉巻を吹かしたい気分になってくる。

3

昨夜、夢の中で、イルアインの家の前のベンチに年老いた男が座っているのを見た。クリーム色のスーツを着て、えんじ色のネクタイを締めていた。八十歳ぐらいだろうと僕は見当をつけた。「ダビ、「レディンだったのか！　ここで何をしているの？」と僕はその老人が誰か気づいて訊いた。「ダビ、何をしているかだって？　わからないのかね？　最終列車を待っているんだよ」僕は、そんなに元気そうなのだから、最終列車のことは百歳になるまで考えなくていい、と言った。彼は眼鏡を外し、僕をまっすぐ見つめた。「ダビ、諦めることも必要だよ。でなければどうする？　首にナイフの感触を感じてから、繋がれている綱を引っ張り始める家畜みたいに振る舞うのかい？」「いいえ、それよりは静かに待つほうがいい」と僕は言った。「そうだとも！　ほら見てごらん。私の列車が来たよ」振り返ると、暗がりの中にオババの鉄道駅が、そして静かに列車の到着を待つ人々が見えた。不意に、駅長が僕の腕を摑んだ。「君も乗るんだ」僕はぎょっとしてその腕を振り払った。「僕の列車じゃない！　この人に付き添って来ただけなんだ！」

「落ち着いて、ダビ。わたしよ」とメアリー・アンの声がした。僕はすぐに我に返ることができなかった。「夢を見ていたんだ。羊の群れを守るために熊と闘っていた」「バスクの羊飼いはいつもそうね。でも今度は熊の勝ちよ」彼女は僕の上に乗り、僕たちはキスをした。

陰鬱な夢を見た夜に、明るい一日が続いた。メアリー・アンはいろんな計画を立て、スリーリバーズのブッククラブの仲間に電話をかけて、図書館での朗読会を企画した。ヨシェバは今日も上機嫌だった。馬に乗るのに苦労して、メキシコ人飼育係を大笑いさせていた。「こういうでかい動物は大嫌いだ！」と何度も叫び、エフラインが"Leandro, trae para acá un poney"──「レアンドロ、ポニーを連れてきてくれ」──と飼育係の一人に言うと、ヨシェバもスペイン語でわめき出した。「レアンドロ、ポニーじゃない、犬だ！　それか猫のほうがいい、もっと小さいから！」飼育係たちは笑い転げ、僕も──その冗談は僕にとって新しいものではなかったのだが──笑った。その後、ヨシェバはつばの大きな帽子を被って、馬たちの囲いから出ていった。

その光景を見ていたら、ごちゃごちゃになった思い出のなかで、すっかり忘れていたある出来事が脳裏に蘇った。トリクとヨシェバと三人で占い師のところへ行ったときのことだ。トランプで占ってもらうときになって、ヨシェバに当たったのは金貨のエース〔スペイン式トランプの柄は、ダイヤ、スペード、ハート、クラブの代わりに、金貨、剣、盃、棍棒〕だった。「あなたには太陽がついていますね」と占い師のグリェル女史は言った。「何があっても必ず、無事に切り抜けられるでしょう」「つまり、刑務所には行かないんだね」とトリクは真面目な顔で言った。彼は幼い頃、学校を訪れたグリェル女史が生徒全員の病歴を見事に言い当てるのを目撃して以来、その占い師に大きな信頼を寄せていて、頻繁に相談に行っては、彼女の助言に忠実に従っていた。グリェル女史はまたカードをめくり始め、心配そうな表情を浮かべた。「イエスと出ています。三人とも刑務所へ行くことになると」彼女は僕にカードの束を渡した。「それをよく切ってください」それからトリクにも同じことを頼んだ。そして最後に、ヨシェバに向かってこう言った。「どれでも好きなカードを一枚引いて、テーブルの上に出してごらんなさい」ヨシェバは言われたとおりにした。「素晴らしい！」とグリェル女史はうれしそうな声を上げた。またしても、テーブルの上にあったのは金貨のエースだった。「あなたの太陽は非常に強力です。あなただけでなく、お友達のことも助けてくれるでしょう。たとえ刑務所からでも」ヨシェバは人差し指を立てて僕たちに言った。「これからはチームの太陽をもっと尊重するんだぞ」僕と同じく、彼も半信半疑だった。しかし、グリェル女史は只者ではなかったらしい。僕たちがその会話を交わしたのは一九七六年初め、警察に捕まる七、八か月前のことだった。そして一九七七年五月、刑務所送りになって一年そこそこで、僕たちはふたたび自由の身になっていた。大方はヨシェバのおかげで。

その思い出はすぐに消えていき、僕は穏やかな気持ちになった。もしグリェル女史がここにいたなら、ヨシェバと一緒にまたトランプ占いをしてもらえるよう頼みたいところだ。いまの僕にも金貨のエースはきっと役に立つだろうから。

4

今日はセコイア公園へ行った。ヨシェバはやはり上機嫌で、彼が公園の受付へ行って大真面目に、巨木というのは具体的にどこにあるのかと尋ねたとき、メアリー・アンと僕は大笑いした。職員たちはぽかんとして彼を見つめ、周囲にそびえ立っている巨木を指差した。だが、ヨシェバは引き下がらなかった。「いや、普通の木のことを訊いているんじゃない。もっと別の、大きな木だ」あまりに真剣な表情だったので、職員たちはそれが悪ふざけではないかという確信が持てずにいた。「このセコイアが普通の木に見えるんですか？」と職員の一人が訊いた。「僕の国の森に生えている木は、ほとんどがこんなもんですよ」とヨシェバは平然として言った。「お望みであれば、窓口で返金しますので」としまいにその職員は言い、頭痛がしそうだと言わんばかりの様子で僕たちのもとを去っていった。

僕たちはそれから「世界最年長の生き物」、樹齢およそ三千年というセコイアの木を見に行った。メアリー・アンは僕たちに、その木はずっといまのようにシャーマン将軍〈南北戦争で北部軍の勝利に貢献し、また先住民掃討戦を展開した十九世紀の軍人〉という名前だったわけではなく、百年前にはカール・マルクスと呼ばれていたのだと教えてくれた。その名前の変遷はジョークを続けるのに絶好の口実だったが、実物を間近で見ると、僕たちは圧倒され、黙り込んだ。それが約三千年前に誕生し、当初はヤギがその柔らかな若葉とともに食べ尽くしてしまえるほどの大きさだったのだと考えると愕然とした。しかし、その木はヤギよりも、嵐よりも、霜よりも、人間よりも強かった。そして、いまもそこで成長し続けている。木々の強靭さというのは恐るべきものだ。

僕たちは公園を出る前にひと休みし、フードスタンドに座ってサンドイッチを食べた。「ダビ、憶えている？　リズがお腹にいるとわかった日も、わたしたちここに座っていたのよ」とメアリー・アンが言った。僕の人生で最高に幸せな瞬間の一つだった、と僕は答えた。

あの日のことは忘れられない。スリーリバーズで医者の診察を受けたあと、ストーナムへ戻る途中で、メアリー・アンと僕はハイウェイをそのまま走り続けたくなった。そのニュースをまだ誰にも、ファン伯父さんにすら知らせずに、二人だけで共有したかったのだ。

メアリー・アンはたばこに火をつけた。機嫌がいい証拠だった。いまは特別なときにしか吸わない。「リズと言えば、なぜわたしたちにあんなに腹を立てているのかわかったわ」と彼女は言った。「僕に腹を立てているんだ、僕たちにじゃない」と僕は訂正した。「わたしたちによ、ダビ。わたしにもこの数日まともに返事をしないもの」「それで、なぜ怒っているんだい？」「学校の友達と同じようにサンタバーバラへ休暇に行きたかったからよ。ほかの家族は行ったのに、わたしたちは行かないから。ヨシェバに怒っているのもそのせいなの。わたしたちが彼のためにストーナムに残ったんだと思っているのよ」

僕の想像していたことに比べれば、そんな問題は些細なことに思えた。サンタバーバラの件はなんとかならないだろうか、と僕はメアリー・アンに尋ねた。もしかしたら、既に向こうにいるどこかの家族が、娘たち二人を一週間ぐらい預かってくれるかもしれない。メアリー・アンはたばこの火を消して立ち上がった。「町へ戻りましょう。たぶん全部解決できると思うわ。サンタバーバラの件も、図書館での朗読会の件も」

僕たちはスリーリバーズに向けて出発し、それから二時間後にはすべて解決していた。リズとサラは校長先生の家族とサンタバーバラに滞在し、ヨシェバは一週間後、来週水曜日に図書館で、ブックククラブの会員たちのために朗読会をすることになった。彼のまだ英語に訳されていない新作は、メアリー・アンが翻訳する。

5

今日は、メアリー・アンが子供たちをサンタバーバラまで連れていって明日まで向こうにいるので、ヨシェバと二人きりだった。僕たちは冷蔵庫からビールを出し、ポーチに座って山脈を眺めた。

「去年のクリスマス、何日かモロッコへ行ったんだ」とヨシェバがビールに口をつけながら言った。彼はしばらく、観光客のように当地の風習などの話をしていたが、そのあと、帰り道の悪天候について話し始めたとき、急に口調が変わった。「ヨシェバ、何の話をしようとしてるんだい?」と僕は訊いた。何か僕たちに関係したこと、私的な話ではないかという気がした。まさにそのとおりだった。

「帰り道、ひどい天気だったんだ。モロッコでも雨が降りやまなくて、道路が水浸しだったんだが、スペインに入るともっとひどかった。雪が降り出して、辺り一面、オリーブ畑すら真っ白になった。そのあと、マドリードに近づくにつれて吹雪が激しくなって、国道沿いのホテルに泊まるほかなくなった。

そのホテルがまたひどいところだった。一千平米もありそうなカフェテリアは人でいっぱいで、奥の壁にあった巨大なスクリーンではずっとボクシングの映像が流れていた。それをみんな見てたんだ。吹雪で立ち往生したんじゃなく、吹雪の中わざわざやってきたマドリード郊外の人たちだった。それを見てすぐ部屋に引っ込もうとしたら、不意にウバンベがスクリーンに映ったんだ。あのドイツ人と対戦した試合の。憶えてるか？ 俺たちのウバンベはなんて美しかったんだろうな！ 俺はうれしくなって、みんながオババで暮らしていた頃のことを考え始めた。

　すると突然、スクリーンの映像が消えて、リングに見せかけようとしたらしい舞台がライトアップされた。“*Queridos amigos, hoy es un día muy especial*”――『親愛なる皆さま、今日はとても特別な日です』――とボクシングのトレーナーの格好をした男がアナウンスした。そこで現われたのが、なんと俺たちのウバンベだったのさ。まるで牛だったぜ、ダビ。顔がパンパンに膨れていて、スーツは全然身体に合ってなくて、それを買ったときから二十キロは太ったみたいだった。俺は見ていられなくて、部屋に引き上げた」

　ヨシェバはしばし黙り込み、山脈を見つめた。過去のイメージが遠くの木々や岩々のあいだに見え、それに目を凝らしているかのようだった。僕は続きを聞かせてくれと頼んだ。「こういう悲しい話は長引かせないほうがいい」「ともかく最後まで聞けよ」と彼は答えた。「結論を出すのはそれからだ」そして残っていたビールを飲み干すと、話を続けた。

「朝の三時ぐらいに目が覚めたんだが、好奇心を抑えきれなくなった。それで服を着て、カフェテリアに下りてみたら、そこにウバンベがいたんだ。一人きりで、カウンターの隅で何か黄色い飲み物を飲んでいた。遠目でも、パーティーに来た客全員が背中をさすっていったみたいに、ぼろぼろに疲弊して見えた。俺はウバンベの後ろに立って、オババの訛りを思いきり強調して話しかけてみた。“*Ze itte'ek emen, Ubanbe, etxetik ain urruti?*”――『ここで何してんだ、ウバンベ、家からこんなに遠くで？』――とね。あいつは思いがけない素早さで振り向いた。そして一秒じっと見つめて、俺が誰か気づいた。『マンソン、今日が何の日か知らねえのか？』とあいつは言った。『知ってるさ、ウバンベ。十二月二十八日だろ』『十二月二十八日だって！　お前、阿呆か？　幼な子殉教者の日（イヌシェンテ・エウナ）（*Inuxente-euna*）[*]じゃねえか！　俺はこのお人よしの日に、馬鹿な奴らをおちょくってやってたのさ！（イヌシェンテ・エウニアン・イヌシェンティアナ・イティエン・アイテュ・ナウク・イヌシェンテ・グスティ・オイエン・アルティアン）』」

「木樵のあけすけな物言いに祝福あれ！」と僕は叫んだ。ウバンベの反応はいかにも彼らしかった。彼が完全には打ち負かされなかったという証拠だった。「そのあとでもっとあけすけなことも言ったさ」とヨシェバが話を続けた。「俺の前で腕を広げて、自分が格好いいかって訊くんだ。俺がああと言うと、あいつはパンチしてきたんで、肩の腕が外れたかと思った。『この嘘つきめ！』とウバンベは言った。『自分が醜くて目も当てられねえってことぐらいわかってる。でもお前だってそう変わらねえ。そのでっかい歯と白い髭、老いぼれのロバみてえだぜ！　昔の長髪のほうがまだ見られたもんだった！』とさ」

　ヨシェバは、ウバンベの言うとおりだと言って笑い出した。その日から、鏡を見ると自分がロバに見えるのだという。僕はいろんな思い出が脳裏に蘇り、なかでもセバスティアンと双子の弟のこと、フアン伯父さんが彼らをからかっていた頃のイメージが思い浮かんだ。

「アデラの三人の息子たちはいまや大物だぞ」とヨシェバは僕が彼らのことを尋ねると言った。「オババの工業地帯にトラックの修理工場を開いて、大成功さ。いまじゃ大きな倉庫を持っていて、ひと月にトラックを百台以上も修理してるらしい」「フアン伯父さんはいつも、あの子たちは成功すると言っていたんだ」と僕はヨシェバに言った。

　そこで電話が鳴り、僕たちの会話は中断した。メアリー・アンから、無事に着いたという知らせだった。そして彼女に代わって、リズが出た。「ダディ、調子はどう？」と娘はまるでしばらく会っていなかったかのように尋ねた。僕は元気だと答えた。「ダディのこと、とっても愛してる」とリズは言い足した。その後ろから「わたしも」と言うサラの声が聞こえた。僕は胸が詰まった。「わたしが言わせたわけじゃないのよ、あの子たちの口から出てきたの」とメアリー・アンは僕がその愛の告白の理由を尋ねると答えた。「あなたたちは何の話をしていたの?」「ヨシェバが、どうしてそんなにロバに似ているのか説明してくれていたところなんだ」と僕は言った。ヨシェバはロバの鳴き真似をした。「まるで本物ね」とメアリー・アンは電話の向こう側から言った。

ベイカーズフィールドからトラックが馬を一頭引き取りに来ることになっていて、僕はドライバーにいくつか書類を手渡さなければならなかった。僕たちは厩舎へ向かう途中でエフラインと行き合った。「一つ真剣に訊きたいことがあるんだ」とヨシェバが言った。エフラインは笑った。「真剣だなんて絶対嘘でしょう」「俺をよく見るんだ、エフライン。ロバにそっくりだと思うか? ちょっと似てるかと訊いてるんじゃないんだ、それはわかってる。そっくりかどうか訊きたいんだ」「とんだひょうきん者ですね、あなたは!」とエフラインは言った。僕たちは結局、彼の家でロサリオが作ったトウモロコシのトルティーヤを一緒に食べた。

*聖書においてヘロデ王に虐殺され、イエス・キリストのための最初の殉教者となったとされるベツレヘムの幼な子たちを偲ぶ日。「(無垢な) 幼な子」を意味する語 (ここではバスク語で、スペイン語からの借用語 inuzente の訛った形が用いられている) には「無邪気な」「お人よしの」「馬鹿な」といった意味もあり、スペイン語圏でこの日はエイプリルフールのように、おおっぴらにいたずらを仕掛けたり冗談を言うことが許容されている。

6

午前中、僕たちはカウィア川の淀みで水浴びし、ヨシェバは水の中に伸びていた木の根を摑もうとしたら、それがさっと手をすり抜けて逃げていったので仰天した。彼は蛇が大の苦手だった。小学生の頃、ある牧場に、噂によれば毎晩牛の乳を飲みに来るという蛇をみんなで見に行ったら、不意にヨシェバが、くるぶしに「ぬるぬるしたものが巻きついた」と言って叫び出したことがあった。もっとあとになってからも、トリクと三人で地下に潜っていた頃、ヨシェバが猛暑の日に山の中を移動するのを嫌がるので、パピは一度ならず、蛙の捕食者である爬虫類よりも治安警備隊を警戒するように、と言い聞かせなければならなかった。カウィア川は途端にヨシェバにとって不快な場所になった。彼は水から出て、たばこを吸うために日陰に座った。

「そりゃあ、パピがそう言ったのは当然さ」僕がパピの忠告を思い出してヨシェバに話すと、彼はそう答えた。「パピは蝶が大好きだった。蝶の天敵は何だ？　蛙さ。じゃあ蛙をいちばんたくさん殺してくれるのは？　蛇だろ。パピは政治に関してはともかく、昆虫学者としては統一戦線主義者（フレンティスタ）(*frentista*) だった」統一戦線主義者。非民族化、帝国主義といった当時のほかの言葉と同じように、大昔の、輝きを失った言葉に思えた。時間が物事を損なっていくことに気づくには、薔薇や足を引きずった犬に目を留めるだけでは足りなかった。言葉の輝きにも目を向けなければならなかった。

「パピとは最近会ったのかい?」と僕は尋ねた。そんな気がしていた。ヨシェバはたばこを口元へ運んだ。「パピか? ああ、会ったよ。そのことはもっとあとで話そう」と彼は答えた。「あとっていつ?」「水曜の朗読会には来るか?」「スリーリバーズのブッククラブのほかの四十人の会員たちと同じく」「じゃあそれが終わってからだ」ヨシェバは笑った。「そういう集まりでいつもどういう質問が出るかわかるだろ」そう言って、彼は何人かの架空の出席者の真似をしてみせた。『この物語は自伝的なものですか?』『登場人物は実在しますか?』俺とお前のあいだでもそれをやるんだ」「いたずらはよしてくれよ」と僕は言った。「そうしたくてするんじゃない、ダビ。俺は率直に話せないんだ。少し芝居をする必要があるんだよ」

俺は率直に話せないんだ。ヨシェバは二十年か二十五年のあいだ同じことを言い続けている。おまけに、それを理由に、あらゆる人間は打ち明けようが打ち明けまいが、隠そうが隠すまいが、みんなそうなのだと考えている。刑務所にいたとき、医務室の担当だった一般囚がある日、ヨシェバになぜ物語を書くのかと訊いたことがあった。「何らかのかたちで真実を語る必要があるからだ」とヨシェバは答えた。囚人はその返事にあまり納得しなかった。「僕は、いちばんいいのは直接はっきりと言うことだと思うよ」と彼は言った。ヨシェバは笑って彼の背中を叩いた。「いや、真面目な話、君の言うやり方で人が真実を語るより、囚人が鍵穴を通って脱走するほうがずっと簡単さ」

「ダビ、何を考えてる?」「君の秘密主義について」ヨシェバは大声で笑った。「無駄骨だぜ。俺は聴衆のいるところでしか話さない。朗読会には絶対来るんだぞ」彼はたばこの吸い殻をどうすべきか迷っていたが、結局岩の割れ目に押し込んだ。「そんなに深刻な顔するなよ、ダビ」「君はひねくれ者だね、ヨシェバ。いつもそうだった」「典型的なアメリカ人(ヤンキー)の意見だな。これからはコカコーラ禁止だ」彼はパピの声を真似してそう言った。

ヨシェバは話題を変え、バスクの現状について話し始めた。僕は話についていけなかった。政治家ですら、聞いたことのない名前ばかりだった。「これからはもっと情報が届くようになるさ」と彼は言った。「もうじきバスクテレビの衛星放送が始まるんだ。お前みたいな在外バスク人(ディアスポラ)が消えていなくなってしまわないように」僕は、完全に繋がりをなくしてしまわないよう努力するつもりだ、と言った。「夜の人気番組を見たら、最後のクレジットに驚くぞ。《衣装　パウラ・イストゥエタ》」「じゃあ、パウリーナはパウラになったのか」僕は、母があの娘はいい仕立て屋になると言っていたのを思い出した。そして、彼女を実の娘のように愛していたことも。「パウリーナの場合、驚きなのはだな」とヨシェバが今度はアドリアンの話し方を真似して言った。「人にはロングスカートを穿かせるってことなんだ。自分の青春時代への裏切りだぜ。ダンスパーティーでいちばん短いスカートを穿いてたのはいつも彼女だったからな」

ヨシェバは茂みから枝を一本折り、小枝を落として杖のように整え始めた。「ついこのあいだ、アドリアンに会ったんだ」と彼は言った。僕は、自分もアドリアンとはまだ繋がりがあると言った。数年前、リズとサラのために人形を二つ送ってくれたのだ。そして、例のルーマニア人の彼女と結婚し、その人の娘を養子にしたことも知っていると言った。

ヨシェバは「蛇を追い払うため」だと言って杖で水面を叩いてから、水に飛び込んだ。「奥さんの名前はルリカ、娘はイリアナだ」と彼は水の中から教えてくれた。「アドリアンは子供に夢中だ。幸せにしてるよ」彼は淀みを端から端まで勢いよく、いいペースで泳いだ。健康そのものだ。「パンチョが何て言ってるかわかるか?」と彼は僕のところへ戻ってきて言った。「アドリアンはすっかりオカマになったとさ。前はすごいペニスを作ってたのに、いまは人形なんか作ってると」

「このところ、いったいどれだけの人と会ったんだ? ずいぶん詳しいじゃないか」と僕は言った。

そのとき、ヨシェバは自分の計画について話した。僕たちの人生について本を書きたいのだと。オババの学校の写真に映っている人たち全員のその後について。「それでストーナムに来たのかい?」と僕は訊いた。「ウバンベのところへ行ったのもそれが理由だったのか? 取材で?」彼は、ウバンベとは偶然遭遇したのだと、それに僕に関して取材は必要ないと答えた。「お前についてのページはもう全部書いてある。それだけじゃない。今度の水曜の朗読会で、お前もそれを聞くことになる」僕は、メアリー・アンも聴衆のなかにいるのを忘れないでほしい、と冗談めかして言ったが、半分本気だった。「お前のことはかなりよく書いてあるんだぜ、ダビ。奥さんに捨てられたり娘に憎まれたりすることはない。心配するな」

彼に僕の回想録のことを打ち明けようかと思ったが、間が悪いような気がした。誰かからある計画を聞いた途端、「自分も似たようなことを考えていたんだ」と言う人が僕はずっと嫌いだった。しかも疲れていて、話を長引かせたくはなかった。僕も水に入り、少し泳いだ。

ラビノウィッツ先生からの電話はなかった。僕はかかってきてほしかった。バイセイリアの病院で手術を受ける日が決まれば、少しは気持ちも楽になるだろう。その心配がずっと頭の中にあると気が休まらない。ヨシェバやメアリー・アンといるとき、頭の中でコオロギの鳴き声のようなノイズを感じる。いま、夜になって、その鳴き声は金属音となって響いている。

7

今日は朝早く、六時頃に目が覚め、すぐに辺りが静まり返っているのが気になった。ベッドから起き上がって初めて、その理由がわかった。雨が降っていたのだ。窓を開けると、雨音が部屋に入ってきた。あるいはより正確に言うなら、複数形で、雨のいくつもの音が。リズとサラはまだ幼い頃、雨には二種類の音があると言っていた。雨粒がみな一斉に立てる音と、雨のひと粒ひと粒がそれぞれ立てる音と。なかなか鋭い観察だと思う。

僕はしばらく窓辺に佇んでいた。灰色の空の下で、木々は固唾(かたず)を呑んで、何かを待ち受けているように見えた。僕はふと、あの年老いたシャーマン将軍はそれらの木々よりも落ち着いていることだろう、三千年も生きてきたあとでは、もはや何事にも——ましてや雨には——動じたりしないのだろうと思った。もし口をきくことができたなら、ほかのセコイアたちにこう言うことだろう。《わしが若かった頃は、すべてをなぎ倒してしまうという凄まじい豪雨の話をいつも聞かされたものじゃ。だが、いまとなってはもうそんな伝説は信じない。お前たちも心配することはない。わしらを根こそぎにするような洪水は起こらんよ》しかし、彼の境地に達するのは難しい。恐怖に打ち克つのは困難なことだ。その平穏を手に入れるには三千年生きなくてはならないのかもしれない。

地面に雨でできた水流の縁に、一匹の蝶が見えた。オオカバマダラだった。きっとこのあいだ墓地で見かけたもののように、リズの誕生日に贈られた一匹だろう。それか、もしかすると同じ蝶だったかもしれない。それは雨に打たれて翅が破れ、地面に落ちて死んでいるように見えた。ふと僕の脳裏に、昔アコーディオンで練習したマンシーニの哀愁に満ちた曲、『雨の中の兵隊』(Soldiers in the rain) の旋律が蘇った。雨の中の蝶。その二つのイメージは、一見繋がりがないように思えるが、僕の頭の中では結びつき、ぴったりと重なり合った。そのメロディーを頭から振り払うには数時間を要した。

今日は全体として、特別に静かな一日だった。ヨシェバもそれを感じ取ったようだった。彼は天気が悪いからと言って、ファン伯父さんの家に籠って朗読会の準備をしていたが、僕が仕事の合間に訪ねていくとこう言った。「やあ兄弟、ここで俺たちの修道院の古版本(インキュナブラ)を書き写してるところだ」あまりに静かなので、ストーナムを修道院と結びつけたのだった。「それは大変かい?」と僕は尋ねた。「ロバにはうってつけの仕事だ、兄弟」どんな文章だろうと思い、パソコンを覗きこむと、彼は画面を両手で覆って邪魔をした。「サスペンスにしてはやり方がかなり乱暴じゃないか?」と僕は言った。「昔はもっと繊細だったんだが、不器用になったんだ」「そうか、いまはロバだもんな」彼はロバの真似をして首を縦に振ってみせた。

家に戻ると、メアリー・アンも朗読会の準備に忙しかった。僕は彼女に尋ねた。「君が訳しているその文章のテーマは何だい? 裏切り?」眼鏡の奥で、彼女の目に驚きの表情が浮かんだ。以前と変わらぬ青さのノール岬 (North Cape)。「これは雪についてよ」と彼女は言った。「雪は小学校のときからヨシェバのお気に入りのテーマなんだ」と僕は説明した。彼女は眼鏡を取り、目をこすった。ノール岬その一、ノール岬その二。「短いテクストが二つあって、もう訳し終わったほうは悲喜劇なの。日本人の話」「トシロー？」と僕は訊いた。「彼はユキオとしているわ」「舞台は？ビルバオかい？　安下宿が出てくる？」メアリー・アンは頷いた。「実際にはユキオじゃなく、トシローだったんだ」「牧場を散歩するあいだ、あなたのバージョンを聞かせてくれない？　雨も上がったわ」

彼女は机から立ち上がり、僕の頬に音を立ててキスした。「トゥーレの音だ！」と僕は声を上げた。「あなたがわたしの唇をそう呼ぶの、ずっと好きだったの」と彼女は言い、またキスしてくれた。メアリー・アンはいつも僕を救い出してくれる。かつては、過去から自由になるのを助けてくれた。いまは、未来への恐れを打ち消してくれる。彼女は沈黙を破る。僕を前へと押し出してくれる。

僕たちはまずスリーリバーズ方面へ向かう道を、谷のぶどう園が見えるところまで行き、それから厩舎のほうへ折れた。雨上がりの澄んだ空気を吸い込むのは爽快で、苦労せず歩くことができた。僕はトシローの話をし、彼はいまどこにいるのだろう、大阪の造船所で働き続けているのだろうか、婚約者とは結婚できたのだろうか、と自問した。僕はその答えを知ることがないだろう。僕たちはつかの間すれ違ったが、それぞれが進んだ道はまったく異なっていた。

「ヨシェバのバージョンもそれに近いわ」とメアリー・アンが言った。彼女のトゥーレの唇に意地悪な微笑みが浮かんだ。「彼のほうが、最後の日のパーティーの場面をもっと詳しく書いているけど。踊って踊って踊りまくったそうじゃない」「あのときはみんなすごくうれしかったんだ」「それに、経済学部であなたと一緒だった女の子がとても親しげに近づいてきたそうね」「ヨシェバの空想だよ」と僕は言った。僕たちはカウィア川の岸まで戻ってきて、家へ向かって坂道を登った。

「ヨシェバも回想録を書きたいと思っているみたいなんだ」と僕は言った。メアリー・アンは、僕の本の話はしたのかと訊き、僕がまだしていないと答えると少し残念そうだった。彼女は早く伝えてほしいと思っている。僕が書いたものの価値を、僕以上に信じているのだ。

「ヘレンをここに呼ぶのはどうかしら？　彼女もいたら楽しいんじゃないかと思うの」家に着くと、メアリー・アンがそう提案した。「僕たちが出会うきっかけを作ってくれた人に会うのはいつでも歓迎だよ」と僕は言った。メアリー・アンはまた僕にキスをした。「そうだったわね。彼女のことがなければサンフランシスコには行かなかったし、あなたに写真を撮ってと頼むこともなかったわ」

考えてみると奇妙だが、死と愛の相性は悪くない。死神が扉の外に控えていると人が自覚するとき、愛は異なったかたちをとる。日々の諍いや混乱から遠ざかった、もっと甘美な、ほとんど理想的とも言えるかたちを。

メアリー・アンがヘレンと電話しているあいだ、僕は雨でできた水流のところまで行ってみた。木の葉、小石、白い小さな花びらが筋をつくっていたが、蝶は影も形もなかった。周囲にも見当たらなかった。ということは、今朝窓から見たとき、死んではいなかったのだ。雨に倒れたものの、蝶はふたたび飛び立っていった。あの偉大なシャーマン将軍にも同じ真似はできないだろう。

補遺　パソコンで僕の回想録のテクストを保存してあるフォルダを開き、トシローを探し始めたが、どこかに消えてしまったらしく、見つけることができなかった。ようやく、Toshiro ではなく Tosiro という綴りで保存してあったことに気づき、自分が彼について書いたものを読んでその内容を思い出した。タイトルは *Euskadi askatzearen aldeko mugimendua eta Tosiro*――「バスク解放運動とトシロー」――といい、ヨシェバ、アグスティンと僕が非合法の闘争に身を投じ、エチェベリア、トリク、ラムンチョと呼ばれていた時期の出来事が語られている。予想に反して、当時を振り返るのは楽しかった。きっと古典作家たちの言うとおり、時間の経過とともに、かつては苦痛だったことも喜びをもたらすようになるからだろう。あるいはヨシェバが言うように、真実はフィクションにおいてより生々しくなく、つまり受け入れやすいものとなるのかもしれない。

だが、その文章が隠れてしまっていたという感覚は消えなかった。分量が少ないうえ、ほかの多くの思い出のなかに埋もれてしまっているように思えたのだ。僕たちの昔の友人、トシロー（Toshiro）――この綴りのほうがいい――に捧げられた文章はもっとしかるべき場所に置かれるべきだという気がして、この八月の備忘録の中に配置することにした。このほうがいいだろう。

バスク解放運動とトシロー

バスク解放運動はその声明文で、我々が打開しようとする主要な問題は、一方で民族的な、他方では社会的な性質のものであると述べ、その二重の目標の正当性を補強するために、レーニンのいくつかの著作を引用していた。しかし、一九七〇年代初頭に地下活動を展開していた数多くの共産主義政党——第三インターナショナル派、第四インターナショナル派、毛沢東主義派——はその提案を受け入れず、僕らが「ブルジョワジーの味方」をしていると非難した。彼らによれば、「労働者階級の関心事は祖国ではない。ましてやバスク人の祖国など論外だ!」というわけだった。僕らが何かのパンフレットで、抑圧された民族についてレーニンが唱えた原則にこだわると、彼らはあの有名なスローガン、《万国の労働者よ、団結せよ!》のみが印字されたビラで応答した。僕らにとって、それはバケツで冷や水を浴びせられたようなものだった。

そうした批判が僕らの運動に与えたダメージは深刻だった。若者の多くは「ブルジョワジーの利益のために」刑務所か墓場行きになる危険は犯したがらず、僕らとともに闘うのを拒んだ。その問題は、組織内のあらゆる出版物で繰り返し取り上げられていた。労働者戦線が強化されなければ、組織そのものの存立が危うくなってしまう。その懸念は、ビルボ最大の造船所のストライキをきっかけに頂点に達した。僕らがその闘争に参加していなかったことは、組織の社会的な存在感を大きく損なった。そのままでは、僕らは将来的に、武力闘争を支持する周縁的なグループとしか見なされなくなってしまう恐れがあった。

造船所の数千人の労働者は長いあいだストに入っていたが、結局、要求が実現されぬまま仕事に戻らなければならなかった。ときたま仕事の中断やデモも行われていたが、負け戦なのは誰の目にも明らかだった。共産主義政党は、そのストライキによって生じたさまざまな問題を克服する力を持っていなかった。独裁体制による長年の弾圧を経て、闘争資金は尽きていたし、警察の対応は相も変わらず暴力的だった。

パピが僕たちを訪ねてきた。「これは我々にとってまたとないチャンスだ。スペイン贔屓（エスパニョリスタ）たちが無駄に大勢の人を焚きつけてくれた」と彼は言った。それから労働者戦線の状況と、その脆弱さがもたらしうる結果について僕たちに説明し始めたが、ヨシェバがそれを遮った。「パピ、君の記事はもうみんな読んでるんだ。もっと具体的に頼む」

「ある特別作戦を準備している」とパピは顔色も変えずに話題を変えた。「上手くいけば、船主たちはもはや交渉で時間を無駄にする気を失くすはずだ。だが、作戦は我々の労働者前線が実行したと受け止められる必要がある」僕たちは、自分たちに何が要求されているのかと、黙って話の続きを待った。だが、パピも口を開かなかった。「僕たちにその特別作戦を実行しろってこと？」とトリクがついに訊いた。パピは首を横に振った。「お前たちは経験が足りない。トリクはたぶん大丈夫だろうが、エチェベリアとラムンチョには無理だ」ラムンチョというのは僕の当時の呼び名で、エチェベリアがヨシェバ、トリクがアグスティンのことだった。「お前たちは造船所にビラを撒くんだ」とパピは続けた。「だが、簡単だと思うな。騒ぎが始まってから検査が厳しくなっている」彼はミッキー・マウスのイラストがついた書類入れを広げ、僕たちに造船所の図面を見せながら、一万部のビラを内部の仲間に渡すためにどこへ置くべきか説明した。それから、僕たちがビルボにいるあいだの潜伏先の住所も教えてくれた。いまも憶えている。スペイン語で Calle del Pájaro número 2 sexto izquierda ——鳥(バハロ)通り二番地七階左——のアパートだ。「《カイオラ》〈バスク語で「鳥籠」の意〉というディスコを知っているか?」とパピは尋ねた。僕たちは頷いた。ヨシェバと僕は学生の頃から知っていた。ビルボの学生たちのあいだでは有名だった。「下宿はそこのすぐ近くだ。そこを選んだのは、家の主人が造船所で働いているからだ。何かいい情報を聞き出せるかもしれない」パピによれば、僕たちのためにひと部屋予約してあり、ビラも既にそこに、授業のノートを装って段ボール箱に入れて置いてあるとのことだった。僕たちは追試を間近に控えた学生ということになっていた。作戦を実行するまで、僕たちに与えられた時間は約十日だった。

潜伏先は「下宿」と呼ぶほどの場所ではなく、三部屋あるごく普通のアパートにすぎなかった。一室はアントニオとマリベル夫妻の寝室だった。二つ目の、中庭に面した五平米の部屋には、トシローという名の日本人男性が住んでいた。三つ目の部屋に、ヨシェバ、トリク、僕の三人が入ることになった。主婦のマリベルがトシローを紹介してくれた。「大阪出身で、彼も造船所で働いているのよ。船のスクリューの設置に来ているの」トシローは軽く頭を下げて挨拶し、すぐ部屋に戻った。「悲しんでいるのよ、ほとんど話したがらないの」とマリベルが説明してくれた。「なぜだかわかる？　婚約者が恋しくて仕方ないのよ」マリベルはとても感じのいい人だった。

幸運にも、僕たちの部屋には大きな窓が二つあり、ビルボを取り囲む山々だけでなく、街を蛇行して港へと続く川の一角も見えた。僕たちはよく「たばこを一本吸うあいだ」――とトリクは言っていたが、たいていは四、五本になった――そこから景色を眺めて過ごした。景色が開けているのは僕たちにとって大きな慰めだった。潜伏生活の息苦しさばかりでなく、危険の重圧をも和らげてくれたからだ。危険というのは長引くにつれ、重力が増したかのように、重荷となってのしかかってくるものだ。十秒間の危険に立ち向かうことは誰にでもできる。だが、十日間の危険となると、それに耐えられる人はごくわずかだ。

河口をときおり、小さなタグボートにケーブルで繋がれた船が、川の上流か下流へ、街か海へと向かって航行していった。船が汽笛を鳴らすと、僕たちは一万部のビラが入っている段ボール箱を見つめた。日々は過ぎゆき、僕たちは作戦を実行する方法を思いつけずにいた。

作戦は難航をきわめた。マリベルの夫、アントニオは猛烈に反動的な人で、夕食のとき、夫妻とトシロー、僕たち三人が揃ってテーブルにつくと、ストや動乱を引き起こしている「セクト（ロス・グルプスクロス）」(los grupúsculos)と、彼らのスローガンに惑わされた「手先の馬鹿者ども（ロス・トントス・ウティレス）」(los tontos útiles)の悪口ばかり言った。彼から情報を引き出すなど論外だった。ほんの少しでも疑われたら、警察に通報されるに違いなかった。それで僕たちは仕方なく、トシローを利用するのはどうかと考え、ヨシェバは彼に近づこうと努力したが、無駄だった。大阪の男――と僕たちは呼んでいた――は取りつく島もなく、デザートを食べ終わるやいなや暗い自室に籠ってしまうのが常だった。

「トシローがどうしてああなのかわかったぞ」とヨシェバが五日目か六日目の夕食後に言った。

「船の中に籠りっきりで働いてるから、光に慣れないんだ」マリベルが微笑んだ。「たしかに、これまで見たことがないくらい悲しそうだわ。でもそのせいじゃないの」「あいつは鬱なんだ」とアントニオが断言した。「無理もない。自分の国からこんな遠くに来ちまったんだから」マリベルは僕たちにこっそりと目配せした。いや、それも違う、そんな理由ではないと。少しあとで、皿洗いを手伝っていたとき、ヨシェバがまたその話を持ち出した。「マリベル、本当のところ、トシローはどうしたんだい？」「話してあげたいところだけど、駄目なのよ。誰にも言わないでくれと頼まれたの」その夜、僕たちはその小さな謎とともにベッドに入った。

造船所の下調べはほとんど進まなかった。警官のグループがそこかしこにいて、私服警官もたくさんいるようだった。彼らの目を欺いて一万部のパンフレットを運び込むのは不可能だった。その状況で、僕たちに残された方法は二つに一つに思えた。ボートで川を渡り、埠頭から造船所に侵入するか、造船所に絶えず出入りしているトラックの一台を使うか。どちらを選ぶにしても、急がなければならなかった。もう残りの日数はわずかだった。

造船所内にいる仲間から電話がかかってくると、いよいよ僕たちも不安になった。「勉強してるか？　試験まであと少しだぞ」彼はビスカイア訛りのバスク語を話し、「試験」をアステルケタク（*azterketak*）と言う代わりにアステルケティエ（*azterketie*）と発音した。「勉強はしているけど、まだ合格できそうにないんだ」と僕は答えた。「教授がしびれを切らすぞ。あとにもっと難しい試験が控えてるのはわかってるだろうな」トリクが電話を代わってくれと言った。「試験を外でやるのはどうかな？」相手はその意味がわからなかったようで、トリクは我慢できずに言った。「ビラを外で撒くのはどうかって言ってるんだ。大勢の労働者に紛れ込めば一分で終わりさ、誰にも気づかれない」トリクは二十秒ほど返事を聞いていた。「駄目だってさ」と彼は受話器を置いて言った。「造船所の中で撒けって。そうでないと外からの介入だと思われるから」

僕たちは部屋の窓を開け、家々の明かりがほとんど消えてしまうまでたばこを吸い、話し合った。そして結局、トラックを使うことに決めた。ひと気のない工業地帯で荷を積む一台に目をつけてあったので、それを使うのがいちばん安全に思えたのだ。翌日に準備をし、さらにその翌日、早朝に作戦を実行する。ヨシェバと僕は運転手と一緒に残り、トリクがトラックに乗って造船所に入ることにした。

その夜中の四時頃、ある船が汽笛を鳴らし始めた。「船乗りが誰か船に戻らなかったんだ」と僕は言った。汽笛は脳天にまで響いた。眠るのは無理だった。ヨシェバは明かりをつけ、新聞をめくり始めた。「そうか、四時半に満潮になるんだ。それであんなに慌ててるんだな」ビルボから海まで航行するには、川の水位がいちばん高くなったときでなければならなかった。

船は二度続けて汽笛を長く鳴らし、数分の間を置いてまた鳴らした。最初はそのあいだの沈黙でひと息つくことができたが、まもなく、九回目か十回目の汽笛が鳴ると、音そのものよりも沈黙のほうが耐えがたくなり始めた。「その船乗りの野郎がすぐに戻らなかったら、俺が探しに行く！」とヨシェバが叫んだ。朝の四時半頃のことで、僕たちはベッドから出て、窓を開けた。地区の家々にはかなり明かりがついていた。「船に乗り損ねた船乗りはどうなるんだい？　無国籍になるのかな？」とトリクが訊いた。「今日の奴の運命は決まりだね。リンチされて一巻の終わりだ。ほら、街の人口の半分を起こしてしまったよ」明かりがともった窓の数はますます増えていた。多くの人が夜の休息を打ち切りつつあった。

僕はバスルームへ行こうと廊下に出たが、中庭に面した部屋の前を通るとき、ドアの隙間から見えた光景に足が止まった。トシローが半ズボン姿で、タイルの床に膝をつき、両腕を十字に広げていた。突然、その両腕と頭ががくんと垂れた。彼は苦しそうなうめき声を上げて姿勢を戻そうとしたが、床に崩れ落ちた。「トシロー、どうした？」と僕は駆け寄って声を掛けた。なんと彼はぐっすり眠っていた。百隻の船が汽笛を鳴らしても目覚めそうになかった。

彼の部屋から出ようとすると、ドアのところにマリベルが立っていた。「あらまあ！　可哀想な人！」と彼女は声を上げた。ヨシェバとトリクも部屋から出てきた。「膝小僧を見てごらんなさい」とマリベルが言った。皮がむけて血が滲み、かさぶたができていた。「いったいどうしたんだ？　マリベル、話を聞かせてくれよ」とヨシェバが言った。マリベルはもっと静かに話すようにと人差し指を唇に当て、台所へついてくるよう合図した。コーヒーが淹れてあった。

「あの人に何が起きているか話すわ」マリベルは僕たちのカップにコーヒーを注いだ。彼女はそれまで秘密を守り抜いたこと、そしていまや心置きなくそれを打ち明けられることに満足していた。「トシローは婚約者にぞっこんなの。写真で見ればわかるけど、それはきれいな人でね。名前はマサコというのよ。最初のうち、トシローはありったけの自由時間を彼女のために費やしていたの。手紙を書くか、電話をかけに行って。でもある日、造船所からの帰り道、そこの《カイオラ》というディスコに入ってみようっていう悪い考えが浮かんだのよ。そこで起こるべきことが起きてしまった。悪い女に引っかかったの。もちろん、身ぐるみ剝がされてね。彼が家に入ってきたとき、自分の目が信じられなかったわ。酔いつぶれて、全身汚れていて。わたしの知っていたトシローには見えなかった」彼女は黙り込んだ。窓の外もしんと静まり返っていた。船の汽笛は鳴りやんでいた。

「マリベル、続けて」とヨシェバが言った。

彼女はそれにすぐには応じず、自分の部屋のほうを振り向いた。「ごめんなさい、物音がしたような気がして」と彼女はまた僕たちのほうを向いて言った。「夫には知られたくないの。頭の固い人だから、もしかするとトシローを追い出してしまうかもしれないでしょう」僕たち三人は顔を見合わせた。アントニオがそんな理由で下宿人からの収入を諦めるとは思えなかった。マリベルはあまりにお人よしだった。

「それで、トシローは自分のしたことをものすごく後悔して」と彼女は話を続けた。「マサコを裏切ってしまった、と泣きそうになりながらわたしに言ったの。自分は穢れてしまった、大阪に戻る前に身体を清めなければならないと」「苦行を積んで」と僕は口を挟んだ。「そのとおり。最初の数日はベルトで自分を鞭打っていたの。でもわたしがやめさせたわ。アントニオを口実にして、鞭の音が聞こえたら彼が気づいてしまうし、そうなったら問題が起きるからと。でも、本当はあまりに可哀想でやめさせたのよ。それからどうしているかは、もうあなたたちも見たでしょう。自分の部屋で膝をついて、疲れ切って崩れ落ちてしまうまであしているの。それがあの可哀想な人の生活なのよ。昼間は船のスクリューに囲まれて、夜は跪いて」「いつまでそうしてるつもりなのかな?」とトリクが訊いた。「大阪へ発つ日までよ。しかも、それでも足りないと思っているの。いつもわたしに、もっと償わなければいけない、夕食を食べないで寝る許可をくれと言うの。でも、わたしはそんなこと絶対に許しませんよ。この家で夕食を食べないなんて、そんなことはさせませんからね!」ヨシェバは彼女の背中をぽんぽんと叩いた。「マリベル、あなたがトシローにしているみたいに世話を焼いてくれる母親がほしいよ!」

僕たちはもっとコーヒーを淹れ、日が昇るまで話していた。トリクはマリベルに腹切（ハラキリ）の話をし、マリベルはマサコの写真を何枚か見せてくれた。緑と黄色の着物がよく似合う美しい女性だった。手には白い菊の花を持ち、カメラに向かって微笑んでいた。

僕たちは造船所に出入りするトラックを観察していた。既に目をつけてあったトラックは、ちょうど僕たちと同年代の若い男が運転していた（「やり方は汚いけど、君たちの主張はわかるよ」というのが、僕たちが「接触」した若者の多くの反応だった。年長者はもっと動揺するのが常だった）。しかし、僕はその計画に納得していなかった。「何か気になるんだろ？」とヨシェバが言った。彼には僕の考えがすぐ読めた。

僕はその朝から考えていたことを二人に説明した。トシローが僕たちの協力者になり、代わりにビラを運び込んでくれるかもしれない、と。マリベルの話では、彼は償いが足りないと考えているのではなかったか？　それなら、もっと大きな犠牲を払うよう頼んでみてはどうだろう？「僕たちは労働者たちのために闘っていて、もし助けてくれたら彼の罪は償われると言えばいい」ヨシェバは皮肉な笑みを浮かべた。「特に捕まったらな。警察にボコボコにされたら、来世の分まで償えるくらいお釣りがくるぞ」「僕はトラックのほうがいいなあ」とトリクは言った。「トシローは危険を負いたがらないよ。それに、僕たちの正体を明かさないといけないじゃないか」だが、ヨシェバは僕の案が気に入り、次第に賛成に傾いていた。「トリク、あいつはハラキリの国の人間だぞ。お前だってマリベルに説明してただろう。怖がったりしないさ」「試してみようよ」と僕は言った。「それでうまくいかなかったら、トラックでやればいい」「大阪の男とは誰が話す？」とヨシェバが訊いた。「君だ！」とトリクと僕は同時に叫んだ。ヨシェバは口が達者だった。パピもよく言っていたように、組織にそれだけ人を説得するのに長けた人物がいるのに、外交部門がないのが残念なくらいだった。

あとでヨシェバから聞いたところによると、トシローはビラを読んでから、ヨシェバに十分間待ってくれるよう頼み、そのあいだ、床に座ってヨガで「蓮の花」と呼ばれるポーズを取っていたという。それから立ち上がって頷き、こう言ったらしい。“Creo que yo haré eso con muchísimo gusto, camarada”——「僕はそれをとても喜んでやると思います（クレオ・ケ・ジョ・アレ・エソ・コン・ムチシモ・グスト）、同志（カマラーダ）」——。「同志だって？」とトリクと僕は驚いて聞き返した。ヨシェバは力強く頷いた。「省略せずに言うと、文字どおりこう言ったんだ。『僕はそれをとても喜んでやると思います、同志。僕も第三インターナショナルの修正主義者たちを憎んでいます。僕は誇りあるトロツキストです』こっちはひっくり返るところだったぜ」

僕たちはその驚きを咀嚼するのに、部屋の窓際でたばこをたくさん吸わなくてはならなかった。僕は、この出来事は僕らの組織の主張を裏付けている、つまり、レーニンやトロツキーの信奉者も自分の民族文化を捨て去ることはできないのだ、と言った。オンダロアかエルナニのトロツキストが毎晩跪いて過ごすなんて想像もできない、と。「マサコのためならわからないぞ」とヨシェバは笑った。「きれいな夜だなあ」とトリクが言った。ビルボの夜景は明るかったが、空には輝く星々が見えた。

翌日、僕たちは午前中ずっと街を散歩して過ごし、それからあるカフェテリアで一皿だけの昼食をとった。三時頃、僕は造船所内の仲間に電話した。彼は大喜びだった。*"Artistak sarie!"* ——「君たちは芸術家だ！（アルティスタク・サリエ）」——と彼は感心して叫んだ。「僕たちは試験に行かなかったんだ。ほかの者を代わりに行かせた」と僕は言った。「じゃあ、芸術家は彼だ」「つまり、しかるべき場所にしかるべき時間に全部置いてくれたんだね」「それだけじゃない。撒くのも彼が自分でやったんだ。雨だったぞ」もっとはっきり説明してくれないか、と僕は頼んだ。すると彼は、回りくどい話し方で言葉を濁しながら何が起こったかを説明した。僕たちが送り込んだ芸術家は、船のスクリューを使ってパンフレットを空中に飛ばし、労働者たちの頭上に降らせたのだと。*"Eurixa les, barriro esanda"* ——「まるで雨だった（エウリシャ・レス）ってさっきも言っただろう（バリロ・エシャンダ）」——。「それで、うまくいったのかい？」「上出来さ！」と仲間は叫んだ。「組み立て作業員の日本人が一人捕まっただけだ」僕は汗をかき始めた。「そうか、僕たちはできるだけのことはした。次のもっと難しい試験がうまくいくといい」と言って電話を切った。

　トリクには学生用アパートに住んでいる友達がいたので、僕たちはその晩泊まらせてもらえるよう彼のところに頼みに行った。安全な場所が確保できてから、僕は下宿に電話をかけた。「今日は本当におかしな日だわ」とマリベルは、僕たちが市外にいて数日は戻らないと伝えると言った。「どうして？」「警察が来て、家じゅう調べていったのよ。何も見つからなかったけど」「まさか！」と僕は叫んだ。彼女は声を潜めて言った。「トシローが逮捕されたの」「まさか！」と僕は繰り返した。僕はヨシェバほど口が達者だったためしがない。彼なら五通りのやり方で驚きを表現してみせただろう。マリベルは小声で話し続けた。「それが、泥酔したわけでも女のせいでもないの。警官の話だと、どうやら政治絡みらしいのよ」「僕たちがそこにいなくてよかった。そうじゃなきゃきっとみんな連行されていたよ。警察ってそういうものなんだ」と僕は言った。「あなたたちのことも聞かれたわ。でも、いつも部屋に籠って勉強していると言っておいたわ。ほかの学生さんたちみたいに《カイオラ》に行くこともないと」

その電話のあと、僕たちは会議を開いた。三人とも意見が一致した。トシローが刑務所へ送られるまではビルボに留まるべきだろう。そのときになったら、囚人支援組織を通じて、警察がどんな情報を入手したのか知ることができるはずだった。あまり期待はできなかった。警察は僕たちの写真を持っていた。トシローは、一刻も早く大阪へ帰ってマサコと再会するためには、僕たちの身元を明かすほかないだろう。

翌日の夕方、僕はまた下宿に電話をかけた。マリベルは僕の声に気づくやいなや叫んだ。「帰ってきたのよ！」「トシローが？」「そう！　疑いが晴れて釈放されたの」「よかった！」と僕も叫んだ。「いまここにいるから、本人に代わるわね。少し足を引きずっているの」トシローが電話に出るまで十秒かかった。「どこにいますか？　《カイオラ》？」と彼は尋ねた。最初、それは馬鹿げた質問に思えたが、トシローは僕たちが彼の証言を恐れて隠れているなど思いもよらないのだ、とすぐに気づいた。彼は密告するような人間ではなかった。そんなことをするくらいなら自死を選ぶだろう。「いま向かってるところだよ。君とシャンパンを飲みたいんだ」と僕は言った。「いいですね、でもあまり遅くならないようにしましょう。明日は仕事ですから」と彼は答えた。僕はトリクとヨシェバのほうを見た。二人はすぐに何が起こったか理解した。「トシローは神風（カミカゼ）だ！」とトリクは受話器に顔を近づけて叫んだ。

マリベルが言っていたように、トシローは足を引きずり、《カイオラ》の眩しい照明のもとで、彼の顔はまるでボクシングの試合のあとのようだった。僕たちは抱き合った。「カミカゼ、大丈夫かい？　大変な一日だっただろ？」とトリクが訊いた。「大満足です」とトシローは答えた。「ヨシェバが言ったとおりです。償うべきものはすべて償いました。これで安心して大阪に帰れます」そのディスコではどんな口調で話していたか知りようもなかったが、きっといつものように真面目だっただろう。「過去の罪を償って、次の分までお釣りがくるって言っただろ。そうなったんだ」とヨシェバは言った。僕たちはシャンパンのボトルを注文し、トシローは、警察の前で何も知らないふりをしたと話してくれた。ビラは「祭りの告知」だと思っていて、政治的な内容だとは思いもよらなかった、造船所の入り口で近づいてきた女に騙されたのだとひたすら繰り返した、と。「日本人の男、女が大好き、女にたくさん騙される、と言いました。騙されたの初めてじゃありません。前も騙されました」

　僕たちは二本目のシャンパンを空け、かなり酔っ払って下宿へ戻った。「カミカゼ、マサコに電話して、俺たちと一緒に残ると言ってくれよ！」とトリクが有頂天で言った。“El pájaro de Osaka vuelve siempre a Osaka”――「大阪の鳥は必ず大阪へ戻る（エル・パハロ・デ・オサカ・ブエルベ・シエンプレ・ア・オサカ）」――とトシローは答えた。ヨシェバが教えたバスク語の諺の彼なりのバージョンだった。*“Orhiko txoriak Orhira nahi”*――「オリ山の鳥はオリ山を夢見る（オリコ・チョリアク・オリラ・ナイ）」――。

　翌日、朝食をとっていたとき、僕たちは新聞に、ある建物の残骸とともにパピの昔の写真が掲載されているのを見つけた。見出しには、ビルボのヨットクラブが三百キロのダイナマイトで爆破され、そのテロの特徴から、組織でも指折りの危険人物による犯行が疑われる、と書かれていた。

8

二十三年前の今日、母が亡くなったことを知った。

僕はヨシェバ、トリク、そしてカルロスと呼ばれていた別の仲間と、フランスのポーに近いマムジンという寒村の保護区にいた。カルロスの言葉を借りれば「闘争を継続せよという呼び声」がかかるまでの時間潰しに、ほかの何人かのスペイン人移民（émigrants espagnols）と一緒に巨大な酪農場で働いていた。パピが手紙で伝えてきたところによれば、秋にはまた国境を越え、特別作戦を実行することになっていた。

ヨシェバはマムジンでの生活が不快でたまらず、いつも文句ばかり言っていた。ある朝、牛舎の床に溜まった糞を運び出す作業をしていたら、彼が癇癪を起こし、アンダルシア人の仲間たちが啞然とするほどの勢いで悪態をつき始めた。僕は雰囲気を和らげようと、そんなことを言うのは牛に失礼だ、牛糞の臭いは薔薇の香りと同じぐらい素晴らしいじゃないか、と言った。すると、彼は熊手を僕に向け、またそれを言ったら、バスク解放運動の糞前線は最初の殉教者を出すことになると脅した。それはまったくの冗談ではなかった。ヨシェバは本当に腹を立てていた。しかも、いくら不快な仕事とはいえ、そればかりが理由ではなかった。パピが僕たちのグループを一時的に離脱させるにあたって、ほかのときのようにパリにではなく、牧場(フェルム)(ferme)へ行かせたからでもなかった。ヨシェバの不快感の原因はカルロスで、彼のほかの不満もすべてそこからきていた。当時の言い回しを使えば、二人のあいだの「化学反応」は最悪だった。

カルロスはとても真面目で冷淡な性格で、何をするにも恐ろしく几帳面だった。彼を僕たちに紹介した日、パピはこう言っていた。「カルロスが責任者なら安心だ。彼は驚きを好まない。五分の散歩に出るために五時間検討する人間だ」それは誇張ではなかった。カルロスは「準備」しか頭になく、酪農場の仕事を終えると(たとえばマドリードのある省庁の建物の)図面を分析するか、理論の勉強をしていた(『第三世界における植民地主義の影響』という本を読んでいたのを憶えている)。ヨシェバは対照的に、政治や闘争のために一分も時間を割こうとしなかった。その頃、彼はアメリカ合衆国の犯罪小説を発見したばかりで、自由時間のすべてをロス・マクドナルド、レイモンド・チャンドラー、ダシール・ハメットといった作家の本を読むのに費やしていた。しかも、ラモン・ガルメンディアというペンネームで最初の短篇集が刊行されるところだった。会議中も、最初の二十分が過ぎると時計を気にし始め、それからは無数のやり方で退屈していることを表現してみせた。カルロスにとって、その態度は耐えがたいものだった。

決裂は七月の終わり、僕たちがマムジンに来てそろそろ一か月という頃に生じた。カルロスは、闘争に備えるには何より「身体を鍛えておくこと」が必要だからと言って、毎晩夕食後にジョギングに出かけていたが、その日、僕たちにも走るよう命じた。ヨシェバは怒ってこう答えた。「一日じゅう牛の糞を掻き出したあとに？ ごめんだね！」彼は椅子から立ち上がり、拒絶の意味で手を大きく振りながら会議から出て行った。「僕は行きたいところだけど、その時間は台所仕事があるんだ」とトリクは言った。彼はマムジンでは調理係をしていた。「カルロス、悪いけど、僕もヨシェバの言うとおりだと思う。走らなくたってここの肉体労働はかなりきついよ」と僕は言い、ヨシェバの立場が優位になった。「まったく、だらしない奴らだ」とカルロスは険しい表情で言い放った。それから彼の態度はますます冷たくなり、僕たちにほとんど近寄らなくなった。そして自由時間には、「別の社会的現実も」知らなければならないからと言って、アンダルシアからの移民たちと過ごすようになった。

僕たち四人のあいだのぎくしゃくした雰囲気は、マムジンを去る日が来るまで続くように思われた。ところが、八月の第一週になって、僕の身に奇妙なことが起き、その出来事が結果的に僕たちの状況を大きく変えることになった。ほかに言いようがないのだが、僕の性格に変化が生じたのだ。それに気づいたのはある日、ヨシェバと二人で牛乳の容器を洗っていて、何かつまらないことを口にしたときのことだった。僕は自分の口から出てきた言葉に驚いた。それは僕のいつもの話し方でなく、マムジンの人々の話すベアルン語（フランス南部で話されるオック語の地域変種であるガスコーニュ語の方言で、フランス領バスクのスベロア地方に隣接するベアルン地方の言語）でも、一緒に酪農場で働く仲間たちのアンダルシア方言でもなかった。まるで母自身が発したか、彼女の口調が僕に憑依（ひょうい）したかのようだった。

最初、それは些細なことに思えた。実際、僕は母のことをよく思い出し、苦しんでいたからだ。警察がレクオナ荘へ僕を探しに来た日から、母がひどく落ち込んでいるのは知っていた。その家宅捜索が意味することはもちろん、警察の乱暴なやり方にショックを受けたからだ。裁縫工房もめちゃくちゃにされ、彼らが去ったとき、床にはワンピース、布切れ、ボタン、指ぬき、それに銃弾すら——治安警備隊の誰かが軽機関銃を落とし、弾倉の中身をぶちまけてしまったので——散らばっていたという。僕はときどき、電話ボックスに入って母に電話をかけたが、母が泣き出すので、二分以上続けて話すことができなかった。それは僕の精神状態にとってよくなかったので、電話をかける回数は次第に減っていった。

　そうして日が経つうち、母の話し方、口調は次第に強まっていった。ある朝、僕は二段ベッドで目を覚まし、ごくありきたりなひと言——「さて、今日の天気はどうだろう」——を口にしようとした。ところが、まるで口が勝手に動いたかのように、出てきたのは別の言葉だった。「さて、神様はどんな天気を恵んでくださっただろう」母が言いそうな台詞だった。しかもその頃には、自分がほかにも母と似た言動をとっていることに気づいていた。たとえば、たばこを吸うときの仕草。煙を吐き出すとき、僕のやり方は母にそっくりだった。

「こんな奇妙なこと、生まれて初めてだよ」と僕はヨシェバに話した。そのことを打ち明けられるのは彼だけだった。トリクは迷信深いところがあったので、真に受けすぎるかもしれなかった。カルロスは共感してくれそうになかった。しかし、ヨシェバは自分の世界をしっかり持っていたし、何より昔からの友達だった。僕の身に起きていることをありのままに受け止めてくれるかもしれなかった。「どうした?」と彼は訊き、僕の説明を待った。

「俺はアストラル旅行〈西洋オカルティズムにおける、いわゆる幽体離脱の技法〉ってのが何かよく知らないけど、トリクに聞いた話からすると、お前のはきっとそれだよ」とヨシェバは僕が話し終えると言った。彼が本気なのか冗談なのかわからなかった。おそらくその両方だったのだろう。アストラル旅行の話は冗談だったかもしれないが、僕が不安がっていることは真剣に受け止めてくれていた。

その夜、夢を見た。僕は水族館の深海魚コーナーにいて、誰かがこう言った。「そこにいる魚が見えるかい？　オニボウズギスという、真っ暗な海底に生息する魚だ」僕は溜め息をついた。「そんなふうに、ぬるぬるする岩のあいだで、明るい場所が存在するとも知らずに生きているなんて！」すると、ルビスの声が聞こえた。「暗闇のせいでそう言うのかい？　昔は暗いところが好きだったじゃないか、ダビ。あの泉のある洞窟で水浴びしたとき、君が大喜びしたのをよく憶えているよ」見ると、ルビスの隣に母がいた。「そのときのままでいてくれたらよかったのに！　でも、ルビス、この子は変わってしまったのよ。昔は母親思いのいい子だったのに、いまは顔を見せにも来ないの」「母さん、そんなことを言わないで！」「あなたを責めているんじゃないのよ、ダビ。お別れを言いたかっただけなの」「お別れ？」「ダビ、聞いていない？　わたし、死んだのよ。でも大丈夫。いつまでもここに、深海魚たちといるわけじゃありませんよ。すぐに神様が、クマノミやほかの色とりどりの魚たちが泳ぐ暖かい場所へ連れていってくださるわ。だから、ルビスがここにいるの。彼が案内してくれるのよ」

「ダビ、目を覚ませ！」とヨシェバが僕の腕を揺すりながらささやいた。彼は二段ベッドの上から身を乗り出していた。「うなされてたぞ」ヨシェバは降りてきて、僕の脇に座った。「マジで、お前みたいにすぐ寝つけるようになりたいもんだぜ。刑務所に行ったらお前は外で寝るんだぞ」「ひどい夢だった」と僕は言った。「母さんが出てきた。もう死んでいるって」

ヨシェバは考え込んだ。「不安を払拭する方法は一つだけだな」と彼は言った。「家に電話して、直接話すんだ」「ここからは電話できないよ。危険だ」「ここから電話しろとは誰も言ってない」彼は時計を見た。「六時十五分だ。急いで行けば、七時半にはポーで電話ボックスを見つけられる」「カルロスに内緒で？」「お前次第だ」「わかった、行こう」と僕は決断し、大急ぎで服を着ると、マムジンで僕たちが使っていた古いルノーを取りに行った。

部屋を出るとき、バスルームに誰かいる気配があったので、僕たちはドアが開くまで見張っていた。だが、カルロスではなく、ガビーノというアンダルシア人労働者だった。ヨシェバは彼といくらか付き合いがあったので、酪農場のオーナーを見かけたら、出かける用事ができたが、九時までには戻ると伝えてくれるよう頼んだ。ガビーノは頷き、僕たちにたばこを二本くれた。"Para desayunar"――「朝飯に」――と彼は寝起きのかすれ声で言った。僕たちはそのたばこを吸いながら、ポーへ向けて出発した。

電話に出たのはパウリーナで、僕は彼女の声に気づくやいなや、真実を悟った。その時間に彼女が僕の家にいるのは普通ではなかった。裁縫工房に通っていた女の子たちがレクオナ荘にやってくるのは、朝の七時半ではなく九時頃だった。「昨日の夕方に亡くなったの、ダビ」と彼女は言った。「わたしたち、ひと晩じゅう泣いていたわ」彼女の声はまさに、長い時間泣き続けて疲れ果てた人のそれだった。パウリーナは、僕が三年ものあいだ潜伏生活を送り、新聞記事に「ラムンチョ」として登場しているのに、それを気にする様子もなく、僕の名前を自然に口にした。「お葬式は上の教会で五時からよ」と彼女は言ったが、すぐに気づいて言い足した。「ああ、でもあなたは来られないのね！」「何があったんだい？　病気だったの？」と僕は尋ねた。母と最後に話したのがいつだったか思い出せなかった。「夕方、いつものようにテラスに出ていたの。夕食の時間になって、あなたのお父さんがそこで見つけて、最初は、揺り椅子で少し斜めになって眠っていると思ったの。

でも不幸にも亡くなっていたのよ。心臓発作を起こしたらしいわ」「パウリーナ、何て感謝したらいいか」

それも母が言ったとしてもおかしくない台詞だった。母はそんな話し方をしていた。「感謝いたしますわ（エスケラク・エマテン・ディスキスット）」（*Eskerrak ematen dizkizut*）、「厚かましいのを承知でお訊きしますが（アトレベンツィアレキン・ガルデトゥタ）」（*Atrebentziarekin galdetuta*）、「ご迷惑でなければ（インポルタ・エス・バディス）」（*Inporta ez badizu*）……。母は礼儀正しい言葉遣いを好んだ。ドン・イポリトが執り行なう葬式はきっと母にふさわしい、美しいものになるだろうと思った。それは五時に始まることになっていた。約十時間後に。

マムジンへの帰り道、ヨシェバはしゃべりどおしだった。僕たちが市民生活に復帰したら何をすべきか、ついにわかったと言うのだ。グリェル女史のような相談所を開き——もちろんお金は取る——、ヨシェバとトリクが顧客を探してきて、僕は霊媒者として人々の将来を占う。その無意味な話はマムジンへ着くまで終わらなかった。「それで、行くのか？」とヨシェバはそのときになって尋ねた。「ああ、行くよ」その決断は電話をかけてからずっと僕の内にあったが、自分で言葉にしてみて驚いた。完全に規則に反する、重い決断だった。「俺もそうすべきだと思う。カルロスにもそう言っておくよ」とヨシェバは言ってくれた。「すぐにムッシュー・ガバストゥのところへ行こう」僕はヨシェバに礼を言った。彼の助けがその先も必要になるはずだった。

ムッシュー・ガバストゥは酪農場のオーナーで、マムジンの中心部に住んでいた。僕が母の葬式に出るために仕事を休む許可を求めると、“Bien sûr!”——「もちろんだとも！（ビアン・シュール）」——と彼は言った。彼のことを昔から知っているアンダルシア人たちによれば、ナチの占領下でゲリラ活動をしていたらしかった。まっすぐな人だった。僕たちにもいつも優しかった。彼は僕たちが何者か察していた。正確なフランス語を話す僕たちが、仕事を求めて移民してきた本物の農民ではないのは明らかだったが、それについて尋ねることはなかった。もしかすると僕たちに共感していたのかもしれないし、たんに面倒を避けたかっただけかもしれない。"Allez! Partez tout de suite!" ——「さあ！すぐに出発したほうがいい！」——と僕たちに言った。

　ヨシェバはそのとき、別の頼み事もした。オババでは葬式に何を着て行ってもいいというわけではないので、僕が着られそうな黒いスーツが家にないだろうか、と訊いたのだ。「息子のアンドレのスーツならちょうどいいかもしれない」とムッシュー・ガバストゥは言い、僕たちを妻のところへ行かせた。

「大丈夫だと思いますよ」とマダム・ガバストゥは言った。「息子も体格はいいけど痩せているの。いまはパリに住んでいるわ」夫人の言ったことはそのとおりだった。その当時、僕はとても痩せていて、大学に通っていた頃より十五キロも少なかった。「息子さんはパリで、俺たちはマムジン……。どこの息子も家から遠くにいるんですね」とヨシェバが言った。夫人は頷いて、スーツを探しに行った。

「アンドレはお前の双子の兄弟みたいだ」とヨシェバはスーツを着た僕を見て言った。「オーダーメイドみたいに見えるぜ」マダム・ガバストゥも同じ意見だった。「これを締めるといいわ」と黒いネクタイも貸してくれた。

　外に出ると、ムッシュー・ガバストゥが寛大にも、自分のグレーのプジョー５０５で行くよう勧めてくれた。どこへ乗っていっても恥ずかしくない車だった。ヨシェバと僕は礼を言った。その車なら、国境を越えるのもずっとスムーズになるに違いなかった。「なんていい人たちだろう！」と僕は感激した。「ああ、ほかの奴らとは比べものにならないな」とヨシェバは答えたが、彼の頭の中にあったのはきっとカルロスだった。

酪農場の前を通り過ぎるとき、ヨシェバは何か「装備品」を探しに行き、レンズの分厚い伊達眼鏡を僕にかけた。「あと、これも被るんだ。似合うかな」と彼は言いながら、僕にベレー帽を被せた。「完璧だ。オババでも誰も気づかないだろう」

ヨシェバは時計を見た。「十一時だ。こっちに電話できるのは何時になる?」「一時には国境の向こう側にいると思う」僕の無事を知らせる電話を一時半にする約束をした。「オババに早く着きすぎるのもよくないぞ」と彼は言った。僕は車のエンジンをかけ、ヨシェバと握手を交わした。彼の手が僕の手を握りしめた。僕たちはたんなる闘争の同志ではなかった。友達だった。

母はとても穏やかな顔をしていた。まるでオルガンの音楽に耳を澄ませようとして、あるいは花の香りをいっぱいに吸い込もうとして目を閉じたかのようだった。「来たよ」と僕は言った。誰かが僕の背に手を置いた。「すまないが、もう墓地へ向かう時間だ」とドン・イポリトが言った。棺が閉められようとしていた。「お願いです、もう少しだけ」と僕は蓋をまた持ち上げながら言った。身を屈め、母にキスした。ドン・イポリトは、いったい誰だろうと訝しむように僕を見ていた。もしかすると僕だと気づいたかもしれない。彼はそこにいた人々全員に向かって大きな声で言った。「彼女の魂はもう天国にいるはずです。我々も喜ばなければ」誰もが葬列が始まるのを待ち受けていた。最前列にはジュヌヴィエーヴ、ベルリーノ、ファアン伯父さんとアンヘルがいた。二列目には、パウリーナと裁縫工房のほかの娘たちが並んでいた。

僕は教会を出ると、車を取りに行った。マムジンにできるだけ早く戻らなければならなかった。だが、墓地へ向かって歩いていく聖歌隊の歌声――《さらば、イエスの母、愛する聖母……》（*Agur, Jesusen ama, Birjina maitea...*）――が聞こえてきて、僕はムッシュー・ガバストゥのプジョーのドアを開き、それに耳を澄ませた。《さらば、イエスの母、愛する聖母……》母のいちばん好きな聖歌だった。そよ風がそのメロディーを運んできた。葬列が進むにつれ、音はか細くなっていった。僕は車から降り、そのメロディーがふたたびはっきりと聞こえるまで、墓地へ向かって駆けていった。《さらば、イエスの母、愛する聖母……》それから、葬列と同じ速さで歩いた。オババの景色がそれほど美しく感じられたことはなかった。みずみずしい緑の丘、白い家々。墓地も白く、広くて屋根のない家のように見えた。

墓地の入り口の脇では十人ほどの男がたばこを吸っていて、僕は埋葬の儀式が終わるまで彼らの背後に隠れていた。やがて、参列者はゆっくりと家路を辿り始めた。それぞれ物思いに耽りながら、死の勝利を目の当たりにして悲しみつつも、自分の身体の温もりを感じて幸せに思いながら――《私たちはまだここに、この世界にいる》――。見知った顔のなかで、僕は最初にオピンとほかの木樵たち、そして製材所の経営者を見つけた。ヨシェバの父親はひどく憔悴して見えた（《落ち込みすぎないで、あなたの息子はフランスで無事ですよ》と声をかけたかった）。それから、イルアインでの隣人、羊飼いの家のアデラが目を真っ赤に腫らして出てきた（《大好きなアデラ、抱きしめてくれる？》と彼女に言いたかった）。そして彼女に続いて、まるでアデラが本物の羊飼いで、無事に生き残った子羊たちを引き連れてきたかのように、たくさんの人が出てきた。そのとき、僕はアドリアンとルーマニア人の妻、僕の旧友の父イシドロ、ホテルで働くグレゴリオの姿を見た。

そのあと、集団のほぼ最後尾に、背の高い男と手を取り合ったビルヒニアが現われた（母から電話で聞いていた。「ビルヒニアがオババに新しくやってきたお医者さまと結婚するのよ」と）。彼女はとても上品な、きっとレクオナ荘で仕立てたのに違いない紫色のワンピースを着ていて、やや顔色が悪かった。少し経って、ビクトリアとスサナが僕の知らない二人の男と一緒に通りすぎ、続いて教会の聖歌隊が去っていった。彼らはまだ歌い続けていたが、とても小さな声で、各々が自分のためにロずさんでいるかのようだった。《さらば、イエスの母、愛する聖母……》

たばこを吸っていた男たちがみな去ってしまい、墓地から出てくる人々の視線から僕を隠すものがなくなってしまった。それで立ち去ろうとしたとき、パウリーナの姿が見えた。裁縫工房の二人の仲間が彼女を両側から支えていた。泣いてはいなかったが、いまにも気絶してしまいそうだった。僕は突然、自分が姿を消した日から、母にとって彼女は娘だったのだと理解した。彼女が僕の残した空白を埋め、母の孤独と悲しみを癒してくれていたのだと。

ベルリーノとジュヌヴィエーヴがデグレラ大佐の娘とともに現われたとき、僕はまだパウリーナを見つめていた。彼らが一人で立っていた僕をじっと見たので、ベルリーノが緑の眼鏡の奥で何を考えているのだろうと思うと怖くなり、墓地の中へ入った。僕は振り返ってみた。三人は何事もなかったように坂を下っていくところで、ベルリーノは老人のように背中を丸めて歩いていた。

母の墓を見つけるのは難しくなかった。花がいっぱいに飾られていて、周囲のほかの墓よりも明るく見えた。アンヘルとフアン伯父さんがその横に、石像のように立ち尽くしていた。僕は二人に近づく勇気がなく、親友のルビスの墓に寄ってみることにした。

そこもきれいに飾られ、墓石の上には誰かが置いていった野生の草花があった。「ルビス、調子はどうだい？」と僕は墓に近づいてささやいた。「どうもこうもあるか！」と地べたに座っていた男が叫び、僕は驚いてあとずさりした。「僕の兄さんだ、あいつらが殺したんだよ！」パンチョは太り、頭はほとんど禿げていたが、声は以前のままだった。僕の声もきっとそうだろう、と思うと何も言えなかった。「何だよ、気に入らないのか？」パンチョは草花を指差して言った。「母さんがここをきれいにしておきたがるんだ」僕は無言でそこを離れた。

今度、墓の前にいたのはアンヘルだけだった。遅くなってはいけない、検問が厳しくなる真夜中に国境を越えるのはまずい、という考えが頭をよぎったが、僕は彼のほうに歩いていった。アンヘルは静かに泣いていた。レクオナ荘でかつて見つけた、母の若い頃の手紙が脳裏に蘇った。《愛するアンヘルチョ、いつも素敵なお話を聞かせてくれるあなたなしに、いったいどうしたらこのレストランでの仕事を乗り切れるかしら……》

そこで、墓地の塀の中で、かつて生きていた人々に囲まれているのは奇妙だった。彼らは安らかに眠っていた。僕も心安らかになりたかった。「来たよ」と僕は言った。彼はその言葉を発したのが誰か気づくのに時間を要した。僕を頭のてっぺんから爪先まで見回し、目を大きく見開いた。「ダビじゃないか！　お前、ここで……」彼は何か言おうとして手を盛んに動かしたが、喉からは言葉が出てこなかった。僕は父を抱いた。彼も僕を抱き返した。

マムジンに着いたのは夕食の時間で、マダム・ガバストゥは葬式について尋ねてから、お盆いっぱいに並べた木苺のタルトレットをくれた。「訪ねてきたお友達と一緒に食べるといいわ」と彼女は言った。僕は何のことかわからなかった。「あの感じのいいあなたの友達が今朝、お悔やみを言いに来た人たちがいると言っていたわ」僕はすぐに着替え、酪農場へ向かった。「タルトレット！」とマダム・ガバストゥが家の戸口から叫んだ。僕はお菓子を取りに戻り、またお礼を言ってから出ていった。

酪農場で僕たちが寝起きしていた家の前では二人組が待っていて、僕を見るやいなや、中に入るよう合図した。農具を保管するのに使われていた広い玄関ホールにカルロスがいた。すぐに、彼はつかつかと僕に歩み寄ると、お盆を叩き飛ばした。木苺のタルトレットが床に散らばった。「俺たち全員を危険な目に遭わせたな！」と彼は怒鳴った。僕は壁の鉤に掛かっていた熊手を取った。「何だよ？　これで突き刺してほしいのか？」と僕は言った。またしても、それまでの数日と同様、僕の口調は別の誰かのようだった。今度は母のではなく、父の口調だった。アンヘルも僕の内にいるのだ、と僕ははっとした。しかも、墓地で抱擁したことによって乗り移ったのではなく、つねにそこにいたのだ。その考えで僕の気が散った隙に、カルロスは別の熊手を摑んだ。

そのとき、芸術家のような雰囲気を漂わせた白髪の男が現われ、僕たちのあいだに割って入った。「君たちの写真を撮って若い闘士たちに配りたいところだ。武装闘争がどんなものか知る参考になる」彼は笑いながらそう言うと、僕たちの手から熊手を取った。「カルロス、君も君だ。我々のせっかくの夕食を床にぶちまけるなんて！」彼はお盆を拾い、タルトレットを集め始めた。カルロスもそれを手伝った。「サビーノ、こいつらといると気がおかしくなる」とカルロスは控えめな口調になって言った。「だが、君が望むなら夕食は用意しよう。トリクは料理が得意なんだ」「いや、カルロス、心配はいらない。この件を早く片付けて帰らなければ」とサビーノは答えた。彼は僕に合図し、僕たち二人は上の階へ行った。「廊下で待っていてくれ」と彼はヨシェバと僕の部屋の前まで来ると言い、中に入っていった。

　廊下の奥から話し声が聞こえたので、そちらに近づいてみると、ヨシェバがガビーノと一緒にいた。部屋は二人の吸うたばこの煙だらけだった。ガビーノは僕の手を握った。“Le acompaño en el sentimiento. Esta mañana no lo sabía” ――「心からのお悔やみを（レ・アコンパニョ・エン・エル・センティミエント）。今朝は知らなかったんだ（エスタ・マニャーナ・ノ・ロ・サビア）」――。僕は礼を言った。「一本どうだね？」と彼はたばこの箱を差し出した。“Estábamos hablando de la muerte” ――「死について話していたんだ（エスタバモス・アブランド・デ・ラ・ムエルテ）」――とヨシェバがスペイン語で説明した。「ガビーノは死が怖くないそうだ」「死が怖いだって？　まさか！」とガビーノは声を上げた。

　ガビーノは痩せぎすで、賢そうな目をしていた。彼は自分の人生を僕たちに向かって語り出した。八歳の頃から羊飼いとして働いたこと。兄と一緒に羊の群れを連れて登ったエストレマドゥーラの山で、幾度も狼と遭遇したこと。それでも、父親の仕事を思えば、兄も彼も満足だったこと。彼の父はリオティントの鉱山で働いていたからだ。「君たちは水銀ってどんなものか知っているかい？　あんな恐ろしい鉱物はこの世に二つとない。鉱山の中は気温が高くて、鉱夫たちは裸で働かないといけないんだが、水銀が少しでも落ちてくるだけで肌を火傷するんだ」僕たちが何も知らなかったと言うと、彼はそうした鉱山の歴史を説明してくれた。イギリス資本なのだという。「イギリスの資本家は最低な奴らだ。心ってものがない。本当だよ」彼は溜め息をついた。「君たちの仲間のカルロスが、バスク人たちはこれまで散々苦労してきたと言っていたが、アンダルシア人だっていい暮らしをしてきたわけじゃない」僕たちは頷き、ヨシェバは彼の家族について尋ねた。ガビーノはその会話で初めて微笑んだ。自分は運がよかった、いい妻に恵まれた、と言った。その話の続きは僕の耳に入ってこなかった。彼の言葉で、僕はオババの墓地に想いを馳せた。その一日は終わろうとしていた。僕はもう二度と母に会うことができなかった。

「こっちに来てくれ」とサビーノがドアのところから言った。僕たちはたばこの火を消した。「じゃあ話の続きはまた今度」とガビーノが言い、ヨシェバは彼の背中をぽんぽんと叩いた。「パピのことは何か知ってるか?」とヨシェバは僕に小声で訊いた。「何も」と僕が答えると、彼はさらに心配そうな顔になった。「入ってくれ」とサビーノが言った。僕たちは自分の部屋に入った。僕と同い年ぐらいの女が窓の外を見ていた。見知らぬ人だったので、僕は不安になった。ヨシェバはさらに慌てたようだった。「パピはどこにいるんですか?」と彼は尋ねた。サビーノは口早に答えた。「パピは来ない。君たちはお気に入りの弟子だから感情的になってしまうだろうし、罰は私たちの手に委ねるほうがいいと言っていた」窓際にいた女は身動きもせず、僕たちに目も向けなかった。「もういい、サビーノ」とパピの声がした。彼は部屋の二段ベッドの陰で、小さな机に向かって何か書いていた。前髪を下ろし、眼鏡の代わりにコンタクトレンズを入れていた。彼のごく小さな目だけが以前のままだった。「カルロスには君たちから話してくれないか」と彼はサビーノと女に言った。僕たちはほっと胸を撫で下ろした。

パピは僕たちと握手した。「荷物を用意するんだ。明日すぐにミアリツェへ行ってもらう。それから国境を越えて、作戦実行だ」「パピ、柔になってきたんじゃないか」とヨシェバが言った。「夕方の挨拶(アラチャルデ・オン)(*arratsalde on*)はなかったけど、俺たちに向かって話すのにわざわざ机から立ち上がるなんて」ヨシェバは衝撃から少し立ち直り、顔色もよくなっていた。「二度とするんじゃないぞ」とパピはいつもの優しい声で言った。ラコステの半袖の黄緑色のポロシャツ、センタープレスの入ったベージュのズボンに、革のサンダルという出で立ちだった。その服装を何か特定の職業や社会的地位と結びつけるのは難しかったが、それはともかく、地元の信頼のおける人物に見えた。「またこんなことをしたら、私に助けを求めても無駄だ」僕たちは礼を言った。「その作戦っていうのは難しいのか？」とヨシェバが尋ねた。パピは手に持っていた紙を僕たちに渡した。「ここに指示が書いてある」その紙には、いろんな注意書きのほかに、地中海沿岸のあるホテルの住所が書き留められていた。「夏の遠征か」とヨシェバが言った。「君たち三人で行くことになる。トリクがホテルの厨房で仕事を見つけられれば申し分なしだ」

パピは階段を下りていき、僕たちもそれに続いた。「これをもらってもいいか？」と彼は玄関ホールで僕たちに訊いた。木苺のタルトレットのお盆は棚の上に置かれていた。僕が持ってきたときよりも並べ方は雑だったが、見たところ一つも欠けていないようだった。パピはそれを一つ手に取って家から出た。

僕はトリクを探しに行った。「ここを出て行くんだ」と言うと、彼は抱きしめてくれた。「お母さんのこと、本当に残念だよ。君は規則を破ったけど、カルロスが君の立場だったらどうしたか見てみたいものさ。母親が死んだと知ったら、いったいどうするんだろう？」その答えはすぐに僕の口をついて出た。「ジョギングに行くよ、間違いない」トリクは笑い出した。「荷物をまとめに行こう。ヨシェバが待ってる」と僕は言った。

僕たちが家に戻ると、ヨシェバはガビーノと廊下の奥の部屋にいた。木苺のタルトレットのほかにもいろんな食べ物――チーズ、パン、フォアグラの缶詰が一つ――が古いトランクの上に並んでいた。「送別会もしないで出て行くわけにいかないだろ」とヨシェバが言った。「トリク、台所から何か持ってきたらどうだ？　ワインも少しいるな」ヨシェバは既にご馳走に舌舐めずりしていた。

トリクは肘で僕を小突いた。「もうカルロスと顔を合わせなくて済むからって、ずいぶんご機嫌じゃないか」ヨシェバは彼に木苺を投げつけた。「黙って台所へ行ってこい！」

その夕食とともに、あまりに長く、決定的な一日が終わった。その一週間後、バルセロナ行きの夜行特急で僕たちは警察に捕まり、刑務所に送られた。しかし、それからわずか十四か月後、恩赦のおかげで、僕たちは自由を取り戻した。

今日の文章はまったく疲れも感じずに書いた。母の思い出が僕を突き動かした。ヨシェバの先日の告白——あさって図書館で朗読する作品は、僕たちが同志だった頃の思い出について書いたものだという——が僕を突き動かした。白いコンピューターの前で一日じゅう過ごした。

メアリー・アンとヨシェバも懸命に作業していた。午後三時まで朗読のためのテクストを準備していたのだ。二人はそれからバイセイリアの空港までヘレンを迎えに行った。

9

今日の朝はリズとサラからの電話で始まった。「ダディ、愛してる」とリズが言った。「僕もだよ」と答えた。「あのね、ママはいいって言ってくれたんだけど、ダディも許可をくれるか知りたいの」「何の許可だい？」と僕は訊いたが、答えはもうわかっていた。「友達がサンタバーバラにもう一週間いたらって誘ってくれたんだけど、それも悪くないと思うんだ」「なるほど！　どうして急に愛してるなんて言い出したのかいまわかったよ」と僕は意地悪な口調で言った。「許してくれなくても愛してるよ、ダディ」もちろん、娘は僕が許すとわかっていた。「サラもそこにいるのか？」「それで、許可はくれるの？」「ママがいいと言ったなら、僕も同じ意見だ」電話の向こう側で歓声が聞こえた。妹のほうは父親の言語が好きだ。「サラも、僕のこと愛してるかい？」と僕は訊いた。「昨日、ビーチで凧を揚げたんだよ」と彼女は質問にかまわず話し始めた。僕は、緑の水着を着た娘が波打ち際で凧の糸を引いている姿を思い浮かべた。サラは二分ほど説明を続け、それから慌ただしく"*Egun on, aita*"──「おはよう、お父さん」──とサラがきれいなバスク語で言った。「じゃあね」と言うと唐突に電話を切った。

リズとサラと話して僕は元気になり、ポーチに出て、ヨシェバ、ヘレン、メアリー・アンと一緒にオールド・スタイルの朝食をとった。食べ終わる前に、また電話が鳴った。なぜだか、病院からだという予感がした。そのとおりだった。「最近の調子はどうですか？」とラビノウィッツ先生が尋ねた。僕は、元気でいる、過去数か月よりもずっといい、と答えた。「昨日もおとといも、一日じゅうパソコンに向かっていたんですが、ほとんど疲れは感じませんでした」「それはいい知らせです」と医者は言った。僕は彼の次の言葉を待った。「手術日は二十三日でどうでしょう？」「何曜日ですか？」もちろん、何曜日だろうと僕にとっては同じことだったが、「手術」という言葉を聞いた瞬間、頭の中のコオロギがけたたましく鳴き始めたので、いい返事が思い浮かばなかった。「月曜日です」と医者は答えた。僕は、その日でかまわない、逃げ出したりはしない、と言った。「もちろんですとも。前向きな気持ちで臨むのが肝心です。では二十三日ですね。ご存知かとは思いますが、前日に入院していただきます」「食事は抜いて行くんですか？」「その必要はありません、ミスター・イマス」

僕はポーチに戻る前に少し間を置いたが、それでもメアリー・アンの目を欺くことはできなかった。彼女は何があったかすぐに察した。「心配いらないわよ」とヘレンが言った。「あなたが受けるような手術は世界じゅうで毎日やっているんだから」「わたしは別に心配してないわ」とメアリー・アンは言った。彼女は微笑んだが、ノール岬にはきらめきが乏しかった。

僕は一人になりたかったので、牧場の帳簿の整理をしなければならないからと言って書斎に引き取った。仕事は手につかず、イルアインにいた頃以来感じたことのなかった感覚を覚えた。ある岩に、花に、雲にとまった自分の視線を、そこから引き離して別のものを見るのが、怠け者の犬を立ち上がらせるように億劫だった。一瞬、まるでトリクのように、僕は何らかの徴(しるし)を探し求め、このあいだ見かけた蝶が飛んできたならいい兆候かもしれないと思った。だが、何も現われなかった。そのとき、自分はトリクとは違うのだと悟った。吉兆であろうが不吉な予兆であろうが、徴は僕にとってそれほど重要なものではなかった。

正午になると、ヨシェバが書斎にやってきた。メアリー・アンとヘレンが「蛇だらけの川岸で」バーベキューをすることにしたので、その吉報を伝えに彼を寄こしたのだという。僕は彼に、ファン伯父さんの銃を箱に入れて地下室に保管してあるから、それを使って蛇たちを抹殺したらどうかと言った。ヨシェバはトシローがよくしていたように腕を組んだ。「僕はそれをとても喜んでやると思います、同志。僕も第三インターナショナルの修正主義者たちを憎んでいます。僕は誇りあるトロツキストです」

ヨシェバはそれから、メアリー・アンも自分もあさっての朗読会の準備はかなりできたと言った。作品の紹介は自分でするが、英語で聴衆が聞いてわかるように読み上げるのはかなり難しいので、朗読はメアリー・アンが担当するという。「トシローの話を選んだのはもう知ってるよ。でも、ほかの作品はどんなテーマなんだい？」と僕は尋ねた。“No puedo comentar. Lo siento, camarada”――「ノーコメントだ。すまないね、同志」――と彼はまたスペイン語で言った。そして日本式にお辞儀をしてから、僕についてくるようにと言った。

10

ときどき、人はマトリョーシカのようだと感じることがある。いちばん外の見えやすい人形の内側には二つ目の人形があり、その中にはさらに三つ目の人形があり、そうして次々と開けていくと、最後にもっとも秘められた人形がある。そのことに初めて気がついたのは、テレサが病気をしたあと、ジュヌヴィエーヴに会ったときだった。以前の彼女ではなく、小さく縮んだ別人のようだった。そのあとで、理系の科目を教えてくれていたセサルが射殺された父親のことを話してくれたときも、同じような感覚を覚えた。

いったい何人のヨシェバがいるのだろう、彼もマトリョーシカなのだろうか、と僕は自問する。彼には少なくとも二つの人格が見て取れる。誰と話しているか――僕か、それともメアリー・アンやほかのアメリカ人か——によって、声や気分が切り替わるのだ。そしてその変化は、たんに言語の切り替えによって起こっているのではない。

今日の午後は、昨日始めた帳簿の整理を終わらせるべくずっと書斎にいたが、窓からヨシェバの声が聞こえてきた。メアリー・アンとヘレン、それにドナルド、キャロル、その他二、三人のブッククラブの会員の前で、「バスク問題」と「テロリズムの終焉」について話しているところだった。

僕は目を閉じてヨシェバの声に耳を澄ませ、液体を分析するときのように、その時点での彼の口調に含まれる成分とその比率を割り出してみた。確信が三分の一、絶望が三分の一、親しみが三分の一。そのあとで、もう一つ違う成分も入っている気がした。おそらく誠実さだろう。彼の言葉には説得力があった。それは間違いなく、三人目のヨシェバだった。オババに暮らしていた頃の彼でも、組織の一員だった頃の彼でもなく、過去数年のあいだに表面に現われてきた別のヨシェバ。絶えず冗談を言い、率直に話す代わりに、プロットを仕立てたり隠喩を使ったりするのを好むヨシェバだった。

「家の取り壊しに使われる、クレーンに吊るした巨大な鉄の球を見たことがあるかい？」と彼は急にたどたどしい英語で言った。「クレーンでその球を持ち上げて、家をめがけて落とすんだが、バスクで起こったのはまさにそれなんだ。ただ、バスクでは鉄の球が制御不能になってしまった」

ざわめきが起こったが、その説明を遮ろうとする人はいなかった。ヨシェバの声が少し変化し、親しみの成分が倍増した。そこで、彼はフランコとヒトラーの名前を挙げ、二人は協力関係にあったこと、ゲルニカ爆撃——「史上初めて民間人を標的にした爆撃」——は彼らの手柄だったことを説明した。「たとえば、アグスティンという僕の友達の祖父母と叔母二人はゲルニカで命を落とした。家族にそんな過去があって、しかも墓碑銘をバスク語で彫ることすら禁じられた状況で生まれ育ったアグスティンがどうなったか、想像はつくだろう」

ヨシェバはさらに説明を続け、バスクの人々を憎んでいた独裁政権は鉄の球をとても高く持ち上げ、そこからすべてが始まったのだと言った。そして年月とともに——「あの鉄の球を命中させるのは不可能だ」——当初は無実の犠牲者だった人々が死刑執行人と化し、別のやはり無実の犠牲者を生み出したのだと。鉄の球は別の側でも持ち上げられたのだ。たとえば自分のもう一人の知り合い、かつての先生——「セサルという人だ」——は、疑いの余地なく誠実で進歩的な民主主義者だったが、社会党員だったというだけで殺害の脅迫を受けた。

僕の身体が頭よりも早く反応した。気がつくと僕は書斎を出て、ポーチの隅に立っていた。「ダビは君たちにバスクの話をしてないのか？」とヨシェバは僕に気づくと言った。ドナルドの口元に皮肉な笑みが浮かんだ。「その辺に三部だけ刷られた本があるんだが、バスク語で書かれているから僕には読めないんだ」メアリー・アンと同じく、ドナルドも僕に作家になってほしがっていた。回想録を見せたとき、彼は僕が「誰も理解できない言語」で書いたことに少し気を悪くしていた。メアリー・アンが肘で彼を小突いた。ドナルドはその意味を理解し、話を続けようとはしなかった。「セサルのことは、お前を落ち込ませたくなくて言わなかったんだ」とヨシェバはバスク語に切り替えて僕に言った。彼の口調はまた変化し、確信と絶望の割合が増していた。「セサルが脅迫されていただって？　でもどうしてそんなことが？」と僕は声を上げた。「そういうもんなんだ、ダビ」と彼は答えた。僕は腰を下ろし、そうしたことをすぐに後悔した。

キャロルは僕たちが本の話を続けているのだと勘違いした。「ダビ、いつになったらブッククラブの人たちのために何か朗読してくれるの？　わたしたち、あなたの書いたものを何も知らないじゃない」と彼女は言った。「バイセイリアのアンソロジーに載ったあの短篇は知っているでしょう」とメアリー・アンが僕の回想録の話題を避けようとして言った。「オババで最初のアメリカ帰りの男の話？」とキャロルは言った。「わたしが言っているのは新しい作品のことよ！」「僕はあの物語、すごく気に入ったよ」とドナルドが加勢した。彼もキャロルもとても押しが強かった。いささか馬鹿げた状況だった。

二人きりになると、ヨシェバは僕の肩に腕を回した。「ダビ、子供じみたことはやめようぜ！物事がそうなるってことは明らかだったんだ」「ベルリーノが脅迫されるならわかるよ。でも、セサルが？　それはものすごく悪い兆しだよ！」「トリクみたいに兆しだとか言い出すなよ」ヨシェバの口調に諦めの割合が増した。「ダビ、俺はメッセージを伝えただけだ。俺のせいじゃない。それに、俺たちはもう代償を払ったじゃないか」

彼の口調がまた変化し、一瞬、メアリー・アンやエフラインを笑わせるあの芝居がかったヨシェバに戻った。「実際のところ、俺たちの払った代償は少なかったけどな。一年ちょっと刑務所にいただけで、恩赦で釈放された。なんて運がよかったんだろうな、ダビ」話題がいつの間にか変わっていた。「何を考えてるんだい？」と僕は訊いた。「朗読会の主題さ。裏切りだ」と彼は答えた。「だが、いまはその話はやめよう。頼むぜ、同志」それから彼は、率直に話すことができないのだと、告白調ほど自分を不安にさせるものはないとまた繰り返した。「俺は大勢の聴衆の前でしか告白できないんだ」と彼は僕に反論する機会を与えずに続けた。「だから、カウンセリングになんか絶対行かない。話し始めるのにカウンセラーが少なくとも二十人は必要だ。それには印税じゃ足りないからな」彼はそうして、僕たちがまたメアリー・アンとヘレンのところに戻るまで話し続けていた。

11

今日は朗読会が行なわれた。ほぼいつものように、集まったのは僕たちを入れて四十人ほどで、聴衆の前に出てきたヨシェバはとても神妙な顔をしていた。白いシャツに赤茶色のジャケットを羽織っていた。メアリー・アンは光沢のあるグレーのワンピースを着ていた。ドナルドによる短い紹介のあと、ヨシェバは「ご来場いただきありがとうございます」(Thank you for coming)——「サンキウ・フォ・カミン」——と挨拶し、すぐ本題に入った。彼はバスクについて話し、そして誰もが知っているはずのピカソの《ゲルニカ》に言及した。「ダビと僕はそこの出身です。ゲルニカの町のすぐそばで生まれたんですよ」バスクから九千キロ離れたところでそう言われれば、まあ正確と言えなくもなかった。

訛りはともかく、ヨシェバの説明はとてもわかりやすく、聴衆は拍手した。それからメアリー・アンが書見台の前に出て、最初に朗読する作品を紹介した。「これは三つの連作短篇、より正確に言うなら、三つの告白です」そこでヨシェバは、彼と聴衆を隔てる九千キロという途方もない距離に気づいたらしく、またマイクに近づいていくつか説明を付け加えた。「ここアメリカ合衆国ではご存知かわかりませんが、バスクにおいて、戦争はゲルニカ爆撃で終わったわけではなく、かたちを変えて継続したんです。少なくとも、六〇年代末に武器を取る決断をした若者たちの多くは、自分たちはスペイン国家と戦争状態にあるのだと考えていた。これからお聞きいただく物語は、そんな三人の若者をめぐるものです。より正確に言えば、スペインの独裁時代の終わりに彼らの身に起こった、かなり特殊な出来事について語っています」

僕はヨシェバの言う「かなり特殊な出来事」というのが何なのか想像しながら、朗読が始まるのを緊張して待った。グラディス——八十歳の、クラブ最年長の会員——が僕の貧乏ゆすりに気づき、あなたが読むのでなくてよかった、でなければ靴が客席まで飛んでいったでしょうね、と冗談を言った。

聴衆はヨシェバの作品に大きな拍手を送った。三つの告白にも、トシローの物語にも、最後の雪をめぐる短篇にも。その後の質疑応答のあいだに、ヨシェバはいつもの調子に戻っていた。「作家になるには特別な才能が必要だと思いますか?」とクラブの会員の一人が質問した。「僕の場合は違う。寓話に出てくる笛を吹くロバと同じで、成り行きでこうして書いているだけだ。実際、僕はロバなんだ。ものを書くロバさ」みんなが笑った。それから七時頃、僕たちは図書館のポーチで軽い夕食をとった。九時には牧場へ戻った。

寝室へ行く前、僕は自分の白いコンピューターの電源を入れ、Eメールの受信箱にヨシェバのメッセージを見つけた。朗読会で読まれた作品のもとのバージョンが送られてきていた。「これを読んで、三つの告白の嘘と真実をじっくり検討するといい」とメールには書かれていた。「君の真実を知って僕が驚いたなんて思わないでくれよ」と僕は返事に書いた。「ともかく、読んでみてあとで感想を言う」

「ダビ、どうだった？」と寝るときにメアリー・アンが僕に訊いた。彼女は、僕を楽しませたいという一心で友人たちと企画したイベントが、かえって僕の心臓にとって逆効果だったのではないかと心配していた。「つらかった面もある」と僕は言った。「過去から逃れるすべはないみたいだ。スープの中の蠅を取っても、少し経てばまた浮かんでいるんだ。でも、うれしくもあったよ。なぜかわかるね」「いいえ、わからないわ」と彼女は僕にキスしながら言った。「あの頃の自分の人生と、君に出会ってからの人生を比べることができたからさ」僕も彼女にキスを返した。

三つの告白

I

トリクの告白

何もかも上手くいっていたのに、不意に何かが狂い出して、小さな部品を失くした宇宙船みたいなことになっちゃったんだ。最初は、日常生活のちょっとした変化以外、ほとんど何も気づかなかったけど、ある日突然、気づいたときには軌道を外れてた。宇宙飛行士があの白くてきれいな宇宙船と一緒に、藻屑となって消えていくのを見ているのは悲しいよ。でも、乗組員が地球に着く前に自分たちのキャビンで窒息して死んでしまったとわかっていて、宇宙船が徐々に着陸するのを眺めているのはもっと悲しい。僕たちはこの二番目の、もっと悲しいケースのほうだった。革命思想の組織の仲間だったラムンチョとエチェベリアと僕は、警察がでっち上げた嘘や噂の中で窒息したんだ。爆弾に吹き飛ばされたり、銃弾に倒れたりしたわけじゃなくてね。

僕たちはフランスのマムジンという小さな村に潜伏してたんだけど、あまり居心地はよくなかった。パピが僕たちのグループの新しいリーダーに選んだカルロスって男が、僕たちとまるでそりが合わなかったんだ。カルロスはすごく模範的な闘士ではあったんだ、どんな組織だって仲間に引き入れたがるような本物の戦闘員さ。僕らの組織では、彼がまだ地下に潜る前、ひと晩に爆弾を五つ、しかも誰の手も借りずに仕掛けたって噂だった。でもすごく厳格で、真面目すぎる性格だった。冗談を言ったこともないし、笑いもしない。休むこともしない人だった。

カルロスのそんな態度は、特にエチェベリアにとって我慢ならなかった。エチェベリアはそれとは正反対の、すごくアナーキーな性格だったからさ。会議でカルロスのことを挑発して、「スーパー闘士」を縮めて「スーペル」って呼び始めたんだ。「スーペルが言ったように」「スーペルの意見は違うかもしれないが」ってふうに。もちろん、カルロスはその新しいあだ名が全然気に入らなくて、それで最初の口論が起きた。その最初の口論にほかの口論が山ほど続いて、時が経てば経つほど、二人が一緒にやっていくのは無理だっていうのは誰の目にも明らかだった。

そんなある日、カルロスが僕たちに、身体を鍛えていない戦闘員は足手まといになるだけだから、お前たちも自分みたいにジョギングして身体を動かすべきだ、エチェベリアとラムンチョはたばこをやめろって言ったんだ。すると、エチェベリアはきっぱり断って会議から出ていった。カルロスは猛烈に怒ってね、エチェベリアがいなくなっちゃったもんだから、僕に突っかかってきたんだ。いい加減迷信を信じるのはやめて、シャツの内側に縫い付けてるその布切れは捨てちまえって。僕も黙っちゃいなかった。「君は知らないかもしれないけど、あの布はゲルニカ爆撃の神聖な忘れ形見なんだぞ」ってね。「神聖な忘れ形見だと?」とカルロスはかんかんに怒って言った。「それでもお前は革命家か！」彼はそう言ってラムンチョの同意を期待したけど、ラムンチョはもちろん僕の味方をした。僕たちは組織の仲間である以前に友達だったんだ。ラムンチョはカルロスに向かってすごく真面目な顔で言った。「家族の半分をゲルニカで亡くした仲間に対して、もっと礼儀ってものがあるんじゃないのか」「どうしようもない奴らだ！」とカルロスは言い捨てて、会議から出ていった。

きっと星が僕たちに味方してなかったんだ。あの険悪な会議から一週間も経たないうちに、ラムンチョのお母さんが亡くなった。家に電話をかけたくなって、エチェベリアと一緒にポーへ行ってかけてみたら、それがわかったんだよ。偶然かもしれないけど、たぶんテレパシーじゃないかな。ミュージシャンにはテレパシーの能力がある人が多いんだ、ほら、ラムンチョはアコーディオン弾きだからさ。昼頃、カルロスが台所におっかない顔をしてやってきて、僕たちのグループのピストルをしまってあった引き出しを開けた。彼がピストルを全部持っていこうとしてるのを見て、何があったのか訊いたら、「緊急事態だ」と僕の顔を見もせずに答えた。あるいはこっちを向いてたかもしれないけど、何も目に入ってなかったんじゃないかな。上の空だった。カルロスはピストルを四丁とも持って台所を出ていこうとしたけど、僕は行く手を遮った。「僕だってピストルが必要だ」と言った。カルロスはグループのリーダーかもしれないけど、僕の武器を取り上げる権利はないだろ。彼は迷ったけど、結局、僕のピストルを袋から出してテーブルの上に置いた。「これだろ？」と彼は無愛想に言った。「何が起きてるのか教えてくれないか」と僕は言った。そのときだよ、ラムンチョが国境の向こう側にいる、母親の葬式のために許可もなしに抜け出した、この裏切りの代償は高くつくって聞いたのは。「裏切り」って言葉を耳にした瞬間、僕は震え上がった。組織は裏切りを絶対に許さなかったからだ。「それは裏切りじゃない、せいぜい軽率だったってことだよ」と僕は言った。「エチェベリアは何て言ってるんだい？」カルロスは僕を睨みつけた。「お前は誰の味方なんだ？」「いまのところ誰の味方でもないよ」と僕は答えた。カルロスは戸をバタンと閉めて出ていった。僕たちの宇宙船はもう軌道を外れていた。

　ラムンチョとエチェベリアを救ってくれたのはパピだった。彼がマムジンに着いたときは心底ほっとしたよ。僕たちは最愛の仲間で、ラムンチョには治安警備隊に包囲されたとき隠し部屋を使わせてもらった恩があるっていつも言ってたから。カルロスがいくらわめこうが、僕の昔からの友達二人を罰するなんてできっこない。“Donde hay patrón no manda marinero”──「船長のいるところ（ドンデ・アイ・パトロン・）で船乗りに指揮権なし（ノ・マンダ・マリネーロ）」──って言うだろ。

　パピはカルロスと話したあと、台所へ入ってきて、まるで何も急いでないみたいに、僕が棚に並べてあった料理の本を眺め始めた。「さてどうしようか、トリク」とその長い五分間が過ぎてパピが口を開いた。「あなたの考えをまず教えてください、そのほうが早い」と僕は答えた。すると彼は、僕たちを作戦に復帰させるという話を始めた。ほかに方法はない、闘争に戻らなければラムンチョとエチェベリアは処罰されることになるって。「僕も行きます」と僕は即決した。「ずっと三人で一緒だったし、これからも一緒にいたいんです」「それが知りたかったんだ」とパピは手に持っていた料理の本を棚に戻しながら言った。

　宇宙船が方向転換しつつある気がした。その先、僕たちは危険な場所を通り抜けていくことになったけど、いつもの仲間が一緒だった。よそ者の乗組員は抜きで。その夜、エチェベリアが台所からいちばんいいワインを持ってこいと言って、マムジンでの最後の夕飯を食べたとき、僕はすごく幸せな気持ちになった。そのあと寝る前に、ゲルニカの忘れ形見をいちばんお気に入りのシャツの内側に縫い付けた。カルロスの意見はどうでもよかった。その布切れを身につけているのは僕にとって重要なことだった。闘争の理由をつねに思い出させてくれたし、おまけに幸運を運んできてくれるんだ。

遠征は最初から雲行きが怪しかった。ラムンチョはお母さんのことですっかり落ち込んで口も利かなくて、僕たちがアコーディオンを持っていくように頼むと猛反発するから困ったよ。それでも僕たちは頼んだ。エチェベリアがこう言ったんだ。「今回は絶対にアコーディオンを持っていったほうがいい。考えてもみろ、バルセロナまで列車で六百キロも移動しなきゃいけないんだぞ。楽器を持って歌いながら行けば、どんちゃん騒ぎしてる陽気な三人の若者に見えるだろ」ラムンチョは不機嫌そうに、どうしてもというならアコーディオンは持っていくけど、自分のことは放っておいてくれ、と答えた。話をする気分じゃなかったんだ。

ラムンチョは列車の中でも機嫌が悪かった。車室には僕たちのほかに、音楽に引き寄せられてやってきた二人の酔っ払いがいた。酔っ払いたちが流行りの曲を弾いてくれとしきりにせがんだけど、ラムンチョはスペインでそのときどんな曲が流行っていたか知らなかったから慌てたんだ。「ガビーノが歌ってたあれはどうだ？ “Eva María se fue buscando el sol en la playa...” ――《エバ・マリアはビーチに太陽を探しに行った……》――」とエチェベリアが口ずさみながら言った。“¡Con su maleta de piel y su bikini de rayas!” ――「革のスーツケースと縞柄のビキニを持って！」――と酔っ払いの一人がほとんど踊り出しながら歌った。「よし、それを弾いてくれ！」ともう一人の酔っ払いも踊り出しながら加勢した。「いい加減にしてくれよ！」とラムンチョは叫んで、アコーディオンをケースに戻してしまった。

　そのあとの一時間、僕たちは黙り込んでいた。酔っ払いたちも落ち着いたように見えた。不意に列車が速度を落とし、酔っ払いの一人が窓の外を見た。"Estamos llegando a Zaragoza"——「もうすぐサラゴサに着くところだ」（エスタモス・ジェガンド・ア・サラゴサ）——と彼は言った。するともう一人が"También aquí hay mucho rojo"——「ここにもアカがたくさんいる」（タンビエン・アキ・アイ・ムーチョ・ロホ）——と言った。その言葉に僕はびっくりした。というかその直後に、酔っ払いたちが僕たちにピストルを向けたのを見てびっくりしたのかもしれない。僕のピストルはバッグに入っていた。焦ったよ。すると突然、ラムンチョが自分の目の前にいた警官——そうさ、警官だったんだ——の手からピストルを叩き落とした。僕は反射的に屈み込み、そのピストルを拾おうとした。でもそのときには、車室にもう三人の男がいた。若くて筋骨隆々とした奴らで、きっと特殊部隊だったんじゃないかな。その一人から首元に空手チョップを食らわされて、僕は腕が言うことをきかなくなった。八月十九日、土曜日のことだった。五年間近くのあいだ闘争を続けてきた僕たちのグループが、警察の手に落ちたんだ。

　頭に袋を被せられて何も見えなかったから、どこに連れていかれたかはわからない。少なくともサラゴサじゃなかったのは確かだ。車で三、四時間は走ったから、マドリードに連れていかれたのかもしれないし、ドノスティアだったかもしれない。道中は蹴っ飛ばされてばかりだったよ。水をくれと言おうとしても、口を開いた瞬間に脇腹か頭を蹴られるんだ。そうして何度目かに頭を蹴られたとき、気が遠くなった。「トリク、黙ってるんだ」とラムンチョが言ったら、彼もそのせいで蹴っ飛ばされた。

　袋を外されたとき、僕は空っぽの部屋にいた。窓はなく、天井には蛍光灯が一本きりだった。あまり若くはない三人の警官がいた。僕は脇を掻くふりをして左腕を身体の脇にやり、あのゲルニカの布がシャツにしっかりついているのがわかってすごくうれしくなった。ゲルニカで亡くなった二千人近くの人たち、特にそのときまだほんの子供だった二人の叔母を思い出し、暴力に立ち向かう心の準備をした。僕がいちばん怖かったのは鉄のスパイクのついた靴だった。そこにいた警官の誰かがあの犯罪者メリトン〔フランコ体制下のスペイン領バスクで警察の要職に就き、残虐な拷問で知られた〕みたいにそんな靴を履いているかもしれないと思ったんだ。でも、すぐにそうじゃなかったとわかった。蹴られても血は出なかった。

　警官たちは蹴るのに飽きると、僕を壁の前に膝を伸ばした状態で直立させ、頭に電話帳を載せてその上から殴り始めた。本当にズドンとくる激しいパンチで、一発ごとに頭の先から爪先まで電流が走るみたいだった。いまにも脳味噌が破裂するんじゃないかと思った。そのあいだずっと、彼らは僕が気を失って床に崩れ落ちないよう押さえつけながら質問を浴びせかけた。彼らがほしいのは名前だった。刑務所の「委員会」をいま仕切っているのは誰か、ハンストを指揮しているのは誰か、専従部隊（ロス・コマンドス・リベラードス）(los comandos liberados)* を率いているのは誰か。床に倒れていたほうがましだと思ったけど、そのたびに二人の警官に立ち上がらされて、三人目が大声で質問を繰り返した。「刑務所の『委員会』をいま仕切っているのは誰だ？　ハンストを指揮しているのは誰だ？　専従部隊を率いているのは誰だ？」三度目か四度目に聞かれたとき、僕はそいつをじっと見据えて言った。“¿Por qué no miras en las páginas amarillas?”（ポル・ケ・ノ・ミラス・エン・ラス・パヒナス・アマリージャス）――「イエローページで調べたらどうなんだ？」――。そしたらボコボコに殴られて、僕は気を失った。

　小さな部屋に連れていかれて、少し眠った。夢の中で、まるでこの世でいちばんありふれたことみたいに、宇宙船に乗って、輝く青空の上を漂っている気がした。すると突然、ウラジーミル・ミハイロヴィチ・コマロフが、僕の最愛の宇宙飛行士が隣に現われた。「我々は軌道を外れてしまった。とても危険な状況だ」と彼は落ち着き払って言った。その瞬間、僕は自分の置かれた状況に気づいて、もしかするとウラジーミル・ミハイロヴィチ・コマロフとの会話はたんなる夢じゃなく、僕が昏睡状態に陥りつつある徴なんじゃないかって思ったんだ。

宇宙飛行士のとは違う、もっと年上の誰かの声が近くで聞こえた。「トリク、君の抵抗は見上げたものだが、君が無駄に苦しんでいるのを見ているのはつらい。君の仲間たちは全部白状した。それだけじゃない。その仲間たちは君を売ったんだ」目を開けると、真っ白な髪をした男が簡易ベッドの端に座っていた。髪をきれいに撫でつけ、上品な服装をしていた。オプス・デイ〈フランコ体制に大きな影響力を持ったスペインのカトリック団体〉の司祭みたいに見えた。もちろん警官さ、尋問で優しくて理解のある役を演じるから善玉って呼ばれてる奴だ。「僕の友達が何だって?」と僕はやっとのことで訊いた。いまこうして告白していると、何があったのかはっきりわかるけど、そのときは頭が混乱してうまく働かなかった。「私は事実を言ったんだ、トリク。君は友達に売られた」彼は作り笑いを浮かべた。「私の同僚たちは君を痛めつけている。実を言うと、私はああいう強硬なやり方には反対でね。おまけに多くの場合、あんなことをする必要はない。たとえば君の場合だ。私にいくつかの名前を教えてくれるだけで、すべて解決できる。それに知っておいてほしいんだが、その名前も、確証を得るために必要なだけなんだ。先ほども言ったが、彼らはすべて白状した。しかも、ここに来るよりも前に。

＊ETA〈祖国バスクと自由〉の用語で、市民生活を営みながら秘かに組織への協力を行なう活動家に対し、潜伏生活を送りながら爆破事件、誘拐、暗殺、銀行襲撃などを実行するグループを指す。

私が何を言っているかわかるね」僕が耳にしていたことが本当なら、大変な事態だった。「そんなのは信じない」と僕は言った。

彼は溜め息をつき、立ち上がった。「君たちの捕まり方は奇妙じゃなかったか？　なぜあんなにあっけなく捕まった？　それにまだある。隣の部屋から君の仲間たちの悲鳴は聞こえたか？　聞こえなかっただろう？　だが、君は豚みたいにうめきっぱなしだった」「豚はお前らだ」と僕は言った。彼はゆっくりと扉を閉め、また開けた。「次は君に袋を被せる番だろう。気をつけて、窒息しないようにな」と彼は言った。そして今度は素早く戸を閉めた。僕の返事を聞きたくなかったんだ。“¡Estáis derrotados, y se os nota mucho!”――「あんたたちの負けだ、焦ってるのは見え見えだぞ！」（エスタイス・デロタードス・イ・セ・オス・ノタ・ムーチョ）――と僕は叫んだ。

また三人の警官に囲まれたとき、机の上にビニール袋が見えて、手に冷や汗が滲んだ。息ができなくなるよりも一千回殴られたほうがましだよ。「ではアルバムを見ることにしよう」と尋問を仕切っていた警官が言った。彼は机の上に写真の束を置いた。ほかの二人の警官は僕の後ろに立って、ビニール袋を僕の頭に被せてすぐに取った。「こいつはかなり頑固だが、これで吐くぞ」と一人が言った。「こいつらは誰だ？」とその場を仕切っていた警官が尋ね、パリのセーヌ川遊覧船（バトー・ムーシュ）に乗っている若い男女のグループを指差した。僕は、知らない、それにすごく離れたところから撮られているからわからないと言った。「じゃあ今度はどうかな」彼は同じ写真の一部を引き伸ばしたものを僕に見せた。カルロスが、ルシアと呼ばれていた別の仲間と一緒に写っていた。“¿Quiénes son?”――「こいつらは誰だ？」（キエネス・ソン）――と彼はまた問い詰めた。「この後ろにいる奴らが袋を放したら言うよ」“¡Los nombres!”――「名前を言え！」（ロス・ノンブレス）――と彼はほかの警官に離れるよう合図しながら言った。「これはブスカ・イスシ」と僕は言った。彼は驚いた顔で僕を見た。そんなに簡単に行くとは思ってなかったんだ。ともかく、彼は僕に名前を繰り返させ、手帳にメモした。「女のほうは？」「ニコラサ」彼はもっと写真を見せた。「ペルチョ！」と僕は言った。それか「ルハン」とか「カスティーリョ」とか「モンタルバン」とか、僕の料理の本に出ていた名前を挙げ続けた。でもそのうち、僕が「カンディド」と言い、彼が「どのカンディドだ？」と訊いた。そのとき反射的に、朦朧としてたのもあって、「カンディドだよ、子豚の丸焼きの」と言ってしまった。すると、後ろにいた警官の一人が慌てて叫んだ。「ヘスス、気づいたか？　こいつ、ずっと料理人の名前ばっかり挙げてやがる」そのヘススって奴は悪態をつき始めて――「この野郎、なんてこった」――、三、四発続けて僕を殴りつけた。そこでもう一人が、「待てよ、ヘスス、こっちのほうがいい」と言ってビニール袋を僕の頭に被せて、僕は心臓が破裂すると思った。

ウラジーミル・ミハイロヴィチ・コマロフが僕の横に座っていた。彼は宇宙船のコックピットの操作パネルで赤く点灯したところを指差した。「バルブが一つ壊れてしまったらしい。酸素がなくなりつつある」「それはまずいですよね？」と僕は言った。「船内の酸素はあと二十分しか持たないだろう。シベリアに着陸するまで、まだ地球を七周しなければならないのに」僕は宇宙船の窓の外を見た。そこからだと、地球はとても静かな場所に見えた。北米の輪郭が見え、それからすぐグリーンランドが見えた。もう少しすると、ノルウェー、スウェーデン、フィンランドが尻尾のような形をつくっているのが目に入った。「すごく速いね」と僕が驚きの声を上げたちょうどそのとき、赤いライトが消え、僕はウラジーミルに期待の眼差しを向けた。「いいや、解決したんじゃない。

私が消したんだ。もう警告は必要ない。状況はわかっている」「つまり、酸素がどんどん減っているんだね」「そのとおりだ」「ウラジーミル、僕たちは死ぬのかな？」「そうだ」

コックピットの前方にはガラスみたいな素材でできた四角形のパネルがあって、そこから視線を上げると星が見えた。数え切れないほどの星々が集まって、あちこちに金の粉を散らした斑点をつくっていた。その光景は素晴らしかったけど、それ以上に心惹かれたのは、窓の外で移り変わっていく地球のさまざまな場所だった。中国の沿岸、そこから鉤のように突き出しているのはたぶん韓国、それにマフラーみたいな形をした日本。「ウラジーミル、あなたは知っているかわからないけど、日本にキリスト教を伝えた聖人はバスク人だったんだ。フランシスコ・ザビエルというんだよ」ウラジーミルは軽く微笑んだ。「聖人のことは私に聞かないでくれ。宗教は好きではない。人民のアヘンだ」

僕たちは太平洋、黒々とした巨大な広がりの上を飛んでいった。「ウラジーミル、心残りなことが一つだけあるんだ。死ぬ前にバスクをひと目見たかったのに、きっと叶わない」「緯度はどの辺りだ？」と彼は尋ねた。「いや、そのせいじゃないんだ」と僕は言った。「だいたいこの軌道から見えるはずなんだけど、問題は大きさなんだ。バスクは小さすぎて、宇宙からは見えないんだよ」ウラジーミルは悲しそうに僕を見た。「それはたしかにどうしようもない。だが、心の目で見つめれば何でも見えるはずだ。心の目に限界はない」「ラムンチョという僕の友達もいつもそう言っていたよ。僕たちの第一の目の奥には第二の目があるんだって」と僕は言った。ウラジーミルは微笑んだ。「いままさに、私はモスクワの赤の広場を見ている。人々のあいだを歩いている私の妻が見える。きっと干しぶどうを買いに行ったんだろう。あとでアルメニア風の子羊のローストを作るのに使うんだ。あれは素晴らしく美味しい」別の状況ならレシピを訊きたかったところだけど、食べ物のことは忘れて、僕も心の目を開いた。僕は緑の丘を、その裾野にある祖父母の白い家を、その少し向こうにあるゲルニカの町を流れる川を、ビスケー湾を見た。目に――心の目にも、顔の目にも――涙が溢れた。「あなたは僕より精神的に強いんですね」と僕はウラジーミルに言った。「あなたは赤の広場にいる奥さんを見ても涙を流さなかった。僕なんか家を見ただけで泣いてる」「落ち着いて」と彼は言った。そのとき、彼も胸がいっぱいなのだと気づいた。僕たちは黙り込み、それぞれ物思いに耽った。

僕たちの下に、ラムンチョの伯父さんが住んでいたカリフォルニアが見えた。「こんなことを訊いてすみませんが、あなたはどうしてウラジーミルという名前なんですか？　レーニンにちなんで？」「きっとそうだろう」と彼は答えた。「父は共産党員だ。だが、叔父にウラジーミルという名の人もいた」僕は民族問題について、グルジア（現在の名称はジョージア）やウクライナの自決権について彼はどう考えているか訊こうか迷ったけど、黙っていた。その頃には酸素がなくなってきたのがはっきり感じられて、肺を満たすには二度息を吸い込まないといけなかった。もちろん、話せば話すほど酸素は減る。それに、黙っていても全然苦痛じゃなかった。沈黙は天上の音楽だ。ちっぽけな黒い染みみたいに見える湖のあるカナダ南部と、ニューファンドランド島が見えた。そうした場所はどこもかしこも眠っているかのようだった。僕も眠ってしまいたかったけど、息が苦しくて無理だった。

またヨーロッパの上を通り過ぎる頃には、息をするのが本当につらくなっていた。「ウラジーミル、実を言うと、僕は死んだっていいんだ」ウラジーミルは僕に深い眼差しを向けた。「何か理由でも？」「警察が言っていたことだよ。ロシアの尋問がどうなのかわからないけど、スペインの警官は二つの役に分かれるんだ。一人は暴力を振るう悪玉で、もう一人の善玉はこっちの頭によくない考えを吹き込んでくる。たとえば、善玉は僕に裏切りの話をした。ラムンチョとエチェベリアが僕を売った、だから僕たちはあんなに簡単に捕まったんだって。最初はそんなこと考えたくなかったけど、その言葉がまるでチーズについたうじ虫みたいに僕の中で大きくなってきたんだ。それでずっと考えていたんだけど、善玉の警官が言ってたことは本当かもしれない。マムジンを出てからのエチェベリアの行動はどこかおかしかったんだ。ラムンチョはそんなことなかったけど、エチェベリアはたしかに。ウラジーミル、やっぱりエチェベリアが僕たちを裏切ったのかもしれない。もし本当にそうなら、僕は死んだほうがいい。考えただけで気が遠くなりそうなんだ」

僕たちはまた日本海の上を通り過ぎるところだった。聖フランシスコ・ザビエルがそこで亡くなった〔実際にザビエルが死亡したのは南シナ海〕のは知っていた。彼が殉教者（*martiri*）だったかどうかはわからない。操作パネルに緑のライトがいくつか点灯し、宇宙船は穴に真っ逆さまに落ちていくかのようにぐんと下降した。「さあ、家へ帰ろう」とウラジーミルは言った。もう話すのもやっとだった。二人とも汗だくだった。「ウラジーミル、何を考えているの？」と僕は喘ぎながら訊いた。「このまま行けば、私は任務中に死んだ最初の宇宙飛行士になるんだと」

自分は何人目になるんだろう、と僕は考え込んだ。正確な数字はわからなかった。最初は、僕の祖父母、それに叔母二人だった。そしてゲルニカで亡くなったほかの二千人。内戦の死者たち、それもとりわけ、ラムンチョがいつも話していたオババの先生たちみたいに、何の罪もなく銃殺された人たち。そしてルビス、僕らの友達から出た最初の犠牲者、彼もビニール袋で窒息させられたんだ。そしてその他大勢。でも、数え上げるのは不可能だったから、僕は窓の外に目を凝らした。

僕たちの下にはまたカリフォルニアがあった。僕はラムンチョの伯父さんに別れを告げた。「彼も長いあいだバスク解放のために活動していたんだ」と僕はウラジーミルに言った。「でも、いまは僕たちに怒っている。僕たちのやり方は受け入れられないって。彼の政党（一八九五年に創設されたバスク・ナショナリスト党のこと。ＥＴＡは一九五九年にそこから分離するかたちで誕生した）の人はみんなそうだけど、かなり日和見主義なんだ。でもいい人だよ」

「この星々の下で死ぬのは美しい」と不意にウラジーミルが溜め息をつきながら言った。彼の深い眼差しがその星々の一つに永遠に向けられたまま、鼻のかすかな動きが止まった。宇宙船はさらに下降したけど、今度は、乗組員が死んで飛び続ける気力をなくしちゃったみたいに、まっすぐに落ちていった。

宇宙船は地面に衝突し、粉々になった。すぐに二人の看護師が現われて、僕を病院に運んでいった。僕は目を開けた。とても真面目な顔をした白衣の男が目の前にいた。「最悪のときは過ぎたんだ」と彼は言った。「ここはシベリア？」と僕は訊いた。「ドノスティアの病院だ」と医者は言った。

「最悪のときは過ぎたんだ」

目を閉じると、ウラジーミル・ミハイロヴィチ・コマロフがまた現われた。彼はモスクワの赤の広場で棺台に載せられ、何百もの人々が彼に敬意を表するために列を作っていた。奥さんはどこだろう？　そのきらびやかな葬儀から家に帰って、台所のテーブルに置かれた干しぶどうを見たら何を思うだろう？　たくさんの男女が、棺台まで辿り着くと拳を突き上げた。僕もそれに倣って拳を突き上げた。ウラジーミル・ミハイロヴィチ・コマロフに別れを告げるために、力を込めて。

「いいね、腕の動きも回復した」と医者が言った。「僕の友達はどうですか？」と僕は正気に戻って訊いた。「あまりよくはないが、君よりはましだ。ヨシェバ君はおととい退院した」と医者は言った。僕は大喜びした。ヨシェバというのはエチェベリアのことなんだ。彼もひどい目にあったのなら、僕たちを売ったんじゃないという証拠だった。

また目に涙が溢れてきた。今度は喜びの涙だった。「大丈夫、最悪のときは過ぎたんだ」と医者は繰り返した。「僕のシャツはどこですか？」と僕は起き上がろうとしながら尋ねた。でも身体じゅうにチューブが繋がれていた。「何に必要なんだい？　集中治療室に外の服は持ち込めない」と医者は言った。「一つだけ確かめたいことがあるんです。頼みます！」と僕は頑固にお願いした。やっと持ってきてもらえて、僕は内側を見せてくれるよう看護師に頼んだ。ゲルニカの布はそこに、僕が縫い付けておいた場所にあった。そのシャツは大事に保管してほしいと頼み、僕はまた横になった。医者の言ったとおりだった。最悪のときは過ぎたんだ。

Ⅱ

ラムンチョの告白

僕たちはいくつかの作戦を実行するために、国境を越えて地中海沿岸まで列車で移動しなければならなかった。組織の執行部によれば、当時、観光業はスペインの国内総生産の十六パーセント以上を占める基幹産業だったので、夏の外国人観光客が来なくなれば、独裁体制にとって大きな打撃となるはずだった。それに、目標はさほど困難に見えなかった。十か所のビーチに十個の爆弾を仕掛ければ、その辺りのホテルは無人になるだろう。唯一困難があるとすれば、短時間で幹線道路に十回出なければならないということだった。でも、ヨシェバが主張していたように、アコーディオンが僕たちのいちばんの盾になってくれそうだった。音楽とともにどんちゃん騒ぎで移動するのだ。爆弾はアコーディオンのケースに入れて運べばよかった。

　出発の前日、ミアリツェから六十キロほどのところにあるアルツリュキュ〈フランス語名オーシュリュック〉という村でシャリバリ（*xaribari*）があり、ヨシェバは、遠征前の不安を紛らわすことができるし、スペロアに中世から伝わる民衆劇を直に見る機会は滅多にないから行ってみようと提案した。僕は反対だった。そんな気分ではなかった。しかも、国境のこちら側、フランス領バスク（le Pays Basque）の祭りにはドノスティアやビルボからたくさんの人が押し寄せたから、そんなところに出かけるのは不用心に思えた。誰か知り合いと出くわすのは確実だった。その知り合いが友達に言い触らすのはもっと確実だった。《このあいだ、ヨシェバがほかの二人と一緒にいるのを見たぞ。アルツリュキュの辺りにいるみたいだ》それはまずかった。組織の指導係だったサビーノは幾度もこう繰り返していた。「遅かろうが早かろうが、すべて警察の耳に届く。それがスペインの警察なら問題だ。フランスの警察なら大問題だ」でも、ヨシェバはトリクと僕を説き伏せて、結局僕たちが折れた。トリクはバスクの祭りが大好きだったから、僕は口論したくなかったからだ。

　シャリバリはパレードとともに始まった。踊り手と楽器隊、そして風刺劇に参加する判事、弁護士、衛兵などに扮した役者たちが、広場へ向かって通りを練り歩いた。素晴らしい天気で、空は真っ青だった。縦笛（*txirula*）の音と人々の笑い声が雰囲気を盛り上げていた。だが、僕は道端で十五分ほどパレードを見物していただけで、もうそこにはいられなかった。ヨシェバがビルボの学生時代の友達と延々と話しているのを見るのも、トリクがドノスティアの知り合いの女の子たちとおしゃべりしているのを見るのもうんざりだった。さらに耐えがたかったのが、楽器隊の縦笛だった。その音は、ネズミの鳴き声みたいに頭にキンキンと響いた。シャリバリが終わる頃に戻ってくる、と二人に告げると、僕は丘への上り坂を歩き始めた。

道はある農家の前で終わっていた。簡素な造りの家で、壁は白く、窓と扉は青く塗られていた。家の前には、平らな敷地の片隅に、干草の山が二つと、おもちゃのように小さな赤いトラクターが一台あった。その向こうには広大なとうもろこし畑が、次の丘の裾野まで百メートルほども続いていた。とうもろこしは成長して花をつけていた。

小さな赤いトラクターの横で、老女が村のほうに背を向け、柳の揺り椅子に腰掛けていた。祭りよりもとうもろこし畑を眺めていたほうがいいというかのようだった。僕はよく考えずに彼女のところへ歩いていき、明るく挨拶した。「おばあさん、どうしたんです？　シャリバリを観に村へ降りていかなくていいんですか？」とても美しいアマニ（amañi）——僕たちのバスク語ではアモナ（amona）——だった。小柄で痩せていて、四十キロもなかっただろう。髪は後ろで一つにまとめていた。「わたしにはどうでもいいんだよ」と彼女は言った。僕は彼女の手にロザリオが握られているのに気づいた。「お祈りしているほうがいいんですね」と僕は言った。「一緒にどうだね？」と彼女が尋ねた。「お祈りをですか？」僕はその誘いに笑い出したくなった。オババの教会やラサール校の礼拝堂でオルガンを弾いていた時代ははるか遠かった。だが、それはともかく、そこでその美しいおばあさんと一緒にいるのは気分がよかった。「どうぞロザリオの祈りを続けてください。

僕は聞いていますから」僕は地面に腰を下ろし、小さなトラクターに背中を預けた。
　祈りは小さな車輪のようだった。まず、“*Agur Maria*”――「聖母マリアよ（アグル・マリア）」――という言葉が聞こえ、それから呟き声、そしてアーメン、それが一周だった。それからまたすぐに、「聖母マリアよ」、呟き声、アーメン、ともう一周する。そうして、ただ繰り返す以外に何の目的も持たず、祈りの文句はひたすら回転していった。僕の考えはイルアインへ飛んでいき、馬たちの離れにいるルビス、「馬みる（ベル・カバジョ）、馬みる（ベル・カバジョ）」と片言のスペイン語で言いながら僕のところへやってきた《幸福な農夫たち》、そしてウバンベ、オピン、パンチョ、セバスティアン、アデラ、彼女の双子の子供たちの姿が見えた。僕が背後に置いてきた人々、友達だった。
　次に、イルアインの隠し部屋が脳裏に蘇り、祈りの呟き声と混ざり合った別の声が僕を非難した。《あの隠し部屋は少なくとも二世紀のあいだ、追われる人を匿う以外の目的で使われたことはなかったのに、お前たちは正反対の目的で、誘拐した人たちを隠すためにあそこを使った》それが誰の声かわかった。僕に語りかけていたのはファン伯父さんだった。《パピが約束を守らなかったんだよ、伯父さん》と僕は思った。《行き場を失くした仲間を隠すためにしか使わないって約束したのに、あれからすぐに、革命税を払わなかった実業家をあそこに閉じ込めたんだ。でも僕は関わってない。イルアインの隠し部屋の歴史はいつも大事に思ってきたんだ。いまもときどきホットソンの帽子を被っているよ》《ダビ、お前の意図はよかったかもしれんが、心が弱すぎたんだ。お前は自分の感情をコントロールするすべを知らない。感情にばかり引きずられているようじゃいかんのだ。そこは父親に似たな》
　僕はそうした気の滅入る思い出に押し流されまいとした。けれども、小さな車輪は回り続けていて――「聖母マリアよ」、呟き声、アーメン――、僕はふたたび過去へ戻っていった。オババの墓地から出てきたアデラが見え、彼女に続いて、母に最後の別れを告げに来た人々全員の姿が見えた。アドリアンと彼の妻、裁縫工房の娘たちに付き添われたパウリーナ、紫色のワンピースを着たビルヒニア、そしてオババの聖歌隊……。そのとき、僕は理解した。逃げ出したのは僕だった。彼らを捨てたのは僕で、自分が思っていたようにその逆ではなかった。僕が地下活動に入ったとき、ビルヒニアは彼女にできた唯一のことをしたのだ。パリから電話したとき、彼女に告げられた理由は反駁の余地がなかった。「ダビ、あなたにはもう会いたくないの。最初の夫を海で亡くした女に、もう不幸はたくさんだわ」ビルヒニアの声が老女の祈りに重なり、やがて消えていった。

小さな車輪がさらにまた一回転し始めた。アームストロングともう二人の宇宙飛行士が月面に到達した日、オババの食堂にいたトリクの姿が見えた。「そんな作り話を信じるにはもう一度生まれてこなきゃならんよ」とテレビを見ていた農民が言った。トリクと僕はそのニュースは本当だと彼を納得させようとした。だが、彼は頑として意見を曲げなかった。「あんた、諦めなさいよ。この若い人たちは物知りなんだから」と食堂の女主人が農民に言った。「物知りだが、何も知らない。それが若者ってもんだ」

その農民の言葉は陳腐なものだったかもしれないが、アルツリュキュで、とうもろこし畑を眺めながら老女の祈りの呟きを聞いていると、深い意味を帯びているように感じられた。あの若すぎた日々に、僕はまったくの無知ゆえに、多くの過ちを犯したのだと思った。人生のもっとも単純な真実――「人生こそがもっとも素晴らしきもの」――を理解していなかったのだと。きっと内戦中の父もそうだったのだろう、オババの墓地で彼と抱擁を交わせてよかった。けれども、僕はまだ間に合う。父と違って、僕はこれから生き方を正し、死の王国を訪れることで自分の罪を贖うことができる。ゲツセマネに赴き、磔にされなければならないだろうが、やがて復活の幸福な日がやってきて、過去のあらゆる負い目から自由になることができるはずだ。

隠喩を排して言えば、それはつまり、警察に身を委ねるということだった。国境を越え、機会を見つけたらすぐ、二人の仲間とは別れ、警察署へ出頭しよう。《自首しに来ました》と言うのだ。《なぜだね?》《もう続けたくないからです》老女は祈りを終えた。小さな車輪は止まった。決断は既に下されていた。

その決断を実行に移す機会はなかった。三日後、列車で移動中に、警官がトリクと僕に銃を向け、僕は反射的に彼の手から武器を叩き落とした。僕の身体はまだ、頭が考え決断したことを知らなかったか、受け入れていなかったのだ。だが幸いにも、警察の作戦は成功した。あとになって疑念が生じなかったわけではない。特に、拷問部屋でトリクの悲鳴が聞こえてきたときは、自分がアルツリュキュの丘で下した決断が馬鹿げたおぞましいものに思えた。だが、僕は先に進み続けた。尋問で訊かれた作戦はすべて僕が実行したものだと言い、さらに、すべての過ちを清算するために、イルアインの隠し部屋の情報も警察に伝えた。それで、仲間たちもそこを使うことはできなくなるはずだった。やがて、疑念はかたちを変えて、刑務所に収監されてからも続いた。組織の服役者たちからなる団体が僕を裏切り者呼ばわりし、僕たちのグループが警察の手に落ちた責任を僕に負わせたからだ。僕はコミューンから追放され、村八分の目に遭った。

だが、僕は諦めなかった。ある日、トリクとエチェベリアがコミューンの規則を破り、僕が刑期を務めていた所内の医務室を訪ねてきた。二人は、裏切りの件は根も葉もない中傷だと僕を擁護するメッセージをパピに送ろうとしていて、僕の同意を求めた。僕は断った。僕の魂が癒えるためにはこの罰を受けるのも必要なことなのだ、と言った。「君たちは何もしなくていい。蝶は帰郷するに任せよう」「そのフレーズ、詩に使わせてもらってもいいかな?」とエチェベリアが訊いた。僕は、そもそもある詩からの引用だから駄目だと言った。そして、孤独にもいい面がある、絶えず読書していて、そうした詩や小説をまるで新鮮な水のように吸収することができるから、とも。

Ⅲ

エチェベリアの告白

簡潔に言うと、俺の中で何かが反転したんだ。恋愛相談室っぽい言い方をするなら、愛が憎しみに転じるみたいに。ある日突然、何もかもがくだらなくなった。闘争、頭にこびりついていたラブソング、そして特に、俺たちが絶えず使っていた語彙。「人民」「民族的」「社会的」「プロレタリアート」「革命」とかそういう無数の言葉だ。そのときから、組織の声明文も馬鹿げたものに思え始めた。襲撃はさらに馬鹿げていた。仲間たちはよそよそしく、虫の好かない奴らばかりだった。

俺の中の反転が決定的になったのは、フランスのマムジンという村に潜伏していた時期、カルロスと呼ばれていた仲間の告発で俺たちが組織に裁かれたときのことだった。俺は怒りに震え、この状況にけりをつけなければ、と思った。頭がどうにかなってしまう前に、何としてでも組織を出なければならなかった。文字どおり頭がどうにかなってもおかしくない生活だったからだ。頭と心に抱いたイデオロギーのために大きな危険を冒すのは、たしかに尊敬に値する行為かもしれない――懐疑論者や現実主義者が、偉大な言葉は往々にして大惨事しかもたらさないと言っていくらそれを否定しようとも――。だが、頭と心の言うことを無視してその危険を冒すのは正気の沙汰とは言えない。哀れなカーニバルの登場人物の運命さ。

あの頃、一九七六年当時、組織から脱退する方法は存在しなかった。分裂がささやかれ、「純粋に政治的な」路線へ進みたがっていた者たちと武装闘争支持派とのあいだでは絶えず激しい論争が起きていた。武装闘争支持派は、穏健派は一人残らず反革命の裏切り者で、そんな方針は受け入れられないと言っていた。そんな状況だったから、俺は自分一人で、レトリックなしで、幼稚な考えも捨ててじっくり考え、最終的な決断を下した。警察に自首するのだ。あるいは、もっと生々しい言い方をするなら――レトリックなしで云々――、俺は組織を裏切る決断をした。パピが俺たちのグループを地中海沿岸へ送り込むことにしたのは好都合だった。バスクからバルセロナまでは六百キロもあり、俺たちは列車で移動することになっていた。道中は長い、あとは好機を待つだけだった。

決断を下したあとの数時間、俺は疑念に苛(さいな)まれた。俺の計画には一つ障害があった。トリクとラムンチョのことをどうしたらいいかわからなかったんだ。二人を危険に晒したくはなかったし、無理やり警察に引きずっていくわけにもいかなかった。だが、その一方で、俺は二人が可哀想で、哀れでならなかった。二人は組織に残ることになる。俺が置き去りにすることになるんだ。そんな救命ボートを独り占めする遭難者みたいな振る舞いもよくないという気がした。

結局、二番目の感情がまさった。ラムンチョとトリクは、俺ほどの感情の反転は経験してはいなかったかもしれない。だが、二人とも疲れて、次第に内向きになっているように思えた。トリクは半日を料理本のレシピを覚えるのに充て、もう半日はラジオでオカルト番組を聴くか宇宙関連の雑誌を読んでいた。おまけに、ますます偏執的になっていた。ゲルニカが爆撃された日に叔母さんが着ていた服の名残りだとかいう布切れを持っていて、作戦に出向くときは必ずそれをシャツの内側に縫い付けてたんだ。それがないとすごく動揺して、お守りをなくした野蛮人みたいな慌てようだった。一方のラムンチョは、英語を勉強するのに全力を注いでいた。手が空きさえすれば本とテープを持って部屋に籠り、勉強に打ち込んでいた。あるとき、パピが組織の中でもっと役割を果たせと言ったら、ラムンチョはきっぱり断った。自分は何も知りたくない、命じられた作戦を実行するだけだ、と。たぶん鬱になっていたんだと思う。ラムンチョは昔から鬱っぽいところがあったからな。それに、母親が死んでひどく落ち込んでいた。

《二人をこの穴から救い出してやらないといけない》と俺はマムジンを出るときに思った。《スペインの独裁体制はもう長くは持たない。政情が変われば、その時点で服役していた囚人には恩赦があるだろう。だが、現役の戦闘員たちはかなり厄介な状況に置かれるはずだ》組織ではカルロスみたいな奴らが幅をきかせるようになり、武装闘争が継続されるのは確実だった。そうなると、戦闘員たちはまた刑務所送りだ。空っぽになったばかりの刑務所に。だが、次に恩赦があるのはいつだ？　知りようもなかったが、ずっと先のことに違いなかった。もしかすると十年か二十年後。そう考えると、できるだけ早く刑務所に行く必要があった。

俺たちが捕まった詳しい経緯は省く。ドノスティアを出てすぐ、俺は見回りをしてくると二人の仲間に言って車室を出て、検札係に鉄道警察を呼んでほしいと頼んだ。警官がやってくると、俺はお偉いさんと話させてほしい、人命に関わる問題だ、すべて上手く行けば君は一か月の休暇と勲章だってもらえるかもしれない、と言った。そのあと、アルチャシュ（スペイン語名アルサスア）の駅から電話をかけ、ナバラ県知事と、逮捕するときに暴力は振るわない、警察署で拷問はしないという取り決めを交わした。実際、そんな必要はないはずだった。仲間たちが持っている情報はすべて俺が話すんだから。知事が合意したので、俺はそのとき唯一必要だった情報を提供した。仲間の一人はアコーディオンを弾いていると。「サラゴサで逮捕するのはどうだろう？　準備を整えるためだ。慌てたくはない」俺はそれでいいと答え、頭のいい警察をよこしてくれるよう頼んだ。「頭のいい相手と組んだほうがいつでもいい結果が出ますからね」と俺は説明した。“Es usted un cínico”——「皮肉な人だ（エス・ウステ・ウン・シニコ）」——と知事は少し笑って言った。彼も緊張していた。俺がかけたような電話は毎日かかってくるもんじゃないからな。

十四か月と二週間と五日後、トリクとラムンチョと俺は恩赦を受けて自由の身になり、ついに組織を離れて新しい生活を始められることになった。当時の俺には、自分たちの払った代償はわずかに思えた。仲間の多くは釈放されるまで十年以上刑務所にいたんだから、それに比べたらほんのちょっとじゃないか、と。だが、時間が経ち、人生のいろんな教訓を学んだいまとなっては、それが勘違いだったとわかる。代償は誰にとっても大きかったんだ。特に俺にとって。

トリクとラムンチョの声が聞こえる。二人の意見は俺とは違い、俺の最後の発言に怒っている。《君が払った代償がいちばん大きかっただって？》とトリクは言う。《なんでそんなことが言えるんだい？　僕が残酷な拷問を受けて死ぬところだったのを忘れたのか？》そしてラムンチョもやはり怒って言う。《エチェベリア、君はいつも自分のことばかりだ。自分が世界の中心なんだろう。君の言った十四か月と二週間と五日を、僕は裏切り者の密告者扱いされ、いつ殺されるかわからない危険のなかで過ごした。しかも、囚人団体は僕の過去の汚点をすべて蒸し返した。僕はふたたび、オババのファシストのアコーディオン弾きの息子、憎むべき家系の跡取りになった。刑務所の中庭で誰かが僕の名前を口にすると、みんなが唾を吐いた。みんなが顔を背けた。釈放されたあとも、僕にとっては何も変わらなかった。どこかのバーに入れば、みんなが顔を背けた。あちこちの壁に僕の名前が落書きされていた。僕は裏切り者で、死刑に値すると。エチェベリア、あの年月は自分の最大の敵にも望まないよ。でも、いい側面もあったさ、それは認めよう。あの苦しみがなければ、ストーナムにやってくることはなかっただろうし、ここアメリカで言われるように「楽園に指先で触れる」こともなかっただろう。でも、それはお前の手柄じゃない、世界のこっち側にいた人たちのおかげだ。フアン伯父さんがいなければ、そして特にメアリー・アンがいなければ、トリクがいつも話していたあの宇宙飛行士コマロフみたいに、地球の周りを回転しながら少しずつ窒息していっただろう》

トリクとラムンチョの言うことはもっともだし、俺がいま二人に言わせた言葉を現実にぶつけられたら、すぐには何と答えたらいいかわからず、自分を恥じて黙り込んでしまうだろう。だが、そのあとで、俺の額の左側を覆う傷跡をよく見てくれ、と言うだろう。

警察署で俺がいた小部屋では、叫び声——特にトリクの、だがラムンチョのも——が聞こえてきて、俺も自分が罰を受けるのを待ち構えていた。何発か、少なくとも一発ぐらいは殴られるだろうと。俺はナバラ県知事の約束を信じるほど馬鹿じゃなかった。だが、警官たちはその代わり、笑って冗談を言ってばかりで、俺にたばこを勧め、食事の時間になるとサンドイッチやビールを持ってきた。そのまま行けば、その警官の一人が言ったとおりになっていただろう。「ここを出る頃には、入ってきたときより太って見栄えがよくなっているだろうよ」

それに対する俺の最初の反応は感謝だったが、トリクが病院に運ばれた夜——警察が逮捕者の拷問に使っていた地下室が静まりかえった唯一の夜——、俺は警官たちがそんな振る舞いをする理由を理解した。奴らは《裏切り者はエチェベリアだ》というメッセージを伝えようとしていたんだ。組織は俺たちがあっけなく捕まったのに疑問を抱き、聞き取り調査を始めるだろう。囚人団体からの報告——《尋問から出てきたエチェベリアはいたって元気そうだった》——が届けば、疑惑はいっそう深まるだろう。俺はあらためて尋問を、今度は刑務所の中で受けることになり、仲間たちは簡単なことでは納得しないだろう。冷や汗が滲んだ。刑務所の片隅で、床に倒れている自分の姿が思い浮かんだ。

その瞬間——《まだ運があった》と思ったね——、ある警官が俺の小部屋の扉を開き、朝食の時間だ、一緒にコーヒーを飲もう、と言った。コーヒーに口をつけると、地下室へ通じる鉄の頑丈な扉——金庫についているみたいなやつだ——が目に留まった。俺は飛び上がり、その扉に頭から突っ込んでいった。

二十時間後、俺は病院で目覚めた。「君たちの扱いに抗議するデモがどんどん広がっているよ」と看護師が言った。助かったとわかって、心底うれしかったよ。そのときはまだ、自分がどんな傷を負ったのかわかっていなかった。その深い切り傷が、額に消えない紫色の跡を残すことになろうとは。

退院してからというもの、俺はいろんな苦しみを味わってきた。第一に、昏睡からずっと覚めず、二度と目覚めない危険すらあったトリクを思って。第二に、あの長い一年間、俺が引き受けるべきだった重荷を背負わなければならなかったラムンチョを思って。第三に、やはりあの長い一年間、組織の仲間たちと一緒にいるのを耐え続けて。そして第四に、ほとんど今日の今日まで、俺はこの傷跡、焼き印（スティグマ）のせいで、孤独に追いやられてきたからだ。

孤独に追いやられてきた。また恋愛相談室の言葉遣いだな。でもいいんだ、誰だって自分で思っているより平凡な人間なんだから。少なくとも俺はそうだ。このあいだ、テレビに体重百三十キロぐらいの若い娘が出ていて、すごく美人の司会者——体重五十五キロ、緑の目、云々——がそのきれいな目を驚きのあまり大きく見開き、こう質問していた。「あなたが愛されないですって！　でもどうして？」俺が彼女の番組に出ても、きっと同じふうにびっくり仰天してみせるんだろう。まるでこの傷跡が目に入らないみたいに。そして俺は、あの百三十キロの娘とまったく同じように感じるだろう。もちろん俺は泣いたりなんかしない、もっと激しい態度に出るだろうな。結局、いまさら言うまでもないが、俺は暴力的な人間なんだ。

俺の当時の彼女——ニコといって、新聞社でカメラマンをしていた——は、刑務所に最初の面会にやってきたとき、俺の額の傷に目が釘付けになった。「その色は変わるわよね？」と彼女はようやく尋ねた。「そりゃそうさ」と俺は答えた。だが、変わらなかった。少なくとも五、六年のあいだは。そのあと、そこまで目立つ色じゃなく、もっとくすんだ薄紫色になった。だが、そのあいだにニコは去っていった。ほかの女たちも寄りつかなかった。笑えるよ。ある新聞の日曜版付録に、男は女の身体的特徴をすごく気にするが、女はそうじゃないと書いてあった。笑いが止まらないね。

顔にでっかい傷跡をつけてみるんだな、話はそのあとだ。

だが、孤独は俺が払った代償のほんの一部にすぎない。せいぜい二十か二十五パーセントってところだ。実際、額のほかにもう一つ、まだ残っている傷跡があるんだ。どこかはわからない。魂というか、精神というか、心というか。裏切り者の傷跡さ。

裏切り者っていうのは穢らわしい獣なんだ。すべてを赦した人ですら自分の弟子の裏切りを赦さず、その弟子は首を吊った（イエス・キリストの弟子ユダのこと）。俺はそうする代わりに、模範的な行動で赦しを得て、自分の罪を贖いたかった。服役中は、《本当のことを告白し、ラムンチョが背負っている十字架を引き受けよう》と何度も自分に言い聞かせたが、殺されるんじゃないかと怖かった。その後は、釈放されたら解決しよう、パピに手紙を書いて告白したら外国へ逃れようと思っていた。でも、俺より先に友達のほうが外国へ行ってしまった。トリクはモンテビデオへ、ラムンチョはアメリカ合衆国へ。そうなると、俺が告白したところで二人には何の利益もない。俺は沈黙することにした。

年月が経ち、列車での裏切りの物語は、ほかの幾千の物語のなかに埋もれていった。トリクは憶えているし、ラムンチョは憶えているし、俺だって憶えている。パピとほかの誰かだってきっと憶えている。だが、それだけだ。トリクはモンテビデオで生き返り、いまやあの街の選り抜きのレストランのオーナーになってひと財産築いた。ラムンチョだってそれと同じぐらいか、もっと上手くやっている。あいつの場合、地獄から救ってくれたのは愛だった。俺はというと、そこまで順調なわけじゃない。だがともかく、俺の第二の傷跡は、額の傷と同じように色が変わり、薄れつつある。

俺はまだ希望を失っていない。

12

今朝の光のもとで、コンピューターはいつにも増して真っ白に見え、周囲に積み上げられた書類や写真、その他いろんな物がそれに不釣り合いなように思えた。僕はすぐに机を片付け始め、すべて大きな段ボール箱に入れた。一瞬、スリーリバーズのごみ集積場へ持って行こうかと考えた。だが結局、あのゴリラのノートと同じように、全部そのままにしておいた。あるいはほぼ全部、というのも、二枚の写真だけはほかの物と分け、もっときれいな箱にしまっておくことにしたからだ。製材所での最初の授業でヨシェバの父親が撮ってくれたものと、アドリアンがサムソンの水浴び場に作ったアトリエのお披露目会のもの。そうしたのは、とりわけセサルとルビスのためだった。二人のことはいまもよく思い出す。ルビスはセサルを脅迫する人々を嫌悪したに違いなかった。

机の上には白いコンピューターだけが残った。隣に何か置いてもいいだろうかと考えて、パピが贈ってくれたトランプからメアリー・アンの蝶、ヤマキチョウ（Gonepteryx rhamni）という名の、黄色い翅にオレンジ色の斑点がある蝶のカードを取り出した。僕はそれを机の上に置いて待った。空気は動かず、沈黙は破られず、すべてが静かなままだった。ただ、一つだけ好ましい変化があった。書斎が前より明るくなったのだ。それから少しして、何かに呼ばれたかのように、メアリー・

アンがやってきて、僕たちはヨシェバとヘレンを迎えに散歩に出た。

午後はカウィア湖のほとりで過ごした。湖には帆を張ったヨットや小型のボートが浮かんでいた。僕たちはカフェのテラス席に座り、レモンケーキを人数分注文した。そのあとで、ヘレンが昨日の朗読会を話題にした。「みんな、最後にはあなたの額を見つめていたわね。傷跡がないから変に思ったんだわ」と彼女はヨシェバに言った。「自伝的なものを書く傾向はあるが、そこまでじゃないさ！」とヨシェバは答えた。

しかし、ヨシェバの作品は彼が言う以上に自伝的だった。傷跡は実在するが、彼の額にではなく、後頭部にあるのだ。鉄の扉の角にぶつかっていったとき、ヨシェバは作中で言われていたように前からではなく、後ろ向きに身を投げ出した。医者によれば、もっと強く打っていたら即死していたところだった。

「みんなあなたの作品が気に入ったと思うわ」とヘレンは付け加えた。「トシローの話には大笑いだったわね。びっくりしたわ、カリフォルニアの人たちがトロツキストにあんな反応をするなんて」カリフォルニア州は反動的なことにかけては南部以上、全米一であるというのがヘレンの持論だった。「いちばん笑ってたのはキャロルとドナルドだったな」とヨシェバが言った。「最初から楽しむ気満々だったんだ」

「キャロルとドナルドはほかにも楽しみにしていることがあるのよ、ダビ」とメアリー・アンが言った。「あなたにも何か朗読してもらいたがっているの。牧場で、もっとこぢんまりとやるのはどうかと言っているわ」「クラブの病人を元気づけたいのさ」と僕はヨシェバに言った。「ドナルドはあなたが書いたものを心から評価しているのよ」とメアリー・アンは反論した。「バイセイリアで刊行されたあの短篇のコピーをいつも配って歩いているもの」「『オババで最初のアメリカ帰りの男』」とヨシェバが記憶力を発揮して言った。「俺も聞いてみたいよ。それか少なくとも読ませてもらえるとありがたい」「それについてはまたあとで考えよう」と僕はその話題を打ち切ろうとして言った。

湖の水は青みがかっていて、ヨットはいまにも「ハロー」「グッバイ」と挨拶しながら振られようとする白いハンカチのように見えた。だが、周囲には無頓着に、ゆったりと風を受けて進み続けていた。「カウィア湖の陽気なボートはもはや見えない。あらゆるもののなかで、目に入るのは漁師の巨大な網だけ」とヨシェバが諳んじた。そして「今度のは本物の引用だぜ」と言い足した。「わたしに見えるのは、漁師の巨大な網じゃなくて貸しボートの小屋だわ」とメアリー・アンが言った。それから五分後、ヘレンと彼女はボートを漕いでいた。

ヨシェバと僕は二人きりになると、朗読会の話題に戻った。僕は、彼の作品はかなり真実に迫っていると思う、僕の意見は心配しなくていいと言った。刑務所で過ごした日々は、自分の過ちを償う機会を与えてくれた。そして間接的には、アメリカで新たな人生を始める機会も。だが、アグスティンの場合はわからなかった。彼はいつも僕たちより幼いところがあった。ある意味で、彼は永遠に二十歳のままだろう。そして、二十歳であの出来事を理解するのは困難だった。「俺だってまだ理解できずにいるんだ」とヨシェバは言った。「マムジンを出てから自分がしたことじゃなく、グッツィに乗ってお前を探しに行った日のことだよ。なぜ自分はあんなことに首を突っ込んだのか。なぜお前をビルヒニアのベッドから引きずり出して、あんな厄介なことに巻き込んでしまったのか。だから本を書く必要があるんだ」それも僕の回想録の話をするには絶好の機会だったが、僕は見送った。「もし自分がそうするとしたら、アンヘルとルビスについて書くだろうな」と僕は言った。「当時の状況をよく分析してみるしかないよ」彼は頷いてみせたが、形だけだった。もはやそんな忠告は必要としていないのだろう。

僕はホテルの庭園でテレサにもらい、コップに挿しておいた薔薇と、そのときに下した決断を思い出した。この薔薇の花びらがすべて落ちてしまうまでビルヒニアの手紙を待とう、それまでに返事がなければ彼女のことは忘れてしまおう、と心に決めたのだった。そして、人生の皮肉を思った。あの薔薇の花びらがまだ一枚も失われぬうちに、人生はビルヒニアを僕のもとへ連れてきただけでなく、奪っていった。

モーターボートが一隻、僕たちの前を通り過ぎていった。六十歳ぐらいの夫婦のほかに、舳先に登ってぴんと背を伸ばしたチワワの姿があった。その小型犬は救命ベストを着ていた。“This is America!”――「これぞアメリカだ！」（ディス・イズ・アメリカ）――とヨシェバが叫んだ。

「君の作品を少し批評させてもらえないかな」と僕は言った。彼は頷き、話を促した。「僕が思うに、エチェベリアの語りには弱いところがある。あの鉄道警察の話、県知事への電話……。スリーリバーズの人たちは信じるかもしれないけど、僕は騙されない。君はもっと前からあの作戦を準備していた」「本当のことを知りたいなら、そのことを考え始めたのはお前の母さんが亡くなった日、ポーからマムジンへ帰る途中だ」「それで、アルツリュキュで偶然会ったビルボの友達と話を決めた」と僕は付け加えた。“*Bistan da!*”――「もちろんさ！」（ビスタン・ダ）――とヨシェバはアルツリュキュの訛りを真似て叫んだ。「いずれにしても、作家はつねに現実をどこかしら変容させる必要があるんだ」と彼は続けた。「たとえば、後頭部にある傷跡を額に移動させる。額のほうが目立つし、記憶に残りやすいだろ」彼はさらに例を挙げた。あの救命ベストを着たチワワがいなければ、僕たちはボートに目もくれなかったはずだと。ヨシェバは昔から文学理論が好きだった。僕はそういう話にはついていけない。

幸い、メアリー・アンとヘレンが戻ってきた。僕はもう家に帰り、白いコンピューターの前に座りたかった。この反応の良さは素晴らしい。キーボードに指を走らせれば、スクリーンに文字が、言葉が現われる。薔薇（アロサ）（*arrosa*）が現われ、コップ（キカラ）（*kikara*）が現われる。

13

パニック。今朝起きようとしたら、足が石のように重く、電話のところまで引きずっていくこともできなかった。メアリー・アンがラビノウィッツ先生に電話し、彼の指示に従って薬の量を二倍に増やした。「これできっとよくなるわ、ダビ」とメアリー・アンが言った。彼女のおかげで、なんとか気持ちを落ち着けることができた。そのあと、ヨシェバとヘレンが来て、二人も僕の気を紛らわしてくれた。しかもその頃には、足は石というより石膏ぐらいに感じられるようになっていた。正午には起き上がれるようになり、ポーチに出た。

二時頃、ラビノウィッツ先生が電話してきて僕の容態を尋ね、手術の日程を早めたいかと訊いた。「十八日でもできますよ。水曜日です」「そのほうがいいですよね」と僕は言った。「バイセイリア市内にお住まいなら変更は提案しませんが、スリーリバーズから到着するまで時間がかかるのが心配です。慎重にするに越したことはないでしょう」僕は、わかりました、そのほうが僕も安心です、と答えた。「前日にお越しになる必要があるのはもうご存知ですね。十七日です」彼はそう言って電話を切った。

午後は書斎へ行き、段ボール箱からもう三枚の写真を救出して、もっと小さくきれいな箱に移した。リボン競争の日にビルヒニアと二人で撮ってもらったものと、テレサがポーから送ってきたもの——彼女のオリーブ色の目が美しく映っている——、それにオババの記念碑の完成式典の日のものだ（ウスクドゥン、デグレラ、ベルリーノ、アンヘル、マルティン……）。その式典で、僕はアコーディオンを弾かず、生まれて初めて自分の意思を表明した。だからその写真が好きだ。ほかの写真のように——ビスタン・ダ！——そこに映っている人が好きだからではなく。

ポーチに出ると、ヘレンとヨシェバとメアリー・アンも写真を見ていた。「この写真すごく決まってるぜ、ダビ！」とヨシェバが言った。メアリー・アンとサウサリートで映したものだった。「あなたたち二人で一緒に撮った最初の写真ね」とヘレンが言った。そこに映ったメアリー・アンは素晴らしく美しく見えた。「メアリー・アン、《ゲルニカ》というレストランの葉書で何をしたか憶えてるかい？」と僕は訊いた。「半分にちぎったあの葉書だよ」「よく憶えているわ、ダビ。それに実を言うと、わたしの分はとってあるの」「ダビ、あなたは？」とヘレンが訊いた。「僕もだよ」と答えた。「ああよかった！」と三人は同時に叫んだ。

そうしてみんなでポーチで過ごすのは気持ちがよかった。いまも気分はいい。足はいつもと変わらず、スリッパの中で指の感覚もある。だが、僕の中のコオロギは警戒している。何かの兆しを感じ取ればすぐ、猛然と羽を動かし始めるだろう。

14

夕方、机の上に貝殻が十個ほど置かれているのを見つけた。黄色とオレンジ色の蝶のカードの位置も変わっていた。それがなぜか気づくのに時間はかからなかった。庭からリズとサラの笑い声が聞こえた。「とても美人さんに見えるよ」と僕は外に出て二人を抱きしめながら言った。本当だった。娘たちの肌はサンタバーバラ色だった。「ビーチは楽しかったんだけど、そろそろ家に帰りたくなってきた頃だったんだ」とサラが言った。僕は少し身体が弱ったように感じた。僕たちは馬を見に行き、それからエフラインとロサリオの家へ行った。

ついさっき――もうすぐ七時だ、テレビで放映される映画をみんなで観ることになっている――奇妙なことをした。自分の墓に彫ってもらう墓碑銘を書いたのだ。続けて、葬式のための弔辞も。まったく悩まなかった。あたかもほかの誰かのために書いているかのように、おのずと言葉が浮かんできた。病院へ行くとき、この八月十四日の覚え書きの下にあるとメアリー・アンに伝えなければ。そして、僕が死んだらこれを三言語で読み上げてほしいと。彼女が英語で、エフラインがスペイン語で、ヨシェバが僕の母語で。

墓碑銘　《この牧場で過ごした日々ほど楽園に近づいたことはなかった》

弔辞　《この牧場で過ごした日々ほど楽園に近づいたことのなかった故人にとって、天国でそれ以上に素晴らしい日々が待ち受けているなど信じがたいことであった。妻のメアリー・アン、そして娘のリズとサラに別れを告げねばならぬ悲しみに、彼の心は張り裂けんばかりだった。しかし、旅立ちの時を恐れながら、かすかな希望がなかったわけではない。彼は神にこう祈った。僕を天国に連れていき、伯父のフアン、母のカルメンと、生まれ故郷オババの旧友たちの傍らに眠らせてください、と》

15

日曜日。午前中はずっとリズとサラとパズルをしていた。午後になると、娘たちはエフラインとロサリオの家へ行き、僕は居間に集まったメアリー・アン、ヨシェバ、ヘレン、キャロル、ドナルドやほかのブッククラブの仲間たち数人と合流した。ポーチにはいられないほどの猛暑だった。僕が入っていくと、みんなは先週水曜日にあった朗読会の話をしていたが、すぐにドナルドが「オババで最初のアメリカ帰りの男」を褒めそやし始め、僕にその短篇を朗読してもらえないだろうかと言った。僕はできないと、もしそうしたければ彼が読んでくれればいいと言った。

ドナルドはもちろん、僕がそう答えることは織り込み済みで、朗読の準備をしていた。バイセイリアで刊行されたアンソロジーを、僕のテクストの始まりに赤い付箋を貼って持ってきていたのだ。

実のところ、準備ができていたのは彼だけでなく、全員だった。みんなで示し合わせていたのは明らかだった。ドナルドが朗読を始めた。《アラスカから帰ってオババにホテルを建てた頃、ドン・ペドロはでっぷりと太っていて、フランスから持ち帰った最新の体重計に毎日乗っているらしいというのが、村での彼に関するもっぱらの話題だった……》

僕はドナルドに続けるよう合図し、書斎に来て、ドン・ペドロ・ガラレタがフアン伯父さんに宛てた手紙――イルアインの隠し部屋に匿ってもらう前に自分の身に起きた出来事を説明したもの――を探した。僕はそれを二度読み返してから居間へ戻った。ドナルドの朗読はその十五分後に終わった。

「あんまり拍手されたら不吉な気がするよ」と僕が言うと、みんな黙り込んだ。僕は続けて、ドナルドが読んだ短篇は、いま僕が手に持っている手紙にもとづいているのだと説明した。「これを書いたのはドン・ペドロ・ガラレタ本人、オババで最初のアメリカ帰りの男だ。この場で翻訳してみるから、彼の証言と僕がつくったフィクションを比較してみてほしい」「それは面白いね」とドナルドは言った。

僕は肘掛け椅子に座り、ドン・ペドロが語ったこと――簡潔で、プロットも隠喩もない――を訳し始めた。

ドン・ペドロ・ガラレタ自身による一九三六年八月十五日の出来事の証言

《［……］車は全速力で走り出し、私たちはたちまちオババの村に入る。停車してすぐ、もう一台の車が到着する。隊長を残して全員が車から降り、代わりにほかの男たちが乗り込んでくる。新しく運転席に入ってきた男が前の運転手に尋ねる。「こいつらはどこへ連れて行くんだ？」前の運転手はある名前を告げるが、それはどこの村の名でもなく、私には聞き覚えがない。

私たちの乗った車は二番手で出発する。車はすぐに幹線道路を離れ、山道を登り始める。もはや疑いの余地はない。私たちは殺されるのだ。その辺りの山は知らなかったが、車から身を投げて自殺できる断崖があるはずだと考える。その先に待ち受けている死、苦痛は想像するだに恐ろしい。彼らが私たちを拷問しないなどとは考えられなかったので、私は自分の思いついたその解決策に満足する。しかし、車は山道をとてもゆっくりと登り続け、身を投げるにふさわしい場所は見つからない。

車は峠を越え、八百メートルほど進む。突然、前を走っていた車が道路を塞いで斜めに駐車する。私たちの乗った車は数メートル離れて停まる。「着いたぞ！　全員外へ！　お前が最初だ！」（ここで私は数時間書くのを中断しなければならない。思い出すと感情が高ぶって意識が遠くなる。我に返ってベッドに少し横になり、それからまた書き始める。）

「お前が最初だ、降りろ！」と彼らは命令を繰り返す。私は出たくないが、いちばんドアの近くにいるのでそうすると誰も動けず、押し合いへし合いになる。もう一台の車に乗っていた人たちはもう車を降り、教師たちが既に外に立っている。いつの間にか、もう一台に乗っていた男が一人こちらにきて、私が乗っていたのと反対側の窓から、銃の先で激しく、弱い男ならそれで死んでしまってもおかしくないほどの勢いで私の脇腹を突く。彼は銃を持ち上げ、私に向かって構える。彼の仲間が言う。「外に出るまで撃つんじゃない、車が血まみれになる。昨日のことを思い出せよ」

もう一台の車からさらに二人の男がやってきて、私を引きずり出そうとする。私は両腕を振り回し、彼らを地面に投げ飛ばす。結局、私は外に出るほかなくなる。数メートル先には三人の教師が立っていて、私たちは並ばされる。先頭がドン・マウリシオ、次がドン・ミゲル、三番目がドン・ベルナルディーノ、四番目が私だ。大きなピストルを持った隊長が私の隣に立ち、十人か十二人の部下がその後ろから二メートルほど離れて銃を構える。隊長が私に向かって言う。「ガラレタ、お前が最初だ」私が話を聞いてほしいと言うと、「早くしろ、急いでいるんだ」と彼は答える。私は、自分は何も悪いことはしていないし、この先もするつもりはない、わずかばかりの財産があるので、あなたの好きに使えるよう譲って差し上げたい、と言う。彼は大声で命じる。「撃て！」私はとっさに彼の腰を摑み、宙に持ち上げて叫ぶ。「逃げられる者は逃げろ！」私は彼を地面に放り出すと同時に森の中を駆け下りていき、全員が私に向けて発砲する。ドン・マウリシオの声がする。「あなたたちは逃げてください、私は無理です！　ここで死にます！」私は無我夢中で走る。足が絡まり、転んで地面に倒れる。彼らはさらに五回私に向けて発砲する。

彼らは私が死んだと思う。隊長が言う。「今度はほかの小賢しい奴らだ」彼らは私のいるほうに背を向け、教師たちに向かって銃を構える。私はまた走り出そうと急いで立ち上がるが、そのとき、ドン・ベルナルディーノが凄まじい死の叫び声を上げて崩れ落ちるのが見える。そしてさらに二人の、ドン・マウリシオとドン・ミゲルの悲鳴が聞こえる。この二人が倒れるところは見なかった。三人とも心臓を打たれたのだ。とどめの弾が全員にほぼ同時に撃ち込まれ、私にもとどめを刺そうとした男が「ここにいないぞ！」と叫ぶ。隊長が彼を叱り飛ばす。「逃したな！　お前の頭をこのピストルで撃ち抜いてやってもいいんだぞ」

私は動かない。走り出して音を立てて気づかれるのが怖い。彼らはとても若いので――何人かは二十歳足らずで、私はもうすぐ六十歳、体重は百二十キロ近くある――そうしたらすぐに捕まってしまう。すると、彼らは汚らしい犬の群れのように半円状に並んで私を探し始め、そのうちの二人が私の両脇を通り過ぎる。セイヨウシデの葉の影が月明かりを遮っているのが不幸中の幸いだ。彼らは五十メートルほど進んでから、振り返ってまた私のほうへ向かってくる。誰かが「このあたりに死体があるはずだ」と言うが、それを本当に信じている者はいないらしく、突然何か見えたと思うと発砲し始める。彼らは一時間もそうしていて、それから車に乗って去っていく。

私はどうすればいいのだろう？ いまの場所から動くのは怖い、彼らが残していった見張りにねずみのように捕まってしまうだろう。私はその場に留まり、日の出とともに出発することにする。

身体が冷えてくるにつれ、脇腹が痛み始める。銃の先で激しく突かれたときにどこか骨折したか、深傷を負ってしまったのだろう。

日が昇り始める頃、車が一台来て、三人の教師が殺された場所に停まる。男の一人が言う。「この辺りにいるはずだ」それを聞くなり、私は走って逃げ出す。とても大きなシダが茂っている。私は森の中の、木々が密集してとても安全そうな場所に着く。正午頃、あまり遠くないところから叫び声がし、あまりよく聞こえないが「スペイン万歳！」（¡Viva España!）、「スペインよ立ち上がれ！」（¡Arriba España!）と言っているようだ。続いて銃声と、凄まじい死の叫び声。私にとってはさらなる不運、さらなる恐怖。次の一昼夜をそこで過ごすが、どうすべきかわからない。脇腹の痛みがいや増す。結局、私はフランスへ向かうことにする。山を伝っていけばそれほど遠くないはずだ。

早朝に牛の鈴の音が聞こえ、近づいてみると、羊と牛を何頭か連れた羊飼いらしき男が見える。信頼はできないが、喉が渇いているので——空腹はそれほどでもない——結局、彼のところへ行く。男は、水は持っていないが、小屋までついてきてくれれば水と食べ物も少しあげようと言う。私が裸足なのを見て、彼は何が起きたかを察する。小屋には別の二人の男がいるが心配しなくていい、いい人たちだと言う。そして彼の言ったとおり、小屋には二人の男がいる。二人ともイエス・キリストに贈り物を持ってきた者たちと同じく羊飼いで、私にも贈り物——飲み水とパン、チーズ、ハム——をくれる。しかも古いエスパドリーユまでくれる。まもなく、彼らは村へ降りていかなくてはならないと言う。彼らが出ていくとき、私は森で会った男に、フランスまで連れていってくれたら四ドゥーロ銀貨をあげようと提案する。彼はそれはできないと言い、遠くの山を指差して、あそこを目指していくように、フランスはあの山の向こう側だと言う。

私はその羊飼いたちが密告しないだろうと思うが、それは間違いだった。道を進んでいくと下のほうに村が見え、突然、二台の車が広場から出てくる。私を探しに来る、と思うとそのとおりで、こちらへ向かってくる。私はまた走り出す。体重のおかげで下り道を行くのはとても速い。ときどき転び、地面を転がりながら、一時間かそれ以上走り続けるが、疲労困憊でもう先には進めず、小川のほとりの茂みに身を隠す。そのとき、自分がある谷にいて、目の前には家々が、線を引いて並べたように小川の両岸に建っているのに気づく。最初は見知らぬ場所だと思うが、いちばん奥にある家が注意を引く。その小さな家の脇の敷地には馬がいて、私はその馬たちを見てすぐに思い出す。ファンという若者がそこに妹と住んでいて、彼は馬にとても詳しく、私自身、ホテルを建設中でまだ車を持っていなかった頃、そこに何度も来たことがあったのを。ファンはとても真面目な子で、

しかもアメリカに行きたいと話していた。もしかすると彼と取り引きができるかもしれない……》

僕はそこで読み上げるのをやめた。「この文章はまだ続くけど、ここまで聞いてもらったので充分だと思う。この二つのテクストの比較は簡単だ」と僕はみんなに向かって言った。「現実の出来事ははるかに悲しいものだった。フィクションでは、ドン・ペドロは闘い、自衛のために銃を撃ち、親しい友人を救えなかったことを後悔し、最後には救われた。それに、教師の一人のドン・ミゲルも、ビルバオに逃げるのが間に合って助かった。でも、現実にはそんなことは一つも起こらなかったんだ。現実のドン・ペドロは、人殺しや密告者に翻弄され、彼らのあいだを逃げまどうばかりだった。百二十キロの巨体でも、まるで怯えた子羊みたいだ」「ダビ、何が言いたいんだい？」とドナルドが不安そうな顔で尋ねた。「現実というのは悲しいもので、本に書かれたものは、どれだけ生々しい内容であっても、現実を美化しているということだよ」

沈黙が生じた。たぶん僕が熱を込めて話しすぎたのと、手術日が近いことがみんなの頭にあったからだろう。そのとき、ヨシェバが持ち前の芝居の才能を発揮した。「ダビ、どういうことだ？」と彼はしかめ面で僕に突っかかってきた。「現実はつねに悲しいものだって？　じゃあ、ラケル・ウェルチと馬が裸で現われた日のことはどうなんだ？　あれも悲しい出来事だったって言うのか？」それは僕の身に起こったことではない、とみんなに説明しようとしたが、その嘘はたちまちに居間じゅうを飛び交い、もはや説明しても無駄だった。「ラケル・ウェルチが裸で？　どこで見たの？」とキャロルが目を丸くして訊いた。「裸だったのは馬だ」とヨシェバは答えた。「ラケル・ウェルチはビキニ姿だった」ドナルドも驚いてしまい、「ラケル・ウェルチに会ったって本当かい？」と僕に訊いた。結局、メアリー・アンがそのエピソードの実際のバージョンをみんなに話して聞かせなくてはならなかった。それでも混乱はなかなか収まらなかった。特にキャロルは現実に戻るのに時間を要した。「つまり、ラケル・ウェルチはタホ湖にいたのね」と彼女が僕に言ったのは、コシェバの発言から半時間後のことだった。

その後ずっと考えていたのだが、僕はなぜアメリカ帰りの男の物語のあんなにも悲しい箇所を、短篇を書いたときには切り捨てる必要があると思ったあの箇所を読み上げたのだろう。しかもそのあとで、なぜあんな悲観的なコメントをしてしまったのだろう。その答えはわかった。いま、僕はドン・ペドロ・ガラレタなのだ。夜、僕はどこへ連れていかれるかもわからず、車に乗っている。わかっているのは、一緒に乗っている何人かは既に死んでいるということだけだ。それはラビノウィッツ先生の診療所でよく見かけた人たちで、彼らが症状を説明すると、先生は「それはいい知らせです」と答えていた。逃げることができない、そのことが何よりもつらい。逃げたところで必ず見つかり、車へ連れ戻される。そしてあるとき突然、無情な言葉が言い渡される。「着いたぞ！　全員外へ！　お前が最初だ！」これ以上はもう考えたくない。僕の中のコオロギが鳴いている。明るい鳴き声ではない。怯えている。もし外に出てこられたなら、このコンピューターの白いキーのあいだに身を隠そうとすることだろう。

16

メアリー・アンと僕は入院に必要な物の準備をし、そのあと、リズとサラが友達に会いたいと言うので、スリーリバーズの公園へ行った。ヨシェバとヘレンも一緒に来た。公園では、凧揚げ師（コメタラリ）(*kometalari*) ——こんな言葉が存在するかどうかは知らない——が子供たちのグループに凧（コメタ）(*kometa*) の揚げ方を教えているところだった。リズとサラはそのグループに加わり、ヘレンとメアリー・アンもついていった。メアリー・アンはわざとそうしたのではないかという気がする。彼女は、ヨシェバと僕が「僕たちのこと」について話し続けたがっていると思っていて、ときどき二人きりになれるよう気を遣ってくれている。

僕はヨシェバに、入院する前に僕たちの過去の検討を終わらせたいと、パピやトリクやほかの人たちについて知っていることを話してほしいと言った。「パピっていうあだ名の由来は知ってるか？」とヨシェバが訊いた。「かなり父親っぽい人だからだと思っていたよ」と僕は言った。「俺もだ。でも、『パピヨン』という映画からきているらしいんだ。このあいだは言わなかったが、ハバナではパピにも会った」僕は、きっとそうだろうと思っていた、いまさら聞いても驚かない、と言った。

僕たちはしばらくパピの話を続けた。それからトリクの番になった。ヨシェバは、彼にモンテビデオで会ったという。「あいつのレストランは大繁盛だよ。何ていう名前かわかるか？《特別船（ラ・ナベ・エスペシアル）》

(La nave especial) だ。もちろん、トリクは《宇宙船(ラ・ナベ・エスパシアル)》(La nave espacial) ってつけたかったんだが、看板屋がよく読んでなくてそうなっちまったんだとさ」

僕は、きっと裏付けのしっかりしたいい本になるだろう、と言った。彼は首を振った。「ハバナとモンテビデオに行ったあとじゃ、そうは思えない。俺はパピとトリクと、裏切りについて話したかったんだ。それぞれがどう思ってるのか知りたかった。俺が、お前のこともそうだけど、あの二人を裏切ったわけだから。だが困ったのは、あの二人は短篇小説なんて読まないってことなんだ。パピとは結局スティーヴ・マックイーンの話になって、トリクとはただおしゃべりして街を散歩して終わりさ」「それで、二人ともどうなんだい?」と僕は尋ねた。「精神的にとか、そういうことだけど」「トリクは抜け殻同然だ。お前も言ってたが、二十歳のままで止まってる。あいつが毎日欠かさずしてることは何だと思う? 《バスクの家(エウスカル・エチェア)》(*Euskal Etxea*)〈在外バスク人のためのコミュニティセンター。特に南北アメリカに多い〉の前を通って、ピロタのコートから響いてくるボールの音に耳を澄ませるんだ。目を閉じるとまるでバスクにいるみたいな気がするんだと。パピのほうは、正直言ってわからない。唯一の目標はキューバの蝶について本を書くことだと自分では言ってたが、どうだろうな」

凧揚げ師の野外講座はもう終わっていて、空には二十近くの凧が揚がっていた。緑色の二つがリズとサラのだった。メアリー・アンが僕たちを呼んだ。「俺たちの過去の検討はお前が退院したあとで続けよう」とヨシェバが言った。

夕食は早めに済ませた。すぐに寝ようと思っていたが、この八月に毎日してきたようにコンピューターの前に座ると、書く元気が湧いた。このあと、メアリー・アンと娘たちとビデオを観る。明日はバイセイリアへ。

謝辞

友人のフェルナンド・レイ、アンチョン・ガリカノ、イシアル・モラ、
ヘスス・マリ・アルアバレナ、ルイス・ベリスベイティア、
マリア・ヘスス・イルレタゴイエナ、ペリョ・エルツァブル、
アランチャ・ラサ、チェマ・アラナスに。

アシュン・ガリカノに
千と一の感謝を。

ドン・ペドロ・サリーナスの家族、
とりわけ彼の娘たち、カルメン、ベアトリス、ラウラ、サラに
特別な感謝を。

訳者あとがき

ベルナルド・アチャガは、スペイン北部とフランス南西部に跨るバスクという地域で話される、バスク語という少数言語の書き手だ。架空の村オババをめぐる連作短篇集『オババコアック』（一九八八年）で一躍国際的に注目を集め、その後の作品も次々と世界各地で紹介された。今日、彼の作品は欧米の主要言語のほか、ウェールズ語、トルコ語、アムハラ語などを含む三十以上の言語で読むことができる（邦訳は『オババコアック』、西村英一郎訳、中央公論新社、二〇〇四年）。

バスクの地は、かつて広くバスク語（euskara）を共有していたことから、エウスカル・エリア（Euskal Herria）、すなわち「バスク語の国」と呼ばれてきた。周囲のロマンス諸語とも、世界のいかなる言語とも類縁関係を持たないこの古く特異な言語は、スペイン語とフランス語という強大な国家語の狭間で衰退の一途を辿り、消滅すら予言されていたが、二十世紀末にかけて驚異的な復興を遂げ、いまでは、バスク全体の人口の約三割に相当する百万人近くにまで話者数を増やしつつある。その言語復興のプロセスと歩みをともにし、過去半世紀にめざましい発展を遂げてきたのが、バスク語で書かれた文学だ。

アチャガは一九七〇年代以降、あらゆるジャンルで革新的な作品を生み出してその発展を牽引してきたのみならず、バスク語のような小さな土着の言語でも優れた現代文学を書き、翻訳を通じて世界各地の読者に読まれることが可能だと証明してみせ、そのことは後続の作家たちに多大な影響を与えた。わずか数十年前には想像もつかなかったほど数多くの多様な作品が書かれ、バスクの外でも読まれるようになった現在のバスク語文学の「黄金時代」とも称される状況は、このようなアチャガの貢献を抜きにしては語りえない。

本作『アコーディオン弾きの息子』（二〇〇三年）は、先述の『オババコアック』と並ぶアチャガの代表作で、国際的に著名なバスク語の書き手となった彼が、それまでの作家人生のすべてを一冊の本に収めるべく、世紀の変わり目に約七年の歳月をかけて書き上げた長篇小説だ。バスクでは「これほど待ち望まれ、しかも待ち望んだ甲斐のあった小説はほとんどない」とまで評され、スペイン批評家賞、イタリアのグリンツァーネ・カヴール賞とモンデッロ賞、イギリスのタイムズ・リテラリー・サプリメント翻訳賞などに輝き、これまで十六の言語に翻訳された。さらに、近年では舞台化（二〇一二年）や映画化（二〇一九年）も相次いでいる。

物語は一九九九年、アメリカ合衆国カリフォルニア州ストーナム牧場で、バスクからの移住者である主人公ダビの死とともに幕を開ける。ストーナムを訪れた幼馴染みのヨシェバは、未亡人のメアリー・アンから、ダビがバスク語で書き残したという回想録「アコーディオン弾きの息子」を手渡される。ダビが異国の地で、家族にすら読めない言語で書き綴り、向き合おうとした過去とは何だったのか？ ヨシェバ（アチャガと同様、成功したバスク語作家と設定されている）は故郷の村オババに帰ったあと、ダビの回想録に自身の記憶を補いながら加筆・編集し、二人の共著として出版することを決意する。そうして成立したとされる本書は、バスク語で書かれた本が翻訳を介してグローバルに流通しうるという新たな状況を背景とした、バスクにとってのディアスポラ（「離散者」、「故郷喪失者」、「在外同胞」などの訳語が充てられる）をめぐる物語だ。

俗に「真のバスク人はアメリカに叔父を持つ」と言われるほど、バスクからアメリカ大陸への移民の歴史は長い。大航海時代の昔から、船乗り、植民者、出稼ぎ移民、難民や亡命者として、多くのバスク人が南北アメリカに渡った。二十世紀におけるその最たる例は、一九三六年に勃発したスペイン内戦とその後のフランコ独裁から逃れた難民や亡命者だが、ピカソが描いたゲルニカ爆撃に象徴される迫害の記憶と、フランコ体制下の弾圧が残した怨恨は、七〇年代以降に新たなディアスポラを生んだ。バスクの分離独立を目指した過激派組織ＥＴＡ〈祖国バスクと自由〉（一九五九年結成、二〇一八年解散。二〇一一年の非武装化宣言までに、テロ活動によって八百名以上を殺害した）の武装闘争に身を投じたのち、スペイン当局の追跡または組織との確執により、故郷を離れざるをえなくなった人々である。

『アコーディオン弾きの息子』は、そうした故郷喪失者の一人となった主人公ダビの人生を通じて、スペイン内戦とフランコ独裁からテロの時代へと至る暴力の歴史と、それを生きたバスクのかつての若者たちの一世代の人生のゆくえを描き出す。その背後にあるのは、ダビやヨシェバと同世代である作者アチャガ自身の、なぜ自分たちはＥＴＡによるテロリズムの台頭を許し（場合によってはそれに加担し）てしまったのか、という倫理的かつ切実な問いかけである。

故郷と言語の喪失をテーマに、古代ギリシャ・ローマ時代から現代に至るさまざまな文学作品（ウェルギリウス、ダンテ、ブレヒト、ナボコフなど）への言及をちりばめながら紡ぎ出されるダビの回想の叙情性と人間味溢れるユーモアに加えて、ヨシェバというもう一人の書き手－語り手が関わってくることによって生まれる重層性が本書の大きな魅力だ。ヨシェバがダビの死後、彼の本を書き直すことで、それは個人の領域を超えて、バスクのある世代の集合的な記憶の語りへと変容していく。さらに、ダビのきわめて私的な回想録の中に「埋葬」されていた言葉と記憶は新たな命を得て、(おそらくはバスク語以外の言語にも翻訳され)多くの読者のもとに届くことになるのだ。

本書でとりわけスリリングなのは、最終部「八月の日々」で死を目前にしたダビのもとに現われたヨシェバの働きかけによって、ダビの回想録(作中の「名前」、「炭のかけら」、「木の燃えかす」に概ね相当する)では語られなかった彼の過去が徐々に明らかになっていくくだりだ。小説の末尾に至って二人のあいだでようやく着手される「僕たちの過去の検討」は、痛ましい記憶を呼び起こすバスクの「まだ遠くない過去」について語り、論じ合うことがいかに困難かということと同時に、そのまだ始まったばかりの語りと対話のプロセスは未来に開かれたものであるということを示唆しているかのようだ。

ところで、この小説の主要な登場人物であるダビとヨシェバが、作者のアチャガと同世代に設定されていることには既に触れたが、この二人の人物造形をはじめとして、『アコーディオン弾きの息子』には作者自身の伝記的事実がかなり織り込まれている。なので、特に本書の内容に関わる作者の経歴とその時代背景についていくらか補足しておきたい。

ベルナルド・アチャガ(本名ホセ・イラス・ガルメンディア)は一九五一年、スペイン領バスクのギプスコア県に位置するアステアシュという山村に生まれた。十三歳の頃、アンドアインという近くの町に引っ越し、そこから二十キロほど離れた海沿いの県都ドノスティア゠サンセバスティアン

（今日の正式名称）のラサール校に通うことになるが、子供時代を過ごしたアステアシュは彼にとって特別な場所であり続け、のちにアチャガ文学の中核を成す作品群に登場する「オババ」という架空の土地のモデルとなった。沿岸部の都市とは異なって交通の不便な山間部にあり、住民の大半がバスク語話者で、前近代的な伝統社会の名残りを色濃く残していた一九七〇年代頃までのバスクの農村部を念頭に置いたオババの村は、アチャガにとって、独自の語彙や論理、世界観を備えた一つの宇宙、長い歴史を持ちながらいまや消え去り、忘却されつつある「古い世界」である。外の人間ばかりでなくバスク人たち自身にも蔑視されてきたその世界を、アチャガはのちに自分のルーツとして再発見し、そこから『オババコアック』や本作『アコーディオンの息子』といった作品が生み出されることになる。

一九六〇年代末、大学で経済学を学ぶためにバスク最大の都市ビルバオ（ビルボ）へ移り住んだアチャガは、そこで当時活発化していたバスク語文化復興運動と初めて接触する。アステアシュに生まれ育ったアチャガにとってバスク語は母語だったが、歴史的にバスク語は教育の場から排除されていたため、バスク語話者は長らくみずからの言語で読み書きを学ぶ機会に恵まれなかった。しかも当時は、スペイン内戦で反乱軍を率いて共和国陣営を破り、一九七五年に死去するまで独裁体制を敷いたフランコ総統のもと、学校を含む公共の場でのスペイン語以外の言語の使用は禁じられ、バスク語文化とそれに関係する象徴的な事物（旗など）や行為は厳しく弾圧されていた。その体制下に生まれ、教育を受けた六〇～七〇年代当時のスペイン領バスクの若者たちは、バスク語で書かれた書物に接する機会もほぼなかったし、彼らが自分たちの歴史として習ったのは、内戦の勝者側によって書かれた「一つにして偉大で自由な」スペインの歴史で、バスクには固有の言語と文化、歴史が存在するなどといった視点（十九世紀末から内戦勃発前にかけてバスク・ナショナリズムの勃興とともにそうした意識が高まった）はそこから完全に排除されていた。

しかし、一九五〇年代末から七〇年代にかけて、反体制運動の機運の高まりとともに、それまで下火になっていたバスク語文化復興運動が盛り上がりを見せるようになる（のちにテロ組織として国際的に名を轟かせたETAも、結成当初は民族文化復興運動の色彩が強かった）。内戦後に生まれた世代はそこで初めて、自分たちの「祖国」を発見するとともに、反乱軍の勝利によってもたらされた「平和」を誇っていた体制の欺瞞に気づき、何らかの行動に出る必要性を認識し始めたのだ。この動きは、キューバ革命やアルジェリア独立といった旧植民地解放の流れ、対抗文化や社会労働運動の隆盛とも呼応しながら徐々に広まっていき、特にビルバオ（スペイン語話者が圧倒的多数を占めるが、バスク・ナショナリズム発祥の地で、労働運動の根強い伝統を持ち、学生の街でもある）を中心に、非合法的な抵抗運動として展開していった。

かねてより作家を志していたアチャガは、そうした当時の状況に影響を受けつつ、偉大な詩人ガブリエル・アレスティ（一九三三～七五年）の知遇を得たのをきっかけに、七〇年代初頭からバスク語での創作に打ち込み始める。アチャガは、当時のほかの多くの若者と同じくバスク・ナショナリズムや革命思想の洗礼を受けたものの、ナショナリズムや直接的な政治運動とは距離を置き、むしろ政治的・言語的な関心が文学的な関心にまさっていたバスク語文学の状況を強く批判する立場から注目を集めた。しかし、彼の友人のなかには、一九六八年に武装闘争を開始し、フランコ独裁が終焉してもなお、スペイン民主化のプロセスに異議を唱えてテロ活動を継続していたETAに加わった者が複数いた。また八〇年代には、ETAとの関係を疑われて治安警備隊に捕らえられたミケル・サバルサ（一九五二〜八五年）が川で死体となって見つかったり（死因は拷問と疑われるが、いまも未解決）、ＥＴＡの幹部だったヨイェスことドローレス・ゴンサレス・カタライン（一九五四〜八六年）が、反体制・バスク解放・社会主義革命の担い手から殺人集団へと変貌した組織を離れる決断を下し、メキシコとフランスでの亡命生活を経て帰郷したバスクで「裏切り者」として殺害されるなど、衝撃的な事件がバスク社会を震撼させた。

こうした一連の出来事に深い影響を受けたためか、『オババコアック』で成功を収めたのちのアチャガは、ＥＴＡの元メンバーを主人公とした小説『孤独な男』（一九九三年）、『空模様』（一九九五年）を相次いで刊行し、彼自身の属する世代がかつて憧れた理想とのちの幻滅、そして武装闘争に身を投じた者たちが抱えることになったトラウマと彼らの困難な社会復帰を描いた。その後発表されたのが、この『アコーディオン弾きの息子』というわけだ。

本作が刊行された二〇〇〇年代初頭、ＥＴＡはまだテロ活動を繰り広げており、二〇〇一年のアメリカ同時多発テロ事件を機に宣言された「テロとの戦争」の後押しを受けた当時のスペイン首相アスナールは、“Todo es ETA”――「［疑わしきは］すべてＥＴＡ」――との考えのもと、バスク語で唯一存在していた日刊紙を廃刊させるなどの強硬措置を打ち出し、これを言語と言論の弾圧と受け止めたバスク社会の幅広い層の反発により、バスク紛争はさらなる膠着状態に陥っていた。内戦期およびフランコ時代にバスク社会が被った暴力は未だ過去のものではない、だからこそ、現在を理解するためには自分たちの手で過去の記憶を書き残さなければならないという作者の強い思いもまた、この小説の背後に透けて見える。

さらに、本作に関してぜひとも触れておかねばならないのが、その言語的な側面だ。オババ（バスク）とストーナム牧場（アメリカ）のあいだで展開するこの小説には、出身地も社会階層もさまざまな多くの人物が登場するが、いずれの場所にも複数の言語が存在し、人々がそれぞれ特有の語彙、訛り、アクセントで話すさまが細かく描写されている。その背景には、支配的言語と少数言語の関係や、一九八〇年代に入るまで標準語が普及しなかったバスク語における土地言葉（方言）の多様性に特徴づけられたバスクの多言語的な環境があることは間違いないが、作者のこうした描写へのこだわりには、言語とはその話し手の生の軌跡を如実に表わしながら、その人を形づくっているきわめて親密かつ固有なものである、という考えも関係しているようだ。

さらに言うなら、だからこそかけがえのないものである言語が失われようとするとき、失われるのは言語だけでなく、その背後にあるすべての記憶である。ダビは亡命先で、その喪失の恐怖に一人立ち向かう。彼がバスク語で回想録を著したのも、娘たちを自分の母語に親しませるための「埋葬」の遊びを考案したのも、言語と記憶の継承が途絶えることへの個人的かつ半ば絶望的な抗い（あらがい）にほかならない。しかし、言語には個人の生を超えた生命力がある。ダビの本の中に「埋葬」された記憶がヨシェバによって掘り起こされ、新たな本へと化身して蘇るように、ストーナムの墓地に埋められたオババの言葉や、彼の本に書かれた「古い世界」の言葉たちも、あたかも蝶（古来から記憶や魂、再生の象徴とされる）のごとく、いずれ新たな命を得て飛び立っていく。本書の末尾と冒頭の詩には、そんな未来に向けた希望が込められている。

解説が長くなったが、本書の翻訳についても若干説明を加えておきたい。

『アコーディオン弾きの息子』には、二〇〇三年に出版されたバスク語版 *Soinujolearen semea* のほかに、その翌年、作者と翻訳家の妻アシュン・ガリカノとの共訳で刊行されたスペイン語版 *El hijo del acordeonista* が存在する。アチャガは、ごくわずかな例外を除けばこれまで一貫してバスク語で書いてきた作家だが、バスク語のような少数言語で書くことは、支配的な言語との関係の中で、その圧倒的な求心力に抗しながら書くことでもある。『オババコアック』の成功後、アチャガはバスク語で書き続けながらより多くの読者に作品を届けるため、バスク語で刊行した本をみずから（主に妻との共訳で）スペイン語に翻訳するようになった。その結果、彼の多くの作品には、どちらも作者自身による二つの言語のバージョンが存在し、他の言語への翻訳に際してはスペイン語から訳されるのが通例だった。

これまでもっぱらスペイン語版が底本として選ばれてきた最大の理由は、そもそもバスク語から翻訳できる訳者がほとんどいなかったためだ。しかし、バスク語に通じた翻訳者が世界各地で徐々に増えつつある現在、バスク語作品を重訳するというのはもはやかつてほど自明のことではない。さらに、本作における言語の問題の重要性に鑑みて、『アコーディオン弾きの息子』はぜひバスク語から訳したい、というのがまず訳者の考えたことだった。

しかし問題となったのは、バスク語版とスペイン語訳とのあいだにかなりの異同が見られることだ。ストーリーにほぼ違いはないものの、無数の細かな加筆・削除や修正、書き直しが含まれる二つの版を前に検討を重ねた結果、単純にどちらか一方を採用するのでなく、バスク語版を底本としたうえで、スペイン語版における変更点のなかでも、作者が作品をよりよいものにするために加えたと明らかに判断できるもの（特に構成や作中の整合性に関わる）については日本語の訳文に反映させるのが最善の策ではないかという結論に至り、作者からもその方針に対して全面的な同意を得た。そして、そのようにして翻訳作業を進めた結果、スペイン語版では言語を跨いだ書き直しによって作中で齟齬をきたしていたり、変更の意図や効果が不明であったり、スペイン語以外の言語への翻訳ではあまり意味をなさない改変が少なからず含まれていることも判明した。そうした箇所では、スペイン語版での変更点は脇に置き、バスク語版の記述をあくまで尊重している。この折衷訳という判断に異議を唱える方もいらっしゃるかもしれないが、両方の版を仔細に比較した訳者としては、これが作者と作品に対して取ることのできたもっとも誠実な姿勢であったと信じつつ、読者の皆さんに判断を委ねるほかない。

紙幅が尽きたため、両版の違いやこの翻訳がいかなるプロセスだったかについてはいずれ稿を改めて書く機会があればと思っているが、とにかく大変な作業だったと言わざるをえない。それを最後まで支えてくださった新潮社出版部の田畑茂樹さん、そして個人的にも困難な時期が続いたこの数年間、温かく見守り励ましてくれた先生方、友人・知人たち、家族には感謝の言葉もない。

最後に、この翻訳を誰よりも心待ちにしてくれていた母と、言語への限りない愛を教えてくださったベルナルド・アチャガさんに本書を捧げる。

金子奈美

二〇二〇年三月　福岡にて

Liburu honen itzulpenak Etxepare Euskal Institutuaren
literatura-itzulpenerako dirulaguntza izan du.
本書の出版にあたっては、バスク自治州（スペイン）のエチェパレ・
インスティテュートより文芸翻訳助成を受けました。

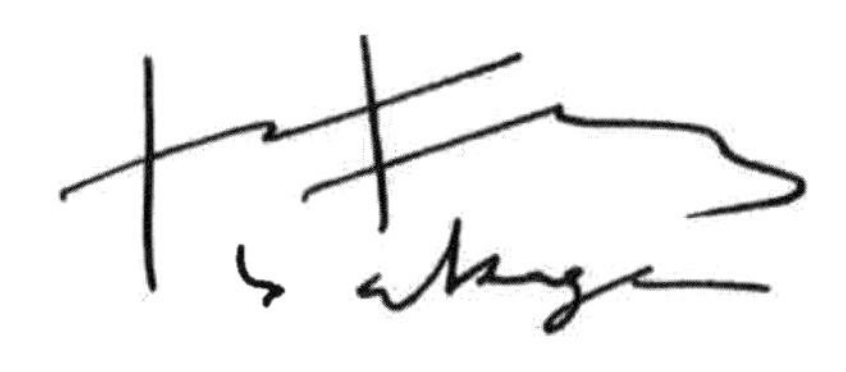

Soinujolearen semea
Bernardo Atxaga

アコーディオン弾(ひ)きの息子(むすこ)

著 者
ベルナルド・アチャガ
訳 者
金子奈美
発 行
2020年5月30日

発行者　佐藤隆信
発行所　株式会社新潮社
〒162-8711 東京都新宿区矢来町71
電話 編集部 03-3266-5411
読者係 03-3266-5111
https://www.shinchosha.co.jp

印刷所
株式会社精興社
製本所
大口製本印刷株式会社

乱丁・落丁本は、ご面倒ですが小社読者係宛お送り下さい。
送料小社負担にてお取替えいたします。
価格はカバーに表示してあります。

ISBN978-4-10-590166-0 C0397

ガルヴェイアスの犬

Galveias
José Luís Peixoto

ジョゼ・ルイス・ペイショット
木下眞穂訳

村の匂いが変わったことを、犬たちだけは忘れなかった。
巨大な物体が落ちてきて騒然とする村と、
そこに暮らす人々の、色とりどりの悲喜劇。
現代ポルトガル文学を牽引する作家の代表作。

CREST BOOKS